OEUVRES

COMPLETES

DE

VOLTAIRE.

OEUVRES

COMPLETES

DE

VOLTAIRE.

TOME TRENTE-QUATRIEME.

DE L'IMPRIMERIE DE LA SOCIÉTÉ LITTÉRAIRE-TYPOGRAPHIQUE.

1785.

ANCIEN TESTAMENT.

LA BIBLE

ENFIN EXPLIQUÉE

PAR

PLUSIEURS AUMONIERS

DE S. M. L. R. D. P.

AVERTISSEMENT.

L'EXPLICATION de ces quatre lettres L. R. D. P. a embarraſſé pluſieurs ſavans. Quelques-uns ont cru qu'elles déſignaient le vainqueur de Molwits & de Liſſa, quoique ce prince n'ait guère d'aumôniers, & qu'il faſſe ſa prière tout ſeul comme il gouverne ſes Etats, & commande ſes armées. Mais l'avertiſſement ſuivant, placé à la tête de la troiſième édition, lève tous les doutes.

QUATRE ſavans théologiens du palatinat de Sandomir, ayant compoſé ces commentaires ſur la Bible, ils furent d'abord imprimés en latin à Francfort ſur l'Oder en 1773, on n'en tira que très-peu d'exemplaires ; enſuite un académicien de Berlin les traduiſit en langue françaiſe, & on en fit pluſieurs éditions, qui toutes pèchent par beaucoup de fautes de typographie. L'édition que nous préſentons en eſt exempte ; & ſi on la compare avec le latin, on la trouvera plus ample & plus fidelle. C'eſt ce qu'il ſera aiſé de vérifier en jetant ſeulement les yeux ſur la dernière page qui, dans cette édition, diffère de toutes les autres, & en conférant les commencemens de chaque livre : nous n'avons rien épargné pour rendre cette édition correcte & utile.

GENESE.

DU commencement les Dieux fit (*a*) le ciel & la terre : or, la terre était *tohu bohu*, (*b*) & le vent de DIEU courait fur les eaux.

Et DIEU dit : Que la lumière fe faffe, & la lumière fut faite. (*c*) Il vit que la lumière était bonne. Et il

(*a*) Le texte hébreu, c'eft-à-dire phénicien, fyriaque, porte expreffément : les Dieux fit, & non pas : DIEU créa, DEUS *creavit*, comme le porte la Vulgate. C'eft une phrafe commune aux langues orientales, & fouvent les Grecs ont employé ce trope, cette figure de mots.

(*b*) *Tohu bohu* fignifie à la lettre fens-deffus-deffous. C'eft proprement le *Chantereb* de *Sanchoniathon* le phénicien, dont les Grecs prirent leur chaos & leur Erèbe. *Sanchoniathon* écrivit inconteftablement avant le temps où l'on place *Moïfe*.

On ne voit pas de chaos expreffément marqué chez les Perfans : les Egyptiens femblent ne l'avoir pas connu : les Indiens encore moins : il n'y a rien dans les écrits chinois venus jufqu'à nous qui ait le moindre rapport à ce chaos, à fon débrouillement, à la formation du monde. De tous les peuples policés, les Chinois paraiffent les feuls qui aient reçu le monde tel qu'il eft, fans vouloir deviner comment il fut fait ; n'ayant point de révélation comme nous, ils fe turent fur la création : ce furent les Phéniciens qui parlèrent les premiers du chaos. Voyez *Sanchoniathon* cité par *Eufèbe* évêque de Céfarée, comme un auteur authentique.

(*c*) L'auteur facré place ici la formation de la lumière quatre jours avant la formation du foleil ; mais toute l'antiquité a cru que le foleil ne produit pas la lumière, qu'il ne fert qu'à la pouffer, & qu'elle eft répandue dans l'efpace. *Defcartes* même fut long-temps dans cette erreur. C'eft *Roemer* le danois, qui le premier a démontré que la lumière émane du foleil, & en combien de minutes. Les critiques ofent dire que fi DIEU avait d'abord répandu la lumière dans les airs pour être pouffée par le foleil, & pour éclairer le monde, elle ne pouvait être pouffée, ni éclairer, ni être féparée des ténèbres, ni faire un jour du foir au matin, avant que le foleil exiftât : cette théorie eft contraire, difent-ils, à toute phyfique & à toute raifon : mais ils doivent fonger que l'auteur facré n'a pas prétendu faire un traité de philofophie, & un cours de phyfique expérimentale. Il fe conforma aux opinions de fon temps, & fe proportionna en tout aux efprits groffiers des Juifs pour lefquels il écrivait : fans quoi il n'aurait été entendu de perfonne. Il eft vrai que la Genèfe eft encore difficile à entendre ; auffi les Juifs en défendirent la lecture avant l'âge de

divisa la lumière des ténèbres. Il fit un soir & un matin qui fit un jour.

DIEU dit encore : Que le ferme, le firmament, soit au milieu des eaux, & qu'il sépare les eaux des eaux..... (*d*) Et DIEU fit deux grands luminaires, le plus grand pour présider au jour, & le petit pour présider à la nuit, & diviser la lumière des ténèbres & du jour.

Et du soir au matin se fit le quatrième jour.

vingt-cinq ans ; & cette défense fut aisément exécutée dans un pays où les livres furent toujours extrêmement rares.

Ce dogme, que DIEU commença par la création de la lumière, est entièrement conforme à l'opinion de l'ancien *Zoroastre*, & des premiers Persans : ils divisèrent la lumière des ténèbres ; jusque-là les Hébreux & les Persans furent d'accord ; mais *Zoroastre* alla bien plus loin. La lumière & les ténèbres furent ennemis, & *Arimane*, dieu de la nuit, fut toujours révolté contre *Oromaze* le dieu du jour : c'était une allégorie sensible, & d'une philosophie profonde. *Voyez* HYDE, *chap. IX*.

Il a paru en 1774 un ouvrage sur les six jours de notre création par le docteur *Chrisander*, professeur en théologie. Il assure que DIEU créa le second jour la matière électrique, & ensuite la lumière, *qu'alors la vénérable Trinité, qui n'avait point reçu de dehors l'idée exemplaire de la lumière, vit que la lumière était bonne, & avait sa perfection*. Tout le commentaire de M. *Chrisander* est dans ce goût ; il en faut féliciter notre siècle.

(*d*) *Racach* signifie le solide, le ferme, le firmament. Tous les anciens croyaient que les cieux étaient solides, & on les imagina de cristal, puisque la lumière passait à travers. Chaque astre était attaché à son ciel épais & transparent : mais comment un vaste amas d'eau pouvait-il se trouver sur ces firmamens ? ces océans célestes auraient absorbé toute la lumière qui vient du soleil & des étoiles, & qui est réfléchie des planètes. La chose était impossible, n'importe ; on était assez ignorant pour penser que la pluie venait de ces cieux supérieurs, de cette plaque, de ce firmament. C'est le sentiment d'*Origène*, de *saint Augustin*, de *saint Cyrille*, de *saint Ambroise*, & d'un nombre considérable de docteurs.

Pour avoir de la pluie il fallait que l'eau tombât du firmament. On imagina des fenêtres, des cataractes qui s'ouvraient & se fermaient : c'est ainsi que dans l'Amérique septentrionale les pluies étaient formées par les querelles d'un petit garçon céleste & d'une petite fille céleste, qui se disputaient une cruche remplie d'eau ; le petit garçon cassait la cruche, & il pleuvait.

DIEU dit auffi : Que les eaux produifent des reptiles d'une ame vivante, & des volatiles fur la terre fous le ferme du ciel.....

Et DIEU fit les bêtes de la terre felon leurs efpèces, & DIEU vit que cela était bon. Et il dit : Fefons l'homme à notre image & reffemblance. (*e*) Et qu'il préfide aux poiffons de la mer, & aux volatiles du ciel, & aux bêtes, & à la terre univerfelle, & aux reptiles qui fe meuvent fur terre.

Et il fit l'homme à fon image ; & il le fit mâle & femelle. Et du foir au matin fe fit le fixième jour. (*f*)

Et il acheva entièrement l'ouvrage le feptième jour ; & il fe repofa le feptième jour, ayant achevé tous fes ouvrages.

Et il bénit le feptième jour, parce qu'il avait ceffé tout ouvrage ce jour-là, & l'avait créé pour le faire. (*g*)

(*e*) C'était encore une idée univerfellement répandue dans notre Occident, que l'homme était formé à l'image des Dieux. *Finxit in effigiem moderantum cuncta Deorum.* L'antiquité profane était anthropomorphite. Ce n'était pas l'homme qu'elle imaginait femblable aux Dieux : elle fe figurait des Dieux femblables aux hommes. C'eft pourquoi tant de philofophes difaient que fi les chats s'étaient forgé des Dieux, ils les auraient fait courir après les fouris. La Genèfe, en ce point comme en plufieurs autres, fe conforme toujours à l'opinion vulgaire, pour être à la portée des fimples.

(*f*) Voilà l'homme & la femme créés ; & cependant quand tout l'ouvrage de la création eft complet, le Seigneur fait encore l'homme, & il lui prend une côte pour en faire une femme. Ce n'eft point, fans doute, une contradiction : ce n'eft qu'une manière plus étendue d'expliquer ce qu'il avait d'abord annoncé.

(*g*) *Il l'avait créé pour le faire :* c'eft une expreffion hébraïque qu'il eft difficile de rendre littéralement. Elle reffemble à ces phrafes fort communes : en s'en allant, ils s'en allèrent ; en pleurant, ils pleurèrent.

Une remarque plus importante eft que le premier *Zoroaftre* fit créer l'univers en fix temps qu'on appela les fix gahambars ; ces fix temps qui

Ce font-là les générations du ciel & de la terre; & le Seigneur n'avait point fait encore pleuvoir fur la terre; & il n'y avait point d'hommes pour cultiver la terre.

Mais une fontaine fortait de la terre, & arrofait la furface univerfelle de la terre. (*h*)

Et le Seigneur DIEU forma donc un homme du limon de la terre.

Et il lui foufla fur la face, (en hébreu dans les narines) un foufle de vie. (*i*)

Or le Seigneur DIEU avait planté du commencement un jardin dans Eden. (*k*)

n'étaient pas égaux compoferent une année de trois cents foixante & cinq jours. Il y manquait fix heures ou environ; mais c'était beaucoup que dans des temps fi reculés *Zoroaftre* ne fe fût trompé que de fix heures; nous ne croyons pas que le premier *Zoroaftre* eût neuf mille ans d'antiquité, comme on l'a dit; mais il eft inconteftable que la religion des Perfans exiftait depuis très-long-temps.

(*h*) Ce ne peut être fur tout le globe que cette fontaine verfait fes eaux. Il faut apparemment entendre par *toute la terre* l'endroit où était le Seigneur. Il n'y avait point encore de pluie, mais il y avait des eaux inférieures; & il faut que ces eaux inférieures euffent produit cette fontaine.

(*i*) DIEU *lui foufla un foufle*, prouve qu'on croyait que la vie confifte dans la refpiration. Elle en fait effectivement une partie effentielle. Ce paffage fait voir, ainfi que tous les autres, que DIEU agiffait comme nous, mais dans une plénitude infinie de puiffance: il parlait, il donnait fes ordres, il arrangeait, il fouflait, il plantait, il pétriffait, il fe promenait, il fefait tout de fes mains.

(*k*) Ce jardin, ce verger d'Eden était néceffaire pour nourrir l'homme & la femme. D'ailleurs dans les pays chauds où l'auteur écrivait, le plus grand bonheur était un jardin avec des ombrages. Long-temps avant l'irruption des Bédoins juifs en Paleftine, les jardins de la Saana auprès d'Aden ou Eden, dans l'Arabie, étaient très-fameux; les jardins des Hefpérides en Afrique l'étaient encore davantage. La province de Bengale, à caufe de fes beaux arbres & de fa fertilité, s'appelle toujours le jardin par excellence; & aujourd'hui même encore le grand-mogol dans fes édits nomme toujours le Bengale le *paradis terreftre*.

Le Seigneur DIEU avait auſſi produit du limon tout arbre beau à voir, & bon à manger.

Et l'arbre de vie au milieu du jardin, & l'arbre de la ſcience du bon & du mauvais. (*l*)

De ce lieu d'Eden un fleuve ſortait pour arroſer le jardin.

Et de là ſe diviſait en quatre fleuves; l'un a nom Phyſon. C'eſt celui qui tourne dans tout le pays d'Evilath, qui produit l'or. (*m*) Et l'or de cette terre eſt excellent; & on y trouve le bdellium & l'onyx.

On trouve auſſi un jardin, un paradis terreſtre dans l'ancienne religion des Perſans; ce paradis terreſtre s'appelait *Shang-dizoucho:* il eſt appelé Iranvigi dans le Sadder qu'on peut regarder comme un abrégé de la doctrine de cette ancienne partie du monde.

Les brachmanes avaient un pareil jardin de temps immémorial. Le révérend père dom *Calmet*, bénédictin de la congrégation de Saint-Vanne & de Saint-Idulphe, dit en propres mots: *Nous ne doutons pas que le lieu où fut planté le paradis terreſtre ne ſubſiſte encore.*

(*l*) Cet arbre de vie, & cet arbre de la ſcience, ont toujours embarraſſé les commentateurs. L'arbre de vie a-t-il quelque rapport avec le breuvage de l'immortalité, qui de temps immémorial eut tant de vogue dans tout l'Orient? Il eſt aiſé d'imaginer un fruit qui fortifie, & qui donne de la ſanté: c'eſt ce qu'on a dit du coco, des dattes, de l'anana, du ginſing, des oranges; mais un arbre qui donne la ſcience du bien & du mal eſt une choſe extraordinaire. On a dit du vin qu'il donnait de l'eſprit: *Facundi calices quem non fecère diſertum?* mais jamais le vin n'a fait un ſavant; il eſt difficile de ſe faire une idée de cet arbre de la ſcience: on eſt forcé de le regarder comme une allégorie. Le champ de l'allégorie eſt ſi vaſte, que chacun y bâtit à ſon gré: il faut donc s'en tenir au texte ſacré, ſans chercher à l'approfondir.

(*m*) Les commentateurs conviennent aſſez que le Phyſon eſt le Phaſe: c'eſt un fleuve de la Mingrélie qui a ſa ſource dans une des branches les plus inacceſſibles du Caucaſe. Il y avait ſurement beaucoup d'or dans ce pays, puiſque l'auteur ſacré le dit. C'eſt aujourd'hui un canton ſauvage, habité par des Barbares qui ne vivent que de ce qu'ils volent. A l'égard du bdellium, les uns diſent que c'eſt du baume, les autres que ce ſont des perles.

Le ſecond fleuve eſt Géon, qui coule tout autour de l'Ethiopie.

Le troiſième eſt le Tygre qui va contre les Aſſyriens.

Le quatrième eſt l'Euphrate. (*n*)

Le Seigneur DIEU prit donc l'homme, & le mit dans le jardin pour travailler & le garder.

Et il lui ordonna, diſant : Mange de tout bois du paradis, mais ne mange point du bois de la ſcience du bon & du mauvais. (*o*)

(*n*) Pour le Géon, s'il coule en Ethiopie, ce ne peut être que le Nil : & il y a environ dix-huit cents lieues des ſources du Nil à celles du Phaſe. *Adam* & *Eve* auraient eu bien de la peine à cultiver un ſi grand jardin. Les ſources du Tigre & de l'Euphrate ne ſont qu'à ſoixante lieues l'une de l'autre, mais dans les parties du globe les plus eſcarpées & les plus impraticables ; tant les choſes ſont changées.

Ce Tigre qui va chez les Aſſyriens prouve que l'auteur vivait du temps du royaume d'Aſſyrie ; mais l'établiſſement de ce royaume eſt un autre chaos. Remarquons ſeulement ici que le fameux rabbin *Benjamin de Tudèle*, qui voyagea dans le douzième ſiècle en Afrique & en Aſie, donne le nom de Phyſon au grand fleuve d'Ethiopie ; nous parlerons de ce *Benjamin* quand nous en ſerons à la diſperſion des dix tribus.

(*o*) L'empereur *Julien*, notre ennemi, dans ſon trop éloquent diſcours réfuté par *ſaint Cyrille*, dit que le Seigneur DIEU devait au contraire ordonner à l'homme ſa créature de manger beaucoup de cet arbre de la ſcience du bien & du mal ; que non-ſeulement DIEU lui avait donné une tête penſante qu'il fallait néceſſairement inſtruire, mais qu'il était encore plus indiſpenſable de lui faire connaître le bien & le mal, pour qu'il remplît ſes devoirs ; que la défenſe était tyrannique & abſurde, que c'était cent fois pis que ſi on lui avait fait un eſtomac pour l'empêcher de manger. Cet empereur abuſe des apparences, qui ſont ici en ſa faveur, pour accabler notre religion de mépris & d'horreur ; mais notre ſainte religion n'étant pas la juive, elle s'eſt ſoutenue par les miracles contre les raiſons de la philoſophie : d'ailleurs la mythologie était auſſi abſurde que la Geneſe le parut à l'empereur *Julien*, & ſa religion n'avait pas comme la nôtre une ſuite continue de miracles & de prophéties qui ont ſoutenu mutuellement ce divin édifice.

Car le même jour que tu en auras mangé tu mourras de mort très-certainement. (*p*)

Et le Seigneur DIEU dit : Il n'eſt pas bon que l'homme ſoit ſeul. Feſons-lui une aide qui ſoit ſemblable à lui.

Donc le Seigneur DIEU ayant formé de terre tous les animaux, & tous les volatiles du ciel, il les amena à Adam, pour voir comment il les nommerait.

Car le nom qu'*Adam* donna à chaque animal, eſt ſon vrai nom. (*q*)

Mais il ne trouva point parmi eux d'aide qui fût ſemblable à lui.

(*p*) Ce n'était ſans doute qu'une peine comminatoire, puiſqu'*Adam* & *Eve* mangèrent de ce fruit, & vécurent encore neuf cents trente années. *Saint Auguſtin* dans ſon premier livre, des mérites des pécheurs, dit qu'*Adam* ſerait mort dès ce jour-là, s'il n'avait pas fait pénitence.

Le premier *Zoroaſtre* avait auſſi placé un homme & ſa femme dans le paradis terreſtre. Le premier homme était *Micha*, & la première femme *Mishana*. Chez *Sanchoniathon* ce ſont d'autres noms. Chez les brachmanes c'eſt *Adimo* & *Procriti*. Chez les Grecs, c'eſt *Prométhée* & *Pandore*; mais des ſectes entières de philoſophes ne reconnurent pas plus un premier homme qu'un premier arbre. Chaque nation fit ſon ſyſtème, & toutes avaient beſoin de la révélation de DIEU même pour connaître ces choſes ſur leſquelles on diſpute encore, & qu'il n'eſt pas donné à l'homme de connaître.

(*q*) Cela ſuppoſe qu'il y avait déjà un langage très-abondant, & qu'*Adam* connaiſſant tout d'un coup les propriétés de chaque animal, exprima toutes les propriétés de chaque eſpèce par un ſeul mot; de ſorte que chaque nom était une définition. Ainſi le mot qui répond à cheval devait annoncer un quadrupède avec ſes crins, ſa queue, ſon encolure, ſa vîteſſe, ſa force. Le mot qui répond à éléphant exprimait ſa taille, ſa trompe, ſon intelligence &c. Il eſt triſte qu'une ſi belle langue ſoit entièrement perdue. Pluſieurs ſavans s'occupent à la retrouver. Ils y auront de la peine.

On a demandé ſi *Adam* nomma auſſi les poiſſons. Pluſieurs pères croient qu'il ne nomma que ceux des quatre fleuves du jardin; mais tous les poiſſons du monde pouvaient venir par ces quatre fleuves; les baleines pouvaient arriver de l'Océan par l'embouchure de l'Euphrate.

Le Seigneur DIEU envoya donc un profond sommeil à *Adam;* & lorsqu'il fut endormi, le Seigneur DIEU lui arracha une de ses côtes, & mit de la chair à la place. (*r*)

Et le Seigneur DIEU construisit en femme la côte qu'il avait ôtée à *Adam;* & il la présenta à *Adam.*

Or *Adam* & sa femme étaient tout nus, & n'en rougissaient pas. (*s*)

Or le serpent était le plus rusé de tous les animaux de la terre, que le Seigneur DIEU avait faits. (*t*)

(*r*) *Saint Augustin*, (*de Genesi*) croit que DIEU ne rendit point à *Adam* sa côte, & qu'ainsi *Adam* eut toujours une côte de moins : c'était apparemment une des fausses côtes ; car le manque d'une des côtes principales eût été trop dangereux : il serait difficile de comprendre comment on arracha une côte à *Adam* sans qu'il le sentît, si cela ne nous était pas révélé. Il est aisé de voir que cette femme formée de la côte d'un homme est un symbole de l'union qui doit régner dans le mariage : cela n'empêche pas que DIEU ne formât *Eve* de la côte d'*Adam* réellement & à la lettre ; un fait allégorique n'en est pas moins un fait.

(*s*) Plusieurs peuplades sont encore sans aucun vêtement. Il est très-probable que le froid fit inventer les habits. Les femmes surtout se firent des ceintures pour recevoir le sang de leurs règles. Quand tout le monde est nu, personne n'a honte de l'être. On ne rougit que par vanité : on craint de montrer une difformité que les autres n'ont pas.

(*t*) Le serpent passait en effet, du temps de l'auteur sacré, pour un animal très-intelligent & très-fin. Il était le symbole de l'immortalité chez les Egyptiens. Plusieurs peuplades l'adoraient en Afrique. L'empereur *Julien* demande quelle langue il parlait. Les chevaux d'*Achille* parlaient grec ; & le serpent d'*Eve* devait parler la langue primitive. La conversation de la femme & du serpent n'est point racontée comme une chose surnaturelle & incroyable, comme un miracle, ou comme une allégorie. Nous verrons bientôt une ânesse qui parle ; & nous ne devons point être surpris que les serpens, qui avaient plus d'esprit que les ânes, parlassent encore mieux. On voit les animaux parler dans plusieurs histoires orientales. Le poisson *Oannès* sortait deux fois par jour de l'Euphrate pour prêcher le peuple. On a recherché si le serpent d'*Eve* était une couleuvre, ou une vipère, ou un aspic, ou une autre espèce ; mais on n'a aucune lumière sur cette question.

Et il dit à la femme: Pourquoi DIEU vous a-t-il défendu de manger du bois du jardin?

La femme lui répondit: Nous mangeons de tout fruit, de tout arbre du jardin; mais de l'arbre qui eft au milieu du jardin, DIEU nous a défendu d'en manger, de peur qu'en le touchant nous ne mourions.

Le ferpent dit à la femme: Vous ne mourrez point; car dès que vous aurez mangé de cet arbre, vos yeux s'ouvriront, & vous ferez comme les Dieux (*u*) fachant le bon & le mauvais.

La femme donc vit que le fruit de ce bois était bon à manger, & beau aux yeux, d'un afpect délectable, prit de ce fruit, en mangea, & en donna à fon mari, qui en mangea.

Et les yeux de tous deux s'ouvrirent; & connaiffant qu'ils étaient nus, ils coufirent des feuilles de figuier, & s'en firent des ceintures.

Le Seigneur DIEU fe promenait dans le jardin (*x*) au vent qui foufle après midi: & *Adam* & fa femme

(*u*) Il eft difficile de favoir ce que le ferpent entendait par des dieux; de favans commentateurs ont dit que c'étaient les anges: on leur a répondu qu'un ferpent ne pouvait connaître les anges; mais par la même raifon il ne pouvait connaître les dieux. Quelques-uns ont cru que la malignité du ferpent voulait par-là introduire déjà la pluralité des dieux dans le monde; mais il vaut mieux s'en tenir à la fimplicité du texte que de fe perdre dans des fyftèmes.

(*x*) Le Seigneur fe promène; le Seigneur parle; le Seigneur foufle; le Seigneur agit toujours comme s'il était corporel. L'antiquité n'eut point d'autre idée de la Divinité. *Platon* paffe pour le premier qui ait fait DIEU d'une fubftance déliée, qui n'était pas tout-à-fait corps. Les critiques demandent fous quelle forme DIEU fe montrait à *Adam*, à *Eve*, à *Caïn*, à tous les patriarches, à tous les prophètes, à tous ceux auxquels il parla de fa propre bouche. Les pères répondent qu'il avait une forme humaine, & qu'il ne pouvait fe faire connaître autrement ayant fait l'homme à fon image; c'était l'opinion des anciens Grecs, adoptée par les anciens Romains.

se cachèrent de la face du Seigneur DIEU, au milieu des bois du jardin.

Et le Seigneur DIEU appela *Adam*, & lui dit: *Adam*, où es-tu? (*y*)

Il répondit: J'ai entendu ta voix dans le paradis; & j'ai craint, parce que j'étais nu, & je me suis caché.

Et DIEU lui dit: Qui t'a appris que tu étais nu? Il faut que tu aies mangé ce que je t'avais ordonné de ne pas manger.

Et *Adam* dit: La femme que tu m'as donnée m'a donné du fruit du bois, & j'en ai mangé.

Et DIEU dit à la femme: Pourquoi as-tu fait cela? Elle répondit: Le serpent m'a trompée; & j'ai mangé.

Et le Seigneur DIEU dit au serpent: Parce que tu as fait cela, tu seras maudit entre tous les animaux & bêtes de la terre; tu marcheras sur ton

(*y*) Il est palpable que tout ce récit est dans le style d'une histoire véritable, & non dans le goût d'une invention allégorique. On croit voir un maître puissant à qui son serviteur a désobéi: il appelle le serviteur qui se cache, & qui ensuite s'excuse. Rien n'est plus simple & plus circonstancié; tout est historique. Quand l'Esprit-Saint daigne se servir d'un apologue, il a soin de nous en avertir. *Jouthan*, dans le livre des Juges, assemble le peuple sur la montagne de Garisim, & lui conte la fable des arbres qui voulurent se choisir un roi, comme *Ménénius* raconta au peuple romain la fable de l'estomac & des membres. Mais dans la Genèse, il n'y a pas un mot qui fasse sentir que l'auteur débite un apologue. C'est une histoire suivie, detaillée, circonstanciée d'un bout à l'autre.

On trouve dans le Zenda-Vesta l'histoire d'une couleuvre tombée du ciel en terre pour y faire du mal. Dans la mythologie le serpent *Ophionée* fit la guerre aux dieux. Un autre serpent régna avant *Saturne*. *Jupiter* se fit serpent pour jouir de *Proserpine* sa propre fille; toutes allégories difficiles à entendre, supposé qu'elles soient allégories.

ventre (z) dorénavant, & tu te nourriras de terre toute ta vie.

Et je mettrai des inimitiés en tes enfans, & les enfans de la femme: tu chercheras à les mordre au talon, & ils chercheront à t'écraser la tête.

Il dit aussi à la femme: Je multiplierai tes misères & tes enfantemens. Tu feras des enfans en douleur, & tu seras sous la domination de ton mari. (*a*)

Et il dit à *Adam:* Parce que tu as écouté la voix de ta femme, & que tu as mangé du bois que je t'avais défendu de manger, la terre sera maudite en ton travail; & tu mangeras en tes travaux tous les jours de ta vie. Et la terre portera épines & chardons; & tu mangeras l'herbe de la terre, & tu mangeras ton pain à la sueur de ton visage, (*b*)

(*z*) Une preuve indubitable que la Genèse est donnée pour une histoire réelle, c'est que l'auteur rend ici raison pourquoi le serpent rampe. Cela suppose qu'il avait auparavant des jambes & des pieds avec lesquels il marchait. On rend aussi raison de l'aversion qu'ont presque tous les hommes pour les serpens. Il est vrai que les serpens ne mangent point de terre; mais on le croyait, & cela suffit.

(*a*) L'auteur rend aussi raison des douleurs de l'enfantement, & de l'empire de l'homme sur la femme. Il est vrai que ces punitions ne sont pas générales, & qu'il y a beaucoup de femmes qui accouchent sans douleur, & beaucoup qui ont un pouvoir absolu sur leurs maris: mais c'est assez que l'énoncé de l'auteur sacré se trouve communément véritable.

(*b*) L'auteur écrivait en Palestine, où l'on mangeait du pain: & en effet les laboureurs ne le mangent qu'à la sueur de leur visage; mais tous les riches le mangent plus à leur aise. L'auteur se serait exprimé autrement, s'il avait vécu dans les vastes pays où le pain était inconnu, comme dans les Indes, dans l'Amérique, dans l'Afrique méridionale, & dans les autres pays où l'on vivait de châtaignes & d'autres fruits. Le pain est encore inconnu dans plus de quinze cents lieues de côtes de la mer Glaciale: mais l'auteur écrivant pour des juifs, ne pouvait parler que de leurs usages.

On fait une autre objection: c'est qu'il n'y avait point de pain du temps d'*Adam*, que par conséquent si DIEU lui parla, s'il l'habilla lui &

jusqu'à ce que tu retournes en terre, d'où tu as été pris; & parce que tu es poudre, tu retourneras en poudre.

Alors *Adam* nomma sa femme *Heva*, parce qu'elle était mère de tous les vivans.

Et le Seigneur DIEU fit pour *Adam* & pour sa femme des chemisettes de peau; (*c*) il les en habilla,

sa femme, s'il les chassa du jardin d'Eden, il ne put les condamner à manger à la sueur de leur front un pain qu'ils ne mangèrent pas. Mais on verra que l'auteur sacré parle presque toujours par anticipation.

(*c*) Nous avons vu que tout est historique dans la Genèse. Il est positif que DIEU daigna faire de ses mains un petit habillement pour *Adam* & *Eve*, comme il est positif qu'il leur parla, qu'il se promena dans le jardin. L'ironie amère dont il se sert en leur parlant cette fois, est de la même vérité. Il eût été trop hardi à l'écrivain sacré de mettre dans la bouche de DIEU ces paroles insultantes, si DIEU ne les avait pas effectivement prononcées. Ce serait une profanation. Aussi nos commentateurs déclarent que tout se passa mot à mot comme il est dit dans la sainte Ecriture. Ce changement arrivé dans la race humaine a été regardé depuis par les fondateurs de la théologie chrétienne, comme un effet de la malice du diable, quoique le diable soit entièrement inconnu dans la Genèse. Les savans commencent à croire que la vraie origine du diable est dans un ancien livre des brachmanes qui a près de cinq mille ans d'antiquité, nommé le *Shasta*. Il n'a été découvert que depuis peu par M. *Dow* colonel au service de la compagnie anglaise des Indes; & par M. *Holwell* sous-gouverneur de Kalcuta. M. *Holwell* a traduit plusieurs passages importans de ce livre qui contient l'ancienne religion des brachmanes, & l'origine de toutes les autres: c'est-là que l'Eternel crée tous les demi-dieux, non par la parole, par le *logos*, comme l'a dit *Platon* dans la suite des temps, mais par un seul acte de sa volonté; comme il paraît plus digne de l'essence divine. Parmi ces demi-dieux il se trouva un rebelle nommé *Moisazor* qui fut condamné à un enfer très-long, & qui pervertit ensuite la terre après avoir perverti le ciel. C'est l'*Ariman* des Perses; c'est le *Tiphun* des Egyptiens, c'est l'*Encelade* des Grecs. Ce fut enfin le diable des pharisiens; ils l'admirent dans le temps de l'établissement du sanhédrin par le grand *Pompée*. Ce diable fut regardé alors comme un ange rebelle chassé du ciel, & venant tenter les hommes. On sait assez qu'il courut en ce temps-là un livre sur la chute des anges qui fut attribué à *Enoch*: il est cité dans une épître de *saint Pierre*. Nous n'avons que des fragmens de ce livre, il en sera parlé ailleurs.

habilla, & il dit : Hé bien, voilà donc comme *Adam* eſt devenu l'un de nous, ſachant le bon & le mauvais ! Maintenant, pour qu'ils ne mettent plus la main ſur l'arbre de vie, & qu'ils n'en mangent, & qu'ils ne vivent éternellement, il le chaſſa du jardin d'Eden, pour aller labourer la terre dont il avait été pétri.

Et après qu'il l'eut mis dehors, il mit un *Chérub*, un bœuf (*d*) au devant du jardin, & une épée flamboyante pour garder l'arbre de vie.

Et *Adam* connut ſa femme *Eve*, qui conçut & enfanta *Caïn ;* & enſuite elle enfanta ſon frère *Abel.*

Or *Abel* fut paſteur de brebis & *Caïn* fut agriculteur.

Un jour il arriva que *Caïn* offrit à DIEU des fruits de la terre. *Abel* offrit auſſi des premiers-nés de ſon troupeau, & de leur graiſſe. Et DIEU fut content d'*Abel* & de ſes préſens, mais il ne fut point content de *Caïn* & de ſes préſens. (*e*)

Et *Caïn* ſe mit fort en colère, & ſon viſage fut

(*d*) *Chérub* ſignifie un bœuf; *Charab* labourer. Les Juifs ayant imité pluſieurs uſages des Egyptiens, ſculptèrent groſſièrement des bœufs dont ils firent des eſpèces de ſphynx, des animaux compoſés, tels qu'ils en mirent dans le ſaint des ſaints. Ces figures avaient deux faces, une d'homme, une de bœuf, & des ailes, des jambes d'homme, des pieds de bœuf. Aujourd'hui les peintres nous repréſentent les chérubins avec des têtes d'enfant ſans corps, & ces têtes ornées de deux petites ailes ; c'eſt ainſi qu'on les voit dans pluſieurs de nos égliſes.

(*e*) Tous les anciens prêtres prétendirent que les dieux préféraient des offrandes de viandes à des offrandes de fruits. On commença par des fruits ; mais bientôt on en vint aux moutons, aux bœufs, & ce qui eſt exécrable, à la chair humaine. L'auteur ſacré n'entre point ici dans ce détail. Il ne dit pas même que DIEU mangeait les agneaux préſentés par *Abel;* mais vous verrez bientôt dans l'hiſtoire d'*Abraham* que les dieux mangèrent chez lui.

abattu; & le Seigneur lui dit : Pourquoi es-tu en colère, & que ton visage est abattu? Et *Caïn* dit à son frère *Abel* : sortons dehors; & *Caïn* attaqua son frère *Abel* & le tua. (*f*) Et DIEU dit à *Caïn* : Où est ton frère *Abel*? Et *Caïn* lui répondit : Je n'en sais rien; est-ce que je suis le gardien de mon frère?...

Et DIEU dit à *Caïn* : Quiconque tuera *Caïn* sera puni sept fois; & le Seigneur mit un signe à *Caïn*, pour que ceux qui le trouveraient ne le tuassent pas. (*g*)

Et *Caïn* coucha avec sa femme, & il bâtit une ville; (*h*) & il appela sa ville du nom de son fils *Enoch*.

(*f*) Il n'y a rien d'allégorique, encore une fois, dans tout ce récit. DIEU rejette positivement ce que l'aîné *Caïn* lui donne, & agrée les viandes du cadet; l'aîné s'en fâche, & tue son frère à quelques pas de DIEU même. DIEU emploie la même ironie dont il s'était servi avec *Adam* & *Eve*; & *Caïn* répond insolemment comme un méchant valet qui n'a nulle crainte de son maître.

(*g*) Il est étonnant, disent les critiques, que DIEU pardonne sur le champ à *Caïn* l'assassinat de son frère, & qu'il le prenne sous sa protection.

Il est étonnant qu'il lui donne une sauve-garde contre tous ceux qui pourraient le tuer, lorsqu'il n'y avait que trois personnes sur la terre, lui, son père & sa mère.

Il est étonnant qu'il protège un assassin, un fratricide, lorsqu'il vient de punir à jamais & de condamner aux tourmens de l'enfer tout le genre-humain, parce qu'*Adam* & *Eve* ont mangé du bois de la science du bien & du mal.

Mais il faut considérer qu'il n'est jamais question dans le Pentateuque de cette damnation du genre-humain, ni de l'enfer, ni de l'immortalité de l'ame, ni d'aucun de ces dogmes sublimes qui ne furent développés que si long-temps après. On tira ces notions en interprétant les Ecritures, & en les allégorisant. L'écrivain sacré ne donne d'autre punition à *Adam* que de manger son pain à la sueur de son corps, quoiqu'il n'y eût pas encore de pain. Le châtiment d'*Eve* est d'accoucher avec douleur; & tous les deux doivent mourir au bout de plusieurs siècles : ce qui suppose qu'ils étaient nés pour être immortels.

(*h*) *Caïn* bâtit une ville aussitôt après avoir tué son frère. On demande quels ouvriers il avait pour bâtir sa ville, quels citoyens pour la peupler, quels arts & quels instrumens pour construire des maisons.

Enoch engendra *Irad*, & *Irad* engendra *Maziael*, & *Maziael* engendra *Mathuſael*, & *Mathuſael* engendra *Lamech*.

Lamech prit deux femmes *Ada* & *Sella*. *Ada* enfanta *Jadel* qui fut père des paſteurs qui demeurent dans des tentes. Le nom de ſon frère fut *Jubal*, père de ceux qui jouent de la harpe & de l'orgue.....

Or *Lamech* dit à ſes deux femmes *Ada* & *Sella* : Femmes de *Lamech*, écoutez ma voix. J'ai tué un homme par ma bleſſure, & un jeune homme par ma meurtriſſure. On tirera vengeance ſept fois pour *Caïn*, & pour moi *Lamech* ſoixante & dix-ſept fois ſept fois..... (*i*.)

Or voici la génération d'*Adam*. Du jour que DIEU fit l'homme à ſa reſſemblance, il les créa mâle & femelle. Il les unit & les appela du nom d'*Adam*, au jour qu'ils furent faits. Or *Adam* vécut cent trente ans, & il engendra un fils à ſon image (*k*) & reſſemblance ; & il le nomma *Seth*. Et après la naiſſance de *Seth*, *Adam* vécut encore huit cents ans, & il engendra

Il eſt clair que l'écrivain ſacré ſuppoſe beaucoup d'événemens intermédiaires, & n'écrit point ſelon notre méthode, qui n'a été employée que très-tard.

(*i*) On n'a jamais ſu ce que *Lamech* entendait par ces paroles. L'auteur ne dit ni quel homme il avait tué, ni par qui il fut bleſſé, ni pourquoi on vengera ſa mort ſoixante & dix-ſept fois ſept fois. Il ſemble que les copiſtes aient paſſé pluſieurs articles qui liaient ces premiers événemens de l'hiſtoire du genre-humain. Mais le peu qui nous reſte des théogonies phéniciennes, perſanes, ſyriennes, indiennes, égyptiennes, n'eſt pas mieux lié. Le Saint-Eſprit, comme nous l'avons dit, ſe conformait aux uſages du temps. On ne ſait pas préciſément en quel temps le Pentateuque fut écrit. Il y a ſur cette époque plus de quatre-vingts opinions différentes.

(*k*) L'auteur ſacré revient à ce qu'il a déjà dit. Peut-être les copiſtes ont fait ici quelque tranſpoſition, comme pluſieurs pères l'ont ſoupçonné ;

encore des fils & des filles ; & tout le temps que vécut *Adam* fut de neuf cents trente ans (*l*), & il mourut. (*m*)

Et *Jared* (*le ſeptième deſcendant d'Adam dans la ligne maſculine*) à l'âge de ſoixante & cinq ans devint père de *Mathuſalem*, il marcha avec DIEU, il vécut trois cents ans après la naiſſance de *Mathuſalem*. Et les jours d'*Enoch* furent de trois cents ſoixante & cinq ans. Il ſe promena avec DIEU, & il ne parut plus depuis ; parce que DIEU l'enleva. (*n*)

Et les hommes ayant commencé à multiplier ſur la terre, & ayant eu des filles, les fils de DIEU voyant

mais le point le plus important, c'eſt que DIEU ayant fait *Adam* à ſon image & reſſemblance, *Adam* engendre *Seth* à ſon image & reſſemblance auſſi. C'eſt la preuve la plus forte que les Juifs croyaient DIEU corporel, ainſi que les peuples voiſins dont ils apprirent à lire & à écrire. Il ſerait difficile de donner un autre ſens à ces paroles. *Adam* reſſemble à DIEU, *Seth* reſſemble à *Adam*, donc *Seth* reſſemble à DIEU.

(*l*) On a cru qu'*Adam* fut enterré à Hébron ; parce qu'il eſt dit dans l'hiſtoire de *Joſué* qu'*Adam le plus grand des géans, y eſt enterré*. La plupart des premiers deſcendans d'*Adam* vécurent comme lui, plus de neuf ſiècles. C'était l'opinion des peuples de l'Orient & des Egyptiens, que la vie des premiers hommes avait été vingt fois, trente fois plus longue que la nôtre, parce que la nature étant plus jeune, avait alors plus de force ; mais il n'y a que la révélation qui puiſſe nous l'apprendre. Au reſte, aucune autre nation que la juive ne connut *Adam* ; & les Arabes ne connurent enſuite *Adam* que par les Juifs.

(*m*) Voilà deux *Enoch* ; le premier, fils de *Caïn*, & le ſecond, fils d'*Adam* par *Seth* & *Jared*.

(*n*) Les pères & les commentateurs affirment qu'en effet *Enoch*, fils de *Jared*, eſt encore en vie. Ils diſent qu'*Enoch* & *Elie*, qui ſont tranſportés hors du monde, reviendront avant le jugement dernier, pour prêcher contre l'antechriſt pendant douze cents ſoixante jours ; mais qu'*Elie* ne prêchera qu'aux Juifs, & qu'*Enoch* prêchera à tous les autres hommes.

Pluſieurs ſavans ont prétendu qu'*Enoch* était l'*Anach* des Phrygiens, lequel vécut trois cents ans. D'autres ont dit qu'*Enoch* était le ſoleil ; d'autres, que c'était *Saturne*, & qu'*Adam* ſignifiait en Aſie le premier jour de la ſemaine, & *Enoch* le ſeptième jour.

que les filles des hommes étaient belles, prirent pour eux toutes celles qui leur avaient plu. (*o*) Et DIEU dit : Mon esprit ne demeurera plus avec l'homme, parce qu'il est chair; & sa vie ne sera plus que de six-vingts ans. (*p*)

Or en ce temps il y avait des géans sur la terre : (*q*) car les fils de DIEU ayant eu commerce avec les filles des hommes, elles enfantèrent ces géans fameux dans le siècle....

DIEU se repentit d'avoir fait l'homme sur la terre; & pénétré de douleur dans son cœur, il dit : J'exterminerai de la face de la terre l'homme que j'ai formé,

Les Juifs, dans la suite, débitèrent qu'*Enoch* avait écrit un livre de la chute des anges; & *saint Jude* en parle dans son épître. On sait assez que ce livre est supposé; que la chute des anges est une ancienne fable des Indiens, & qu'elle ne fut connue des Juifs que du temps d'*Auguste* & de *Tibère;* qu'ils supposèrent alors le livre d'*Enoch*, septième homme après *Adam*.

(*o*) C'était l'opinion de l'antiquité, que toutes les planètes étaient habitées par ces êtres puissans appelés dieux, & que ces dieux venaient faire souvent des enfans aux filles des hommes. Toute la terre fut remplie de ces imaginations. Les fables de *Bacchus*, de *Persée*, de *Phaëton*, d'*Hercule*, d'*Esculape*, de *Minos*, d'*Amphitrion* l'attestent assez. *Origène*, *saint Justin*, *Athénagore*, *Tertullien*, *saint Cyprien*, *saint Ambroise*, assurent que les anges amoureux de nos filles, enfantèrent non des géans, mais des démons.

(*p*) Cependant il est dit que *Noé* vécut neuf cents ans; mais il faut l'excepter de la sentence portée contre le genre-humain, parce qu'il était un homme juste. Il faut encore avouer que plusieurs autres vécurent long-temps après jusqu'à quatre & cinq cents ans; & que depuis le temps de la tour de Babel jusqu'à celui d'*Abraham*, la vie commune était de quatre à cinq cents années. Il n'est pas aisé de concilier toutes ces choses, mais il faut lire l'Ecriture avec un esprit de soumission.

(*q*) Les filles eurent donc ces géans de leur commerce avec les anges. On ne nous dit point de quelle taille étaient ces géans. On nous rapporte que *Sertorius* trouva le corps du géant *Anthée*, qui était long de quatre-vingt-dix pieds. Le révérend père dom *Calmet* nous instruit qu'on trouva de son temps le corps du géant *Teutobocus;* mais sa taille n'approchait pas de celle du géant *Anthée :* celle du géant *Og* était aussi très-médiocre en comparaison; son lit n'était que de treize pieds & demi.

depuis l'homme jusqu'aux animaux, depuis les reptiles jusqu'aux oiseaux : car je me repens de les avoir faits. (*r*)

Mais *Noé* trouva grâce devant le Seigneur.... Il dit à *Noé* : La fin de toute chair est venue devant moi ; la terre est remplie des iniquités de leur face, & je les perdrai avec la terre. Fais-toi une arche.... Et voici comme tu la feras : elle aura trois cents coudées de long, cinquante de large, & trente de haut &c.... (*s*)

Et je ferai venir sur la terre les eaux du déluge ; & je tuerai toute chair qui a souffle de vie sous le ciel : je ferai alliance avec toi ; & tu entreras dans l'arche, toi, ta femme & les enfans de tes fils....

(*r*) Les critiques ont trouvé mauvais que DIEU se repentît ; mais le texte appuie si énergiquement sur ce repentir de DIEU, & sur la douleur dont son cœur fut saisi, qu'il paraît trop hardi de ne pas prendre ces expressions à la lettre. DIEU dit expressément qu'il exterminera de la face de la terre les hommes, les animaux, les reptiles, les oiseaux. Cependant il n'est point dit que les animaux eussent péché.

(*s*) *Bérose* le chaldéen rapporte que l'arche bâtie par le roi *Xissutre*, avait trois mille six cents vingt-cinq pieds de long, & quatorze cents cinquante de largeur ; & qu'il bâtit cette arche par l'ordre des dieux, qui l'avertirent d'une inondation prochaine du Pont-Euxin. Cette arche se reposa sur le mont Ararat comme celle de *Noé* : & plusieurs particularités de la conduite de ce roi sont semblables à celles dont la sainte Ecriture nous parle. Le roi *Xissutre* avait plus de monde dans son arche que *Noé*, lequel n'avait avec lui que sa femme, ses trois fils & ses trois belles-filles. M. *le Pelletier*, marchand de Rouen, a supputé dans un petit livre imprimé avec les Pensées de *Paschal*, que l'arche pouvait contenir tous les animaux de la terre ; mais il ne les a pas comptés, & il a oublié de dire de quoi on nourrissait la prodigieuse quantité d'animaux carnassiers, & de nous apprendre comment huit personnes purent suffire pendant un an à donner à manger & à boire à tous ces animaux, & à vider leurs excrémens.

Au reste, il y a eu plusieurs inondations sur le globe : celle du temps de *Xissutre*, celle du temps de *Noé*, qui ne fut connue que des Juifs, celle d'*Ogygès* & de *Deucalion*, célèbre chez les Grecs, celle de l'île Atlantide, dont les Egyptiens firent mention dans leurs annales.

Les fontaines du grand abyme furent rompues; les cataractes des cieux s'ouvrirent, & la pluie tomba ſur la terre pendant quarante jours & quarante nuits.... (*t*) Et les eaux prévalurent ſi fort ſur la terre, que toutes les hautes montagnes de l'univers ſous le ciel en furent couvertes; & l'eau fut plus haute que les montagnes de quinze coudées.... Tous les hommes moururent, & tout ce qui a ſouffle de vie ſur la terre mourut.... (*u*)

Et les eaux couvrirent la terre pendant cent-cinquante jours; & alors les fontaines de l'abyme & les cataractes du ciel furent fermées; & les pluies du ciel furent arrêtées.... Les quarante jours étant paſſés, *Noé*, ouvrant la fenêtre qu'il avait faite à l'arche, renvoya le corbeau qui ſortait & ne revenait point, juſqu'à ce que les eaux ſe ſéchaſſent. Il envoya auſſi la colombe &c.... (*x*)

(*t*) Les critiques incrédules, qui nient tout, nient auſſi ce déluge, ſous prétexte qu'il n'y a point en effet de fontaines du grand abyme, & de cataractes des cieux &c. &c. Mais on le croyait alors, & les Juifs avaient emprunté ces idées groſſières des Syriens, des Chaldéens & des Egyptiens. Des acceſſoires peuvent être faux, quoique le fond ſoit véritable. Ce n'eſt pas avec les yeux de la raiſon qu'il faut lire ce livre, mais avec ceux de la foi.

(*u*) L'eau ne pouvait à la fois s'élever de quinze coudées au-deſſus des plus hautes montagnes, qu'en cas qu'il ſe fût formé plus de douze océans l'un ſur l'autre, & que le dernier eût été vingt-quatre fois plus grand que celui qui entoure aujourd'hui les deux hémiſphères. Auſſi tous les ſages commentateurs regardent ce miracle comme le plus grand qui ait jamais été fait; puiſqu'il fallut créer du néant tous ces océans nouveaux, & les anéantir enſuite. Cette création de tant d'océans n'était pas néceſſaire pour le déluge du Pont-Euxin du temps du roi *Xiſſutre*, ni pour celui de *Deucalion*, ni pour la ſubmerſion de l'île Atlantide. Ainſi le miracle du déluge de *Noé* eſt bien plus grand que celui des autres déluges.

(*x*) La même choſe eſt racontée dans le chaldéen *Béroſe*, de l'arche du roi *Xiſſutre*. Les incrédules prétendent que cette hiſtoire eſt priſe de ce

Et DIEU dit à *Noé* & à ses enfans : Croissez, multipliez & remplissez la terre. Que tous les animaux de la terre tremblent devant vous, aussi-bien que tous les oiseaux du ciel, & tout ce qui a mouvement sur terre. Je vous ai donné tous les poissons; & tout ce qui a mouvement & vie sera votre nourriture, aussi-bien que les légumes verds, je vous les ai donnés tous, excepté que vous ne mangerez point leur chair avec leur sang & leur ame. Car je redemanderai le sang de vos ames à la main des bêtes qui vous auront mangés; (*y*) & je redemanderai l'ame de l'homme de la main de l'homme & de son frère. Quiconque répandra le sang humain, on répandra le sien; car l'homme est fait à l'image de DIEU..... Je ferai mon pacte avec vous & avec votre postérité, après vous avec toute ame vivante tant bestiaux que bêtes de somme, bestiaux & tout ce qui est sorti de

Bérose, qui pourtant n'écrivit que du temps d'*Alexandre;* mais ils disent que les livres juifs étaient alors inconnus de toutes les nations. Ils disent qu'un aussi petit peuple que les Juifs, & aussi ignorant, qui n'avait jamais fréquenté la mer, devait imiter ses voisins, plutôt qu'être imité par eux; que ses livres furent écrits très-tard; que probablement *Bérose* avait trouvé l'histoire de l'inondation du Pont-Euxin dans les anciens livres chaldéens, & que les Juifs avaient puisé à la même source. Tout cela n'est qu'une supposition, une conjecture qui doit disparaître devant l'authenticité des livres saints.

(*y*) L'expression qui donne ici une *main* aux bêtes carnassières au lieu de griffe, est remarquable : & l'opinion générale que les bêtes avaient de la raison comme nous, n'est pas contestée. DIEU fait ici un pacte avec les bêtes comme avec les hommes. Les tigres, les lions, les ours, & la maison de *Jacob* n'ont guère observé ce pacte. Un auteur allemand a écrit que c'était un pacte de famille. C'est pourquoi, dans le Lévitique, on punit également les bêtes & les hommes qui ont commis ensemble le péché de la chair. Aucune bête ne pouvait travailler le jour du sabbat. L'Ecclésiaste dit *que les hommes sont semblables aux bêtes, qu'ils n'ont rien de plus que les bêtes*. *Jonas* dans Ninive fait jeûner les hommes & les bêtes &c.... On voit même que les bêtes parlaient souvent comme les hommes dans toute l'antiquité.

l'arche, & toutes les bêtes de l'univers. Mon pacte avec vous sera de telle sorte que je ne tuerai plus de chair, & qu'il n'y aura plus jamais de déluge.... (z) Je mettrai mon arc dans les nuées; & ce sera le signe de mon pacte entre moi & la terre..... Et mon arc sera dans les nuées; & quand je le verrai, je me souviendrai de mon pacte entre moi DIEU & toute ame de chair vivante qui est sur la terre.....

Et comme *Noé* était laboureur, il planta une vigne; & ayant bu du vin, il s'enivra, & s'étendit tout nu dans sa tente.... (*a*)

(z) Le texte sacré ne dit pas : mon arc qui est dans les nuées sera désormais le signe de mon pacte, mais : je mettrai mon arc dans les nuées; ce qui suppose qu'auparavant il n'y avait point eu d'arc-en-ciel. C'est ce qui a fait supposer qu'avant le déluge universel il n'y avait point eu encore de pluie, puisque l'arc-en-ciel n'est formé que par les réfractions & les réflexions des rayons du soleil dans les gouttes de pluie. Encore une fois, il est clair que la Bible ne nous a pas été donnée pour nous enseigner la géométrie & la physique.

(*a*) *Noé* ne passa pour être l'inventeur de la vigne que chez les Juifs; car c'était chez toutes les autres nations *Bak* ou *Bacchus*, qui avait le premier enseigné l'art de faire du vin. Il est surprenant que *Noé*, le restaurateur du genre-humain, ait été ignoré de toute la terre; mais il est encore plus étrange qu'*Adam*, le père de tous les hommes, ait été aussi ignoré de tous les hommes que *Noé*.

Des commentateurs prétendent que *Cham* n'avait que dix ans lorsqu'il trouva son père ivre, & qu'il vit ses parties viriles. Mais le texte dit positivement qu'il avait un fils marié, lequel fils est *Canaan*. Il semble que l'auteur veuille justifier par-là les malédictions portées contre le peuple de Canaan, & l'irruption des Arabes juifs qui mirent depuis le Canaan à feu & à sang, & qui exterminèrent dans plus d'un lieu les hommes & les bêtes. L'auteur juif insiste souvent sur cette malédiction portée contre les Cananéens, pour s'en faire un droit sur ce pays, à ce que prétend *Spinosa*. Mais *Spinosa* est trop suspect : les Juifs d'Amsterdam l'avaient excommunié & assassiné; il lui est pardonnable de ne les avoir point aimés.

Un autre juif, bien plus ancien & non moins savant, ne reconnaît point *Noé* pour l'inventeur du vin. C'est *Philon*. Voici comme il parle dans le récit de sa députation à l'empereur *Caïus Caligula*. *Bacchus le premier*

Cham, père de *Canaan*, ayant vu les parties viriles de son père *Noé*, en alla avertir ses frères hors de la tente. *Sem* & *Japhet* apportèrent un manteau, & en marchant à rebours couvrirent les parties viriles de leur père. *Noé* s'étant éveillé, maudit *Canaan* fils de *Cham*, il dit : Que *Canaan* soit maudit; qu'il soit l'esclave des esclaves de ses frères !.....

Voici le dénombrement des fils de *Noé*, qui sont *Sem*, *Cham* & *Japhet*. (*b*) Ils partagèrent entr'eux les îles des nations chacun selon sa langue & selon son peuple..... (*c*)

Les fils de *Cham* sont *Chus*, *Mesraïm*, *Phuth* & *Canaan*..... Or *Chus* fut père de *Nembrod*, qui fut un géant sur la terre; & c'était un puissant chasseur devant DIEU. Il commença de régner en Babylone,

planta la vigne, & en tira une liqueur si utile & si agréable au corps & à l'esprit, qu'elle leur fait oublier leurs peines, les réjouit & les fortifie.

Comment se peut-il faire que *Philon*, si attaché à sa secte, ne reconnût pas *Noé* pour l'inventeur du vin ?

(*b*) *Sem*, *Cham* & *Japhet* sont représentés comme ayant régné sur l'Europe, l'Asie & l'Afrique. Car *Eusèbe* dit que *Noé*, par son testament, donna toute la terre à ses trois fils; l'Asie à *Sem*, l'Afrique à *Cham*, & l'Europe à *Japhet*. Or ce n'était pas certainement maudire *Cham* que de lui donner la troisième partie du monde. Il paraît impossible de concilier la malédiction avec une si prodigieuse bénédiction. Il est encore difficile de comprendre comment les trois enfans de *Noé* quittèrent leur père, qui s'enivra probablement en Arménie, pour aller régner dans des parties du monde où il n'y avait personne. Avant qu'on règne sur un peuple, il faut que ce peuple existe : c'est une anticipation. Nous passons ici tous les petits-fils de *Noé* inconnus long-temps au reste du monde, ainsi que leur père. Toutes ces vérités seront développées dans la suite.

(*c*) *Chacun selon sa langue*, semble montrer que les descendans de *Noé* parlaient déjà chacun une langue différente; & cela semble contredire l'histoire qui va suivre des nouvelles langues formées tout d'un coup à Babylone. Ce sont toujours des obscurités à chaque page. Ces nuages ne peuvent être dissipés que par une soumission parfaite à la Bible & à l'Eglise.

en Arak, en Achad & en Chalane.... *Assur* sortit de ce pays-là, & il bâtit Ninive & les places de la ville & Chalé......

Canaan engendra Sydon & les Héthéens, & les Jébuséens & les Amorrhéens & les Hévéens & les Arasséens & les Samariens & les Amathéens..... Ce sont-là les fils de *Cham* selon leur parenté, leurs langues, leurs générations, leurs terres & leurs peuples...... (*d*)

Sem, frère aîné de *Japhet*, fut père de tous les enfans d'*Héber*..... Or *Arphaxad* engendra *Salé* qui fut père d'*Héber*. *Héber* eut deux fils dont l'un eut nom *Phaleg*, parce que la terre fut divisée de son temps; & son frère eut nom *Jectan*.

Or la terre n'avait qu'une lèvre; & tout langage était semblable. (*e*) Les hommes en partant de l'Orient trouvèrent les campagnes de Sennaar, & y habitèrent. (*f*) Et ils se dirent chacun à son voisin: Venez, fesons des briques, cuisons-les par le feu; & ils prirent des

(*d*) Toutes ces nations dont on fait le dénombrement ne composent qu'un petit peuple dans la Palestine. C'est en partie ce pays dont les Juifs s'emparèrent. Il est vrai qu'on ne voit pas comment les descendans de *Cham* allèrent s'entasser dans cette petite région, au lieu d'occuper les rivages fertiles de l'Afrique, & surtout de l'Egypte; mais il ne faut point demander compte des œuvres de DIEU.

(*e*) Comment la terre pouvait-elle n'avoir qu'une lèvre? comment tous les hommes parlaient-ils une même langue, après que l'auteur a dit que chaque peuple avait sa langue différente? & comment tant de peuples purent-ils exister après le déluge, du vivant même de *Noé*? L'esprit humain ne peut trouver de solution à ces difficultés. Le seul parti qui reste aux savans est de supposer qu'il y a eu des fautes de copistes; & la seule ressource des simples est de se soumettre avec vénération.

(*f*) On demande encore comment l'auteur peut dire que tous les hommes partirent de l'Orient après avoir dit qu'ils peuplèrent l'Occident, le Midi & le Nord.

briques au lieu de pierres, & du bitume au lieu de ciment. Et ils dirent : Venez, fesons-nous une cité, & une tour dont le comble touche au ciel, & célébrons notre nom avant que nous soyons divisés dans toutes les terres.

Or le Seigneur descendit pour voir la ville (*g*) & la tour que les enfans d'*Adam* bâtissaient. Et il dit : Voilà un peuple qui est tout d'une lèvre; ils ont commencé cet ouvrage, & ils ne cesseront point jusqu'à ce qu'ils l'aient exécuté. Venons donc, descendons & confondons leur langage, afin que personne n'entende ce que lui dira son voisin. Et DIEU les sépara ainsi dans toutes les terres, & ils cessèrent de bâtir la cité. (*h*)

(*g*) Le texte fait effectivement descendre DIEU pour voir cet ouvrage. Les dieux, dans tous les systèmes, descendaient sur la terre pour s'informer de tout ce qui s'y passait, comme des seigneurs qui visitent leur domaine. Ce n'était point une manière de parler, c'était à la lettre ; & cette idée était si commune, qu'il n'est pas surprenant que l'auteur sacré s'y soit conformé toujours.

(*h*) *Saint Jérôme*, dans son commentaire sur *Isaïe*, dit que la tour de Babel avait déjà quatre mille pas de hauteur ; ce qui ferait vingt mille pieds si c'étaient des pas géométriques. Elle était donc six fois plus élevée que les pyramides d'Egypte. Plusieurs auteurs juifs lui donnent encore une plus grande élévation. La Genèse place cette prodigieuse entreprise cent dix-sept ans après le déluge. Si la population du genre-humain avait suivi l'ordre qu'elle suit aujourd'hui, il n'y aurait eu ni assez d'hommes, ni assez de temps pour inventer tous les arts nécessaires dont un ouvrage si immense exigeait l'usage. Il faut donc regarder cette aventure comme un prodige, ainsi que celle du déluge universel.

Un prodige non moins grand est la formation subite de tant de langues qui se formèrent en un instant. Les commentateurs ont recherché quelles langues-mères naquirent tout d'un coup de cette dispersion des peuples ; mais ils n'ont jamais fait attention à aucune des langues anciennes qu'on parle depuis l'Indus jusqu'au Japon. Il serait curieux de compter le nombre des différens langages qui se parlent aujourd'hui dans tout l'univers. Il y en a plus de trois cents dans ce que nous connaissons de l'Amérique, & plus

Or *Tharé*, defcendant de *Sem*, à l'âge de foixante & dix ans engendra *Abram* & *Nachor* & *Aran*. Et *Tharé* ayant vécu deux cents cinq ans mourut à Aran. Et DIEU dit à *Abram* : Sors de ta terre, de ta parenté, de la maifon de ton père, & viens dans la terre que je te montrerai, & je te ferai une grande nation ; & je magnifierai ton nom, & tu feras béni ; & je bénirai ceux qui te béniront, je maudirai ceux qui te maudiront, & toutes les familles de la terre univerfelle feront bénies en toi. Ainfi *Abram* s'en alla comme DIEU le lui commandait, & il s'en alla avec *Loth*. Il avait foixante & quinze ans quand il fortit d'Aran. (*i*)

Et il prit *Sara* fa femme & *Loth* fon neveu & toute la fubftance qu'il poffédait, & les ames qu'il avait faites en Aran; & ils fortirent pour aller dans la terre de Canaan..... (*k*) *Abram* s'avança jufqu'à Sichem & à la vallée illuftre. Or le Cananéen était alors dans cette terre..... (*l*) Et le Seigneur apparut à *Abram*,

de trois mille dans ce que nous connaiffons de notre continent. Chaque province chinoife a fon idiome; le peuple de Pékin entend très-difficilement le peuple de Kanton ; & l'Indien des côtes du Malabar n'entend point l'Indien de Benarès. Au refte, toute la terre ignora le prodige de la tour de Babel, il ne fut connu que des écrivains hébreux.

(*i*) Il femble d'abord évident par le texte que *Tharé* ayant engendré *Abraham* à foixante & dix ans, & étant mort à deux cents cinq, *Abraham* avait cent trente-cinq ans & non pas foixante & quinze, quand il quitta la Méfopotamie. *Saint Etienne* fuit ce calcul dans fon difcours aux Juifs. Cette difficulté a paru inexplicable à *faint Jérôme* & à *faint Auguftin*. Nous nous garderons bien de croire entendre ce que ces grands faints n'ont point entendu.

(*k*) Il y a d'Aran à Canaan deux cents lieues environ : il fallait un ordre exprès de DIEU pour quitter le pays le plus fertile & le plus beau de la terre, & pour entreprendre un fi long voyage vers un pays moins bon, habité par quelques barbares dont *Abraham* ne pouvait entendre la langue.

(*l*) Ces mots, *or le Cananeen était alors dans cette terre*, ont été le fujet d'une grande difpute entre les favans. Il femble en effet que les Cananéens

& lui dit : Je donnerai à ta postérité cette terre. *Abram* dressa un autel au Seigneur qui lui était apparu.... Or la famine étant dans le pays, *Abram* descendit en Egypte; car la famine prévalait sur la terre. (*m*) Et comme il était près de l'Egypte, il dit à *Saraï* sa femme : Je sais que tu es belle femme; & quand les Egyptiens te verront, ils me tueront, & ils te garderont : dis donc que tu es ma sœur afin qu'il m'arrive du bien à cause de toi, & que mon ame vive à cause de ta grâce..... *Abram* étant ainsi entré en Egypte, les Egyptiens virent que cette femme était trop belle; & les princes l'annoncèrent au pharaon, & la vantèrent à lui, & elle fut enlevée dans le palais du pharaon, (*n*) & on fit du bien à *Abram* à cause d'elle. Et il en eut des brebis, des bœufs, & des ânes, & des serviteurs, & des servantes, & des ânesses, & des chameaux. (*o*)

avaient été chassés de cette terre lorsque l'auteur sacré écrivait. Cependant ils y étaient du temps de *Moïse*; & *Josué* ne saccagea qu'une trentaine de bourgs des Cananéens; les Juifs furent depuis tantôt esclaves, tantôt maîtres d'une partie du pays, jusqu'à *David*. C'est ce qui a fait conjecturer que la Genèse n'a pu être écrite du temps de *Moïse*, mais après *David*. Nous dirons en leur lieu les autres raisons de cette opinion : mais nous avertissons qu'il faut s'en rapporter à l'Eglise, dont les décisions (comme on sait) sont infaillibles, tandis que les opinions des doctes ne sont que probables.

(*m*) La Palestine en effet est un pays montagneux, qui n'a jamais porté beaucoup de blé. Elle ressemble à la Corse, qui a des olives, des pâturages, & peu de froment.

(*n*) Puisqu'il y avait un roi d'Egypte, ce pays était donc déjà très-peuplé. *Pharaon* était le nom générique du roi. *On* signifiait en égyptien le soleil; & *phara*, le maitre, ou l'élève. Presque tous les rois orientaux se sont intitulés frères ou cousins du soleil & de la lune. *Bochart* dit que *Pharaon* signifiait un crocodile; mais il y a loin d'un crocodile au soleil.

(*o*) Cette conduite d'*Abraham* a été sévérement censurée; mais *saint Augustin* l'a défendue dans son livre contre le mensonge. Plusieurs critiques se sont étonnés que *Sara*, femme du fils d'un potier, âgée de soixante & cinq ans, ayant fait le voyage d'Egypte à pied, ou tout au plus sur son

Mais le Seigneur affligea le pharaon de plaies très-grandes, & sa maison, à cause de *Saraï* femme d'*Abram*. Et *Pharaon* appela *Abram* & lui dit: Pourquoi m'as-tu fait cela? pourquoi ne m'as-tu pas dit que c'était ta femme? & puisque c'est ta femme, prends-la & va-t-en. Et le pharaon ordonna à ses gens, & ils l'emmenèrent lui & sa femme & tout ce qu'il avait.

Abram monta donc de l'Egypte, & sa femme & tout ce qu'il avait, & *Loth* avec lui, vers la contrée du Midi. (*p*) Il était très-riche en or & en argent; (*q*) & il revint par le chemin qu'il était venu du Midi à Béthel.... *Abram* demeura dans le pays de Canaan, & *Loth* dans les villes qui étaient auprès du Jourdain; & habita dans Sodome..... En ce temps *Hamraphel* roi de Sennaar, & *Arioc* roi de Pont, & *Codorlahomer* roi des Elamites, & *Thadal* roi des nations, (*r*) firent

âne, ait paru si belle à toute la cour du roi d'Egypte, & ait été mise dans le sérail de ce monarque.

Ces choses n'arriveraient pas aujourd'hui; mais elles étaient fréquentes alors, puisque nous verrons *Sara* enlevée par un autre roi long-temps après, pour sa beauté, à l'âge de quatre-vingt-dix ans.

(*p*) Puisqu'il revenait d'Egypte dans le Canaan, il est clair qu'il remontait juste vers le nord, & non pas vers le midi. Ces petites méprises, qui sont probablement des copistes, ne dérobent rien à la véracité de l'auteur sacré.

(*q*) C'était donc l'or & l'argent que lui avait donné le pharaon d'Egypte; car il n'y avait pas d'apparence que le fils d'un potier eût apporté beaucoup d'or en Canaan.

(*r*) Puisqu'il y avait un grand roi d'Egypte, il pouvait y avoir aussi de grands rois de Sennaar, de Pont, de Perse, & des autres rois des nations. Il paraît étrange que de si puissans monarques se soient ligués de si loin contre des chefs de cinq petites bourgades, qui habitaient un pays aride, sauvage & desert.

L'auteur sacré dit ici, que ces grands rois se donnèrent rendez-vous dans la vallée des bois, qui est aujourd'hui le lac Asphaltide, ou mer salée. Vous verrez qu'ensuite il ne dit point que cette vallée des bois ait été changée en mer salée, & qu'il insinue même le contraire.

la guerre contre *Bara* roi de Sodome, & contre *Berſa* roi de Gomorrhe, contre *Sennaab* roi d'Adama, & contre *Séméber* roi de Séboïm, & contre le roi de Bala, autrement Ségor;..... & ils prirent toute la ſubſtance des Sodomites & de Gomorrhe, & tout ce qu'il y avait à manger, & s'en allèrent. Ils prirent auſſi toute la ſubſtance de *Loth* fils du frère d'*Abram*, qui habitait à Sodome...... *Abram* ayant entendu que ſon frère *Loth* était pris, dénombra trois cents dix-huit de ſes valets, (*s*) & pourſuivit les rois vainqueurs juſqu'à Dan; & les ramena juſqu'à Oba qui eſt à la gauche de Damas; & il ramena toute la ſubſtance, & *Loth* ſon frère, & les femmes, & tout le peuple.....

Or *Saraï*, femme d'*Abram*, n'avait point engendré d'enfans; mais ayant ſa ſervante égyptienne nommée *Agar*, elle dit à ſon mari: DIEU m'a fermée afin que

(*s*) On fait ici pluſieurs difficultés. On demande comment *Abraham*, qui n'avait pas un pouce de terre dans ce pays, avait pourtant un aſſez grand nombre de domeſtiques pour en choiſir trois cents dix-huit? & comment avec cette poignée de valets il défit les armées de cinq rois ſi puiſſans, & les pourſuivit juſqu'à Dan qui n'était pas encore bâti? Quelques interprètes ont ſubſtitué Damas à Dan; mais il y a un chemin de cent milles du pays de Sodome à Damas; & le texte dit enſuite qu'il les pourſuivit juſqu'auprès de Damas.

Cette guerre d'*Abraham* contre tant de rois, ſemble avoir quelque rapport avec les anciennes traditions perſannes, dont on trouve des veſtiges dans le ſavant *Hyde*. Les Perſans prétendaient qu'*Abraham* avait été leur prophète & leur roi, & qu'il avait eu une guerre contre *Nembrod*. Il eſt conſtant, comme nous l'obſervons ailleurs, qu'ils appelèrent leur religion *Milat Abraham*, ou *Ibrahim*; *Kish Abraham*, ou *Ibrahim*. On a prétendu qu'il était le *Brama* des Indiens; qu'enſuite les Perſans l'adoptèrent, & qu'enfin les Juifs, qui vinrent & qui écrivirent très-long-temps après, s'approprièrent *Abraham*. Il réſulte que ce nom avait été fameux dans l'Orient de temps immémorial.

Nous nous en tenons ici à l'hiſtoire hébraïque. Peut-être un jour ceux qui voyagent dans l'Inde, & qui apprennent la langue ſacrée des anciens brachmanes, nous en apprendront-ils davantage.

je

je n'enfantasse pas; couche avec ma servante, peut-être que j'en aurai des enfans; & *Abram* acquiesça à cette prière. (*t*) Mais *Agar* voyant qu'elle avait conçu, méprisa sa maîtresse. *Saraï* dit à *Abram :* Tu agis iniquement contre moi : j'ai mis ma servante dans ton sein, & voyant qu'elle a conçu, elle me méprise. Que DIEU juge entre moi & toi. A quoi *Abram* répondit : La servante est en tes mains; fais-en ce que tu voudras. *Saraï* la battit, & *Agar* s'enfuit. L'ange du Seigneur l'ayant trouvée dans le désert près de la fontaine d'eau qui est dans la solitude dans le chemin de Sur au désert, lui dit : *Agar*, servante de *Saraï*, d'où viens-tu, où vas-tu? Laquelle répondit : Je m'enfuis de la face de *Saraï* ma maîtresse. L'ange du Seigneur lui dit : Retourne à ta maîtresse, humilie-toi sous sa main. Je multiplierai ta race en la multipliant, & on ne pourra la compter à cause de sa multitude. Tu as conçu & tu enfanteras un fils, tu l'appelleras *Ismaël*, parce que DIEU a écouté ton affliction; il sera comme un âne sauvage; ses mains seront contre tous, & les

(*t*) Cette adoption était fort commune en Orient. Un père ou une mère mettait l'enfant d'un autre sur ses genoux, & cela suffisait pour le légitimer. La polygamie d'ailleurs était en usage dans la sainte écriture. *Lamech* avait eu deux femmes. Mais on dispute pour savoir si *Agar* était une seconde femme, ou simplement une concubine. L'opinion la plus commune est qu'*Agar* ne fut que concubine. Car si elle avait été la seconde femme d'*Abraham*, son enfant n'aurait pas pu appartenir à *Sara;* il serait demeuré à la véritable mère. De plus *Abraham* n'aurait pas chasser *Agar* son épouse, & son fils aîné *Ismaël*, en leur donnant pour tout viatique un pain & un pot d'eau. Il est cruel sans doute de renvoyer ainsi sa servante & l'enfant qu'on lui a fait; mais il eût été plus abominable de chasser ainsi sa femme, dont l'Ecriture ne dit point qu'il eût à se plaindre.

mains de tous contre lui. (*u*) Or *Agar* appela le Dieu qui lui parlait *Dieu qui m'a vue* : car certainement, dit-elle, j'ai vu le derrière de celui qui m'a vue. (*x*)

Abram ayant commencé sa quatre-vingt-dix-neuvième année, DIEU lui apparut & lui dit : Je suis le dieu *Sadaï*; (*y*) marche devant moi, & sois sans taches : je ferai un pacte avec toi, & je te multiplierai prodigieusement. Tu ne t'appelleras plus *Abram*, mais *Abraham*. . . . . . (*z*) Voici mon pacte qui sera observé entre moi & tes descendans. On coupera la chair de ton prépuce, afin que ce soit un signe de mon pacte. L'enfant de huit jours sera circoncis parmi vous, tant le valet né dans la maison, que celui qui est acheté, & tout ce qui n'est point de votre race. Et mon pacte sera dans votre chair à tout jamais. Tout

(*u*) On a remarqué que cet ange du Seigneur, qui ramène *Agar* à *Abram* étant grosse d'*Ismaël*, ne la ramène plus quand elle est chassée avec son fils.

(*x*) C'était une opinion fort ancienne qu'on ne pouvait voir le visage d'un Dieu, sans mourir. Vous verrez même dans l'Exode que DIEU ne se laissa voir que par derrière à *Moïse* par la fente d'un rocher ; quoiqu'il soit dit que *Moïse* voyait DIEU face à face.

(*y*) *Sadaï* était le nom que quelques peuples de Syrie donnaient à DIEU. Ils l'appelaient tantôt *Sadaï*, tantôt *Adonaï*, tantôt *Jehovah*, ou *El*, ou *Eloa*, ou *Melch*, ou *Bel*, selon les différens dialectes. On prétend que *Sadaï* signifiait l'exterminateur : d'autres disent que c'était le Dieu des champs ; & d'autres le Dieu des mamelles. Il faut consulter *Calmet*, car il fait tout cela.

(*z*) On connaît peu la différence d'*Abram* à *Abraham*. On a prétendu qu'*Abram* signifiait père illustre, & *Abraham* père de plusieurs. Les Persans crurent toujours qu'il y avait eu un *Abram* surnommé *Zerdust*, qui leur avait enseigné la religion ; & les Grecs l'appelèrent *Zoroastre*. Des savans ont cru qu'*Abram* n'était autre que le *Brama* des Indiens ; & que la religion des Indiens, qui subsiste encore, était la plus ancienne de toutes. Mais il est difficile de pénétrer dans ces ténèbres ; & le meilleur parti est d'en croire le texte & l'Eglise.

mâle dont la chair ne sera point circoncise, sera exterminé, parce qu'il aura violé mon pacte...... (*a*)

DIEU dit aussi à *Abraham :* Tu n'appelleras plus ta femme *Saraï*, mais *Sara*. (*b*) Je la bénirai; elle te donnera un fils que je bénirai : il sera sur les nations ; & les rois des peuples sortiront de lui. *Abraham* tomba sur sa face & se mit à rire, disant dans son cœur : Pense-t-il qu'un homme de cent ans sera un fils, & qu'une femme de quatre-vingt-dix ans accouchera ? (*c*) Et il dit à DIEU : Plût-à-Dieu qu'*Ismaël* vécût devant toi ! Et DIEU répondit à *Abraham :* Ta femme t'engendrera un fils que tu appelleras *Isaac*. Je ferai un pacte avec lui & avec sa race à jamais. Et à l'égard d'*Ismaël*, je t'ai exaucé ; je le bénirai, je le multiplierai beaucoup : il engendrera douze chefs, & j'en ferai une grande nation..... Alors *Abraham* prit son fils & tous ses esclaves qu'il

(*a*) Cela contredit tous les écrivains de l'antiquité, qui s'accordent à dire que les Egyptiens & les Ethiopiens inventèrent la circoncision ; mais il n'y eut en Egypte que les prêtres & les initiés qui se firent couper le prépuce, comme un signe d'association qui les distinguait du genre-humain. Les Arabes prirent cette coutume. On prétend qu'en Ethiopie on circoncisait aussi les filles. DIEU ordonne ici de faire mourir quiconque n'aura pas eu le prépuce coupé. Cependant la circoncision ne fut point observée par les Juifs en Egypte pendant deux cents cinq ans : & les six cents trente mille combattans que le texte dit avoir suivi *Moïse* ne furent point circoncis dans le désert.

(*b*) On ne sait pas précisément quelle différence essentielle est entre *Saraï* & *Sara*. Les commentateurs ont dit que *Saraï* signifiait madame, & *Sara* la dame.

(*c*) Si *Tharé* en effet avait engendré *Abraham* à soixante & dix ans, & si *Abraham* fût parti d'Haran à l'âge de cent trente-cinq, & si on y ajoutait les huit ans qui s'écoulèrent de son arrivée en Canaan jusqu'à cette entrevue de DIEU & de lui, il avait alors cent quarante-trois ans ; & c'est une raison de plus pour rire. Cependant vous le verrez se marier dans trente ans, après la mort de *Sara* sa femme.

avait achetés, & généralement tous les mâles de sa maison; & il leur coupa la chair du prépuce, comme le dieu *Sadaï* l'avait ordonné. *Abraham* se coupa la chair de son prépuce lui-même, à l'âge de quatre-vingt-dix-neuf ans. *Ismaël* avait treize ans accomplis quand il fut circoncis. (*d*) *Abraham* & *Ismaël* furent circoncis le même jour, & tous les hommes de sa maison, tant les natifs que les achetés, tout fut circoncis.

Or DIEU vint trouver *Abraham* dans la vallée de Mambré, assis devant sa tente dans la chaleur du jour. Et *Abraham* ayant levé les yeux, vit trois hommes à côté de lui; & les ayant vus, il courut au plus vîte & les salua jusqu'à terre. Et il leur dit: Messeigneurs, si j'ai trouvé grâce devant tes yeux, (*e*) ne passe pas au-delà de l'habitation de ton serviteur; mais j'apporterai un peu d'eau pour laver vos pieds; reposez-vous sous l'arbre. Je vous donnerai une bouchée de pain: confortez-vous; après cela vous passerez; car c'est pour manger que vous êtes venu vers votre serviteur. Et ils lui répondirent: Fais comme tu l'as dit. *Abraham* entra vîte dans la tente de *Sara*, & lui dit: Dépêche-toi, pétris quatre-vingt-sept pintes de farine, (*f*) & fais des pains cuits

(*d*) Les mahométans, qui se croient descendus d'*Ismaël*, ou qui représentent la race d'*Ismaël*, coupent encore le prépuce à leurs enfans, quand ils ont treize ans; mais les Juifs le coupent au bout de huit jours.

(*e*) Voici un nouvel exemple du singulier joint avec le pluriel. Il y a ici trois hommes; & ces trois hommes sont trois Dieux, & *Abraham* ne parle qu'à un seul; & ensuite il parle à tous trois. Quelques-uns ont cru que cela signifiait la sainte Trinité. Cette explication a été combattue, parce que le mot de trinité ne se trouve dans aucun endroit de l'Ecriture. Il ne nous appartient pas d'approfondir cette question.

(*f*) Trois *sata* de farine font un *épha;* & si l'épha contient vingt-neuf pintes, trois éphata de farine font quatre-vingt-sept pintes. C'etait

ſous la cendre. Pour lui il courut au troupeau où il prit un veau très-tendre & très-bon; & il le donna à un valet pour le faire cuire. Il prit auſſi du kaimac & du lait, & le veau cuit; & il ſe tint debout ſous l'arbre vis-à-vis d'eux. Après qu'ils eurent mangé, ils lui dirent : Où eſt *Sara* ta femme? Et il répondit : Elle eſt dans ſa tente. L'un d'eux lui dit : Je reviendrai dans un an en revenant, ſi je ſuis en vie; (*g*) & ta femme *Sara* aura un fils. *Sara* ayant entendu cela derrière la porte de la tente, ſe mit à rire; car ils étaient tous deux bien vieux; & *Sara* n'avait plus ſes règles. Elle rit donc en ſe cachant, & dit : Après que je ſuis devenue vieille, & que mon Seigneur eſt ſi vieux, j'aurai encore du plaiſir! Mais DIEU dit à *Abraham :* Pourquoi *Sara* s'eſt-elle miſe à rire en diſant : Puis-je enfanter étant ſi vieille? eſt-ce qu'il y a quelque choſe de difficile à DIEU? Je reviendrai à toi dans un an, comme je te l'ai dit, ſi je ſuis en vie; (*h*) & *Sara* aura un fils. *Sara* toute

prodigieuſement de pain. L'uſage était chez les Orientaux de ſervir d'un ſeul plat en grande quantité. Le *kema* ou *kaimac* qu'*Abraham* fit lui-même, était une eſpèce de fromage à la crême, dont la mode a été chez les mahométans : ils ont un conte intitulé le *kaimac & le ſerpent*, dont ils font grand cas, & qui a été traduit par *Senecé*, valet de chambre d'*Anne d'Autriche*, mère de *Louis XIV*. Il eſt dit dans l'hiſtoire des Arabes qu'on ſervit du kaimac au repas de noces de *Mahomet* avec *Cadishé*.

(*g*) *Si je ſuis en vie*, eſt une façon de parler ordinaire. Ni un ange, ni un Dieu ne pouvait douter qu'il ne dût être en vie dans un an. Et comme ces voyageurs ne ſe donnaient point pour des dieux, ils pouvaient emprunter le langage des hommes; mais, puiſqu'ils prédirent l'avenir, ils ſe donnaient au moins pour prophètes.

(*h*) C'eſt DIEU même ici qui parle, & qui dit, *je reviendrai ſi je ſuis en vie*. C'eſt qu'il ne ſe donne encore à *Abraham* que pour un homme.

Dom *Calmet* trouve une reſſemblance viſible entre l'aventure d'*Abraham* & celle du bon homme *Irius* à qui *Jupiter*, *Neptune*, & *Mercure*, accordèrent

tremblante dit : Je n'ai point ri. DIEU lui dit : Si fait, tu as ri. (*i*)

Les trois voyageurs s'étant levés de-là, dirigèrent leurs yeux vers Sodome, & *Abraham* marchait en les menant. Et le Seigneur dit : Pourrai-je cacher à *Abraham* ce que je vais faire, puiſqu'il ſera père d'une nation grande & robuſte, & que toutes les nations de la terre ſeront bénies en lui? (*k*) car je

un enfant en jetant leur ſemence ſur un cuir de bœuf dont l'enfant naquit. Il eſt bien clair, dit *Calmet*, que le nom d'*Irius* eſt le même que celui d'*Abraham*.

(*i*) Cette converſation de DIEU & d'*Abraham*, & tous ces détails, ſont de la plus grande naïveté. L'auteur rend compte de tout ce qui s'eſt fait, & de tout ce qui s'eſt dit, comme s'il y avait été préſent. Il a donc été inſpiré ſur tous les points par DIEU même ; ſans quoi il ne ſerait qu'un conteur de fables. Ceux qui ont dit que toute cette hiſtoire n'était qu'allégorique, ont été bien hardis. Ils ont prétendu que DIEU, & les deux anges qui vinrent chez *Abraham*, ne mangèrent point ; mais firent ſemblant de manger. Or ſi cela était, on pourrait en dire autant de toute la ſainte écriture : rien ne ſerait arrivé de ce qu'on raconte : tout n'aurait été qu'en apparence : l'Ecriture ſerait un rêve perpétuel, ce qu'il n'eſt pas permis d'avancer.

(*k*) Il n'eſt pas vrai à la lettre que toutes les nations de la terre deſcendent d'*Abraham*, puiſqu'il y avait déjà, dès long-temps, de grands peuples établis, & que lui-même avait battu cinq grands rois avec trois cents dix-huit valets. On ne peut pas entendre non plus, par toutes les nations, les gens de Canaan, puiſqu'on ſuppoſe qu'ils furent tous maſſacrés. Il eſt difficile d'entendre, par toutes les nations, les mahométans, & les chrétiens qui ſont les ennemis mortels des Juifs. On peut dire que le chriſtianiſme a été prêché dans la plupart des nations ; que le chriſtianiſme vient du judaïſme, & que le judaïſme vient d'*Abraham*. Mais tous les peuples qui n'ont point reçu le chriſtianiſme, les Japonais, les Chinois, les Tartares, les Indiens, les Turcs, ne peuvent être regardés comme bénis. Ce ſont de petites difficultés qui ſe rencontrent ſouvent, & par-deſſus leſquelles il faut paſſer pour aller à l'eſſentiel. Cet eſſentiel eſt la piété, la foi, la ſoumiſſion entière au chef de l'Egliſe, & aux conciles écuméniques. Sans cette ſoumiſſion, qui pourrait comprendre par ſon ſeul entendement comment DIEU s'entretenait ſi familièrement avec *Abraham*, ſur le point d'abymer & de brûler cinq

ſais qu'il ordonnera à lui & à toute ſa famille de marcher dans la voie du Seigneur, & de faire jugement & juſtice. DIEU dit donc : La clameur des Sodomites & de Gomorrhe s'eſt multipliée, & le péché s'eſt appeſanti. Je deſcendrai donc pour voir, & je verrai ſi la clameur qui eſt venue à moi, eſt égalée par leurs œuvres, pour ſavoir ſi cela eſt, ou ſi cela n'eſt pas. Et ils partirent de-là, & ils s'en allèrent à Sodome. Mais *Abraham* reſta encore avec DIEU, & s'approchant de lui il lui dit : Eſt-ce que tu perdras le juſte avec l'impie? S'il y avait cinquante juſtes dans la cité, périront-ils auſſi? & ne pardonneras-tu pas à la ville à cauſe de ces cinquante juſtes? .. DIEU lui dit : Si je trouve dans Sodome cinquante juſtes, je pardonnerai pour l'amour d'eux. . . . . Et *Abraham* répliqua : s'il manque cinq de cinquante juſtes, détruiras-tu la ville pour ces cinq-là? Et DIEU répondit : Je ne la détruirai point, ſi j'en trouve quarante-cinq. Et *Abraham* continua : Peut-être ne s'en trouvera-t-il que quarante . . . . DIEU répondit : Je ne la détruirai point pour l'amour de ces quarante . . . . . *Abraham* dit : Et trente? DIEU répondit : Je ne la détruirai point ſi j'en trouve trente. . . . . . Et vingt? . . . . Et . . . dix. . . Je ne la détruirai point s'il y en a dix. . . Et DIEU ſe retira après cet entretien, & *Abraham* ſe retira chez lui.

Sur le ſoir les deux anges vinrent à Sodome. Et *Loth*, aſſis aux portes de la ville, les ayant vus, ſe leva, les

villes entières? quelle langue DIEU parlait? comment il fit rire *Sara*? comment il mangea? Chaque mot peut faire naître un doute dans l'ame la plus fidelle. Ne liſons donc point l'Ecriture dans la vaine eſpérance de l'entendre parfaitement, mais dans la ferme réſolution de la vénérer, en n'y entendant pas plus que les commentateurs.

falua profterné en terre, & leur dit : Meffieurs, paffez dans la maifon de votre ferviteur, demeurez-y, lavez vos pieds, & demain vous pafferez votre chemin. Et ils lui dirent : Non ; mais nous refterons dans la rue. *Loth* les preffa inftamment, & les obligea de venir chez lui. Il leur fit à fouper, cuifit des azymes, & ils mangèrent.

Mais avant qu'ils allaffent coucher, les gens de la ville, les hommes de Sodome, environnèrent la maifon, depuis le plus jeune jufqu'au plus vieux, depuis un bout jufqu'à l'autre; & ils appelèrent *Loth*, & lui dirent : Où font ces gens qui font entrés chez toi cette nuit ? amène-les nous, afin que nous en ufions. *Loth* étant forti vers eux, & fermant la porte derrière lui, leur dit : Je vous prie, mes frères, ne faites point ce mal ; j'ai deux filles qui n'ont point connu d'homme, je vous les amenerai ; abufez d'elles tout comme il vous plaira, mais ne faites point de mal à ces deux hommes; car ils font venus à l'ombre de mon toit. Mais ils lui dirent : Retire-toi de là : (*l*)

(*l*) Nous avouons que le texte confond ici plus qu'ailleurs l'efprit humain. Si ces deux anges, ces deux dieux, étaient incorporels, ils avaient donc pris un corps d'une grande beauté pour infpirer des défirs abominables à tout un peuple. Quoi ! les vieillards & les enfans, tous les habitans fans exception viennent en foule pour commettre le péché infame avec ces deux anges ! Il n'eft pas dans la nature humaine de commettre tous enfemble publiquement une telle abomination, pour laquelle on cherche toujours la retraite & le filence. Les Sodomites demandent ces deux anges comme on demande du pain en tumulte dans un temps de famine. Il n'y a rien dans la mythologie qui approche de cette horreur inconcevable. Ceux qui ont dit que les trois dieux, dont deux étaient allés à Sodome, & un était refté avec *Abraham*, était DIEU le Père, le Fils, & le Saint-Efprit, rendent encore le crime des Sodomites plus exécrable, & cette hiftoire plus incompréhenfible.

La propofition de *Loth* aux Sodomites, de coucher tous avec fes deux filles pucelles, au lieu de coucher avec ces deux anges, ou ces deux

cet étranger eſt-il venu chez nous pour nous juger? Va, nous t'en ferons encore plus qu'à eux. Et ils firent violence à *Loth*, & ſe préparèrent à rompre les portes. Les deux voyageurs firent rentrer *Loth* chez lui, & fermèrent la porte. Ils frappèrent d'aveuglement tous les Sodomites depuis le plus petit juſqu'au plus grand, de ſorte qu'ils ne pouvaient plus trouver la porte......

Les anges dirent à *Loth* : As-tu ici quelqu'un de tes gens, ſoit gendre, ſoit fils ou fille; fais ſortir de la ville tout ce qui t'appartient; car nous allons détruire ce lieu; parce que leur cri s'eſt élevé devant le Seigneur qui nous a envoyés pour les détruire. *Loth* étant donc ſorti parla à ſes gendres qui devaient épouſer ſes filles; il leur dit : Levez-vous & ſortez de ce lieu, parce que le Seigneur va détruire cette ville. Et ils crurent qu'il ſe moquait d'eux. (*m*)

dieux, n'eſt pas moins révoltante. Tout cela renferme la plus déteſtable impureté dont il ſoit fait mention dans aucun livre.

Les interprètes trouvent quelque rapport entre cette aventure & celle de *Philémon* & de *Baucis*; mais celle-ci eſt bien moins indécente, & beaucoup plus inſtructive. C'eſt un bourg que les dieux puniſſent d'avoir mépriſé l'hoſpitalité; c'eſt un avertiſſement d'être charitable; il n'y a nulle impureté. Quelques-uns diſent que l'auteur ſacré a voulu renchérir ſur l'hiſtoire de *Philémon* & de *Baucis*, pour inſpirer plus d'horreur d'un crime fort commun dans les pays chauds. Cependant les Arabes voleurs, qui ſont encore dans ce déſert ſauvage de Sodome, ſtipulent toujours que les caravanes qui paſſent par ce déſert, leur donneront des filles nubiles, & ne demandent jamais de garçons.

Cette hiſtoire de ces deux anges n'eſt point traitée ici en allégorie, en apologue; tout eſt au pied de la lettre, & on ne voit pas quelle allégorie on en pourrait tirer pour l'explication du nouveau teſtament, dont l'ancien eſt une figure, ſelon tous les pères de l'Egliſe.

(*m*) L'auteur ne dit point ce que devinrent les deux gendres de *Loth* qui ne demeuraient point dans ſa maiſon avec ſes filles, & qui ne les avaient

Dès le point du jour les deux anges pressèrent *Loth* de sortir, en lui disant : Prends ta femme & tes filles, de peur que tu ne périsses pour le crime de la ville. Comme *Loth* tardait, ils le prirent par la main, & ils prirent la main de sa femme & de ses filles, parce que le Seigneur les épargnait..... & l'ayant tiré de sa maison, ils le mirent hors de la ville, & lui dirent : Sauve ta vie ; ne regarde point derrière toi ; sauve-toi sur la montagne de peur que tu ne périsses.

Le Seigneur donc fit tomber sur Sodome & sur Gomorrhe une pluie de soufre & de feu qui tombait du ciel ; & il détruisit ces villes & tout le pays d'alentour, & tous les habitans & toutes les plantes..... La femme de *Loth*, ayant regardé derrière elle, fut changée en statue de sel..... (*n*).

pas encore épousées. Il faut qu'ils aient été enveloppés dans la destruction générale. Cependant l'auteur ne dit point que ces deux gendres de *Loth* fussent coupables du même excès d'impureté abominable pour laquelle les Sodomites furent brûlés avec la ville. Il ne paraît point par le texte qu'ils fussent de la troupe qui voulut violer les deux anges. Mais pourquoi ne suivirent-ils pas les deux filles & leur beau-père? pourquoi ne viennent-ils pas faire des enfans à leurs deux épouses, & pourquoi laissent-ils ce soin à leur propre père qui les engrosse étant ivre ?

La proposition du père *Loth*, d'abandonner ses deux filles à la lubricité des Sodomites, semble presque aussi insoutenable que la furieuse passion de tout ce peuple pour ces deux anges.

(*n*) Cette métamorphose d'*Edith* femme de *Loth* en statue de sel, a été encore une grande pierre d'achoppement. L'historien *Josephe* assure, dans ses Antiquités, qu'il a vu cette statue, & qu'on la montrait encore de son temps. L'auteur du Livre de la Sagesse dit qu'elle subsiste comme un monument d'incrédulité. *Benjamin de Tudèle*, dans son fameux voyage, dit qu'on la voit à deux *parasanges* de Sodome. *Saint Irénée* dit qu'elle a ses règles tous les mois. Aujourd'hui les voyageurs ne trouvent rien de tout cela. Quand les Romains prirent Jérusalem, ils ne furent point curieux de voir la statue de sel. Ni *Pompée*, ni *Titus*, ni *Adrien*, n'avaient jamais entendu parler de *Loth*, de sa femme *Edith*, & de ses

Abraham s'étant levé de grand matin vint au lieu où il avait été auparavant avec le Seigneur; & jetant les yeux fur Sodome, fur Gomorrhe, & fur tout le pays d'alentour, il ne vit plus rien que des étincelles & de la fumée qui s'élevait de la terre, comme la fumée d'un four ..... (*o*)

Loth monta de Ségor, & demeura fur la montagne dans une caverne avec fes deux filles. (*p*) L'aînée dit

deux filles, ni d'*Abraham*, ni d'aucun homme de cette famille. Le temps n'était pas encore venu où elle devait être connue des nations.

Les commentateurs difent que la fable d'*Eurydice* eft prife de l'hiftoire d'*Edith*, femme de *Loth*. D'autres croient que la fable de *Niobé*, changée en ftatue, fut pillée de ce morceau de la Genèfe. Les favans affurent qu'il eft impoffible que les Grecs aient jamais rien pris des Hébreux, dont ils ignoraient la langue, les livres, & jufqu'à l'exiftence, & que les Grecs ne purent favoir qu'il y avait une Judée que du temps d'*Alexandre*. L'hiftorien *Flavien Jofephe* l'avoue dans fa réponfe à *Appion*. Les Grecs, les Romains, les rois de Syrie, & les *Ptolomées* d'Egypte, furent que les Juifs étaient des barbares & des ufuriers, avant de favoir qu'ils euffent des livres.

(*o*) Le texte ne dit point que la ville de Sodome & les autres furent changées en un lac: au contraire, il dit qu'*Abraham* ne vit que *des étincelles, de la cendre, & de la fumée comme celle d'un four dans toute cette terre*. Il faut donc que Sodome, Gomorrhe, & les trois autres villes, qui formaient la *Pentapole*, fuffent bâties au bout du lac. Ce lac en effet devait exifter, & former le dégorgement du Jourdain. La plus grande difficulté eft de concevoir comment il y avait cinq villes fi riches, & fi débauchées dans ce défert affreux qui manque abfolument d'eau potable, & où l'on ne trouve jamais que quelques hordes vagabondes d'Arabes voleurs, qui viennent dans le temps des caravanes. On eft toujours furpris qu'*Abraham* & fa famille aient quitté le beau pays de la Chaldée pour venir dans ces déferts de fable & de bitume, où il eft impoffible aux hommes & aux animaux de vivre. Nous ne prétendons point éclaircir toutes ces obfcurités; nous nous en tenons refpectueufement au texte.

(*p*) Ségor était une ville du voifinage. Quelques commentateurs la placent à quarante-cinq milles de Sodome; & *Loth* quitta Ségor pour aller dans une caverne avec fes deux filles. Le texte ne dit point d'ailleurs ce qu'il fit lorfqu'il vit fa femme changée en ftatue de fel. Il ne dit point

à la cadette : Notre père est vieux, & il n'est resté aucun homme sur la terre qui puisse entrer à nous, selon la coutume de toute la terre; venez, enivrons notre père avec du vin, couchons avec lui, afin de pouvoir susciter de la semence de notre père. Et cette aînée alla coucher avec son père qui ne sentit rien ni quand il se coucha, ni quand il se releva. Et le jour suivant cette aînée dit à la cadette : Voilà que j'ai couché hier avec mon père; donnons-lui à boire cette nuit & tu coucheras avec lui, afin que nous gardions de la semence de notre père. Elles lui donnèrent donc du vin à boire, & la petite fille coucha avec lui qui n'en sentit rien, ni quand elle concourut avec lui, ni quand elle se leva. Ainsi les deux filles de *Loth* furent grosses de leur père. L'aînée enfanta *Moab* qui fut père des Moabites jusqu'à aujourd'hui, & la cadette fut mère d'*Ammon*, qui veut dire *fils de mon peuple*. C'est le père des Ammonites jusqu'à aujourd'hui.

De là *Abraham* alla dans les terres australes, & il habita entre Cadès & Sur, & il voyagea en Gérar, &

non plus le nom de ses filles. L'idée d'enivrer leur père pour coucher avec lui dans la caverne, est singulière. Le texte ne dit point où elles trouvèrent du vin; mais il dit que *Loth* jouit de ses filles sans s'apercevoir de rien, soit quand elles couchèrent avec lui, soit quand elles s'en allèrent. Il est très-difficile de jouir d'une femme sans le sentir; surtout si elle est pucelle. C'est un fait que nous ne hasardons pas d'expliquer.

Il est vrai que cette histoire a quelque rapport avec celle de *Myrrha* & de *Cyniras*. Les deux filles de *Loth* eurent de leur père les Moabites & les Ammonites. *Myrrha* avait eu dans l'Arabie *Adonis* de son père *Cyniras*. Au reste on ne voit pas pourquoi les filles de *Loth* craignaient que le monde ne finît, puisqu'*Abraham* avait déjà engendré *Ismaël* de sa servante, que toutes les nations étaient dispersées, & que la ville de Ségor, dont ces filles sortaient, & la ville de Tsohar, étaient tout auprès. Il y a là tant d'obscurités, que le seul parti est toujours de se soumettre, sans oser rien approfondir.

il dit que ſa femme *Sara* était ſa ſœur ; c'eſt pourquoi *Abimeleck*, roi de Gérar, enleva *Sara*. Mais le Seigneur vint par un ſonge pendant la nuit vers *Abimeleck* & lui dit : Tu mourras à cauſe de cette femme, car elle a un mari. (*q*) Mais *Abimeleck* ne l'avait point touchée, & il dit : Seigneur, ferais-tu mourir des gens innocens & ignorans ? Ne m'a-t-il pas dit lui-même, *elle eſt ma ſœur* ? Ne m'a-t-elle pas dit, *il eſt mon frère* ? J'ai fait cela dans la ſimplicité de mon cœur, & dans la pureté de mes mains.... DIEU lui répondit : Je ſais que tu l'as fait avec un cœur ſimple, c'eſt pourquoi je t'ai empêché de la toucher. Rends donc la femme à ſon mari, parce que c'eſt un prophète, & qui priera pour toi, & tu vivras. Mais ſi tu ne veux pas la rendre, ſache que tu mourras, toi & tout ce qui eſt à toi. Auſſitôt *Abimeleck* ſe lève au milieu de la nuit, il appela

(*q*) Voici qui eſt auſſi extraordinaire que tout le reſte, quoique d'un autre genre. Premièrement on voit un roi dans Gérar, déſert horrible, où depuis ce temps il n'y a eu aucune habitation. Secondement *Sara* eſt encore enlevée pour ſa beauté, ainſi qu'en Egypte, quoique l'Ecriture lui donne alors quatre-vingt-dix ans. Troiſièmement, elle était groſſe dans ce temps-là même de ſon fils *Iſaac*. Quatrièmement *Abraham* ſe ſert de la même adreſſe qu'en Egypte, & il dit que ſa femme eſt ſa ſœur. Cinquièmement il dit qu'en effet il avait épouſé ſa ſœur fille de ſon père, & non de ſa mère. Sixièmement les commentateurs diſent qu'elle était ſa nièce. Septièmement DIEU avertit en ſonge le roi de Gérar que *Sara* eſt la femme d'*Abraham*. Huitièmement ce roi, ou ce chef d'Arabes-Bedouins, donne à *Abraham*, ainſi que le roi d'Egypte, des brebis, des bœufs, des ſerviteurs & des ſervantes, & mille pièces d'argent. Neuvièmement le dieu des Hébreux apparaît à *Abimeleck*, roi ou chef des Arabes de Gérar, auſſi-bien qu'à *Abraham* & à *Loth*. Cependant *Abimeleck*, roi de Gerar, n'était point de la religion d'*Abraham* : DIEU n'avait fait un pacte qu'avec *Abraham* & ſa ſemence. Dixièmement, *Loth*, que DIEU ſauva miraculeuſement de l'incendie miraculeuſe de Sodome, n'était pas non plus de la ſemence d'*Abraham*. Il eſt, par ſon double inceſte, père de deux nations idolâtres. Ce ſont autant de nouvelles difficultés pour les doctes, & autant d'objets de docilité & de ſoumiſſion pour nous.

tous ses gens qui furent saisis de crainte. Il appela aussi *Abraham*, & lui dit : Qu'as-tu fait ? quel mal t'avions-nous fait pour attirer sur moi & sur mon royaume le châtiment d'un si grand crime ? Tu n'as pas dû faire ainsi envers nous. *Abraham* répondit : J'ai pensé en moi-même qu'il n'y avait peut-être point de crainte de DIEU dans ce pays-ci, & qu'on me tuerait pour avoir ma femme. D'ailleurs ma femme est aussi ma sœur, fille de mon père, mais non pas fille de ma mère...... Mais depuis que les dieux me font voyager loin de la maison de mon père, j'ai toujours dit à ma femme : Fais-moi le plaisir de dire par-tout où nous irons, que je suis ton frère......

Abimeleck donna donc des brebis & des bœufs, & des garçons & des servantes à *Abraham*, & lui dit : Va-t'en, & habite où tu voudras. Et il dit à *Sara* : Voici mille pièces d'argent pour ton frère, pour t'acheter un voile, & par-tout où tu iras, souviens-toi que tu y as été prise. (*r*)

Or DIEU avait fermé toutes les vulves (*s*) à cause

(*r*) Si la conduite d'*Abraham* paraît extraordinaire, si sa crainte d'être tué à cause de la beauté d'une femme nonagénaire paraît la chose du monde la plus chimérique, la conduite du chef des Arabes de Gérar paraît bien généreuse, & son discours très-sage. Mais pourquoi *Abraham* dit-il, les Dieux, & non pas DIEU ; Eloïm, & non pas Eloï ? les commentateurs disent que c'est parce que trois Eloïm lui étaient apparus, & non pas un seul Eloï, ou Eloa.

(*s*) Il faut que ce roi du désert ait retenu *Sara* long-temps, pour que toutes ces femmes se soient aperçues qu'elles avaient toutes la matrice fermée, & qu'elles ne pouvaient enfanter. La maladie dont elles furent affligées n'est pas spécifiée. On ne sait si DIEU se contenta de les rendre stériles, ce dont on ne peut être assuré qu'au bout de quelques années ; ou si DIEU les rendit inhabiles à recevoir les embrassemens d'*Abimeleck*. Cette expression *fermer la vulve* peut signifier l'un & l'autre. Mais dans les deux cas il paraît qu'*Abimeleck* voulut leur rendre, ou leur rendit le devoir conjugal, & qu'il

de *Sara*, femme d'*Abraham;* & à la prière d'*Abraham*, DIEU guérit *Abimeleck*, & sa femme & ses servantes, & elles enfantèrent.

Or DIEU visita *Sara* comme il l'avait promis, & elle enfanta un fils dans sa vieillesse, dans le temps que DIEU avait prédit, & *Abraham* nomma ce fils *Isaac*..... & il le circoncit le huitième jour comme DIEU l'avait ordonné; & il avait alors cent ans. (*t*)

L'enfant prit sa croissance, & il fut sevré. Mais *Sara* voyant le fils d'*Agar* l'égyptienne jouer avec son fils *Isaac*, elle dit à *Abraham :* Chassez-moi cette servante avec son fils; car le fils de cette servante n'héritera point avec mon fils *Isaac*. Et *Abraham*, ayant consulté DIEU, se leva du matin, & prenant du pain & une outre d'eau, les mit sur l'épaule d'*Agar*, & la renvoya ainsi elle & son fils, (*u*) & *Agar* s'en alla errante dans

n'était point tenté de donner la préférence à une femme de quatre-vingt-dix ans. Tout cela est, encore une fois, un grand sujet de surprise, & un grand objet de la soumission de notre entendement.

(*t*) Nous avons déjà dit qu'en supputant le temps où *Abraham* naquit, il devait avoir cent soixante ans, au moins, au rapport de *saint Etienne*, & selon la lettre du texte. Mais selon le cours de la nature humaine, il est aussi rare de faire des enfans à cent ans qu'à cent soixante. Aussi la naissance d'*Isaac* est un miracle évident; puisque *Sara* n'avait plus ses règles lorsqu'elle devint grosse.

(*u*) Si *Abraham* était un seigneur si puissant, s'il avait été vainqueur de cinq rois avec trois cents dix-huit hommes de l'élite de ses domestiques, si sa femme lui avait valu tant d'argent de la part du roi d'Egypte & du roi de Gérar, il paraît bien dur & bien inhumain de renvoyer sa concubine & son premier-né dans le désert, avec un morceau de pain & une cruche d'eau, sous prétexte que ce premier-né jouait avec le fils de *Sara*. Il exposa l'un & l'autre à mourir dans le désert. Il fallut que DIEU lui-même montrât un puits à *Agar*, pour l'empêcher de mourir. Mais comment tirer l'eau de ce puits? Lorsque les Arabes vagabonds trouvaient quelque source saumâtre sous terre dans cette solitude sablonneuse, ils avaient grand soin de la couvrir & de la marquer avec un bâton. Quel emploi pour le Créateur du monde,

le désert de Bertzabé. Et l'eau ayant manqué dans son outre, elle laissa son fils couché sous un arbre. Elle s'éloigna de lui d'un trait d'arc, & s'assit en le regardant & en pleurant, & en disant : je ne verrai point mourir mon enfant.... DIEU écouta la voix de l'enfant. L'ange de DIEU appela *Agar* du haut du ciel, & lui dit : *Agar*, que fais-tu là ? Ne crains rien, car DIEU a entendu la voix de l'enfant; lève-toi, prends le petit par la main, car j'en ferai une grande nation. Et DIEU ouvrit les yeux d'*Agar*, laquelle ayant vu un puits d'eau, remplit sa cruche & donna à boire à l'enfant. Et DIEU fut avec lui ; il devint grand, demeura dans le désert ; il fut un grand archer, & il habita le désert de Pharan, & sa mère lui donna une femme d'Egypte.

Après cela DIEU tenta *Abraham*, & lui dit : *Abraham. Abraham !* Et il répondit : Me voilà. Et DIEU lui dit : Prends ton fils unique *Isaac* que tu aimes, mène-le dans la terre *de la vision*, & tu m'offriras ton fils en sacrifice sur une montagne que je te montrerai..... (x)

dit M. *Boulanger*, de descendre du haut de son trône éternel pour aller montrer un puits à une pauvre servante à qui on a fait un enfant dans un pays barbare, que des juifs nomment Canaan !

Nous pourrions dire à ces détracteurs que DIEU voulut par-là nous enseigner le devoir de la charité. Mais la réponse la plus courte est qu'il ne nous appartient ni de critiquer, ni d'expliquer la sainte Ecriture, & qu'il faut tout croire sans rien examiner.

(x) On ne sait point ce que c'est que la terre *de la vision*. L'hébreu dit *dans la terre de Moria*. Or Moria est la montagne sur laquelle on bâtit depuis le temple de Jérusalem. C'est ce qui a fait croire depuis à quelques savans téméraires que la Genèse ne put être écrite dans le désert par *Moïse*, qui, n'étant point entré dans le Canaan, ne pouvait connaître la montagne Moria. On a recherché si dans le temps où l'on place *Abraham* les hommes étaient déjà dans l'usage de sacrifier des enfans à leurs Dieux, *Sanchoniathon* nous apprend qu'*Iléus* avait déjà immolé son fils *Jéhud* long-temps auparavant.

Abraham

Abraham donc ſe levant la nuit, ſangla ſon âne & emmena avec lui deux jeunes gens & *Iſaac* ſon fils. Et ayant coupé du bois pour le ſacrifice, il alla au lieu où DIEU lui avait commandé d'aller. Et le troiſième jour il vit de loin le lieu, & il dit aux jeunes gens : Attendez ici avec l'âne. Nous ne ferons qu'aller juſque-là

Mais depuis, l'hiſtoire eſt remplie du récit de ces horribles ſacrifices. On remarque qu'*Abraham* avait intercédé pour les habitans de Sodome qui lui étaient étrangers, & qu'il n'intercéda pas pour ſon propre fils. On accuſe auſſi *Abraham* d'un nouveau menſonge, quand il dit à ſes deux valets, nous ne ferons qu'aller mon fils & moi, & nous reviendrons. Puiſqu'il allait ſur la montagne pour égorger ſon fils, il ne pouvait, dit-on, avoir l'intention de revenir avec lui. Et on a oſé avancer que ce menſonge était d'un barbare, ſi les autres avaient été d'un avare & d'un lâche qui proſtituait ſa femme pour de l'argent. Mais nous devons regarder ces accuſations contre *Abraham* comme des blaſphèmes.

D'autres critiques audacieux ont témoigné leur ſurpriſe qu'*Abraham*, âgé de cent ſoixante ans, ou au moins de cent, ait coupé lui-même le bois au bas de la montagne Moria, pour brûler ſon fils après l'avoir égorgé. Il faut, pour brûler un corps, une grande charrette pour le moins de bois ſec ; un peu de bois verd ne pourrait ſuffire. Il eſt dit qu'il mit lui-même le bois ſur le dos de ſon fils *Iſaac*. Cet enfant n'avait pas encore treize ans. Il a paru à ces critiques auſſi difficile que cet enfant portât tout le bois néceſſaire, qu'il aurait été difficile à *Abraham* de le couper. Le réchaud que portait *Abraham*, pour allumer le feu, ne pouvait contenir que quelques charbons qui devaient être éteints avant d'arriver au lieu du ſacrifice. Enfin on a pouſſé la critique juſqu'à dire que la montagne Moria n'eſt qu'un rocher pelé, ſur lequel il n'y a jamais eu un ſeul arbre ; que toute la campagne des environs de Jéruſalem a toujours été remplie de cailloux, & qu'il fallut dans tous les temps y faire venir le bois de très-loin. Toutes ces objections n'empêchent pas que DIEU n'ait éprouvé la foi d'*Abraham*, & que ce patriarche n'ait mérité la bénédiction de DIEU par ſon obéiſſance.

Voyez ci-deſſous le ſacrifice de la fille de *Jephté*, & voyez enſuite les reproches qu'*Iſaïe* fait aux Juifs d'immoler leurs enfans à leurs Dieux, & de leur écraſer ſaintement la tête ſur des pierres dans des torrens. (*Iſaïe* ou *Eſaïa*, chap. 47.) Alors on ſera convaincu que les Juifs furent de tout temps de ſacrés parricides. Pourquoi ? c'eſt qu'ils abandonnaient ſouvent DIEU, & que DIEU les abandonnait à leur ſens réprouvé.

mon fils & moi ; & après avoir adoré, nous reviendrons...... Il prit le bois du facrifice, il le mit fur le dos de fon fils ; & pour lui, il portait en fes mains du feu & un fabre. Comme ils marchaient enfemble, *Ifaac* dit à fon père : Mon père ! *Abraham* lui répondit : Que veux-tu, mon fils : Voilà, dit *Ifaac*, le feu & le bois, où eft la victime du facrifice ? *Abraham* dit : DIEU pourvoira la victime du facrifice, mon fils. Ils s'avancèrent donc enfemble, & ils arrivèrent à l'endroit que DIEU avait montré à *Abraham* ; il y éleva un autel, arrangea le bois par-deffus, lia *Ifaac* fon fils, & le mit fur le bois ; & il étendit fa main & prit fon glaive ; & voilà que l'ange de DIEU cria du haut du ciel, difant : *Abraham, Abraham !* qui répondit : Me voici. L'ange lui dit : N'étends pas ta main fur l'enfant, & ne lui fais rien. Maintenant j'ai connu que tu crains DIEU ; & tu n'as pas pardonné à ton fils unique à caufe de moi. *Abraham* leva les yeux, & il aperçut derrière lui un bélier embarraffé par fes cornes dans un buiffon ; & le prenant, il l'offrit en facrifice pour fon fils..... Or l'ange du Seigneur appela *Abraham* du ciel pour la feconde fois : J'ai juré par moi-même, dit le Seigneur, que parce que tu as fait cette chofe, & que tu n'as point épargné ton propre fils à caufe de moi, je te bénirai, je multiplierai ta femence comme les étoiles du ciel, & comme le fable qui eft fur le bord de la mer ; ta femence poffédera les portes de tes ennemis ; & toutes les nations de la terre feront bénies dans ta femence, parce que tu as obéi à ma voix. (*y*)

(*y*) C'eft encore ici une nouvelle promeffe de bénir toutes les nations de la terre comme defcendantes d'*Abraham*, quoiqu'elles n'en defcendiffent point. On peut entendre par toutes les nations de la terre la poftérité de

Or *Sara* ayant vécu cent vingt-ſept ans, mourut dans la ville d'Arbée qui eſt Hébron dans la terre de Canaan. (z) Et *Abraham* vint pour crier, & pour la pleurer. Et s'étant levé, après avoir fait le devoir des funérailles, il dit aux enfans de *Heth*: Je ſuis chez vous étranger; donnez-moi droit de ſépulture chez vous, afin que j'enterre ma morte. Et les fils de *Heth* lui répondirent en diſant : Tu es prince de DIEU chez nous, enterre ta morte dans nos plus beaux ſépulcres; perſonne ne t'en empêchera. *Abraham* s'étant levé & ayant adoré le peuple, il leur dit : S'il plaît à vos ames que j'enterre ma morte, parlez pour moi à *Ephrom*, fils de *Séhor*, qu'il me donne ſa caverne double à l'extrémité de ſon champ, qu'il me la cède devant vous, & que je ſois en poſſeſſion du ſépulcre..... Et *Ephrom* dit : La terre que tu demandes vaut quatre cents ſicles d'argent, c'eſt le prix entre toi & moi; enſevelis ta morte. (*a*)

Jacob, qui fut aſſez nombreuſe. Tous les incrédules regardent ces hiſtoires ſacrées comme des contes arabes, inventés d'abord pour bercer les petits enfans, & n'ayant aucun rapport à l'eſſentiel de la loi juive. Ils diſent que ces contes ayant été peu-à-peu inſérés dans le catalogue des livres juifs, devinrent ſacrés pour ce peuple, & enſuite pour les chrétiens qui lui ſuccédèrent.

(z) Si *Sara* mourut à cent vingt-ſept ans, & ſi elle mourut immédiatement après qu'*Abraham* avait voulu égorger ſon fils unique *Iſaac*, ce fils avait donc trente-ſept ans, & non pas treize, quand ſon père voulut l'immoler au Seigneur : car ſa mère avait accouché de lui à quatre-vingt-dix ans. Or la foi & l'obéiſſance d'*Iſaac* avaient été encore plus grandes que celles d'*Abraham*; puiſqu'il s'était laiſſé lier & étendre ſur le bûcher par un vieillard de cent ans pour le moins. Toutes ces choſes ſont au-deſſus de la nature humaine telle qu'elle eſt aujourd'hui. *Saint Paul*, dans l'épître aux Galates, dit que *Sara* eſt la figure de l'Egliſe. Le révérend père dom *Calmet* aſſure qu'*Iſaac* eſt la figure de JESUS-CHRIST, & qu'on ne peut pas s'y méprendre.

(*a*) On voit à la vérité qu'*Abraham*, tout grand prince qu'il était, ne poſſédait pas un pouce de terre en propre; & on ne conçoit pas comment,

Abraham ayant entendu cela, pesa l'argent qu'*Ephrom* lui demandait, & lui paya quatre cents sicles de monnaie courante publique..... Or *Abraham* était vieux de beaucoup de jours. Il dit au plus vieux serviteur de sa maison, qui présidait sur les autres serviteurs: Mets ta main sous ma cuisse, afin que je t'adjure au nom du ciel & de la terre, que tu ne prendras aucune fille des Cananéens pour faire épouser à mon fils, mais que tu iras dans la terre de ma famille, & que tu y prendras une fille pour mon fils *Isaac*..... (*b*) Ce serviteur mit donc la main sous la cuisse d'*Abraham* son maître,

avec tant de troupes & tant de richesses, il n'avait pu acquérir le moindre terrain. Il faut qu'il achète une caverne pour enterrer sa femme. On lui vend un champ & une caverne pour quatre cents sicles. Le sicle a été évalué à trois livres quatre sous de notre monnaie. Ainsi quatre cents sicles vaudraient douze cents quatre-vingts livres. Cela paraît énormément cher dans un pays aussi stérile, & aussi pauvre que celui d'Hébron, qui fait partie du désert dont le lac Asphaltide est entouré, & où il ne paraît pas qu'il y eût le moindre commerce. Il est dit qu'il paya ces quatre cents sicles en bonne monnaie courante. Mais non-seulement il n'y avait point alors de monnaie dans Canaan, mais jamais les Juifs n'ont frappé de monnaie à leur coin. Il faut donc entendre que ces quatre cents sicles avaient la valeur de la monnaie qui courait du temps que l'auteur sacré écrivait. Mais c'est encore une difficulté; puisqu'on ne connaissait point la monnaie au temps de *Moïse*.

(*b*) Ce serviteur, nommé *Eliézer*, mit donc la main sous la cuisse d'*Abraham*. Plusieurs savans prétendent que ce n'était pas sous la cuisse, mais sous les parties viriles, très-révérées par les Orientaux, surtout dans les anciens temps, non-seulement à cause de la circoncision qui avait consacré ces parties à DIEU, mais parce qu'elles sont la source de la propagation du genre-humain, & le gage de la bénédiction du Seigneur. Par *cuisse* il faut toujours entendre ces parties. Un chef sorti de la *cuisse* de *Juda* signifie évidemment un chef sorti de la semence, ou de la partie virile de *Juda*. *Abraham* fit donc jurer son serviteur qu'il ne prendrait point une cananéenne pour femme à *Isaac* son fils. L'auteur sacré manque peu l'occasion d'insinuer que les habitans du pays sont maudits, & de préparer à l'invasion que les Juifs firent de cette terre sous *Josué* & sous *David*.

& jura ſur ſon diſcours. Il prit dix chameaux des troupeaux de ſon maître ; il partit chargé des biens de ſon maître, & alla en Méſopotamie, à la ville de Nachor....... Etant arrivé le ſoir, au temps où les filles vont chercher de l'eau, (c) il vit *Rébecca*, fille de *Bathuel*, fils de *Melca* & de *Nachor*, frère d'*Abraham*, qui vint avec une cruche d'eau ſur l'épaule. C'était une fille très-agréable, une vierge très-belle qui n'avait

(c) Il nous paraît toujours étrange que les anciens faſſent travailler les filles des princes, comme des ſervantes ; que, dans *Homère*, les filles du roi de Corfou aillent en charrette faire la leſſive. Mais il faut conſidérer que ces prétendus rois, chantés par *Homère*, n'étaient que des poſſeſſeurs de quelques villages ; & qu'un homme qui n'aurait pour tout bien que l'île d'Itaque, ferait une mince figure à Paris & à Londres. *Rébecca* vient avec une cruche ſur ſon épaule, & donne à boire aux chameaux. *Eliézer* lui preſente deux pendans de nez ou deux pendans d'oreilles d'or de deux ſicles. Ce n'était qu'un préſent de ſix livres huit ſous ; & les préſens qu'on fait aujourd'hui à nos villageoiſes ſont beaucoup plus conſidérables. Les bracelets valaient trente-deux livres, ce qui paraît plus honnête. Il eſt inutile de remarquer ſi les pendans étaient pour les oreilles ou pour le nez. Il eſt certain que dans les pays chauds, où l'on ne ſe mouche preſque jamais, les femmes avaient des pendans de nez. Elles ſe feſaient percer le nez comme nos femmes ſe ſont percer les oreilles. Cette coutume eſt encore établie en Afrique, & dans l'Inde.

Aben Eſra avoue qu'il y a très-loin du Canaan en Méſopotamie, & il s'étonne qu'*Abraham* ayant fait une ſi prodigieuſe fortune en Canaan, étant devenu ſi puiſſant, ayant vaincu cinq grands rois avec ſes ſeuls valets, n'ait pas fait venir dans ſes Etats ſes parens & amis de Méſopotamie, & ne leur ait pas donné de grandes charges dans ſa maiſon.

M. *Freret* eſt encore plus étonné que ce grand prince *Abraham* ait été ſi pauvre, qu'il ne fut jamais poſſeſſeur d'une toiſe de terrain en Canaan, juſqu'à ce qu'il eût acheté une petit coin pour enterrer ſa femme. S'il était riche en troupeaux, dit M. *Freret*, que n'allait-il s'établir lui & ſon fils dans la Méſopotamie, où les pâturages ſont ſi bons ? S'il fuyait les Chaldéens comme idolâtres, les Cananéens étaient idolâtres auſſi, & *Rébecca* était idolâtre.

M. *Freret* ne ſonge pas que DIEU avait promis le Canaan & la Méſopotamie aux Juifs, & qu'il fallait s'établir vers le lac de Sodome, avant de conquérir les bords de l'Euphrate.

point connu d'hommes, & elle s'en retournait à la maifon avec fa cruche. Le ferviteur d'*Abraham* alla à elle, & lui dit : Donne-moi à boire de l'eau de ta cruche ; & elle lui dit : Bois, mon bon feigneur. Elle mit fa cruche fur fon bras ; & après qu'il eut bu, elle ajouta : Je m'en vais tirer auffi de l'eau du puits pour tes chameaux afin qu'ils boivent tous.... Et après que les chameaux eurent bu, le ferviteur tira deux pendans d'or pour le nez, qui pefaient deux ficles, & autant de bracelets, qui pefaient dix ficles...... Le ferviteur d'*Abraham* dit au maître de la maifon : Je bénis le Dieu d'*Abraham* mon maître, qui m'a conduit par le droit chemin, afin que je priffe la fille du frère à mon maître, pour femme à fon fils.....

Puis *Eliézer*, ferviteur d'*Abraham*, dit : Renvoyez-moi, & que j'aille à mon maître...... Les frères & la mère de *Rébecca* répondirent : Que cette fille demeure au moins dix jours avec nous, & elle partira...... Et ils dirent : Appelons la fille, & interrogeons fa bouche. (*d*) Etant appelée elle vint ; ils lui demandèrent : Veux-tu partir avec cet homme ? Elle répondit : Je partirai. Ils l'envoyèrent donc avec fa nourrice & le ferviteur d'*Abraham* & fes compagnons, lui fouhaitant profpérité, & lui difant : Tu es notre fœur ; puiffes-tu croître en mille & mille, & que ta femence poffède les portes de tes ennemis. (*e*)

(*d*) On a obfervé que *Rébecca* voulut partir fur le champ fans demander la bénédiction de fes père & mère, fans faire le moindre compliment à fa famille. On a cru qu'elle avait une grande impatience d'être mariée ; mais l'auteur facré n'était pas obligé d'entrer dans tous ces détails.

(*e*) Nouvelle infinuation que les Cananéens deviendraient les ennemis des Juifs, après avoir reçu leur père avec tant d'hofpitalité.

Ainsi donc *Rébecca* & ses compagnes, montées sur des chameaux, suivirent cet homme qui s'en retourna en grande diligence vers son maître...... *Isaac* fit entrer *Rébecca* dans la tente de *Sara* sa mère; (*f*) il la prit en femme, & il l'aima tant, que la douleur de la mort de sa mère en fut tempérée.

Or *Abraham* prit une autre femme nommée *Kéthura*, qui lui enfanta *Zamran*, *Jexan*, *Madan*, *Madian*, & *Suhé*. (*g*) Or les jours d'*Abraham* furent de cent soixante & quinze années, & il mourut de faiblesse dans une bonne vieillesse, plein de jours, & il fut réuni à son peuple...... *Isaac* & *Ismaël* ses fils l'ensevelirent dans la caverne double qui est dans le champ d'*Ephrom* fils de *Séhor* l'éthéen, vis-à-vis Mambré..... *Isaac* âgé de quarante ans, ayant donc épousé *Rébecca*, fille de *Bathuel* le syrien de Mésopotamie, & sœur de *Laban*, *Isaac* pria le Seigneur pour sa femme, parce qu'elle était stérile, & le Seigneur l'exauça en fesant concevoir *Rébecca*. Mais les deux enfans dont elle était grosse, se battaient dans son ventre l'un contre

(*f*) Il veut dire la tente qui avait appartenu à *Sara*; car il y avait trois ans que *Sara* était morte. *Calmet* dit qu'*Abraham* envoya chercher une fille pour son fils chez les idolâtres, parce que JESUS-CHRIST n'a point prêché lui même aux gentils, mais qu'il y a envoyé ses apôtres.

(*g*) On croit que *Kéthura* était cananéenne. Cela serait étrange, après avoir dit tant de fois qu'il ne fallait point se marier à des cananéennes. Il est encore plus étrange qu'il se soit remarié à deux cents ans, ou au moins à cent quarante ans, d'autant plus que *Sara* elle-même l'avait trouvé trop vieux à cent ans pour engendrer. Cependant il fait encore cinq enfans à *Kéthura*. Ces cinq enfans régnèrent, dit-on, dans l'Arabie déserte. Ce n'aurait pas été un fort beau royaume; mais il se trouverait par-là que les enfans de *Kéthura* auraient été pourvus, dans le temps que les enfans de *Sara*, auxquels DIEU avait promis toute la terre, ne possédaient rien du-tout. Ils ne se rendirent maîtres de la terre de Jéricho que quatre cents soixante & dix ans après, selon la computation hébraïque.

l'autre. (*h*) Et elle dit : Si cela eſt ainſi, pourquoi ai-je conçu ? & elle alla conſulter le Seigneur qui lui dit : Deux nations ſont dans ton ventre, & deux peuples ſortiront de ta matrice ; ils ſe diviſeront ; un peuple ſurmontera l'autre, & le plus grand ſera aſſujetti au plus petit. . . . . . Le temps d'enfanter étant venu, voilà qu'on trouva deux jumeaux dans ſa matrice. Le premier qui ſortit était roux & hériſſé de poil (*i*) comme un manteau ; ſon nom eſt *Eſaü* : l'autre ſortant auſſitôt, tenait ſon frère par le pied avec la main, & on l'appela *Jacob*. *Iſaac* avait ſoixante ans quand ces deux petits naquirent. Lorſqu'ils furent adultes, *Eſaü* fut homme habile à la chaſſe & laboureur ; *Jacob*, homme ſimple, habitait dans les tentes.

Iſaac aimait *Eſaü*, parce qu'il mangeait du gibier de ſa chaſſe ; mais *Rébecca* aimait *Jacob*. . . . . Un jour *Jacob* fit cuire une fricaſſée, & *Eſaü* étant arrivé fatigué des champs, lui dit : Donne-moi, je t'en prie, de cette fricaſſée rouſſe, parce que je ſuis très-fatigué. C'eſt pour cela qu'on l'appela depuis *Eſaü le roux*. *Jacob* lui dit : Vends-moi donc ton droit d'aîneſſe. (*k*) *Eſaü*

(*h*) Il eſt difficile que deux enfans ſe battent dans une matrice, & ſurtout dans le commencement de la groſſeſſe. Une femme peut ſentir des douleurs ; mais elle ne peut ſentir que ſes deux fils ſe battent. On ne dit point comment & où *Rébecca* alla conſulter le Seigneur ſur ce prodige ; ni comment DIEU lui répondit : *deux peuples ſont dans ton ventre, & l'un vaincra l'autre.* Il n'y avait point encore d'endroit privilégié où l'on conſultât le Seigneur ; il apparaiſſait quand il voulait ; & c'eſt probablement dans une de ces apparitions fréquentes que *Rébecca* le conſulta.

(*i*) Il eſt rare qu'un enfant naiſſe tout velu. *Eſaü* en eſt le ſeul exemple. Il n'eſt pas moins rare qu'un enfant, en naiſſant, en tienne un autre par le pied. Ce ſont des choſes qui n'arrivent plus aujourd'hui, mais qui pouvaient arriver alors.

(*k*) Il n'y avait pas encore de droit d'aîneſſe, puiſqu'il n'y avait point de loi poſitive. Ce n'eſt que très-long-temps après, dans le Deutéronome,

répondit : Je me meurs de faim; de quoi mon droit d'aîneſſe me ſervira-t-il ? (*l*) Jure le moi donc, dit *Jacob*. *Eſaü* le jura, & lui vendit ſa primogéniture; & ayant pris la fricaſſée de pain & de lentilles, il mangea & but, & s'en alla, ſe ſouciant peu d'avoir vendu ſa primogéniture.

Or une grande famine étant arrivée ſur la terre, après la famine arrivée du temps d'*Abraham*, *Iſaac* s'en alla vers *Abiméleck*, roi des Philiſtins, dans la ville de Gérar. (*m*) Et DIEU lui apparut, & lui dit : Ne deſcends point en Egypte, mais repoſe-toi dans la terre que je te dirai, & voyage dans cette terre; je ſerai avec toi, je te bénirai : car je donnerai à toi & à ta ſemence tous ces pays; j'accomplirai le ſerment que j'ai fait à ton père. (*n*) Je multiplierai ta ſemence comme les

qu'on trouve que l'aîné doit avoir une double portion, c'eſt-à-dire le double de ce qu'il aurait dû prendre, ſi on avait partagé également. On s'eſt encore ſervi de ce paſſage pour tâcher de prouver que la Genèſe n'avait pu être écrite que lorſque les Juifs eurent un code de lois. Mais en quelque temps qu'elle ait été écrite, elle eſt toujours infiniment reſpectable.

(*l*) La plupart des pères ont condamné *Eſaü*, & ont juſtifié *Jacob*; quoiqu'il paraiſſe par le texte qu'*Eſaü* périſſait de faim, & que *Jacob* abuſait de l'état où il le voyait. Le nom de *Jacob* ſignifiait ſupplantateur. Il ſemble en effet qu'il méritait ce nom, puiſqu'il ſupplanta toujours ſon frère. Il ne ſe contente pas de lui vendre ſes lentilles ſi chèrement, il le force de jurer qu'il renonce à ſes droits prétendus; il le ruine pour un dîner de lupins, & ce n'eſt pas le ſeul tort qu'il lui ſera. Il n'y a point de tribunal ſur la terre où *Jacob* n'eût été condamné.

(*m*) On a cru que la ville de Gérar ne ſignifie que le paſſage de Gérar, le déſert de Gérar, & qu'il n'y a jamais eu de ville dans cette ſolitude, excepté Pétra, qui eſt beaucoup plus loin. Obſervez qu'il y a toujours famine dans ce malheureux pays. DIEU ne donne point de pain à *Iſaac*, mais il lui donne des viſions.

(*n*) Remarquez que l'auteur ſacré ne perd pas une ſeule occaſion de promettre à la horde hébraïque, errante dans ces déſerts, l'empire du monde entier.

étoiles du ciel; je donnerai à ta postérité toutes les terres; & toutes les nations de la terre seront bénies en ta semence; & cela parce qu'*Abraham* a obéi à ma voix, & qu'il a observé mes préceptes, mes ordonnances, mes cérémonies, & mes lois..... (*o*) *Isaac* demeura donc à Gérar. Les habitans de ce lieu l'interrogeant sur sa femme, il leur répondit : c'est ma sœur; (*p*) car il craignait d'avouer qu'elle était sa femme, pensant qu'ils le tueraient à cause de la beauté de sa femme. Et comme ils avaient demeuré plusieurs jours en ce lieu, *Abiméleck*, roi des Philistins, ayant vu par la fenêtre *Isaac* qui caressait sa femme, il le fit venir, & lui dit : Il est clair qu'elle est ta femme; pourquoi as-tu menti en disant qu'elle est ta sœur? *Isaac* répondit : J'ai eu peur qu'on ne me tuât à cause d'elle. *Abiméleck* lui dit : Pourquoi nous as-tu trompé? il s'en est peu fallu que quelqu'un n'ait couché avec ta femme, (*q*) & tu nous aurais attiré un grand péché. Et il fit une ordonnance à tout le peuple, disant : Quiconque touchera la femme de cet homme, mourra de mort.

(*o*) Nous ne voyons point que DIEU ait donné de loi particulière à *Abraham*, aucun précepte général, excepté celui de la circoncision.

(*p*) Voilà le même mensonge qu'on reproche à *Abraham*; & c'est pour la troisième fois. C'est dans le même pays; c'est le même *Abiméleck*, à ce qu'il paraît; car il a le même capitaine de ses armées que du temps d'*Abraham*. Il enlève *Rébecca*, comme il avait enlevé *Sara* sa belle-mère. Mais si cela est, il y aura eu quatre-vingts ans, selon le comput hébraïque, que cet *Abiméleck* avait enlevé *Sara*, quoique ce comput soit encore très-fautif. Supposons qu'il eut alors trente ans; il y avait quatre-vingts ans entre le mensonge d'*Abraham* & le mensonge d'*Isaac*; donc *Abiméleck* avait cent dix ans, au temps du voyage d'*Isaac*.

(*q*) Il semble toujours, par le texte, que les gens de Gérar reconnaissaient le même Dieu qu'*Isaac* & *Abraham*. Nous marchons à chaque ligne sur des difficultés insurmontables à notre faible entendement.

Or *Isaac* sema dans cette terre; & dans la même année il recueillit le centuple. (*r*) Et le Seigneur le bénit, & il s'enrichit profitant de plus en plus; & devint très-grand. Et il eut beaucoup de brebis, & de grands troupeaux, & de serviteurs, & de servantes. Les Philistins lui portant beaucoup d'envie, ils bouchèrent avec de la terre tous les puits que son père *Abraham* avait creusés. *Abiméleck* lui-même dit à *Isaac* : Retire-toi de nous ; car tu es devenu plus puissant que nous. Et *Isaac* s'en allant vint au torrent de Gérar, & y habita, & y fit de nouveau creuser les puits que les gens de son père y avaient creusés. Et ayant creusé dans le torrent, ils y trouvèrent de l'eau vive. (*s*) Mais il y eut encore une querelle entre les pasteurs de Gérar & les pasteurs d'*Isaac*, disant : Cette eau est à nous. (*t*) C'est pourquoi *Isaac*

(*r*) On ne voit pas comment *Isaac* put semer dans une terre qui n'était pas à lui. On voit encore moins comment il put semer dans un désert de sable, tel que celui de Gérar. On ne comprend pas davantage comment il put avoir une récolte de cent pour un. Les plus fertiles terres de l'Egypte, de la Mésopotamie, de la Sicile, de la Chine, ont rarement produit vingt-cinq pour un : & quiconque aurait de telles récoltes posséderait des richesses immenses. Les contes qu'on nous fait du terrain de Babylone, qui produisait trois cents pour un, sont absurdes. Il arrive souvent que dans un jardin un grain de blé, tombé par hasard, en produise une centaine, & davantage ; mais jamais cela n'est arrivé dans un champ entier.

(*s*) Il n'y a point de torrent dans ce pays, si ce n'est quelques filets d'eau saumâtre qui s'échappent quelquefois des puits qu'on a creusés lorsque le lac Asphaltide étant enflé, & se filtrant dans la terre, en fait sortir ses eaux, dont à peine les hommes & les animaux peuvent boire. Les caravanes qui passent par ce désert, sont obligées de porter de l'eau dans des outres. Quand ils ont trouvé par hasard un puits, ils le cachent très-soigneusement : & il y a eu plusieurs voyageurs que la soif a fait mourir dans ce pays inhabitable.

(*t*) Ces disputes continuelles pour un puits confirment ce que nous venons de dire sur la disette d'eau & sur la stérilité du pays.

appela ce puits le puits de la calomnie..... Et les serviteurs d'*Isaac* vinrent lui dire qu'ils avaient trouvé un puits; c'est pourquoi *Isaac* nomma ce puits l'abondance.

Et *Esaü* âgé de quarante ans épousa *Judith*, fille de *Beri* héthéen; (*u*) & *Basamath* fille d'*Elon* du même lieu, qui toutes deux offensèrent *Isaac* & *Rébecca*.

Isaac devenu vieux, ses yeux s'obscurcirent, il ne pouvait plus voir. Il appela donc *Esaü* son fils aîné, & il lui dit: Mon fils. *Esaü* répondit: Me voilà. Son père lui dit: Tu vois que je suis vieux, & que j'ignore le jour de ma mort. Prends ton carquois & ton arc; va-t-en aux champs; apporte-moi ce que tu auras pris; fais-m'en un ragoût, comme tu sais que je les aime; apporte-le moi, afin que j'en mange, & que mon ame te bénisse avant que je meure. *Rébecca* ayant entendu cela, & qu'*Esaü* était aux champs selon l'ordre de son père, dit à *Jacob* son fils: J'ai entendu *Isaac* ton père qui disait à ton frère *Esaü*: Apporte-moi de ta chasse, fais-en un ragoût afin que j'en mange, & que je te bénisse devant le Seigneur avant de mourir. Suis donc mes conseils, va-t-en au troupeau; apporte-moi deux des meilleurs chevreaux, afin que j'en fasse à ton père un plat que je sais qu'il aime. Et quand tu les auras apportés & qu'il en aura mangé, qu'il te bénisse avant qu'il meure. *Jacob* lui répondit: Tu sais que mon frère est tout velu, (*x*) & que j'ai la peau

(*u*) Malgré les défenses positives du Seigneur d'épouser des filles cananéennes, voilà pourtant *Esaü* qui en épouse deux à la fois, & DIEU ne lui en fait nulle réprimande.

(*x*) Cette supercherie de *Rébecca* & de *Jacob* est regardée comme très-criminelle; mais le succès n'en est pas concevable. Il paraît impossible

douce. Si mon père vient à me tâter, je crains qu'il pense que j'ai voulu le tromper, & que je n'attire sur moi sa malédiction au lieu de sa bénédiction. *Rébecca* lui dit : Que cette malédiction soit sur moi, mon fils : entends seulement ma voix, & apporte ce que je t'ai dit. Il y alla, il l'apporta à sa mère qui prépara le ragoût que son père aimait. (y) Elle habilla *Jacob* des bons habits d'*Esaü*, qu'elle avait à la maison ; elle lui couvrit les mains & le cou avec les peaux des chevreaux, puis lui donna la fricassée & les pains qu'elle avait cuits. *Jacob* les ayant apportés à *Isaac*, lui dit : Mon père. *Isaac* répondit : Qui es-tu ? mon fils. *Jacob* répondit : Je suis *Esaü* ; j'ai fait ce que tu m'as commandé : lève-toi, assieds-toi, mange de ma chasse, afin que ton ame me bénisse. *Isaac* dit à son fils : Comment as-tu pu sitôt trouver du gibier ? *Jacob* répondit : La volonté de DIEU a été que je trouvasse sur le champ du gibier. *Isaac* dit : Approche-toi que je te touche, & que je m'assure si tu es mon fils ou non. *Jacob* s'approcha de son père ; & *Isaac* l'ayant tâté, dit : La voix est la voix de *Jacob*, mais les mains sont les mains d'*Esaü* ;

qu'*Isaac* ayant reconnu la voix de *Jacob*, ait été trompé par la peau de chevreau dont *Rébecca* avait couvert les mains de ce fils puîné. Quelque poilu que fût *Esaü*, sa peau ne pouvait ressembler à celle d'un chevreau. L'odeur de la peau d'un animal fraîchement tué devait se faire sentir. *Isaac* devait trouver que les mains de son fils n'avaient point d'ongles. La voix de *Jacob* devait l'instruire assez de la tromperie ; il devait tâter le reste du corps. Il n'y a personne qui puisse se laisser prendre à un artifice si grossier.

(y) *Rébecca* paraît encore plus méchante que *Jacob* : c'est elle qui prépare toute la fraude : mais elle accomplissait les décrets de la Providence sans le savoir. On punirait dans nos tribunaux *Jacob* & *Rébecca* comme ayant commis un crime de faux : mais la sainte écriture n'est pas faite comme nos lois humaines. *Jacob* exécutait les arrêts divins, même par ses fautes.

& il ne le connut point, parce que ses mains étant velues parurent semblables à celles de son fils aîné. Il le bénit donc, & lui dit : Es-tu mon fils *Esaü*? *Jacob* répondit : Je le suis. *Isaac* dit : Apporte-moi donc de ta chasse, mon fils, afin que mon ame te bénisse. *Jacob* lui présenta donc à manger ; il lui présenta aussi du vin qu'il but, & lui dit : Approche-toi de moi & baise-moi, mon fils ; & il s'approcha & baisa *Isaac*, qui ayant senti l'odeur de ses habits, lui dit en le bénissant : Voilà l'odeur de mon fils comme l'odeur d'un champ tout plein béni du Seigneur.

Et il dit : (z) Que DIEU te donne de la rosée du ciel, & de la graisse de la terre, abondance de blé & de vin ! Que les peuples te servent ! Que les tribus t'adorent ! Sois le seigneur de tes frères. Que les enfans de ta mère soient courbés devant toi. . . . . . A peine *Isaac* avait fini son discours, que *Jacob* étant sorti, *Esaü* arriva, apportant à son père la fricassée de sa chasse, en lui disant : Lève-toi, mon père, afin que tu manges de la chasse de ton fils, & que ton ame me bénisse. *Isaac* lui dit : Qui es-tu? *Esaü* répondit : Je suis ton premier né *Esaü*. *Isaac* fut tout épouvanté & tout stupéfié ; & admirant la

(z) On demande encore comment DIEU put attacher ses bénédictions à celles d'*Isaac*, extorquées par une fraude si punissable, & si aisée à découvrir? C'est rendre DIEU esclave d'une vaine cérémonie, qui n'a par elle-même aucune force. La bénédiction d'un père n'est autre chose qu'un souhait pour le bonheur de son fils. Tout cela, encore une fois, étonne l'esprit humain, qui n'a, comme nous l'avons dit souvent, d'autre parti à prendre que de soumettre sa raison à la foi. Car puisque la sainte Eglise, en abhorrant les Juifs & le judaïsme, adopte pourtant toute leur histoire, il faut croire aveuglément toute cette histoire.

chose plus qu'on ne peut croire, il dit : Qui est donc celui qui m'a apporté de la chasse ? j'ai mangé de tout avant que tu vinsses ; je l'ai béni, & il sera béni. *Esaü* ayant entendu ce discours, se mit à braire d'une grande clameur ; & consterné il dit : Bénis-moi aussi, mon père. *Isaac* dit : Ton frère est venu frauduleusement, & a attrapé ta bénédiction. *Esaü* repartit : C'est justement qu'on l'appelle *Jacob ;* car il m'a supplanté deux fois ; il m'a pris mon droit d'aînesse, & à présent il me dérobe ta bénédiction. N'y a-t-il point aussi de bénédiction pour moi ? (*a*) *Isaac* répondit : Je l'ai établi ton maître, & je lui ai soumis tous ses frères ; il aura du blé & du vin : que puis-je après cela faire pour toi ? *Esaü* dit : Père, n'as-tu qu'une bénédiction ? bénis-moi, je t'en prie. Et il pleurait en jetant de grands cris.

Isaac ému lui dit : Hé bien ! dans la graisse de la terre & dans la rosée du ciel sera ta bénédiction. Tu vivras de ton épée ; & tu serviras ton frère, & le temps viendra que tu secoueras le joug de ton cou.....

(*a*) *Esaü* a toujours raison ; cependant son père lui dit qu'il servira *Jacob*. *Esaü* ne fut point assujetti à *Jacob*. Une partie de ceux qu'on croit les descendans d'*Esaü* furent vaincus à la vérité par la race des Asmonéens ; mais ils prirent toujours leur revanche. Ils aidèrent *Nabuchodonosor* à ruiner Jérusalem. Ils se joignirent aux Romains. *Hérode* iduméen fut créé par les Romains, roi des Juifs, & long-temps après ils s'associèrent aux Arabes de *Mahomet*. Ils aidèrent *Omar*, & ensuite *Saladin*, à prendre Jérusalem ; ils en sont encore les maîtres en partie, & ils ont bâti une belle mosquée sur les mêmes fondemens qu'*Hérode* avait établis pour élever son superbe temple. Ils partagent avec les Turcs toute la seigneurie de ce pays, depuis Joppé jusqu'à Damas. Ainsi, presque dans tous les temps, c'est la race d'*Esaü* qui a été véritablement bénite ; & celle de *Jacob* a été tellement infortunée, que les deux tribus & demie qui lui restèrent sont aujourd'hui aussi errantes, aussi dispersées, & beaucoup plus méprisées que les anciens Parsis, & que ne l'ont été les restes des prêtres isiaques.

AVIS DE L'EDITEUR.

Ici le commentateur s'est arrêté ; & celui qui lui a succédé voyant que cet ouvrage serait trop volumineux, si on continuait à traduire & à commenter ainsi presque tout l'ancien & le nouveau Testament, s'est restreint à ne donner que les principaux endroits qui semblent exiger des notes, en liant seulement par des transitions le précis de la Bible, & en conservant le texte, sans jamais l'altérer.

Jacob étant arrivé en un certain endroit, & voulant s'y reposer après le soleil couché, prit une pierre, la mit sous sa tête, & il dormit en ce lieu. Il vit en songe une échelle appuyée d'un bout sur la terre, & l'autre bout touchait au ciel. Les anges de DIEU montaient & descendaient par cette échelle ; & DIEU était appuyé sur le haut de l'échelle, lui disant : Je suis le seigneur de ton père *Abraham*, & Dieu d'*Isaac* : je te donnerai la terre où tu dors, à toi & à ta semence ; & ta semence sera comme la poussière de la terre : (*b*) je te donnerai l'occident & l'orient, le nord & le midi : toutes les nations seront bénies en toi & en ta semence : je serai ton conducteur par-tout où tu iras.

(*b*) Les savans critiques, en histoires anciennes remarquent que toutes les nations avaient des oracles, des prophéties, & même des talismans, qui leur assuraient l'empire de la terre entière. Chacune appelait l'univers le peu qu'elle connaissait autour d'elle. Et depuis l'Euphrate jusqu'à la mer Méditerranée, & de même dans la Grèce, tout peuple qui avait bâti une ville l'appelait la ville de DIEU, la ville sainte, qui devait subjuguer toutes les autres. Cette superstition s'étendit ensuite jusque chez les Romains. Rome eut son bouclier sacré qui tomba du ciel, comme Troye eut son palladium. Les Hébreux n'ayant alors ni ville, ni même aucune possession en propre, & étant des arabes vagabonds qui paissaient quelques troupeaux dans des déserts, virent DIEU au haut d'une échelle ; & ces visions de DIEU, qui leur parlait au plus haut de cette échelle, leur tinrent lieu des oracles & des monumens dont les autres peuples se vantèrent. DIEU daigna toujours se proportionner, comme nous l'avons déjà dit, à la simplicité grossière & barbare de la horde juive qui cherchait à imiter, comme elle pouvait, les nations voisines.

Jacob

Jacob s'étant éveillé, dit : Vraiment le Seigneur eſt en ce lieu, & je n'en ſavais rien; & tout épouvanté il dit : Que ce lieu eſt terrible ! c'eſt la maiſon de DIEU & la porte du ciel. *Jacob* ſe levant donc le matin, prit la pierre qu'il avait miſe ſous ſa tête, il l'érigea en monument, répandant de l'huile ſur elle; il appela Béthel la ville qui ſe nommait auparavant Luz, (*c*) & il fit un vœu au Seigneur, diſant : DIEU demeure avec moi; s'il me conduit dans mes voyages, s'il me donne du pain pour manger & des habits pour me couvrir, & ſi je reviens ſain & ſauf chez mon père, le Seigneur alors ſera mon Dieu; (*d*) & cette pierre que j'ai érigée en monument s'appellera la maiſon de DIEU; & je te donnerai la dixme de ce que tu m'auras donné. (*e*)

(*c*) Il n'y avait alors ni ville de Luz ni ville de Béthel dans ce déſert. Béthel ſignifie en chaldéen habitation de DIEU, comme Babel, Balbec, & tant d'autres villes de Syrie. C'eſt ce qui a fait croire à pluſieurs critiques que la Genèſe fut écrite long-temps après l'établiſſement des arabes hébreux dans la Paleſtine. Beth étant un mot qui ſignifie habitation, il y a un nombre prodigieux de villes dont le nom commence par *Beth*.

A l'égard de la pierre ſervant de monument, c'eſt encore un uſage de la plus haute antiquité. On appelait ces monumens groſſiers *béthilles*, ſoit pour marquer des bornes, ſoit pour indiquer des routes. Elles étaient réputées conſacrées, les unes au ſoleil, les autres à la lune ou aux planètes. Les ſtatues ne furent ſubſtituées à ces pierres que long-temps après. *Sanchoniathon* parle des *béthilles* qui étaient déjà ſacrées de ſon temps.

(*d*) Ce vœu de *Jacob* a paru fort ſingulier aux critiques : *Je t'adorerai ſi tu me donnes du pain & un habit &c.* ſemble dire : Je ne t'adorerai pas ſi tu ne me donnes rien. Les profanes ont comparé ce diſcours de *Jacob* aux uſages de ces peuples qui jetaient leurs idoles dans la rivière, lorſqu'elles ne leur avaient pas accordé de la pluie. Les mêmes critiques ont dit que ces paroles de *Jacob* étaient tout-à-fait dans ſon caractère, & qu'il feſait toujours bien ſes marchés.

(*e*) Les mêmes critiques ont obſervé qu'il eſt parlé déjà deux fois de dixmes offertes au Seigneur; la première, quand *Abraham* donne la dixme

Jacob étant donc parti de ce lieu, il vit un puits dans un champ, près duquel étaient couchés trois troupeaux de brebis. *Rachel* arriva avec les troupeaux de son père : car elle gardait ses moutons. Il abreuva son troupeau & baisa *Rachel*, & lui dit qu'il était le frère de son père & le fils de *Rébecca*. Or *Laban* avait deux filles, l'aînée était *Lia* & la cadette était *Rachel;* mais *Lia* avait les yeux chassieux, & *Rachel* était belle & bien faite. *Jacob* l'aima & dit à *Laban :* Je te servirai sept ans pour *Rachel*, la plus jeune de tes filles. *Laban* lui dit : Il vaut mieux que je te la donne qu'à un autre; demeure avec moi. *Jacob* servit donc *Laban* sept ans pour *Rachel;* & il dit à *Laban :* Donne-moi ma femme ; mon temps est accompli ; je veux entrer à ma femme. (*f*)

Laban invita grand nombre de ses amis au festin, & fit les noces. Mais le soir on lui amena *Lia* au lieu de *Rachel ;* (*g*) & *Jacob* ne s'en aperçut que le lendemain matin. Il dit à son beau-père : Pourquoi as-tu fait cela ? ne t'ai-je pas servi pour *Rachel* ?

à *Melchisédech*, prêtre, roi de Salem ; & la seconde, quand *Jacob* promet la dixme de tout ce qu'il gagnera : ce qui a fait conjecturer mal à propos que cette histoire avait été composée par quelqu'un qui recevait la dixme.

(*f*) Ce marché fait par *Jacob* avec *Laban* fait voir évidemment que *Jacob* n'avait rien, & que *Laban* avait très-peu de chose. L'un se fait valet pendant sept ans pour avoir une fille ; & l'autre ne donne à sa fille aucune dot. Un pareil mariage ne semble pas présager l'empire de la terre entière que DIEU avait promis tant de fois à *Abraham*, à *Isaac*, & à *Jacob*.

(*g*) *Jacob*, qui avait trompé son père, trouve aussi un beau-père qui le trompe à son tour. Mais on ne conçoit pas plus comment *Jacob* ne s'aperçut pas de la friponnerie de *Laban*, en couchant avec *Lia*, qu'on ne conçoit comment *Isaac* ne s'était pas aperçu de la friponnerie de *Jacob*. On n'attraperait personne aujourd'hui avec de pareilles fraudes ; mais ces temps-là n'étaient pas les nôtres.

pourquoi m'as-tu trompé? *Laban* répondit : Ce n'eſt pas notre coutume dans ce lieu de marier les jeunes filles avant les aînées. Achève ta première ſemaine le mariage avec *Lia*, & je te donnerai *Rachel* pour un nouveau travail de ſept ans.

Jacob accepta la propoſition, & au bout de la ſemaine il épouſa *Rachel*. Et *Jacob* ayant fait les noces avec *Rachel* qu'il aimait, ſervit encore *Laban* pendant ſept autres années. (*h*)

Mais DIEU voyant que *Jacob* mépriſait *Lia*, ouvrit ſa matrice, tandis que *Rachel* demeurait ſtérile. *Lia* fit quatre enfans de ſuite, *Ruben*, *Siméon*, *Lévi* & *Juda*.

Rachel dit à ſon mari : Fais-moi des enfans, ou je mourrai. *Jacob* en colère répondit : Me prends-tu donc pour un dieu? Eſt-ce moi qui t'ôte le fruit de ton ventre? *Rachel* lui dit : J'ai *Bala* ma ſervante; entre dans elle; (*i*) qu'elle enfante ſur mes genoux, & que j'aie des fils d'elle. Et *Jacob* ayant pris *Bala*, elle accoucha de *Dan*. *Bala* fit encore un autre enfant; & *Rachel* dit : Le Seigneur m'a fait combattre contre ma ſœur; c'eſt pourquoi le nom de cet enfant ſera *Nephtali*.

(*h*) Voilà donc *Jacob*, le père de la nation juive, qui ſe fait valet pendant quatorze ans pour avoir une femme. Les origines de toutes les nations ſont petites & barbares, mais il n'en eſt aucune qui reſſemble à celle-ci.

(*i*) Non-ſeulement *Jacob* épouſe à la fois deux ſœurs, dans un temps où l'on ſuppoſe que la terre était très-peuplée; mais il joint à cet inceſte l'incontinence de coucher avec la ſervante de *Rachel*, & enſuite avec la ſervante de *Lia*. On a prétendu que tout cela était permis par les coutumes des Juifs; mais il n'y a point de loi poſitive qui le diſe; nous n'en avons que des exemples. On épouſait les deux ſœurs, on épouſait ſa propre ſœur, on couchait avec ſes ſervantes; telles étaient les mœurs juives; nos lois ſont différentes.

Lia voyant qu'elle ne fesait plus d'enfans, donna *Zelpha* sa servante à son mari ; & *Zelpha* ayant accouché, *Lia* dit : Cela est heureux ; & appela l'enfant *Gad*. *Zelpha* accoucha encore, & *Lia* dit : Ceci est encore plus heureux ; c'est pourquoi on appellera l'enfant *Azer*.

Or *Ruben* étant allé dans les champs pendant la moisson du froment, il trouva des mandragores. (*k*) *Rachel* eut envie d'en manger, & dit à *Lia* : Donne-moi de tes mandragores. *Lia* répondit : N'est-ce pas assez que tu m'aies pris mon mari, sans vouloir encore manger mes mandragores que mon fils m'a apportées ? *Rachel* lui dit : Hé bien, je te cède mon mari; qu'il dorme avec toi cette nuit, donne-moi de tes mandragores. (*l*)

(*k*) Dans des temps très-postérieurs, les racines de mandragores ont passé pour être prolifiques. C'est une erreur de l'ancienne médecine; c'est ainsi qu'on a cru que le satyrion & les mouches cantarides (*) excitaient à la copulation ; mais de pareilles rêveries ne furent debitées que dans les grandes villes où la débauche payait le charlatanisme. C'est encore une des raisons qui ont fait penser aux critiques que les événemens de la Genèse n'avaient pu arriver, & qu'ils n'avaient pu être écrits dans le temps où l'on fait vivre *Moïse;* mais cette critique nous paraît la plus faible de toutes. Nous pensons que des gardeurs de moutons & de chèvres, tels qu'on nous peint les patriarches, pouvaient avoir imaginé la prétendue proprieté des mandragores tout aussi-bien que les charlatans des grandes villes. Ces plantes chevelues pouvaient être aisement taillées en figures d'hommes & de femmes avec les parties de la copulation ; & peut-être est-ce la première origine des priapes.

(*l*) Tous ces marchés sont assez singuliers. *Esaü* cède son droit d'aînesse pour un plat de lentilles, & *Rachel* cède son mari à sa sœur pour une racine qui ressemble imparfaitement au membre viril. Quelques personnes ont été scandalisées de toutes ces histoires ; elles les ont prises pour des fables grossières, inventées par des Arabes grossiers aux dépens de la raison, de la bienséance, & de la vraisemblance. Elles n'ont pas songé combien ces temps-là étaient différens des nôtres ; elles ont voulu juger des mœurs de

(*) Les cantarides ont un effet très-réel, mais elles n'agissent qu'en causant une irritation violente dans l'urètre, irritation qui cause souvent des maladies graves.

Lia alla donc au-devant de *Jacob* qui revenait des champs, & lui dit : Tu entreras dans moi cette nuit, parce que je t'ai acheté pour prix de mes mandragores. Et *Jacob* coucha avec elle cette nuit-là. DIEU écouta la prière de *Lia ;* elle fit un cinquième fils, & elle dit : DIEU m'a donné ma récompenſe, parce que j'ai donné ma ſervante à mon mari. (*m*)

Jacob après cela dit à ſon beau-père : Tu ſais comme je t'ai ſervi ; tu étais pauvre avant que je vinſſe à toi ; maintenant tu es devenu riche ; il eſt juſte que je penſe auſſi à mes affaires. Je ſerai encore ton valet, paiſſant tes troupeaux. Mettons à part toutes les brebis tachetées & marquées de diverſes couleurs ; & déſormais toutes les brebis & les chèvres qui naîtront bigarrées ſeront à moi ; & celles qui naîtraient d'une ſeule couleur me convaincraient de t'avoir friponné. *Laban* dit : J'y conſens. Or *Jacob* prit des branches de peuplier, d'amandier, & de plane, toutes vertes, les dépouilla d'une partie de leur écorce, en ſorte qu'elles étaient vertes & blanches. Lors donc que les brebis & les chèvres étaient couvertes au printemps par les mâles, *Jacob* mettait ces branches bigarrées ſur les abreuvoirs, afin que les femelles conçuſſent des petits bigarrés. Par ce moyen

l'Arabie par les mœurs de Londres & de Paris : ce qui n'eſt ni honnête ni vraiſemblable de notre temps, a pu être l'un & l'autre dans les temps qu'on nomme héroïques. Nous voyons des choſes non moins extraordinaires dans toute la mythologie grecque & dans les fables arabes. Nous l'avons déjà dit, & nous devons le répéter : ce qui fut bon alors ne l'eſt plus.

(*m*) On croirait en effet que les maudragores opérèrent dans *Lia*, puiſqu'elle conçut un fils après en avoir mangé, & qu'elle en remercia le Seigneur. Cette propriété des mandragores a été ſuppoſée chez toutes les nations & dans tous les temps. On ſait que *Machiavel* a fait une comédie établie ſur ce préjugé vulgaire.

Jacob devint très-riche : il eut beaucoup de troupeaux, de valets & de servantes, de chameaux & d'ânes. (*n*)

Or *Jacob* ayant entendu les enfans de *Laban*, qui disaient : *Jacob* a volé tout ce qui était à notre père ; & le Seigneur ayant dit surtout à *Jacob* : Sauve-toi dans le pays de tes pères & vers ta parenté, & je serai avec toi, il appela *Rachel* & *Lia*, les fit monter sur des chameaux, & partit. Et prenant tous ses meubles avec ses troupeaux, il alla vers *Isaac* son père au pays de Canaan. Ayant passé l'Euphrate, *Laban* le poursuivit pendant sept jours, & l'atteignit enfin vers la montagne de Galaad. Mais DIEU apparut en songe à *Laban*, & lui dit : Garde-toi bien de rien dire contre *Jacob*. (*o*)

(*n*) » Quoi qu'en dise le texte, cette nouvelle fraude de *Jacob* ne » devait pas l'enrichir. Il y a eu des hommes assez simples pour essayer » cette méthode ; ils n'y ont pas plus réussi que ceux qui ont voulu » faire naître des abeilles du cuir d'un taureau, & une verminière du » sang de bœuf. Toutes ces recettes sont aussi ridicules que la multipli- » cation du blé qu'on trouve dans la *Maison-Rustique* ; & dans le *Petit-* » *Albert*. S'il suffisait de mettre des couleurs devant les yeux des femelles » pour avoir des petits de même couleur, toutes les vaches produiraient » des veaux verts ; & tous les agneaux, dont les mères paissent l'herbe » verte, seraient verts aussi. Toutes les femmes qui auraient vu des » rosiers, auraient des familles couleur de rose. Cette particularité de » l'histoire de *Jacob*, prouve seulement que ce préjugé impertinent est » très-ancien. Rien n'est si ancien que l'erreur en tout genre. *Calmet* » croit rendre cette recette recevable, en alléguant l'exemple de quelques » merles blancs. Nous lui donnerons un merle blanc, quand il nous » fera voir des moutons verts. »

Cette remarque est de M. *Freret*. Nous la donnons telle que nous l'avons trouvée. Elle est bonne en physique, & mauvaise en théologie.

(*o*) Il y a bien des choses dignes d'observation. D'abord DIEU défend à *Abraham*, à *Isaac*, & à *Jacob*, d'épouser des filles idolâtres, & tous trois, par l'ordre de DIEU même, épousent des filles idolâtres : car ils épousent leurs parentes idolâtres, petites-filles de *Tharé* potier de terre, faiseur

Or *Laban* étant allé tondre ſes brebis, *Rachel* avant de fuir avait pris ce temps pour voler les *Théraphim*, les idoles de ſon père. Et *Laban* ayant enfin atteint *Jacob*, il lui dit : Je pourrais te punir, mais le Dieu de ton père m'a dit hier : Prends garde de moleſter *Jacob*. Hé bien, veux-tu t'en aller voir ton père *Iſaac* ? ſoit ; mais pourquoi m'as-tu volé mes dieux ? *Jacob* lui répondit : Je craignais que tu ne m'enlevaſſes tes filles par violence, mais, pour tes dieux, je conſens qu'on faſſe mourir celui qui les aura volés. (*p*)

d'idoles. *Laban* eſt idolâtre. *Rachel* & *Lia* ſont idolâtres. Enſuite *Laban* & *Jacob* ſon gendre ne ſont occupés, pendant vingt ans, qu'à ſe tromper l'un l'autre. *Jacob* s'enfuit avec ſes femmes & ſes concubines, comme un voleur ; & il traîne de l'Euphrate avec lui douze enfans qui ſont les douze patriarches qu'il a eus des deux ſœurs & de leurs deux ſervantes. DIEU prend ſon parti, & avertit *Laban* l'idolâtre de ne point moleſter *Jacob*. C'eſt, dit-on, une figure de l'Egliſe chrétienne. Nous reſpectons cette figure, & nous ne ſommes ni aſſez ſavans pour la comprendre, ni aſſez téméraires pour entrer dans les jugemens de DIEU.

(*p*) On ne voit dans toute cette hiſtoire que des larçins. L'idolâtre *Rachel*, quoiqu'elle ſoit la figure de l'Egliſe, vole les Théraphim, les idoles de ſon père. Etait-ce pour les adorer ? pour avoir une ſauvegarde contre les recherches, elle feint d'avoir ſes ordinaires pour ne ſe point lever devant *Laban* ; comme ſi une femme, qui paſſait ſa vie à garder les troupeaux, ne pouvait ſe lever dans le temps de ſes règles.

On demande ce que c'était que ces Théraphim ? C'étaient ſans doute de ces petites idoles, telles qu'en faiſait *Tharé le potier* ; c'étaient des Pénates. Les hommes de tous les temps & de tous les pays ont été aſſez fous pour avoir chez eux de petites figures, des anneaux, des amulettes, des images, des caractères, auxquels ils attachaient une vertu ſecrète. Le pieux *Enée*, en fuyant de Troye au milieu des flammes, ne manque pas d'emporter avec lui ſes Théraphim, ſes Pénates, ſes petits dieux. Quand *Genſeric*, *Totila*, & le connétable de *Bourbon*, prirent Rome, les vieilles femmes emportaient ou cachaient les images en qui elles avaient le plus de dévotion.

Il reſte à ſavoir comment l'auteur ſacré, qui pluſieurs ſiècles après écrivit cette hiſtoire, a pu ſavoir toutes ces particularités, tous ces diſcours, & l'anecdote des ordinaires de *Rachel*. C'eſt ſur quoi le profeſſeur de médecine *Aſtruc* a écrit un livre intitulé : *Conjectures ſur l'ancien Teſtament* : mais ce livre n'a pas tenu ce qu'il promettait.

Laban entra donc dans les tentes de *Jacob*, de *Lia*, & des servantes, & ne trouva rien. Et étant entré dans les tentes de *Rachel*, elle cacha promptement les idoles sous le bât d'un chameau, s'assit dessus, & dit à son père : Ne te fâche pas, mon père, si je ne puis me lever, car j'ai mes ordinaires. Alors *Jacob* & *Laban* se querellèrent & se raccommodèrent, puis firent un pacte ensemble. Ils élevèrent un monceau de pierres pour servir de témoignage, & l'appelèrent le monceau du témoin, chacun dans sa langue.

Comme il était seul en chemin pendant la nuit, voici qu'un fantôme lutta contre lui du soir jusqu'au matin ; & ce fantôme ne pouvant le terrasser, lui frappa le nerf de la cuisse qui se sécha aussitôt ; & le fantôme l'ayant ainsi frappé, lui dit : Laisse-moi aller ; car l'aurore monte. Je ne te lâcherai point, répondit *Jacob*, que tu ne m'aies béni. Le spectre dit : Quel est ton nom ? Il lui répondit : On m'appelle *Jacob*. Le spectre dit alors : On ne t'appellera plus *Jacob* ; car si tu as pu combattre contre DIEU, combien seras-tu plus fort contre les hommes ! (*q*)

(*q*) Ici vous voyez la paix faite entre le beau-père & le gendre, qui s'accusaient mutuellement de vol. Ensuite *Jacob* lutte toute la nuit contre un spectre, un fantôme, un homme ; & cet homme, ce spectre, c'est DIEU même. DIEU, en se battant contre lui, le frappe au nerf de la cuisse. Mais il y a six sortes de nerfs qui se perdent dans le nerf crural antérieur & dans le postérieur. Il y a, outre ces nerfs, le grand nerf sciatique qui se partage en deux. C'est ce nerf qui cause la goutte-sciatique, & qui peut rendre boiteux. L'auteur ne pouvait entrer dans ces détails ; l'anatomie n'était pas connue. C'est un usage immémorial chez les Juifs d'ôter un nerf de la cuisse des gros animaux dont ils mangent, quoique la loi ne l'ordonne pas.

Une autre observation, c'est que la croyance que tous les spectres s'enfuient au point du jour est immémoriale. L'origine de cette idée vient

Jacob étant donc revenu de Méfopotamie, vint à Salem, & acheta des enfans d'*Hémor*, père du jeune prince *Sichem*, une partie d'un champ pour cent agneaux, ou pour cent *dragmonim*.

Alors *Dina*, fille de *Lia*, fortit pour voir les femmes du pays de Sichem; & le prince *Sichem*, fils d'*Hémor* roi du pays, l'aima, l'enleva, & coucha avec elle, & lui fit de grandes careffes, & fon ame demeura jointe avec elle. Et courant chez fon père *Hémor*, il lui dit: Mon père, je t'en conjure, donne-moi cette fille pour femme. (*r*)

uniquement des rêves qu'on fait quelquefois pendant la nuit, & qui ceffent quand on s'éveille le matin.

Quant au nom de *Jacob* changé en celui d'*Ifraël*, il eft à remarquer que ce nom eft celui d'un ange chaldéen. *Philon*, juif très-favant, nous dit que ce nom chaldéen fignifie *Voyant Dieu*, & non pas *Fort contre Dieu*. Ce nom de *Fort contre Dieu* femblerait ne convenir qu'à un mauvais ange.

Il eft furprenant que *Jacob*, frappé à la cuiffe, & cette cuiffe étant defféchée, ait encore affez de force pour lutter contre DIEU, & pour lui dire; je ne te lâcherai point que tu ne m'aies béni. Tout cela eft inexplicable par nos faibles connaiffances.

(*r*) *Maimonidé* fut le premier qui remarqua les contradictions réfultantes de cette aventure de *Dina*. Il crut que cette fille avait été mariée au même *Job*, à cet arabe iduméen dont nous avons le livre, qui eft le plus ancien monument de nos antiquités. Depuis ce temps, *Aben-Efra*, & enfuite *Alfonfe* évêque d'Avila, dans fon commentaire fur la Genèfe, le cardinal *Cajétan*, prefque tous les nouveaux commentateurs, & furtout *Aftruc*, ont prouvé, par la manière dont les livres faints font difpofés, qu'en fuivant l'ordre chronologique, *Dina* ne pouvait tout au plus être âgée que de fix ans quand le prince *Sichem* fut fi éperdument amoureux d'elle; que *Siméon* ne pouvait avoir qu'onze ans, & fon frère *Lévi* dix, quand ils tuèrent eux feuls tous les Sichemites; que par conféquent cette hiftoire eft impoffible, fi on laiffe la Genèfe dans l'ordre où elle eft. Une réforme paraîtrait donc néceffaire pour laver le peuple de DIEU de l'opprobre éternel dont cette horrible action l'a fouillé. Il n'y a perfonne qui ne fouhaite que deux patriarches n'aient pas affaffiné tout un peuple, & que les autres patriarches n'aient pas fait un défert d'une ville qui les avait reçus avec tant de bonté. Le

Hémor alla en parler à *Jacob*, & il en parla aussi aux enfans de *Jacob*. Il leur dit: Allions-nous ensemble par des mariages; donnez-nous vos filles, & prenez les nôtres; demeurez avec nous. Cette terre est à vous: cultivez-la; possédez-la, faites-y commerce. *Sichem* parla de même; il dit: Demandez la dot que vous voudrez, les présens que vous voudrez, vous aurez tout, pourvu que j'aie *Dina*.

Les fils de *Jacob* répondirent frauduleusement à *Sichem* & à son père: Il est illicite & abominable parmi nous de donner notre sœur aux incirconcis; rendez-vous semblables à nous, coupez vos prépuces, & alors nous vous donnerons nos filles, & nous prendrons les vôtres, & nous ne ferons qu'un peuple. La proposition fut agréable à *Sichem*, à *Hémor*, & au peuple. Tous les mâles se firent couper le prépuce; & au troisième jour de l'opération, *Siméon* & *Lévi*, frères de *Dina*, entrèrent dans la ville, massacrèrent tous les mâles, tuèrent surtout le roi *Hémor* & le prince *Sichem;* après quoi tous les autres fils de *Jacob* vinrent dépouiller les morts, saccagèrent la ville, prirent les

crime est si exécrable que *Jacob* même les condamne expressément. Les savans nient absolument toute cette aventure de *Dina* & de *Sichem*. Mais aussi comment nier ce que le Saint-Esprit a dicté? Pourra-t-on adopter une partie de l'ancien testament, & rejeter l'autre? Si l'atrocité horrible des Hébreux révolte le lecteur dans l'histoire de *Dina*, nous lui verrons commettre d'autres horreurs, qui rendent celle-ci vraisemblable. DIEU, qui conduisit ce peuple, ne le rendit pas impeccable. On sait assez combien il était grossier & barbare. Quel que fût l'âge de *Dina* & des patriarches enfans de *Jacob*, le Saint-Esprit déclare qu'ils mirent à feu & à sang toute une ville où ils avaient été reçus comme frères; qu'ils massacrèrent tout, qu'ils pillèrent tout, qu'ils emportèrent tout, & que jamais assassins ne furent ni plus perfides, ni plus voleurs, ni plus sanguinaires, ni plus sacriléges. Il faut absolument ou croire cette histoire, ou refuser de croire le reste de la Bible.

moutons, les bœufs & les ânes, ruinèrent la campagne, & emmenèrent les femmes & les enfans captifs.

Sur ces entrefaites Dieu dit à *Jacob* : (*s*) Lève-toi, va à Béthel, habites-y, dresse un autel au Dieu qui t'apparut quand tu fuyais ton frère *Esaü*. *Jacob* ayant rassemblé tous ses gens, leur dit : Jetez loin de vous tous les dieux étrangers qui sont parmi vous ; purifiez-vous, & changez d'habits. Ils lui donnèrent donc tous les dieux qu'ils avaient, & les ornemens qui étaient aux oreilles de ces dieux ; & *Jacob* les enfouit au pied d'un térébinthe, derrière la ville de Sichem. Quand ils furent partis, Dieu jeta la terreur dans toutes les villes des environs, & personne n'osa les poursuivre dans leur retraite.

Dieu apparut une seconde fois à *Jacob*, depuis son retour de Mésopotamie, & Dieu lui dit : Ton nom ne sera plus *Jacob*, mais ton nom sera *Israël* ; & il lui dit : Je suis le Dieu très-puissant, je te ferai croître &

(*s*) Plusieurs critiques ont remarqué avec étonnement & avec douleur que le Dieu de *Jacob* ne marque ici aucun ressentiment du massacre des Sichemites, lui qui menaça de punir sept fois celui qui tuerait *Caïn*, & soixante & dix-sept fois sept fois ceux qui tueraient *Lamech*.

On ne dit point quels étaient ces dieux étrangers que ses domestiques avaient amenés de Mésopotamie : on croit qu'ils étaient les mêmes que les Théraphim de *Rachel*.

Dieu bénit encore *Jacob*, & lui promet que des rois sortiront de ses reins. Des critiques ont supposé que Dieu seul étant roi des Hébreux, *Moïse*, qui était le lieutenant de Dieu, ne pouvait regarder comme une bénédiction la promesse de faire sortir des rois des reins de *Jacob*, attendu que lorsque dans la suite les Juifs eurent des rois, le prophète *Samuël* regarda ce changement comme une malédiction ; & il dit expressément au peuple que c'était trahir Dieu, & renoncer à lui que de reconnaître un roi. De-là ces censeurs concluent témérairement qu'il est impossible que *Moïse* ait écrit le Pentateuque. Nous ne nous arrêterons point à de telles critiques ; seulement nous remarquerons encore que les Iduméens, fils d'*Esaü*, furent toujours plus puissans, plus nombreux, plus riches, que les descendans de *Jacob* qui furent si souvent esclaves.

multiplier; tu feras père de plusieurs nations, & des rois sortiront de tes reins.

Jacob partit ensuite de Béthel, & vint au printemps au pays qui mène à Ephrata, *Rachel* étant prête d'accoucher. Ses couches furent si douloureuses qu'elles la mirent à la mort. Son ame étant près de sortir, elle donna à son fils le nom de *Benoni*, le fils de ma douleur. Mais *Jacob* l'appela *Benjamin*, le fils de ma droite. *Rachel* mourut, & fut enterrée sur le chemin qui mène à Ephrata, c'est-à-dire à Bethléem. *Jacob* mit une pierre sur le lieu de la sépulture, qu'on voit encore aujourd'hui.

Or étant parti de ce lieu, il transporta ses tentes dans un endroit appelé la tour des troupeaux; & ce fut là que *Ruben* fils aîné de *Jacob* coucha avec *Bala*, (*l*) femme ou concubine de son père.

(*l*) Ce que dit le texte de la ville d'Ephrata & du bourg de Bethléem, donne encore occasion aux critiques de dire que *Moïse* n'a pu écrire le Pentateuque. Leur raison est que la ville d'Ephrata ne reçut ce nom que de *Caleb*, du temps de *Josué*; & que ni Bethléem ni Jérusalem n'existaient encore. Bethléem reçut ce nom de la femme de *Caleb*, qui se nommait *Ephrata*. Cette nouvelle critique est forte; nous y répondons ce que nous avons déjà répondu aux autres.

Nous avouons qu'il est étrange que *Ruben*, le premier des patriarches, prenne précisément le temps de la mort de *Rachel* pour coucher avec la concubine ou la femme de son père, sans que la sainte écriture marque son horreur pour ce nouveau crime. Les voies du Seigneur ne sont pas les nôtres. La servante *Bala*, souillée de cet inceste, est la première des prostituées dont il soit parlé dans l'Ecriture : elle est femme de ce même *Jacob* dont JESUS-CHRIST lui-même a daigné naître, pour montrer sans doute qu'il lavait tous les péchés. *Jacob* ne témoigne ici aucune colère de cette abomination. Il attendit l'article de sa mort pour reprocher à *Ruben* sa turpitude, & le massacre des Sichemites à *Siméon* & à *Lévi*. On lui fait dire à *Ruben* en mourant : *Mon fils premier-né, tu étais ma force, mais la cause de ma douleur : tu t'es répandu comme l'eau : tu ne croîtras point, parce que tu as monté sur le lit de ton père, & que tu as maculé sa couche.* Et il ajouta : *Les deux frères Siméon & Lévi ont été des vases belliqueux d'iniquités; que leur fureur soit maudite &c.* . . . . .

Or *Jacob* avait douze fils. Les fils de *Lia* font *Ruben*, *Siméon*, *Lévi*, *Juda*, *Iſſachar*, & *Zabulon*. Les fils de *Rachel* font *Dan* & *Nephtali*. Les fils de la fervante *Zelpha*, font *Gad* & *Azer*. Voilà les fils qui font nés à *Jacob* en Méfopotamie.

Or voici les générations d'*Eſaü*, qui font nées d'*Eſaü*, qui eft le même qu'*Edom*. *Eſaü* époufe des filles cananéennes, *Ada*, *Olibama*, *Béſémath*, & il en eut plufieurs fils qui furent princes, & qui firent paître des ânes.

(*Ici l'auteur ſacré, après avoir nommé tous ces princes arabes, ajoute* : Ce font-là les rois qui régnèrent dans le pays d'Edom, avant que les enfans d'Ifraël euffent un roi. (*u*)

Or *Jacob* habita dans la terre de Canaan où fon père avait voyagé; & voici les affaires de la famille de *Jacob*. *Joſeph* âgé de feize ans menait paître le troupeau avec fes frères, & il accufa fes frères auprès de fon père d'un très-grand crime. Or *Iſraël* aimait fon fils *Joſeph* plus que tous fes enfans, parce qu'il

(*u*) Ce paffage de l'auteur facré a enhardi plus qu'aucun autre les critiques à foutenir que *Moïſe* ne pouvait être l'auteur de ce livre : ils ont dit qu'il était de la plus grande évidence que ces mots *avant que les enfans d'Iſraël euſſent un roi*, n'ont pu être écrits que fous les rois d'Ifraël. C'eft le fentiment du favant *le Clerc*, de plufieurs théologiens de Hollande, d'Angleterre, & même du grand *Newton*. Nous ne pouvons nous empêcher d'avouer que fi la Bible était un livre ordinaire, écrit par les hommes avec cette fcrupuleufe exactitude qu'on exige aujourd'hui, ce paffage aurait été tourné autrement. Il eft certain que fi un auteur moderne avait écrit, *voici les rois qui ont régné en Eſpagne*, *avant que l'Allemagne eut ſept électeurs*, tout le monde conviendrait que l'auteur écrivait du temps des électeurs. Le Saint-Efprit ne fe règle pas fur de pareilles critiques; il s'élève au deffus des temps & des lois de l'hiftoire; il parle par anticipation; il mêle le préfent & le paffé avec le futur. En un mot ce livre ne reffemble à aucun autre livre; & les faits qui y font contenus ne reffemblent à aucun des autres évènemens qui fe font paffés fur la terre.

l'avait engendré étant vieux ; & même il lui avait donné une tunique bigarrée : c'eſt pourquoi ſes frères le haïſſaient.

Il arriva auſſi qu'il leur raconta un ſonge qui le fit haïr encore davantage. Il leur dit : Ecoutez mon ſonge. J'ai ſongé que nous étions occupés enſemble à lier des gerbes, que ma gerbe s'élevait, & que vos gerbes adoraient ma gerbe. J'ai ſongé encore un autre ſonge; c'eſt que le ſoleil & la lune & onze étoiles m'adoraient....... Et ſes frères ſe diſaient : Tuons notre ſongeur, & nous dirons qu'une bête l'a mangé; & nous verrons de quoi lui auront ſervi ſes ſonges..... Et s'étant aſſis enſuite pour manger leur pain, ils virent des Iſmaélites qui venaient de Galaad avec des chameaux chargés d'aromates ; ils vendirent à ces marchands leur frère *Joſeph* qu'ils avaient jeté tout nu dans un puits ſec, après l'avoir dépouillé de ſa belle robe bigarrée, & ils le vendirent vingt pièces d'argent. (*x*) Alors ils prirent la tunique de *Joſeph*,

(*x*) Le peuple de Dieu n'était alors composé que de quatorze hommes, *Iſaac*, *Jacob* & ſes douze enfans, dans le temps qu'on voyait par-tout de grandes nations. Les pères ont remarqué que c'eſt la figure du petit nombre des élus. Mais, parmi ces élus, *Jacob* trompe ſon père & ſon frère, & il vole ſon beau-père. Il couche avec ſes ſervantes. *Ruben* couche avec ſa belle-mère. Deux enfans de *Jacob* égorgent tous les mâles de Sichem. Les autres enfans pillent la ville. Ces mêmes enfans veulent aſſaſſiner leur frère *Joſeph*, & ils le vendent pour eſclave à des marchands. Cette famille ſemble bien abominable aux critiques. Mais le révérend père dom *Calmet* prouve que *Joſeph*, vendu par ſes frères pour vingt pièces d'argent, annonce évidemment JESUS-CHRIST vendu trente pièces par *Judas-Iſcariot*. Encore une fois, les voies de DIEU ne ſont pas nos voies.

A l'égard des ſonges qui attirèrent à *Joſeph* la haine de ſes frères, ils ont toujours été regardés comme envoyés du ciel ; & dans toutes les nations il ſe trouva des charlatans qui les expliquaient. Cette explication des ſonges eſt expreſſément défendue dans le Lévitique, chapitre XIX ; & il eſt dit dans le chapitre XIII du Deutéronome, que le ſongeur de ſonges

& l'ayant arrosée du sang d'un chevreau, ils l'envoyèrent à leur père, & lui firent dire : Nous avons trouvé cela ; vois si c'est la robe de ton fils ou non. Et *Jacob* ayant déchiré ses vêtemens, il se revêtit d'un cilice, pleurant long-temps son fils ; & il dit : Je descendrai avec mon fils dans l'enfer ; & il continua de pleurer.

Les ismaélites ou madianites vendirent *Joseph* en Egypte à *Putiphar* eunuque de *Pharaon*, maître de la milice. (*y*)

doit être mis à mort dans certains cas. Mais pour *Joseph*, on verra qu'il ne réussit en Egypte, & qu'il ne fut le soutien de sa famille qu'à cause de ses songes.

Quant aux marchands ismaélites, on voit qu'ils fesaient déjà un grand commerce d'aromates & d'esclaves : ce qui marque une extrême population. Les douze enfans d'Ismaël avaient déjà produit un peuple immense ; & les douze enfans de son neveu *Jacob* paraissent être encore dans la misère, réduits à garder les moutons, malgré les richesses que le sac de la ville de Sichem devait leur avoir procurées.

(*y*) Les enfans de *Jacob* mettent le comble à leur crime, en désolant leur père par la vue de cette tunique ensanglantée. *Jacob* s'écrie dans sa douleur : j'en mourrai, je descendrai en enfer avec mon fils. Le mot *Shéol*, qui signifie la fosse, le souterrain, la sépulture, a été traduit dans la Vulgate par le mot d'enfer, *Infernum*, qui veut dire proprement le tombeau, & non pas le lieu appelé par les Egyptiens & par les Grecs Tartare, Ténare, *Adès*, séjour du Styx & de l'Achéron, lieu où vont les ames après leur mort, royaume de *Pluton* & de *Proserpine*, caverne des damnés, champs Elysées, &c. . . . . . Il est indubitable que les Juifs n'avaient aucune idée d'un pareil enfer, & qu'il n'y a pas un seul mot dans tout le Pentateuque qui ait le moindre rapport ou avec l'enfer des anciens, ou avec le nôtre, ou avec l'immortalité de l'ame, ou avec les peines & les récompenses après la mort. Ceux qui ont voulu tirer de ce mot *Shéol*, traduit par le mot *Infernum*, une induction que notre enfer était connu de l'auteur du Pentateuque, ont eu une intention très-louable & que nous révérons, mais c'est au fond une ignorance très-grossière ; & nous ne devons chercher que la vérité.

Le cilice dont se revêt *Jacob*, après avoir déchiré ses vêtemens, a fourni de nouvelles armes aux critiques, qui veulent que le Pentateuque n'ait été écrit que dans des siècles très-postérieurs. Le cilice était une étoffe de Cilicie ; & la Cilicie n'était pas connue des Hébreux avant *Esdras*. Il y avait deux sortes d'étoffes nommées cilices, l'une très-fine & très-belle,

En ce temps-là *Juda* alla en Canaan, & ayant vu la fille d'un cananéen nommée *Sua*, il la prit pour sa femme & entra dans elle, & en eut un fils nommé *Her*, & un autre fils nommé *Onan*, & un troisième appelé *Séla*. (z)

tissue de poil d'antelop, ou de chèvre sauvage, appelée *mo* dans l'Asie mineure, d'où nous vient la véritable moire, à laquelle nous avons substitué une étoffe de soie calendrée. L'autre cilice était une étoffe plus grossière, faite avec du poil de chèvre commune, & qui servit aux paysans & aux moines. Les critiques disent qu'aucune de ces étoffes n'étant connue des premiers Juifs, c'est une nouvelle preuve évidente que le Pentateuque n'est ni de *Moïse* ni d'aucun auteur de ces temps-là. Nous répondons toujours que l'auteur sacré parle par anticipation, & qu'aucune critique, quelque vraisemblable qu'elle puisse être, ne doit ébranler notre foi.

Il leur paraît encore improbable que les rois d'Egypte eussent déjà des eunuques. Ce rafinement affreux de volupté & de jalousie est, à la vérité, fort ancien ; mais il suppose de grands royaumes très-peuplés & très-riches. Il est difficile de concilier cette grande population de l'Egypte du temps de *Jacob* avec le petit nombre du peuple de DIEU qui ne consistait qu'en quatorze mâles. On a déjà répondu à cette question par le petit nombre des élus.

(z) Le Seigneur a beau défendre à ses patriarches de prendre des filles cananéennes, ils en prennent souvent. *Juda*, après la mort de son fils aîné *Her*, donne la veuve à son second fils *Onan*, afin qu'*Onan* lui fasse des enfans qui hériteront du mort. Cette coutume n'était point encore établie dans la race d'*Abraham* & d'*Isaac* ; & l'auteur sacré parle par anticipation, comme nous l'avons déjà remarqué plusieurs fois.

Les commentateurs prétendent que cette *Thamar* fut bien maltraitée par ses deux maris ; que *Her*, le premier, la traitait en sodomite, & que le second ne voulait jamais consommer l'acte du mariage dans le vase convenable, mais répandait sa semence à terre. Le texte ne dit pas positivement que *Her* traitait sa femme à la manière des sodomites ; mais il se sert de la même expression qui est employée pour désigner le crime de Sodome. A l'égard du péché d'*Onan*, il est expressément énoncé.

C'est une chose bien singulière que *Thamar*, ayant été si fort maltraitée par les deux enfans de *Juda*, veuille ensuite coucher avec le père, sous prétexte qu'il ne lui a point donné son troisième fils *Séla*, qui n'était pas encore en âge. Elle prend un voile pour se déguiser en fille de joie. Mais au contraire le voile était & fut toujours le vêtement des honnêtes femmes. Il est vrai que dans les grandes villes, où la débauche est fort connue,

Or

Or *Juda* donna pour femme à son fils *Her* une fille nommée *Thamar*.

Or son premier-né *Her* étant méchant devant le Seigneur, DIEU le tua. *Juda* dit donc à *Onan* son second fils : Prends pour femme la veuve de ton frère ; entre dans elle, & suscite la semence de ton frère. Mais *Onan* sachant que les enfans qu'il ferait ne seraient point à lui, mais seraient réputés être les enfans de feu son frère, en entrant dans sa femme, répandait sa semence par terre ; c'est pourquoi le Seigneur le tua aussi.

C'est pourquoi *Juda* dit à *Thamar* sa bru : Va-t-en ; reste veuve dans la maison de ton père, jusqu'à ce que mon troisième fils *Séla* soit en âge. Elle s'en alla donc & habita chez son père.

les filles de joie vont attendre les passans dans de petites rues, comme à Londres, à Paris, à Rome, à Venise. Mais il n'est pas vraisemblable que le rendez-vous des filles de joie dans le misérable pays de Canaan fût à la campagne dans un chemin fourchu.

Il est bien étrange qu'un patriarche couche en plein jour avec une fille de joie sur le grand chemin, & s'expose à être pris sur le fait par tous les passans.

Le comble de l'impossibilité est que *Juda*, étranger dans Canaan, & n'ayant pas la moindre possession, ordonne qu'on brûle sa belle-fille dès qu'il sait qu'elle est grosse ; & que sur le champ on prépare un bûcher pour la brûler, comme s'il était le juge & le maître du pays.

Cette histoire a quelque rapport à celle de *Thyeste*, qui, rencontrant sa fille *Pélopée*, coucha avec elle sans la connaître. Les critiques disent que les Juifs écrivirent fort tard, & qu'ils copièrent beaucoup d'histoires grecques qui avaient cours dans toute l'Asie mineure. *Josephe* & *Philon* avouent que les livres juifs n'étaient connus de personne, & que les livres grecs étaient connus de tout le monde.

Quoi qu'il en soit, ce qu'il y a de plus singulier dans l'aventure de *Thamar*, c'est que notre Seigneur JESUS-CHRIST naquit, dans la suite des temps, de son inceste avec le patriarche *Juda*. *Ce n'est pas sans de bonnes raisons*, dit le révérend père dom *Calmet*, *que le saint Esprit a permis que l'histoire de Thamar, de Rahab, de Ruth, de Betzabé, se trouve mêlée dans la généalogie de* JESUS-CHRIST.

Or *Juda* étant allé voir tondre ſes brebis, *Thamar* prit un voile, & s'aſſit ſur un chemin fourchu; & *Juda* l'ayant aperçue crut que c'était une fille de joie, car elle avait caché ſon viſage; & s'approchant d'elle, il lui dit: Il faut que je couche avec toi; car il ne ſavait pas que c'était ſa bru. Et elle lui dit: Que me donneras-tu pour coucher avec moi? Je t'enverrai, dit-il, un chevreau de mon troupeau. Elle répliqua: Je ferai ce que tu voudras, mais donne-moi des gages. Que demandes-tu pour gage, dit *Juda*? *Thamar* répliqua: Donne-moi ton anneau, ton bracelet & ton bâton. Il n'y eut que ce coït entre *Juda* & *Thamar*; elle fut engroſſée ſur le champ. Et ayant quitté ſon habit, elle reprit ſon habit de veuve.

Juda envoya par ſon valet le chevreau promis, pour reprendre ſes gages. Le valet, ne trouvant point la femme, demanda aux habitans du lieu: Où eſt cette fille de joie qui était aſſiſe ſur le chemin fourchu? Ils répondirent tous: Il n'y a point eu de fille de joie en ce lieu. *Juda* dit: Hé bien, qu'elle garde mes gages; elle ne pourra pas au moins m'accuſer de n'avoir pas voulu la payer.

Or trois mois après on vint dire à *Juda*: Ta bru a forniqué; car ſon ventre commence à s'enfler. *Juda* dit: Qu'on l'aille chercher au plus vîte, & qu'on la brûle. Comme on la conduiſait au ſupplice, elle renvoya à *Juda* ſon anneau, ſon bracelet & ſon bâton, diſant: Celui à qui cela appartient m'a engroſſée. *Juda* ayant reconnu ſes gages, dit: Elle eſt plus juſte que moi.

Cependant *Joſeph* fut conduit en Egypte; & *Putiphar* l'égyptien, eunuque de *Pharaon* & prince de l'armée, l'acheta des ifmaëlites. Et après plufieurs jours, la femme de *Putiphar* ayant regardé *Jofeph*, lui dit : Couche avec moi. Lequel ne confentant point à cette action mauvaife, lui dit : Voilà que mon maître m'a confié tout fon bien, en forte qu'il ne fait pas ce qu'il a dans fa maifon ; il m'a rendu le maître de tout, excepté de toi qui es fa femme. Cette femme follicitait tous les jours ce jeune homme ; & il refufait de commettre l'adultère. Il arriva un certain jour que *Jofeph* étant dans la maifon, & fefant quelque chofe fans témoin, elle le prit par fon manteau, & lui dit : Couche avec moi. *Jofeph* lui laiffant fon manteau, s'enfuit dehors. La femme voyant ce manteau dans fes mains & qu'elle était méprifée, montra ce manteau à fon mari, comme une preuve de fa fidélité, & lui dit : Cet efclave hébreu que tu as amené eft entré à moi pour fe moquer de moi, & m'ayant entendu crier, il m'a laiffé fon manteau que je tenais, & s'en eft enfui. (*a*)

Après cela il arriva que deux autres eunuques du roi d'Egypte, fon échanfon & fon panetier, (*b*) furent

(*a*) Cette hiftoire a beaucoup de rapport à celle de *Bellérophon* & de *Prœtus*, à celle de *Théfée* & d'*Hippolyte*, & à beaucoup d'autres hiftoires grecques & afiatiques. Mais ce qui ne reffemble à aucune fable des mythologies profanes, c'eft que *Putiphar* était eunuque & marié. Il eft vrai que dans l'Orient il y a quelques eunuques, & même des eunuques noirs, entièrement coupés, qui ont des concubines dans leur harem ; parce que ces malheureux, à qui on a coupé toutes les parties viriles, ont encore des yeux & des mains. Ils achètent des filles, comme on achète des animaux agréables pour mettre dans une ménagerie. Mais il fallait que la magnificence des rois d'Egypte fût parvenue à un excès bien rare, pour que les eunuques euffent des férails, ainfi qu'ils en ont aujourd'hui à Conftantinople & à Agra.

(*b*) Il fe peut que dans des temps très-poftérieurs le mot eunuque fût devenu un titre d'honneur, & que les peuples, accoutumés à voir ces hommes, dépouillés des marques de l'homme, parvenus aux plus grandes

mis dans la prison du prince de l'armée, dans laquelle prison *Joseph* était enchaîné. Et ils eurent chacun un songe dans la même nuit. Ils dirent à *Joseph* : Nous avons eu chacun un songe, & il n'y a personne pour l'expliquer. Et *Joseph* leur dit : (c) N'est-ce pas DIEU qui interprète les songes? Raconte-moi ce que tu as vu. Le grand-échanson du roi répondit : J'ai vu une vigne ; il y avait trois branches qui ont produit des boutons, des fleurs & des raisins mûrs ; je tenais dans ma main la coupe du roi ; j'ai pressé dans sa coupe le jus des raisins, & j'en ai donné à boire au roi. *Joseph* lui dit : Voici l'interprétation de ce songe. Les trois branches sont trois jours, après lesquels *Pharaon* te rendra ton emploi, & tu lui serviras à boire comme à l'ordinaire. Je te prie seulement de te souvenir de moi, afin que le pharaon me fasse sortir de cette prison ; car j'ai été enlevé par fraude de la terre des Hébreux, & j'ai été mis dans une citerne.

places pour avoir gardé des femmes, se soient accoutumés enfin à donner le nom d'eunuques aux principaux officiers des rois orientaux : on aura dit l'eunuque du roi, au lieu de dire le grand-écuyer, le grand-échanson du roi ; mais cela ne peut être arrivé dans des temps voisins du déluge. Il faut donc croire que *Putiphar*, & ceux des officiers qualifiés eunuques, l'étaient véritablement.

(c) L'explication des songes doit être encore plus ancienne que l'usage de châtrer les hommes que les rois admettaient dans l'intérieur de leurs palais. C'est une faiblesse naturelle d'être inquiet d'un songe pénible ; & quiconque manifeste sa faiblesse trouve bientôt un charlatan qui en abuse. Un songe ne signifie rien ; & si par hasard il signifiait quelque chose, il n'y aurait que DIEU qui le sût & qui pût le révéler. Il est défendu dans le Lévitique d'expliquer les songes ; mais le Lévitique n'était pas fait du temps de *Joseph*. On doit croire que DIEU même l'instruisit, puisqu'il dit que DIEU est l'interprète des songes.

Ce qui peut embarrasser, c'est qu'il semble ici que le pharaon & ses officiers & *Joseph* reconnaissent le même Dieu. Car, lorsque *Joseph* leur dit que DIEU envoie les songes & les explique, ils ne répliquent rien ;

Le grand-panetier dit à *Joſeph :* J'ai eu auſſi un ſonge. J'avais trois paniers de farine ſur ma tête ; & les oiſeaux ſont venus la manger. *Joſeph* lui répondit : Les trois corbeilles ſignifient trois jours, après quoi *Pharaon* te fera pendre, & les oiſeaux te mangeront.

Trois jours après arriva le jour de la naiſſance de *Pharaon :* il fit un grand feſtin à ſes officiers, & ſe reſſouvint à table de ſon grand-échanſon & de ſon grand-panetier. Il rétablit l'un pour lui donner à boire, & fit pendre l'autre, afin de vérifier l'explication de *Joſeph.* Mais le grand-échanſon étant rétabli, oublia l'interprète de ſon rêve.

Deux ans après, *Pharaon* eut un ſonge. Il crut être ſur le bord d'un fleuve d'où ſortaient ſept vaches belles & graſſes, & enſuite ſept maigres & vilaines ; & ces vilaines dévorèrent les belles. Il ſe rendormit, & vit ſept épis très-beaux à une même tige, & ſept autres épis deſſéchés qui mangèrent les autres épis. Saiſi de terreur, il envoya dès le matin chercher tous les ſages & tous les devins ; nul ne put lui expliquer ſon rêve. Alors le grand-échanſon ſe ſouvint de *Joſeph ;* il fut tiré de priſon par ordre du roi, & préſenté à lui, après qu'on l'eut raſé & habillé.

Joſeph répondit : Les deux ſonges du roi ſignifient la même choſe. Les ſept belles vaches & les ſept beaux épis ſignifient ſept ans d'abondance. Les ſept

ils en conviennent. Cependant l'Egypte & les enfans de *Jacob* n'avaient pas la même religion : mais on peut reconnaître le même Dieu, & différer dans les dogmes. Les catholiques romains & les catholiques grecs, les luthériens & les calviniſtes, les Turcs & les Perſans, ont le même Dieu, & ne ſont point d'accord enſemble.

vaches maigres & les sept épis desséchés signifient sept années de stérilité. Il faut donc que le roi choisisse un homme sage & habile qui gouverne toute la terre d'Egypte, & qui établisse des préposés qui gardent chaque année la cinquième partie des fruits. Le conseil plut à *Pharaon* & à ses ministres. Le roi leur dit : Où pouvons-nous trouver un homme aussi rempli que lui de l'esprit de DIEU? Et il dit à *Joseph :* Puisque DIEU t'a montré tout ce que tu m'as dit, où pourrai-je trouver un homme plus sage que toi, & semblable à toi? (*d*) Il lui donna son anneau, le vêtit d'une robe de fin lin, il lui mit au cou un collier d'or, le fit monter sur un char; un héraut criait : Que tout le monde fléchisse le genou devant le gouverneur de l'Egypte. Il changea aussi son nom, il l'appela *Zaphna-paneah*, & lui fit épouser *Azeneth* fille de *Putiphar*, qui était aussi prêtre d'Héliopolis.

Avant que la famine commençât, *Joseph* eut deux fils de sa femme *Azeneth* fille de *Putiphar*. Et il nomma l'aîné *Manassé*, & l'autre *Ephraïm*...... (*e*)

(*d*) Le pharaon déclare ici deux fois que l'esclave hébreu est inspiré de DIEU : il ne dit pas, de son Dieu particulier; il dit de DIEU, en général. Il semble donc ici que, malgré toutes les superstitions qui dominaient, malgré la magie & les sorcelleries auxquelles on croyait, le Dieu universel était reconnu à Memphis comme dans la famille d'*Abraham*, du moins au temps de *Joseph*. Mais comment savoir ce que croyaient des Egyptiens? ils ne le savaient pas eux-mêmes.

On fait une autre question moins importante. On demande comment sept épis de blé en purent manger sept autres : nous n'entreprendrons point d'expliquer ce repas.

(*e*) Ceci est singulier. *Joseph*, petit-fils d'*Abraham*, épouse *Azeneth*, fille de la femme d'un eunuque qui l'avait mis dans les fers. Quel était le père d'*Azeneth?* Ce n'était pas l'eunuque *Putiphar*. L'Alcoran, au Sura *Joseph*, conte, d'après d'anciens auteurs juifs, que cette *Azeneth* était un enfant au berceau lorsque la femme de *Putiphar* accusa *Joseph* de l'avoir

Or *Jacob* ayant appris qu'on vendait du blé en Egypte, dit à ſes enfans : Allez acheter en Egypte du blé...... Ils vinrent donc ſe préſenter devant *Joſeph*. *Joſeph* les ayant reconnus, ſes frères ne le reconnurent pas, quoiqu'il les eût bien reconnus ; & il leur dit : Vous êtes des eſpions. Ils répliquèrent : Nous ſommes douze frères & vos ſerviteurs, tous enfans d'un même père, & l'autre n'eſt plus au monde. Allez, allez, leur dit *Joſeph* ; vous êtes des eſpions. Envoyez quelqu'un de vous chercher votre petit frère, & vous reſterez en priſon, juſqu'à ce que je ſache ſi vous avez dit vrai ou faux. Il les fit donc mettre en priſon pour trois jours, & le troiſième jour il les fit ſortir & leur dit : Qu'un ſeul de vos frères demeure dans les liens en priſon ; vous autres, allez-vous-en, emportez le froment que vous avez acheté ; mais amenez-moi le plus jeune de vos frères, afin que je voie ſi vous m'avez trompé, & que vous ne mouriez point. Et ayant fait prendre *Siméon*, il le fit lier en leur préſence. Il ordonna à ſes gens d'emplir leurs ſacs de blé, & de remettre dans leurs ſacs leur argent, & de leur donner encore des vivres pour leur voyage. Les frères de *Joſeph* partirent avec leurs ânes chargés de froment. Et étant arrivés à l'hôtellerie, (*f*) l'un d'eux ouvrit ſon

voulu violer. Un domeſtique de la maiſon dit qu'il fallait s'en rapporter à cet enfant, qui ne pouvait encore parler : l'enfant parla. Ecoutez, dit-elle à *Putiphar* : ſi ma mère a déchiré le manteau de *Joſeph* par devant, c'eſt une preuve que *Joſeph* voulait la prendre à force ; mais ſi ma mère a pris & déchiré le manteau par derrière, c'eſt une preuve qu'elle courait après lui.

(*f*) Les critiques aſſurent qu'il n'y avait point encore d'hôtelleries dans ce temps-là. Ils ajoutent cette objection à tant d'autres, pour faire

ſac pour donner à manger à ſon âne ; & il dit à ſes frères : On m'a rendu mon argent, le voici dans mon ſac ; & ils furent tous ſaiſis d'étonnement. (*g*) Etant arrivés chez leur père en la terre de Canaan, ils lui contèrent tout ce qui leur était arrivé. *Jacob* leur dit : S'il eſt néceſſaire que j'envoie mon fils *Benjamin*, faites ce que vous voudrez. Prenez les meilleurs fruits de ce pays-ci dans vos vaſes, un peu de réſine, de miel, de ſtorax, du térébinthe & de la menthe ; portez auſſi avec vous le double de l'argent que vous avez porté à votre voyage, de peur qu'il n'y ait eu de la mépriſe.......

Ils retournèrent donc en Egypte avec de l'argent. Ils ſe préſentèrent devant *Joſeph*, qui les ayant vus & *Benjamin* avec eux, dit à ſon maître d'hôtel : Faites-les entrer, tuez des victimes ; préparez un

voir que *Moïſe* n'a pu être l'auteur de la Geneſe. Il eſt vrai que nous ne connaiſſons point d'hôtelleries chez les Grecs, & qu'il n'y en eut point chez les premiers Romains. On conjecture que l'uſage des hôtelleries était auſſi inconnu chez les Egyptiens que dans la Paleſtine : mais on n'en a pas de preuves certaines. Il n'eſt pas impoſſible que des marchands arabes euſſent établi quelques hangars, quelques cabanes, comme depuis on a établi des caravanſerails. Il eſt même vraiſemblable que des rois d'Egypte, qui avaient bâti des pyramides, n'avaient pas négligé de conſtruire quelques édifices en faveur du négoce.

(*g*) On dit que ſi les patriarches chargèrent leurs ânes, il eſt à croire qu'ils marchèrent à pied depuis le Canaan juſqu'à Memphis, ce qui fait un chemin d'environ cent lieues. On infère de-là qu'ils étaient fort pauvres, ne poſſédant aucun domaine conſidérable, & ne vivant que comme des Arabes du déſert, voyageant ſans ceſſe, & plantant leurs tentes où ils pouvaient. Cependant le pillage de Sichem devait les avoir enrichis. La ſeule difficulté eſt de ſavoir comment *Jacob* & ſes onze enfans avaient pu être ſoufferts dans un pays où ils avaient commis une action ſi horrible, & où toutes les hordes cananéennes devaient ſe réunir pour les exterminer. Au reſte, ſi la famine forçait les enfans d'Iſraël d'aller à Memphis, tous les Cananéens, qui manquaient de blé, devaient y aller auſſi.

dîner : car ils dîneront avec moi à midi . . . . . . (*h*) *Joseph* ayant levé les yeux & ayant remarqué son frère utérin, il leur demanda : Est-ce là votre petit frère dont vous m'avez parlé ? Et il lui dit : DIEU te favorise, mon fils. Et il sortit promptement, parce que ses entrailles étaient émues sur son frère, & que ses larmes coulaient.

On servit à part *Joseph*, & les Egyptiens qui mangeaient avec lui, & les frères de *Joseph* aussi à part : car il est défendu aux Egyptiens de manger avec des Hébreux : ces repas seraient regardés comme profanes. Les fils de *Jacob* s'assirent donc en présence de *Joseph*, selon l'ordre de leur naissance, & ils furent fort surpris qu'on donnât une part à *Benjamin* cinq fois plus grande que celles des autres. . . . . .

Or *Joseph* donna ordre à son maître d'hôtel d'emplir les sacs des hébreux de blé, & de mettre leur argent dans leurs sacs, & de placer à l'entrée du sac de *Benjamin* non-seulement son argent, mais encore la coupe même du premier ministre. On les

(*h*) Les Egyptiens avaient en horreur tous les étrangers, & se croyaient souillés s'ils mangeaient avec eux. Les Juifs prirent d'eux cette coutume inhospitalière & barbare. L'Eglise grecque a imité en cela les Juifs, au point qu'avant *Pierre le grand* il n'y avait pas un Russe parmi le peuple qui eût voulu manger avec un luthérien, ou avec un homme de la communion romaine. Aussi nous voyons que *Joseph*, en qualité d'Egyptien, fit manger ses frères à une autre table que la sienne ; il leur parlait même par interprète. La différence du culte, en ne reconnaissant qu'un même Dieu, paraît ici évidemment. On immole des victimes dans la maison même du premier ministre, & on les sert sur table. Cependant il n'est jamais question ni d'*Isis*, ni d'*Osiris*, ni d'aucun animal consacré. Il est bien étrange que l'auteur hébreu de l'histoire hébraïque, ayant été élevé dans les sciences des Egyptiens, semble ignorer entièrement leur culte. C'est encore une des raisons qui ont fait croire à plusieurs savans que *Mosé*, ou *Moïse*, ne peut être l'auteur du Pentateuque.

laissa partir le lendemain matin avec leurs ânes ; puis on courut après eux ; on fit ouvrir leurs sacs ; & on trouva la coupe & l'argent au haut du sac de *Benjamin*. Le maître d'hôtel leur dit : Ah ! quel mal avez-vous rendu pour le bien qu'on vous a fait ? Vous avez volé la tasse dans laquelle monseigneur boit, sa tasse divinatoire dans laquelle il prend ses augures. (*i*)

Joseph ne pouvait plus se retenir devant le monde ; ainsi il ordonna que tous les assistans sortissent dehors, afin que personne ne fût témoin de la reconnaissance qui allait se faire. Et élevant la voix avec des gémissemens que les Egyptiens & toute la maison de *Pharaon* entendirent, il dit à ses frères : Je suis *Joseph*. Mon père vit-il encore ? Ses frères ne pouvaient répondre, tant ils furent saisis de frayeur. Mais il leur dit avec douceur : Approchez-vous de moi ; & lors ils s'approchèrent. Oui, dit-il,

(*i*) Quoi qu'en dise *Grotius*, il est clair que le texte donne ici *Joseph* pour un magicien : il devinait l'avenir en regardant dans sa tasse. C'est une très-ancienne superstition, très-commune chez les Chaldéens & chez les Egyptiens : elle s'est même conservée jusqu'à nos jours. Nous avons vu plusieurs charlatans & plusieurs femmes employer ce ridicule sortilége. *Boyer Bandol*, dans la régence du duc d'*Orléans*, mit cette sottise à la mode : cela s'appelait lire dans le verre. On prenait un petit garçon ou une petite fille, qui, pour quelque argent, voyait dans ce verre plein d'eau tout ce qu'on voulait voir. Il n'y a pas là grande finesse. Les tours les plus grossiers suffisent pour tromper les hommes, qui aiment toujours à être trompés. Les tours & les impostures des convulsionnaires n'ont pas été plus adroits ; & cependant on sait quelle prodigieuse vogue ils ont eue long-temps. Il faut que la charlatanerie soit bien naturelle, puisqu'on a trouvé en Amérique & jusque chez les nègres de l'Afrique ces mêmes extravagances, dont notre ancien continent a toujours été rempli.

Il est très-vraisemblable que si *Joseph* fut vendu par ses frères en Egypte, étant encore enfant, il prit toutes les coutumes & toutes les superstitions de l'Egypte, ainsi qu'il en apprit la langue.

je suis votre frère *Joseph* que vous avez vendu en Egypte. Ne craignez rien ; ne vous troublez point pour m'avoir vendu dans ces contrées. C'est pour votre salut que DIEU m'a fait venir avant vous en Egypte. Ce n'est point par vos desseins que j'ai été conduit ici, mais par la volonté de DIEU qui m'a rendu le père, le sauveur du pharaon, & qui m'a fait prince de toute la terre d'Egypte. Hâtez-vous d'aller trouver mon père ; dites-lui ces paroles : DIEU m'a rendu le maître de toute l'Egypte ; venez & ne tardez point. (*k*)

Vous demeurerez dans la terre de Gessen, ou Gossen : car il reste encore cinq années de famine. Je vous nourrirai, de peur que vous ne mouriez de faim, vous & toute votre famille. Vos yeux & les yeux de mon frère *Benjamin* sont témoins que ma

(*k*) Ce morceau d'histoire a toujours passé pour un des plus beaux de l'antiquité. Nous n'avons rien dans *Homère* de si touchant. C'est la première de toutes les reconnaissances dans quelque langue que ce puisse être. Il n'y a guère de théâtres en Europe où cette histoire n'ait été représentée. La moins mauvaise de toutes les tragédies qu'on ait faites sur ce sujet intéressant, est, dit-on, celle de l'abbé *Genest*, jouée sur le théâtre de Paris en 1711. Il y en a eu une autre depuis par un jésuite, nommé *Arthus*, imprimée en 1749 ; elle est intitulée : *La reconnaissance de Joseph, ou Benjamin, tragédie chrétienne en trois actes en vers, qui peut se représenter dans tous les colléges, communautés & maisons bourgeoises.* Il est singulier que l'auteur ait appelé tragédie *chrétienne* une pièce dont le sujet est d'un siècle si antérieur à JESUS-CHRIST.

Presque tous les romans que nous avons eus, soit anciens, soit modernes, & une infinité d'ouvrages dramatiques, ont été fondés sur des reconnaissances. Rien n'est plus naïf que celle de *Joseph* & de ses frères. Les critiques y reprennent quelques répétitions : ils trouvent mauvais que les onze patriarches, étant venus deux fois de suite de la part de *Jacob*, *Joseph* leur demande si son père vit encore. Cette censure peut paraître outrée, comme le sont presque toutes les censures. La piété filiale peut faire dire à *Joseph* plus d'une fois : Mon père est-il encore en vie ? ne reverrai-je pas mon père ?

bouche vous parle votre langue. Et il baisa *Benjamin* & tous ses frères qui pleurèrent, & qui enfin osèrent lui parler. Le bruit s'en répandit par-tout dans la cour du roi. Les frères de *Joseph* y vinrent. Le pharaon s'en réjouit ; il dit à *Joseph* d'ordonner qu'ils chargeassent leurs ânes, & qu'ils amenassent leur père & tous leurs parens : je leur donnerai, dit-il, tous les biens de l'Egypte, (*l*) & ils mangeront la moëlle de la terre. Dites qu'ils prennent des voitures d'Egypte pour amener leurs femmes & les petits enfans ; car toutes les richesses de l'Egypte seront à eux.

Israël étant parti avec tout ce qui était à lui, vint au puits du jurement. Et ayant immolé des victimes au Dieu de son père *Isaac*, il entendit DIEU dans une vision pendant la nuit, lequel lui dit : *Jacob*, *Jacob* ! Et il répondit : Me voilà. DIEU ajouta : Je suis le très-fort, le Dieu de ton père ; ne crains point, descends en Egypte ; car je te ferai père d'un grand peuple : j'y descendrai avec toi, & je t'en ramenerai. (*m*)

(*l*) Il est étonnant que le pharaon dise : je donnerai à ces étrangers tous les biens de l'Egypte. M. *Boulanger* soupçonne que toute cette histoire de *Joseph* ne fut insérée dans le canon juif que du temps de *Ptolomée-Evergète*. En effet, ce fut sous ce roi *Ptolomée* qu'il y eut un *Joseph* fermier-général. *Boulanger* imagine que le roi de Syrie *Antiochus le grand*, ayant fait brûler tous les livres en Judée, & les Samaritains ayant abjuré la secte juive, on ne traduisit un exemplaire de l'ancien Testament en grec que long-temps après, & non pas sous *Ptolomée-Philadelphe* ; qu'on inséra l'histoire du patriarche *Joseph* dans l'exemplaire hébreu & dans la traduction ; qu'alors les Samaritains, redevenus demi-juifs, l'insérèrent dans leur Pentateuque. Cette conjecture téméraire paraît destituée de tout fondement.

(*m*) Les mêmes critiques, dont nous avons tant parlé, prétendent qu'il y a ici une contradiction, & que DIEU n'a pas pu dire à *Jacob* : Je

Tous ceux qui vinrent en Egypte avec *Jacob*, & qui fortirent de fa cuiffe, étaient au nombre de foixante & fix, fans compter les femmes de fes enfans.

Jacob étant arrivé, *Jofeph* monta fur fon chariot, vint au-devant de fon père & pleura en l'embraffant. Et il dit à fes frères & à toute la famille de fon père : Lorfque le pharaon vous fera venir & qu'il vous demandera quel eft votre métier, vous lui répondrez : Nous fommes des pafteurs ; vos ferviteurs font nourris dans cette profeffion dès leur enfance, nos pères y ont été nourris ; & vous direz tout cela afin que vous puiffiez habiter dans la terre de Geffen. Car les Egyptiens ont en horreur tous les pafteurs de brebis. (*n*)

te ramenerai ; puifque *Jacob* & tous fes enfans moururent en Egypte. On répond à cela que DIEU le ramena après fa mort. C'était une tradition chez les Juifs que *Moïfe*, en partant de l'Egypte, avait trouvé le tombeau de *Jofeph*, & l'avait porté fur fes épaules. Cette tradition fe trouve encore dans le livre hébreu, intitulé : *De la vie & de la mort de Moïfe*, traduit en latin par le favant *Gaumin.*

(*n*) Les critiques ne ceffent de dire qu'il n'y a pas de raifon à confeiller à des étrangers de s'avouer pour pafteurs, parce que dans le pays on détefte les pafteurs ; & qu'il fallait au contraire leur dire : gardez-vous bien de laiffer foupçonner que vous foyez d'un métier qu'on a ici en exécration. Si une colonie de juifs venait fe préfenter pour s'établir en Efpagne, on lui dirait fans doute : gardez-vous bien d'avouer que vous êtes juifs, & furtout que vous avez de l'argent : car l'inquifition vous ferait brûler pour avoir votre argent.

On demande enfuite pourquoi les Egyptiens déteftaient une claffe auffi utile que celle des pafteurs? C'eft qu'en effet on prétend que les Arabes-Bédouins, dont les Juifs étaient évidemment une colonie, & qui viennent encore tous les ans faire paître leurs moutons en Egypte, avaient autrefois conquis une partie de ce pays. Ce font eux qu'on nomme *les rois pafteurs*, & que *Manéthon* dit avoir régné cinq cents ans dans le Delta. On a cru même que cette irruption des voleurs de l'Arabie pétrée & de l'Arabie déferte, dont les Juifs étaient defcendus, avait été faite plus de

Le roi dit donc à *Joseph:* Votre père & vos frères sont venus à toi; toute la terre d'Egypte est devant tes yeux. Fais-les habiter dans le meilleur endroit, & donne-leur la terre de Gessen: & si tu connais des hommes entendus, donne-leur l'intendance de mes troupeaux. (*o*) Après cela *Joseph* introduisit son père devant le roi, qui lui demanda: Quel âge as-tu? Et il lui répondit: Ma vie a été de cent trente ans, & je n'ai pas eu un jour de bon. (*p*)

Joseph donna donc à son père & à ses frères la

cent ans avant la naissance d'*Abraham*. Cette chronologie ne cadrerait pas avec celle de la Bible, & ce serait une nouvelle difficulté à éclaircir. Il faudrait que ces pasteurs eussent régné en Egypte avant le temps où nous plaçons le déluge universel. La Genèse compte la naissance d'*Abraham* de l'année deux mille du monde, selon la Vulgate. *Jacob* arrive en Egypte l'an deux mille deux cents quatre-vingt, ou environ. Si les Arabes s'emparèrent de l'Egypte cent ans avant la naissance d'*Abraham*, ils avaient donc régné environ trois cents quatre-vingts ans. Or ils furent les maîtres de l'Egypte cinq cents ans; donc ils régnèrent encore cent vingt ans depuis l'arrivée de *Jacob*. Donc, loin de détester les pasteurs, les maîtres de l'Egypte devaient au contraire les chérir, puisqu'ils étaient pasteurs eux-mêmes. Il n'est guère possible de débrouiller ce chaos de l'ancienne chronologie.

(*o*) Ce roi, qui offre l'intendance de ses troupeaux, semble marquer qu'il était de la race des rois pasteurs: c'est ce qui augmente encore les difficultés que nous avons à résoudre; car si ce roi a des troupeaux, & si tout son peuple en a aussi, comme il est dit après, il n'est pas possible qu'on détestât ceux qui en avaient soin.

(*p*) Cette réponse, qu'on met dans la bouche de *Jacob*, est d'une triste vérité; elle est commune à tous les hommes. La Vulgate dit: mes années ont été courtes & mauvaises. Presque tout le monde en peut dire autant; & il n'y a peut-être point de passage, dans aucun auteur, plus capable de nous faire rentrer en nous-mêmes avec amertume. Si on veut bien y faire réflexion, on verra que tous les *Pharaons* du monde, & tous les *Jacobs*, & tous les *Josephs*, & tous ceux qui ont des blés & des troupeaux, & surtout ceux qui ne'n ont pas, ont des années très-malheureuses, dans lesquelles on goûte à peine quelques momens de consolation & de vrais plaisirs.

poſſeſſion du meilleur endroit appelé Rameſſès, & il leur fournit à tous des vivres : car le pain manquait dans tout le monde. Et la faim déſolait principalement l'Egypte & le Canaan.

Joſeph, ayant tiré tout l'argent du pays pour du blé, mit cet argent dans le tréſor du roi. Et les acheteurs n'ayant plus d'argent, tous les Egyptiens vinrent à *Joſeph* : Donnez-nous du pain ; faut-il que nous mourions de faim, parce que nous n'avons point d'argent ? Et il leur répondit : Amenez-moi tout votre bétail, & je vous donnerai du blé en échange. Les Egyptiens amenèrent donc leur bétail, (*q*) & il leur donna de quoi manger pour leurs chevaux, leurs brebis, leurs bœufs & leurs ânes.

(*q*) Ceci fait bien voir la vérité de ce que nous venons de dire, que les hommes mènent une vie dure & malheureuſe dans les plus beaux pays de la terre. Mais auſſi les Egyptiens paraiſſent peu aviſés de ſe défaire de leurs troupeaux pour avoir du blé. Ils pouvaient ſe nourrir de leurs troupeaux & des légumes qu'ils auraient ſemés ; & en vendant leurs troupeaux, ils n'avaient plus de quoi jamais labourer la terre. *Joſeph* ſemble un très-mauvais miniſtre, à ce que diſent les critiques, ou plutôt un tyran ridicule & extravagant, de mettre toute l'Egypte dans l'impoſſibilité de ſemer du blé. Ce qui eſt ſurprenant, c'eſt que l'auteur ne dit pas un mot de l'inondation périodique du Nil ; & il ne donne aucune raiſon pour laquelle *Joſeph* ait empêché qu'on ne ſemât & qu'on ne labourât la terre.

C'eſt ce qui a porté les lords *Herbert* & *Bolingbroke*, les ſavans *Freret* & *Boulanger*, à ſuppoſer témérairement que toute l'hiſtoire de *Joſeph* ne peut être qu'un roman : il n'eſt pas poſſible, diſent-ils, que le Nil ne ſe ſoit pas débordé pendant ſept années de ſuite. Tout ce pays aurait changé de face pour jamais ; il aurait fallu que les cataractes du Nil euſſent été bouchées, & alors toute l'Ethiopie n'aurait été qu'un vaſte marais. Ou ſi les pluies qui tombent régulièrement chaque année dans la zone torride avaient ceſſé pendant ſept années, l'intérieur de l'Afrique ſerait devenu inhabitable. Nous répondons que les pluies ceſſèrent tout auſſi aiſément, qu'*Elie* ordonna depuis qu'il n'y aurait pendant ſept ans ni pluie ni roſée, & que l'un n'eſt pas plus difficile que l'autre.

Les Egyptiens étant venus l'année ſuivante, ils dirent : Nous ne cacherons point à Monſeigneur que n'ayant plus ni argent, ni bétail, il ne nous reſte que nos corps & la terre. Faudra-t-il que nous mourions à tes yeux? Prends nos perſonnes & notre terre, fais-nous eſclaves du roi, & donne-nous des ſemailles : car le cultivateur étant mort, la terre ſe réduit en ſolitude. *Joſeph* acheta donc toutes les terres & tous les habitans de l'Egypte d'une extrémité du royaume à l'autre, excepté les ſeules terres des prêtres qui leur avaient été données par le roi. Ils étaient en outre nourris des greniers publics ; c'eſt pourquoi ils ne furent pas obligés de vendre leurs terres. Alors *Joſeph* dit aux peuples : Vous voyez que le pharaon eſt le maître de toutes vos terres & de toutes vos perſonnes. Maintenant voici des ſemailles ; enſemencez les champs, afin que vous puiſſiez avoir du blé & des légumes. La cinquième partie appartiendra au roi : *je vous permets* les quatre autres pour ſemer & pour manger, à vous & à vos enfans. Et ils lui répondirent : Notre ſalut eſt en tes mains ; que le roi nous regarde ſeulement avec bonté, & nous le ſervirons gaiement. (*r*)

(*r*) C'eſt ici que les critiques s'élèvent avec plus de hardieſſe. Quoi, diſent-ils, ce bon miniſtre *Joſeph* rend toute une nation eſclave ! Il vend au roi toutes les perſonnes & toutes les terres du royaume ! C'eſt une action auſſi infame & auſſi puniſſable que celle de ſes frères qui égorgèrent tous les Sichemites. Il n'y a point d'exemple, dans l'hiſtoire du monde, d'une pareille conduite d'un miniſtre d'Etat. Un miniſtre qui propoſerait une telle loi en Angleterre porterait bientôt ſa tête ſur un échafaud. Heureuſement une hiſtoire ſi atroce n'eſt qu'une fiction. Il y a trop d'abſurdité à s'emparer de tous les beſtiaux, lorſque la terre ne produiſait point d'herbe pour les nourrir. Et ſi elle avait produit de l'herbe, elle aurait pu produire auſſi du blé. Car, de deux choſes l'une,

Joſeph,

Joseph, après la mort de *Jacob*, ordonna aux médecins ses valets de l'embaumer avec leurs aromates, & ils employèrent quarante jours à cet ouvrage. Et toute l'Egypte pleura *Jacob* pendant soixante & dix jours. Et *Joseph* alla enterrer son père dans le Canaan, avec tous les chefs de la maison du pharaon, toute sa maison & tous ses frères, accompagnés de chariots & de cavaliers en grand nombre. Et ils portèrent *Jacob* dans la terre de Canaan; & ils l'ensevelirent dans la caverne que *Abraham* avait achetée d'*Ephron* l'éthéen, vis-à-vis de Mambré. (*s*)

le terrain de l'Egypte étant de sable, les inondations régulières du Nil peuvent seules faire produire de l'herbe; ou bien ces inondations manquant pendant sept années, tous les bestiaux doivent avoir péri. De plus, on n'était alors qu'à la quatrième année de la stérilité prétendue. A quoi aurait servi de donner au peuple des semailles pour ne rien produire pendant trois autres années? Ces sept années de stérilité, ajoutent-ils, sont donc la fable la plus incroyable que l'imagination orientale ait jamais inventée. Il semble que l'auteur ait tiré ce conte de quelques prêtres d'Egypte. Ils sont les seuls que *Joseph* ménage: leurs terres sont libres quand la nation est esclave, & ils sont encore nourris aux dépens de cette malheureuse nation. Il faut que les commentateurs d'une telle fable soient aussi absurdes & aussi lâches que son auteur.

C'est ainsi que s'explique mot à mot un de ces téméraires. Un seul mot peut les confondre. L'auteur était inspiré; & l'Eglise entière, après un mûr examen, a reçu ce livre comme sacré.

(*s*) On voit par-là que les embaumemens, si fameux dans l'Egypte, étaient en usage depuis très-long-temps. La plupart des drogues qui servaient à embaumer les morts ne croissent point en Egypte: il fallait les acheter des Arabes, qui les allaient chercher aux Indes à dos de chameau, & qui revenaient par l'isthme de Suez les vendre en Egypte pour du blé. *Hérodote* & *Diodore* rapportent qu'il y avait trois sortes d'embaumemens, & que la plus chère coûtait un talent d'Egypte, évalué il y a plus de cent ans à 2683 liv. de France, & qui par conséquent en vaudrait aujourd'hui à peu près le double. On ne rendait pas cet honneur au pauvre peuple. Avec quoi l'aurait-il payé? surtout dans ce temps de famine. Les rois & les grands voulaient triompher de la mort.

Joseph, revenu dans l'Egypte avec toute la maison de son père, il vit *Ephraïm* & les enfans d'*Ephraïm* & ceux de *Manassé* son autre fils, jusqu'à la troisième génération; & il mourut âgé de cent dix ans, & on l'embauma, & on mit son corps dans un coffre en Egypte. (*t*)

même; ils voulaient que leurs corps durassent éternellement. Il est vraisemblable que les pyramides furent inventées dès que la manière d'embaumer fut connue. Les rois, les grands, les principaux prêtres, firent d'abord de petites pyramides pour tenir les corps sèchement dans un pays couvert d'eau & de boue pendant quatre mois de l'année. La superstition y eut encore autant de part que l'orgueil. Les Egyptiens croyaient qu'ils avaient une ame, & que cette ame reviendrait animer leur corps au bout de trois mille ans, comme nous l'avons déjà dit. Il fallait donc précieusement conserver les corps des grands seigneurs, afin que leurs ames les retrouvassent: car pour les ames du peuple, on ne s'en embarrassé jamais; on le fit seulement travailler aux sépulcres de ses maîtres. C'est donc pour perpétuer les corps des grands qu'on bâtit ces hautes pyramides qui subsistent encore, & dans lesquelles on a trouvé de nos jours plusieurs momies.

Il est de la plus grande vraisemblance que plusieurs pyramides existaient lorsqu'on embauma *Jacob*; & il est étonnant que l'auteur n'en parle pas, & qu'il n'en soit jamais fait la moindre mention dans l'Ecriture. Le seul *Flavien Josephe*, historien juif, dit que le pharaon fesait travailler les Hébreux à bâtir les pyramides.

(*t*) Non-seulement on déposait les corps dans les pyramides, mais on les gardait long-temps dans les maisons, enfermés dans des coffres ou cercueils de bois de cèdre; ensuite on les portait dans une pyramide soit petite, soit grande. Les petites ont été détruites par le temps; les grandes ont résisté. L'auteur *De mirabilibus sacræ scripturæ*, dit qu'on dressa une figure de veau sur le coffre où l'on mit *Joseph*, & qu'on rendit des honneurs divins à cette figure. Des commentateurs ont voulu qu'il fût *Sérapis*; & ils se sont fondés sur ce que *Sérapis* passait pour avoir délivré l'Egypte de la famine. On a été chercher dans *Plutarque* le nom d'*Osiris*, qui s'appelait *Arsophe*: on a cru trouver dans le mot *Arsaphe* l'étymologie du mot *Joseph*: cependant ce *Joseph* ne s'appelle point *Joseph* chez les Orientaux, mais *Joussouph*. Un auteur moderne a prétendu que *Joseph* est la même chose que *Salomon*, ou, selon les Orientaux, *Soleiman*; & que *Joseph* est encore le même que *Lokman* ou qu'*Esope*. Ce n'est pas la peine d'examiner sérieusement des imaginations si bizarres: nous nous en tenons au texte divin.

AVERTISSEMENT.

„ Il eſt triſte pour les curieux que l'auteur des
„ livres juifs ne nous ait pas dit un ſeul mot des
„ anciens monumens de l'Egypte, des mœurs, des
„ lois, de la religion, des uſages d'un peuple ſi antique
„ & autrefois ſi renommé : tout poſtérieur qu'il eſt au
„ vaſte empire des Indes & de la Chine, il fut ſi
„ anciennement policé avant tous les autres peuples
„ de notre occident, qu'il attirera toujours nos regards,
„ fût-il dans un abaiſſement encore plus aviliſſant que
„ celui où il croupit ſous la domination turque.

„ On doit d'abord l'admirer de ce qu'il exiſtait.
„ Quels travaux ne fallut-il pas pour forcer le Nil à
„ lui ſervir de défenſeur & de nourricier, après avoir
„ été déſolé par ce fleuve pendant tant de ſiècles ? Il
„ fallut enſuite tranſporter ſur des canaux des maſſes
„ énormes de marbre de toutes eſpèces, pour bâtir
„ ces ſuperbes villes qui firent l'étonnement de toutes
„ les nations. Leur religion était ſublime avant qu'elle
„ dégénérât en ridicule. Ils n'adoraient qu'un Dieu
„ maître de toute la nature.

„ Le ſavant *Prideaux* avoue qu'ils ne feſaient aucun
„ ſacrifice ſanglant : ils reſſemblaient en cela aux
„ brachmanes, regardés dans l'antiquité comme les
„ plus ſages & les plus heureux des hommes.

„ Les anciennes lois de l'Egypte ont mérité d'être
„ célébrées par l'éloquent *Boſſuet;* & nous leur ren-
„ dons un continuel hommage par notre impuiſſance
„ d'atteindre à leur ſageſſe. Les ſiècles où l'auteur
„ ſacré nous annonce que quelques juifs arrivèrent

„ en Egypte, & où une foule innombrable de ces „ émigrans s'enfuit au travers de la mer, étaient les „ temps où les arts furent le plus cultivés dans ce „ beau climat, & où les prodiges de l'architecture, „ de la sculpture & de la peinture, quoique grossières, „ auraient dû fixer l'attention de tout écrivain pro- „ fane. Mais l'auteur, uniquement occupé du peuple „ israëlite, néglige tout le reste. Il n'a devant les „ yeux que les déserts consacrés dans lesquels il va „ conduire ces émigrans, & où ils vont mourir. Nous „ restons dans une ignorance entière de toutes les „ choses dont il aurait pu nous instruire. Nous sommes „ avec lui en Egypte, & nous ne la connaissons pas. „ Contentons-nous de bien connaître les Juifs; mais „ déplorons la perte de sept cents mille volumes „ amassés dans les siècles suivans par les rois d'Egypte. „ Ils auraient instruit l'univers. Il ne nous reste que „ l'incertitude & les regrets. „

L'E X O D E.

TOUS ceux qui étaient fortis de *Jacob* étaient au nombre de foixante & dix perfonnes, quand *Jofeph* demeurait en Egypte. (*a*) Après fa mort & celle de fes frères, & celle de toute cette race, les enfans d'Ifraël s'accrurent, fe multiplièrent comme des plantes, fe fortifièrent & remplirent cette terre.

Or il s'éleva un nouveau roi dans l'Egypte, qui ignorait *Jofeph*; (*b*) & il dit à fon peuple: Voilà le peuple des enfans d'Ifraël qui eft plus fort que nous; venez, opprimons-les fagement, de peur qu'ils ne fe multiplient, &, fi nous avons une guerre, qu'ils ne fe joignent à nos ennemis, & qu'après nous avoir vaincus ils ne fortent de l'Egypte. (*c*)

(*a*) Il n'eft pas aifé de nombrer ces foixante & dix perfonnes forties de *Jacob*. Cependant *faint Etienne*, dans fon difcours, en compte foixante & quinze.

(*b*) Il y a une grande difpute entre les favans pour favoir quel était ce nouveau roi. *Manéthon* dit qu'il vint de l'Orient des hommes inconnus qui détrônèrent la race des *Pharaons*, du temps d'un nommé *Timaüs*, que ce roi s'appelait *Salathis*, qu'il s'établit à Memphis, c'eft-à-dire à Moph nommé Memphis par les Grecs, & que les rois de la race de *Salathis* régnèrent deux cents cinquante ans : mais enfuite il dit qu'ils poffédèrent l'Egypte cinq cents onze ans; après quoi ils furent chaffés. L'hiftorien *Flavien Jofephe* dit tout le contraire, & prétend que cette nation, venue d'Orient, était celle des Ifraëlites. Lorfque les événemens font obfcurs dans une hiftoire, que faire? il faut les regarder comme obfcurs.

(*c*) Ce roi tient là un fingulier difcours. Il femble qu'au lieu de craindre que les Ifraëlites vainqueurs ne s'en allaffent, il devait craindre qu'ils ne reftaffent & qu'ils ne régnaffent à fa place : on ne s'enfuit guère d'un beau pays dont on s'eft rendu le maître.

Il établit donc ſur eux des intendans de leurs travaux, & il leur fit bâtir les villes de Phiton & de Rameſſès. (*d*) Le roi parla auſſi aux accoucheuſes des Hébreux, dont l'une était appelée *Séphora*, & l'autre *Phua;* & il leur commanda ainſi : Quand vous accoucherez les femmes des Hébreux, tuez l'enfant ſi c'eſt un mâle; ſi c'eſt une fille qu'on la conſerve. Ces ſages-femmes craignirent DIEU & n'obéirent point au roi; mais elles conſervèrent les mâles. Le roi les ayant appelées, leur dit : Qu'avez-vous fait ? vous avez conſervé les garçons. Elles répondirent : Les Iſraëlites ne ſont pas comme les Egyptiennes, elles ont la ſcience d'accoucher, & elles enfantent avant que nous ſoyons venues. (*e*) Alors le pharaon commanda à ſon peuple, diſant : Que tout ce qui naîtra maſculin ſoit jeté dans le fleuve; (*f*) conſervez le féminin.

Après cela un homme de la famille de *Lévi* ſe maria; ſa femme conçut & enfanta un fils, & voyant que cet enfant était beau, elle le tint caché pendant trois mois; mais voyant qu'elle ne pouvait pas le cacher plus long-temps, elle prit une corbeille de

(*d*) Apparemment que la ville de Rameſſès tira ſon nom de l'endroit où il eſt dit que *Joſeph* avait établi ſes frères.

(*e*) On peut remarquer que les femmes iſraëlites furent exceptées en Egypte de la malédiction prononcée, dans la Genèſe, contre toutes les femmes condamnées à enfanter avec douleur. On a dit que deux accoucheuſes ne ſuffiſaient pas pour aider toutes les femmes en mal d'enfant, & pour tuer tous les mâles. On ſuppoſe que ces deux ſages-femmes en avaient d'autres ſous elles.

(*f*) Si la terre de Geſſen était dans le Nome arabique, entre le mont Caſius & le déſert d'Ethan, comme on l'a prétendu, il ne laiſſe pas d'y avoir loin de là au Nil; il fallait faire pluſieurs lieues pour aller noyer les enfans.

joncs, l'enduisit de bitume & de poix résine, & l'exposa au milieu des roseaux sur le bord du fleuve; & elle dit à la sœur de cet enfant, de se tenir loin & de voir ce qui arriverait. La fille du roi étant venue pour se baigner dans le fleuve, ses suivantes marchant sur la rive, elle aperçut la corbeille, & elle aperçut l'enfant qui poussait des vagissemens. Elle en eut pitié: c'est sans doute un des enfans des Hébreux. Sa sœur, qui était là, dit à la princesse: Voulez-vous que j'aille chercher une femme des Hébreux pour le nourrir? Elle répondit: Allez-y. Et la fille fit venir sa mère, qui nourrit son fils, & qui le rendit à la princesse quand il fut en âge. (*g*)

(*g*) Les critiques ont dit que la fille d'un roi ne pouvait se baigner dans le Nil, non-seulement par bienseance, mais par la crainte des crocodiles. De plus, il est dit que la cour était à Memphis au-delà du Nil. Et de Memphis à la terre de Gessen, il y a plus de cinquante lieues de deux mille cinq cents pas. Mais il se peut que la princesse fût venue dans ces quartiers avec son père.

L'auteur de l'ancienne vie de *Mosé*, en trente-six parties, laquelle paraît écrite du temps des rois, dit que soixante ans après la mort de *Joseph*, le pharaon vit en songe un vieillard tenant en main une balance. Tous les habitans de l'Egypte étaient dans la balance, & dans l'autre il n'y avait qu'un enfant dont le poids égalait celui de tous les habitans de l'Egypte. Le roi appela tous ses mages. L'un d'eux lui dit que sans doute cet enfant était un hébreu qui serait fatal à son royaume. Il y avait alors en Egypte un lévite nommé *Amran*, qui avait épousé sa sœur utérine appelée *Jocabed*. Il en eut d'abord une fille nommée *Marie*, ensuite *Jocabed* lui donna *Aaron*, ainsi appelé parce que le roi avait ordonné de noyer tous les enfans hébreux. Trois ans après il eut un fils très-beau, qu'il cacha dans sa maison pendant trois mois.

L'auteur raconte ensuite l'aventure de la princesse qui adopta l'enfant & qui l'appela *Mosé*, sauvé des eaux; mais son père l'appela *Chabar*, sa mère l'appela *Jécothiel*, sa tante *Jared; Aaron* le nomma *Abizanah*, & ensuite les Israëlites lui donnèrent le nom de *Nathanaël*. *Mosé* n'avait que trois ans lorsque le roi se maria & qu'il donna un grand festin; sa femme était à sa droite, & sa fille était avec le petit *Mosé* à sa gauche; cet enfant

Mosé étant devenu grand, alla voir les Hébreux ses frères, & ayant rencontré un égyptien qui outrageait un hébreu, il tua l'égyptien & l'enterra dans le sable. Le lendemain, craignant d'être découvert & que le roi ne le fît mourir, il s'en fut dans le pays de Madian, & s'assit auprès d'un puits. (*h*)

en se jouant prit la couronne du roi & se la mit sur la tête. Le mage *Balaam*, eunuque du roi, lui dit : Seigneur, souviens-toi de ton rêve; certainement l'esprit de DIEU est dans cet enfant. Si tu ne veux que l'Egypte soit détruite, il faut le faire mourir. Cet avis plut beaucoup au roi.

On était prêt de tuer le petit *Mosé*, lorsque DIEU envoya l'ange *Gabriel*, qui prit la figure d'un des princes de la cour de *Pharaon*, & dit au roi : Je ne crois pas qu'on doive faire mourir un enfant qui n'a pas encore de jugement, mais il faut l'éprouver : présentons-lui à choisir d'une perle ou d'un charbon ardent; s'il choisit le charbon, ce sera une preuve qu'il est sans raison, & qu'il n'a pas eu mauvaise intention en prenant la couronne royale; mais s'il prend la perle, ce sera une preuve qu'il a du jugement; & alors on pourra le tuer. Aussitôt on met devant *Mosé* un charbon ardent & une perle : *Mosé* allait prendre la perle; mais l'ange lui arrêta la main subtilement, & lui fit prendre le charbon qu'il porta lui-même à sa langue. L'enfant se brûla la langue & la main; & c'est ce qui le rendit bègue pour le reste de sa vie.

L'historien *Flavien Josephe* avait lu sans doute l'auteur juif que nous citons; car il dit, dans son livre second, chapitre V, qu'un des mages égyptiens, un des grands prophètes du pharaon, lui dit qu'il y avait un enfant parmi les Hébreux, dont la vertu serait un prodige, qu'il releverait sa nation, & qu'il humilierait l'Egypte entière. Ensuite *Flavien Josephe* raconte comment le petit *Mosé*, à l'âge de trois ans, prit le diadème du roi & marcha dessus, & comment un prophète du pharaon conseilla au roi de le faire mourir.

Toutes ces différentes leçons ont fait dire aux savans, qu'il en a été de l'histoire sacrée de *Mosé*, comme de l'histoire profane d'*Hercule* à quelques égards; & que chaque auteur qui en a parlé y a mis beaucoup du sien, en ajoutant à la sainte écriture des aventures dont elle ne parle pas.

(*h*) L'auteur hébreu, cité ci-dessus, dit au contraire que *Mosé* alla en Ethiopie, étant alors âgé de treize ans, mais grand, bien fait & vigoureux; qu'il combattit pour le roi d'Ethiopie contre les Arabes, & qu'après la mort du roi d'Ethiopie *Nécano*, la veuve de ce monarque épousa *Mosé*, qui fut élu roi. Ce jeune homme, dit l'auteur, honteux

Or il y avait à Madian un prêtre qui avait ſept filles, qui vinrent au puits pour prendre de l'eau & abreuver les troupeaux de leur père. Il ſurvint des paſteurs qui chaſſèrent ces filles. *Moſé* prit leur défenſe & abreuva leurs brebis...... (*i*) Leur père donna du pain & une de ſes filles, nommée *Séphora*, en mariage à *Moſé*. *Séphora* enfanta *Gerſon*, & enſuite enfanta *Eliéſer*......

de coucher avec la reine, dont il avait été le domeſtique & le ſoldat, n'oſa jamais prendre la liberté de lui rendre le devoir conjugal, ſachant d'ailleurs que DIEU avait défendu aux Iſraëlites d'épouſer des étrangères. Il eut toujours la précaution de mettre une épée dans le lit entre lui & la reine, afin de n'en point approcher. Ce manège dura quarante ans. Et enfin la reine, ennuyée d'un mari qui mettait toujours une grande épée entre lui & elle, réſolut de renvoyer *Moſé*, & de faire couronner le fils qu'elle avait eu du roi *Nécano*. Les grands du royaume aſſemblés renvoyèrent *Moſé* avec quelques préſens, & il ſe retira alors chez *Jéthro* dans le pays de Madian. *Flavien Joſéphe* raconte cette hiſtoire tout autrement; mais il aſſure que *Moſé* fit la guerre en Ethiopie, & qu'il épouſa la fille du roi.

Remarquons ſeulement ici que l'auteur juif, cité ci-deſſus, rapporte beaucoup de miracles faits en Ethiopie par *Moſé*, & par les deux fils du mage *Balaam*, nommés *Jannès* & *Mambrès*, dont il eſt parlé dans l'Ecriture. Remarquons encore que ce *Jannès* & ce *Mambrès* étaient les enfans d'un eunuque; ce qui était le plus grand des miracles. Nous en verrons bientôt d'auſſi incompréhenſibles & de plus reſpectables. N'oublions pas d'obſerver que *Flavien Joſéphe* fait arriver *Moſé* dans le Madian, ſur le rivage de la mer Rouge. Mais il eſt difficile de prouver qu'il y ait eu un pays nommé Madian ſur cette mer. La ſainte Ecriture ne parle que du Madian ſitué à l'orient du lac Aſphaltide, ou lac de Sodome, qui eſt en effet l'un des déſerts de l'Arabie pétrée. Ce fut là que *Moſé*, roi d'Ethiopie, arriva ſeul à pied, après une marche de trois cents lieues, s'il était parti d'Ethiopie.

(*i*) Tous les héros de l'antiquité marchent à pied quand ils n'ont pas de chevaux ailés, & prennent toujours la défenſe des filles, qu'on leur donne ſouvent en mariage. On croirait que les auteurs de ces romans auraient copié les vérités hébraïques, s'ils avaient pu les connaître. Nous avons déjà remarqué une grande conformité entre l'hiſtoire ſacrée du peuple de DIEU & les fables profanes.

Long-temps après, le roi d'Egypte mourut. Or *Mosé* paiſſait les brebis de *Jéthro* ſon beau-père près de Madian. Et ayant conduit ſon troupeau dans le déſert, il vint juſqu'à la montagne de DIEU, nommée Oreb. (*k*) DIEU lui apparut en forme de flamme au milieu d'un buiſſon; & *Mosé* voyant que le buiſſon était enflammé & ne brûlait pas...... DIEU l'appelle du milieu du buiſſon, & lui dit: *Mosé*, *Mosé!* & il répondit: Me voilà. N'approche pas, dit DIEU; ôte tes ſouliers, (*l*) car cette terre eſt ſainte.

Je ſuis deſcendu pour délivrer les Iſraëlites de la main des Egyptiens, & je les amenerai dans une terre bonne & ſpacieuſe où coulent le lait & le miel, dans le pays des Cananéens, des Ethéens, des Amorrhéens, des Phéréſéens, des Hévéens & des Jébuſéens. (*m*)

(*k*) On ſait qu'Oreb n'eſt pas le mont Sinaï, mais qu'il en eſt fort proche; qu'il n'y a point d'eau au mont Sinaï, mais qu'au mont Oreb il y a trois fontaines: nous nous en rapportons aux voyageurs qui ont été dans ces pays affreux. Il eſt triſte qu'ils ſe contrediſent preſque tous. *Flavien Joſephe* ne parle point de cette apparition de DIEU dans le buiſſon ardent. Il ſupprime ou il exténue ſouvent les miracles que les livres ſaints rapportent; & nous croyons aux livres ſaints plus qu'à lui.

(*l*) On n'entrait point dans les temples avec des ſouliers en Aſie & en Egypte; c'eſt une coutume qui s'eſt conſervée dans tout l'Orient. Quelques critiques infèrent encore de là que ce livre fut écrit après que les Juifs eurent bâti un temple; car, diſent-ils, qu'importait à DIEU que *Mosé* marchât chauſſé ou nu-pied dans l'horrible déſert d'Oreb? Ils ne conſidèrent pas que c'eſt de là, peut-être, qu'eſt venu l'uſage dans les pays chauds d'entrer dans les temples ſans ſouliers.

(*m*) Nous ne demandons pas ici, comme les impies, pourquoi DIEU ne donne pas la ſuperbe & fertile Egypte à ſon peuple chéri, mais ce petit pays aſſez mauvais, où il eſt dit qu'il coule des fleuves de lait & de miel, & qui, tout petit qu'il eſt, n'a jamais été poſſédé ni entièrement, ni paiſiblement par les Juifs, où même ils furent eſclaves à pluſieurs repriſes l'eſpace de cent-quatre ans, ſelon leurs propres livres. Nous n'avons pas la criminelle inſolence d'interroger DIEU ſur ſes deſſeins.

Viens donc, & je t'enverrai à *Pharaon*..... *Mosé* répondit : J'irai vers les enfans d'Israël, & je leur dirai, le Dieu de vos pères m'envoie vers vous ; mais s'ils me demandent quel est son nom, que leur dirai-je ? DIEU dit à *Mosé* : Je m'appelle *Eheich*. Tu diras

Nous produirons seulement ici la lettre de *saint Jérôme* à *Dardanus*, écrite l'an 414 de notre ère ; c'est la lettre 85. Voici la traduction fidelle faite par les bénédictins de Saint-Maur.

„ Je prie ceux qui prétendent que le peuple juif après sa sortie de „ l'Egypte prit possession de ce pays, de nous faire voir ce que ce peuple „ en a possédé. Tout son domaine ne s'étendait que depuis Dan jusqu'à „ Bersabé. (cinquante-trois lieues de long) J'ai honte de dire quelle „ est la largeur de la terre promise. On ne compte que quinze lieues „ depuis Joppé jusqu'à Bethléem, après quoi on ne trouve plus qu'un „ affreux désert habité par des nations barbares...... Vous me direz „ peut-être, ô Juifs, que par la terre promise on doit entendre celle „ dont *Moïse* fait la description dans le livre des Nombres ; mais vous „ ne l'avez jamais possédée..... & on me promet à moi dans l'évangile „ la possession du royaume du ciel, dont il n'est fait aucune mention „ dans votre ancien Testament..... Vous êtes devenus esclaves de tous „ les peuples que vous avez eus pour voisins. „

Nous pouvons ajouter à la lettre de *saint Jérôme*, que nous avons vu plus de vingt voyageurs qui ont été à Jérusalem, & qui nous ont tous assuré que ce pays est encore plus mauvais qu'il ne l'était du temps de *saint Jérôme*, parce qu'il n'y a plus personne qui le cultive, & qui porte de la terre sur les montagnes arides dont il est hérissé, pour y planter de la vigne comme autrefois.

Nous avons peine à concevoir comment un docteur anglican nommé *Shaw*, qui n'a fait que passer à Jérusalem, peut être d'un avis contraire à *saint Jérôme* qui demeura vingt ans à Bethléem, & qui était d'ailleurs le plus savant des pères de l'Eglise. Il osa opposer les fictions de *Pietro della Valle*, au témoignage irréfragable de *saint Jérôme*. Si ce *Shaw* avait bien vu, il ne chercherait pas à s'appuyer des mensonges d'un voyageur tel que *Pietro della Valle*.

Tout ce que nous pouvons dire sur la Judée, c'est que les Juifs, à force de soins & des plus pénibles travaux, parvinrent à recueillir du vin, de l'orge, du seigle, des olives & des herbes odoriférantes, qui se plaisent dans les pays chauds & arides. Mais dès que cette terre a été rendue à elle-même, elle a repris sa première stérilité ; il s'en faut beaucoup qu'elle vaille aujourd'hui la Corse, à laquelle elle ressemble parfaitement.

aux enfans d'Iſraël : *Eheich* m'envoie à vous. (*n*) DIEU dit encore à *Moſé :* Tu diras aux enfans d'Iſraël : le Dieu d'*Abraham*, d'*Iſaac* & de *Jacob* m'a envoyé à vous. Ce ſera-là mon nom de génération en génération. Ils écouteront ta voix, & tu iras avec les anciens d'Iſraël devant le roi d'Egypte, & tu lui diras : le Dieu des Hébreux nous a appelés, & il faut que nous allions à trois journées dans le déſert pour ſacrifier au Seigneur notre Dieu ; (*o*) mais je ſais que le roi d'Egypte

(*n*) Les critiques reprennent *Moſé* d'avoir demandé à DIEU ſon nom. Ils diſent que puiſqu'il le reconnaiſſait pour le Dieu du ciel & de la terre, il ne devait pas ſuppoſer qu'il eût un nom appellatif, comme on en a donné aux hommes & aux villes ; que DIEU ne s'appelle ni *Jean* ni *Jacques*, & que les Iſraëlites ne l'auraient pas plus reconnu à ce nom de *Eheich* qu'à tout autre nom. Ce mot de *Eheich* eſt enſuite changé en celui de *Jehovah*, qui ſignifie, dit-on, deſtructeur, & que quelques-uns croient ſignifier créateur. Les Egyptiens le prononçaient *Jaou ;* & quand ils entraient dans le temple du ſoleil, ils portaient un philactère ſur lequel *Jaou* était écrit. *Origène*, dans ſon premier livre contre *Celſe*, dit qu'on ſe ſervait de ce mot pour exorciſer les eſprits malins. *Saint Clément d'Alexandrie*, dans ſon cinquième livre des ſtromates, aſſure qu'il n'y avait qu'à prononcer ce mot à l'oreille d'un homme pour le faire trouver mal, & que *Moïſe* l'ayant prononcé à l'oreille de *Nechèfre*, roi d'Egypte, ce monarque tomba en léthargie.

Ce mot *Jaou* ſignifiait DIEU chez les anciens Arabes ; & c'eſt encore le mot ſacré dans les prières des mahométans. *Sanchoniathon*, le plus ancien des auteurs dans cette partie du monde, écrit *Jévo*. *Origène* & *Jérôme* veulent qu'on prononce *Jao*. Les Samaritains, qui s'éloignaient en tout des autres juifs, prononçaient *Javé*. C'eſt de-là que vient le nom de *Jovis*, *Joviſpiter*, *Jupiter*, chez les anciens Toſcans & chez les Latins. Les Grecs firent de *Jéhova* leur *Zeus*, qui était le premier des Dieux, le grand Dieu. C'eſt ainſi qu'ils prononcèrent *Theos*, les Latins *Deus*, & nous DIEU ; c'eſt ainſi que les Allemands prononcent *Gott*, les peuples de la Scandinavie *Gud*, les Anglais *God*. *Origène* eſt fermement perſuadé qu'on ne peut faire aucune opération magique qu'avec le nom de *Jéhova*. Il affirme que ſi on ſe ſert de tout autre nom, il ſera impoſſible de produire aucun enchantement.

(*o*) Pluſieurs commentateurs diſputent ici ſur la preſcience, ſur la liberté & ſur le futur contingent. DIEU ſait poſitivement que *Pharaon* n'écoutera point *Moſé*, & cependant le pharaon ſera libre de l'écouter.

ne permettra point qu'on y aille si on ne le contraint par une main forte..... Chaque femme demandera à sa voisine ou à son hôte des vases d'argent & d'or, & de beaux habits, dont elles revêtiront leurs fils & leurs filles; & ainsi elles dépouilleront l'Egypte. (*p*) *Mosé* répondit à DIEU: Ils ne me croiront pas; ils me diront que tu ne m'es point apparu; & DIEU lui dit: Que tiens-tu là à la main? Il répondit: C'est ma verge. DIEU dit: Jette ta verge en terre; il jeta sa verge, & elle fut changée sur le champ en couleuvre. (*q*)

On a fait un très-grand nombre de volumes sur cette question, qu'on a toujours creusée & dont on n'a pas encore aperçu le fond. Il suffit de savoir que DIEU est tout-puissant, & que l'homme est libre pour mériter ou démériter. Qu'on soit libre, ou qu'on ne le soit pas, les hommes agiront toujours comme s'ils l'étaient.

(*p*) Les critiques disent qu'il y a dans cette conduite un vol manifeste. Le curé *Meslier*, & *Woolston* après lui, reprochent aux Juifs que tous leurs ancêtres sont des voleurs; qu'*Abraham* vola le roi d'Egypte & le roi de Gérar, en leur fesant accroire que *Sara* n'était que sa sœur, & en extorquant d'eux des présens; qu'*Isaac* vola le même roi de Gérar par la même fraude; que *Jacob* vola à son frère *Esaü* son droit d'aînesse; que *Laban* vola *Jacob* son gendre, lequel vola son beau-père; que *Rachel* vola à *Laban* son père jusqu'à ses dieux; que tous ses enfans volèrent les Sichemites après les avoir égorgés; que leurs descendans volèrent les Egyptiens, & qu'ensuite ils allèrent voler les Cananéens. On ferme la bouche à ces détracteurs, par ces seuls mots: DIEU est le maître de nos biens & de nos vies. C'est en vain qu'ils répondent que tous les voleurs de la terre en pourraient dire autant; DIEU n'a pas inspiré les voleurs, mais il a inspiré les Juifs.

On connaît d'ailleurs assez l'histoire apocryphe du procès que les Egyptiens firent aux Juifs par devant *Alexandre* lorsqu'il passa par Gaza. Les Juifs redemandaient le payement des corvées qu'ils avaient faites pour bâtir les pyramides, & qu'on ne leur avait point payées. Leurs adversaires redemandaient aux Juifs tout ce qu'ils avaient volé en s'enfuyant d'Egypte. *Alexandre* jugea que l'un irait pour l'autre, & les renvoya hors de cour & de procès, dépens compensés.

(*q*) Tous les magiciens, ou ceux qui passèrent pour tels, eurent une verge. Les magiciens de *Pharaon* avaient la leur. Tous les joueurs de gobelets ont leur verge. C'est par-tout le signe caractéristique des sorciers. On voit que le mensonge imite toujours la vérité.

Mosé s'enfuit de peur. DIEU dit encore à *Mosé :* Mets ta main dans ton sein ; il la mit dans son sein, & il l'en retira toute couverte d'une lèpre blanche comme la neige. Et DIEU dit : Si les Egyptiens ne croient pas à ces deux signes, & s'ils n'écoutent pas ta voix, prends de l'eau du Nil, & elle se convertira en sang.

Mais, dit *Mosé* à DIEU, j'ai un empêchement de langue, tu sais que je suis bègue ; & tout ce que tu me dis me rend plus bègue encore. Envoie, je te prie, un autre que moi. DIEU se mit alors en colère, & lui dit : Hé bien, j'enverrai *Aaron* ton frère, qui n'a point d'empêchement à la langue ; je serai dans sa bouche & dans la tienne : il parlera pour toi au peuple, il sera ta bouche, & tu l'instruiras de tout ce qui regarde DIEU. Reprends ta verge.

Mosé s'en alla donc chez son beau-père *Jéthro*. Il lui dit : Je m'en vais en Egypte. *Jéthro* lui dit : Allez en paix. DIEU parla encore à *Mosé*, & lui dit : Va-t-en donc en Egypte, car tous ceux qui voulaient te faire mourir sont morts. (*r*)

(*r*) Il y a ici quelques petites difficultés. *Mosé*, au lieu d'obéir à DIEU & d'aller en Egypte, s'en va dans le Madian chez son beau-père. Et DIEU, qui lui avait commandé de faire trembler le roi d'Egypte en son nom, va lui dire en Madian que ce roi est mort & qu'il peut aller en Egypte en sureté. C'était donc à un nouveau roi que *Mosé* devait porter les ordres de DIEU. Mais le texte ne nous apprend ni le nom du roi dernier mort, ni celui de son successeur. Quelques commentateurs ont dit que ce successeur était *Aménophis ;* mais ils n'en donnent aucune preuve, & c'est ce qui leur arrive assez souvent.

Il est vrai que *Mosé* aurait risqué sa vie en allant en Egypte ; il était coupable du meurtre d'un égyptien ; c'était un crime capital dans un israëlite. Il aurait pu être exécuté si DIEU ne l'avait pas pris sous sa protection, dont il semblait pourtant se défier malgré les miracles de la verge changée en couleuvre & de la main lépreuse. C'est encore un beau miracle que DIEU veuille tuer *Mosé* dans un cabaret.

Mosé, ayant donc pris sa femme & ses enfans, les met sur son âne, & marche en Egypte avec sa verge. DIEU lui dit en chemin : Ne manque pas de faire devant le pharaon tous les prodiges que je t'ai ordonné de faire : car j'endurcirai son cœur, & il ne laissera point aller mon peuple. Or *Mosé* étant en chemin, DIEU le rencontra dans un cabaret, & voulut le tuer : mais *Séphora* lui sauva la vie en coupant le prépuce de son fils avec une pierre aiguë. (*s*)

Mosé & *Aaron* allèrent se présenter au pharaon, & dirent : Voici ce que dit le Seigneur Dieu d'Israël; laisse aller mon peuple afin qu'il me sacrifie dans le désert. Le pharaon répondit : Qui est donc ce Seigneur pour que j'entende sa voix ? (*t*) Je ne laisserai

(*s*) Nos critiques ne cessent de s'étonner que l'ambassadeur de DIEU, qui va faire le destin d'un grand empire, marche à pied sans valet, & mette toute sa famille sur une bourique. Ils sont révoltés que DIEU dise, j'endurcirai le cœur de *Pharaon*. Cela leur paraît d'un génie malfesant plutôt que d'un Dieu. Le lord *Bolingbroke* s'en explique aigrement dans ses œuvres posthumes. DIEU, qui rencontre *Mosé* dans un cabaret, & qui veut le tuer parce qu'il n'a pas circoncis son fils, excite toute la mauvaise humeur de *Bolingbroke*, d'autant plus que nul juif ne fut circoncis en Egypte, & qu'il n'est dit nulle part que *Mosé* eût le prépuce coupé. Ce lord avait un grand génie; on lui reproche d'avoir usé à l'excès de la liberté de son pays, & d'avoir été plus souvent au cabaret que l'auteur sacré n'y fait aller DIEU.

(*t*) Il est évident ici que l'Egypte ne reconnaissait plus le Dieu des Hébreux. On croit qu'en ce cas *Pharaon* n'est point coupable de dire : qui est donc ce Dieu ? Il ne devient criminel que lorsque les miracles de *Mosé* & d'*Aaron*, supérieurs aux miracles de ses mages, ne purent le toucher. Cependant, quand on songe que ces mages d'Egypte changent leurs verges en serpens, & toutes les eaux en sang, tout aussi-bien que les ambassadeurs du vrai Dieu, quand ils font naître des grenouilles ainsi qu'eux, on est tenté de pardonner à l'embarras où se trouva le roi. Ce ne fut que quand les deux hébreux firent naître des poux, que les mages commencèrent à ne pouvoir plus les imiter. On pourrait donc dire que le roi crut, avec quelque apparence, que tout cela n'était qu'un combat

point partir Israël... Or *Mosé* avait quatre-vingts ans, & *Aaron* quatre-vingt-trois, lorsqu'ils parlèrent au pharaon..... *Mosé* & *Aaron* allèrent donc trouver le pharaon, & ils firent comme DIEU avait ordonné. *Aaron* jeta sa verge, & elle fut changée en serpent. *Pharaon* ayant fait venir les sages & les magiciens, ils firent la même chose par leurs enchantemens.

Et le Seigneur dit à *Mosé* : Je ne frapperai plus le pharaon & l'Egypte que d'une plaie. Dis donc à tout le peuple que les hommes & les femmes demandent à leurs voisins & à leurs voisines tous leurs vases d'or & d'argent.... & je mettrai à mort dans le pays tous les premiers-nés, depuis le fils aîné de *Pharaon* jusqu'à celui de l'esclave : mais parmi les enfans d'Israël, on n'entendra pas même un chien aboyer ; afin qu'on voie par quel miracle DIEU sépare Israël de l'Egypte. (*u*)

entre des magiciens, & que les enchanteurs hébreux en savaient plus que ceux de l'Egypte. DIEU pouvait, nous dit-on, ou donner l'Egypte à son peuple, ou le conduire dans le désert sans tant de peine & sans tant de miracles. On est surpris que le Dieu de la nature entière s'abaisse à disputer de prodiges avec des sorciers. De sages théologiens ont répondu, que c'est précisement parce que DIEU est le maître de la nature qu'il accordait aux magiciens égyptiens le pouvoir de disposer de la nature, & qu'il bornait ce pouvoir à trois ou quatre miracles. Cette réponse ne satisfait pas les incrédules, parce que rien de ce qui est dans ce livre sacré ne les contente. Ils trouvent surtout que *Pharaon* n'était point coupable, puisque DIEU prenait le soin lui-même d'endurcir son cœur. Enfin, ils nient toute cette histoire d'un bout à l'autre. *Contra negantem principia non est disputandum*. Nous prions DIEU de ne point endurcir leur cœur.

(*u*) Les critiques sont encore plus hardis sur cette partie de l'histoire sacrée que sur toutes les autres. Ils ne peuvent souffrir d'abord, que DIEU recommande si souvent & si expressément de commencer par voler tous les vases d'or & d'argent du pays ; & ensuite, que DIEU, selon la lettre du texte, égorge de sa propre main tous les premiers-nés des hommes & des animaux, depuis le fils aîné du roi jusqu'au premier-né du plus vil des animaux. A quoi bon, disent-ils, tuer aussi les bêtes?

DIEU

Dieu dit auffi à *Mofé* & à *Aaron :* Parle à tout le peuple d'Ifraël, que chacun prépare le dix du mois un agneau par famille ou un chevreau. On les gardera jufqu'au quatorze, & on les mangera le foir avec du pain fans levain & des laitues fauvages.... Je pafferai par l'Egypte, & je frapperai de mort tous les premiers-nés des hommes & des bêtes, & je ferai juftice de tous les dieux de l'Egypte; car je fuis le Seigneur.

Vous mangerez pendant fept jours du pain azyme. Quiconque mangera du pain levé pendant ces fept jours périra de mort. Vous tremperez une poignée d'hyffope dans le fang de l'agneau, & vous mettrez de ce fang fur les poteaux & le linteau de votre porte; car le Seigneur paffera en frappant les Egyptiens. Et lorfqu'il verra ce fang fur les deux poteaux de vos portes, il paffera outre, & ne permettra pas à l'exterminateur d'entrer dans vos maifons. (*r*)

Et pourquoi furtout les enfans à la mamelle qui étaient les premiers-nés des jeunes femmes? pourquoi cette exécrable boucherie exécutée par la main du Dièu du ciel & de la terre? Le feul fruit qu'il en retire eft d'aller conduire & faire mourir fon peuple dans un défert.

Nous avouons que la faible raifon humaine pourrait s'effrayer de cette hiftoire, s'il fallait s'en tenir à la lettre; mais tous les pères conviennent que c'eft une figure de l'Eglife de Jesus-Christ; & la pâque, dont nous allons parler, en eft une preuve merveilleufe.

(*r*) Il eft défendu de manger du pain levé pendant la femaine de pâques fous peine de mort. Cette loi femble abrogée chez nous. L'Eglife même ne commande plus qu'on mange l'agneau pafcal; de même qu'elle n'ordonne plus qu'on mette du fang à fa porte. Ce fang était une marque pour avertir Dieu de ne point entrer dans la maifon & de n'y tuer perfonne.

Il eft difficile de calculer le nombre des enfans que Dieu maffacra cette nuit. Les Hébreux qui s'enfuirent du pays de Geffen étaient au nombre de fix cents mille combattans; ce qui fuppofe fix cents mille familles. Le pays de Geffen eft la quarantième partie de l'Egypte depuis Meroé jufqu'à Pélufe. On peut donc fuppofer que le refte de l'Egypte

Et sur le milieu de la nuit le Seigneur égorgea tous les premiers-nés de l'Egypte, depuis le prince, fils aîné du pharaon assis sur son trône, jusqu'au premier-né de l'esclave, & jusqu'au premier-né des animaux... *Pharaon* s'étant donc levé la nuit, il y eut une clameur de désolation dans l'Egypte; car il n'y avait pas maison où il n'y eût quelqu'un d'égorgé.

Pharaon envoya vîte chercher *Mosé* & *Aaron* pendant la nuit, & leur dit: Partez au plutôt vous & les enfans d'Israël. (*s*) Alors les enfans d'Israël firent comme *Mosé* leur avait enseigné. Ils empruntèrent des Egyptiens des vases d'or & d'argent; & étant partis de Ramessès, ils vinrent au nombre de six cents mille hommes de pied, une troupe innombrable se joignit encore à eux, & ils avaient prodigieusement de brebis & de bêtes à cornes.

Le temps de la demeure des enfans d'Israël dans l'Egypte fut de quatre cents trente ans.

Or *Pharaon* ayant ainsi laissé aller les Israëlites, DIEU ne voulut pas les conduire dans le Canaan par la terre des Palestins ou Philistins, qui est toute

contenait vingt-quatre millions de familles, par la règle de trois: ainsi DIEU tua de sa main ce nombre épouvantable de premiers-nés, & beaucoup plus d'animaux. Cela peut n'être regardé que comme une figure.

(*s*) Alors donc le pharaon se laisse fléchir, & permet aux Israëlites d'aller sacrifier à leur Dieu dans le désert. Remarquons que les Egyptiens alors n'avaient pas le même Dieu que les Israëlites, puisqu'il est dit que DIEU fit justice de tous les Dieux de l'Egypte. On dispute sur la nature de ces Dieux: étaient-ils des animaux, ou de mauvais génies, ou de simples statues? la plus commune opinion est que les Egyptiens consacraient déjà des bêtes dans leurs temples, & même des légumes. *Sanchoniathon*, qui vivait long-temps avant *Moïse* (comme *Cumberland* le prouve) le dit expressément, & leur en fait un grand reproche.

voisine ; (*t*) mais il leur fit faire un long circuit dans le désert qui est sur la mer Rouge ; & ils sortirent ainsi en armes de l'Egypte..... Or le Seigneur marchait devant eux, & leur montrait le chemin pendant le jour par une colonne de nuée, & la nuit par une colonne de feu. (*u*)

Or DIEU parla à *Mosé*, disant : Dites aux enfans d'Israël qu'ils aillent camper vis-à-vis de Baal-séphon, sur le rivage de la mer ; car *Pharáon* va dire, ils sont enfermés dans le désert, & j'endurcirai son cœur.... (*x*)

Pharaon fit donc atteler son char, & prit avec lui tout son peuple avec six cents chars de guerre choisis (*y*)

(*t*) Il paraît fort extraordinaire que DIEU, ayant promis si souvent la terre de Canaan aux Israëlites, ne les y mène pas tout droit, mais les conduise par un chemin opposé dans un désert où il n'y a ni eau ni vivres. *Calmet* dit que c'est de peur que les Cananéens ne les battissent. Cette raison de *Calmet* est fort mauvaise ; car il était aussi facile à DIEU d'égorger tous les premiers-nés cananéens que les premiers-nés égyptiens. Il vaut bien mieux dire que les desseins de DIEU sont impénétrables.

(*u*) Les incrédules ont dit que cette colonne de nuée était inutile pendant le jour, & ne pouvait servir qu'à empêcher les Juifs de voir leur chemin. C'est une objection tres-frivole. DIEU même était leur guide, & ils ne savaient pas où ils allaient.

(*x*) Tous les géographes ont placé Baal-séphon, ou Bel-séphon, au-dessus de Memphis sur le bord occidental de la mer Rouge, plus de cinquante lieues au-dessus de Gessen, d'où les Juifs étaient partis. DIEU les ramenait donc tout au milieu de l'Egypte, au lieu de les conduire à ce Canaan tant promis ; mais c'était pour faire un plus grand miracle : car il dit expressément : Je veux manifester ma gloire en perdant *Pharaon* & toute son armée ; car je suis le Seigneur.

(*y*) S'il y avait environ vingt-quatre millions de familles en Egypte, l'armée de *Pharaon* dut être de vingt-quatre millions de combattans, en comptant un soldat par famille ; mais DIEU avait déjà tué le premier-né de chaque famille : il faut donc supposer que tous les puînés étaient en âge de porter les armes pour former tout le peuple en corps d'armee.

A l'égard des chevaux, il est dit que toutes les bêtes de somme avaient

& tous les chefs de l'armée ; car le Seigneur avait endurci le cœur du *Pharaon* roi d'Egypte..... & le Seigneur dit à *Mosé :* Pourquoi cries-tu à moi, dis aux enfans d'Israël qu'ils marchent ; (z) & *Mosé* ayant étendu sa main sur la mer, le Seigneur enleva la mer par un vent brûlant toute la nuit ; & la mer fut à sec, & l'eau fut divisée, & les Israëlites entrèrent au milieu de la mer séchée ; car l'eau était comme un mur à leur droite & à leur gauche...... En ce jour les Israëlites virent les corps morts des Egyptiens, & l'exécution grande que la main du Seigneur avait faite. Alors *Mosé* & les enfans d'Israël chantèrent un cantique au

péri par la sixième plaie, & que tous les premiers-nés étaient morts par la dernière ; mais il pouvait rester quelques chevaux encore.

Les incrédules, & même plusieurs commentateurs, ont voulu expliquer ce miracle.

(z) L'historien *Flavien Josephe* le réduit à rien, en disant qu'il en arriva presque autant au grand *Alexandre* quand il côtoya la mer de Pamphilie ; & dans la crainte que les Romains ne prissent le miracle du passage de la mer Rouge pour un mensonge & ne s'en moquassent, il dit qu'il laisse à chacun la liberté d'en croire ce qu'il voudra. Il faut bien qu'un historien laisse à son lecteur la liberté de le croire & de ne pas le croire, de l'approuver ou d'en rire. On la prendrait bien sans lui. L'auteur sacré est bien loin d'employer les ménagemens & les subterfuges du juif *Flavien Josephe*, d'ailleurs très-respectable. Il vous donne le passage des six cents mille juifs à travers les eaux de la mer suspendues, & tant de millions d'Egyptiens engloutis, comme un des plus signalés prodiges que DIEU ait faits en faveur de son peuple.

On a dit qu'un autre prodige est qu'aucun auteur égyptien n'ait jamais parlé de ce miracle épouvantable, ni des autres plaies d'Egypte ; qu'aucune nation du monde n'ait jamais entendu parler ni de cet événement, ni de tout ce qui l'a précédé ; que personne ne connut jamais ni *Aaron*, ni *Séphora*, ni *Joseph* fils de *Jacob*, ni *Abraham*, ni *Seth*, ni *Adam*. Ils affirment que tout cela ne commença à être un peu connu que long-temps après la traduction attribuée aux Septante, comme nous l'avons déjà remarqué. Les desseins de DIEU n'ont pu être accomplis que dans les temps marqués par sa providence.

Seigneur..... *Marie* la prophéteſſe, ſœur d'*Aaron*, prit un tambour à la main ; toutes les autres femmes danſèrent avec elle. (*a*)

Moſé étant parti de la mer Rouge, les Iſraëlites allèrent dans le déſert de Sur; & ayant marché dans cette ſolitude, ils ne trouvèrent point d'eau, & ils arrivèrent à Mara où l'eau était extrêmement amère. *Moſé* cria au Seigneur, qui lui montra un bois, lequel ayant été jeté dans l'eau elle devint douce.

Le quinzième jour du ſecond mois depuis la ſortie d'Egypte, le peuple vint au déſert de Sin, entre Elim & Sinaï, & ils murmurèrent dans ce déſert contre *Moſé* & *Aaron;* ils dirent : Plût à DIEU que nous fuſſions morts dans l'Egypte par la main du Seigneur ; nous étions aſſis ſur des marmites de viandes, & nous mangions du pain tant que nous voulions. (*b*)

(*a*) Les critiques font des difficultés ſur ce cantique : ils diſent qu'il n'eſt guère probable qu'environ trois millions de perſonnes, en comptant les vieillards, les femmes & les enfans, à peine échappés d'un ſi grand péril, aient pu auſſitôt chanter un cantique, & que *Moſé* l'ait compoſé dans l'inſtant même. Ils demandent en quelle langue était ce cantique. Ils diſent qu'il ne pouvait être qu'en égyptien. C'eſt une objection bien frivole. Il y avait une remarque plus ſingulière à faire : c'eſt que l'ancien livre apocryphe de la vie de *Moſé* dit que le pharaon échappa, & alla régner à Ninive. On a raiſon de traiter cette imagination de ridicule.

Si vous en croyez dom *Calmet*, *Manéthon* dit que le pharaon échappa de ce péril ; mais *Manéthon*, dont on ne connaît un petit nombre de paſſages que par la réponſe de *Flavien Joſephe*, ne dit point du tout que l'armée du pharaon fut ſubmergée dans la mer entr'ouverte ; il dit qu'un roi d'Egypte, nommé *Aménophis*, (qui n'a jamais exiſté) alla au-devant d'une armée de brigands arabes établis en Paleſtine, qu'il n'oſa en venir aux mains, & qu'il ſe retira en Ethiopie.

(*b*) Les incrédules ne ceſſent de nous reprocher inſolemment que nous leur contons des fables abſurdes. Ils ne peuvent pas comprendre que DIEU n'ait pas donné à ſon peuple cet excellent pays de l'Egypte, où il n'y avait plus que des femmes & des enfans. » Comment, diſent-ils,

Alors DIEU dit à *Mosé :* Je vais leur faire pleuvoir des pains du ciel.... Et *Mosé* dit à *Aaron :* Dites à l'assemblée des enfans d'Israël qu'ils se présentent devant le Seigneur. Et ils virent la gloire du Seigneur qui parut dans une nuée. Et DIEU dit à *Mosé :* Dis-leur que ce soir ils mangeront de la chair, & demain matin ils seront rassasiés, & vous saurez tous que je suis le Seigneur votre Dieu. Et le soir donc tout le camp fut couvert de cailles ; & le matin tous les environs furent chargés d'une rosée qui ressemblait à la bruine qui tombe sur la terre. Et les enfans d'Israël ayant vu cela, se disaient l'un à l'autre *manhu ;* & *Mosé* leur dit : C'est le pain que DIEU vous a donné à manger. (*c*)

» *Mosé*, à l'âge de plus de quatre-vingts ans, peut-il conduire dans le plus » affreux des déserts trois millions d'hommes, au lieu de les mener du » moins dans le pays de Canaan en passant par l'Idumée ? Les déserts » de Sur, de Mara, d'Elim, de Sin, de Raphidim, d'Oreb, de Sinaï, » de Pharan, de Cadès-barné, d'Oboth, de Cadenoth, dans lesquels ils » errèrent quarante années, ne pourraient pas nourrir trente voyageurs » pendant quatre jours, s'ils ne portaient de l'eau & des provisions. Il » y a quelques fontaines, à la vérité, au mont Oreb ; mais tout le reste » est sec & impraticable ; plusieurs Arabes y tombent quelquefois morts » de soif & de faim. Le premier devoir d'un législateur, tel qu'on nous » représente *Mosé*, est de pourvoir à la subsistance de son peuple. »

Nous avouons à ces incrédules, que selon les règles de la prudence humaine, un général d'armée aurait tort de conduire sa troupe par des déserts : mais il ne s'agit point ici de raison, de prudence, de vraisemblance, de possibilité physique. Tout est au-dessus de nous dans ce livre, tout est divin, tout est miracle ; & puisque les Juifs étaient le peuple de DIEU, il ne devait rien leur arriver de ce qui est commun aux autres hommes. Ce qui paraîtrait absurde dans une histoire ordinaire, est admirable dans celle-ci.

(*c*) *Diodore de Sicile*, liv. I, chap. XII, raconte qu'un roi d'Egypte nommé *Actisan* fit autrefois couper le nez à une troupe de voleurs, qui avaient infesté de leurs brigandages toute l'Egypte dans le temps des guerres civiles, qu'il les relégua vers Rinocolure à l'entrée de tous ces déserts. Rinocolure en grec signifie *nez coupé*, & apparemment ce mot

Cependant *Amalec* vint attaquer Iſraël au camp de Raphidim. Et *Moſé* dit à *Joſué* : Choiſiſſez des combattans & ſortez du camp pour combattre *Amalec*; demain je me tiendrai ſur le haut de la montagne avec la verge de DIEU dans ma main. *Joſué* fit comme *Moſé* l'avait dit, & il combattit contre *Amalec*. Or *Moſé*, *Aaron* & *Ur* s'en allèrent au haut de la colline, & quand *Moſé* levait ſes mains en haut, Iſraël était vainqueur, mais quand il laiſſait tomber un peu ſes mains, *Amalec* l'emportait. . . . Or *Aaron* & *Ur* lui ſoutinrent les mains des deux côtés; *Joſué* donc mit en fuite *Amalec* & tua toute ſon armée. Et DIEU dit à *Moſé*: Ecrivez cela dans un livre, & dites la choſe aux

fut depuis la traduction du mot égyptien. *Diodore* dit qu'ils habitèrent le déſert de Sin, & qu'ils firent des filets pour prendre des cailles dans le temps qu'elles paſſent vers ces climats.

Les incrédules, abuſant également du texte de *Diodore* & de celui de l'Ecriture ſainte, croient apercevoir dans ce récit la véritable hiſtoire des Juifs. Ils diſent que les Juifs ſont des voleurs de leur propre aveu; qu'il eſt très-naturel qu'un roi d'Egypte, ſoit *Actiſan*, ſoit un autre, les ayant relégués dans un déſert après leur avoir fait couper le nez, leur race ait conçu une haine implacable contre les Egyptiens, & qu'elle ait continué le métier de brigands qu'elle tenait de ſes pères.

Pour la manne, ils n'y trouvent rien d'extraordinaire, ſi ce n'eſt qu'elle eſt un purgatif: ils diſent que ce purgatif peut être moins fort que la manne de la Calabre, & qu'on peut s'y accoutumer à la longue; qu'on trouve encore de la manne dans ces déſerts, mais que c'eſt une nourriture qui ne peut ſuſtenter perſonne; & enfin ils nient le miracle de la manne comme tous les autres. Ils prétendent qu'il était auſſi aiſé à DIEU de les bien nourrir, que de les mal nourrir; que ſi les hommes, les femmes & les enfans marchèrent trois jours entiers dans les ſables brûlans du déſert de Sin ſans boire, les femmes & les enfans durent expirer par la ſoif; que non-ſeulement DIEU ſe ſerait contredit lui-même en les conduiſant ainſi lorſqu'il ſe déclarait leur protecteur & leur père, mais qu'il était leur cruel homicide; qu'il eſt impoſſible d'admettre dans DIEU tant de déraiſon & tant de cruauté. Quelques raiſons qu'on leur diſe, ils perſiſtent dans leurs blaſphèmes, & nous ne pouvons que les plaindre.

oreilles de *Josué;* car j'abolirai la mémoire d'*Amalec* sous le ciel. (*d*)

Au troisième mois depuis la sortie d'Egypte, les enfans d'Israël vinrent dans le désert de Sinaï; & *Mosé* monta vers DIEU, & DIEU l'appela du haut de la montagne, & DIEU lui dit: Va-t-en dire aux enfans d'Israël, si vous écoutez ma voix, & si vous observez mon pacte, vous serez mon peuple particulier par

(*d*) *Amalec* était petit-fils d'*Esaü*, & il occupa une partie de l'Idumée. Ses descendans devinrent la principale horde de l'Arabie déserte; & l'on prétend que ce fut la horde dont descendait *Hérode*, qu'*Antoine* fit roi de Judée. Ces Amalécites furent très-long-temps sans avoir de villes; mais leur vie errante endurcissait leurs corps & les rendait redoutables. Les critiques disent que ce n'était pas la peine de faire mourir dans des déserts le peuple juif, de peur qu'ils ne fussent attaqués par les Cananéens, puisqu'ils furent attaqués par des Arabes; & que cette bataille contre *Amalec* fut très-inutile, puisqu'aucun des Israélites qui combattirent n'entra dans la terre promise, excepté deux personnes: ils trouvent d'ailleurs que *Mosé*, *Aaron* & *Ur* se conduisirent en lâches, en se cachant sur une montagne pendant que leur peuple exposait sa vie. Ils ne songent pas que *Mosé* était un vieillard de quatre-vingts ans, & qu'*Aaron* en avait quatre-vingt-trois; que d'ailleurs *Mosé* tenait sa verge à la main, & qu'en levant les mains au Seigneur, il rendait plus de services que tous les combattans ensemble.

Le chevalier *Folard*, qui a fait graver toutes les batailles dont le dictionnaire de dom *Calmet* est orné, a dessiné la bataille d'*Amalec*, & a placé *Mosé*, *Aaron* & *Ur* sur le sommet du mont Oreb. On voit dans la campagne des troupes disposées à peu près comme elles le sont aujourd'hui, des étendards semblables aux nôtres, & des chariots dont les roues sont armées de faux; ce qui n'est guère praticable dans ce désert.

Le texte nous apprend que DIEU ordonna à *Mosé* d'écrire cette bataille dans un livre; il n'en faut point chercher d'autres que l'Exode même. C'est toujours beaucoup qu'il nous soit resté deux livres aussi anciens que la Genèse & l'Exode. En quelque temps qu'ils aient été écrits, ce sont des monumens très-précieux; les critiques ne peuvent empêcher qu'on y retrouve une peinture des mœurs antiques & barbares. Il est à croire que si nous avions quelques monumens des anciens Toscans, des Latins, des Gaulois, des Germains, nous les lirions avec la curiosité la plus avide.

deſſus les autres peuples.... Je viendrai donc à toi dans une nuée épaiſſe, afin que ce peuple m'entende parlant à toi, & qu'il te croie à jamais. Va donc vers ce peuple, & qu'aujourd'hui & demain il lave ſes vêtemens. Et lorſqu'ils ſeront prêts pour le troiſième jour, DIEU deſcendra en préſence de tout le peuple ſur le mont de Sinaï. Et tu diras au peuple : Gardez-vous de monter ſur la montagne, & de toucher même au pied de la montagne ; quiconque touchera la montagne mourra de mort...... Le troiſième jour étant arrivé, voilà qu'on entendit des tonnerres, que les éclairs brillèrent, que la trompette fit un bruit épouvantable ; & le peuple fut épouvanté, & *Moſé* parlait à DIEU, & DIEU lui répondait, & *Moſé* étant deſcendu vers le peuple, lui raconta tout, & DIEU parla de cette manière. (*e*)

(*e*) Nos critiques remarquent d'abord que la bataille d'*Amalec* ne fut d'aucune utilité aux Juifs, & qu'il ſemble que cette bataille, dont ils doutent, ne ſoit rapportée dans l'Exode que pour inſpirer de la haine contre les Amalécites, qui furent leurs ennemis du temps des rois. Ils fondent leurs ſentimens ſur ce que DIEU même, en parlant à *Moſé*, ne lui dit pas un mot de ce prétendu combat, & qu'il ne lui parle que de ce qu'il a fait aux Egyptiens. On lui fait propoſer, diſent-ils, les conditions de ſon pacte avec les Hébreux, de la même manière que les hommes font entr'eux des alliances. On fait deſcendre DIEU au ſon des trompettes, comme ſi DIEU avait des trompettes. On fait parler DIEU comme on ferait parler un crieur d'arrêts. Et il faut ſuppoſer que DIEU parlait égyptien ; puiſque les Hébreux ne parlaient pas d'autre langue, & qu'il eſt dit dans le pſeaume LXXX, que les Juifs furent étonnés de ne point entendre la langue qu'on parlait au-delà de la mer Rouge. *Toland* aſſure qu'il eſt viſible que tous ces livres ne furent écrits que long-temps après par quelque prêtre oiſif, comme il y en a tant eu, dit-il, parmi nous aux douzième, treizième & quatorzième ſiècles ; & qu'il ne faut pas ajouter plus de foi au Pentateuque qu'aux livres des ſibylles, qui furent regardés comme ſacrés pendant des ſiècles.

Tous ces blaſphèmes font horreur à toute ame perſuadée & timorée. Il n'eſt pas plus ſurprenant que DIEU ait parlé ſur le mont Sinaï au

Tu ne feras aucun ouvrage de ſculpture, ni aucune image de tout ce qui eſt dans le ciel en haut, ni dans la terre en bas, ni dans les cieux ſous la terre....

Je ſuis ton Dieu fort, je ſuis le Dieu jaloux, puniſſant les iniquités des pères juſqu'à la troiſième & quatrième génération de tous ceux qui me haïſſent, feſant miſéricorde en mille générations à ceux qui m'aiment......

Tu ne monteras point à mon autel par des degrés, afin de ne point découvrir ta nudité......

ſon des trompettes, qu'il ne l'eſt d'ouvrir la mer Rouge pour faire enſuir ſon peuple, & pour ſubmerger toute l'armée égyptienne. Si on nie un prodige, on eſt forcé de les nier tous. Or il n'eſt pas poſſible, ſelon les commentateurs les plus accrédités, que tous ces livres ne ſoient qu'un tiſſu de menſonges groſſiers. Il eſt vrai que les premières hiſtoires théologiques des brachmanes, des prêtres de *Zoroaſtre*, de ceux d'*Iſis*, de ceux de *Veſta*, ne ſont que des recueils de fables abſurdes; mais il ne faut pas juger des livres hébreux comme des autres. On a beau dire que ſi le Pentateuque fut écrit dans le déſert, il ne pouvait l'être qu'en égyptien; & que les Hébreux n'étant point encore entrés dans le pays des Cananéens, ils ne purent ſavoir la langue de ces peuples, qui fut depuis la langue hébraïque. En quelque langue que *Moſé* ou *Moïſe* ait écrit dans le déſert, il eſt aiſé de ſuppoſer que le Pentateuque fut traduit après dans la langue de la Paleſtine, qui était un idiome du ſyriaque, puiſqu'il fut traduit enſuite en chaldéen, en grec, en latin, & long-temps après en ancien gothique. Les objections des incrédules ſont récentes; & ce livre aurait 2290 ans d'antiquité, quand même il n'aurait été compilé que du temps d'*Eſdras*, comme les critiques le prétendent. Il ſerait preſque auſſi ancien que la république romaine établie après les *Tarquins*. Les incrédules répondent qu'un livre, pour être ancien, n'en eſt pas plus vrai; qu'au contraire, preſque tous les anciens livres étant écrits par des prêtres, & étant extrêmement rares, chaque auteur ſe livrait à ſon imagination, & que la ſaine critique était entièrement inconnue. Cette manière de penſer renverſerait tous les fondemens de l'ancienne hiſtoire dans tous les pays du monde; on ne ſaurait plus ſur quoi compter. Il faudrait douter de l'hiſtoire de *Cyrus*, de *Créſus*, de *Piſiſtrate*, de *Romulus*, de tout ce qui s'eſt paſſé dans la Grèce avant les Olympiades; & ce ſcepticiſme univerſel ne ferait qu'un chaos indébrouillable de toute l'antiquité.

Si quelqu'un frappe fon efclave ou fa fervante, & s'ils meurent entre fes mains, il fera coupable d'un crime ; mais fi fon efclave furvit un jour ou deux, il ne fera fujet à aucune peine, parce que l'efclave eft le prix de fon argent......

Oeil pour œil, dent pour dent, main pour main, pied pour pied......

Si un taureau frappe de fes cornes un homme ou une femme, on lapidera le taureau ; & on ne mangera point fa chair......

Vous punirez de mort les magiciens, celui qui aura fait le coït avec une bête, celui qui facrifie aux Dieux......

Tu ne diras point de mal des Dieux, & tu ne maudiras point les princes de ton peuple......

Tu ne différeras point à payer les dixmes.... (*f*)

(*f*) Nous n'avons fpécifié ici, de toutes les premières lois juives, que celles contre lefquelles nos adverfaires s'élèvent avec le plus de témérité. Si on les en croit, la défenfe de faire aucune image n'a jamais été obfervée. *Mofé* lui-même fit fculpter des chérubs, des bœufs ou des veaux, qu'il plaça fur l'arche ambulatoire. Il fit faire un ferpent d'airain. *Salomon* mit des veaux de bronze dans le temple qu'il fit bâtir.

Les incrédules ne peuvent fouffrir que DIEU s'annonce comme puiffant & jaloux. Ils difent que rien ne rabaiffe l'être tout-puiffant, comme de lui faire dire toujours qu'il eft puiffant ; & que c'eft bien pis de lui faire dire qu'il eft jaloux ; que ce livre ne parle jamais de DIEU que comme d'une divinité locale qui veut l'emporter fur les autres divinités ; & qu'on nous le repréfente comme les Dieux des Grecs, jaloux les uns des autres.

La punition dont on menace la troifième & quatrième génération innocente d'un aïeul coupable, leur femble une injuftice atroce ; & ils prétendent que cette vengeance, exercée fur les enfans, eft une des preuves que les Juifs n'ont jamais connu l'immortalité de l'ame & les peines après la mort, que vers le temps des pharifiens. C'eft l'opinion du docteur *Warburton*, & de plufieurs théologiens qui ont abufé de leur fcience. *Arnaud* dit pofitivement la même chofe, quoiqu'il n'en tire pas les mêmes conféquences que l'abfurde *Warburton*.

J'enverrai la terreur de mon nom au devant de vous ; j'exterminerai tous les peuples chez lesquels vous irez. J'enverrai d'abord des frélons & des guèpes, qui mettront en fuite le Hévéen, le Cananéen, l'Héthéen. (*g*) Les limites de votre terre feront depuis

La peine de mort contre les magiciens prouve que les Juifs croyaient à la magie : & comment n'y auraient-ils pas cru, s'ils avaient vu les miracles des magiciens de *Pharaon*, & si *Joseph* avait fait des opérations magiques avec sa tasse ?

On tire de la punition du coït avec les bêtes une preuve, que les Juifs étaient fort enclins à cette abomination.

On croit trouver de la contradiction entre l'ordre de mettre à mort ceux qui auront sacrifié aux Dieux, & la défense de parler mal des Dieux.

On prétend que l'ordre de payer exactement les décimes, avant qu'il y eût des lévites & des décimes, est une preuve que cela fut écrit dans des temps postérieurs par quelques prêtres intéressés à la dixme.

La vengeance exercée sur la quatrième génération semblerait abolie dans le Deutéronome : *les pères ne mourront point pour leurs enfans, ni les enfans pour leurs pères*. La première loi est une menace de DIEU ; & la seconde est une loi positive, qui suppose qu'on ne doit point faire pendre le fils pour le père : mais cette loi n'empêche pas que DIEU ne soit toujours supposé punir jusqu'à la quatrième génération.

La défense de dire du mal des Dieux peut s'entendre des juges & des prêtres, qui sont souvent appelés Dieux dans l'Ecriture.

(*g*) DIEU ne cesse de promettre aux Juifs qu'il combattra pour eux, & que tout fuira devant eux. Il ajoute qu'il enverra des frélons & des guèpes pour leur préparer la victoire. Ce n'est point une figure dont se sert l'auteur sacré ; car *Josué*, avant de mourir, dit expressément que DIEU a envoyé devant eux des frélons & des guèpes. Le livre de la sagesse le dit aussi, long-temps après. L'histoire ancienne parle en effet de plusieurs peuples d'Asie, qui furent obligés de quitter leur pays où ces animaux s'étaient excessivement multipliés. On a dit même que les peuples de la Chalcide avaient été chassés par des mouches. On en a dit autant des peuples de la Mysie. Il y a eu deux provinces de Chalcide en Syrie : on ne sait dans laquelle le fléau des mouches put chasser les habitans. Il y a eu aussi plusieurs Mysies dans l'Asie mineure & dans le Péloponèse. Il n'est pas croyable que les peuples d'aucune de ces provinces se soient laissés chasser par des mouches ; mais ce qui est fable dans la mythologie, peut devenir une vérité historique dans les livres saints,

la mer Rouge jufqu'à la mer de la Paleftine, & jufqu'au fleuve de l'Euphrate : je livrerai entre vos mains tous les habitans de la terre, & je les chafferai de devant votre face...... Quand tu feras le dénombrement des enfans d'Ifraël, ils donneront tout le prix de leur ame au Seigneur, & il n'y aura point de plaie parmi eux quand ils auront été dénombrés ; & tous ceux qui auront été dénombrés donneront la moitié d'un ficle, felon la valeur du ficle du temple. (*h*) Le ficle vaut vingt oboles ; & la moitié du ficle fera offert au Seigneur.

Prenez des aromates, pour le poids de cinq cents ficles de myrrhe, deux cents cinquante ficles de cinamum, pour deux cents cinquante ficles de cannes, cinq cents ficles de caffe ; vous en ferez une huile felon

parce que DIEU fefait pour fon peuple ce qu'il ne fefait pas pour des peuples profanes, qui lui étaient étrangers.

DIEU promet ici aux Juifs qu'il les rendra maîtres de tout le pays depuis la mer Méditerranée jufqu'à l'Euphrate ; or il y a vingt degrés en longitude, dans la latitude du trentième degré, depuis la Méditerranée par la terre de Canaan jufqu'à l'Euphrate. Et quand on ne compterait que vingt lieues par degré, cela devait compofer un empire de quatre cents lieues de long. Il eft démontré, difent les critiques, que les Juifs ont été bien loin de pofféder un fi vafte pays. Cela eft vrai : mais auffi DIEU tantôt promet, & tantôt menace ; & il fe relâche de fes menaces, & il retranche de fes promeffes, felon fa miféricorde ou fa juftice. Ainfi il ne faut pas prendre toujours à la lettre tout ce qui eft annoncé dans l'Ecriture, mais confidérer que les prédictions font conditionnelles. Les critiques ne feront pas contens de cette explication, qui eft pourtant la feule qu'on puiffe donner.

(*h*) On demande comment le ficle dans le défert peut être évalué par le ficle du temple, qui ne fut bâti que cinq cents ans après, felon la fupputation hébraïque ? On croit qu'il y a ici un prodigieux anachronifme, & que c'eft une nouvelle preuve que tous ces livres ne furent écrits qu'après que le temple fut bâti. On répond que par le mot du temple il faut entendre le tabernacle de l'arche de l'alliance : & fi les critiques répliquent que l'arche

l'art du parfumeur ; quiconque y touchera ſera ſanctifié, & quiconque en fera de pareille, & en donnera à un étranger, ſera exterminé.

DIEU dit auſſi à *Moſé:* Prends tous ces aromates, ajoutes-y du ſtacté, de l'onyx, du galbanum, de l'encens...... Tout homme qui en fera de ſemblables, pour en ſentir l'odeur, ſera exterminé...... (*i*)

d'alliance n'avait pas encore été conſtruite, il eſt aiſé de dire qu'on parle ici par anticipation ; & alors on ne trouvera aucune contradiction dans le texte.

(*i*) On fait des difficultés ſur cette prodigieuſe quantité de parfums, & ſur leur nature. Le cinamum n'eſt pas connu. On prétend que c'eſt de la cannelle : mais pluſieurs auteurs diſent que la cannelle eſt la canne : d'autres diſent que c'eſt la caſſe, *caſia*, qui eſt la cannelle véritable. La plupart de ces drogues viennent des Indes. On eſt en peine de ſavoir comment les Juifs dans leur déſert purent avoir tant de marchandiſes précieuſes? La réponſe eſt qu'ils les avaient emportées d'Egypte. La peine de mort pour quiconque ferait une compoſition de ces parfums, ſeulement pour avoir le plaiſir innocent de les ſentir, ſemble une loi injuſte & barbare ; mais c'eſt, ſans doute, parce que ces drogues étant deſtinées uniquement pour le tabernacle qu'on devait faire, ne devaient point être profanées.

Les deux tables de pierre, écrites ou gravées par le doigt de DIEU même, ont donné lieu à d'étranges blaſphèmes. „ DIEU, a-t-on dit, eſt „ toujours repréſenté dans ce livre comme un homme qui parle aux hommes, „ qui va, qui vient, qui ſe venge, qui eſt jaloux, qui donne des lois, & „ enfin qui les écrit ; rien ne paraît plus groſſier & plus fabuleux : ces deux „ tables de pierre ſont une imitation des deux marbres ſur leſquels l'ancien „ *Bacchus* avait écrit ſes lois ; comme le paſſage de la mer Rouge eſt une „ imitation viſible de la fable de *Bacchus*, qui paſſa la mer Rouge à pied ſec „ pour aller aux Indes avec toute ſon armée. Les fables arabes ſont prodi-„ gieuſement antérieures à celles de *Moſé. Bacchus* avait été élevé dans ces „ déſerts avant que *Moſé* les parcourût. Il fit tous les miracles que les Juifs „ s'attribuent ; & deux rayons lui ſortaient de la tête comme à *Moſé*, en „ témoignage de ſon commerce continuel avec les Dieux : ils portèrent „ tous deux ce nom de *Moſé*, qui ſignifie échappé de l'eau. Les Juifs, qui „ n'ont jamais rien inventé, ont tout copié très-tard. „ C'eſt ce que les critiques objectent.

Il eſt vrai qu'on retrouve dans la fable de *Bacchus* beaucoup de traits qui ſont dans l'hiſtoire juive depuis *Noé* juſqu'à *Joſué ;* mais il vaut mieux croire

Et le Seigneur ayant achevé tous ces discours sur le mont Sinaï, donna à *Mosé* deux tables de pierre contenant son témoignage, écrit avec le doigt de DIEU.

Or le peuple, voyant que *Mosé* tardait à descendre de la montagne, s'assembla autour d'*Aaron*, & dit: Lève-toi, fais-nous des Dieux qui marchent devant nous; car nous ignorons ce qui est arrivé à cet homme qui nous a fait sortir de l'Egypte. Et *Aaron* leur dit: Prenez vos boucles d'oreilles, & celles de vos fils & de vos filles; & le peuple ayant apporté ses boucles d'oreilles, il en fit un veau d'or en fonte; & ils dirent: voilà tes Dieux, ô Israël.... Et *Aaron* dressa un autel devant le veau; & dès le matin on lui offrit des holocaustes. Alors le Seigneur parla à *Mosé*, & lui dit: Va, & descends. (*k*) Et lorsque *Mosé* fut arrivé près

que les Arabes & les Grecs ont été les copistes, que de penser que les Hébreux ne furent que des plagiaires. La fable de *Bacchus* ne fut pas d'abord donnée pour une histoire sacrée; elle ne fut le fondement des lois ni en Arabie ni en Grèce: au lieu que la loi de l'Exode est encore celle des Juifs. Nous avouons que *Bacchus* fut adoré & eut des prêtres: mais nous préférons un ministre du Dieu de vérité à ceux qui sont devenus les Dieux du mensonge.

(*k*) Le texte hébreu porte: il fit un veau au burin, & il le jeta en fonte; mais c'est une transposition; on jette d'abord en fonte, & ensuite on répare au burin, ou, pour parler plus proprement, au ciseau. Il est très-vrai qu'il est impossible de jeter un veau d'or en fonte, & de le réparer en une nuit. Il faut au moins trois mois d'un travail assidu pour achever un tel ouvrage; & il n'y a pas d'apparence que les Juifs, dans un désert, eussent des fondeurs d'or, qui ne se trouvent que dans de grandes villes: il n'est pas concevable que trois millions de Juifs, qui venaient de voir & d'entendre DIEU lui-même au milieu des trompettes & des tonnerres, voulussent si tôt, & en sa présence même, quitter son service pour celui d'un veau. Nous ne dirons pas, comme les incrédules, que c'est une fable absurde, imaginée après plusieurs siècles par quelque lévite, pour donner du relief à ses confrères, qui punirent si violemment le crime des autres Israélites. A DIEU ne plaise que nous adoptions jamais de tels blasphèmes,

du camp, il vit le veau & les danses; & de colère il jeta les tables & les brisa; & prenant le veau qu'ils avaient fait, il le mit au feu, & le réduisit en poudre, & répandit cette poudre dans l'eau, & en donna à boire aux fils d'Israël. Puis *Mosé* se mit à la porte du camp, & dit: Si quelqu'un est au Seigneur, qu'il se joigne à moi; & les enfans de Lévi s'assemblèrent autour de lui, & il leur dit: Voici ce que dit le Seigneur: Allez, & revenez d'une porte à l'autre par le milieu du camp, & que chacun tue son frère, son ami & son prochain. (*l*)

quelque difficulté que nous trouvions à expliquer un événement si hors de la nature. Nous ne pouvons soupçonner un lévite d'avoir ajouté quelque chose au texte sacré. Nous regardons seulement cette histoire prodigieuse comme les autres choses encore plus prodigieuses que DIEU fit pour exercer sa justice & sa miséricorde sur son peuple juif, le seul peuple avec lequel il habitait continuellement, délaissant pour lui tous les autres peuples.

(*l*) Cet article n'est pas le moins difficile de la sainte Ecriture. Il faut convenir d'abord que l'on ne peut réduire l'or en poudre en le jetant au feu; c'est une opération impossible à tout l'art humain: tous les systêmes, toutes les suppositions de plusieurs ignorans qui ont parlé au hasard des choses dont ils n'ont pas la moindre connaissance, sont bien loin de résoudre ce problème. L'or potable dont ils parlent, c'est de l'or qu'on a dissous dans de l'eau régale; & c'est le plus violent des poisons, à moins qu'on en ait affaibli la force; encore ne dissout-on l'or que très-imparfaitement; & la liqueur dans laquelle il est mêlé est toujours très-corrosive: on pourrait aussi dissoudre de l'or avec du soufre; mais cela ferait une liqueur détestable qu'il serait impossible d'avaler. Si donc on demande par quel art *Mosé* fit cette opération, on doit répondre que c'est par un nouveau miracle que DIEU daigna faire, comme il en fit tant d'autres. Tout ce que dit là-dessus dom *Calmet*, est d'un homme qui ne sait aucun principe de chimie.

Mosé fait ici une autre action, qui n'est pas absolument impossible; il se met à la tête de la tribu de *Lévi*, & tue vingt-trois mille hommes de sa nation, qui tous sont supposés être bien armés, puisqu'ils venaient de combattre les Amalécites. Jamais un peuple entier ne s'est laissé égorger ainsi sans se défendre: il n'est point dit que les lévites fussent exempts de la faute de tout le peuple; il n'est point dit qu'ils eussent un ordre exprès de DIEU de massacrer leurs frères; & un ordre exprès de DIEU semble

Le

Le Seigneur frappa donc le peuple pour le crime du veau qu'avait fait *Aaron* ; (m) & le Seigneur parla

néceſſaire pour juſtifier cette boucherie incroyable. Le texte porte que les lévites paſſèrent d'une porte du camp à l'autre : il n'eſt guère poſſible que trois millions de perſonnes aient été dans un camp, & que ce camp eût des portes, dans un déſert où il n'y eut jamais d'arbres ; mais c'eſt une faible remarque en comparaiſon de la barbarie avec laquelle *Moſé* dit aux lévites : Vous avez conſacré aujourd'hui vos mains au Seigneur ; chacun de vous a tué ſon fils ou ſon frère afin que DIEU vous béniſſe. Il eût été plus beau ſans doute à *Moſé* de ſe dévouer pour ſon peuple, comme on le dit des *Codrus* & des *Curtius*. Adorons humblement les voies du Seigneur ; mais gardons-nous de louer la fureur abominable de ces lévites, qui ne doit jamais être imitée pour quelque cauſe que ce puiſſe être.

(m) Le texte dit expreſſément que DIEU frappa le peuple pour le péché d'*Aaron* ; & non-ſeulement *Aaron* eſt épargné, mais il eſt fait enſuite grand-prêtre : ce n'eſt point là l'idée que nous avons de la juſtice ordinaire. Ce ſont des profondeurs que nous devons adorer. Pluſieurs théologiens ont obſervé que les deux premiers pontifes de l'ancienne loi & de la nouvelle ont tous deux commencé par une apoſtaſie. Leur repentir leur a tenu lieu d'innocence ; mais il n'eſt point dit expreſſément qu'*Aaron* eût demandé pardon à DIEU de ſon crime ; au lieu qu'il eſt dit que *ſaint Pierre* expia le ſien par ſes larmes, quoiqu'il fût infiniment moins coupable qu'*Aaron*.

Quelques-uns ont remarqué, non ſans malignité, que DIEU dit d'abord qu'il enverra un ange pour chaſſer les Cananéens, & qu'enſuite il dit qu'il ira lui-même ; mais il n'y a point là de contradiction ; au contraire, c'eſt peut-être un redoublement de bienfaits pour conſoler le peuple de la perte des vingt-trois mille hommes qu'on vient d'égorger.

Il n'eſt pas ſi aiſé d'expliquer ce que l'auteur entend quand *Moſé* demande à DIEU de lui faire voir ſa gloire. Il ſemble qu'il l'a vue aſſez pleinement & d'aſſez près, quand il a converſé avec DIEU pendant quarante jours ſur la montagne, qu'il a vu DIEU face à face, & que DIEU lui a parlé comme un ami à un ami. DIEU lui répond : Vous ne pouvez voir ma face, *car nul homme ne me verra ſans mourir*. C'était en effet l'opinion de toute l'antiquité, comme nous l'avons vu, qu'on mourait quand on avait vu les Dieux. S'il eſt permis de joindre ici le profane au ſacré, on peut remarquer que *Sémélé* mourut pour avoir voulu voir *Zeus*, que nous nommons *Jupiter*, dans toute ſa gloire. Il faut ſuppoſer que quand *Moſé* parla à DIEU face à face, comme un ami à un ami, il y avait entr'eux une nuée pareille à celle qui conduiſait les Hébreux dans le déſert ; autrement ce ſerait une contradiction inexplicable ; car ici DIEU ne lui permet point de voir ſa face ſans

donc à *Mosé*, & lui dit : Va, pars de ce lieu, & entre dans le pays que j'ai juré de donner à *Abraham*, à *Isaac* & à *Jacob*; & j'enverrai un ange pour chasser les Cananéens, les Amorrhéens, les Héthiens, les Hévéens, les Phéréséens & les Jébuséens..... Or le Seigneur parlait à *Mosé* face à face, comme un homme parle à son ami... Puis le Seigneur lui dit : Je marcherai devant toi, & je te procurerai du repos..... *Mosé* répartit : Fais-moi voir ta gloire. DIEU répondit : Je te montrerai tous les biens, & en passant devant toi, je te ferai voir ma gloire : je crierai moi-même en prononçant mon nom ; je ferai miséricorde à qui je voudrai. Et il dit de plus : Tu ne pourras voir ma face, car nul homme ne me verra sans mourir ; mais il y a une façon de me voir : tu te mettras sur le rocher, & quand ma gloire passera, je te mettrai dans une fente du rocher, & je te cacherai de ma main ; tu verras mon derrière, mais tu ne pourras pas voir mon visage.

Lorsque *Mosé* sortait du tabernacle, les Israëlites voyaient que sa face était cornue. (*n*) Mais il couvrait

voile, il lui permet seulement de voir son derrière. Ces choses sont si éloignées des opinions, des usages, des mœurs qui règnent aujourd'hui sur la terre, qu'il faut, en lisant cet ouvrage divin, se regarder comme dans un autre monde. Nous sommes bien loin d'oser comparer les poëmes d'*Homère* à l'écriture sainte, quoiqu'*Eustathe* l'ait fait avec succès ; mais nous osons dire que dans *Homère* il n'y a pas deux actions qui aient la moindre ressemblance avec ce que nous voyons de nos jours ; & c'est cela même qui rend les poëmes d'*Homère* très-précieux. L'ancien testament l'est plus encore.

(*n*) Les interprètes entendent par cornue, des rayons. C'est ici que plusieurs commentateurs, & surtout *Vossius*, *Bochart*, & *Huet*, comparent ce qu'on dit de *Bacchus* avec ce qui est vrai de *Mosé*. Nous avons déjà observé qu'il sortait des rayons du front de *Bacchus* : ils trouvent entre ces deux héros de l'antiquité une ressemblance entière. *Calmet* pousse le parallèle encore plus

ſon viſage quand il avait à leur parler.... Tout l'or que l'on employa pour les ouvrages du ſanctuaire, & tout ce qui fut offert par le peuple, fut de vingt-neuf talens ſept cents trente ſicles, ſelon l'évaluation du ſanctuaire. Et il fut offert, par tous ceux qui étaient au deſſus de vingt ans, la ſomme de cent talens d'argent.... On fit auſſi les vêtemens dont *Aaron* devait ſe revêtir, d'hyacinthe, de pourpre, d'écarlate & de lin, & on lui fit un éphod d'or,

loin qu'eux. Il dit que *Moſé*, *Bacchus* & *Choſé*, divinité arabe, ne ſont qu'une même perſonne. Il eſt conſtant que *Bacchus* était une divinité arabe : il deſcendait, dit-on, de *Chus*, & on l'appelait *Bacchus* ou *Jacchus*, ce qui ſignifiait le Dieu *Chus*. *Voyez notre remarque* (*i*).

Pour conſtruire l'arche d'alliance, qui était de bois de céthim, de trois pieds & demi de long, de deux pieds de large, & de deux pieds & demi de haut, le texte dit qu'on donna vingt-neuf talens & ſept cents trente ſicles d'or, & cent talens d'argent. Or le talent d'or eſt évalué aujourd'hui à cent quarante mille livres, & le talent d'argent ſix mille livres de France. Cela compoſait la ſomme exorbitante de quatre millions ſix cents ſoixante & huit mille ſept cents ſoixante livres, ſans compter les pierres précieuſes ; mais auſſi il faut conſidérer qu'il eſt dit qu'on entoura cette arche d'ornemens d'or, que le chandelier était d'or, que tous les vaſes étaient d'or, qu'il y avait un autel des parfums couvert d'or, & que les bâtons qui portaient cet autel & cette arche étaient auſſi couverts d'or, & que l'ouvrage ſurpaſſait encore la matière. Les lecteurs ſont ſurpris de voir dans un déſert, où l'on manquait de pain & d'habits, une magnificence que l'on ne trouverait pas chez les plus grands rois : c'eſt encore un prétexte aux incrédules de ſuppoſer que la deſcription de ce ſuperbe tabernacle fut priſe en partie du temple de *Salomon*, & qu'encore même le ſanctuaire de ce temple ne fut jamais ſi ſuperbe, & que les Juifs ont toujours tout exagéré. Cependant, ſi l'on accorde que les Juifs avaient volé tous les vaſes d'or & d'argent de la baſſe Egypte, & qu'ils avaient chez eux d'excellens ouvriers formés à l'école des maîtres égyptiens, alors l'impoſſibilité phyſique diſparaîtra. Et d'ailleurs tout eſt miraculeux, comme nous l'avons dit, chez le peuple de DIEU. C'eſt-là le grand point ; & ſi les Philiſtins dans la ſuite ne prirent pas toutes ces richeſſes quand ils battirent le peuple de DIEU & qu'ils prirent leur coffre ſacré, c'eſt encore un grand miracle ; car les Philiſtins étaient auſſi brigands que les Juifs ; & de plus, le coffre ſacré juif appartenait à leurs vainqueurs.

d'hyacinthe, de pourpre, d'écarlate & de lin : & on coupa des feuilles d'or, qu'on réduisit en fil d'or mince ; & on tailla deux pierres d'onyx enchaſſées dans de l'or, ſur leſquelles on grava les noms des enfans d'Iſraël. Le rational fut orné de quatre rangs de pierres précieuſes enchaſſées dans de l'or ; ſardoine, topaſe, émeraude, eſcarboucle, ſaphir, jaſpe, ligure, agate, améthyſte, chryſolite, onyx & béril.

Le Seigneur parla encore à *Moſé*, & lui dit : Prends *Aaron* avec ſes enfans, & aſſemble tout le peuple. Et *Moſé* poſa la tiare ſur la tête d'*Aaron*, & lui mit ſur le front la lame d'or ſacrée.... & *Moſé* ayant égorgé un bélier, en mit le ſang ſur le bout de l'oreille d'*Aaron* & de ſes fils & des autres prêtres, & ſur les pouces de leur main droite, & ſur les pouces de leur pied droit, & répandit le reſte du ſang autour de l'autel. (*o*)

DIEU parla encore à *Moſé*, & dit : Va déclarer aux enfans d'Iſraël, que voici de tous les animaux de la terre ceux qu'ils pourront manger.... Le lièvre eſt

(*o*) Il ne faut pas s'étonner que *Moſé* ou *Moïſe* inſtalle ſon frère & le conſacre, & qu'il ſanctifie toutes ces cérémonies communes à toutes les nations. Car il n'y avait guère alors que l'Inde, & la Chine inconnue, qui ne ſacrifiaſſent pas des animaux à la Divinité. Toutes les cérémonies des autres peuples ſe reſſemblaient pour le fond : les prêtres ſe couvraient de ſang ; ils feſaient l'office de bouchers, & ils prenaient pour eux la meilleure partie des bêtes immolées. *Calmet* dit ſur cet article, que la conſécration du grand-prêtre des Romains ſe feſait avec des cérémonies encore plus extraordinaires. Ce pontife, *couvert d'un habit tout de ſoie, était conduit dans un ſouterrain*, où il *recevait tout le ſang d'un taureau par des trous faits à des planches. &c.* & il cite ſur cela des vers de *Prudence*. *Calmet* prend ici la cérémonie du taurobole pour la conſécration du *Pontifex Maximus*. Jamais aucun prêtre, chez les Romains, ne porta un habit de ſoie : la ſoie ne commença à être un peu connue que ſur la fin de l'empire d'*Auguſte*.

impur quoiqu'il rumine, parce qu'il n'a pas le pied fendu. Le cochon eſt auſſi impur, parce qu'ayant le pied fendu il ne rumine pas. Vous ne mangerez ni aigle, ni griffon, ni vautour, ni chat-huant, ni milan, ni cormoran, ni onocrotal; ce qui vole & marche ſur quatre pieds vous ſera en abomination.... vous ne mangerez point de ſauterelles. (*p*)

(*p*) Les Egyptiens furent, dit-on, les premiers qui firent cette diſtinction des animaux purs & des impurs, ſoit par principe de ſanté, ſoit par économie, ſoit par ſuperſtition. Le cochon était impur chez eux, non pas parce qu'il ne rumine point, mais parce qu'il eſt ſouvent attaqué d'une eſpèce de lèpre, & que l'on crut qu'il était la première cauſe de la peſte à laquelle l'Egypte eſt ſi ſujette.

Le lièvre fut regardé comme impur chez les Juifs; ils ſe trompèrent en croyant qu'il rumine, & en prenant le mouvement de ſes lèvres pour l'action de ruminer.

La loi déclare abominable ce qui marche ſur quatre pattes & qui vole: il faut entendre que s'il y avait de tels animaux, ils ſeraient déclarés impurs: car nous ne connaiſſons point de telles bêtes. Il n'y en a jamais eu que dans l'invention des peintres & des ſculpteurs qui ont repréſenté des hiéroglyphes.

On ne ſait pas pourquoi la ſauterelle eſt déclarée impure, puiſque *ſaint Jean-Baptiſte* s'en nourriſſait dans le déſert.

Le texte parle encore de beaucoup d'animaux qu'on ne connaît point, comme du griffon, de l'ixion, qui ſont des animaux fabuleux.

Fin du commentaire ſur l'Exode.

LEVITIQUE.

DIEU parla encore à *Mosé* & à *Aaron*, disant : Tout homme dont la peau & la chair aura changé de couleur, avec des pustules comme luisantes, sera amené devant *Aaron* le prêtre, ou à quelqu'un de ses enfans, lequel, quand il aura vu la lèpre sur la peau, & les poils devenus blancs, & les marques de la lèpre plus enfoncées que le reste de la chair, il jugera que c'est la lèpre. (*a*)

DIEU parla encore à *Mosé* & à *Aaron*, disant : Quand vous serez en Canaan, s'il se trouve un bâtiment infecté de lèpre, le maître de la maison en

(*a*) Il y a plus de trente maladies de la peau ; & le nom de lèpre est un nom général : depuis la simple gratelle jusqu'au cancer, toutes ces maladies prennent des noms différens. Les critiques ont trouvé étrange qu'on envoyât les lépreux aux prêtres, au lieu de les envoyer aux médecins ; ce qui fait voir, disent-ils, qu'il n'y avait point de médecin dans un pays aride, & dans un climat mal-sain qui produit tant de maladies. Les Juifs surtout devaient être infectés de diverses sortes de lèpres dans des déserts de sables où l'on ne trouvait que quelques puits d'une eau bitumineuse & nitreuse, qui augmentait encore ces maladies dégoûtantes. Dom *Calmet*, dans sa dissertation sur la lèpre, prétend que ces maladies sont causées par *de petits vers qui se glissent entre cuir & chair.* *Calmet* n'était pas médecin ; les œufs des vers dont la terre est pleine, se mettent quelquefois dans les ulcères de la chair, mais ils n'en sont pas la cause. . . . Nous avons eu plusieurs charlatans qui ont fait accroire que toutes les maladies étaient causées par des vers, & que chaque espèce d'animaux étant dévorée par une autre espèce, on pouvait faire manger les vers de l'apoplexie & de l'épilepsie par des vers anti-apoplectiques & anti-épileptiques. Que de charlatans de toute espèce ! Et que n'a-t-on pas inventé pour tromper les hommes, & pour se rendre maître de leurs corps & de leurs ames !

avertira le prêtre.... ſi la lèpre perſévère & ſi la maiſon eſt impure, elle ſera détruite auſſitôt, & on en jettera les pierres, les bois, & toute la pouſſière hors de la ville dans un endroit immonde. (*b*)

(*b*) Il faut pardonner à un peuple auſſi groſſier & auſſi ignorant que le peuple juif, cette imagination de la lèpre des maiſons. Il n'y a point de muraille qui ne change de couleur, & dans laquelle il ne ſe loge quelques petits inſectes. On voit même dans nos villes pluſieurs de ces murs noircis, & remplis de ces animaux preſque imperceptibles, comme le ſont preſque tous nos fromages au bout d'un certain temps : car les œufs de tous ces petits animaux innombrables ſont portés par le vent, éclosent enſuite dans toutes les viandes, dans les fruits, dans l'écorce des arbres, dans les feuilles, dans les ſables, dans les pierres, dans les cailloux. Rien ne ſerait plus ridicule que de couper ces arbres, & d'abattre ces maiſons, parce que ces petits animaux microſcopiques, qui vivent très-peu de temps, s'y ſont cachés. Ce n'eſt point d'ailleurs dans les pays chauds que les murailles ſe couvrent quelquefois d'une moiſiſſure à laquelle des inſectes innombrables s'attachent ; c'eſt dans nos pays humides qu'une mouſſe imperceptible croît ſur les vieilles murailles, & ſert de logement & d'aliment à des inſectes, leſquels d'ailleurs ne ſont nullement dangereux.

L'idée de dom *Calmet*, que l'eſpèce de lèpre la plus maligne était la vérole, & que *Job* en était attaqué, eſt encore plus inſoutenable : la vérole était inconteſtablement une maladie particulière aux îles de l'Amérique ſi long-temps inconnues. Le profeſſeur *Aſtruc* l'a démontré.

C'eſt une choſe plaiſante de voir *Calmet* donner la torture à quelques anciens auteurs, pour leur faire dire ce qu'ils n'ont point dit ; il va juſqu'à vouloir trouver la vérole dans ces vers de *Juvénal :*

.... Sed podice lævi
Cæduntur tumidæ medico ridente mariſcæ.

Il ne voit pas que ces vers ne ſignifient autre choſe qu'une opération faite par un médecin à un infame débauché, dont l'anus avait contracté des équimoſes par les efforts d'un autre libertin, qui avait bleſſé ce miſérable en commettant le péché contre nature ; ce qui n'a pas plus de rapport à la vérole qu'un cors au pied. Il tord un paſſage de la trente-ſeptième ode d'*Horace :*

Contaminato cum grege turpium morbo virorum.

Horace peint ici *Cléopâtre* accompagnée de ſes eunuques, & ne prétend point du tout que cette reine & ſes eunuques euſſent la vérole. *Céſar* & *Antoine*, auſſi débauchés qu'elle, n'en furent jamais ſoupçonnés.

Si quelqu'un des enfans d'Iſraël veut prendre à la chaſſe quelque oiſeau dont il eſt permis de manger, qu'il en répande tout le ſang, car l'ame de toute chair eſt dans le ſang; c'eſt pourquoi vous ne mangerez le ſang d'aucun animal, parce que l'ame de toute chair eſt dans le ſang; & quiconque en mangera, ſera puni de mort. (c)

(c) Les critiques diſent qu'il eſt impoſſible d'obéir à cette loi. En effet, quelque ſoin qu'on prenne de ſaigner un animal, il reſte néceſſairement une grande partie de ſon ſang dans les petits vaiſſeaux, laquelle n'a plus la force de paſſer par les valvules, & qui, ne circulant plus, reſte dans toutes les petites veines.

Une remarque plus importante eſt, que l'ame eſt toujours priſe dans le Pentateuque pour la vie; tout animal qui perd tout ce qu'il peut perdre de ſon ſang eſt mort. D'ailleurs l'ame de tous les animaux, & même celle de l'homme étant toujours miſe à la place de la vie, cela ſemble juſtifier le ſyſtème audacieux de l'évêque *Warburton*, que l'immortalité de l'ame était abſolument inconnue aux premiers Juifs. Si ce ſyſtème était vrai, ce ſerait une nouvelle preuve de la groſſièreté de ce peuple. Car toutes les nations puiſſantes dont il était entouré, Egyptiens, Syriens, Chaldéens, Perſans, Grecs, pouſſaient la créance de l'immortalité de l'ame juſqu'à la ſuperſtition. Ils admettaient tous des récompenſes & des peines après la mort, comme nous l'avons dit. C'eſt le plus beau & le plus utile dogme de tous les légiſlateurs. Il eſt difficile de rendre raiſon pourquoi les lois portées dans l'Exode, dans le Lévitique, dans le Deutéronome, ne parlent jamais de ce dogme terrible, qui ſeul peut mettre un frein aux crimes ſecrets. C'eſt ſurtout cette ignorance de l'immortalité de l'ame, qui a fait croire à quelques critiques, que les Juifs n'avaient jamais rien ſu de la théologie égyptienne, & qu'ils n'en avaient vu que quelques cérémonies dans la baſſe Egypte orientale, vers le mont Caſius, & vers le lac Sirbon: que ces Juifs n'étaient originairement que des voleurs arabes, qui, ayant été chaſſés, allèrent s'emparer avec le temps d'une partie de la Paleſtine, & compoſèrent enſuite leur hiſtoire comme toute hiſtoire ancienne a été compoſée, c'eſt-à-dire très-tard, & avec des fictions tantôt ridicules, tantôt atroces. Nous inſiſtons ſur cette idée, parce qu'elle eſt malheureuſement très-répandue, & que de très-ſavans hommes, abuſant de leur ſcience & de leur eſprit, ont rendu cette idée trop vraiſemblable à ceux qui ne ſont pas éclairés par la grâce. Cette opinion de tant de ſavans ſur le malheureux peuple juif, eſt trop dangereuſe à la religion chrétienne

Les enfans d'Iſraël ne ſacrifieront plus d'hoſties aux velus avec leſquels ils ont forniqué. (*d*)

pour que nous ne la réfutions pas. Ils diſent que le chriſtianiſme & le mahométiſme étant fondés ſur le judaïſme, ſont des enfans ſuperſtitieux d'un père plus ſuperſtitieux encore ; que DIEU le créateur & le père de tous les hommes n'a pu ſe communiquer familièrement à une horde d'Arabes voleurs, & abandonner ſi long-temps le reſte du genre-humain ; ils croient que c'eſt offenſer DIEU de penſer qu'il parla continuellement à des Juifs, & qu'il fit un pacte avec eux. Nous renvoyons ces incrédules aux preuves convaincantes que nous ont données tous les pères ; & parmi les modernes aux écrits des *Sherlock*, des *Abadie*, des *Jaquelot*, des *Houteville*.

(*d*) C'eſt ici un des paſſages de la ſainte écriture des plus délicats à commenter. On entend par les velus les boucs auxquels on ſacrifiait dans le nome de Mendès en Egypte. On ne doute pas que pluſieurs égyptiennes n'aient adoré le bouc de Mendès, & n'aient pouſſé leur infamie ſuperſtitieuſe juſqu'à ſoumettre leurs corps à des boucs, tandis que les hommes commettaient le péché d'impureté avec les chèvres. Cette dépravation a été fort commune dans les pays chauds, où les troupeaux de chèvres ſont gardés par de jeunes gens, ou par de jeunes filles. Toute l'antiquité a cru que ces conjonctions abominables produiſirent les ſatyres, les égypans, les faunes. *Saint Jérôme* n'en doute pas ; & on ne tarit point ſur des hiſtoires de ſatyres. Il n'eſt pas impoſſible qu'un homme avec une chèvre, & une femme avec un bouc, aient produit des monſtres qui n'auront point eu de poſtérité. On peut révoquer en doute l'hiſtoire du minotaure de *Paſiphaé*, & toutes les fables ſemblables : mais on ne peut douter de la copulation de quelques femmes juives avec des bêtes. Le Lévitique en parle plus d'une fois, & défend ce crime ſous peine de mort.

On a cru que l'antique adoration du bouc de Mendès fut la première origine que nous appelons encore chez nous le ſabbat des ſorciers. Les malheureux infatués de cette horreur ſe mettaient à genoux vis-à-vis un bouc dans leurs aſſemblées, & le baiſaient au derrière ; & la nouvelle initiée, qui ſe donnait au diable, ſe ſoumettait à la laſciveté de ce puant animal, qui rarement daignait condeſcendre aux déſirs de la femme. Ces infamies n'ont jamais été commiſes que par les perſonnes les plus groſſières de la lie du peuple ; & dans tous les procès de ſortilége on ne voit que bien rarement le nom d'un homme un peu qualifié.

Le Lévitique dit expreſſément que la beſtialité était fort commune dans le pays de Canaan.

Il n'y a guère de tribunaux en Europe qui n'aient condamné au feu des miſérables convaincus ou accuſés de cette turpitude : elle exiſte ; mais elle

Si vous ne m'écoutez point, ſi vous n'exécutez pas mes ordres.... voici ce que je vous ferai. Je vous affligerai de pauvreté; je vous donnerai des fluxions cuiſantes ſur les yeux...... Si après cela vous ne m'obéiſſez pas, je vous châtierai ſept fois davantage; je briſerai votre dureté ſuperbe; la terre ne vous produira plus de grain, vos arbres de fruits; le ciel d'en-haut ſera de fer, & la terre d'airain. Si vous marchez encore contre moi, & ſi vous ne voulez pas m'écouter, je multiplierai vos plaies ſept fois davantage; j'enverrai contre vous des bêtes qui vous mangeront, vous & vos troupeaux. Si après cela vous ne recevez point ma diſcipline, & ſi vous marchez encore contre moi, je marcherai auſſi contre vous, & je vous frapperai ſept fois davantage: je ferai venir ſur vous l'épée, qui vengera mon pacte...... Je vous enverrai la peſte...... dix femmes cuiront du pain dans le même four..... Et ſi après cela vous ne m'écoutez point encore, & ſi vous marchez contre moi, je marcherai encore contre vous, & je vous châtierai par ſept plaies, de ſorte que vous mangerez vos fils & vos filles. (*e*)

eſt très-rare en Europe. On a beaucoup agité la queſtion, ſi la peine du feu n'eſt pas aujourd'hui trop barbare pour de jeunes payſans, qui ſeuls ſont coupables de cette infamie, & qui ne diffèrent guère des animaux avec leſquels ils s'accouplent.

(*e*) Des menaces à peu près ſemblables ſe trouvent dans le Deutéronome, au chapitre XXVIII. Sur quoi les critiques remarquent toujours que jamais on ne parle aux Juifs de peines & de récompenſes dans une autre vie. Ils mangeront dans celle-ci leurs enfans. Cette menace eſt terrible; & c'eſt la plus grande que des légiſlateurs ignorant le dogme de l'immortalité de l'ame, & n'ayant aucune idée ſaine de l'ame, purent imaginer alors.

Ce ne fut que vers le temps où JESUS-CHRIST vint au monde, que ce grand dogme des ames immortelles fut connu des Juifs. Encore l'école

Tout ce qui aura été offert par confécration de l'homme au Seigneur ne fe rachetera point, mais mourra de mort. (*f*)

entière des faducéens le niait abfolument. Les critiques ofent ajouter à cette réflexion, qu'ils ne reconnaiffent pas la majefté divine dans les difcours qu'on lui fait tenir. Mais qui de nous peut favoir quel eft le langage de DIEU ? C'eft à nous de révérer ce que les livres faints mettent dans fa bouche : ce langage, quel qu'il foit, ne peut avoir rien de proportionné au nôtre ; & toute la fuite nous convaincra de cette vérité.

(*f*) C'eft ici le fameux paffage fur lequel tant de favans fe font exercés. C'eft de-là qu'ils ont conclu que les Juifs immolaient des hommes à leur dieu, comme ont fait tant d'autres nations dans leurs dangers & dans leurs calamités. Ils fe fondent fur ces paroles, & fur le texte de *Jephté*, comme nous le verrons en fon lieu. Les Juifs appelaient cette confécration le dévouement, l'anathème. Ainfi nous verrons qu'*Acan* fut dévoué avec toute fa famille & fon bétail. Les pères pouvaient dévouer leurs enfans. Tout cela s'expliquera dans la fuite.

On a paffé dans le Lévitique tout ce qui ne regarde que les cérémonies ; & on s'eft attaché principalement à l'hiftorique : c'eft ainfi qu'on en ufera dans tout le refte de cet ouvrage, excepté quand ce qui eft rite, précepte, cérémonie, tient à l'hiftoire & à la connaiffance des mœurs.

Fin du commentaire fur le Lévitique.

NOMBRES.

LE Seigneur parla à *Mosé*, disant : Ordonne aux enfans d'Israël de jeter hors du camp tout lépreux, & ceux qui ont la gonorrhée, & quiconque aura assisté à l'enterrement d'un mort, soit homme, soit femme, afin qu'il ne souille point le lieu où il demeure avec vous......

Le Seigneur parla encore à *Mosé*, disant : Lorsqu'une femme méprisant son mari aura couché avec un autre, & que son mari n'aura pu la surprendre, & que des témoins ne pourront la convaincre d'adultère, on la mènera devant le prêtre...... Et il prendra de l'eau sainte dans une cruche de terre, & de la terre du pavé du tabernacle, & il adjurera la femme, en lui disant : Si tu n'as pas couché avec un étranger, & si tu n'es pas pollue, cette eau amère ne te nuira pas ; mais si tu as couché avec un autre que ton mari, & si tu es pollue, sois un exemple au peuple, que DIEU te maudisse, qu'il fasse pourir ta cuisse, que ton ventre enfle & qu'il crève. (*a*)

(*a*) Il semble d'abord qu'on ne devait pas être chassé du camp pour avoir aidé à ensevelir un mort, ce qui était une très-bonne action.

La gonorrhée n'est point une maladie contagieuse qui puisse se gagner ; c'est un écoulement involontaire de semence causé par le relâchement des muscles de la verge & par quelques âcretés dans les prostates ; c'est à peu près ce qu'on nomme fleurs blanches dans les femmes : cette maladie se guérit par un bon médecin. L'auteur de ces remarques en a guéri plusieurs sans les séquestrer de la société civile. De l'oseille, de la scolopendre & de l'ortie blanche suffisent quelquefois contre cette maladie dans les hommes & dans les femmes. Il y a une autre sorte de gonorrhée virulente,

Le Seigneur parla à *Moïse*, disant : Parle aux enfans d'Israël, disant : lorsqu'un homme ou une femme auront fait vœu de se sanctifier, & de se consacrer au Seigneur particulièrement, ils ne boiront ni vin ni vinaigre, & ne mangeront point de raisin ; le rasoir ne passera point sur leur tête pendant tout le temps de leur vœu, & ils seront saints pendant que leur chevelure croîtra ; ils auront soin de ne point se rendre impurs, & de ne se point souiller en assistant à des funérailles, fussent celles de leur père, ou mère, ou frère, ou sœur......

Le Seigneur parla encore à *Moïse*, disant : Faites deux trompettes d'argent ductile, afin que vous puissiez convoquer la multitude quand il faudra décamper.... Les premiers qui décampèrent furent les enfans de *Juda*, distingués par troupes...... Alors *Mosé* dit à *Obab*, frère de *Séphora* sa femme : viens avec nous ; nous te ferons du bien.... ne nous abandonne pas ; car tu connais tous les endroits de ce désert ; tu nous diras où nous devons camper, & tu nous serviras de

qui se nomme la chaudep..., & que l'on guérit surement par des injections, par la saignée, par un opiat de savon & de mercure doux : cette maladie n'était point connue dans notre continent avant la fin de notre quinzième siècle : on sait assez qu'elle est contagieuse par l'accouplement, & que si elle est négligée elle est suivie immanquablement de la v.,..

L'eau amère de jalousie qu'on fesait boire aux femmes accusées d'adultère, est probablement le premier exemple qui nous reste de ces épreuves pratiquées par toute la terre : elles ont été variées en bien des manières, & fort usitées dans les temps d'ignorance. *Philon* & l'historien *Josephe* nous assurent que l'épreuve des eaux amères était en usage dans leur temps. Les livres saints ne nomment personne à qui on ait fait boire de ces eaux ; mais le Protévangile de *saint Jacques*, qui est lu dans quelques églises d'Orient, tout apocryphe qu'il est, dit, au chapitre XVI, que le grand-prêtre fit boire des eaux de jalousie à *saint Joseph*, & à la vierge *Marie* ; ils en burent l'un & l'autre, & furent déclarés également innocens.

guide; & lorſque tu ſeras arrivé avec nous, nous te donnerons la meilleure part de ce que DIEU nous aura attribué. (*b*)

Or une grande populace, qui était venue avec les Hébreux, demanda avec eux à manger de la viande.... Et un vent s'étant élevé par le Seigneur, apporta des cailles de la mer Rouge dans le camp. . . . . Mais la chair de ces cailles étant encore entre leurs dents, la fureur du Seigneur s'alluma contre le peuple; & il le frappa d'une très-grande plaie; & on appela ce lieu le ſépulcre des murmures ou de concupiſcence. (*c*)

En ce temps *Marie* & *Aaron* parlèrent contre *Moſé*.... Auſſitôt le Seigneur deſcendit dans la colonne de nuée; il ſe mit à la porte du tabernacle, & il dit à

(*b*) Les nazaréens ſemblent la première origine des vœux, du moins parmi nous : ils font vœu de mener une vie particulière, de ne boire ni vin, ni vinaigre. Le peu de vinaigre qu'on jetait dans l'eau était la boiſſon du petit peuple & du ſoldat dans l'antiquité : il faut obſerver que les mères vouaient leurs enfans au nazaréat; & qu'au lieu que nos moines ſe tondent, ceux-là étalaient leur chevelure : on feſait auſſi quelquefois d'autres vœux, comme de ne point boire de vin, & de ne rien manger à l'huile pendant quelque temps. Les ſavans diſent que le mot ſyriaque *ſecar* ſignifie du vin; & *Calmet* dit qu'il ſignifie du ſucre. Il eſt fort douteux que les Juifs dans le déſert euſſent du ſucre, qui vient des Indes.

Quelques troupes diſtinguées dans les maiſons des rois ont des trompettes d'argent; & puiſqu'il eſt dit que le tabernacle qu'on portait ſur un char dans le déſert, avait pour plus de deux millions d'ornemens, il ne faut pas s'étonner que les trompettes fuſſent d'argent. Les interprètes diſent que c'était de l'argent battu; il eſt plus croyable qu'on les jetait au moule; & il eſt plus difficile qu'on ne penſe de faire de bonnes trompettes.

(*c*) Les critiques nous diſent qu'il n'eſt pas étrange que des malheureux n'ayant pour nourriture que la roſée nommée manne, aient demandé à manger, & qu'il paraîtrait cruel de les faire mourir pour cette faute, & pour avoir mangé des cailles que DIEU même leur envoya. Apparemment qu'ils en mangèrent trop; ce qui arrive preſque toujours après un long jeûne.

Aaron & à *Marie:* S'il y a entre vous un prophète je lui apparaîtrai en viſion, ou je lui parlerai en ſonge; mais il n'en eſt pas ainſi de *Moſé* mon ſerviteur ; car je lui parle de bouche à bouche; il me voit clairement, ſans énigme & ſans figure; pourquoi donc avez-vous mal parlé de mon ſerviteur *Moſé*? Ayant dit cela il s'en alla en colère. La nuée, qui était ſur le tabernacle, ſe retira, & *Marie* fut couverte de lèpre. (*d*)

Et *Aaron* la voyant lépreuſe, dit à *Moſé* ſon frère: Je te prie, ne nous punis pas du péché que nous avons commis ſollement, & que *Marie* ne meure pas: car la lèpre lui a déjà mangé la moitié du corps..... *Marie* fut donc jetée hors du camp pendant ſept jours. (*e*)

Et *Moſé* envoya du déſert de Pharan douze hommes pour conſidérer la terre de Canaan..... Et ces hommes montèrent du côté du midi, & vinrent à Hébron, qui a été bâti ſept ans avant Tanis ville d'Egypte. (*f*)

(*d*) Le texte dit que la femme de *Moſé* était éthiopienne ; l'hiſtoire ancienne de *Moſé*, dont nous avons déjà parlé, dit qu'il avait épouſé la reine d'Ethiopie, mais que, loin que cette reine le ſuivît dans cet horrible déſert où il erra quarante ans, elle le chaſſa de ſes Etats. L'Ecriture dit que *Moſé* avait épouſé *Séphora* la madianite, fille de *Jéthro*. Il ſe peut qu'il ait eu pluſieurs femmes, comme tous les autres patriarches ; & il eſt naturel que *Marie* ſe ſoit brouillée avec cette éthiopienne.

Le Seigneur venge *Moſé* des injures de *Marie* & d'*Aaron*. Mais *Marie* eſt ſeule punie, & *Aaron* ne l'eſt jamais.

(*e*) Cette eſpèce de lèpre était donc un cancer ; car la lèpre, qui n'eſt qu'une forte gale, ne détruit pas les chairs en ſi peu de temps.

DIEU déclare ici qu'il parle toujours bouche à bouche à *Moſé*: cela ſemble contraire à ce qui eſt dit ailleurs, que DIEU ne lui permit de le voir que par derrière. *Marie* dit auſſi que DIEU lui a parlé tout comme à ſon frère : on concilie ces contradictions apparentes aiſément.

(*f*) On ne peut guère excuſer la mépriſe des copiſtes, qui ſans doute ont pris ici le nord pour le midi. On va droit au nord du déſert de Sin

Et s'étant avancés, ils coupèrent une branche avec son raisin, que deux hommes portèrent sur une voiture, avec des grenades & des figues. (*g*) D'autres, qui avaient été dans ce pays, dirent : La terre que nous avons parcourue dévore ses habitans, & ils sont d'une grandeur démesurée ; ce sont des monstres de la race des géans, devant qui nous ne paraissons que comme des sauterelles. Et ils se dirent l'un à l'autre : Etablissons-nous un autre chef, & retournons en Egypte. (*h*)

à celui de Pharan, de Pharan à Cadès-Barné, à Azeroth, de ces déserts à celui de Bersabé au pays de Canaan.

(*g*) Plusieurs interprètes disent que ces espions n'apportèrent qu'un seul raisin ; mais on peut entendre que cette branche portée par deux hommes était chargée de plusieurs grappes. Dom *Calmet* cite des moines qui ont vu dans la Palestine des raisins si prodigieux que deux hommes n'en auraient pu porter un seul ; ainsi un raisin aurait donné un quartaut de vin comme dans la Jérusalem céleste ; mais les raisins de ce pays-là ne sont pas si gros aujourd'hui.

(*h*) Ces deux rapports des espions juifs sont entièrement contradictoires. On demande d'ailleurs comment ces géans si redoutables laissèrent prendre & emporter leurs raisins, leurs grenades & leurs figues par des étrangers qui ne leur venaient pas à la ceinture. Ceux qui virent ces géans ne virent pas apparemment les gros raisins ; & s'ils voulurent choisir un autre chef que *Mosé*, ils ne firent que ce que font encore aujourd'hui tous les Arabes & les Maures de Tunis, d'Alger & de Tripoli, qui déposent leurs chefs, & qui souvent les tuent quand ils en sont mécontens. Mais on est surpris que des gens qui voyaient tous les jours DIEU même parler à *Mosé*, & qui ne marchaient qu'au milieu des miracles, pussent imaginer de déposer ce même *Mosé* déclaré si souvent le ministre de DIEU, & qui était armé de toute sa puissance. On peut bien conspirer contre un chef à qui on espère de succéder ; mais personne ne pouvait se flatter d'obtenir de DIEU les mêmes faveurs qu'il avait faites à *Mosé* son représentant. Les mœurs de ce temps-là sont différentes des mœurs modernes : on le voit à chaque ligne.

Et DIEU dit à *Mosé :* Aucun des Israëlites ne verra la terre que j'ai promis par serment de donner à leurs pères ; mais pour *Caleb* mon serviteur, je le ferai entrer dans ce pays dont il a fait le tour ; & sa semence le possédera : mais parce que les Amalécites & les Cananéens habitent dans les vallées, ne montez pas par les montagnes, & retournez-vous-en tous dans les déserts vers la mer Rouge.... Vous n'entrerez point dans le pays dans lequel j'ai juré de vous faire entrer, excepté *Caleb*, fils de *Séphoné*, & *Josué*, fils de *Nun*.... Et les Cananéens & les Amalécites, qui habitaient sur les montagnes, descendirent contre eux, les battirent & les poursuivirent jusqu'à Orma. (*i*)

Or un homme ayant ramassé du bois un jour de

(*i*) Nous voyons qu'il était ordinaire chez les anciens, que les dieux fissent serment comme les hommes. Il y en a des exemples dans tous les poëtes héroïques. Les critiques ne peuvent concilier ce que DIEU dit ici, que les Cananéens & les Amalécites habitent les vallées, avec ce qui est dit le moment d'après, qu'ils descendirent des montagnes. La chose cependant est très-possible. Mais ils trouvent *Mosé* aussi mauvais général que mauvais législateur : car, disent-ils, en supposant que *Mosé* fût à la tête de six cents mille combattans, ils devaient s'emparer de tout le pays en se montrant ; il avait assez de monde pour se saisir de tous les défilés : & il se laisse battre en rase campagne par une poignée d'Amalécites ; il ne fait plus ensuite qu'errer pendant quarante ans, aller de désert en désert, & revenir sur ses pas, sans aucun projet de campagne. Ils ne reçoivent point pour excuse les décrets de DIEU ; ils disent qu'il est trop aisé de supposer qu'on n'a été battu que pour avoir offensé DIEU ; ils ajoutent que quand on est errant pendant quarante ans, sans avoir pu prendre une seule ville, ce ne peut être que par sa faute : & après avoir regardé *Mosé* comme un homme très-mal entendu dans son métier, ils persistent à dire que toute cette histoire ne peut être qu'une fable encore plus mal inventée. Nous nous sommes fait une loi de rapporter toutes leurs objections auxquelles nous avons déjà répondu. Il se peut que *Mosé*, à l'âge de cent ans, ait été un très-mauvais capitaine & un législateur ignorant ; mais s'il obéissait à DIEU, nous devons le respecter.

fabbat...... DIEU dit à *Mofé* : Que cet homme meure & foit lapidé. On le mena hors du camp, il fut lapidé, & il mourut comme l'avait ordonné le Seigneur...... Le Seigneur parla auffi à *Mofé*, & lui dit : Parle aux enfans d'Ifraël ; dis-leur de faire des franges aux coins de leurs manteaux, & d'y mettre des rubans couleur d'hyacinte. (*k*)

En ce temps-là *Coré* fils d'*Ifaac*, *Dathan* & *Abiron* fils d'*Eliab*, & *Hon* fils de *Phelet*, s'élevèrent contre *Mofé* & *Aaron* avec deux cents cinquante des principaux de la fynagogue, & s'étant préfentés devant *Mofé* ils lui dirent : Qu'il vous fuffife que ce peuple eft un peuple de faints, & que le Seigneur eft dans eux ; pourquoi vous élevez-vous fur le peuple de

(*k*) S'il était permis de juger des lois du Seigneur par les lois de nos peuples policés, on trouverait peut-être un peu de dureté à faire périr un homme pour avoir ramaffé un peu de bois, dont il avait probablement befoin pour faire bouillir le lait de fes enfans, ou pour préparer le dîner de fa famille ; il n'eft pas dit que cet homme ramaffa un fagot en dérifion de la loi. Ce n'eft pas à nous à interroger DIEU, & à lui demander pourquoi il fait *Aaron* grand-pontife immédiatement après qu'il a jeté le veau d'or en fonte, & qu'il l'a fait adorer ; & pourquoi il condamne à mort un homme qui n'a commis d'autre crime que de ramaffer un petit fagot pour fon ufage. DIEU fait miféricorde à qui il lui plaît.

Plufieurs incrédules foupçonnent que ce livre fut écrit par *Samuel* ; & on fait que *Samuel* fut un homme dur : c'eft le fentiment du grand *Newton*. Mais quelque refpect que nous ayons pour *Newton*, nous refpectons encore plus l'Eglife.

Les critiques font révoltés de voir un article de franges & de rubans joint immédiatement à une condamnation à mort. Cela leur paraît incohérent ; ils ne croient pas qu'un peuple qui manquait de tout, & dont DIEU fut obligé de conferver les habits par miracle, ait mis des franges & des rubans à fes robes dans un défert. Mais fi DIEU conferva leurs habits par miracle pendant quarante ans, il put auffi leur donner des franges par miracle, & furtout empêcher que fix cents mille combattans de fon peuple ne fuffent battus par une troupe d'Amalécites.

DIEU? Ce que *Mosé* ayant entendu, il tomba par terre; puis il dit à *Coré* & à toute sa troupe: Demain DIEU fera connaître ceux qui sont à lui..... que chacun prenne son encensoir, toi *Coré* & tous tes adhérens; & demain mettez du feu sur vos encensoirs devant le Seigneur; & celui qu'il aura choisi sera saint: vous êtes trop insolens, enfans de *Lévi*.

Mosé étant donc extrêmement en colère..... dit à *Coré*: Présente-toi demain avec toute ta troupe d'un côté, & *Aaron* se présentera de l'autre. (*l*)

(*l*) Si l'on en croit les savans hardis dont nous avons déjà tant parlé, cette histoire de *Coré*, *Dathan* & *Abiron*, fut écrite après le retour des Juifs de la captivité de Babylone, lorsqu'on se disputait dans Jérusalem la place de grand-prêtre avec plus de fureur que n'en ont jamais déployé les anti-papes. Les frères alors tuaient leurs frères pour parvenir au souverain pontificat; & il n'y eut jamais plus de troubles chez les Juifs que quand ils furent gouvernés par leurs pontifes avant & après les conquêtes d'*Alexandre*.

On suppose donc qu'alors quelque juif, pour rendre le sacerdoce plus vénérable, écrivit cette histoire, qui ne tient point au reste du Pentateuque, & l'inséra dans le Canon. Nous croyons que c'est une conjecture hasardée. D'autres la rejettent absolument, comme incompatible avec l'éloge qu'on donne à *Mosé* dans le Pentateuque d'avoir été le plus doux des hommes.

Il n'est pas surprenant, disent-ils, que *Coré*, arrière-petit-fils du patriarche *Lévi*, *Dathan*, *Abiron* & *Hon* descendans de *Ruben*, fussent mécontens de la supériorité que *Mosé* affectait sur eux, puisqu'*Aaron* son frère, & *Marie* sa sœur, avaient montré les mêmes sentimens.

Les deux cents cinquante Juifs qui étaient de leur parti étaient les premiers de la nation; c'était un schisme dans toutes les formes. Ces savans prétendent que le terme de synagogue, dont l'auteur sacré se sert ici, prouve que ce livre fut fait dans le temps de la synagogue, & non pas dans le désert où il n'y avait point de synagogue. Ils disent que ce mot a échappé au faussaire qui a mis cet ouvrage sous le nom de *Mosé* lui-même, & qui s'est trahi par cette inadvertance.

Ils croient voir tant de cruautés & tant de prodiges dans cette aventure, qu'ils la regardent comme une fiction; ils ne parlent qu'avec horreur

Prenez chacun vos encensoirs, mettez-y de l'encens, présentez à DIEU vos encensoirs ; & qu'*Aaron* tienne aussi son encensoir. Ce que *Coré* & sa troupe ayant

de quatorze mille sept cents hommes mourans par le feu du ciel, & de deux cents cinquante chefs du peuple engloutis dans la terre.

Toland & *Wolston* ont la hardiesse de traiter ce châtiment divin de roman diabolique.

Quelques commentateurs ont cru, en lisant le mot *infernum* qui est dans la Vulgate pour la fosse, qu'il signifiait l'enfer, tel que nous l'admettons, enfer que les Juifs ne connaissaient pas. Ces mots, *descenderunt viventes in infernum*, signifient qu'ils descendirent vivans dans le souterrain ; c'est ce que nous avons déjà remarqué. Cette équivoque, qui n'est que dans la Vulgate, a occasionné bien des méprises. Les commentateurs ont pris souvent *infernum* la fosse, la sépulture, pour l'enfer ; & *lucifer*, l'étoile du matin, pour le diable.

Cette histoire a révolté plusieurs Juifs, au point qu'un d'eux écrivit l'origine de la querelle entre *Mosé* & ses adversaires, pour la rendre odieuse & ridicule. C'est le seul ouvrage de plaisanterie qui nous soit venu des anciens Juifs. On ne sait pas dans quel temps il fut écrit. Il est intitulé *Livre des choses omises par Mosé*. On l'imprima à Venise en hébreu sous le titre *Maynshioth*, sur la fin du quinzième siècle. Le savant *Gilbert Gaumin* le traduisit en latin ; & *Albert Fabricius* l'inséra dans sa collection en 1714. En voici la traduction en notre langue : „ Le commencement de la querelle „ vint par une veuve ; elle n'avait qu'une brebis qu'elle voulut tondre. „ *Aaron* vint & emporta la laine, en disant qu'elle lui appartenait par la loi, „ dans laquelle il est écrit : Tu donneras à DIEU les prémices de la laine „ de ton troupeau. La veuve alla implorer *Coré* avec des larmes & des gémissemens. *Coré* alla vers *Aaron*, mais il ne pût le fléchir ; alors prenant pitié de „ la veuve, il lui donna quatre pièces d'argent, & s'en retourna fort en „ colère. Quelque temps après, la même brebis mit bas son premier agneau ; „ dès qu'*Aaron* le sut, il courut chez la femme, prit l'agneau & l'emporta. „ La pauvre veuve alla encore pleurer chez *Coré* ; celui-ci conjura *Aaron* „ une seconde fois de rendre à la veuve son seul bien. Je ne le puis, „ répondit le prêtre *Aaron*, car il est écrit : Tout mâle premier né du „ troupeau sera offert au Seigneur. Il retint l'agneau pour lui, & *Coré* le „ quitta furieux. La femme désespérée tua la brebis ; *Aaron* vint sur le „ champ, & prit pour lui l'épaule, le cou & le ventre. *Coré* retourna vers „ *Aaron*, & lui fit de nouveaux reproches ; il est écrit, répondit le pontife : „ Tu donneras l'épaule, le cou & le ventre au prêtre. La veuve, poussée à „ bout, jura & dit : Que ma brebis soit anathème. *Aaron* l'ayant su, prit

fait en présence de *Mosé* & d'*Aaron*, la gloire du Seigneur apparut à tous. Et le Seigneur parla à *Mosé* & à *Aaron*, & leur dit : Séparez-vous de leur assemblée, afin que je les détruise tout à coup. *Mosé* s'étant levé s'avança vers *Dathan* & *Abiron*, suivi des anciens d'Israël. Il dit au peuple : Retirez-vous des tentes de ces impies... vous allez reconnaître que c'est DIEU qui m'a envoyé pour faire tout ce que vous voyez : si ces hommes meurent d'une mort ordinaire, & de quelque plaie dont les autres hommes sont frappés, DIEU ne m'a pas envoyé ; mais si le Seigneur fait une chose nouvelle, si la terre s'entr'ouvrant les engloutit & tout ce qui leur appartient, & qu'ils descendent dans la fosse tout vivans, vous saurez qu'ils ont blasphémé le Seigneur. Et dès qu'il eut cessé de parler, la terre s'entr'ouvrit sous leurs pieds, & ouvrant la gueule elle les dévora avec toute leur substance.

Et ils descendirent tout vivans dans la fosse couverts

» la brebis entière pour lui, en disant : il est écrit : Tout anathème dans » Israël t'appartiendra. » L'auteur dit ensuite que *Coré*, *Dathan* & *Abiron* formèrent un parti considérable contre *Aaron*, mais qu'ils ne furent pas les plus forts, & que quatorze mille des leurs périrent dans une bataille.

On a conjecturé que cette satire juive, la seule qui nous soit parvenue, fut écrite lorsque le grand-prêtre *Jean* disputant la tiare à son frère, *Jésu* le tua dans le temple même, du temps du roi *Artaxerxès*. Nous n'entrons point dans cette vaine dispute ; nous devons rejeter tout ce qui n'est pas contenu dans les livres saints dont nous commentons avec respect les principaux endroits, sans oser en approfondir le sens. Nous dirons seulement que de tout temps il y eut des esprits hardis qui se piquèrent d'être au-dessus des préjugés du vulgaire ; il y en a beaucoup aujourd'hui à Rome, à Constantinople, à Londres, dans Amsterdam, dans Paris, dans Pékin ; mais ils ne forment point de factions, & par-là ils ne sont pas dangereux. Or le parti de *Dathan*, *Coré* & *Abiron*, paraît avoir été une faction considérable réprimée par ceux qui avaient le pouvoir en main.

de terre, & ils périrent du milieu du peuple; & tout Israël, qui était là en cercle, s'enfuit aux cris des mourans, de peur que la terre ne les engloutît aussi. En même temps un feu sortit du Seigneur, & tua les deux cents cinquante hommes qui offraient de l'encens. Et DIEU parla à *Mosé*, disant : Commande au prêtre *Eléasar* fils d'*Aaron* de prendre tous ces encensoirs, & de jeter le feu de côté & d'autre, car ils sont sanctifiés par la mort des pécheurs; qu'il les réduise en lames, & qu'il les attache à l'autel, car ils sont sanctifiés.

Le lendemain toute la multitude d'Israël murmura contre *Mosé* & *Aaron*, disant : C'est vous qui avez tué les gens du peuple de DIEU. Et la sédition augmentant, *Mosé* & *Aaron* s'enfuirent au tabernacle du pacte. Quand ils y furent entrés, la nuée les couvrit, & la gloire du Seigneur parut. DIEU dit à *Mosé* : Retire-toi du milieu de cette multitude, je m'en vais les exterminer dans le moment. Ils se jetèrent tous par terre. *Mosé* dit à *Aaron* : Prends ton encensoir, mets-y du feu de l'autel, & va vîte au peuple, prie pour eux; car la colère est sortie du Seigneur, & la plaie a commencé. Ce qu'ayant fait *Aaron*, & ayant couru à la multitude que le feu embrasait, il offrit de l'encens, & se tenant entre les morts & les vivans, il pria pour le peuple, & la plaie cessa. Le nombre de ceux qui furent frappés de cette plaie fut de quatorze mille sept cents hommes, sans ceux qui étaient morts avec *Coré* dans la sédition.

Le Seigneur parla encore à *Mosé* & à *Aaron*, disant : Voici la religion de la victime. Commande que les enfans d'Israël amènent une vache rousse, d'un âge parfait, sans tache, & qui n'ait jamais porté le joug.

On la donnera au prêtre *Eléaſar*, qui la mènera hors du camp & l'immolera devant le peuple. Il trempera le doigt dans ſon ſang, & il en aſpergera les portes du tabernacle. Il la brûlera devant tout le monde, tant la peau & les chairs que le ſang & la bouze.... Il jettera dans le feu du bois de cèdre, de l'hyſope, & de la pourpre deux fois teinte. Il reviendra au camp, & ſera impur juſqu'au ſoir. Un homme qui ſera pur amaſſera les cendres de la vache, & les mettra hors du camp dans un lieu très-pur, pour en faire une eau d'aſperſion. (*m*)

Le roi d'Arad, prince cananéen qui habitait vers le midi, ayant appris qu'Iſraël était venu pour reconnaître ſon pays, vint le combattre, en fut vainqueur, & en emporta les dépouilles. Mais Iſraël s'obligea par un vœu au Seigneur : ſi tu me livres ce peuple je détruirai ſes villes. Et DIEU exauça le vœu d'Iſraël, & lui livra le roi cananéen, qu'ils firent

(*m*) Ce ſacrifice, & cette eau de la vache rouſſe, furent long-temps en uſage chez les Juifs. Le chevalier *Marsham* fait voir dans ſon canon égyptiaque, auſſi-bien que *Spencer*, que cette cérémonie eſt entièrement priſe des Egyptiens, ainſi que le bouc émiſſaire & preſque tous les rites hébreux.

Kirker dit qu'on croirait que les Hébreux ont tout imité des Egyptiens, ou que les Egyptiens ont hébraïſé; pluſieurs penſent qu'il eſt vraiſemblable que le petit peuple ſe ſoit modelé ſur la grande nation ſa voiſine, quoiqu'il fût ſon ennemi. Les uns croient que les Egyptiens immolaient une vache à *Iſis*; les autres croient que c'était un taureau. Ce n'était point une contradiction d'avoir un taureau conſacré dans un temple, & d'immoler les autres. Au contraire, dit-on, la même religion qui ordonnait la conſécration du taureau, ſymbole de l'agriculture, ordonnait qu'on immolât des taureaux & des vaches à *Isheth*, que les Grecs nommèrent *Iſis*, inventrice de l'agriculture.

Calmet dit que la vache rouſſe marque aſſez JESUS-CHRIST dans ſon agonie.

mourir; & ils nommèrent ce lieu Horma, c'est-à-dire, anathème.

Ensuite ils partirent de la montagne de Hor par le chemin qui mène à la mer Rouge. (*n*)

Et le peuple commença à s'ennuyer du chemin & de la fatigue; & il parla contre DIEU & *Mosé*. Il dit: Pourquoi nous as-tu tiré d'Egypte, pour nous faire mourir dans ce désert, où nous n'avons ni pain ni eau? la manne, cette vile nourriture, nous fait soulever le cœur.

C'est pourquoi le Seigneur envoya des serpens

(*n*) Les copistes ont fait encore ici une très-grande faute; car on ne peut en soupçonner l'auteur sacré: c'est de prendre toujours le Nord pour le Midi. Arad est précisément à l'extrémité orientale où les Hébreux parvinrent, selon le texte, en partant du désert de Sin. Ils sont battus vers Adar, ou Arada, qui est dans le désert de Bersabé; ils battent ensuite ce petit chef qu'on appelle roi d'un peuple cananéen. Voilà le pays que DIEU leur a promis; mais, loin d'en jouir, ils détruisent ses villes & s'en retournent au midi vers la mer Rouge. Cela est incompréhensible. Le peuple de DIEU devait être plus nombreux au bout de trente-huit ans que lorsqu'il partit d'Egypte; la bénédiction du Seigneur était dans le grand nombre des enfans; & si chaque femme a eu seulement deux mâles, il devait y avoir douze cents mille combattans, sans compter les vieillards qui pouvaient être encore en vie. Il est vrai que le Seigneur en avait fait tuer vingt-trois mille pour le veau d'or, comme depuis vingt-quatre mille pour une madianite, & quatorze mille pour la querelle de *Coré*, de *Dathan* & d'*Abiron* avec *Mosé*; mais certainement il en restait assez pour conquérir le petit pays de Canaan, & surtout pour l'affamer. Il n'est pas naturel qu'il s'enfuie alors vers la mer Rouge: nous ne pouvons expliquer cette étrange marche; nous nous en rapportons au texte, sans pouvoir en applanir les difficultés: nous ne répondrons rien aux guerriers, qui disent hardiment que cette marche de *Mosé* est d'un imbécille; nous répondrons encore moins aux incrédules, qui ne regardent ce livre que comme un amas de contes sans raison, sans ordre, sans vraisemblance: il faudrait des volumes pour résoudre toutes leurs objections; quelques-uns l'ont tenté, personne n'a pu y réussir. Le saint Esprit, qui a seul dicté ce livre, peut seul le défendre.

ardens ; plusieurs en furent blessés & en moururent. Le peuple vint à *Mosé ;* ils dirent : Nous avons péché, prie DIEU qu'il nous délivre de ces serpens. *Mosé* pria pour le peuple. Le Seigneur dit à *Mosé :* Fais un serpent d'airain pour servir de signe ; & ceux qui auront été mordus le regarderont, & ils vivront. (*o*)

Israël demeura dans le pays des Amorrhéens ; & il envoya des batteurs d'estrade pour considérer le pays de Jazer, dont ils prirent les villages & les habitans ; & ils se détournèrent pour aller vers le chemin de Bazan. Et *Og* roi de Bazan vint avec tout son

(*o*) Les Egyptiens avaient dans leur temple de Memphis un serpent d'argent qui se mordait la queue, & qui était, selon les prêtres d'Egypte, un symbole de l'éternité. On voit encore des figures de ce serpent sur quelques monumens qui nous restent. C'est une nouvelle preuve, si l'on en croit les savans, que les Hébreux furent en beaucoup de choses les copistes des Egyptiens.

On ne sait pas trop ce que c'est que ces serpens ardens ; mais la grande difficulté est d'expliquer comment cette figure peut s'accorder avec la loi, qui défendait si expressément de faire aucune figure. Il est aisé de détruire cette objection, en montrant que le législateur peut se dispenser de la loi. *Grotius* dit que l'airain est contraire à ceux qui ont été mordus des serpens, & que le danger du malade redouble si on lui montre seulement l'image de l'animal qui l'a mordu. *Grotius* n'était pas grand physicien. Il se peut que l'imagination de tout malade se trouble à la vue de toute figure qui lui représentera l'animal qui cause son mal, de quelque espèce que cet animal puisse être. Si *Grotius* avait raison, *Mosé* serait allé contre son but, & en élevant un serpent d'airain il aurait augmenté le mal au lieu de le guérir.

Les incrédules trouvent mauvais que DIEU envoie des serpens à son peuple, au lieu du pain qu'il lui demande ; & ils disent que le serpent d'airain ne ressuscita pas ceux que les serpens avaient tués. Ce qui pourrait confondre les incrédules, c'est que le serpent d'airain érigé par le grand *Mosé*, est soigneusement conservé à Milan ; & cela est d'autant plus admirable, que, selon la sainte Ecriture, le roi juif *Ezéchias* avait fait fondre ce serpent, comme un monument d'idolâtrie & de magie qui souillait le temple juif.

peuple pour combattre dans Edraï ; & DIEU dit à Israël : Ne le crains point, car je l'ai livré entre tes mains avec tout son peuple & son pays. Ils le frappèrent donc lui & tout son peuple ; tout fut tué, & ils se mirent en possession de sa terre. Et étant partis de ce lieu, ils campèrent dans les plaines de Moab, où est situé Jéricho au-delà du Jourdain. Or *Balac*, fils de *Sephor*, ayant vu tout ce qu'Israël avait fait aux Amorrhéens, & considérant que les Moabites le craignaient & ne pouvaient lui résister, *Balac* roi de Moab envoya des députés à *Balaam* fils de *Béhor* ; c'était un devin qui demeurait sur le fleuve du pays des Ammonites. (*p*)

(*p*) Tout ce pays des Moabites, & d'*Og* roi de Bazan, est le désert qui conduit à Damas, & par lequel les Arabes passent encore pour aller en Syrie. Ce désert est à la gauche du Jourdain, près des montagnes de la Célésyrie. La terre promise, qui contient Jéricho, Sichem, Samarie, Jérusalem, est à la droite de ce petit fleuve.

Il n'y a point d'autre fleuve dans le pays, il n'y a que des torrens ; aussi le texte hébreu ne dit point que *Balaam* demeura sur le fleuve des Ammonites ; il dit que *Balac* envoya des députés à *Balaam* à Petura, situé sur le fleuve de la patrie de *Balaam* ; & les commentateurs conviennent que le texte hébreu est corrompu dans la Vulgate. Le Deutéronome, au chap. XXIII, dit formellement que *Balaam* fils de *Béhor* était de Mésopotamie de Syrie. Ce fleuve, dont il est parlé dans les Nombres, ne peut donc être que l'Euphrate ; & les doctes conviennent que, suivant le texte chaldéen, *Balaam* demeurait vers l'Euphrate. Mais nous avons déjà remarqué qu'il y a plus de trois cents milles de l'Euphrate à l'endroit où étaient alors les Hébreux ; cela forme une nouvelle difficulté. Comment le petit roitelet *Balac*, le petit chef d'une horde d'Arabes, poursuivi par douze cents mille hommes, pouvait-il, pour tout secours, envoyer chercher un prophète en Chaldée, à cent cinquante lieues de chez lui ?

Les critiques demandent encore de quel droit, & par quelle fureur, douze cents mille étrangers venaient ravager & mettre à feu & à sang un petit pays qu'ils ne connaissaient pas. Si on répond que ces douze cents mille étaient les enfans de *Jacob* & d'*Abraham*, les critiques répliquent

Il lui fit dire : Voilà un peuple sorti de l'Egypte, qui couvre toute la face de la terre, & qui s'est campé vis-à-vis de moi ; viens donc pour maudire ce peuple, parce qu'il est plus fort que moi ; car je sais que ce que tu béniras sera béni, & que celui que tu maudiras sera maudit.

Les anciens de Moab & ceux de Madian s'en allèrent donc, portant dans leurs mains de quoi payer le prophète..... DIEU dit à *Balaam :* Garde-toi bien d'aller avec eux & de maudire ce peuple ; car il est béni. *Balaam* leur répondit donc : Quand *Balac* me donnerait sa maison pleine d'or & d'argent, je ne pourrais dire ni plus ni moins que ce que le Seigneur m'a ordonné..... DIEU étant venu encore à *Balaam*, lui dit : Si ces hommes sont venus encore à toi, marche & va avec eux, à condition que tu m'obéiras.

Balaam s'étant levé au matin, sella son ânesse, & se mit en chemin avec eux. (*q*) Mais DIEU entra en

qu'*Abraham* n'avait jamais possédé qu'un champ, & que ce champ était en Hébron de l'autre côté du Jourdain, & que les Moabites & les Ammonites, descendans, selon l'Ecriture, de *Loth* neveu d'*Abraham*, n'avaient rien à démêler avec les Juifs. Ou ils les connaissaient, ou ils ne les connaissaient pas : si les Juifs les connaissaient, ils venaient détruire leurs parens ; s'ils ne les connaissaient pas, quelle raison avaient-ils de les attaquer ?

(*q*) Les interprètes ne sont pas d'accord entr'eux sur ce prophète *Balaam :* les uns veulent que ce fût un idolâtre de la Chaldée ; les autres prétendent qu'il était de la religion des Hébreux. Le texte favorise puissamment cette dernière opinion ; puisque *Balaam*, en parlant du Dieu des Juifs, dit toujours, le Seigneur mon Dieu, & qu'il ne prophétise rien que DIEU n'ait mis dans sa bouche. Il est étonnant, à la vérité, qu'il y eût un prophète de DIEU chez les Chaldéens. *Abraham*, né de parens idolâtres en Chaldée, fut le plus grand serviteur de DIEU. Il est dit que DIEU lui-même vint parler à *Balaam* pendant la nuit, & lui ordonna d'aller avec les députés du roi *Balac*. Cependant DIEU se met en colère

colère contre lui, & l'ange du Seigneur se mit dans le chemin vis-à-vis *Balaam* qui était sur son ânesse.

contre lui sur le chemin; & l'ange du Seigneur tire son épée contre l'ânesse qui portait le prophète. Le texte ne dit pas pourquoi DIEU était en colère, & pourquoi l'ange vint à l'ânesse l'épée nue; ce n'est pas un des endroits de l'écriture sainte les plus aisés à expliquer. *Balaam* semble ne frapper son ânesse, que parce qu'elle se détourne du chemin qu'il prenait pour obéir au Seigneur.

Ce qui passe pour le plus merveilleux, c'est le colloque du prophète & de l'ânesse; mais il est certain que dans ces temps-là c'était une opinion généralement reçue, que les bêtes avaient de l'intelligence & qu'elles parlaient. Le serpent avait déjà parlé dans le jardin d'Eden; & DIEU même avait parlé au serpent. Dom *Calmet* dit sur cet article ces propres mots: „ Si le démon a pu autrefois faire parler des animaux, des arbres, des „ fleuves, pourquoi le Seigneur ne pouvait-il pas faire la même chose? „ Cela est-il plus difficile que de voir l'âne de *Bacchus* qui lui parle, le „ bélier de *Phryxus*, le cheval d'*Achille*, un agneau en Egypte sous le „ règne de *Bocchoris*, l'éléphant du roi *Porus*? des bœufs en Sicile & en „ Italie n'ont-ils pas autrefois parlé, si on en croit les historiens? Les „ arbres mêmes ont proféré des paroles; comme le chêne de Dodone, qui „ rendait, dit-on, des oracles, & l'orme qui salua *Apollonius* de Thyane. „ On dit même que le fleuve Caucase salua *Pythagore*. Nous ne voudrions „ pas garantir tous ces événemens; mais qui oserait les rejeter tous, „ lorsqu'ils sont rapportés dans un très-grand nombre d'historiens très- „ graves & très-judicieux? „

La remarque de dom *Calmet* est très-singulière. Mais on ne sait ce que c'est que ce fleuve Caucase qui salua *Pythagore*. On ne connaît que le mont Caucase, & point de rivière de ce nom. *Stanley*, qui a recueilli tout ce que les historiens & les philosophes ont dit de *Pythagore*, ne parle point d'une rivière appelée Caucase; & nul géographe n'a cité cette rivière. Mais *Diogène* de Laërce, *Jamblique* & *Elien*, disent que ce fut la rivière Causan qui salua *Pythagore* à haute & intelligible voix. *Porphyre* & *Jamblique* disent que *Pythagore* ayant vu auprès de Tarente un bœuf qui mangeait des fèves, il l'exhorta à s'abstenir de cette nourriture. Le bœuf répondit qu'il ne pouvait manger d'herbe. Mais enfin *Pythagore* le persuada; & il retrouva son bœuf plusieurs années après dans le temple de *Junon*, qui mangeait tout ce qu'on lui présentait, excepté des fèves. Il eut aussi un entretien avec une aigle qui volait sur sa tête aux jeux olympiques; mais on ne nous a pas rendu compte de cette conversation.

Au reste, il est visible que DIEU préféra l'ânesse à *Balaam*, puisqu'il dit qu'il aurait tué le prophète, & laissé l'ânesse en vie.

L'ânesse voyant l'ange qui avait un glaive à la main, se détourna du chemin. Et comme *Balaam* la frappait & la voulait faire retourner, l'ange se mit dans un chemin étroit entre deux murailles qui entouraient des vignes ; & l'ânesse voyant l'ange, se serra contre le mur, & froissa le pied de son cavalier, qui continuait à la battre. L'ange se mit dans ce lieu étroit, où l'ânesse ne pouvait tourner ni à droite ni à gauche. L'ânesse s'abattit sous *Balaam ;* & *Balaam* en colère la frappa encore plus fort avec un bâton. Le Seigneur ouvrit la bouche de l'ânesse; & elle dit à *Balaam :* Que t'ai-je fait? pourquoi m'as-tu frappée trois fois? *Balaam* lui répondit: C'est parce que tu l'as mérité, & que tu t'es moquée de moi; que n'ai-je une épée pour t'en frapper?

L'ânesse lui dit: Ne suis-je pas ta bête, que tu as coutume de monter jusqu'à aujourd'hui; dis-moi si je t'ai jamais rien fait? Jamais, dit *Balaam.*

Aussitôt DIEU ouvrit les yeux à *Balaam* ; & il vit l'ange qui avait tiré son sabre, & l'adora, se prosternant en terre. L'ange lui dit: Pourquoi as-tu battu trois fois ton ânesse? je suis venu à toi, parce que ta voix est perverse & contraire à moi; & si ton ânesse ne s'était pas détournée de la voie, je t'aurais tué, & j'aurais laissé la vie à ton ânesse.....

Or *Balac* alla au-devant de *Balaam* dans une ville des Moabites sur les confins de l'Arnon. Ils allèrent donc ensemble jusqu'à l'extrémité de sa terre. Et *Balac* ayant fait tuer des bœufs & des brebis, envoya des présens à *Balaam* & aux princes qui étaient avec lui.

Et *Balaam* dit à *Balac:* Fais-moi dresser sept autels, & prépare sept veaux & sept moutons. Et *Balac* &

Balaam mirent ensemble sur l'autel un veau & un bélier; & *Balaam* s'en allant promptement, DIEU alla au-devant de lui. Et *Balaam* lui dit : J'ai dressé sept autels, & j'ai mis un veau & un bélier sur chacun. Alors le Seigneur lui dit : Retourne à *Balac*, & dis-lui ces choses. *Balaam* étant retourné trouva *Balac* debout près de son (*r*) holocauste, & tous les princes des Moabites. Et s'échauffant dans sa parabole, il dit: *Balac* roi des Moabites m'a appelé des montagnes d'Orient; viens au plus vîte, m'a-t-il dit, maudis *Jacob* & déteste Israël. Comment maudirais-je celui que DIEU n'a point maudit? Comment détesterais-je celui que DIEU ne déteste pas?.... Qui pourra nombrer la poussière de *Jacob*, & le nombre de la quatrième partie d'Israël...... Il n'y a point d'iniquité dans *Jacob*, ni de travail dans Israël. Sa force est semblable à celle du rhinocéros...... *Balac*, en colère contre *Balaam*, & frappant des mains, lui dit:

(*r*) Remarquez que DIEU ne prend soin d'instruire & de conduire aucun prophète dans l'ancien testament avec plus d'empressement qu'il n'en montre envers *Balaam*. On croirait que toutes les nations avaient alors la même religion, si le contraire n'était pas dit dans plusieurs autres passages.

Il faut encore observer que les bénédictions & les malédictions étaient regardées par-tout comme des oracles, comme des arrêts de la destinée auxquels on ne pouvait échapper. Le sort de tout un peuple était attaché à des paroles; & quand ces paroles étaient dites, on ne pouvait plus se rétracter. Vous avez vu que quand *Jacob* surprit la bénédiction d'*Isaac* son père, quoique par une fraude aussi criminelle que grossière, *Isaac* ne put la rétracter : il est dit que cette bénédiction eut son effet au moins pour quelque temps.

Ici DIEU même prend soin de diriger toutes les bénédictions, toutes les prophéties de *Balaam*, comme si un mot de mauvaise augure devait empêcher l'effet de la conjuration & en détruire le charme. Ces idées prévalurent long-temps chez les Orientaux.

Je t'ai fait venir pour maudire mes ennemis; & tu les as bénis; retourne en ton pays; j'avais résolu de te donner un honoraire magnifique, & le Seigneur t'en a privé. (*s*)

Balaam répondit à *Balac:* N'ai-je pas dit à tes députés, quand *Balac* me donnerait sa maison pleine d'or, je ne pourrais pas passer les ordres du Seigneur mon Dieu?

Voici donc ce que dit l'homme dont l'œil est ouvert, celui qui entend les discours de DIEU a dit; celui qui connaît la doctrine du très-haut & la vision du puissant, qui en tombant a les yeux ouverts; je le verrai, mais pas sitôt; je le regarderai, mais non pas de près. Une étoile sortira de *Jacob*, & une verge s'élevera d'Israël, & elle frappera les chefs de Moab, & elle ruinera tous les enfans de *Seth*. (*t*)

(*s*) Non-seulement tous ces passages indiquent que le prophète *Balaam* était le prophète du Dieu des Hébreux, & inspiré par lui seul; mais le roi ou chef *Balac* déclare positivement que c'est ce même DIEU qui prive *Balaam* de la récompense.

DIEU inspire tellement ce *Balaam*, que lui qui ne pouvait connaître ni le nom de *Jacob*, ni celui d'Israël sans révélation, lui qui demeurait au-delà de l'Euphrate à cent cinquante ou deux cents lieues, prononce ces noms avec enthousiasme, & dit que *Jacob* est fort comme un rhinocéros. *Calmet*, dans ses remarques, prouve par plusieurs passages qu'il y a des rhinocéros; la chose n'a jamais été douteuse, & le rhinocéros qu'on nous a montré depuis peu en Hollande & en France, en est une preuve assez convaincante.

(*t*) Cette étoile de *Jacob*, jointe avec cette verge, fait voir que *Balaam* était supposé né dans la Chaldée, où l'on crut, & où l'on croit encore, que chaque nation est sous la protection d'une étoile: ainsi l'étoile de *Jacob* devait l'emporter sur l'étoile de Moab; & la verge d'Israël devait vaincre les autres verges, comme la verge de *Mosé* vainquit la verge de *Jannès* & de *Mambrès*, magiciens du pharaon d'Egypte. On n'entend point le sens de ces paroles, *elle ruinera tous les enfans de Seth*. Ces enfans étaient

Et *Balaam* ayant jeté les yeux sur le pays d'*Amalec*, il reprit son discours parabolique, & dit : *Amalec* a été l'origine des nations ; mais ses extrémités seront détruites ; & fussiez-vous l'élu de la race de *Cin*, *Assur* vous prendra : & ils viendront du pays de Kithim dans des vaisseaux ; ils vaincront les Assyriens, ruineront les Hébreux, & à la fin ils périront eux-mêmes.

Or Israël était alors à Settim, & il forniqua avec les filles de Moab ; elles appelèrent les Hébreux à leurs sacrifices : ils adorèrent les mêmes dieux. Israël embrassa le culte de *Belphégor*. Le Seigneur fut en colère ; il dit à *Mosé* : Prends tous les princes du peuple, & pends-les à des potences contre le soleil, afin que ma fureur se détourne d'Israël. *Mosé* dit donc aux juges : Que chacun tue ses proches, qui sont initiés à *Belphégor*. (*u*)

Et voici qu'un des Israëlites était entré dans un b.... des Madianites à la vue de *Mosé* & de tous

les Juifs eux-mêmes. Tout cela fait soupçonner à plusieurs savans que l'histoire de *Balaam*, insérée dans le Pentateuque, n'a été écrite que très-tard, & après les conquêtes d'*Alexandre*. Ce qui semble favoriser un peu cette opinion hasardée, c'est que l'auteur parle de *Kithim*, qu'on prétend être la Grèce ; & qu'*Alexandre* avait une flotte dans sa guerre contre le roi *Darah*, que nous appelons *Darius*.

(*u*) Les critiques se sont élevés principalement contre cette partie de l'histoire des anciens Juifs. On voit, disent-ils, une armée innombrable d'Hébreux, prête à tomber sur les Ammonites & les Madianites : un prophète est arrivé de cent cinquante lieues pour prédire une victoire complète à l'étoile de *Jacob* sur l'étoile de Moab & de Madian ; & voilà qu'au lieu de se battre, le peuple juif se mêle familièrement aux peuples madianite & moabite ; ils couchent tout d'un coup avec leurs filles, & ils adorent leur dieu *Belphégor* ; & cela sans que la paix soit faite, sans trève, sans le moindre préliminaire : rien ne parait plus incroyable.

les

les enfans d'Ifraël, qui pleuraient à la porte du tabernacle. (*x*)

Ce que *Phinée*, fils d'*Eléafar* fils d'*Aaron*, ayant vu, il prit un poignard, entra dans le b...., & tranfperça l'homme & la femme par les génitoires; & la plaie d'Ifraël ceffa auffitôt; & il y eut vingt-quatre mille hommes de tués. Et le Seigneur dit à *Mofé: Phinée* fils d'*Eléafar* détourne ma colère...... c'eft pourquoi le facerdoce lui fera donné par un pacte éternel. (*y*)

(*x*) Le Seigneur en colère commence par ordonner à *Mofé* de faire pendre tous les princes fans forme de procès, c'eft-à-dire, de les attacher à des potences après les avoir tués: car les Juifs n'avaient pas l'ufage de pendre en croix les hommes vivans; il n'y en a pas un feul exemple. *Mofé* va plus loin; il ordonne que chacun tue tous fes parens qui ont facrifié à *Belphégor*. *Bel* eft le nom de DIEU dans toute la Syrie. *Balac*, ce chef des Arabes moabites, a reconnu le Dieu des Juifs pour DIEU en parlant tout à l'heure à *Balaam*: il eft donc probable que les Hébreux & ces peuples avaient le même Dieu. Mais il eft très-probable auffi qu'ils n'entendaient point par *Belphégor* l'*Adonaï* des Hébreux.

Les critiques ajoutent qu'il n'eft pas poffible qu'il y eût un lieu public de proftitution dans ce défert fablonneux, où il n'y a jamais eu que quelques Arabes errans & pauvres; que ces lieux de débauche n'ont jamais été connus que dans les grandes villes, où ils font tolérés pour prévenir un plus grand mal.

(*y*) Ces mêmes critiques continuent, & difent que cette nouvelle boucherie eft auffi difficile à exécuter qu'à croire; que ce *Phinée* aurait été le plus fanatique, le plus fou & le plus barbare des hommes. Selon *Flavien Jofephe*, le juif & la femme madianite étaient mariés. Les parties génitales des gens mariés étaient facrées; & le crime de l'affaffin *Phinée* était exécrable. Si les Juifs, au lieu de combattre contre Madian, épouſèrent fur le champ des filles de Madian, cela peut être abfurde; mais cela ne mérite pas qu'on empale deux époux par les parties facrées, & qu'on maffacre vingt-quatre mille innocens. De quel front *Mofé*, à l'âge de près de fix vingts ans, pouvait-il faire tuer vingt-quatre mille de fes compatriotes pour s'être unis à des filles madianites, lui qui en avait époufé une, lui dont les enfans avaient un madianite pour grand-père! Quoi! encore une

Après que le sang des criminels eut été répandu, le Seigneur dit à *Mosé* & à *Eléasar* fils d'*Aaron qui était mort :* Nombrez tous les enfans d'Israël depuis vingt ans & au-dessus par familles ; tous ceux qui peuvent aller à la guerre..... Et le dénombrement étant achevé, il s'en trouva six cents & un mille sept cents trente. (z)

Le Seigneur parla ensuite à *Mosé*, disant : Venge

fois, *Aaron* apostat est fait sur le champ grand-prêtre, & vingt-quatre mille citoyens sont égorgés pour la chose la moins criminelle ! & le sacerdoce est donné éternellement à la race d'*Aaron* pour sa récompense ! Encore cette race d'*Aaron* n'eut-elle le sacerdoce que du temps de *Salomon*, & jusqu'aux Machabées. Une foule d'incrédules pensent que tout cela ne peut avoir été écrit que par quelque lévite très-ignorant, qui compila au hasard ces absurdités en faveur de sa tribu, comme nos moines mendians ont écrit les histoires de leurs fondateurs : nous regardons ces discours comme des blasphêmes ; mais nous sommes obligés de les rapporter.

Dom *Calmet* dit que *Phinée crut que tout homme sage devait en user ainsi :* c'est-à-dire que tout homme sage doit percer par les génitoires les hommes & les femmes qu'il trouvera couchés ensemble, & ensuite égorger tout ce qu'il rencontrera dans son chemin jusqu'au nombre de vingt-quatre mille.

(z) Nous avions compté que les Israélites étant sortis d'Egypte au nombre de plus de six cents mille combattans, le nombre des femmes étant à peu près égal à celui des hommes, & tous les Juifs se mariant, tous étant nourris par un miracle, l'armée pouvait être, au bout de quarante ans, de douze cents mille hommes. On n'en trouve cependant ici qu'environ six cents mille. Il faut considérer qu'il en était mort beaucoup dans la marche pénible & continuelle au milieu des déserts : le Seigneur en avait fait tuer vingt-trois mille pour le veau d'or ; quatorze mille deux cents cinquante pour *Coré* & *Dathan ;* vingt-quatre mille pour les filles madianites : somme totale, soixante & un mille deux cents cinquante ; sans compter les princes d'Israël, que le Seigneur fit mourir pour le péché commis avec les Madianites, & ceux qui moururent de maladie : outre cela, le Seigneur voulut que toute la race qui avait murmuré dans le désert, fût entièrement détruite, & n'entrât point dans la terre promise. Ainsi trois millions d'hommes sortis d'Egypte moururent dans ces déserts, & six cents mille qui étaient nés dans ces mêmes déserts, restèrent pour conquérir le petit pays de Canaan.

premièrement les enfans d'Iſraël des Madianites ; & après cela tu mourras, & tu ſeras réuni à ton peuple auſſitôt. *Moſé* dit au peuple : Faites prendre les armes, afin qu'on venge le Seigneur des Madianites ; prenez mille hommes de chaque tribu. Ils choiſirent donc mille hommes de chaque tribu, douze mille hommes prêts à combattre. Ils combattirent donc contre les Madianites & tuèrent tous les mâles, & leur roi *Hévi*, *Recem*, *Sur*, *Hur*, & *Rébé*, & *Balaam* fils de *Béhor*, & ils prirent leurs femmes, leurs petits enfans, leurs troupeaux, tous leurs meubles, & ils pillèrent tout, & ils brûlèrent villes, villages, châteaux.....

Et *Moſé* ſe mit en colère contre les tribuns & les centurions, & leur dit : Pourquoi avez-vous épargné les femmes ? ne ſont-ce pas elles qui ont ſéduit les enfans d'Iſraël, ſelon le conſeil de *Balaam* ?.... Tuez tous les enfans, égorgez toutes les femmes qui ont connu le coït, mais réſervez-vous toutes les filles & toutes les vierges......

Et on trouva que le butin que l'armée avait pris était de ſix cents ſoixante & quinze mille brebis, de ſoixante & douze mille bœufs, de ſoixante & un mille ânes, de trente-deux mille pucelles, (*a*) dont trente-deux furent réſervées pour la part du Seigneur.

(*a*) Les critiques jettent les hauts cris ſur cette colère de *Moſé*, qui n'eſt pas content qu'on ait tué tous les mâles deſcendans de la famille d'*Abraham* comme lui, & chez leſquels il avait pris femme : il veut encore qu'on tue toutes les mères, toutes les femmes qui auront couché avec leurs maris, & tous les enfans mâles à la mamelle, s'il en reſte encore.

Ils ne peuvent comprendre que dans le camp des Madianites le butin ait été de ſix cents ſoixante & quinze mille brebis, de ſoixante & un mille ânes, de ſoixante & douze mille bœufs ; ils diſent qu'on n'aurait pas pu trouver tant d'animaux dans toute l'Egypte. Si on donna trente-deux mille

Le Seigneur dit encore à *Mosé* dans les plaines de Moab, le long du Jourdain, vis-à-vis de Jéricho: Ordonne aux enfans d'Israël, que des villes qu'ils possèdent, *ex possessionibus suis*, ils en donnent aux lévites...... & que de ces villes il y en ait six de refuge, où les homicides puissent se retirer, & quarante-deux en outre pour les lévites; c'est-à-dire, qu'ils aient en tout quarante-huit villes. (*b*)

filles aux vainqueurs, ils demandent ce qu'on fit des trente-deux filles réservées pour la part du Seigneur: il n'y eût jamais de religieuses chez les Juifs: la virginité était regardée chez eux comme un opprobre. Comment donc trente-deux pucelles furent-elles la part du Seigneur? En fit-on un sacrifice? ces critiques osent l'assurer. Il faut leur pardonner d'être saisis d'horreur à la vûe de tant de massacres de femmes & d'enfans. On conçoit difficilement comment il se trouva tant de femmes & d'enfans dans une bataille; mais rien ne nous apprend que les trente-deux filles offertes au Seigneur aient été immolées. Que devinrent-elles? le texte ne le dit pas; & nous ne devons pas ajouter une horreur de plus à ces rigueurs qui soulèvent le cœur des incrédules, & qui font détester le peuple juif à ceux mêmes qui lisent l'Ecriture avec le plus de respect & de foi.

Le texte dit encore qu'on trouva une immense quantité d'or en bagues, en anneaux, en bracelets, en colliers, & en jarretières. On n'en trouverait certainement pas tant aujourd'hui dans ce désert effroyable; nous avons déjà dit que ces temps-là ne ressemblaient en rien aux nôtres.

(*b*) M. *Fréret* & le lord *Bolingbroke* croient démontrer que ce fut un lévite ignorant & avide qui composa, disent-ils, ce livre dans des temps d'anarchie. Les lévites, disent ces philosophes, n'avaient d'autres possessions que la dixme. „ Jamais le peuple juif, dans ses plus grandes „ prospérités, n'eut quarante-huit villes murées. On ne croit pas même „ qu'*Hérode*, leur seul roi véritablement puissant, les possédât. Jérusalem, „ du temps de *David*, était l'unique habitation des Juifs qui méritât „ le nom de ville; mais c'était alors une bicoque, qui n'aurait pas „ pu soutenir un siége de quatre jours. Elle ne fut bien fortifiée que „ par *Hérode*. Ces auteurs, & quelques autres, s'efforcent de faire voir „ que les Juifs n'eurent aucune ville, ni sous *Josué*, ni sous les juges. „ Comment ce petit peuple, errant & vagabond jusqu'à *Saül*, aurait-il

» pu donner quarante-huit villes à des lévites, lui qui fut sept fois » réduit en esclavage, de son propre aveu ? Peut-on ne se pas indigner » contre le lévite faussaire qui ose dire qu'il faut donner quarante-» huit villes à ses compagnons par ordre de DIEU ? apparemment on » devait leur donner ces quarante-huit villes quand les Juifs seraient » maîtres du monde entier, & que les rois d'Occident, d'Orient, du » Sud & du Nord, viendraient adorer à Jérusalem, comme il est prédit » tant de fois. Ce faussaire prétend encore qu'il devait y avoir six » villes de refuge pour les homicides. Voilà assurément une belle police : » voilà un bel encouragement aux plus grands crimes. On ne sait ce » qui doit révolter davantage, ou de l'absurdité qui fait donner qua-» rante-huit villes dans un désert, ou de six villes de refuge dans ce » même désert pour y attirer tous les scélérats. »

Nos critiques ajoutent encore à ces reproches les contradictions évidentes qui se trouvent dans les mesures de ces villes, rapportées au livre des Nombres.

Nous finissons à regret notre commentaire sur ce livre par cette puissante objection, à laquelle nous croyons pouvoir répondre assez solidement, en disant que ces quarante-huit villes sont annoncées par l'écrivain sacré comme une prédiction de ce qui devait se faire un jour, quand le peuple de DIEU aurait assez de villes pour en céder quarante-huit aux lévites. Nous devons supposer que chaque tribu devait en posséder autant. Ainsi le pays de la Judée aurait eu cinq cents soixante & seize villes considérables. Mais comme les péchés du peuple empêchèrent toujours l'effet des prédictions, celle-ci ne fut pas plus accomplie que les autres ; & loin que les Juifs jouissent de cinq cents soixante & seize villes avec les fauxbourgs, ce peuple réduit à deux misérables tribus & demi, tout au plus, perdit le peu qu'il avait, & fut, ainsi que les Parsis & les Banians & la moitié des Arméniens, réduit à faire le commerce par-tout, sans avoir d'habitation fixe nulle part.

Fin du commentaire sur les Nombres.

DEUTERONOME.

VOICI les paroles que *Mosé* parla à tout Israël au-delà du Jourdain dans le désert près de la mer Rouge, entre Pharan & Thophel, & entre Laban & Azaroth où il y a beaucoup d'or. En la quarantième année, le onzième mois, le premier jour du mois, *Mosé* dit aux fils d'Israël tout ce que le Seigneur lui avait ordonné de leur dire. Après que le Seigneur eut frappé *Séhon* roi des Amorrhéens qui habitait en Hesbon, & *Og* roi de Bazan qui demeurait à Astaroth & à Edraï qui est au-delà du Jourdain dans la terre de Moab. Et *Mosé* commença à expliquer la loi & à dire:

Le Seigneur notre Dieu nous parla en Oreb, disant: Il vous suffit d'avoir demeuré sur cette montagne, retournez à la montagne des Amorrhéens, & à tous les lieux voisins dans les campagnes (*a*) & les

(*a*) Le savant *la Crose* s'explique ainsi sur ce commencement du Deutéronome dans son manuscrit qui est à Berlin. » Autant de paroles, autant » de faussetés puériles, & autant de preuves sautant aux yeux, qu'il est » impossible que *Moïse* ait pu composer aucun des livres que l'ignorance » lui attribue.

» Il est faux que *Moïse* ait parlé au-delà du Jourdain, puisqu'il ne le » passa jamais, & qu'il mourut sur le mont Nébo, & à l'orient du Jourdain, » à ce que dit l'Ecriture elle-même.

» Il est faux & impossible qu'il pût être alors dans l'autre désert de » Pharan, puisque l'auteur vient de dire qu'il gagna une bataille dans ce » temps-là même dans le désert de Moab, à plus de cinquante lieues » de Pharan.

» Il est faux & impossible qu'il ait été dans ce désert de Pharan proche » de la mer Rouge, puisqu'il y a encore plus de cinquante lieues de la » mer Rouge à ce Pharan.

montagnes vers le midi, & le long des côtes de la mer, terre des Cananéens & du Liban, jusqu'au grand fleuve de l'Euphrate..... (*b*) & je vous ordonnai alors tout ce que vous deviez faire; & étant partis d'Oreb, nous passâmes par ce grand & effroyable désert.

» Il est faux qu'il y ait beaucoup d'or à Azaroth près de ce Pharan. » Ce misérable pays, loin de porter de l'or, n'a jamais porté que » des cailloux.

» Dom *Calmet* répète en vain les explications de quelques commenta- » teurs, assez impudens pour dire qu'au-delà du Jourdain signifiait au-deçà » du Jourdain. Il vaut autant dire que dessus signifie dessous, que dedans » signifie dehors, & que les pieds signifient la tête.

» L'auteur, quel qu'il soit, fait parler *Moïse* sur le bord de la mer » Rouge dans la quarantième année & onze mois après la sortie d'Egypte, » pour donner plus de poids à son récit par le soin de marquer les dates; » mais ce soin même le trahit, & constate tous ses mensonges. *Moïse* » sortit d'Egypte à l'âge de quatre-vingts ans; & l'Ecriture dit qu'il mourut » à cent vingt. Il était donc déjà mort lorsque le Deutéronome le fait » parler; & il le fait parler dans un endroit où il n'était pas, & où il ne » pouvait être. »

Ces critiques hardies, imputées au savant *la Crose*, peuvent n'être point de lui. On n'y reconnaît point son caractère; il a toujours parlé avec respect de la sainte Ecriture.

(*b*) Nous avouons au célèbre *la Crose*, ou à celui qui a pris son nom, qu'il y a de grandes difficultés dans ce commencement du Deutéronome; *Calmet* en convient. *Nos meilleurs critiques*, dit-il, *reconnaissent qu'il y a dans ces livres des additions qu'on y a mises pour expliquer quelques endroits obscurs, ou pour suppléer ce qu'on croit y manquer pour une parfaite intelligence.*

Ce discours du commentateur *Calmet* ne rend pas l'intelligence plus parfaite. Si on a, selon lui, ajouté aux livres saints, le Saint-Esprit n'a donc pas tout dicté; & si tout n'est pas du Saint-Esprit, comment distinguera-t-on son ouvrage de celui des hommes? Peut-on supposer que DIEU ait dicté un livre pour l'instruction du genre-humain, & que ce livre ait besoin d'additions & de corrections? On ne peut se tirer de ce labyrinthe qu'en recourant à l'Eglise, qui peut seule dissiper tous nos doutes par ses décisions infaillibles.

Voici la quarantième année que vous êtes en chemin ; & cependant les vêtemens dont vous étiez couverts ne se sont point usés de vétusté, & vos pieds n'ont point été déchaussés. . . . . (*c*) Ecoute, Israël, tu passeras aujourd'hui le Jourdain pour te rendre maître des grandes nations plus fortes que toi, qui ont de grandes villes & des murailles jusqu'au ciel, & un peuple grand & sublime, des géans que tu as vus & que tu as entendus, & à qui nul ne peut résister. (*d*)

(*c*) La Bible grecque, attribuée aux Septante, traduit : *Vos pieds n'ont point eu de calus ;* mais le Deutéronome, en un autre endroit, répète encore que les souliers des Hébreux ne se sont point usés dans le désert pendant quarante ans. Ce miracle est aussi miracle que tous les autres. *Colins* suppute que le peuple de DIEU étant parti du beau pays de l'Egypte au nombre d'environ trois millions de personnes pour aller mourir dans les déserts dans l'espace de quarante années, ce fut trois millions de vestes & de robes, & trois millions de paires de souliers à vendre, & que les Juifs, qui ont toujours été fripiers, pouvaient gagner beaucoup à revendre ces effets à Babylone, à Damas, ou à Tyr. Mais puisqu'il restait six cents un mille sept cents trente combattans par le dénombrement que *Mosé* ordonna, si on suppose que chaque combattant avait une femme, & que chaque mari & femme eussent un père & une mère, & que chaque ménage eût deux enfans, cela serait quatre millions huit cents treize mille huit cents quarante personnes à chausser & à vêtir ; en ce cas, le miracle aurait été beaucoup plus grand, & il aurait fallu que le Seigneur eût donné à son peuple un million huit cents treize mille huit cents quarante paires de souliers de plus.

Pour répondre plus sérieusement à *Colins*, nous le renverrons à *saint Justin* qui, dans son dialogue avec *Thryphon*, soutient que non-seulement les habits des Hébreux ne s'usèrent point dans leur marche de quarante années au soleil & à la pluie, & en couchant sur la dure, mais que ceux des enfans croissaient avec eux, & s'élargissaient merveilleusement, à mesure qu'ils avançaient en âge. Nous le renverrons encore à *saint Jérome*, qui ajoute dans une épître, laquelle est la trente-huitième de la nouvelle édition, ces propres mots : *En vain les barbiers apprirent leur art dans le désert pendant quarante années, ils savaient que les cheveux & les ongles des Israëlites ne croissaient pas.*

(*d*) Aujourd'hui ne signifie pas ce jour-là même, puisque le peuple de DIEU ne passa le Jourdain qu'un mois après.

.... Prenez bien garde d'avoir ſoin du lévite dans tout le temps que vous demeurerez ſur la terre..... Lorſque vous aurez un chemin trop long à faire, vous apporterez toutes les dixmes au Seigneur...... Vous les vendrez toutes, & vous acheterez de cet argent tout ce que vous voudrez, bœufs, brebis, vin, bière; & vous en mangerez avec le lévite qui eſt dans l'enceinte de vos murs, & qui n'a point d'autre poſſeſſion ſur la terre..... Gardez-vous d'abandonner le lévite...... (e)

S'il s'élève parmi vous un prophète qui diſe avoir eu des viſions & des ſonges, & s'il prédit des ſignes & des miracles, & ſi les choſes qu'il aura prédites arrivent, & qu'il vous diſe: allons, ſuivons des Dieux étrangers que vous ne connaiſſez pas, & ſervons-les;

Pour ce qui concerne les géans, les critiques y trouvent une contradiction, parce qu'il eſt dit dans le même Deutéronome, que *Og* était reſté le ſeul de la race des géans. Mais *Og* demeurait à l'orient du Jourdain; & il pouvait y avoir d'autres géans à l'occident. Mais dans cet endroit où il eſt dit que *Og* était reſté ſeul de la race des géans, l'auteur ajoute: *On montre encore ſon lit de fer dans Rabath, qui eſt une ville des enfans d'Ammon, & il a neuf coudées de long, & quatre de large.* C'eſt encore une des raiſons pour leſquelles on a prétendu que *Moſé* ne pouvait avoir écrit les livres qui ſont ſous ſon nom, parce que ces mots, *on montre encore ſon lit*, prouvent que l'auteur n'était pas contemporain; & *Moſé*, dit-on, ne pouvait l'avoir vu dans Rabath, qui ne fut priſe que long-temps après par *David*.

(e) Les critiques prétendent que ce paſſage prouve trois choſes: la première, que c'eſt évidemment un lévite qui écrivit ce livre quand les Juifs eurent des villes; la ſeconde, que les lévites n'eurent jamais quarante-huit villes à eux appartenantes; la troiſième, que les Iſraëlites ne furent pas nourris ſimplement de manne dans le déſert, puiſqu'ils doivent manger du bœuf & du mouton, & boire du vin & de la bière avec le lévite. Cette critique nous paraît bien rigoureuſe. L'auteur ſacré veut dire probablement que les Juifs doivent manger du bœuf & du mouton, & boire de la bière & du vin avec le lévite, quand ils en auront.

vous n'écouterez pas ce prophète, ce ſongeur de ſonges ; car c'eſt le Seigneur votre Dieu qui vous tente, afin qu'il voie ſi vous l'aimez ou non de toute votre ame..... Ce prophète ou ce ſongeur de ſonges ſera mis à mort. Si votre frère fils de votre mère, ou votre fils, ou votre fille, ou votre femme qui eſt entre vos bras, vous dit en ſecret : allons, ſervons des Dieux étrangers ; tuez auſſitôt votre frère, ou votre fils, ou votre femme ; qu'ils reçoivent le premier coup de votre main, & que tout le peuple frappe après vous. (*f*)

(*f*) Le premier préſident de *Harlay* ſachant qu'on avait abuſé de ce paſſage de l'Ecriture, & de quelques autres paſſages pareils, pour faire aſſaſſiner *Henri III* par le jacobin *Jacques Clément*, écrivit dans un petit mémoire, qui nous a été montré par un magiſtrat de ſa maiſon, ces propres mots : „ Il ſerait expédient de ne laiſſer lire aux jeunes prêtres aucun des „ livres de l'ancien teſtament, dans leſquels pourraient ſe rencontrer „ ſemblables inſtigations qui ont induit maints eſprits faibles & méchans „ au parricide & régicide. Il vaut mieux ne point lire, que de tourner „ en poiſon ce qui doit être nourriture de vie. „

On peut appliquer à ce paſſage du Deutéronome la réflexion du préſident de *Harlay*. Il eſt aiſé à un fanatique de ſe perſuader que ſa femme & ſon fils veulent le faire apoſtaſier ; & s'il les tue ſur ce prétexte, il ſe croira un ſaint.

Ravaillac avoue dans ſon interrogatoire, qu'il n'a aſſaſſiné *Henri IV* que parce qu'il ne croyait pas que ce grand & adorable monarque fût bon catholique.

On a cru voir encore un autre danger dans ces verſets du Deutéronome, & le voici. Si un prophète prédit des choſes miraculeuſes, & ſi ces choſes miraculeuſes arrivent, c'eſt donc la Divinité elle-même qui l'a inſpiré : & s'il vous dit enſuite : Je ſuis autoriſé par mes miracles à vous prêcher le culte d'un nouveau Dieu, ce nouveau Dieu eſt donc le véritable. Cet argument, ſans doute, n'eſt pas aiſé à réfuter, à moins que vous ne diſiez qu'un fripon ſcélérat peut faire de véritables miracles. Mais alors vous faites un Dieu de ce fripon ſcélérat : & s'il eſt votre père ou votre frère, comme vous le ſuppoſez, ſi vous le tuez, vous commettez non-ſeulement un parricide, mais un déicide. Vous n'avez plus d'autre réponſe à faire, que d'avoir recours à la magie, & de dire qu'il eſt au pouvoir

Si vous apprenez que dans une de nos villes des gens méchans ont dit: allons, servons des Dieux à vous inconnus; vous passerez aussitôt au fil de l'épée tous les habitans de cette ville, & vous la détruirez avec tout ce qu'elle possède, jusqu'aux bêtes. (*g*)

Quand vous serez entrés dans la terre que le Seigneur vous donnera, & que vous la posséderez, & que vous direz, nous voulons choisir un roi comme en ont les autres nations qui nous environnent; vous ne pourrez prendre pour roi qu'un homme de votre nation, un de vos frères. Et quand il sera établi roi,

des prétendus magiciens de faire de vrais miracles. Ainsi, quelque chose que vous répondiez, vous êtes absurde & barbare.

Cette objection est spécieuse. On la résout en disant que DIEU ne permet jamais qu'un faux prophète fasse autant de miracles qu'un vrai prophète.

(*g*) Le lord *Bolingbroke* parle sur cet article avec plus de force encore que le président de *Harlay*. » C'est le comble, dit-il, de la barbarie en » démence, de massacrer tous les habitans d'une ville qui vous appartient, » & d'y détruire tout, jusqu'aux bêtes, parce que quelques citoyens de » cette ville ont eu un culte different du vôtre. Ce serait un peuple » coupable de cette exécrable cruauté qu'il faudrait détruire, comme nous » avons détruit les loups en Angleterre. »

Pour tâcher d'apaiser ceux qui pensent comme le président de *Harlay* & comme le lord *Bolingbroke*, nous dirons que ces passages du Deutéronome ne sont probablement que comminatoires; & nous dirons à ceux qui sont persuadés qu'*Esdras*, ou quelqu'autre lévite composa ce livre, qu'il ne voulut qu'inspirer une forte horreur pour le culte des Babyloniens, & pour celui des Persans. Mais nous conviendrons qu'il ne faut jamais lire l'Ecriture qu'avec un esprit de paix & de charité universelle.

Nous avouons d'ailleurs que cela n'a pu être écrit que dans un temps où les Hébreux eurent des villes, & où chaque ville voulut avoir son dieu & son culte, pour être plus indépendante de ses voisines. La haine fut extrême entre tous les habitans de cette partie de la Syrie. La superstition & l'esprit de rapine envenimèrent cette haine; & tant qu'il y eut des Juifs, leur histoire fut l'histoire des Cannibales: mais c'est que DIEU voulait les éprouver. D'ailleurs la loi juive ne nous importe point; nous sommes chrétiens, & non pas juifs.

il n'aura pas un grand nombre de chevaux ; il ne ramenera point le peuple en Egypte, il n'aura point cette multitude de femmes qui enchantent son esprit, ni de grands monceaux d'or & d'argent...... (*h*) Après qu'il sera assis sur son trône, il écrira pour lui ce Deutéronome sur un exemplaire des prêtres de la tribu de Lévi.

Lorsque vous combattrez vos ennemis, si DIEU les livre entre vos mains, & si vous voyez parmi vos captifs une belle femme pour laquelle vous aurez de l'amour, & si vous voulez l'épouser, vous l'amenerez en votre maison ; elle se rasera les cheveux & se coupera les ongles ; elle quittera la robe avec laquelle elle a été prise, & pleurera dans votre maison son père & sa mère pendant un mois. Ensuite vous entrerez dans elle, vous dormirez avec elle, & elle sera votre femme. (*i*)

(*h*) Ceux qui croient qu'un lévite du temps des rois est l'auteur du Deutéronome, sont confirmés dans leur opinion par cet article. Il y a, selon la Vulgate, trois cents cinquante-six ans de la mort de *Mosé* à l'élection du roi *Saül*, & bien davantage selon d'autres calculs. Comment se pourrait-il que *Mosé* parlât des rois, lorsque DIEU était le seul roi des Juifs ? On a soupçonné que le Pentateuque entier fut écrit par quelques lévites huit cents vingt-sept ans après *Mosé*, selon la Vulgate, du temps du roi *Josias*. Ce livre alors ignoré fut trouvé au fond d'un coffre par le grand-prêtre *Helkia* lorsqu'il comptait de l'argent. Ce fut vers ce temps-là que quelques Juifs se réfugièrent en Egypte sous le roi *Néchao* ; ainsi le lévite auteur du Pentateuque avertit ici les rois de ne point laisser passer leurs sujets chez les Egyptiens. Tout semblerait concourir à rendre cette opinion vraisemblable, si d'ailleurs on n'était pas convaincu que *Mosé* seul est l'auteur du Pentateuque.

La défense d'avoir un grand nombre de femmes & de chevaux semble regarder principalement *Salomon*, qu'on accuse d'avoir eu sept cents femmes & trois cents concubines, & quarante mille écuries ; car pour *Saül*, il ne fut choisi pour roi que dans le temps qu'il cherchait ses ânesses.

(*i*) Plusieurs personnes se sont scandalisées de cet article. Les Juifs

Lorſque vous marcherez contre vos ennemis, ſi un homme a été pollu en ſonge, il ſortira hors du camp, & n'y rentrera que le ſoir après s'être lavé d'eau.... (*k*) Il y aura un lieu hors du camp pour faire vos néceſſités. Vous porterez une petite bèche à votre ceinture, vous ferez un trou rond autour de vous, & quand vous aurez fait, vous couvrirez de terre vos excrémens..... (*l*)

dans le déſert, ou dans le Canaan, ne pouvaient avoir de guerre que contre des étrangers. Il leur était défendu, ſous peine de mort, de s'unir à des femmes étrangères; & voilà que le Deutéronome leur permet d'épouſer ces femmes; & la ſeule cérémonie des épouſailles eſt de coucher avec elles. On a remarqué que ce n'eſt point ainſi qu'*Alexandre* & *Scipion* en uſèrent. C'eſt encore une raiſon en faveur de ceux qui croient que le Pentateuque fut écrit du temps des rois, parce que dans les guerres civiles des rois de Juda contre les rois d'Iſraël, il était permis d'épouſer les filles des vaincus; les deux partis deſcendant également d'*Abraham*. Tout ſemble donc concourir à prouver qu'aucun livre juif ne fut écrit que du temps de *David*, ou long-temps après lui : mais l'opinion de tous les pères & de toute l'Egliſe doit prévaloir contre les raiſons des ſavans, quelque plauſibles qu'elles puiſſent être.

(*k*) Pluſieurs gens de guerre ont dit que les pollutions pendant la nuit arrivaient principalement aux jeunes gens vigoureux, & que l'ordre de les éloigner de l'armée du matin au ſoir était très-dangereux, parce que c'eſt d'ordinaire du matin au ſoir que ſe donnent les batailles; que cet ordre n'était propre qu'à favoriſer la poltronnerie; qu'il était plus aiſé de ſe laver dans ſa tente, où l'on eſt ſuppoſé avoir au moins une cruche d'eau, que d'aller ſe laver hors du camp, où l'on pouvait fort bien n'en pas trouver. Nous ne regardons pas cette remarque comme bien importante.

(*l*) L'ordre que le Seigneur lui-même donne ſur la manière de faire ſes néceſſités a paru indigne de la majeſté divine au célèbre *Colins;* & il s'eſt emporté juſqu'à dire que DIEU avait plus de ſoin du derrière des Iſraëlites que de leurs ames; que ces mots *immortalité de l'ame* ne ſe trouvaient dans aucun endroit de l'ancien Teſtament; & qu'il eſt bien bas de s'attacher à la manière dont on doit aller à la garde-robe. C'eſt s'exprimer avec bien peu de reſpect. Tout ce que nous pouvons dire, c'eſt que le peuple juif était ſi groſſier, & que de nos jours même la populace de cette nation eſt ſi mal-propre & ſi puante, que ſes légiſlateurs furent obligés de deſcendre dans les plus petits & les plus vils détails : la police ne néglige pas les latrines dans les grandes villes.

Si vous ne voulez point écouter la voix du Seigneur, le Seigneur vous réduira à la pauvreté, & vous aurez la fièvre..... Vous vous marierez, & un autre couchera avec votre femme..... On vous prendra votre âne, & on ne vous le rendra point..... Le Seigneur vous frappera d'un ulcère malin dans les genoux & dans le gras des jambes..... Le Seigneur vous emmenera vous & votre roi dans un pays que vous ignoriez, & vous y servirez des Dieux étrangers..... L'étranger vous prêtera à usure, & vous ne lui prêterez point à usure..... Le Seigneur fera venir d'un pays reculé, & des extrémités de la terre, un peuple dont vous n'entendrez point le langage, afin qu'il mange les petits de vos bestiaux, & qu'il ne vous laisse ni blé, ni vin, ni huile...... Vous mangerez vos propres enfans, & l'homme le plus luxurieux refusera à son frère & à sa femme la chair de ses propres fils, qu'il mangera pendant le siége de votre ville, parce qu'il n'aura rien autre chose à manger, &c. (*m*)

(*m*) Les critiques continuent à trouver dans les malédictions du Seigneur de nouvelles preuves que jamais les Juifs ne connurent que des peines temporelles. La plus forte est celle d'être réduits à manger leurs enfans ; & c'est ce que leur histoire assure leur être arrivé pendant le siége de Samarie. Or le grand-prêtre *Helkia* ne trouva le Pentateuque qu'environ quatre-vingts ans après ce siége. C'est ce qui achève de persuader ces critiques, qu'un lévite composa surtout le Deutéronome, & qu'il lui fut aisé de prédire les horreurs du siége de Samarie après l'événement.

Nous croyons fermement que Mosé, appelé chez nous Moïse, est le seul auteur du Pentateuque, comme l'Eglise le croit, & qu'il n'y a que le récit de sa mort qui ne soit pas écrit par lui. Nous avons seulement exposé avec candeur l'opinion de nos adversaires.

Fin des commentaires sur le Pentateuque.

JOSUÉ.

ET après la mort de *Mosé* serviteur de DIEU, il arriva que DIEU parla à *Josué* fils de *Nun*, & lui dit : Mon serviteur *Mosé* est mort ; lève-toi, passe le Jourdain, toi & tout le peuple avec toi.... tous les lieux où tu mettras les pieds, je te les donnerai, comme je l'ai promis à *Mosé*, depuis le désert & le Liban, jusqu'au grand fleuve de l'Euphrate ; nul ne pourra te résister tant que tu vivras. (*a*)

Josué fils de *Nun* envoya donc secrétement de Céthim deux espions...... ils partirent, & entrèrent dans la ville de Jéricho, dans la maison d'une prostituée nommée *Rahab*, & y passèrent la nuit..... Le roi de

(*a*) Le Seigneur promet plusieurs fois avec serment de donner le fleuve de l'Euphrate au peuple juif ; cependant il n'eut jamais que le fleuve du Jourdain. S'il avait possédé toutes les terres depuis la Méditerranée jusqu'à l'Euphrate, il aurait été le maître d'un empire plus grand que celui d'Assyrie. C'est ce que n'a pas compris *Warburton*, quand il dit que les Juifs ne devaient haïr que les peuples du Canaan. Il est certain qu'ils devaient haïr tous les peuples idolâtres du Nil & de l'Euphrate.

Si on demande pourquoi *Josué*, fils de *Nun*, ne ravagea pas & ne conquit pas toute l'Egypte, toute la Syrie, & le reste du monde, pour y faire régner la vraie religion, & pourquoi il ne porta le fer & la flamme que dans cinq ou six lieues de pays tout au plus, & encore dans un très-mauvais pays en comparaison des campagnes immenses arrosées du Nil & de l'Euphrate ; ce n'est pas à nous à sonder les décrets de DIEU. Il nous suffit de savoir que depuis *Mosé* & *Josué*, les Juifs n'approchèrent jamais du Nil & de l'Euphrate que pour y être vendus comme esclaves ; tant les jugemens de DIEU sont impénétrables. DIEU ne cesse jamais de parler à *Mosé* & à *Josué* ; DIEU conduit tout ; DIEU fait tout ; il dit plusieurs fois à *Josué* : Sois robuste, ne crains rien, car ton Dieu est avec toi. *Josué* ne fait rien que par l'ordre exprès de DIEU. C'est ce que nous allons voir dans la suite de cette histoire.

Jéricho en fut averti, il envoya chez *Rahab* la prostituée, disant : Amène-nous les espions qui sont dans ta maison. Mais cette femme les cacha, & dit : Ils sont sortis pendant qu'on fermait les portes, & je ne sais où ils sont allés..... (*b*)

(*b*) Les critiques demandent pourquoi DIEU ayant juré à *Josué*, fils de *Nun*, qu'il serait toujours avec lui, *Josué* prend cependant la précaution d'envoyer des espions chez une *meretrix*? Quel besoin avait-il de cette misérable, quand DIEU lui avait promis son secours de sa propre bouche ; quand il était sûr que DIEU combattait pour lui, & qu'il était à la tête d'une armée de six cents mille hommes, dont il détacha, selon le texte, quarante mille pour aller prendre le village de Jéricho, qui ne fut jamais fortifié, les peuples de ce pays-là ne connaissant pas encore les places de guerre, & Jéricho étant dans une vallée où il est impossible de faire une place tenable ?

M. *Fréret* traite *Calmet* d'imbécille, & se moque de lui de ce qu'il perd son temps à examiner si le mot *zonah* signifie toujours une femme débauchée, une prostituée, une gueuse, & si *Rahab* ne pourrait pas être regardée seulement comme une cabaretière.

Dom *Calmet* examine aussi avec beaucoup d'attention si cette cabaretière ne fut pas coupable d'un petit mensonge en disant que les espions juifs étaient partis, lorsqu'ils étaient chez elle ; il prétend qu'elle fit une très-bonne action. " Etant informée, dit-il, du dessein de DIEU, qui voulait détruire " les Cananéens & livrer leur pays aux Hébreux, elle n'y pouvait résister " sans tomber dans le même crime de rebellion à l'égard de DIEU, qu'elle " aurait voulu éviter envers sa patrie ; de plus, elle était persuadée des " justes prétentions de DIEU, & de l'injustice des Cananéens : ainsi elle " ne pouvait prendre un parti ni plus équitable, ni plus conforme aux " lois de la sagesse. "

M. *Fréret* répond que si cela est, *Rahab* était donc inspirée de DIEU même, aussi-bien que *Josué* ; & que le crime abominable de trahir sa patrie pour des espions d'un peuple barbare dont elle ne pouvait entendre la langue, ne peut être excusé que par un ordre exprès de DIEU, maître de la vie & de la mort. *Rahab*, dit-il, était une infame qui méritait le dernier supplice. Nous savons que le nouveau Testament compte cette *Rahab* au nombre des aïeules de JESUS-CHRIST ; mais il descend aussi de *Betzabé* & de *Thamar* qui n'étaient pas moins criminelles. Il a voulu nous faire connaître que sa naissance effaçait tous les crimes. Mais l'action de la prostituée *Rahab* n'en est pas moins punissable selon le monde.

Le

Le peuple sortit donc de ses tentes pour passer le Jourdain, & les prêtres qui portaient l'arche du pacte marchaient devant lui; & quand ils furent entrés dans le Jourdain, & que leurs pieds furent mouillés d'eau au temps de la moisson, le Jourdain étant à pleins bords, (c) les eaux descendantes s'arrêtèrent à un même lieu, s'élevant comme une montagne; & les eaux d'en bas s'écoulèrent dans la mer du désert, qui s'appelle aujourd'hui la mer morte. Et le peuple s'avançait toujours contre Jéricho, & tout le peuple passait par le lit du fleuve à sec.

Colins soutient que *Josué* sembla se défier de DIEU en envoyant des espions chez cette femme, & que puisqu'il avait avec lui DIEU & quarante mille hommes pour se saisir d'un petit bourg dans une vallée, & que la palissade qui enfermait ce petit bourg tomba au son des trompettes, on n'avait pas besoin d'envoyer chez une gueuse deux espions qui risquaient d'être pendus.

Nous citons à regret ces discours des incrédules; mais il faut voir jusqu'où va la témérité de l'esprit humain.

(c) Les incrédules disent qu'il ne faut pas multiplier les miracles sans nécessité; que le prodige du passage du Jourdain est superflu après le passage de la mer Rouge. Ils remarquent que l'auteur fait passer le Jourdain dans notre mois d'avril au temps de la moisson, mais que la moisson ne se fait dans ce pays-là qu'au mois de juin. Ils assurent que jamais au mois d'avril le Jourdain n'est à pleins bords; que ce petit fleuve ne s'enfle que dans les grandes chaleurs par la fonte des neiges du mont Liban; qu'il n'a dans aucun endroit plus de quarante-cinq pieds de large, excepté à son embouchure dans la mer morte; & qu'on peut le passer à gué dans plusieurs endroits. Ils prouvent qu'il y a plusieurs gués, par l'aventure funeste de la tribu d'Ephraïm, qui combattit depuis contre *Jephté* capitaine des Galaadites. Ceux de Galaad se saisirent, dit le texte sacré, des gués du Jourdain par lesquels les Ephraïmites devaient repasser, & quand quelque Ephraïmite échappé de la bataille venait aux gués & disait à ceux de Galaad: Je vous conjure de me laisser passer, ceux de Galaad disaient à l'Ephraïmite: N'es-tu pas d'Ephraïm? non, disait l'Ephraïmite; hé bien, disaient les Galaadites, prononce *schiboleth*; & l'Ephraïmite, qui grasseyait, prononçait

Tous les rois des Amorrhéens qui habitaient la rive occidentale du Jourdain, & tous les rois cananéens qui possédaient les rivages de la grande mer (méditerranée), ayant appris que le Seigneur avait séché le Jourdain, eurent le cœur dissout : tant ils craignaient l'invasion des fils d'Israël....

Or le Seigneur dit à *Josué* : Fais-toi des couteaux de pierre, & circoncis encore les enfans d'Israël. (*d*)

---

siboleth ; & auffitôt on le tuait : & on tua ainsi ce jour-là quarante-deux mille Ephraïmites.

Ce passage, disent les critiques, fait voir qu'il y avait plusieurs gués pour traverser aisément ce petit fleuve.

Ils s'étonnent ensuite que le roi prétendu de Jéricho, & tous les autres Cananéens que l'auteur sacré a dépeints comme une race de géans terribles, & auprès de qui les Juifs ne paraissaient que des sauterelles, ne vinrent pas exterminer ces sauterelles qui venaient ravager leur pays. Il est vrai, disent-ils, que l'auteur sacré nous assure que le roi *Og* était le dernier des géans ; mais il nous assure aussi qu'il en restait beaucoup au-delà du Jourdain dans le pays de Canaan ; & géans ou non, ils devaient disputer le passage de la rivière.

On répond à cela que l'arche passait la première ; que la gloire du Seigneur était visiblement sur l'arche ; que DIEU marchait avec *Josué* & quarante mille hommes choisis ; & que les habitans durent être consternés d'un miracle dont ils n'avaient point d'idée.

(*d*) Puisque DIEU fit circoncire tout son peuple après avoir passé le Jourdain, il y eut donc six cents-un mille combattans circoncis ces jours-là ; & si chacun eut deux enfans, cela fit dix-huit cents trois mille prépuces coupés, qui furent mis en un tas dans la colline appelée des prépuces. Mais comment tous les géans de Canaan, & tous les peuples de Biblos, de Béryte, de Sidon, de Tyr, ne profitèrent-ils pas de ce moment favorable pour égorger tous ces agresseurs affaiblis par cette plaie, comme les patriarches *Siméon* & *Lévi* avaient seuls égorgé tous les Sichemites, après les avoir engagés à se circoncire ? comment *Josué* fut-il assez imprudent pour exposer son armée, incapable d'agir, à la vengeance de tous ces géans & de tous ces rois ? C'est une réflexion du comte de *Boulainvilliers*. C'était, dit-il, une très-grande imprudence ; il fallait attendre qu'on eût pris Jéricho. Que dirait-on aujourd'hui d'un général d'armée qui ferait prendre médecine à tous ses soldats devant l'ennemi ?

Josué fit comme le Seigneur lui commanda, & circoncit tous les enfans d'Israël sur la colline des prépuces.... Car le peuple né dans le désert, pendant quarante années de marche dans ces vastes solitudes, n'avait point été circoncis.... & ils furent circoncis par *Josué*, parce qu'ils avaient encore leur prépuce; & ils demeurèrent au même lieu jusqu'à ce qu'ils fussent guéris.... Alors le Seigneur dit à *Josué* : Aujourd'hui j'ai ôté l'opprobre de l'Egypte de sur vous. (*e*)

Et ils firent la pâque le quatorzième jour du mois dans la plaine de Jéricho..... & après qu'ils eurent mangé des fruits de la terre, la manne cessa. (*f*)

Or *Josué* étant dans un champ de Jéricho, vit un homme debout devant lui tenant à la main une épée nue. Il lui dit : Es-tu des nôtres, ou un ennemi?

Nous lui disons que *Josué* ne fesait pas la guerre selon les règles de la prudence humaine, mais selon les ordres de DIEU. Et d'ailleurs tous les géans & tous les rois pouvaient très-bien ignorer ce qu'on fesait dans le camp des Israëlites.

(*e*) Quelque peine que les commentateurs aient prise pour expliquer comment les prépuces entiers des Hébreux en Palestine étaient l'*opprobre de l'Egypte*, nous avouons qu'ils n'ont pas réussi. Les Egyptiens n'étaient pas tous circoncis; il n'y avait que les prêtres & les initiés aux mystères qui eussent cette marque sacrée, pour les distinguer des autres hommes : mais DIEU voulut que tout son peuple eût cette même marque, parce que tout son peuple était saint, & que le moindre juif était plus sacré que le grand-prêtre de l'Egypte.

(*f*) Quelques commentateurs recherchent comment le petit pays de Jéricho, qui ne produit que quelques plantes odoriférantes, & qui alors n'avait qu'un petit nombre de palmiers & d'oliviers, put suffire à nourrir une multitude affamée qui n'avait mangé que de la manne pendant si long-temps. On fait monter cette multitude à plus de quatre millions de personnes, si l'on compte vieillards, enfans & femmes. Mais il n'était pas plus difficile à DIEU de nourrir son peuple avec quelques dattes, qu'avec de la manne.

Lequel répondit : Non ; mais je ſuis le prince de l'armée du Seigneur, & j'arrive. Et *Joſué* tomba proſterné en terre, & l'adorant il dit : Que veut mon Seigneur de ſon ſerviteur ? Ote tes ſouliers de tes pieds, dit-il, parce que le lieu où tu es eſt ſaint. Et *Joſué* ôta ſes ſouliers. (*g*)

Et le Seigneur dit à *Joſué* : Je t'ai donné Jéricho & ſon roi, & tous les hommes forts. Que toute l'armée hébraïque faſſe le tour de la ville pendant ſix jours. Qu'au ſeptième jour les prêtres prennent ſept cornets ; qu'ils marchent devant l'arche du pacte ſept fois autour de la ville, & que les prêtres ſonnent du cornet. Et lorſque les cornets ſonneront le ſon le plus long & le plus court, que tout le peuple jette un grand cri ; & alors les murs de la ville tomberont juſqu'aux fondemens. (*h*)

(*g*) Les critiques demandent pourquoi ce prince de la milice céleſte ? à quoi bon cette apparition, lorſque DIEU était continuellement avec *Joſué* comme avec *Moſé* ? cette apparition leur paraît inutile. Mais apparemment ce prince de la milice céleſte était DIEU même, qui voulait donner des marques évidentes de ſa protection ſous une autre forme. L'ordre d'ôter ſes ſouliers eſt conforme à l'ordre de DIEU quand il apparut à *Moſé* dans le buiſſon ardent. Ce fut toujours une grande irrévérence de paraître devant DIEU avec des ſouliers.

(*h*) Plus d'un ſavant perſiſte à croire qu'il n'y avait aucune ville fermée de murailles dans ces quartiers. Ils ſe fondent ſur ce que Jéruſalem elle-même, qui devint dans la ſuite la capitale des Juifs, n'était pas une ville. Ils prétendent que les villes étaient vers la mer, comme Tyr, Sidon, Béryte, Biblos, villes très-anciennes. *Calmet* compte pour des villes les deux méchans villages de Béthoron, parce que *ſaint Jérôme* en parle. *Calmet* ne ſonge pas qu'un village pouvait être devenu une ville au bout de deux mille ans. Il n'y avait pas une ſeule ville murée du temps de *Charlemagne* au-delà du Rhin. Jéricho pouvait n'être qu'un bourg entouré de paliſſades ; & cela ſuffit pour le miracle.

Il eſt raconté dans une chronique ſamaritaine, que *Joſué* étant attaqué par quarante-cinq rois d'Orient, & ſe trouvant enfermé entre ſept murailles

.... Et pendant que les prêtres ſonnaient du cornet au ſeptième jour, *Joſué* dit à tout Iſraël : Criez, car le Seigneur vous a donné la ville. Que cette ville ſoit dévouée en anathème. Ne ſauvez que la proſtituée *Rahab* avec tous ceux qui ſeront dans ſa maiſon ; que tout ce qui ſera d'or, d'argent, d'airain & de fer, ſoit conſacré au Seigneur, & mis dans ſes tréſors..... Ils prirent ainſi la ville, & ils tuèrent tout ce qui était en Jéricho, hommes, femmes, enfans, vieillards, bœufs, brebis & ânes ; ils les frappèrent par la bouche du glaive..... après cela ils brûlèrent la ville & tout ce qui était dedans..... Or *Joſué* ſauva *Rahab* la proſtituée, & la maiſon de ſon père avec tout ce qu'il avait ; & ils ont habité au milieu d'Iſraël *juſqu'à aujourd'hui.* (*i*)

de fer par une magicienne mère d'un de ces rois, il fut délivré par *Phinée* fils d'*Aaron*, qui ſonna ſept fois de ſon cornet. On a fort agité la queſtion ſi le récit de *Joſué* était antérieur au récit ſamaritain. L'un & l'autre ſont merveilleux ; mais il faut donner la préférence au livre de *Joſué*.

(*i*) C'eſt avec douleur que nous rapportons ſur cet événement les réflexions du lord *Bolingbroke*, leſquelles M. *Mallet* fit imprimer après la mort de ce lord.

„ Eſt-il poſſible que DIEU, le père de tous les hommes, ait conduit „ lui-même un barbare à qui le cannibale le plus féroce ne voudrait pas „ reſſembler ? Grand Dieu ! venir dans un déſert inconnu pour maſſacrer „ toute une ville inconnue ! égorger les femmes & les enfans contre toutes „ les lois de la nature ! égorger tous les animaux ! brûler les maiſons & „ les meubles contre toutes les lois du bon ſens, dans le temps qu'on n'a „ ni maiſons, ni meubles ! ne pardonner qu'à une vile putain digne du „ dernier ſupplice ! ſi ce conte n'était pas le plus abſurde de tous, il ſerait „ le plus abominable. Il n'y a qu'un voleur ivre qui puiſſe l'avoir écrit, „ & un imbécille ivre qui puiſſe le croire. C'eſt offenſer DIEU & les „ hommes, que de réfuter ſérieuſement ce miſérable tiſſu de fables dans „ leſquelles il n'y a pas un mot qui ne ſoit ou le comble du ridicule, ou „ celui de l'horreur. „

Alors *Josué* dit : Maudit soit devant le Seigneur celui qui relevera & rebâtira Jéricho.... (*k*)

Or les enfans d'Israël prévariquèrent contre l'anathème, & ils prirent du réservé par l'anathème ; car *Acan* fils de *Charmi* déroba quelque chose de l'anathème ; & DIEU fut en colère contre les enfans d'Israël. Et comme *Josué* envoya de Jéricho contre Haï près de Béthel, il dit : Il suffit qu'on envoie deux ou trois mille hommes contre Haï. Trois mille guerriers allèrent donc ; mais ils s'enfuirent, & ils furent poursuivis par les hommes de Haï, qui les tuèrent comme ils fuyaient ; & les Juifs furent saisis de crainte, & leur cœur se fondit comme de l'eau. Et DIEU dit à *Josué* : Israël a péché, il a prévariqué contre mon pacte, ils ont dérobé de l'anathème, ils ont volé & ils ont menti ; vous ne pouvez tenir contre vos ennemis jusqu'à ce que celui qui s'est souillé de ce crime soit exterminé.

Milord était bien échauffé quand il écrivit ce morceau violent. On doit plus de respect à un livre sacré. Il ajoute que ces mots, *jusqu'à aujourd'hui*, montrent que ce livre n'est pas de *Josué*. Mais quel que soit son auteur, il est dans le canon des Juifs ; il est adopté par toutes les Eglises chrétiennes. Nous savons bien que les rigueurs de *Josué* révoltent la faiblesse humaine ; qu'il serait affreux de les imiter, soit que les habitations qu'il détruisit, & qui nagèrent dans le sang, fussent des villes ou des villages. Nous ne nions pas que si un peuple étranger venait nous traiter ainsi, cela ne parût exécrable à toute l'Europe. Mais n'est-ce pas précisément la manière dont on en usa envers les Américains au commencement de notre seizième siècle ? *Josué* fut-il plus cruel que les dévastateurs du Mexique & du Pérou ? Et si l'histoire des barbaries européennes est vraie, pourquoi celle des cruautés de *Josué* ne le serait-elle pas ? Tout ce qu'on peut dire, c'est que DIEU commanda & opéra lui-même la ruine de Canaan, & qu'il n'ordonna pas la ruine de l'Amérique.

(*k*) La sentence contre Jéricho ne fut pas exécutée. Jéricho existait sous *David* & du temps des Romains, & existe encore tel qu'il fut toujours, c'est-à-dire un petit hameau à six lieues de Jérusalem.

Josué se levant donc de grand matin, fit venir toutes les tribus d'Israël; & le sort tomba sur la tribu de *Juda*, puis sur la famille de *Zaré*..... puis sur *Acan* fils de *Charmi*, fils de *Zabdi*, fils de *Zaré*..... Et *Acan* répondit: Il est vrai, j'ai péché contre le Dieu d'Israël; & ayant vu parmi les dépouilles un manteau d'écarlate fort bon, deux cents sicles d'argent, & une règle d'or de cinquante sicles, je les pris & je les cachai dans ma tente..... Et *Josué* lui dit: Puisque tu nous a troublés, que DIEU te trouble en ce jour. Et tout Israël le lapida; & tout ce qu'il possédait fut brûlé par le feu. (*l*)

(*l*) M. *Boulanger* s'exprime encore plus violemment, s'il est possible, que le lord *Bolingbroke* sur ces morceaux de l'histoire de *Josué*. « Non-» seulement on nous représente *Josué* comme un capitaine de voleurs » arabes, qui vient tout ravager & tout mettre à sang dans un pays » qu'il ne connaît pas; mais ayant, dit-on, six cents mille hommes » de troupes réglées, il trouve le secret d'être battu par deux ou trois » cents paysans à l'attaque d'un village. Et pour achever de peindre ce » général d'armée, on en fait un sorcier qui devine qu'on a été battu » parce qu'un de ses soldats a pris pour lui précédemment une part du » butin, & s'est approprié un bon manteau rouge & un bijou d'or. On se » sert, pour découvrir le coupable, d'un sortilège dont les petits enfans » se moqueraient aujourd'hui: c'est de tirer la vérité aux dés, ou à la » courte paille, ou à quelqu'autre jeu semblable. *Acan* n'est pas heureux » à ce jeu. On le brûle vif, lui, ses fils, ses filles, ses bœufs, ses » ânes, ses brebis; & on brûle encore le manteau d'écarlate, & le bijou » d'or que l'on cherchait. Si *Cartouche*, continue M. *Boulanger*, avait » fait un pareil tour, madame *Oudot* l'aurait imprimé dans sa biblio-» thèque bleue. Nos histoires de voleurs & de sorciers n'ont rien de » semblable. »

Ce discours blasphématoire, ces dérisions de M. *Boulanger*, pourraient faire quelque impression s'il s'agissait d'une histoire ordinaire arrivée & écrite de nos jours; mais ne peuvent rien contre un livre sacré miraculeusement écrit, & miraculeusement conservé pendant tant de siècles. DIEU était le maître d'exterminer les Cananéens qui étaient de grands pécheurs. Il n'appartenait qu'à lui de choisir la manière du châtiment. Il voulut

Josué se leva donc, & toute l'armée avec lui, pour marcher contre Haï; & on choisit trente mille hommes des plus vaillans. . . . . *Josué* brûla la ville, & y fit pendre à une potence le roi qui avait été tué. Puis on jeta son corps à l'entrée de la ville; & on mit dessus un grand tas de pierres, qui y est encore aujourd'hui. (*m*)

Adonizedec, roi de Jérusalem, ayant appris ce que *Josué* avait fait dans Haï & dans Jéricho, envoya vers les rois d'Hébron, de Pharan, de Jérimoth, &c.... (*n*)

Josué tomba donc tout d'un coup sur eux tous; & le Seigneur les épouvanta, & il en fit un grand carnage près de Gabaon. *Josué* les poursuivit par la

que tout le butin fût également partagé entre les enfans d'Israël exécuteurs de ses vengeances. Il se servit toujours de la voie du sort dans l'ancien & le nouveau Testament, parce qu'il est le maître du sort. La place de *Judas* même, ce *Judas* qui fut cause de la mort de notre Seigneur, a été tirée au sort. Voilà pourquoi *saint Augustin* a toujours distingué la cité de DIEU de la cité mondaine. Dans la cité mondaine tout est conforme à notre faible raison, à nos faux préjugés : dans la cité de DIEU tout est contraire à nos préjugés & à notre raison.

(*m*) Ces mots, *un grand tas de pierre qui y est encore aujourd'hui*, semblent indiquer que ce livre de *Josué* n'est pas écrit par les contemporains. Mais en quelque temps qu'il ait été fait, il est sûr qu'il a été inspiré. Jamais un homme abandonné à lui-même n'aurait osé écrire de de pareilles choses.

(*n*) Les critiques disent qu'il n'y avait point de roi de Jérusalem alors. Ils prétendent même que le mot de Jérusalem était inconnu. C'était un village des Jébuséens, qui touche au grand désert de l'Arabie pétrée, un lieu fort propre à bâtir une forteresse sur le passage des Arabes. Ce sont trois montagnes dans un pays aride. Nous disons, avec les commentateurs les plus approuvés, que *Josué* n'écrivit point cette histoire. Les Samaritains ont un livre de *Josué* très-différent de celui-ci. Il y en a un exemplaire dans la bibliothèque de Leyde; mais nous ne reconnaissons que celui qui est admis dans le Canon. C'est indubitablement le seul sacré & le seul inspiré.

voie de Béthoron, & les tailla tous en pièces. Et lorſque les fuyards furent dans la deſcente de Béthoron, le Seigneur fit pleuvoir du haut du ciel ſur eux de groſſes pierres, & en tua beaucoup plus que le glaive d'Iſraël n'en avait mis à mort..... (*o*) Alors *Joſué* parla au Seigneur le jour auquel il avait livré les Amorrhéens entre ſes mains, en préſence des enfans d'Iſraël, & il dit en leur préſence : Soleil, arrête-toi vis-à-vis de Gabaon ; Lune, n'avance pas contre la vallée d'Aïalon. Et le ſoleil & la lune s'arrêtèrent juſqu'à ce que le peuple ſe fût vengé de ſes ennemis.... Cela n'eſt-il pas écrit dans le livre des juſtes ? le ſoleil s'arrêta donc au milieu du ciel, & ne ſe coucha point l'eſpace d'un jour. (*p*)

(*o*) Toute l'antiquité a parlé de pluies de pierres. La première eſt celle que *Jupiter* envoya au ſecours d'*Hercule* contre les fils de *Neptune*. Dom *Calmet* aſſure *que c'eſt un fait conſtant qu'on a vu autrefois de fort groſſes pierres s'enflammer en l'air & retomber ſur la terre, & qu'on ne peut raiſonnablement révoquer en doute le prodige raconté par Joſué.*

On remarque ſeulement ici que ces pierres étant fort groſſes, durent écraſer tous les Amorrhéens qui étaient pourſuivis par l'armée de *Joſué*, & qu'il eſt difficile qu'il en ſoit reſté un ſeul en vie. C'eſt ce qui fait que pluſieurs ſâvans ſont étonnés que *Joſué* ait encore eu recours au grand miracle d'arrêter le ſoleil & la lune.

(*p*) *Grotius* prétend que le texte ne ſignifie pas que le ſoleil & la lune s'arrêtèrent, mais que DIEU donna le temps à *Joſué* de tuer tout ce qui pouvait reſter d'ennemis avant que le ſoleil & la lune ſe couchaſſent. *Le Clerc* décide nettement que le ſoleil ne s'arrêta pas, mais parut s'arrêter. Mais tous les autres commentateurs, parmi leſquels nous ne comptons point *Spinoſa*, qui ne doit pas être compté ; conviennent que le ſoleil & la lune s'arrêtèrent en plein midi. On aurait eu le temps de tuer tous les fuyards depuis midi juſqu'au ſoir, ſuppoſé que la pluie de pierres en eût épargné quelques-uns ; mais il ſe peut auſſi qu'il y en eût qui coururent ſi vîte qu'il fallût huit à neuf heures pour les attraper & les tuer tous.

Jamais jour, ni devant ni après, ne fut si long que celui-là..... Les cinq rois s'étant sauvés dans une caverne de la ville de Macéda.... *Josué* les fit amener en sa présence, & dit aux principaux officiers de son armée : mettez le pied dessus le cou de ces rois. Et tandis qu'ils leur mettaient le pied sur la gorge, *Josué* leur dit : N'ayez point peur, confortez-vous, soyez robustes; car c'est ainsi que DIEU traitera ceux qui combattront

Les profanes remarquent que *Bacchus* avait déjà fait arrêter le soleil & la lune, & que le soleil recula d'horreur à la vue du festin d'*Atrée* & de *Thyeste*. Sur quoi M. *Boulanger* ose dire » que si le miracle de *Josué* » était vrai, c'est que le soleil se serait arrêté d'horreur en voyant un » brigand si barbare qui égorgeait les femmes, les enfans, & les rois, & » les bœufs, & les moutons, & les ânes, & qui ne voulait pas qu'un » seul animal vivant, soit roi, soit brebis, échappât à son inconcevable » cruauté. »

Les physiciens ont quelque peine à expliquer comment le soleil, qui ne marche pas, arrêta sa course, & comment cette journée, qui fut le double des autres journées, put s'accorder avec le mouvement des planètes & la régularité des éclipses. Le révérend père dom *Calmet* dit *qu'il ne fallait que faire aller d'une vitesse égale, par-dessus & par-dessous la terre, la matière céleste qui la frotte par-là, en l'avançant d'un côté & la retardant de l'autre, le tournoyement de la terre sur son centre ne venant que de l'inégalité de ce frottement*. Cette réponse ingénieuse, savante & nette, ne résout pas entièrement la question.

Nous sera-t-il permis, à propos de ce grand miracle, de raconter ce qui arriva à un disciple de *Galilée*, traduit devant l'inquisition pour avoir soutenu le mouvement de la terre autour du soleil ? On lui lisait sa sentence ; elle disait qu'il avait blasphémé, attendu que *Josué* avait arrêté le soleil dans sa course. Hé, Messeigneurs, leur dit-il, c'est aussi depuis ce temps-là que le soleil ne marche plus.

A l'égard du livre des justes, qui est cité comme garant de la vérité de cette histoire, le lord *Bolingbroke* insiste beaucoup sur ce livre, qui dans les Bibles protestantes est appelé le livre du droiturier. Cela démontre, dit-il, que c'est du livre du droiturier que l'histoire de *Josué* est prise. Mais ce même livre du droiturier est cité dans le second livre des chroniques des rois. Or comment le même livre peut-il avoir été écrit du temps des rois & avant *Josué* ? Cette difficulté est grande. Dom *Calmet* y répond en disant *que ce livre est entièrement perdu*.

contre nous. Après cela *Josué* frappa ces rois & les tua, & les fit ensuite attacher à cinq potences. (*q*)

Josué ravagea donc tout le pays des montagnes & du midi, toute la plaine; & il tua tous les rois & les fit tous pendre. Il tua tout ce qui avait vie, comme le Seigneur Dieu le lui avait commandé.

Il poursuivit tous les rois qui restaient, & il tua tout sans en rien laisser échapper. Et il coupa les jarrets à leurs chevaux; il brûla leurs chariots; & il prit Azor & en tua le roi, & il égorgea tous les habitans d'Azor & toutes les bêtes, & réduisit le tout en cendres......

Et il marcha contre les géans des montagnes, & les tua; & il ne laissa aucun de la race des géans, excepté dans Gaza, Geth & Azoth. (*r*)

(*q*) *Le Clerc* & quelques théologiens d'Hollande n'ont pas ici tout-à-fait le même emportement que *Bolingbroke* & *Boulanger* à propos de ces cinq rois, sur le cou desquels les princes de l'armée juive mettent le pied jusqu'à ce que *Josué* vienne les tuer de sang-froid. Nous avouerons toujours que tout cela n'est pas dans nos mœurs; que nous fesons aujourd'hui la guerre plus généreusement: mais aussi nous ne la fesons pas par ordre exprès du Seigneur; & il ne nous a pas commandé expressément, comme à *Josué*, de tuer tous les rois que sa providence voulait punir. On ne fait plus pendre tous les rois qui ont été pris à la guerre, parce qu'il n'y en a plus qui prévariquent contre le Seigneur comme les rois du Canaan avaient prévariqué. L'objection des savans qui prouvent qu'il n'y avait aucun roi dans ce pays, composé seulement de quelques villages où un peuple innocent cultivait une terre sèche & ingrate, portant très-peu de blé & hérissée de montagnes, cette objection, dis-je, est peu de chose; car soit qu'on appelât les principaux de ces villages, rois, ou maires, ou syndics, cela revient au même; on leur mit à tous le pied sur le cou, parce qu'ils avaient tous prévariqué.

(*r*) Voici encore une légère difficulté. Le peuple de DIEU marche contre les géans, après que le texte a dit qu'il n'y avait plus de géans, & lorsque *Caleb*, le moment d'après, au chapitre XIV, va, selon le texte, conquérir des villes grandes & fortes remplies de géans au pays

Et il fit pendre en tout trente & un rois. (*s*)

Josué bénit *Caleb* & lui donna Hébron en possession; & depuis ce temps Hébron a été à *Caleb* fils de *Géphoné*. Or l'ancien nom d'Hébron était Cariath-Arbé. Et *Adam*, le plus grand des géans de la race des géans, est enterré dans Hébron..... (*t*)

Caleb extermina dans la ville de Cariath-Arbé trois fils de géans. Et de ce lieu il monta à Dabir, qui s'appelait auparavant Cariath-Sépher, c'est-à-dire, la ville des lettres, la ville des archives..... (*u*) Et *Caleb*

d'Hébron. On peut répondre que le pays d'Hébron n'était qu'à quelques lieues de Gaza & d'Azoth.

(*s*) Trente & un rois de pendus, c'est beaucoup dans un aussi petit pays; mais remarquons toujours qu'on ne les mit en croix qu'après les avoir tués. On leur mettait d'abord le pied sur le cou. Et nous avons déjà observé que le supplice d'attacher à la potence, ou à la croix, des hommes en vie, ne fut jamais connu des Juifs en aucun temps.

(*t*) Plusieurs savans hommes ont douté qu'*Adam* fût enterré dans la ville du géant *Arbé*, appelée Cariath-Arbé. Les moines portugais qui accompagnèrent les *Albuquerques* après la découverte des grandes Indes, & qui entrèrent dans l'île de Ceylan, nommèrent la plus grande montagne de cette île le pic d'*Adam*. Ensuite ils trouvèrent l'empreinte de son pied, & jugèrent par-là de sa taille, qui devait être d'une centaine de coudées. Le pic d'*Adam* est encore marqué sur nos cartes; & les savans moines portugais ont cru qu'*Adam* y était enterré. Les Hollandais qui dominent dans le Ceylan, & qui recueillent toute la canelle, doutent qu'*Adam* repose dans cette île. Les habitans même ne savent pas que nous donnons le nom de pic d'*Adam* à leur montagne, & ont le malheur d'ignorer qu'il y ait jamais eu un *Adam*. La Genèse ne dit point qu'*Adam* ait été un géant, ni qu'il soit enterré à Hébron.

(*u*) Les Phéniciens avaient en effet quelques villes où l'on gardait les archives & les comptes des marchands. On sait qu'ils avaient inventé l'alphabet, & que dans leurs voyages sur mer ils communiquèrent cet alphabet aux Grecs. Cariath-Sépher est entre Hébron & la mer Méditerranée; c'est le commencement de la Phénicie. L'historien *Josephe* avoue que les Juifs ne possédèrent jamais rien sur cette côte. Les Phéniciens en

dit : Je donnerai ma fille *Axa* en mariage à quiconque prendra la ville des lettres. Et *Othoniel*, jeune frère de *Caleb*, la prit; & il lui donna sa fille *Axa* pour femme.....

Mais les enfans de *Juda* ne purent exterminer les Jébuséens habitans de Jérusalem ; ils restèrent à Jérusalem, & ils y sont encore aujourd'hui avec les enfans de *Juda*..... (*x*)

Et *Josué* parla au peuple assemblé dans Sichem, & lui dit..... Maintenant, s'il vous semble mal de

furent toujours les maîtres. *Sanchoniathon* le phénicien, né à Béryte, avait déjà écrit une cosmogonie long-temps avant les époques de *Mosé* & de *Josué*. Car *Eusèbe*, qui rapporte un grand nombre de passages de cette cosmogonie, n'en cite aucun concernant les Hébreux ; & s'il y en avait eu, il est clair qu'*Eusèbe* en aurait fait mention comme d'un témoignage rendu par le plus ancien de nos auteurs à la vérité des livres juifs. Il est donc certain que *Sanchoniathon* écrivit, & qu'il ne connut point ces Hébreux qui ne vinrent que depuis lui s'établir auprès de son pays. Nous pourrions tirer de-là une conséquence, que si les Phéniciens avaient depuis si long-temps des villes où l'on cultivait quelques sciences, les Cananéens, qui demeuraient entre la mer & le Jourdain, pouvaient avoir aussi quelques villes dont la horde des Hébreux s'empara, & où elle commit plusieurs cruautés.

(*x*) Cette déclaration, que *Josué* ne s'empara jamais du village de Jérusalem, est expresse. Et l'aveu, que les Jébuséens, à qui ce village appartenait, *y sont encore aujourd'hui avec les enfans de Juda*, démontre que ce livre ne put être écrit qu'après que *David* eut commencé à faire une ville de Jérusalem, & que les anciens habitans se joignirent aux nouveaux pour peupler la ville. Les critiques concluent de tous ces aveux semés dans plusieurs endroits, que les Hébreux étaient un horde d'Arabes bédouins qui errèrent long-temps entre les rochers du mont Liban & les déserts ; qui tantôt subsistèrent de leur brigandage, & tantôt furent esclaves ; & qui enfin ayant eu des rois, conquirent un petit pays dont ils furent chassés. Voilà leur histoire selon le monde. Celle selon DIEU est différente. Et si DIEU la dicta, il la faut adopter malgré toutes les répugnances de la raison.

servir le Seigneur notre Dieu, le choix vous est laissé. Vous pouvez prendre le parti qu'il vous plaira, & voir si vous aimez mieux servir les dieux qui furent les dieux de vos pères dans la Mésopotamie, ou les dieux des Amorrhéens dont vous habitez aujourd'hui la terre. Pour moi & ma maison nous servirons notre Dieu..... Le peuple répondit à *Josué* : Nous servirons notre Dieu, & nous obéirons à ses préceptes. (y)

Josué mourut âgé de cent-dix ans. (z)

(y) Cette proposition de *Josué*, de choisir entre le seigneur *Adonaï* & les autres dieux que leurs pères adorèrent en Mésopotamie, ferait croire qu'*Abraham*, *Isaac* & *Jacob* leurs pères, avaient commencé par avoir un autre culte. Et en effet, *Tharé* père d'*Abraham* était potier d'idoles; & *Jacob* épousa deux filles idolâtres, quoiqu'il soit dit souvent que le même Dieu était reconnu vers l'Euphrate & chez les enfans de *Jacob*. Mais ici, comment *Josué* peut-il laisser le choix au peuple, après tant de miracles? Il y aurait donc eu beaucoup d'Hébreux qui n'auraient rien vu de ces miracles, ou qui n'y auraient ajouté aucune foi. Il se peut que ce texte signifie : Vous voyez ce que DIEU a fait pour vous, & combien il ferait dangereux d'en adorer un autre.

(z) *Toland* fait le railleur sur *Mosé* & sur *Josué*. Il dit que jamais il n'y eut de vieillards de plus mauvaise humeur. L'un fait tuer vingt-quatre mille des siens, sans forme de procès, pour avoir aimé des filles madianites, compatriotes de sa femme; l'autre fait pendre trente & un rois avec lesquels il n'avait rien à démêler.

Les commentateurs recherchent avec beaucoup de soin dans quel pays se réfugièrent les sujets de ces prétendus rois. Un nommé *Serrarius* les transporte en Germanie, où ils apportèrent la langue allemande. Un nommé *Hornius* ne doute pas qu'ils ne se soient réfugiés en Capadoce. *Grotius* trouve très-vraisemblable qu'ils allèrent d'abord dans les îles Canaries, & de là en Amérique. Chacun donne de profondes raisons de son système.

Le révérend père dom *Calmet* avoue que *l'opinion qui a le plus d'apparence & de partisans, est celle qui place les Cananéens en Afrique.* Il cite *Procope*, qui a vu dans l'ancienne ville de Tangis deux grandes colonnes de pierre blanche avec une inscription en caractères phéniciens, que personne ne put jamais entendre, portant ces propres mots : *Nous ſommes ceux qui nous ſommes enfuis devant le voleur Joſué fils de Nun.*

Si nous nous en tenons au texte, il eſt difficile que *Joſué* ait laiſſé à ces peuples le temps & la facilité de s'enfuir, puiſqu'il tuait tout ſans miſéricorde, ſelon que le Seigneur l'avait ordonné poſitivement. Mais ce qui étonne bien davantage, c'eſt qu'après la mort de *Joſué* on retrouve ces mêmes Cananéens exterminés, plus puiſſans que jamais, & tenant les Juifs dans le plus rude eſclavage pendant plus de cent années, juſqu'au temps de *Saül* & de *David.*

Fin des commentaires ſur Joſué.

JUGES.

Après la mort de *Josué* les enfans d'Israël consultèrent le Seigneur, disant : Qui montera avec nous contre les Cananéens, & sera chef de guerre ? Le Seigneur dit : Ce sera *Juda* qui montera ; car je lui ai donné cette terre. *Juda* monta donc, & Dieu lui livra le Cananéen au nombre de dix mille hommes. (*a*)

Puis *Juda* & *Siméon* son frère rencontrèrent le roi *Adonibézec* dans Bézec ; ils le prirent & lui coupèrent les mains & les pieds. Alors *Adonibézec* dit : J'ai fait couper les mains & les pieds à soixante & dix rois qui mangeaient sous ma table les restes de mon dîné ; Dieu m'a traité comme j'ai traité tous ces rois. (*b*)

(*a*) Le lecteur peut s'étonner, après avoir vu *Josué*, à la tête de six cents mille combattans, mettre à feu & à sang tout le pays de Canaan, de voir encore ces mêmes vainqueurs obligés de combattre contre ces mêmes vaincus. La réponse est que quelques-uns avaient échappé, puisqu'en voilà déjà dix mille que Dieu donne à tuer à Juda. On dispute si c'est à un capitaine nommé *Juda*, ou à la tribu de ce nom : mais, capitaine ou tribu, c'est une victoire de surérogation.

(*b*) Le lecteur croirait encore peut-être qu'il suffisait de trente & un rois pendus, mais en voilà encore soixante & dix non moins maltraités dans un pays de sept à huit lieues : car il paraît, par les autres endroits du texte, que le peuple juif n'en possédait pas alors davantage. On demande comment le roi *Adonibézec*, dont on ignore le royaume, pouvait avoir sous sa table soixante & dix rois qui mangeaient sans mains. De plus il fallait que cette table eût au moins six vingts pieds de long. Enfin les critiques trouvent ici cent & un rois dans un pays un peu serré. Chaque roi ne pouvait avoir un royaume d'un demi-quart de lieue. Ce sont des critiques frivoles, & des détails qui ne touchent point au fond des choses, toujours très-respectables.

DIEU était avec *Juda*, & il ſe rendit maître des montagnes ; mais il ne put vaincre les habitans des vallées, parce qu'ils avaient des chariots de guerre armés de faux. (*c*)

Les enfans d'Iſraël habitèrent donc au milieu des Cananéens, des Héthéens, des Amorrhéens, des Phéréſéens, des Hévéens & des Jébuſéens. Ils épouſèrent leurs filles, & firent le mal aux yeux du Seigneur, & ils adorèrent *Baal* & *Aſtaroth*. (*d*)

(*c*) Les ſavans critiques ont élevé une grande diſpute ſur ce fameux paſſage. La plupart ont aſſuré qu'il eſt impoſſible de faire manœuvrer des chariots de guerre dans ce pays, tout couvert de montagnes & de cailloux.

Secondement ils diſent que le pays ne nourriſſait point de chevaux ; & ils en apportent pour preuve tous les endroits de l'Ecriture où il eſt raconté, que la plus grande magnificence était de monter ſur de beaux ânes. Et juſqu'au temps des rois on voit que *Saül* courait après les âneſſes de ſon père quand il fut couronné.

Troiſièmement, il n'eſt point dit que ces peuples, cachés dans leurs montagnes & dans leurs cavernes, euſſent jamais fait la guerre à perſonne avant que les Iſraëlites vinſſent mettre tout leur pays à feu & à ſang ; par conſéquent ils ne pouvaient avoir des chariots de fer armés en guerre. Ces chariots ne furent inventés que dans les grandes plaines qui ſont vers l'Euphrate. Ce ſont les Babyloniens & les Perſans qui mirent cette invention en pratique deux ou trois ſiècles après *Joſué*.

Quatrièmement, on reproche à l'auteur ſacré d'avoir laiſſé entendre que le Seigneur pouvait beaucoup ſur les montagnes, mais qu'il ne pouvait rien dans les vallées ; & que les Juifs ne regardaient leur dieu que comme un dieu local, comme le dieu d'un certain diſtrict, n'ayant aucun crédit ſur celui des autres ; ſemblable en cela à la plupart des dieux des autres nations. Mais le DIEU du ciel & de la terre s'était choiſi, ſelon tous les interprètes, un peuple particulier, & un lieu particulier pour y exercer juſtice & miſéricorde.

(*d*) Les critiques ne comprennent pas comment, tous les Cananéens ayant été exterminés par une armée de ſix cents mille Iſraëlites ; & tout ayant été paſſé au fil de l'épée ſans miſéricorde, les Hébreux cependant épouſèrent leurs filles, & donnèrent les leurs aux enfans de ces

Le Seigneur étant donc en colère contre Iſraël, les livra entre les mains de *Cuzan Razathaïm* roi de Méſopotamie, dont ils furent eſclaves pendant huit ans. (*e*)

peuples. M. *Fréret* ſoutient que le texte eſt corrompu. Cette contradiction, dit-il, eſt trop forte. On fait dire dans le livre des Juges tout le contraire de ce qu'on a dit dans le livre de *Joſué*. Le livre des Juges ſe contredit lui-même; il y eſt énoncé *que les Jébuſéens demeurèrent dans Jéruſalem avec les enfans de Benjamin, comme ils y ſont encore aujourd'hui.* Et il eſt dit dans *Joſué*, *que les enfans de Juda ne purent exterminer les habitans de Jéruſalem, & que le Jébuſéen y habita avec les enfans de Juda juſqu'à aujourd'hui.* C'eſt ſur quoi M. l'abbé de *Tilladet*, & ſurtout M. l'abbé de *Longuerue*, avaient propoſé de remettre dans leur ordre tous les paſſages de l'Ecriture qui ſemblent ſe contredire, & principalement les premiers chapitres des Juges & les derniers chapitres de *Joſué*. Mais il n'y avait que l'Egliſe ſeule, aſſemblée en concile, qui pût entreprendre un ouvrage ſi hardi & ſi pénible. Il eût fallu confronter tous les exemplaires des Bibles, toutes les différentes fautes des copiſtes, toutes les différentes leçons. Il a paru plus prudent de laiſſer l'ivraie avec le bon grain, que de s'expoſer à perdre l'un & l'autre à la fois. Il ne reſte aux fidelles qu'à ſe défier de ce qui eſt intelligible, & à ne point chercher l'explication de ce qui eſt trop obſcur. Le médecin *Aſtruc* lui-même y a échoué.

(*e*) *Woolſton* oſe déclarer nettement que l'hiſtoire des Juges eſt fauſſe, ou que celle de *Joſué* l'eſt d'un bout à l'autre. Il n'eſt pas poſſible, dit-il, que les Juifs aient été eſclaves immédiatement après avoir détruit tous les habitans du Canaan avec une armée de ſix cents mille hommes. Quel eſt ce *Cuzan Razathaïm* roi de Méſopotamie, qui vient tout d'un coup mettre à la chaîne tous les enfans d'Iſraël? comment eſt-il venu de ſi loin, ſans qu'on diſe rien de ſa marche? Le texte dit bien, à la vérité, que c'eſt un châtiment du Seigneur pour avoir donné leurs filles en mariage aux Cananéens, & pour en avoir reçu des filles: mais il eſt trop aiſé de dire que lorſqu'on a été vaincu, c'eſt parce qu'on a péché, & que quand on a été vainqueur, c'eſt parce qu'on a été fidelle. Il n'y a aucune nation ni aucune bourgade de ſauvages qui n'en puiſſe dire autant. Il ſera toujours impoſſible de comprendre comment ſix cents mille hommes peuvent avoir été réduits en ſervitude dans le même pays qu'ils venaient de conquérir; de même qu'il eſt impoſſible qu'ils aient exterminé tous les anciens habitans, & qu'enſuite ils ſe ſoient alliés avec eux. Cette foule de contradictions n'eſt pas ſoutenable. Il eſt dit qu'au bout de huit ans d'eſclavage ils chaſſèrent

.... Les enfans d'Israël furent esclaves d'*Eglon* roi des Moabites pendant dix-huit ans.... Les enfans d'Israël envoyèrent un jour des tributs à *Eglon* roi des Moabites, par *Aod* fils de *Géra*. *Aod* se fit un poignard à deux tranchans, ayant au milieu une poignée de la longueur d'une palme, & le mit sous sa tunique sur sa cuisse droite..... Et il dit au roi dans sa chambre d'été: J'ai un mot à vous dire de la part de DIEU. Et le roi se leva de son trône, & *Aod* ayant porté sa main gauche sur son poignard à son côté droit, le lui enfonça dans le ventre si vigoureusement, que le manche suivit le fer & fut recouvert de la graisse d'*Eglon*, qui était fort gras. Et aussitôt les excrémens du roi, qui étaient dans son ventre, sortirent par en bas..... (*f*)

& tuèrent ce *Cuzan Razathaïm* roi de Syrie & de Mésopotamie; mais on ne nous instruit point d'une guerre qui dut être considérable, & le lecteur reste dans l'incertitude.

Nous avons avoué dans toutes nos remarques, que le texte de l'Ecriture est très-difficile à entendre. Il peut y avoir des transpositions de copiste; & une seule suffit quelquefois pour répandre de l'obscurité dans toute l'histoire. Nous redisons que le mieux est de s'en rapporter aux interprètes approuvés par l'Eglise.

(*f*) C'est cette aventure si célèbre qui a été tant de fois citée chez plus d'un peuple chrétien, & dont on a tant abusé pour exciter les fanatiques au parricide & à l'assassinat des rois. On sait assez que du temps de la ligue en France les prédicateurs criaient en chaire: *Il nous faut un Aod. Grand Dieu, donnez-nous un Aod! la sainte Eglise n'aura-t-elle jamais un Aod?* On sait comme le moine *Jacques Clément* fut béatifié, comme on mit son portrait sur l'autel, comme on l'invoqua; & on en aurait fait autant de *Ravaillac*, si *Henri IV* s'était trouvé dans les mêmes circonstances que *Henri III*. Les Romains ont toujours révéré *Scévola*, qui voulut assassiner leur roi *Tarquin*. Les Athéniens dressèrent des statues à *Harmodius* & à *Aristogiton*, assassins des enfans de *Pisistrate*. *Henri de Transtamare* a été loué des historiens espagnols, pour avoir assassiné son propre frère & son roi légitime désarmé dans sa tente. *Philippe II* roi d'Espagne donna la noblesse, non-seulement de mâle en

Aod ſe ſauva pendant que tout le monde était troublé, & il ſonna de la trompette ſur la montagne d'Ephraïm. Les Iſraëlites ſuivirent *Aod*, ils ſe ſaiſirent des gués du Jourdain par où l'on paſſe au pays des Moabites ; & ils en tuèrent environ dix mille, & aucun n'échappa. (*g*)

Et le pays fut en repos pendant quatre-vingts ans.... Après *Aod* fut *Sangar*, qui tua ſix cents Philiſtins avec un ſoc de charrue, & qui défendit Iſraël.

Et après la mort d'*Aod*, les fils d'Iſraël recommencèrent à faire le mal aux yeux du Seigneur ; & le

mâle, mais de fille en fille, à la famille de *Balthazard Gérard* aſſaſſin de *Guillaume* prince d'Orange.

Milton a fait un livre entier pour juſtifier l'aſſaſſinat juridique du roi *Charles I ;* & dans ce livre il parcourt tous les meurtres des rois rapportés dans l'hiſtoire ſainte & dans l'hiſtoire profane. On peut regarder ce livre comme le dictionnaire des aſſaſſinats.

Gordon, dans ſes notes, eſt pénétré d'une reſpectueuſe admiration pour l'aſſaſſinat de *Jules Céſar*, tué en plein ſénat par vingt pères-conſcrits qu'il avait comblés de biens & d'honneurs. Ces aſſaſſins avaient le même prétexte qu'*Aod*, la liberté.

Il n'eſt point ſpécifié dans la ſainte écriture que DIEU ait ordonné à cet *Aod* d'aller enfoncer ſon poignard dans le ventre de ſon roi : mais *Aod*, pour récompenſe, fut juge du peuple de DIEU. Cet exemple ne peut tirer à conſéquence ; un jugement particulier du Seigneur ne peut prévaloir contre les lois du genre-humain émanées de DIEU même. *Aod* était inſpiré par le Seigneur ; & le moine *Jacques Clément* ne fut inſpiré que par la rage du fanatiſme.

(*g*) Les Moabites ont été détruits par *Joſué* ; & ils reparaiſſent & reparaîtront encore : *Aod* en tue dix mille. Il faut remarquer que ce petit pays de Moab n'eſt point ſitué dans le Canaan propre, mais fort loin dans le déſert de Syrie ; qu'il n'y a jamais eu dans ce déſert qu'une très-petite horde d'Arabes vagabonds ; que jamais il n'y eut ni ville, ni habitation fixe ; que le pays n'eſt qu'un ſable ſtérile, que ce n'eſt qu'un paſſage pour aller vers Damas.

Seigneur les livra à *Jabin* roi des Cananéens, dont la capitale était Azor. (*h*)

Les fils d'Iſraël crièrent donc au Seigneur; car *Jabin* avait neuf cents chariots de guerre armés de faux; & il les opprima avec véhémence pendant vingt ans. (*i*)

Or il y avait une prophéteſſe nommée *Débora* femme de *Lapidoth*, laquelle jugeait le peuple..... Elle envoya donc chercher *Barac*, & lui dit: Le Seigneur Dieu d'Iſraël t'ordonne d'aller & de mener dix mille combattans ſur le mont Thabor.... (*k*)

(*h*) Qu'entend l'auteur par un repos de quatre-vingts ans? Ces mots ne peuvent ſignifier que les Juifs furent les maîtres de la contrée pendant ce grand nombre d'années, mais ſeulement qu'on ne les inquiéta pas. Il faut bien pourtant qu'on les inquiétât, puiſque *Sangar* ſucceſſeur d'*Aod* tue ſix cents Paleſtins, ou Philiſtins, ou Phéniciens, avec le fer d'une charrue. Il fallait que ce *Sangar* fût auſſi fort que *Samſon*.

Immédiatement après, les Juifs ſont réduits en eſclavage pour la troiſième fois par ces mêmes Cananéens qui avaient été exterminés juſqu'au dernier. Ce chaos hiſtorique eſt bien difficile à débrouiller. L'auteur ſacré écrivait pour des Juifs, qui probablement étaient inſtruits des particularités de leur hiſtoire, & qui entendaient aiſément ce que nous ne pouvons comprendre.

(*i*) On n'a point encore entendu parler de ce roi *Jabin*, qui régnait dans le Canaan envahi par *Joſué*, & qui avait neuf cents chariots de guerre. Nous ne pouvons dire de ces chariots que ce que nous en avons déjà dit. *Diodore* de Sicile nous conte que le prétendu *Séſoſtris* alla conquérir le monde avec dix-huit cents chariots. Le roi *Jabin* n'en pouvait conquérir que la moitié. Mais où avait-il pris ſes neuf cents chariots? Et toujours la même queſtion: Comment les ſix cents mille ſoldats de *Joſué*, qui en avaient dû engendrer douze cents mille autres, furent-ils eſclaves, & leurs enfans auſſi? eſclaves dans ce petit terrain que DIEU leur avait promis par ſerment? *O Altitudo!*

(*k*) *Débora* eſt la ſeconde prophéteſſe, car *Marie* ſœur de *Moſé* le fut avant elle; mais *Débora* fut la première & la ſeule qui fût juge. On eſt ſurpris de ne trouver ni dans le Lévitique, ni dans le Deutéronome, ni dans l'Exode, ni dans les Nombres, aucune loi qui permette aux

Or *Sizara* (capitaine des armées du roi *Jabin*) fut saisi de terreur. Le Seigneur renversa tous ses chariots & tous ses soldats dans la bouche du glaive, de sorte que *Sizara* descendit de son chariot pour mieux fuir à pied.....

Sizara ainsi fuyant parvint à la tente de *Jahel* femme d'*Haber* Cinéen, car il y avait paix alors entre *Jabin* roi d'Azor & la famille de *Haber* le Cinéen.

Jahel étant donc venue au-devant du capitaine *Sizara*, lui dit : Entrez dans ma tente, ne craignez rien. Il entra dans la tente, & elle le couvrit d'un manteau. Et il lui dit : Donne-moi, je t'en prie, à boire, car j'ai grande soif. Elle lui donna du lait plein une peau de bouc. Et *Sizara* s'étant endormi, *Jahel*, femme d'*Haber*, prenant un grand clou de sa tente avec un marteau, rentra tout doucement, & enfonça le clou à coup de marteau dans la tempe & dans la cervelle de *Sizara* jusqu'en terre. Et le sommeil de *Sizara* se joignit au sommeil de la mort. (*l*)

femmes de juger les hommes. Il y a eu de tout temps, & dans toutes les histoires anciennes, des femmes qui ont prédit l'avenir, mais on ne leur attribua jamais de jurisdiction.

Le mont Thabor est très-loin au septentrion de cette ville d'Azor où demeurait le roi *Jabin*, dans la basse Galilée. Il fallait donc que le roi *Jabin* eût conquis tout le Canaan. Aussi quelques auteurs juifs lui donnent une armée de trois cents mille fantassins, de dix mille cavaliers, & de trois mille chariots.

Le mont Thabor est une montagne très-célèbre dans l'écriture sainte, par la splendeur qui brilla sur la robe de JESUS-CHRIST, & par l'entretien qu'il eut avec *Mosé* & *Elie*.

(*l*) L'action de *Jahel* a été regardée par les critiques comme plus horrible encore que l'assassinat du roi *Eglon* par *Aod*; car *Aod* pouvait avoir du moins quelque excuse de tuer un prince qui avait rendu sa nation esclave ; mais *Jahel* n'était point juive, elle était femme d'un

Or les enfans d'Ifraël firent encore le mal devant le Seigneur ; & il les livra pendant fept ans entre les mains des Madianites, & ils furent très-opprimés. Ils fe creusèrent des antres dans les cavernes & dans les montagnes pour fe cacher...... Et ils crièrent au Seigneur, lui demandant du fecours contre les Madianites......

Or l'ange du Seigneur vint s'affeoir fous un chêne à Ephra, appartenant à *Joas* le chef de la famille d'*Efri*. Et *Gédéon* fon fils battait & vannait fon blé dans le preffoir. L'ange du Seigneur lui apparut donc & lui dit : DIEU eft avec toi..... tu délivreras Ifraël de la puiffance des Madianites. Et *Gédéon* lui dit : Si j'ai trouvé grâce devant toi, donne-moi un figne que c'eft toi qui parles à moi ; refte ici jufqu'à ce que je revienne t'apporter un facrifice. *Gédéon* étant donc rentré chez lui, fit cuire un chevreau & des galettes de pain. Il mit le jus dans un pot, & l'apporta fous le chêne. L'ange du Seigneur étendit la verge qu'il tenait à fa main ;

Cinéen qui était en paix avec le roi *Jabin*. Nous n'examinons pas ici, comment le texte peut dire qu'un particulier était en paix avec un roi qui avait trois cents mille hommes fous les armes. Nous n'examinons que la conduite de *Jahel* qui affaffine le capitaine *Sizara* à coups de marteau, & qui cloue fa cervelle à terre. On ne dit point quelle récompenfe les Juifs lui donnèrent. Seulement on lui donne des éloges dans le cantique de *Débora*. Elle n'aurait aujourd'hui chez nous ni récompenfe ni éloge. Les temps font changés. Il eft vrai que dans la guerre des fanatiques des Cévènes, ces malheureux avaient une prophéteffe nommée *la grande Marie*, qui dès que l'efprit lui avait parlé, condamnait à la mort les captifs faits à la guerre ; mais c'était un abus horrible des livres facrés. C'eft le propre des fanatiques qui lifent l'écriture fainte de fe dire à eux-mêmes : DIEU a tué, donc il faut que je tue ; *Abraham* a menti, *Jacob* a trompé, *Rachel* a volé ; donc je dois voler, tromper, mentir. Mais, malheureux ! tu n'es ni *Rachel*, ni *Jacob*, ni *Abraham*, ni DIEU : tu n'es qu'un fou furieux, & les papes qui défendirent la lecture de la Bible furent très-fages.

& un feu ſortit de la pierre ſur laquelle était le chevreau & les galettes, il conſuma tout, & l'ange diſparut. (*m*)

..... Donc tout le Madian, & *Amalec*, & tous les peuples orientaux s'aſſemblèrent & paſſèrent le Jourdain..... Mais l'eſprit du Seigneur remplit *Gédéon*, qui ſonna du cornet & aſſembla toute la maiſon d'*Abiézer*..... Et *Gédéon* dit à DIEU : Si tu veux ſauver Iſraël par ma main, comme tu l'as dit, je vais mettre une toiſon dans mon aire ; & ſi la roſée ne tombe que ſur la toiſon, le reſte étant ſec, je connaîtrai que tu veux ſauver Iſraël par ma main. Et il fut fait ainſi, car ſe levant la nuit il preſſa ſa toiſon, & il en remplit une taſſe de roſée.

Il dit encore à DIEU : Ne te fâche pas ſi je demande encore un ſigne pour gage ; je te prie que la toiſon ſeule ſoit ſèche, & que la terre d'alentour ſoit humide. Et DIEU fit cette nuit comme *Gédéon* avait demandé ; la toiſon fut ſèche, & la terre d'alentour fut humide. (*n*)

(*m*) *Vorſtius* rejette l'hiſtoire de *Gédéon*, & la croit inſérée dans le Canon par une main étrangère. Il la déclare indigne de la majeſté du peuple de DIEU. Ce n'eſt pourtant pas à nous à décider de ce qui en eſt digne. *Gédéon* ne fait ici que ce que fit *Abraham*. DIEU donna auſſi un ſigne à *Moſé*. DIEU donne des ſignes à preſque tous les prophètes juifs. Que ce ſoit dans un palais ou dans une grange, il n'importe. DIEU gouverna les Juifs immédiatement par lui-même ; il leur parla toujours lui-même, ſoit pour les favoriſer, ſoit pour les châtier ; il leur donna toujours des ſignes lui-même ; il agit toujours lui-même. Il apparaiſſait toujours en homme. Mais à quoi pouvait-on le reconnaître ?

(*n*) Le curé *Jean Meſlier*, dans ſon teſtament, tourne toute cette hiſtoire en ridicule, & le pot rempli de jus, & l'aire & le preſſoir de *Gédéon*, & ce pauvre homme qui eſt eſclave dans un pays que ſon grand-père avait conquis, étant un des ſix cents mille vainqueurs de la Paleſtine, & ſa défiance quand il eſt ſûr que c'eſt DIEU même qui lui parle, &

..... *Gédéon* entra donc dans le camp des ennemis avec trois cents hommes à la première veille ; & ayant éveillé les gardes, ils ſe mirent à ſonner du cornet, à caſſer leurs cruches, (dans leſquelles ils avaient mis leurs lampes) & tout le camp des Madianites en fut troublé, & ils s'enfuirent en hurlant...... Or il ne reſta à ce peuple oriental que quinze mille hommes, car on en tua cent vingt mille dans la bataille. (*o*)

Gédéon eut ſoixante & dix fils ſortis de ſa cuiſſe, parce qu'il avait eu pluſieurs femmes. Et une concubine qu'il avait à Sichem lui enfanta encore un fils nommé *Abimélec*.

Et les Sichémites lui donnèrent ſoixante & dix ſicles

ſes diſcours avec DIEU, & les réponſes de DIEU, & la toiſon tantôt ſèche tantôt humide.

Tout cela, cependant, n'eſt pas plus extraordinaire que le reſte. *Calmet* a raiſon de dire que ſi on ſe révolte contre le merveilleux, il faudra ſe révolter contre toute la Bible. C'eſt pouſſer les incrédules au pied du mur. Ils ne veulent jamais comprendre que ces temps-là n'ont aucun rapport avec les nôtres.

(*o*) A la vérité les gens de guerre de nos jours ne haſarderaient pas un pareil ſtratagème. Ce n'eſt point avec trois cents cruches qu'on gagne à préſent des batailles. Le texte dit que chacun des trois cents combattans tenait une lampe de la main gauche, & un cornet de la main droite. Ces armes ſont faibles ; leurs lampes ne pouvaient ſervir qu'à faire diſcerner leur petit nombre. Celui qui tient une lampe eſt vu plutôt qu'il ne voit, à moins qu'il n'ait une lanterne ſourde. C'eſt-là ce que diſent les critiques.

Auſſi cette victoire de *Gédéon* doit être regardée comme un miracle, & non comme un bon ſtratagème de guerre. Ce qui rend le miracle évident, c'eſt que ces trois cents hommes, armés d'une lampe & d'un cornet, tuèrent cent vingt mille Madianites. Nous paſſons ici ſous ſilence les peuples de Socoth, dont *Gédéon* briſa les os avec les épines du déſert, pour avoir refuſé des rafraîchiſſemens à ſes troupes fatiguées d'un ſi grand carnage. Nous verrons *David* en faire autant. Les Juifs, & peuples & chefs, & rois & prêtres, ne ſont pas trop miſéricordieux.

d'argent, qu'ils tirèrent du temple de Baal-bérith. Et *Abimélec*, avec cet argent, leva une troupe de gueux & de vagabonds. Et il vint à la maifon de fon père, (qui était mort) & il égorgea fur une même pierre fes foixante & dix frères fils de *Gédéon*. Et il ne refta que *Joatham* le dernier des enfans, qui fut caché. (*p*)

Et tous les hommes de Sichem & de Mello, ou du Creux, allèrent établir roi *Abimélec* près du chêne qui était dans Sichem. Et *Joatham*, l'ayant appris, fe mit fur le haut de la montagne Garifim, & dit aux gens de Sichem :

Les arbres allèrent un jour pour oindre un roi ; & ils dirent à l'olivier : commande fur nous. L'olivier répondit : Puis-je laiffer mon huile, dont les dieux &

(*p*) Les critiques fe foulèvent contre cette multitude abominable de fratricides. Ils difent que ce crime eft auffi improbable qu'odieux. La raifon d'Etat, cette infame excufe des tyrans, ne pouvait être connue felon eux de la petite horde juive à peine fortie d'efclavage, & qui ne poffédait pas alors une ville. Ces cruautés n'ont été exercées, dit-on, que dans de vaftes empires, pour prévenir les révoltes des frères. Si *Clotaire* & *Childebert*, fils de *Clotilde*, affaffinèrent deux petits enfans de *Clotilde* prefque au berceau, fi *Richard III* en Angleterre affaffina fes deux neveux, fi *Jean* fans terre affaffina le fien ; nous étions tous des barbares en ces temps-là : mais ces horreurs n'approchent pas de celle d'*Abimélec*, qui fut commife fans être excitée par un grand intérêt. Il femble que les Juifs ne tuent que pour avoir le plaifir de tuer. On les repréfente continuellement comme le peuple le plus féroce, & le plus imbécille à la fois, qui ait fouillé & enfanglanté la terre.

Mais remarquons que les livres facrés ne louent point cette action comme ils louent celles d'*Aod* & de *Jahel*.

Les critiques reprochent encore au peuple de DIEU, de n'avoir point eu de temple, lorfque les Phéniciens en avaient à Baal-bérith, à Sidon, à Tyr, à Gaza. Ils ne peuvent concevoir comment le Dieu jaloux ne voulut pas avoir un temple auffi, & donner à fon peuple de quoi en bâtir un, après lui avoir tant juré qu'il lui donnerait tous les royaumes, de la mer méditerranée à l'Euphrate. Ils demandent toujours compte à DIEU de fes actions ; & nous nous bornons à les révérer.

les hommes se servent?.... Puis au figuier.... puis à la vigne, qui répondit : Puis-je abandonner mon vin, qui est la joie de DIEU & des hommes?..... Puis au buisson, qui dit : Si vous me voulez pour roi, mettez-vous sous mon ombre, sinon que le feu sorte du buisson, & qu'il dévore les cèdres du Liban..... Puis *Joatham* s'enfuit..... *Abimélec* gouverna donc trois ans Israël. (*q*)

..... Le Seigneur étant en colère contre les Israëlites, les livra aux Philistins & aux enfans d'*Ammon*, & ils furent violemment opprimés & affligés pendant dix-huit ans. (*r*)

(*q*) Voici le premier apologue qui soit parvenu jusqu'à nous ; car il y en a de plus anciens chez les Arabes, les Persans & les Indiens. Les censeurs, qui ont objecté que les arbres ne marchent pas, devaient considérer que si la fable les fait parler, elle peut les faire marcher. Cet apologue est tout-à-fait dans le goût oriental.

Le seul défaut de cette fable, est qu'elle ne produit rien ; au contraire, *Abimélec* n'en règne pas moins sur les Hébreux : c'est-là le grand reproche de tous les critiques. Ils ne peuvent souffrir que le guide, l'ami, le Dieu de *Mosé*, de *Josué*, le conducteur de son peuple, fasse régner un aussi grand scélérat qu'*Abimélec*. *Jean Meslier* s'emporte jusqu'à dire que cette fable du règne d'*Abimélec* est bien plus fable que celle des arbres, & d'une morale bien plus condamnable, & qu'on ne sait quel est le plus cruel, de *Mosé*, de *Josué* & d'*Abimélec*.

Woolston prétend que les Juifs étaient alors idolâtres ; & sa raison est que l'olivier dit que son jus plaît aux dieux & aux hommes. Il veut prouver d'après les prophètes, & d'après *saint Etienne*, qu'ils furent toujours idolâtres dans le désert, où ils n'adorèrent que les dieux *Rempham* & *Kium* ; & il conclut de-là que la religion juive ne fut véritablement formée qu'après la dispersion des dix tribus, & après la captivité de Babylone. Il est vrai que les Juifs, de leur propre aveu, furent très-souvent idolâtres ; mais aussi c'est pour cela sans doute qu'ils furent si malheureux.

(*r*) Voilà encore, disent les critiques, les Juifs errans ou en esclavage pendant dix-huit ans. C'est la sixième servitude dans laquelle ils croupirent, après s'être rendus maîtres de tout le pays avec une armée de six cents mille hommes. Il n'y a point d'exemple d'une contradiction pareille dans l'histoire profane.

Il y avait en ce temps-là un homme très-fort & bon guerrier, nommé *Jephté le Galaadite*, fils d'une prostituée & de *Galaad*. Or *Galaad* ayant eu d'autres fils de sa femme, ceux-ci étant devenus grands, chassèrent *Jephté* de la maison comme fils d'une mère indigne. Et *Jephté* s'enfuit dans la terre de Tob, & se mit à la tête d'une troupe de gueux & de voleurs, qui le suivirent. (*s*)

(*s*) *Toland*, *Tindal*, *Woolston*, le lord *Bolingbroke*, *Mallet* son éditeur, prétendent prouver que les Hébreux n'étaient que des Arabes voleurs, sans foi, sans loi, sans principes d'humanité, dont la seule demeure était dans des cavernes dont ce pays est rempli, & qu'ils en sortaient quelquefois pour aller piller; & que les peuples voisins les poursuivirent comme des bêtes sauvages, tantôt les punissant par le dernier supplice, tantôt les mettant en esclavage. Les Juifs mêmes avouent, dans les livres composés par eux si long-temps après, que *Jephté* n'était qu'un chef de voleurs, *Abimélec* un autre chef de voleurs, souillé du sang de toute sa famille. Ces critiques n'ont pas honte de mettre *Josué*, *Caleb*, *Eléasar*, & *Mosé* lui-même, au nombre de ces voleurs. Le lord *Bolingbroke* dit, après *Marsham*, que toutes les hordes arabes de ce pays-là avaient coutume de voler au nom de leurs dieux, & que c'était un ancien proverbe arabe, *Dieu me l'a donné*, pour signifier *je l'ai volé*. Ils soutiennent qu'il n'y avait point d'autre jurisprudence parmi ces barbares, & que le fond même de toutes les lois du Pentateuque se rapporte au brigandage, puisque la prétendue famille d'*Abraham* étant venue des bords de l'Euphrate, ne pouvait avoir rien acquis vers le Jourdain que par usurpation.

Nous répondons qu'il fallait bien que les Hébreux eussent déjà des lois, quand même ils auraient été aussi barbares & aussi voleurs que ces critiques les représentent; car *Jephté* est chassé de la maison de son père comme fils d'une prostituée. Ils répliquent qu'il n'y a aucune loi dans le Pentateuque même contre les enfans des prostituées, & que, selon le texte, les enfans des servantes de *Rachel* & de *Lia* héritèrent comme les enfans de leurs maîtresses; que par conséquent aucune jurisprudence n'était encore établie chez le peuple juif; qu'il n'y eut jamais de véritable loi dans ce temps-là parmi ces peuples vagabonds, que la loi du partage des dépouilles; & qu'enfin toute cette histoire n'est qu'un récit confus de vols & de brigandages. *Calmet*, sur ce passage de *Jephté*, avoue expressément, *que le nom de voleur n'était pas aussi odieux autrefois qu'aujourd'hui*. Aucune de ces raisons pour & contre

En ce même temps les enfans d'*Ammon* combattant contre les enfans d'Ifraël, & les pourfuivant vivement, les Ifraëlites fe réfugièrent vers *Jephté*, & lui dirent: Soyez notre prince, & combattez pour nous. Ils s'en allèrent donc avec lui en Galaad, & tout le peuple l'élut pour prince......

Jephté envoya des députés aux enfans d'*Ammon*, & leur fit dire: Le Seigneur Dieu d'Ifraël a détruit les Amorrhéens combattans contre fon peuple; & maintenant vous voulez pofféder les terres des Amorrhéens!.... (*t*)

Quoi donc! ce que votre Dieu *Chamos* poffède

ne détruit le grand principe, que Dieu donne les biens à qui il lui plaît. C'eft-là, felon notre avis, le grand dénouement qui réfout toutes les difficultés des incrédules.

(*t*) Cette députation & ce difcours montrent évidemment qu'il y avait déjà chez ces peuples un droit des gens reconnu. *Jephté*, tout chef de voleurs qu'il eft, agit en prince légitime dès qu'il eft reconnu chef des Hébreux. Il envoie des ambaffadeurs pour repréfenter fes raifons avant de les foutenir par les armes.

Nos adverfaires ne répondent à cet argument qu'en niant tous les anciens livres hébreux, & qu'en foutenant toujours qu'ils n'ont pu être compilés que par des lévites ignorans dans des fiècles très-éloignés de ces temps fauvages. Comme les Juifs, s'étant enfin établis à Jérufalem, eurent toujours la guerre avec les peuples voifins, ils voulurent enfin établir quelques anciens droits fur les terres qu'on leur difputait; & ce fut alors, difent les critiques, que les lévites compilèrent ces livres fur d'anciennes traditions; plus ils les remplirent de faits extraordinaires, de l'intervention continuelle de la Divinité, & de prodiges entaffés fur d'autres prodiges, plus ils éblouirent leur peuple fuperftitieux & barbare. L'intérêt perfonnel de ces lévites, auteurs de ces livres, était qu'on crût fermement tous les faits qu'ils annonçaient au nom de Dieu, puifque c'était fur la croyance de ces faits mêmes que leur fubfiftance était fondée.

Remarquons que ce fyftème des incrédules n'eft établi que fur une conjecture; & qu'une fuppofition, quand même elle ferait très-vraifemblable, ne fuffit pas pour conftater les faits.

n'eſt-il pas à vous de droit ? Laiſſez-nous donc en poſſeſſion de ce que notre Dieu a obtenu par ſes victoires. Nous avons habité pendant trois cents ans dans le pays *conquis;* pourquoi, dans tout ce temps-là, n'avez-vous pas réclamé vos droits ? .... (*u*)

Après cela l'eſprit du Seigneur fut ſur *Jephté*. Il courut tout le pays, & il voua un vœu au Seigneur, diſant : Si tu me livres les enfans d'*Ammon*, je te ſacrifierai en holocauſte (au Seigneur) le premier qui ſortira

(*u*) Nous ſommes obligés de réfuter les critiques preſque à chaque ligne. C'eſt ici leur plus grand triomphe. Ils croient voir une égalité parfaite entre *Chamos* Dieu des Ammonites, & *Adonaï* Dieu des Juifs. Ils ſont convaincus que chaque petit peuple avait ſon Dieu, comme chaque armée a ſon général. *Salomon* même bâtit un temple à *Chamos*. Ils croient que *Kium*, *Phégor*, *Belréem*, *Belzébuth*, *Adonis*, *Thammus*, *Moloc*, *Melchom*, *Baalméom*, *Adad*, *Amalec*, *Malachel*, *Adramalec*, *Aſtaroth*, *Dagon*, *Dercéto*, *Atergati*, *Marnas*, *Turo*, &c. étaient des noms différens qui ſignifiaient tous la même choſe, le ſeigneur du lieu. Chacun avait ſon ſeigneur du lieu ; & c'était à qui l'emporterait ſur les autres ſeigneurs. Chaque peuple combattait ſous l'étendard de ſon Dieu, comme des peuples barbares de l'Europe combattirent ſous les étendards de leurs ſaints après la deſtruction de l'empire romain.

Nos incrédules ſoutiennent que cette vérité eſt pleinement reconnue par *Jephté*. Ce que *Chamos* vous a donné eſt à vous, ce qu'*Adonaï* nous a donné eſt à nous. Il n'y a point de ſophiſme qui puiſſe détruire un aveu ſi clair & ſi clairement énoncé. *Calmet* dit *que c'eſt une figure de diſcours qu'on appelle conceſſion*. Mais il n'y a point là de figure de diſcours, c'eſt un principe que *Jephté* établit nettement, & ſur lequel il raiſonne. Il faut, ou rejeter entièrement le livre des Juges, ou convenir que *Jephté* admet deux Dieux également puiſſans.

La meilleure réponſe, à notre avis, ferait que le texte eſt corrompu dans cet endroit par les copiſtes, & qu'il n'était pas poſſible que *Jephté*, qui avait entendu parler de tous les miracles du Dieu des Juifs en faveur de ſon peuple, pût croire qu'il y eût un autre Dieu auſſi puiſſant que lui : *non eſt Deus ſicut Deus noſter*.

On pourrait encore dire que *Jephté* était fils d'un adorateur de *Baal*, & que peut-être il n'était pas encore aſſez inſtruit de la religion du peuple juif, qui l'avait choiſi pour ſon chef.

des portes de ma maiſon, & qui viendra au-devant de moi...... *Jephté* paſſa enſuite dans les terres des enfans d'*Ammon*, que DIEU livra entre ſes mains, & il ravagea vingt villes..... Mais lorſque *Jephté* revint dans ſa maiſon à Maſpha, ſa fille unique courut au-devant de lui en danſant au ſon du tambour. Et *Jephté* l'ayant vue, déchira ſes vêtemens, & lui dit: Hélas! ma fille, tu m'as trompé, & tu t'es trompée toi-même; car j'ai fait un vœu au Seigneur, & il faut que j'accompliſſe mon vœu. (*x*)

A quoi elle répondit: Mon père, ſi tu as fait un vœu, fais-moi ſelon ton vœu, puiſque cela t'a fait remporter la victoire ſur tes ennemis; je ne te demande qu'une grâce; laiſſe-moi deſcendre ſur les montagnes, afin que je pleure ma virginité pendant deux mois avec mes compagnes..... *Jephté* lui répondit: va; & elle alla pleurer ſa virginité ſur les montagnes. Et après deux mois elle revint chez ſon père; & ſon père lui

(*x*) Ce mot ſeul, *je te ſacrifierai en holocauſte*, décide la queſtion ſi long-temps agitée entre les commentateurs, ſi *Jephté* promit un vrai ſacrifice ou ſimplement une oblation qu'on pouvait évaluer à prix d'argent. S'il ne s'était agi que de quelques ſicles, de quelques dragmes, ce capitaine n'aurait pas déchiré ſes vêtemens en voyant ſa fille; il n'aurait pas dit en gémiſſant: J'ai fait un vœu, il faut que je l'accompliſſe. Il eſt ſtatué expreſſément au chapitre XXVII du Lévitique, *que tout ce qui ſera voué au Seigneur, ſoit homme, ſoit animal, ne ſera point racheté, mais mourra de mort.*

Nous ſommes donc obligés malgré nous de convenir que, ſelon le texte indiſputable des livres ſacrés, DIEU, maître abſolu de la vie & de la mort, permit les ſacrifices de ſang humain. Il les ordonna même. Il commanda à *Abraham* de ſacrifier ſon fils unique; & il reçut le ſang de la fille unique de *Jephté*. S'il arrêta le bras d'*Abraham*, c'eſt que ſon fils devait produire la race des Juifs; & s'il n'arrêta pas le bras de *Jephté*, c'eſt probablement parce que le peuple juif était déjà nombreux. Nous ne propoſons cette ſolution qu'avec défiance, ſachant bien que ce n'eſt pas à nous de deviner les deſſeins & les raiſons de DIEU.

fit comme il avait voué, étant encore vierge. Et de-là vient que la coutume est encore parmi les filles d'Israël, de s'assembler tous les ans, & de pleurer pendant quatre jours la fille de *Jephté*. (*y*)

(*y*) La fille de *Jephté* demande de pleurer sa virginité avant de mourir. C'était le plus grand malheur pour les filles de cette nation, de mourir vierges; de-là vient qu'il n'y eut jamais de religieuses chez les Juifs. Le mot *descendre sur les montagnes* n'est qu'une faute de copiste, une inadvertance.

Les mots, *il lui fit comme il avait voué*, marquent trop clairement que le père immola sa fille. Il avait voué un holocauste.

Calmet traduit très-infidellement le texte par ces mots: *elle demeura vierge;* il y a: *étant encore vierge*, *ignorant l'homme.* Cette faute est d'autant plus impardonnable à *Calmet*, que dans sa note il dit tout le contraire. La voici: *il l'immola au Seigneur; elle était encore vierge.* Et dans sa dissertation sur le vœu de *Jephté*, il avoue que cette fille fut immolée.

Une raison non moins forte que *Calmet* devait alléguer, c'est que les filles juives pleurèrent tous les ans la fille de *Jephté* pendant quatre jours; *& cette coutume dure encore*, dit le texte. Or certainement on n'aurait point pleuré tous les ans une fille qui n'aurait été qu'offerte au Seigneur, consacrée, religieuse.

Il résulte de cette histoire que les Juifs immolaient des hommes, & même leurs enfans; c'est une chose incontestable.

Le même commentateur dit que le sacrifice d'*Iphigénie* est pris de celui de la fille de *Jephté.* Rien n'est plus mal imaginé; jamais les Grecs ne connurent les livres des Juifs; & les fables grecques eurent toujours cours dans l'Asie.

Si le livre des Juges fut écrit du temps d'*Esdras*, il y avait alors cinq cents ans que l'aventure d'*Iphigénie*, vraie ou fausse, était publique. Si ce livre fut écrit du temps de *Saül*, comme quelques-uns le prétendent, il y a plus de deux cents ans entre la guerre de Troye & l'élection du roi *Saül.*

Langlet, dans toutes ses tables chronologiques, dit que *Jephté* fit un vœu indiscret de consacrer sa fille à une virginité perpétuelle. Rien n'est plus mal imaginé encore. Où serait l'indiscrétion si la virginité n'avait pas été une espèce d'opprobre chez les Juifs? Le père *Petau*, plus sincère, dit: *unicam filiam mactavit.*

Flavien Josephe, le seul juif qui ait écrit avec quelque ombre de méthode, dit positivement que *Jephte* immola sa fille. Cela ne prouve pas que l'histoire de *Jephté* soit vraie, mais que c'était l'opinion commune des Juifs. Un historien profane, qui n'est pas contemporain, n'est que le secrétaire des bruits publics; & *Flavien Josephe* est un auteur profane.

.... Cependant

..... Cependant les hommes d'Ephraïm se mirent à crier, & passèrent au septentrion, disant : Pourquoi, allant contre les Ammonites, ne nous a-t-on pas appelés? Nous allons donc mettre le feu à ta maison.... *Jephté* combattit donc contre Ephraïm ; & ceux de Galaad défirent ceux d'Ephraïm...... Ils se saisirent des gués du Jourdain par où les Ephraïmites devaient s'enfuir. Et lorsqu'un Ephraïmite, fuyant de la bataille, venait sur le bord de l'eau, & disait : laissez-moi passer, je vous prie, on lui répondait : prononce *Schiboleth* ; & comme ils prononçaient *Siboleth*, on les tuait aussitôt au passage du Jourdain. Et il y en eut quarante-deux mille de tués. (z)

(z) M. *Boulanger* prétend que *Jephté* n'était point un hébreu : „ Qu'il „ n'est dit nulle part qu'il fût hébreu ; que c'était un paysan des mon- „ tagnes de Galaad, qui ne furent point alors possédées par les Juifs ; que „ s'il avait été prince des Hébreux, la querelle de la tribu d'Ephraïm „ n'aurait pas eu la moindre vraisemblance ; que d'ailleurs les gués du „ Jourdain prouvent que le reflux du Jourdain vers sa source, du temps „ de *Josué*, est un miracle inutile & absolument faux ; que la fable de „ quarante-deux mille hommes tués l'un après l'autre aux gués du Jour- „ dain, pour n'avoir pu prononcer schiboleth, est une des plus grandes „ extravagances qu'on ait jamais écrites ; que si quatre ou cinq fuyards „ seulement avaient été tués à ces passages pour n'avoir pu bien prononcer, „ les quarante-deux mille suivans ne s'y seraient pas hasardés. Et de plus, „ dit-il, jamais ni la tribu d'Ephraïm, ni toutes les tribus ensemble de ce „ misérable peuple, ne purent avoir une armée de quarante mille hommes : „ tout est exagéré & absurde dans l'histoire juive ; & il est aussi honteux de „ la croire, que de l'avoir écrite. „

Il faut avouer que nul homme n'a parlé avec plus d'horreur & de mépris pour la nation juive que M. *Boulanger*, excepté peut-être milord *Bolingbroke*. Nous nous sommes fait une loi de rapporter toutes les objections, sans en rien diminuer, parce que nous sommes sûrs qu'elles ne peuvent faire aucun tort au texte.

Nous ne déciderons point dans quel temps l'histoire sacrée de *Jephté* fut écrite ; il suffit qu'elle soit reconnue pour canonique.

.... *Abdon*, fils d'*Hilel* de Paraton, fut juge d'Israël. Il eut quarante fils, & de ces fils trente petits-fils, qui montaient sur soixante & dix ânons....

Et les enfans d'Israël firent encore le mal devant le Seigneur, & ils furent esclaves des Philistins pendant quarante ans.....

Or il y avait un homme de la tribu de Dan nommé *Manué*, dont la femme était stérile. Et l'ange du Seigneur apparut à sa femme, & lui dit : Tu es stérile, tu concevras, & tu enfanteras un fils ; prends garde de ne boire du vin & de la bière ; tu ne mangeras rien d'immonde.... le rasoir ne passera point sur la tête de ton fils, car il sera nazaréen de DIEU dès son enfance & dès le ventre de sa mère..... Elle enfanta donc un fils, & elle l'appela *Samson*..... (*a*)

(*a*) Nous voici à cette fameuse histoire de *Samson*, l'éternel sujet des plaisanteries des incrédules. D'abord ils parlent de cette servitude de quarante années comme des autres. C'est leur continuel argument contre la protection de DIEU accordée à ce peuple, & contre les miracles faits en sa faveur. Jamais, disent-ils, on ne vit rien de plus injurieux à la Divinité que de faire son peuple toujours esclave. Et il n'y a pas de plus mauvaise excuse que d'imputer son esclavage à ses péchés ; car les vainqueurs étaient des idolâtres beaucoup plus pécheurs encore, s'il est possible. On répond que DIEU châtiait ses enfans plus sévèrement qu'un autre peuple, parce qu'ayant plus fait pour eux ils étaient plus criminels.

Le rasoir qui ne devait point passer sur la tête de *Samson* forme une petite difficulté. On ne rasait point les Juifs ; ils portaient tous leurs cheveux. On consacrait quelquefois une petite partie de ces cheveux à tous les dieux de l'antiquité. On mettait un peu de ces cheveux sur les tombeaux : & pour se couper les cheveux il semble qu'il fallait plutôt des ciseaux qu'un rasoir. Cependant on se rasait entièrement chez presque toutes les nations, quand on venait remercier les dieux d'être échappé d'un grand péril. La plupart de ces coutumes viennent d'Egypte, où les prêtres étaient rasés.

Les nazaréens chez les Juifs ne se rasaient point la tête pendant le temps de leur nazaréat, mais ils se rasaient le premier jour de cette consécration. Or ici il est dit que *Samson* ne se rasa jamais. C'était donc une sorte de

Samson descendit à Thamnatha ; & voyant des filles de Philistins, il dit à son père & à sa mère : J'ai vu des filles de Philistins, j'en veux épouser une ; donnez-moi celle-là parce qu'elle a plu à mes yeux.... (*b*)

Il vit en chemin un jeune lion furieux & rugissant ;

nazaréat différent de celui qui était en usage. Sa force singulière, pour laquelle il était si renommé, consistait en ses cheveux.

L'ancienne fable du cheveu de *Nisus* roi de Mégare, & de *Corneto* fille de *Ptérélas*, est, selon nos critiques, la source dans laquelle une partie de l'histoire de *Samson* est puisée. Ils croient que le reste est pris de la fable d'*Hercule*, qui eut autant de force que *Samson*, & qui succomba comme lui à l'amour des femmes. Le père *Petau* fait naître *Hercule* douze cents quatre-vingt-neuf ans avant notre ère ; & il ne paraît pas vraisemblable à nos critiques que l'histoire de *Samson* ait été écrite auparavant. C'est sur quoi ils fondent leur sentiment, que toutes les histoires juives, comme nous l'avons déjà dit, sont évidemment prises & grossièrement imitées des anciennes fables qui avaient cours dans le monde.

Le même *Petau*, qui fait naître *Hercule* douze cents quatre-vingt-neuf ans avant notre ère, ne fait commencer les exploits de *Samson* que onze cents trente-cinq ans avant la même ère. Supposé qu'il eût commencé à vingt-cinq ans, il serait donc né en 1110. *Hercule* était donc né cent soixante & dix-neuf ans avant *Samson*. Il est donc démontré, selon ces critiques, que la fable de *Samson*, trahi par les femmes, est une imitation de la fable d'*Hercule*. Les sages commentateurs répondent qu'il est possible que les deux aventures soient vraies, & que l'une ne soit point prise de l'autre ; que dans tous les pays on a vu des hommes d'une force extraordinaire, & que plus on est vigoureux plus on se livre aux femmes, & qu'alors on abrège ses jours.

(*b*) Le curé *Meslier* s'emporte à son ordinaire contre cette histoire sacrée, & plus violemment encore que contre les autres. » Quelle pitoyable sottise, » dit-il, de commencer la vie de *Samson*, nazaréen, particulièrement » consacré au Dieu des Juifs, par la contravention la plus formelle à la » loi juive ! Il était rigoureusement défendu aux Juifs d'épouser des étran- » gères, & encore plus d'épouser une philistine. Cependant *Manué* & sa » femme, qui ont consacré *Samson* dès sa naissance, lui donnent une phi- » listine en mariage, & cela dans une prétendue ville de Thamnatha qui » n'a jamais existé. Je voudrais bien savoir comment des Philistins pou- » vaient s'abaisser jusqu'à donner leurs filles à un de leurs esclaves ! »

il le déchira comme un chevreau, n'ayant rien dans ſes mains.

Et quelques jours après il trouva un eſſaim d'abeilles dans la gueule du lion, & un rayon de miel.... (*c*)

Après cela il continua ſon chemin. Et il prit trois cents renards, il les lia l'un à l'autre par la queue, & y attacha des flambeaux au milieu. Et, ayant allumé les flambeaux, il lâcha les renards qui brûlèrent tous les blés des Philiſtins, tant ceux qui étaient dans l'aire que ceux qui étaient ſur pied, & les vignes & les oliviers.... (*d*)

.... Et ayant trouvé une mâchoire d'âne, qui

(*c*) *Meſlier* trouve l'aventure du lion auſſi ridicule que le mariage à Thamnatha. Il dit que les abeilles qui font enſuite du miel dans la gueule de ce lion ſont la choſe du monde la plus impertinente ; que les abeilles ne font jamais leur cire & leur miel que dans des ruches ; qu'elles ne bâtiſſent leurs ruches que dans les creux des arbres, & qu'il faut une année entière pour qu'on trouve du miel dans ces ruches ; qu'elles ont une averſion inſurmontable pour les cadavres, & que l'auteur de ce miſerable conte était auſſi ignorant que dom *Calmet*, qui rapporte ſérieuſement la fable des abeilles nées du cuir d'un taureau. Quand on a de telles impertinences à commenter, dit *Meſlier*, il ne faut point les commenter, il faut ſe taire.

(*d*) Il parle avec la même indécence de l'aventure des trois cents renards. Elle lui paraît un conte abſurde, qui ne ſaurait même amuſer les enfans les plus imbécilles. *Calmet* a beau dire que la populace de Rome feſait courir un renard avec un flambeau allumé ſur le dos. *Bochart* a beau dire que cet amuſement de la canaille était une imitation de l'aventure des renards de *Samſon*. *Meſlier* n'en démord point ; il ſoutient qu'il eſt impoſſible de trouver à point nommé trois cents renards & de les attacher enſemble par la queue ; qu'il faudrait un temps trop conſidérable pour trouver ces trois cents renards, & qu'il n'y a point de renardier qui pût attacher ainſi trois cents renards. Si on trouvait, dit-il, un pareil conte dans un auteur profane, quel mépris n'aurait-on pas pour lui !

était à terre, il tua mille hommes avec cette mâchoire. (*e*)

Et le Seigneur ouvrit une des dents molaires de la mâchoire d'âne, & il en fortit une fontaine. Et *Samfon* ayant bu reprit fes forces.... & *Samfon* jugea vingt ans le peuple d'Ifraël.... (*f*)

Il alla à Gaza, y vit une proftituée, & entra dans elle.... Il prit les deux portes de la ville de Gaza, & les porta en la montagne d'Hébron.... (*g*)

..... En ce temps-là il y eut un homme du mont

(*e*) La mâchoire d'âne avec laquelle *Samfon* tue mille Philiftins fes maîtres, eft ce qui enhardit le plus *Meflier* dans fes farcafmes auffi infolens qu'impies. Il va jufqu'à dire (nous le répétons avec horreur) qu'il n'y a de mâchoire d'âne dans cette fable que celle de l'auteur qui l'inventa. Nous répondrons à la fois à toutes les criminelles injures de ce mauvais prêtre, à la fin de cet article de *Samfon*.

(*f*) Cet indigne curé fe moque de la fontaine que DIEU fait fortir d'une dent molaire, comme de tout le refte. Il dit qu'un mauvais roman, dépourvu de raifon, n'en eft pas plus refpectable pour avoir été écrit par un juif inconnu; que la Légende dorée & le Pédagogue chrétien n'ont aucun miracle qui approche de cette foule d'abfurdités.

(*g*) Les portes de Gaza emportées par *Samfon* fur fes épaules achèvent d'aigrir la bile de cet homme. Et fur ce que le lieu d'Hébron eft à douze lieues de la ville de Gaza, il nie qu'un homme puiffe pendant la nuit y porter les portes d'une ville depuis minuit, temps auquel *Samfon* s'éveilla, jufqu'au matin, fût-ce pendant l'hiver.

Nous répondons qu'il n'eft point dit qu'il les porta en une feule nuit; que s'il aima une courtifane, c'eft de cela même que DIEU le punit. Nous n'avons pas parlé de la critique que fait *Meflier*, de *Samfon* reconnu pour juge des Hébreux tandis qu'ils étaient efclaves. Cette critique porte trop à faux. Les Philiftins pouvaient très-bien permettre aux Juifs de fe gouverner felon leurs lois, quoique dans l'efclavage. C'eft une chofe dont on a des exemples.

Pour les prodiges étonnans opérés par *Samfon*, ce font des miracles qui montrent que DIEU ne veut pas abandonner fon peuple. Nous avons dit vingt fois que ce qui n'arrive pas aujourd'hui arrivait fréquemment dans ces temps-là. Nous croyons cette réponfe fuffifante.

O 3

Ephraïm, nommé *Michas*, qui dit à sa mère : Les onze cents pièces d'argent que vous aviez serrées, & qu'on vous avait prises, je les ai, elles sont entre mes mains. Sa mère lui répondit : que mon fils soit béni du Seigneur. *Michas* rendit donc ces pièces d'argent à sa mère, qui lui dit : j'ai voué cet argent au Seigneur, afin que mon fils le reçoive de ma main, & qu'il en fasse une image sculptée, jetée en fonte; & voilà que je te le donne. Le fils rendit cet argent à sa mère, qui en prit deux cents pièces d'argent qu'elle donna à un ouvrier en argent pour en faire un ouvrage de sculpture, jeté en fonte, qu'on mit dans la maison de *Michas*. Il fit aussi un éphod & des téraphim, c'est-à-dire, des vêtemens sacerdotaux & des idoles.... Il remplit la main d'un de ses enfans, & en fit son prêtre. (*h*) Il n'y avait

(*h*) L'histoire de *Michas* semble entièrement isolée. Elle ne tient à aucun des événemens précédens. On voit seulement qu'elle fut écrite du temps des rois juifs, ou après ces rois par quelque lévite, ou par quelque scribe. C'est une des plus singulières du canon juif, & des plus propres à faire connaître l'esprit de cette nation avant qu'elle eût une forme régulière de gouvernement. Nous ne nous arrêterons point à concilier les petites contradictions du texte; mais nous remarquerons, avec l'abbé de *Tilladet*, que *Michas* & sa mère font des dieux, des idoles sculptées, & tombent précisément dans le même péché qu'*Aaron* & les Israëlites, sans que le Dieu d'Israël y fasse la moindre attention. Il croit que ce n'est point un lévite qui a écrit cette histoire, parce que, dit-il, s'il avait été lévite, il aurait marqué au moins quelque indignation contre un tel sacrilége.

Le savant *Fréret* pense que chaque livre fut écrit en différens temps par différens lévites ou scribes, qui ne se communiquaient point leurs ouvrages; & même que l'aventure de *Michas* peut fort bien avoir été écrite avant que la Genèse & l'Exode fussent publics. Sa raison est qu'on trouve ici des aventures à-peu-près semblables à celles de l'Exode & de la Genèse, mais beaucoup moins merveilleuses : ce qui fait penser

point de roi alors en Israël, mais chacun fesait ce qui lui semblait bon.

Il y eut aussi un autre jeune homme de Bethléem qui est en Juda, qui était son parent; & il était lévite, & il habitait dans Bethléem. Et étant sorti de Bethléem pour voyager & chercher fortune, quand il vint au mont Ephraïm, il se détourna un peu pour aller dans la maison de *Michas*.... Interrogé par *Michas* d'où il venait, il répondit : Je suis lévite de Bethléem de Juda; je cherche à habiter où je pourrai.

Michas lui dit : Demeure chez moi, tu me feras père & prêtre; je te donnerai par an dix pièces d'argent & deux tuniques avec la nourriture.... Et en ce temps-là il n'y avait point de roi en Israël.... (*i*)

que l'auteur de la Genèse & de l'Exode a voulu enchérir sur l'auteur de *Michas*.

Ce sentiment du docte *Fréret* nous semble trop téméraire; mais il est très-vraisemblable que la horde juive, qui erra si long-temps dans les déserts & dans les rochers, se fit de petits dieux & de petites idoles mal sculptées avec des instrumens grossiers, & que chaque famille avait ses idoles dans sa maison, comme *Rachel* avait les siennes. Ce fut l'usage de presque tous les peuples, comme nous l'avons déjà observé.

(*i*) Selon *Fréret* cette histoire, très-curieuse, prouve que de tout temps il y eut des pères de famille qui voulurent avoir chez eux des espèces de chapelains & d'aumôniers. Il prétend, avec plusieurs autres, que l'esclavage où les Juifs étaient réduits dans la terre de Canaan, n'était pas un esclavage tel que celui qu'on essuie à Maroc & dans les pays d'Alger & de Tunis; que c'était une espèce de main-morte, telle qu'elle a été établie dans toutes les provinces chrétiennes. Il était permis à ces hordes hébraïques de cultiver les terres, & ils en partageaient les fruits avec leurs maîtres. Ainsi il pouvait y avoir quelques familles riches parmi ces esclaves, qui dans la suite des temps s'emparèrent d'une partie du pays, & se firent des chefs que nous nommons rois.

Et la tribu de Dan cherchait des terres pour y habiter.... Ayant donc choisi cinq hommes des plus forts pour servir d'espions & reconnaître le pays, les cinq hommes vinrent à la montagne d'Ephraïm... Ils entrèrent chez *Michas*, & ayant reconnu le lévite à son accent, ils le prièrent de consulter le Seigneur pour savoir si leur entreprise serait heureuse. Il leur répondit : Allez en paix ; le Seigneur a regardé votre voie & le voyage que vous faites....

Donc les cinq espions s'en allèrent à Laïs. Ils y virent les habitans qui étaient sans nulle crainte, en repos & en sécurité comme les Sidoniens, personne ne leur résistant, extrêmement riches, éloignés de Sidon, & séparés du reste des hommes. (*k*)

La veuve *Michas* & ses enfans étaient des paysans à leur aise. Il est naturel qu'un lévite pauvre, & n'ayant point de profession, ait couru le pays pour chercher à gagner du pain. Ce jeune lévite était un des esclaves demeurans à Bethléem petit village auprès du village de Jérusalem dans le pays des Jébuséens ; & il est à croire que les Hébreux n'avaient jamais eu en ce temps-là aucune terre en propre. Bethléem & Jérusalem sont, comme on sait, le plus mauvais pays de la Judée. Ainsi il n'est pas étonnant que ce lévite allât chercher fortune ailleurs.

(*k*) Il est assez difficile de comprendre comment la horde hébraïque, dispersée & esclave dans ces pays, osait envoyer des espions à Laïs, qui était une ville appartenante aux Sidoniens. Mais enfin la chose est possible. Les esclaves des Romains firent de bien plus grandes entreprises sous leur chef & compagnon *Spartacus*. Les mains-mortables d'Allemagne, de France & d'Angleterre, prirent plus d'une fois les armes contre ceux qui les avaient asservis. La guerre des paysans d'Allemagne, & surtout de Munster, est mémorable dans l'histoire. C'est-là, dit *Fréret*, le dénouement de toutes les difficultés de l'histoire juive. Les Hébreux errèrent très-long-temps dans la Palestine. Ils furent manœuvres, régisseurs, fermiers, courtiers, possesseurs de terres main-mortables, brigands, tantôt cachés dans des cavernes, tantôt occupant des défilés de montagnes ; & enfin cette vie dure leur ayant donné un tempérament plus robuste qu'à leurs voisins, ils acquirent en propre, par la révolte &

Ils revinrent donc vers leurs frères auxquels ils dirent : montons vers ces gens-là, car la terre eſt très-riche & très-graſſe.... Il partit donc alors de la tribu de Dan un corps de ſix cents hommes retrouſſés en armes belliqueuſes.... Ils paſſèrent en la montagne d'Ephraïm, & étant venus en la maiſon de *Michas*.... emportèrent l'image taillée, l'éphod, les idoles, & l'image jetée en fonte. Le prêtre lévite leur dit : que faites-vous là? Et ils répondirent : tais-toi ; ne vaut-il pas mieux pour toi d'être prêtre de toute une tribu d'Iſraël, que d'être prêtre chez un ſeul homme?.... Le lévite ſe rendit à leur diſcours. Il prit l'éphod, les idoles & les images de ſculpture, & il s'en alla avec eux.... (*l*) Et

par le carnage, le pays où ils n'avaient été d'abord reçus que comme les Savoyards qui vont en France, & comme les Limouſins & les Auvergnats qui vont faire les moiſſons en Eſpagne. Cette explication du docte *Fréret* ſerait très-plauſible, ſi elle n'était pas contraire aux livres ſaints. L'Ecriture n'eſt pas un ouvrage qui puiſſe être ſoumis à la raiſon humaine.

(*l*) Il n'eſt donc point abſolument contre la vraiſemblance que ſix cents hommes des hordes hébraïques aient paſſé en pleine paix par les défilés continuels des montagnes de la Paleſtine, pour aller faire un coup de main ſur les frontières des Sidoniens, & piller la petite ville de Laïs. Chemin feſant ils trouvent le prêtre de la famille *Michas* : ce prêtre ſe diſait devin, & telles ſont les contradictions de l'eſprit humain, que preſque tous les voleurs ſont ſuperſtitieux. Les bandits qui ravageaient l'Italie dans les derniers ſiècles, ne manquèrent jamais de faire dire des meſſes pour le ſuccès de leurs entrepriſes. Les Corſes en dernier lieu ſe confeſſaient avant d'aller aſſaſſiner leur prochain ; & ils avaient toujours un prêtre à leur tête dans leurs brigandages.

Les ſix cents voleurs juifs prirent donc le lévite de *Michas*, & ſes ornemens ſacrés. *Michas* court après ſes dieux, comme *Laban* après les ſiens lorſque ſa fille *Rachel* les lui vola. Nous avons obſervé qu'*Enée*, en fuyant de Troye vers le temps où le livre de *Michas* fut écrit, ne

Michas courut après eux en criant. Ils dirent à *Michas :* que veux-tu? pourquoi cries-tu? *Michas* répondit : vous m'enlevez mes dieux que je me suis faits, & mon prêtre; & vous me demandez pourquoi je crie!...

Les enfans de la tribu de Dan lui dirent : prends garde, ne parle pas si haut, de peur qu'il ne vienne à toi des gens peu endurans, qui pourraient te faire périr toi & ta maison....

Ils continuèrent donc leur chemin les six cents hommes & le prêtre, & ils vinrent dans la ville de Laïs, chez ce peuple tranquille qui ne se défiait de rien. Ils firent périr par la bouche du glaive tous les habitans, & brûlèrent la ville.... (*m*)

Ils s'approprièrent donc les idoles de sculpture, & ils établirent pour prêtre *Jonathan* fils de *Gerson*

manqua pas d'emporter ses petits dieux avec lui. Il y a de très-grandes ressemblances dans toute l'histoire ancienne.

L'auteur sacré n'approuve ni *Michas*, ni son lévite, ni la tribu de Dan.

(*m*) Il est étrange, dit l'abbé de *Tilladet*, que la horde juive, dès qu'elle prend une ville ou un village, mette tout à feu & à sang, massacre tous les hommes, toutes les femmes mariées, tous les bestiaux; & brûle tout ce qui pouvait leur servir dans un pays dont ils étaient sûrs d'être un jour les maîtres, puisque DIEU le leur avait promis par serment. Il y a non-seulement une barbarie abominable à tout égorger, mais une folie incompréhensible à se priver d'un butin dont ils avaient un besoin extrême.

Nous répondrons à l'objection pressante de M. l'abbé de *Tilladet*, que sans doute les Juifs ne brûlaient que ce qu'ils ne pouvaient pas emporter, comme maisons & meubles qui n'étaient pas à leur usage, mais qu'ils emmenaient avec eux les filles, les vaches, les moutons & les chèvres, avec quoi ils se retiraient dans les cavernes profondes qui sont si communes dans ces montagnes, & qui peuvent tenir jusqu'à quatre à cinq mille hommes. S'ils égorgèrent jusqu'aux filles dans Jéricho, c'était par un ordre exprès du Seigneur, qui voulait punir Jéricho.

fils de *Moïse*, pour être leur prêtre lui & ses enfans dans la tribu de Dan jusqu'au jour où elle fut captive. Et l'idole de *Michas* demeura parmi eux tout le temps que la maison de DIEU fut à Silo. (*n*)

Un lévite avec sa femme ne voulurent point passer par Jébus (qui fut depuis Jérusalem.) Ils

(*n*) Il faut toujours un prêtre à ces voleurs. Mais ce que M. l'abbé de *Tilladet* ne peut croire, c'est qu'un petit-fils de *Mosé* fût lui-même grand-prêtre des idoles dans une caverne de scélérats. Cela seul, dit-il, ferait capable de lui faire rejeter du Canon ce livre de *Michas*. Cela montre, dit *Fréret*, la décadence trop ordinaire dans les grandes familles. Le fils du roi *Persée* fut greffier dans la ville d'Albe ; & nous avons vu les descendans des plus grandes maisons demander l'aumône.

Le texte dit que l'idole de *Michas* demeura dans la tribu de Dan jusqu'à la captivité, pendant que la maison de DIEU était à Silo. Silo était un petit village, qui appartint depuis à la tribu d'Ephraïm. La maison de DIEU dont il est parlé ici, est le coffre, ou l'arche, le tabernacle du Seigneur. Il faut donc que les Hébreux, esclaves alors, eussent obtenu des maîtres du pays la permission de mettre leur arche dans un de leurs villages. Cette permission même, dit M. *Fréret*, ferait le comble de leur avilissement. Des gens pour qui DIEU avait ouvert la mer Rouge & le Jourdain, & arrêté le soleil & la lune en plein midi, pouvaient-ils ne pas posséder une superbe ville en propre, dans laquelle ils auraient bâti un temple pour leur arche?

On répond que ce temple fut en effet bâti plusieurs années après dans Jérusalem, & qu'un siècle de plus ou de moins n'est rien dans les conseils éternels de la Providence.

Il est difficile d'entendre le sens de l'auteur sacré, quand il dit que l'idole de *Michas* resta dans la tribu de Dan jusqu'au temps de la captivité. Plusieurs commentateurs croient que l'aventure de *Michas* arriva immédiatement après *Josué*.

Or *Josué* mourut selon le comput hébraïque l'an du monde 2561 ; & la grande captivité fut achevée par le roi *Salmanazar* en l'an 3283. Les idoles de *Michas* & leur service seraient donc dans la tribu de Dan sept cents vingt-deux ans. Cette histoire, comme on voit, n'est pas sans de grandes difficultés ; & la seule soumission aux décisions de l'Eglise peut les résoudre.

Ce qu'on peut recueillir de ces histoires détachées, qui semblent toutes se contredire, c'est que le culte hébraïque ne fut jamais uniforme ni fixe jusqu'au temps d'*Esdras*.

allèrent à Gabaa pour y demeurer. Et y étant entrés, ils s'assirent dans la place publique, & personne ne voulut leur donner l'hospitalité. Un vieillard les fit entrer dans sa maison, & donna à manger à leur âne. Et quand ils eurent lavé leurs pieds, il leur fit un festin....

Pendant le souper il vint des méchans de la ville, gens sans frein, qui environnèrent la maison du vieillard, frappant à la porte & criant : fais-nous sortir ce lévite afin que nous en abusions. Le vieillard allant à eux, leur dit : Mes frères, ne faites point ce mal ; cet homme est mon hôte ; ne consommez pas cette folie ; j'ai une fille vierge, & cet homme a sa concubine avec lui ; je vous les amenerai pour que vous les mettiez sous vous, & que vous assouvissiez votre débauche : (*o*) seulement, je vous prie, ne

(*o*) L'histoire du lévite & de sa femme ne présente pas moins de difficultés. Elle est isolée comme la précédente, & rien ne peut indiquer en quel temps elle est arrivée. Ce qui est très-extraordinaire, c'est qu'on y trouve une aventure à-peu-près semblable à une de celles qui sont consignées dans la Genèse ; & c'est ce que nous allons bientôt examiner.

Le lévite qui arrive dans Gabaa, & avec qui les Gabaïtes ont la brutalité de vouloir consommer le péché contre nature, semble d'abord une copie de l'abomination des Sodomites qui voulurent violer deux anges. Nous verrons ces deux crimes infâmes punis, mais d'une manière différente. Le lord *Bolingbroke* en prend occasion d'invectiver contre le peuple juif, & de le regarder comme le plus exécrable des peuples. Il dit qu'il était presque pardonnable à des Grecs voluptueux, à de jeunes gens parfumés, de s'abandonner dans un moment de débauche à des excès très-condamnables, dont on a horreur dans la maturité de l'âge : mais il prétend qu'il n'est guère possible qu'un prêtre marié, & par conséquent ayant une grande barbe à la manière des Orientaux & des Juifs, arrivant de loin sur son âne, accompagné de sa femme, & couvert de poussière, pût inspirer des désirs impudiques à toute une ville. Il n'y a rien, selon lui, dans les histoires les plus révoltantes de toute

commettez pas ce péché contre nature avec cet homme.

Or le lévite, voyant qu'ils n'acquiesçaient pas à cette proposition, leur amena lui-même sa concubine; il la mit entre leurs mains, & ils en abusèrent toute la nuit. Quand les ténèbres furent dissipées, la femme retourna à la porte de la maison & tomba par terre.... Le lévite s'étant levé pour continuer sa route, trouva sa femme sur le seuil, étendue & morte. Ayant reconnu qu'elle était morte, il la mit sur son âne, & s'en retourna en sa maison. Et étant venu chez lui, il prit un couteau & coupa le cadavre de sa femme en douze parts avec les os, & en envoya douze parts aux douze tribus d'Israël.... (*p*)

l'antiquité, qui approche d'une infamie si peu vraisemblable. Encore les deux anges de Sodome étaient dans la fleur de l'âge, & pouvaient tenter ces malheureux Sodomites.

Ici les Gabaïtes prennent un parti que les Sodomites refusèrent. *Loth* proposa ses deux filles aux Sodomites, qui n'en voulurent point: mais les Gabaïtes assouvissent leur brutalité sur la femme du prêtre, au point qu'elle en meurt. Il est à croire qu'ils la battirent après l'avoir déshonorée, à moins que cette femme ne mourût de l'excès de la honte & de l'indignation qu'elle dut ressentir; car il n'y a point d'exemple de femme qui soit morte sur le champ de l'excès du coït.

La maison du lévite, dans laquelle le lévite ramena le cadavre sur son âne, était devers la montagne d'Ephraïm, & sa femme était du village de Bethléem; on ne sait s'il rapporta sa femme à Bethléem ou à Ephraïm.

(*p*) L'idée d'envoyer un morceau du corps de sa femme à chaque tribu, est encore sans exemple, & fait frémir. Il fallut donc envoyer douze messagers chargés de ces horribles restes. Mais où étaient alors ces douze tribus? On croit que cette scène sanglante se passa pendant une des servitudes des Juifs.

Et puisque cette histoire du lévite est placée dans le Canon après celle de *Michas*, il faut qu'elle soit du temps de la dernière servitude, qui dura quarante ans. Mais nous verrons dans ce système une difficulté presque insurmontable.

Alors tous les enfans d'Ifraël s'affemblèrent comme un feul homme, depuis Dan jufqu'à Berfabée, devant le Seigneur à Mafpha. Et ils envoyèrent des députés à toute la tribu de Benjamin pour leur dire: Pourquoi avez-vous fouffert un fi grand crime parmi vous? Livrez-nous les hommes de Gabaa coupables, afin qu'ils meurent. Les Benjamites ne voulurent point écouter cette députation, mais ils vinrent de toutes leurs villes en Gabaa pour la fecourir, & combattre contre tout le peuple d'Ifraël. Il y avait vingt-cinq mille combattans de la tribu de Benjamin, outre ceux de Gabaa qui étaient fept cents hommes très-vaillans.... & les enfans d'Ifraël étaient quatre cents mille hommes portant les armes. (*q*)

(*q*) Si cette aventure arriva durant la grande fervitude de quarante ans, on eft embarraffé de favoir comment les douze tribus s'affemblèrent, & comment leurs maîtres le fouffrirent. C'était naturellement aux poffeffeurs du pays qu'on devait s'adreffer pour punir un crime commis chez eux. C'eft le droit de tous les fouverains, dont ils ont été extrêmement jaloux dans tous les temps.

Le texte donne vingt-cinq mille combattans à la tribu de Benjamin qui prit le parti des coupables; & quatre cents mille combattans aux onze autres tribus. En fuppofant la population égale, chaque tribu aurait eu trente-cinq mille quatre cents feize foldats. Et en ajoutant les vieillards, les femmes & les enfans, chaque tribu devait être compofée de cent quarante-un mille fix cents foixante & quatre perfonnes, qui font pour les douze tribus un million, fix cents quatre-vingt-dix-neuf mille, neuf cents foixante & huit perfonnes.

Or, pour qu'on tînt en fervitude un nombre fi prodigieux d'hommes, parmi lefquels il y en avait quatre cents vingt-cinq mille en armes, il aurait fallu au moins huit cents mille hommes en armes pour les contenir. Et comment les maîtres laiffent-ils des armes à leurs efclaves? quand il eft dit au livre des Rois, chap. XIII, que les Philiftins ne permettaient pas aux Juifs *d'avoir un feul forgeron, de peur qu'ils ne fiffent des épées & des lances; & que tous les Ifraëlites étaient obligés d'aller chez les Philiftins pour faire aiguifer le foc de leurs charrues, leurs hoyaux, leurs coignées & leurs ferpettes.*

Cette difficulté eft grande. Nous ne diffimulons rien.

Les enfans d'Ifraël, marchant dès la pointe du jour, vinrent fe camper près de Gabaa. Mais les enfans de Benjamin, étant fortis de Gabaa, tuèrent en ce jour vingt-deux mille hommes des enfans d'Ifraël. (*r*)

Et les enfans d'Ifraël montèrent devant le Seigneur & pleurèrent devant lui, & le confultèrent, difant : Devons-nous combattre encore? & le Seigneur leur répondit : Allez combattre. Ils allèrent donc combattre, & les Benjamites leur tuèrent encore dix-huit mille hommes.... (*s*) & l'arche du Seigneur était en ce lieu..... Enfin le Seigneur tailla en pièces aux yeux des enfans d'Ifraël vingt-cinq mille & cent Benjamites ou grands guerriers.... Puis les Benjamites, étant entourés de leurs ennemis, perdirent dix-huit mille hommes en cet endroit, tous gens de guerre & très-robuftes.... Ceux qui étaient reftés, prirent la fuite; mais on en tua encore cinq mille. Et, ayant paffé plus loin, on en tua encore deux mille.... (*t*)

(*r*) On eft encore étonné ici que le Seigneur protégeât les Benjamites qui étaient du parti le plus coupable, contre tous les Ifraëlites qui étaient du parti le plus jufte.

(*s*) On eft étonné bien davantage qu'après avoir marché une feconde fois par l'ordre exprès de DIEU, les Ifraëlites foient battus une feconde fois, & qu'ils perdent dix-huit mille hommes : mais auffi, ils font enfuite entiérement vainqueurs. Tout ce qui peut faire un peu de peine, c'eft le nombre effroyable d'Ifraëlites égorgés par leurs frères, depuis l'adoration du veau d'or jufqu'à ces guerres inteftines.

(*t*) Il femble que les Benjamites, qui n'étaient que vingt-cinq mille en armes, en aient pourtant perdu cinquante mille; mais on peut aifément entendre que le texte parle d'abord en général de vingt-cinq mille hommes tués, & dit enfuite en détail comment ils ont été tués.

Les enfans d'Ifraël, étant retournés du combat, tuèrent tout ce qui reftait dans Gabaa, depuis les hommes jufqu'aux bêtes. Et une flamme dévorante détruifit toutes les villes & les villages de Benjamin...

Or les enfans d'Ifraël avaient juré à Mafpha, difant : nul de nous ne donnera fes filles en mariage aux fils de Benjamin. Ils vinrent donc tous en la maifon de DIEU à Silo, & ils commencèrent à braire & à pleurer, difant : Pourquoi un fi grand mal eft-il arrivé? Faudra-t-il qu'une de nos tribus périffe?... Où nos frères de Benjamin prendront-ils des femmes? (*u*) car nous avons juré tous enfemble que nous ne leur donnerions point nos filles! .... Ils dirent alors: il n'y a qu'à voir qui font ceux de toutes les tribus qui ne fe font point trouvés au rendez-vous de l'armée à Mafpha. Et il fe trouva que ceux de Jabès ne s'y étaient point trouvés. Ils envoyèrent donc dix mille hommes très-robuftes avec cet ordre : Allez & frappez dans la bouche du glaive tous les habitans de Jabès, tant les femmes que les petits enfans; tuez tous les mâles & les femmes qui ont connu des hommes, & réfervez les filles.... Or il fe trouva dans Jabès quatre cents filles qui étaient encore vierges. On les

(*u*) Ceux qui nient la poffibilité de tous ces événemens, doivent pourtant convenir que le caractère des Juifs eft bien marqué dans cette douleur qu'ils reffentent, au milieu de leurs victoires, de voir qu'une de leurs tribus court rifque d'être anéantie. Ce qui aurait détruit les prophéties & les prédictions de l'empire des douze tribus fur la terre entière.

La deftruction de la ville de Gabaa, de tous les hommes & de toutes les bêtes, felon leur coutume, ne les effarouche pas, mais la perte d'une de leurs tribus les attendrit. Rien n'eft plus naturel dans une nation qui efpérait que fes douze tribus afferviraient un jour toute la terre.

amena

amena au camp de Silo dans la terre de Canaan. (*x*)

Alors les enfans de Benjamin revinrent, & on leur donna pour femmes ces quatre cents filles de Jabès. Mais il en fallait encore deux cents, & on ne pouvait les trouver. Voici donc la résolution que les Israëlites prirent : voici une fête qui va se célébrer au Seigneur dans Silo; Benjamites, cachez-vous dans les vignes : &, lorsque vous verrez les filles de Silo venir danser en rond selon la coutume, sortez tout d'un coup des vignes, que chacun prenne une fille pour sa femme, & allez au pays de Benjamin.

Les fils de Benjamin firent selon qu'il leur avait été prescrit; chacun prit une des filles qui dansaient en rond, & ils allèrent rebâtir leurs villes & leurs maisons. (*y*)

(*x*) Cette manière de repeupler une tribu a paru bien singulière à tous les critiques. Tout le peuple juif est ici supposé égorger tous les habitans d'une de ses propres villes, pour donner des filles à ses ennemis. On massacre les mères pour marier leurs filles. Le curé *Meslier* dit que ces fables de sauvages feraient dresser les cheveux à la tête si elles ne fesaient pas rire. Nous avouons que cet expédient pour rétablir la tribu de Benjamin est d'une barbarie singulière ; mais DIEU ne l'ordonna pas. Ce n'est point à lui qu'on doit s'en prendre de tous les crimes que commet son peuple. Ce sont des temps d'anarchie.

Les critiques insistent ; ils disent que DIEU fut consulté pendant cette guerre, que son arche y était présente : mais on ne trouve point dans le texte que DIEU ait été consulté quand ils tuèrent tous les habitans de Jabès avec toutes les femmes & les petits enfans.

(*y*) Nous ne savons comment excuser cette nouvelle manière de compléter le nombre des six cents filles qui manquaient aux Benjamites. C'est précisément devant l'arche qui était à Silo, selon le texte ; c'est dans une fête célébrée en l'honneur du Seigneur, c'est sous ses yeux que l'on ravit deux cents filles. Les Israëlites joignent ici le rapt à

RUTH.

.... DANS les jours d'un juge, quand les juges présidaient, il y eut famine sur la terre. Et un homme de Bethléem de Juda voyagea chez les Moabites avec sa femme & ses deux enfans. Il s'appelait *Hélimélec*, & sa femme *Noëmi*.... Etant donc venus au pays des Moabites, ils y demeurèrent....

Hélimélec, mari de *Noëmi*, resta avec ses deux fils.... Ils prirent pour femmes des filles de Moab, dont l'une s'appelait *Orpha* & l'autre *Ruth*.

Après la mort des deux fils de *Noëmi*, elle demeura seule, ayant perdu son mari & ses deux fils.... Elle se mit en chemin avec ses deux brus pour revenir du pays des Moabites dans sa patrie.... (*a*)

(*a*) Comme il s'agit dans le livre de *Ruth* du bisaïeul de *David*, on peut conjecturer aisément le temps où vivait *Booz* mari de *Ruth*. Il faut compter quatre générations de lui à *David* : cela forme environ cent vingt ans ; & la chose doit être arrivée dans le commencement de la grande servitude de quarante ans.

Cette histoire est bien différente des précédentes : elle n'a rien de toutes les cruautés que nous avons vues ; elle est écrite avec une simplicité naïve & touchante. Nous ne connaissons rien ni dans *Homère*, ni dans *Hésiode*, ni dans *Hérodote*, qui aille au cœur comme cette réponse de *Ruth* à sa mère : *J'irai avec vous ; & par-tout où vous resterez je resterai ; votre peuple sera mon peuple, votre dieu sera mon dieu ; je mourrai dans la terre où vous mourrez.*

Il y a du sublime dans cette simplicité. Les critiques ont beau dire que cet empressement de quitter le dieu de son père pour le dieu de sa belle-mère, marque une indifférence de religion condamnable : ils ont beau inférer de-là que la religion juive, exclusive de toutes les autres, n'était pas encore formée ; que chaque canton d'Arabie & de Syrie avait son dieu ou son étoile ; qu'il était égal d'adorer le dieu

.... *Orpha* s'en retourna, mais *Ruth* resta avec sa belle-mère.

.... *Noëmi* dit à *Ruth :* Voilà votre sœur qui s'en est retournée à son peuple & à ses dieux; allez-vous-en avec elle.

Ruth lui répondit : J'irai avec vous ; & par-tout où vous resterez, je resterai ; votre peuple sera mon peuple, votre dieu sera mon dieu; je mourrai dans la terre où vous mourrez.... Etant donc parties ensemble, elles arrivèrent à Bethléem....

C'est ainsi que *Noëmi*, étant revenue avec *Ruth* la moabite sa bru, retourna à Bethléem, quand on moissonnait les orges....

Or il y avait un parent d'*Hélimélec*, nommé *Booz*, homme puissant & très-riche. (*b*) *Ruth* la moabite

de Moab, ou le dieu de Gaza, ou le dieu de Sidon, ou le dieu des Juifs ; quand même on eût pensé ainsi dans ces temps d'anarchie, cela n'empêcherait pas que le discours de *Ruth* à *Noëmi* ne méritât les éloges de tous ceux qui ont un cœur sensible.

(*b*) On voit dans tout ce morceau quelle était cette simplicité de la vie champêtre qu'on menait alors. Mais ce qu'il y a d'étrange & de triste, c'est que cette simplicité s'accorde avec les mœurs féroces dont nous venons de voir tant d'exemples. Ces mêmes peuples chez lesquels il se trouve un aussi bon homme que *Booz*, & une aussi bonne femme que *Ruth*, sont pourtant pires que les suivans d'*Attila* & de *Genseric*. Tout le petit pays en-deçà & en-delà du Jourdain, jusqu'aux terres des opulens Sidoniens enrichis par le commerce, & jusqu'aux villes florissantes de Damas & de Balbec, étaient habitées par des gens très-pauvres & très-simples. *Booz* est appelé un homme puissant & riche, parce qu'il a quelques arpens de terre qui produisent de l'orge. Il couche dans sa grange sur la paille ; il vanne son orge lui-même, quoique déjà avancé en âge. Nous avons dit bien souvent que ces temps & ces mœurs n'ont rien de commun avec les nôtres, soit en bien, soit en mal. Leur esprit n'est point notre esprit ; leur bon sens n'est point notre bon sens. C'est pour cela même que le Pentateuque, les livres de *Josué* & des Juges, sont mille fois plus instructifs qu'*Homère* & *Hérodote*.

dit à fa belle-mère : Si vous me le permettez, j'irai glaner dans quelque champ, & je trouverai peut-être quelque père de famille devant qui je trouverai grâce. *Noëmi* lui répondit : Va, ma fille. *Ruth* s'en alla donc glaner derrière les moiffonneurs.... Or il fe trouva que le champ où elle glanait, appartenait à *Booz*, parent d'*Hélimélec* (beau-père de *Ruth*).... *Booz* dit à un jeune homme chef des moiffonneurs : qui eft cette fille? Lequel répondit : c'eft cette Moabite qui eft venue avec *Noëmi* du pays des Moabites.... *Booz* dit à *Ruth* : Ecoute, fille, ne va point glaner dans un autre champ, mais joins-toi à mes moiffonneufes, car j'ai ordonné à mes gens de ne te point faire de peine : & même, quand tu auras foif, bois de l'eau dont boivent mes gens. *Ruth* tombant fur fa face, & l'adorant à terre, lui dit : D'où vient cela que j'ai trouvé grâce devant tes yeux, & que tu daignes regarder une étrangère?

Booz lui répondit : On m'a conté tout ce que tu as fait pour ta belle-mère après la mort de ton mari, (*c*) & que tu as quitté tes parens & la terre de Moab où tu es née, pour venir chez un peuple que tu ne connaiffais pas....

(*c*) Il n'y a pas, dira-t-on, une grande générofité à un homme puiffant & très-riche, tel que *Booz* eft repréfenté, de permettre de glaner & de boire de l'eau à une femme dont on lui a déjà parlé, dont il devait favoir qu'il était parent quoiqu'elle fût Moabite. Mais une cruche d'eau était un régal dans ce défert auprès de Bethléem : & nous avons remarqué que plufieurs voyageurs, & même plufieurs Arabes, y font morts faute d'eau potable. S'il y a quelques ruiffeaux, comme le torrent de Cédron auprès de Jérufalem, il eft à fec dans le temps de la moiffon. Tout ce qui environne Bethléem, eft une plaine de fable & de cailloux. C'eft beaucoup fi à force de culture elle produit un peu d'orge.

Quand l'heure de manger ſera venue, viens manger du pain & le tremper dans du vinaigre.... (*d*)

Ruth s'aſſit donc à côté des moiſſonneurs, mangea de la bouillie, fut raſſaſiée, & emporta les reſtes. Elle glana encore ; & ayant battu ſes épis d'orge, elle en tira environ trois boiſſeaux. Et retournant chargée à Bethléem, elle donna à ſa belle-mère les reſtes de ſa bouillie.... *Noëmi* dit à ſa fille : Ma fille, *Booz* eſt notre proche parent, & cette nuit il vannera ſon orge; lave-toi donc, oins-toi, prends tes plus beaux habits, & va-t-en à ſon aire : &, quand *Booz* ira dormir, remarque bien l'endroit où il dormira ; découvre ſa couverture du côté des pieds, & tu demeureras là ; il te dira ce que tu dois faire.

Ruth lui répondit : je ferai ce que vous me commandez.... Elle alla donc dans l'aire de *Booz*, & fit comme ſa belle-mère avait dit.... Et *Booz* ayant bu & mangé, étant devenu plus gai, s'alla coucher contre un tas de gerbes. Et *Ruth* vint tout doucement, & ayant levé la couverture aux pieds, elle ſe coucha là. (*e*)

(*d*) Le meilleur pain qu'on eût dans ce pays-là était fait d'orge & de ſeigle, qu'on cuiſait ſous la cendre. On le trempait un peu dans de l'eau & du vinaigre ; ce fut la coutume des peuples d'Orient, & même des Grecs & des Romains ; les ſoldats n'étaient pas nourris autrement. *Ruth* qui était venue à pied du pays de Moab, & qui avait paſſé le grand déſert ſi elle n'avait pas traverſé le Jourdain, ne devait pas être accoutumée à une nourriture fort délicate. Pour peu que l'on ait vu les habitans des Pyrenées & des Alpes, pour peu qu'on ait lu les voyageurs qui ont paſſé par les monts Krapacs & par le Caucaſe, on ſera convaincu que la moitié des hommes ne ſe nourrit pas autrement, & que la pauvreté & la groſſièreté, mère de la ſimplicité, ont toujours été leur partage.

(*e*) Si les critiques trouvent mauvais que *Booz*, cet homme ſi puiſſant & ſi riche, s'aille coucher contre un tas de gerbes, ou ſur un

Au milieu de la nuit *Booz* fut tout étonné de trouver une femme à ſes pieds, & lui dit : Qui es-tu ? Elle répondit : Je ſuis *Ruth* ta ſervante ; étends-toi ſur ta ſervante, car tu es mon proche parent... *Booz* lui dit : Ma fille, DIEU te béniſſe ; tu vaux encore mieux cette nuit que ce matin, car tu n'as point été chercher des jeunes gens, ſoit riches, ſoit pauvres.... Ne crains rien, car je ferai tout ce que tu as dit, car on ſait que tu es une femme de bien.... J'avoue que je ſuis ton parent, mais il y en a un autre plus proche que moi.... Reſte ici cette nuit, & ſi demain matin le proche parent veut te prendre, à la bonne heure ; s'il n'en veut rien faire, je te prendrai ſans nulle difficulté, comme DIEU eſt vivant.... Dors juſqu'au matin....

Elle ſe leva avant que le jour parut ; & *Booz* lui dit : Prends bien garde que perſonne ne ſache que tu es venue ici ; étends ta robe, tiens-la des deux mains. Elle étendit ſa robe & la tint des deux mains : & il y mit ſix boiſſeaux d'orge qu'elle emporta à Bethléem.... (*f*)

tas de gerbes, comme font encore nos manœuvres après la moiſſon ; ils trouvent encore plus mauvais que *Ruth* aille ſe coucher tout doucement dans le lit de *Booz*. Si ce *Booz*, diſent-ils, devait en qualité de parent épouſer cette *Ruth*, c'était à *Noëmi* ſa mère à faire honnêtement la propoſition du mariage ; elle ne devait pas perſuader à ſa bru de faire le métier de coureuſe.

De plus, *Noëmi* devait ſavoir qu'il y avait un parent plus proche que *Booz*. C'était donc à ce parent plus proche que l'on devait s'adreſſer.

(*f*) Le conſeil que donne *Booz* à *Ruth* de ſe lever avant le jour, & de prendre garde qu'on ne la voie, fait croire qu'au moins *Ruth* a fait une action plus qu'imprudente. Le texte dit que *Booz* était devenu plus gai après avoir bu. Cette circonſtance, jointe à la hardieſſe de cette femme de s'aller mettre dans le lit d'un homme, peut faire penſer que le mariage fut conſommé avant d'avoir été propoſé. Nos mœurs ne

Le proche parent de *Ruth* n'ayant pas voulu l'épouser, *Booz* dit à ce proche parent : ôte ton soulier. Et le parent ayant ôté son soulier.... (*g*) *Booz* prit *Ruth* en femme; il entra en elle, & DIEU lui donna de concevoir & d'enfanter un fils.... Ils l'appelèrent *Obed*. C'est lui qui fut père d'*Isaï*, père de *David*. (*h*)

sont pas plus chastes, mais elles sont plus décentes. Il semble que les six boisseaux d'orge soient une récompense des plaisirs de la nuit : mais quelle récompense que de l'orge dans son tablier !

Notre réponse à ces censures est, qu'il se peut très-bien que *Booz* n'ait rien fait à *Ruth* cette nuit-là, & que le conseil de s'évader avant le jour n'ait été qu'une précaution pour dérober *Ruth* aux railleries des moissonneurs.

(*g*) La loi portée dans le Deutéronome, chap. 25, était, qu'une femme veuve, que le frère de son mari refusait d'épouser, était en droit de le déchausser & de lui cracher au visage. Mais c'était à la femme seule à s'acquitter de cette cérémonie ; & on ne pouvait cracher qu'au visage de son beau-frère. Il devait épouser sa belle-sœur ; & il n'est point dit qu'un autre parent dût l'épouser. Il n'est pas permis parmi les catholiques romains d'épouser la veuve de son frère, à moins d'une dispense du pape. On sait que le pape *Clément VII* fut cause du schisme de l'Angleterre, pour n'avoir pas voulu souffrir les prétendus remords du roi *Henri VIII* d'avoir épousé sa belle-sœur ; & que le pape *Alexandre VII* donna toutes les dispenses qu'on voulut, quand la princesse de *Némours* reine de Portugal fit casser son mariage avec le roi *Alfonse*, & épousa le prince *Pierre* frère d'*Alfonse*, après avoir détrôné & enfermé son mari.

(*h*) On trouve extraordinaire que *Ruth*, dont descendent *David* & JESUS-CHRIST, soit une étrangère, une moabite, une descendante de l'inceste de *Loth* avec ses filles. Cet événement prouve, comme nous l'avons dit, que DIEU est le maître des lois, que nul n'est étranger à ses yeux, & qu'il n'a acception de personne.

Fin du commentaire sur Ruth.

SAMUEL.

.... Les enfans d'*Héli* grand-prêtre étaient des enfans de *Bélial* qui ne connaissaient point le Seigneur, & qui violaient le devoir des prêtres envers le peuple; car qui que ce fût qui immolât une victime, un valet de prêtre venait pendant qu'on cuisait la chair, tenant à la main une fourchette à trois dents, il la mettait dans la chaudière, & tout ce qu'il pouvait enlever, était pour le prêtre.... Et si celui qui immolait, lui disait : Fesons d'abord brûler la graisse comme de coutume, & puis tu prendras de la viande autant que tu en voudras, le valet répondait : Non tu m'en donneras à présent, ou j'en prendrai par force... (*a*)

(*a*) On ne sait pas quel est l'auteur du livre de *Samuel*. Le grand *Newton* croit que c'est *Samuel* lui-même ; qu'il écrivit tous les livres précédens, & qu'il y ajouta tout ce qui regarde le grand-prêtre *Héli* & sa famille. *Newton*, qui avait étudié d'abord pour être prêtre, savait très-bien l'hébreu ; il était entré dans toutes les profondeurs de l'histoire orientale : son système cependant n'a paru qu'une conjecture.

Si *Samuel* n'a pas écrit une partie de ce petit livre, c'est sans doute quelque lévite qui lui était très-attaché. Le savant *Fréret* reproche à l'auteur, quel qu'il soit, un défaut dans lequel aucun historien de nos jours ne tomberait : c'est de laisser le lecteur dans une ignorance entière de l'état où était alors la nation. Il est difficile de savoir quel est le lieu de la scène, quelle étendue de pays possédaient alors les Juifs, s'ils étaient encore esclaves ou simplement tributaires des Phéniciens nommés Philistins. L'auteur paraît être un prêtre, qui n'est occupé que de sa profession, & qui compte tout le reste pour peu de chose.

Nous pensons qu'il y avait alors quelques tribus esclaves vers le nord de la Palestine ; & d'autres, vers le midi, seulement tributaires, comme celle de Juda, qui était la plus considérable, & celle de Benjamin, réduite à un très-petit nombre : il nous semble que les Juifs ne possédaient pas encore une seule ville en propre.

Or *Héli* était très-vieux ; & il apprit que ses fils fesaient toutes ces choses, & qu'ils couchaient avec toutes les femmes qui venaient à la porte du tabernacle..... Or le jeune *Samuel* servait le Seigneur auprès du grand-prêtre *Héli*..... La parole du Seigneur était alors très-rare, & il n'y avait point de grande vision..... Il arriva un certain jour qu'*Héli* couchait dans son lieu ; ses yeux étaient obscurcis, & il ne pouvait voir..... (*b*)

Samuel dormait dans le temple du Seigneur où était l'arche de DIEU. Et avant que la lampe qui brûlait dans le temple fût éteinte, le Seigneur appela *Samuel* ; & *Samuel* répondit : Me voici. Il courut aussitôt vers le grand-prêtre *Héli*, & lui dit : Me voici, car vous m'avez appelé. *Héli* lui dit : Je ne t'ai point appelé ; & il dormit.

Le Seigneur appela encore *Samuel* qui, s'étant levé, courut à *Héli*, & lui dit : Me voici..... (*c*)

(*b*) L'auteur ne nous dit point où résidait ce grand-prêtre *Héli*, que les Phéniciens toléraient ; il paraît que c'était dans le village appelé Silo, & que l'arche des Juifs était cachée dans ce village, qui appartenait encore aux Philistins, & dans lequel les Juifs avaient permission de demeurer & d'exercer entr'eux leur police & leur religion. L'auteur fait entendre que les Juifs étaient si misérables, que DIEU ne leur parlait plus fréquemment comme autrefois, & qu'ils n'avaient plus de visions : c'était l'idée de toutes ces nations grossières, que quand un peuple était vaincu, son dieu était vaincu aussi ; & que, lorsqu'il se relevait, son dieu se relevait avec lui.

(*c*) Les critiques téméraires ne peuvent souffrir que le créateur de l'univers vienne appeler quatre fois un enfant pendant la nuit. Milord *Bolingbroke* traite le lévite auteur de la vie de *Samuel*, avec le même mépris qu'il traite les derniers de nos moines, & que nous traitons nous-mêmes les auteurs de la Légende dorée & de la Fleur des saints ; c'est continuellement la même critique, la même objection ; & nous sommes obligés d'y opposer la même réponse.

Or *Samuel* ne ſavait point encore diſtinguer la voix du Seigneur; car le Seigneur ne lui avait point encore parlé.....

Le Seigneur appela donc encore *Samuel* pour la troiſième fois, il s'en alla toujours à *Héli*, & lui dit : Me voici....

Le Seigneur vint encore, & il l'appela en criant deux fois : *Samuel*, *Samuel!*.... Et le Seigneur lui dit : Tiens, je vais faire un verbe dans Iſraël, que quiconque l'entendra les oreilles lui corneront..... J'ai juré à la maiſon d'*Héli* que l'iniquité de cette maiſon ne ſera jamais expiée, ni par des victimes, ni par des préſens. (*d*)

Et il arriva dans ces jours que les Philiſtins s'aſſemblèrent pour combattre.... Et dès le commencement du combat Iſraël tourna le dos; & on en tua environ quatre mille. Le peuple ayant donc envoyé à Silo, on amena l'arche du pacte du Seigneur

(*d*) *Woolſton* trouve l'auteur ſacré exceſſivement ridicule, de dire que le petit *Samuel ne ſavait pas encore diſtinguer la voix du Seigneur*, *parce que le Seigneur ne lui avait point encore parlé.* Effectivement on ne peut reconnaître à la voix celui qu'on n'a point encore entendu : c'eſt d'ailleurs ſuppoſer que DIEU a une voix, comme chaque homme a la ſienne. *Boulanger* en tire une preuve que les Juifs ont toujours fait DIEU corporel, & qu'ils ne le regardèrent que comme un homme d'une eſpèce ſupérieure, demeurant d'ordinaire dans une nuée, venant ſur la terre viſiter ſes favoris, tantôt prenant leur parti, tantôt les abandonnant, tantôt vainqueur, tantôt vaincu, tel, en un mot, que les dieux d'*Homère*. Il ne nie pas que l'Ecriture ne donne ſouvent des idées ſublimes de la puiſſance divine; mais il prétend qu'*Homère* en donne de plus ſublimes encore, qu'on en trouve de plus belles dans l'ancien *Orphée*, & même dans les myſtères d'*Iſis* & de *Cérès*. Ce ſyſtème monſtrueux eſt ſuivi par *Fréret*, par du *Marſais*, & même par le ſavant abbé de *Longuerue* : mais c'eſt abuſer de ſon érudition, & vouloir ſe tromper ſoi-même, que d'égaler les vers d'*Homère* aux pſeaumes des Juifs, & la fable à la Bible.

des armées assis sur les chérubins; & lorsque l'arche du Seigneur fut arrivée au camp, tout le peuple jeta un grand cri qui fit retentir la terre; & les Philistins ayant entendu la voix de ce cri, disaient : Quelle est donc la voix de ce cri au camp hébraïque! confortez-vous, Philistins, soyez hommes, de peur que vous ne deveniez esclaves des Hébreux, comme ils ont été les vôtres. (*e*)

Donc les Philistins combattirent; & Israël s'enfuit; & on tua trente mille hommes d'Israël.

L'arche de DIEU fut prise, & les deux fils du grand-prêtre *Héli*, *Ophni* & *Phinée*, furent tués.... *Héli* avait alors quatre-vingt-dix-huit ans.... Et quand il eut appris que l'arche de DIEU était prise,

(*e*) L'auteur sacré ne nous apprend ni comment les Hébreux s'étaient révoltés contre les Philistins leurs maîtres, ni le sujet de cette guerre, ni quelle place avaient les Hébreux, ni où l'on combattit; il nous parle seulement de trente-quatre mille Juifs tués malgré la présence de l'arche. Comment concevoir qu'un peuple esclave, qui a essuyé de si grandes & de si fréquentes pertes, puisse si tôt s'en relever ! Les critiques ont toujours osé soupçonner l'auteur d'un peu d'exagération, soit dans les succès, soit dans les revers; il vaut mieux soupçonner les copistes d'inexactitude. L'auteur semble beaucoup plus occupé de célébrer *Samuel*, que de débrouiller l'histoire juive : on s'attend envain qu'il donnera une description fidelle du pays, de ce que les Juifs en possédaient en propre sous leurs maîtres, de la manière dont ils se révoltèrent, des places ou des cavernes qu'ils occupèrent, des mesures qu'ils prirent, des chefs qui les conduisirent : rien de toutes ces choses essentielles; c'est delà que milord *Bolingbroke* conclut que le lévite auteur de cette histoire, écrivait comme les moines écrivirent autrefois l'histoire de leurs pays.

Nous pouvons dire que *Samuel* étant devenu un prophète, & DIEU lui parlant déjà dans son enfance, était un objet plus considérable que les trente mille hommes tués dans la bataille, qui n'étaient que des profanes, à qui DIEU ne se communiquait pas; & qu'il s'agit dans la sainte Ecriture des prophètes juifs, plus que du peuple juif.

il tomba de fon fiége à la renverfe, & s'étant caffé la tête il mourut....

Les Philiftins ayant donc pris l'arche, ils la menèrent dans Azot, & la placèrent dans leur temple de Dagon auprès de Dagon..... Le lendemain les habitans d'Azot s'étant levés au point du jour, voilà que Dagon était par terre devant l'arche du Seigneur. Ils prirent Dagon & le remirent à fa place.

Le furlendemain, s'étant levés au point du jour, ils trouvèrent encore Dagon par terre devant l'arche du Seigneur; mais la tête de Dagon & fes mains coupées étaient fur le feuil. Or le trône feul de Dagon était demeuré en fon lieu. Et c'eft pour cette raifon que les prêtres de Dagon, & tous ceux qui entrent dans fon temple, ne marchent point fur le feuil du temple d'Azot jufqu'à aujourd'hui. (*f*)

(*f*) Le lord *Bolingbroke* fait fur cette aventure des réflexions trop critiques. » La reffource des vaincus, dit-il, eft toujours de fuppofer » des miracles qui puniffent les vainqueurs. Ces mots, *ne marchent point* » *fur le feuil du temple d'Azot jufqu'à aujourd'hui*, prouvent deux chofes, » que ce miracle pitoyable ne fut imaginé que long-temps après, & que » l'auteur ignorait les coutumes des Phéniciens, dont il ne parle qu'au » hafard. Il ne fait pas que les Phéniciens, les Syriens, les Egyptiens, » les Grecs, & les Romains, confacraient le feuil de tous les temples, » qu'il n'était pas permis d'y pofer le pied, & qu'on le baifait en entrant » dans le temple. »

Il fait une critique beaucoup plus infultante. Quoi! dit-il, Dagon avait un temple; Afcalon, Acaron, Sidon, Tyr, en avaient; & le DIEU d'Ifraël n'avait qu'un coffre; encore fes ennemis l'avaient-ils pris!

Nous avons déjà réfuté cette critique blafphématoire, en fefant voir que le temple du Seigneur devait être bâti à Jérufalem dans le temps marqué par la Providence, & que c'eft par un autre deffein de la Providence qu'il fut détruit par les Babyloniens; enfuite par *Hérode*, qui en bâtit un plus beau; que le temple d'*Hérode* fut détruit par les Romains; & que les Mahométans ont enfin élevé une mofquée fur la même plate-forme, & fur les mêmes fondemens conftruits par l'Iduméen *Hérode*.

Or la main du Seigneur s'aggrava ſur les Azotiens, & il les démolit, & il les frappa dans la plus ſecrète partie des feſſes; & les campagnes bouillirent, & les champs auſſi au milieu de cette région, & il naquit des rats; & il fut fait une grande confuſion de morts dans la cité.

Or ceux d'Azot, voyant ces ſortes de plaies, dirent : Que le coffre du DIEU d'Iſraël ne demeure plus chez nous & ſur Dagon notre dieu. Et ils aſſemblèrent tous les princes philiſtins, & ils dirent : Que ferons-nous de l'arche du DIEU d'Iſraël? Les Géthéens dirent : qu'on la promène. Et ils promenèrent l'arche du DIEU d'Iſraël.

Et comme ils la promenaient de ville en ville, la main de DIEU ſe feſait ſur eux, & il tuait grand nombre d'hommes; & le boyau du fondement ſortait à tous les habitans tant grands que petits, & leur fondement ſorti dehors ſe pourriſſait..... L'arche du Seigneur fut dans le pays des Philiſtins pendant ſept mois. (*g*)

Nous n'entrerons point dans la queſtion que propoſe dom *Calmet*, ſi le grand-prêtre *Héli* eſt damné : il n'appartient point aux hommes de damner les hommes. Laiſſons à DIEU ſeul ſes jugemens.

(*g*) Les incrédules, qui ne liſent les livres du canon juif que comme les autres livres, ne peuvent concevoir ni que le Seigneur n'eût qu'un coffre pour temple, ni qu'il laiſſât prendre ce temple par ſes ennemis, ni qu'ayant vu prendre ce temple portatif il ne ſe vengeât qu'en envoyant des rats dans les champs des Philiſtins, & des hémorrhoïdes dans la plus ſecrète partie des feſſes de ſes vainqueurs. Mais qu'ils conſidèrent que c'eſt ainſi à peu près que le Seigneur en uſa quand *Sara* fut enlevée pour ſa beauté à l'âge de ſoixante-cinq ans, & à l'âge de quatre-vingt-dix ans; il ferma toutes les vulves, toutes les matrices de la cour d'*Abimélec* roi d'un déſert. Il y a peu de différence entre ce châtiment & celui des Philiſtins.

Et les Philiſtins firent venir leurs prêtres & leurs prophètes, & leur dirent : Que ferons-nous de l'arche du Seigneur? dites-nous comment nous la renverrons en ſon lieu? Ils répondirent : Si vous renvoyez l'arche du DIEU d'Iſraël, ne la renvoyez pas vide, mais rendez-lui ce que vous lui devez pour le péché... Faites cinq anus d'or & cinq rats d'or, ſelon le nombre des provinces des Philiſtins.... Pourquoi endurciriez-vous votre cœur, comme l'Egypte & *Pharaon* endurcirent leur cœur? *Pharaon* ayant été puni ne renvoya-t-il pas les Hébreux? ne s'en allèrent-ils pas?.... Prenez donc une charrette toute neuve, & deux vaches pleines à qui on n'a pas encore mis le joug, & renfermez leurs veaux dans l'étable. Vous prendrez l'arche du Seigneur, & vous la mettrez ſur la charrette avec les figures d'or dans un panier pour votre péché; & laiſſez aller la charrette afin qu'elle aille.... Et vous la regarderez aller; & ſi elle va à Bethſamès, ce ſera le DIEU d'Iſraël qui nous aura fait ces grands maux. (*h*)

La commune opinion eſt que le Seigneur donna des hémorrhoïdes aux vainqueurs des Juifs. Nous ſommes d'un ſentiment contraire : les hémorrhoïdes, ſoit internes ſoit externes, ne ſont point tomber le boyau rectum, qui d'ailleurs tombe très-rarement. La chute du fondement eſt toute une autre maladie.

(*h*) Il eſt étrange que les prophètes des Philiſtins, peuple maudit, ſoient ici regardés comme de vrais prophètes ; mais chaque pays avait les ſiens ; & l'auteur, étant prophète lui-même, reſpecte ſon caractère juſque dans les étrangers maudits qui en ſont profeſſion. Le Seigneur inſpire quand il veut les prophètes des faux dieux, témoin *Balaam*, comme il accorde le don des miracles aux magiciens, témoin les magiciens d'Egypte *Jannès* & *Mambrès*, qui firent les mêmes miracles que *Moïſe*.

Si elle n'y va point, nous ſaurons que ce n'eſt pas lui qui nous a frappés, & que tout eſt arrivé par haſard.

Ils firent donc ainſi, & prenant deux vaches qui allaitaient leurs veaux, ils les attelèrent à la charrette, & enfermèrent leurs veaux dans l'étable ; & ils mirent l'arche de DIEU ſur la charrette, & le panier où étaient les rats d'or, & les figures de l'anus & du fondement.... (*i*)

La charrette vint dans le champ de *Joſué* de Bethſamès & s'arrêta là. Et il y avait là une grande pierre.... Et ils coupèrent les bois de la charrette, & ils immolèrent les deux vaches au Seigneur en holocauſte.

Les lévites dépoſèrent l'arche du Seigneur & le panier ſur la grande pierre; & les gens de Bethſamès offrirent des holocauſtes, & immolèrent des victimes au Seigneur.

.... Or le Seigneur punit de mort ceux de Bethſamès, parce qu'ils avaient vu l'arche du Seigneur;

Les vaches qui ramenèrent l'arche ſont une eſpèce de miracle : elles vont d'elles-mêmes à Bethſamès, village qui ſemble appartenir en propre aux Hébreux. Il ſemble que ces vaches fuſſent prophéteſſes auſſi.

(*i*) Les rats d'or & les anus d'or dans un panier ſont les préſens que les Philiſtins font au DIEU d'Iſraël leur ennemi. Les critiques prétendent qu'il n'eſt pas poſſible de forger une figure qui reſſemble au trou qu'on nomme anus plus qu'à tout autre trou rond, & que ces figures ne pouvaient être que de petits cercles, de petits anneaux d'or. Mais qu'importe l'exactitude de la figure ? un anus mal fait peut ſervir d'expiation tout auſſi bien qu'un anus fait au tour. Il ne s'agit ici que d'une offrande qui marque le reſpect que le Seigneur impoſait aux vainqueurs mêmes de ſon peuple.

&

& il fit mourir ſoixante & dix hommes du peuple & cinquante mille de la populace. (*k*)

Et le peuple pleura, parce que le Seigneur avait frappé le peuple d'une ſi grande plaie.... Ils envoyèrent donc aux habitans de Cariathiarim ; & ceux de Cariathiarim ramenèrent l'arche du Seigneur en Gabaa dans la maiſon d'*Abinadab*....

Et l'arche du Seigneur demeura donc à Cariathiarim ; & elle y était depuis vingt ans, quand la maiſon d'Iſraël ſe repoſa après le Seigneur.

Il arriva que *Samuel*, étant devenu vieux, établit ſes enfans juges ſur Iſraël.... Mais ils ne ſe promenèrent point dans ſes voies ; ils déclinèrent vers l'avarice ; ils reçurent des préſens ; ils pervertirent la juſtice. (*l*)

(*k*) Le célèbre docteur *Kennicot* dit que l'évêque d'Oxford & lui *ſont bien revenus de leurs préjugés en faveur du texte. Les Juifs & les Chrétiens*, dit-il, *ne ſe ſont point fait ſcrupule d'exprimer leur répugnance à croire cette deſtruction de cinquante mille ſoixante & dix hommes.*

Le Seigneur ne punit ſes ennemis qu'en leur donnant une maladie *dans la plus ſecrète partie des feſſes*, pour avoir pris ſon arche ; & il tue cinquante mille ſoixante & dix hommes de ſon propre peuple pour l'avoir regardée ! une telle providence ſemble impénétrable. Nous avons déjà vu tant de milliers de ce peuple tués par ordre du Seigneur, que nous ne devons plus nous étonner. Pluſieurs ſavans ont ſoutenu que ces phraſes hébraïques, *Dieu les frappa*, *Dieu les fit mourir de mort*, *Dieu les arma*, *Dieu les conduiſit*, ſignifient ſimplement, *ils moururent*, *ils s'armèrent*, *ils allèrent* ; c'eſt ainſi que dans l'Ecriture un *vent de Dieu* veut dire un *grand vent*, une *montagne de Dieu*, une *grande montagne*. Mais cette explication ne réſout pas la difficulté : on demande toujours pourquoi ces cinquante mille ſoixante & dix hommes moururent ſubitement ? *Calmet*, il faut l'avouer, ne dit rien de ſatisfeſant. Convenons qu'il y a dans l'Ecriture bien des paſſages qu'il n'eſt pas donné aux hommes de comprendre : il eſt bon de nous humilier.

(*l*) Il eſt manifeſte que les enfans de *Samuel* furent auſſi corrompus que les enfans d'*Héli* ſon prédéceſſeur : cependant *Samuel* conſerva toujours ſon pouvoir ſur le peuple.

Ainsi donc tous les anciens d'Israël assemblés vinrent vers *Samuel* à Ramatha, & lui dirent : Voilà que tu es vieux; tes enfans ne se promènent point dans tes voies ; donne-nous donc un melch, un *roitelet*, comme en ont tous nos voisins, afin qu'il nous juge.

Ce discours déplut dans les yeux de *Samuel*, parce qu'ils avaient dit : donne-nous un roitelet; & *Samuel* pria au Seigneur.

Et le Seigneur lui dit : Tu entends la voix de ce peuple qui t'a parlé; ce n'est point toi qu'il rejette, c'est moi; ils ne veulent plus que je règne sur eux. (*m*)

C'est ainsi qu'ils ont toujours fait depuis que je les ai tirés d'Egypte; ils m'ont délaissé; ils ont servi d'autres dieux; ils t'en font autant.

A présent rends-toi à leur voix; mais apprends-leur, & prédis-leur quels seront les usages de ce roi qui régnera sur eux.

Samuel rapporta donc le discours de DIEU au peuple qui lui avait demandé un roi, & lui dit : Voyez quel sera l'usage du roi qui vous commandera.

(*m*) Ce peuple lui demande enfin un roi ; & *Samuel* fait dire expressément à DIEU : *ce n'est point toi qu'il rejette, c'est moi.* On fait sur cette parole de DIEU une difficulté : il est certain, dit le docteur *Arbuthnot*, que DIEU pouvait gouverner aussi aisément son peuple par un roi que par un prêtre ; ce roi pouvait lui être aussi subordonné que *Samuel ;* la théocratie pouvait également subsister. M. *Huet*, petit-neveu de l'évêque d'Avranches, que nous connaissons sous le nom de *Hut*, établi en Angleterre, dit, dans son livre intitulé *The man after God's own heart*, qu'il est évident que *Samuel* voulait toujours gouverner ; qu'il fut très-fâché de voir que le peuple voulait un roi ; que toute sa conduite dénote un fourbe ambitieux & méchant. Il n'est pas permis d'avoir cette idée d'un prophète, d'un homme de DIEU. M. *Huet* le juge selon nos lois modernes ; il le faut juger selon les lois juives, ou plutôt ne le point juger. Nous en parlerons ailleurs.

Il prendra vos fils pour en faire ses charretiers; & il en fera des cavaliers; & il en fera des tribuns & des centurions, & des laboureurs de ses champs, & des moissonneurs de ses blés, des forgerons pour lui faire des armes & des chariots; & il fera de vos filles ses parfumeuses, ses cuisinières & ses boulangères; & il prendra vos meilleurs champs, vos meilleures vignes, & vos meilleurs plants d'oliviers, (*n*) & les donnera à ses valets. Il prendra la dixme de vos blés & de vos vignes pour donner à ses eunuques; & il prendra vos serviteurs & vos servantes, & vos jeunes gens & vos ânes, & les fera travailler pour lui. (*o*)

Et vous crierez alors contre la face de votre roi; & le Seigneur ne vous exaucera point, parce que c'est vous-mêmes qui avez demandé un roi.

(*n*) Cette énumération de toutes les tyrannies qu'un roi peut exercer sur son peuple, semble prouver que M. *Huet* pourrait être excusable de penser que *Samuel* voulait inspirer au peuple de l'horreur pour la royauté, & du respect pour le pouvoir sacerdotal. C'est, dit *Arbuthnot*, le premier exemple des querelles entre l'empire & le sacerdoce. *Samuel*, dit-il, *conatur evincere, reges fieri non jure divino, sed jure diabolico.*

Il est vrai que dans une histoire profane la conduite du prêtre *Samuel* pourrait être un peu suspecte; mais elle ne peut l'être dans un livre canonique.

(*o*) *Pour donner à ses eunuques*, semble marquer qu'il y avait déjà des eunuques dans la terre de Canaan, ou que du moins les princes voisins fesaient châtrer des hommes pour garder leurs femmes & leurs concubines. Cet usage barbare est bien plus ancien, s'il est vrai que les pharaons d'Egypte eurent des eunuques du temps de *Joseph.*

Ceux qui pensent que tous les livres de la sainte Ecriture, jusqu'au livre des Rois inclusivement, ne furent écrits que du temps d'*Esdras*, disent que les rois de Babylone furent les premiers qui firent châtrer des hommes, après qu'on eut châtré les animaux pour rendre leur chair plus tendre & plus délicate. Les empereurs chrétiens ne prirent cette coutume que du temps de *Constantin.*

Q 2

Or le peuple ne voulut point entendre ce discours de *Samuel*, & lui dit : Non, nous aurons un roi sur nous ; nous serons comme les autres peuples, & notre roi marchera à notre tête, & il combattra nos combats pour nous.

Samuel ayant entendu les paroles du peuple, les rapporta aux oreilles du Seigneur ; & le Seigneur lui dit : Fais ce qu'ils te disent ; établis un roi sur eux. Et *Samuel* dit aux enfans d'Israël : Que chacun s'en retourne dans sa bourgade.

Il y avait un homme de la tribu de *Benjamin*, nommé *Cis*, fort vigoureux ; il avait un fils appelé *Saül*, d'un belle figure, & qui surpassait le peuple de toute la tête.

Cis, père de *Saül*, avait perdu ses ânesses. Et *Cis*, père de *Saül*, dit à son fils : Prends un petit valet avec toi, & va me chercher mes ânesses.

Après avoir cherché, le petit valet dit : Voici un village où il y a un homme de DIEU ; c'est un homme noble ; tout ce qu'il prédit arrive infailliblement ; allons à lui, peut-être il nous donnera des indications sur notre voyage.... *Saül* dit au petit valet : Nous irons ; mais que porterons-nous à l'homme de DIEU ? Le pain a manqué dans notre bissac, & nous n'avons rien pour donner à l'homme de DIEU. (*p*)

(*p*) Les incrédules prétendent que ce seul passage prouve que les prêtres & les prophètes juifs n'étaient que des gueux entièrement semblables à nos devins de village qui disaient la bonne aventure pour quelque argent, & qui fesaient retrouver les choses perdues. Milord *Bolingbroke*, M. *Mallet* son éditeur, & M. *Huet*, en parlent comme des charlatans de Smithfields. Dom *Calmet*, bien plus judicieux, dit que si on leur donnait de l'argent ou des denrées, c'était uniquement par respect pour leur personne.

Et le petit valet répondit : Voilà que j'ai trouvé le quart d'un ficle par hafard dans ma main ; donnons-le à l'homme de DIEU pour qu'il nous montre notre chemin.

Autrefois en Ifraël ceux qui allaient confulter DIEU, fe difaient : Allons confulter le voyant. Car celui qui s'appelle aujourd'hui prophète, s'appelait alors le voyant. (*q*)

Et *Saül* dit au petit valet : Tu parles très-bien ; viens, allons. Et ils entrèrent dans le bourg où était l'homme de DIEU ; & comme ils montaient la colline du bourg, ils rencontrèrent des filles qui allaient puifer de l'eau. Ils dirent à ces filles : Y a-t-il ici un voyant? Les filles lui répondirent : Le voilà devant toi ; va vîte.... Or le Seigneur avait révélé la veille à l'oreille de *Samuel*, que *Saül* arriverait, en lui difant : Demain à cette même heure j'enverrai un homme de Benjamin ; & tu le facreras duc fur mon peuple d'Ifraël ; & il fauvera mon peuple de la main des Philiftins, parce que j'ai regardé mon peuple, & que fon cri eft venu jufqu'à moi.

(*q*) Ces meffieurs prennent occafion de ce demi-ficle, de ce shelling donné par un petit garçon gardeur de chèvres au prophète *Samuel*, pour couvrir de mépris la nation juive. *Saül* & fon valet demandent dans un petit village la demeure du voyant, du devin qui leur fera retrouver deux ou trois âneffes, comme on demande où demeure le favetier du village. Ce nom de devin, de voyant, qu'on donnait à ceux qu'on a depuis nommés prophètes, ces huit ou neuf fous préfentés à celui qu'on prétend avoir été juge & prince du peuple, font, felon ces critiques, les témoignages les plus palpables de la groffière ftupidité de l'auteur juif inconnu. Les fages commentateurs penfent tout le contraire : la fimplicité du petit gardeur de chèvres n'ôte rien à la dignité de *Samuel* ; s'il reçoit huit fous d'un petit garçon, cela ne l'empêchera pas d'oindre deux rois & d'en couper un troifième par morceaux : ces trois fonctions annoncent un très-grand feigneur.

Samuel ayant donc envisagé *Saül*, DIEU lui dit : Voilà l'homme dont je t'avais parlé ; ce sera lui qui dominera sur mon peuple.

Saül s'étant donc approché de *Samuel* au milieu de la porte, lui dit : Enseigne-moi, je te prie, la maison du voyant. *Samuel* répondit à *Saül*, disant : C'est moi qui suis le voyant ; monte avec moi au lieu haut, afin que tu manges aujourd'hui avec moi ; & je te renverrai demain matin, & je te dirai tout ce que tu as sur le cœur....

Or *Samuel* prit une petite fiole d'huile, & il la répandit sur la tête de *Saül*, & le baisa, & dit : Voilà que le Seigneur t'a oint en prince ; & tu délivreras son peuple de la main de ses ennemis. (*r*)

(*r*) Le savant dom *Calmet* examine d'abord si l'huilier que *Samuel* avait dans sa poche était un pot de terre, un godet, ou une fiole de verre ; quoique les Juifs ne connussent point le verre ; & il ne résout point cette question.

Non-seulement *Samuel* a une révélation que les ânesses de *Saül* sont retrouvées, mais il répand une bouteille d'huile sur la tête de *Saül* en signe de sa royauté ; & c'est de-là que tout roi juif s'est depuis nommé *Oint*, *Christ*, dans les traductions grecques, & que les Juifs ont appelé les grands rois de Babylone & de Perse, du nom d'*Oint*, de *Christ*, d'*Oint* du Seigneur, *Christ* du Seigneur.

Il est dit dans le Lévitique, qu'*Aaron*, tout prévaricateur, tout apostat qu'il était, fut oint par *Mosé* en qualité de grand-prêtre. Il se peut en effet que dans le désert, au milieu d'une disette affreuse, on eût trouvé une cruche d'huile que *Mosé* répandit sur les cheveux, la barbe & les habits d'*Aaron* : cette cérémonie convenait à un peuple pauvre ; & puisque le Dieu du ciel & de la terre y présidait, elle était sacrée. Les grands-prêtres juifs furent installés depuis avec la même onction d'huile. Toute cérémonie doit être publique ; *Samuel* pourtant n'huila pas d'abord la tête de *Saül* devant le peuple : il crut apparemment qu'il ne pouvait imprimer un caractère plus auguste à *Saül* qu'en l'oignant de la même huile dont on prétend que lui *Samuel* avait été oint : cependant il n'est point dit que *Samuel* fut oint.

Et voici le ſigne qui t'apprendra que DIEU t'a oint en prince. Tu rencontreras, en t'en retournant, deux hommes près du ſépulcre de *Rachel;* & ils te diront qu'on a retrouvé tes âneſſes.... Tu viendras après à l'endroit nommé colline de DIEU, où il y a garniſon philiſtine; & quand tu ſeras entré dans le bourg, tu rencontreras un troupeau de prophètes deſcendant de la montagne avec des pſaltérions, des flûtes & des harpes.... Et l'eſprit du Seigneur tombera ſur toi, & tu prophétiſeras avec eux, & tu ſeras changé en un autre homme.... Et lorſque *Saül* fut venu à la colline, il rencontra une troupe de prophètes; & l'eſprit de DIEU tomba ſur lui, & il prophétiſa au milieu d'eux. Et tous ceux qui l'avaient vu hier & avant-hier, diſaient : Qu'eſt-il donc arrivé au fils de *Cis? Saül* eſt-il devenu prophète? (*s*)

Après cela *Samuel* aſſembla le peuple à Maſphat; & il dit aux enfans d'Iſraël : Voici ce que dit le Seigneur DIEU d'Iſraël : J'ai tiré Iſraël de l'Egypte.... Mais aujourd'hui vous avez rejeté votre DIEU, qui ſeul vous avait ſauvés; vous m'avez répondu, non;

Quoi qu'il en ſoit, les rois juifs furent les ſeuls qui reçurent cette marque de la royauté. On ne connaît dans l'antiquité aucun prince oint par ſes ſujets. On prit cette coutume en Italie; & l'on croit que ce furent les uſurpateurs lombards, qui, devenus chrétiens, voulurent ſanctifier leur uſurpation en feſant répandre de l'huile ſur leur tête par la main d'un évêque. *Clovis* ne fut pas oint; mais l'uſurpateur *Pepin* le fut. On oignît quelques rois eſpagnols; mais il y a long-temps que cet uſage eſt aboli en Eſpagne.

On ſait qu'un ange apporta du ciel une bouteille ſainte, pleine d'huile pour ſacrer les rois de France; mais l'hiſtoire de cette bouteille, appelée *ſainte ampoule*, eſt révoquée en doute par pluſieurs doctes; c'eſt une grande queſtion.

(*s*) L'huile de *Saül* eut quelque choſe de divin, puiſqu'elle le rendit prophète tout d'un coup; ce qui était bien au-deſſus de la dignité de roi.

vous m'avez dit, donnez-nous un roi. Eh bien, préſentez-vous donc devant le Seigneur par tribus & par familles....

Et *Samuel* ayant jeté le ſort ſur toutes les tribus & ſur toutes les familles, il tomba enfin juſque ſur *Saül* fils de *Cis*. (*t*)

Samuel prononça enſuite devant le peuple la loi du royaume, qu'il écrivit dans un livre, & la mit en dépôt devant le Seigneur.... (*u*)

Environ un mois après, *Naas* l'ammonite combattit contre Galaad. Et les gens de Jabès en Galaad dirent à *Naas :* Reçois-nous à compoſition, & nous te ſervirons.

Naas l'ammonite leur répondit : Ma compoſition ſera de vous arracher à tous l'œil droit. Les anciens de Jabès lui dirent : Accordez-nous ſept jours, afin que nous envoyons des meſſagers dans tout Iſraël ;

(*t*) Les critiques trouvent mauvais que *Samuel* oigne *Saül* roi, & le faſſe *Chriſt* avant d'avoir aſſemblé le peuple & d'avoir obtenu ſon ſuffrage : s'il ſuffiſait d'une bouteille d'huile pour régner, il n'y a perſonne qui ne pût ſe faire oindre roi par le vicaire de ſon village. Cette objection eſt forte en certains pays ; mais *Samuel*, qui était le voyant, ſavait bien que quand le peuple tirerait un roi au ſort, le ſort tomberait ſur *Saül*, & qu'alors le peuple reconnaîtrait ſon légitime ſouverain déjà oint.

(*u*) Ils ſoutiennent encore que de jouer un roi aux dés (comme dit *Boulanger*) eſt une choſe ridicule ; que le ſort peut très-aiſément tomber ſur un homme incapable ; qu'on n'a jamais tiré ainſi un monarque qu'au gâteau des rois ; que chez les Grecs & chez les Romains on tirait aux dés un roi du feſtin ; mais que dans une affaire ſérieuſe on devait procéder ſérieuſement. La réponſe déjà faite à cette critique, eſt que DIEU conduiſait le ſort, & qu'il diſpoſait non-ſeulement du tirage, mais auſſi de la volonté du peuple.

Pour la loi du royaume, que *Samuel* prononça, on diſpute ſi c'eſt le Lévitique ou le Deutéronome. Quelques commentateurs penſent que ce fut une loi faite par *Samuel*.

& fi perfonne ne vient nous défendre, nous nous rendrons à toi.

Or *Saül* (*revenant du labourage*) ayant fait la revue à Béfech, il trouva que fon armée était de trois cents mille hommes des enfans d'Ifraël, & trente mille de Juda. Le lendemain il divifa fon armée en trois corps, & ne ceffa d'exterminer Ammon jufqu'à midi. (*x*)

Alors *Samuel* dit à tout le peuple d'Ifraël : Vous voyez que j'ai écouté votre voix, comme vous m'avez parlé; je vous ai donné un roi; pour moi, je fuis vieux, mes cheveux font blancs.... Et *il fe retira.* (*y*)

Or *Saül* était le fils de l'année lorfqu'il commença à régner; & il régna deux ans fur Ifraël. (*z*)

(*x*) Les incrédules ne font pas furpris que *Saül* revînt du labourage; mais ils ne peuvent confentir à le voir à la tête de trois cents trente mille combattans, dans le même temps que l'auteur dit que les Juifs étaient en fervitude, qu'ils n'avaient pas une lance, pas une épée; que les Philiftins leurs maîtres ne leur permettaient pas feulement un inftrument de fer pour aiguifer leurs charrues, leurs hoyaux, leurs ferpettes. *Notre Gulliver*, dit le lord *Bolingbroke*, *a de telles fables*, *mais non de telles contradictions.*

Nous avouons que le texte eft embarraffant; qu'il faut diftinguer les temps; que probablement les copiftes ont fait des tranfpofitions. Ce qui était vrai dans une année, peut ne l'être pas dans une autre. Peut-être même ces trois cents trente mille foldats peuvent fe réduire à trois mille : il eft aifé de fe méprendre aux chiffres. Le révérend père dom *Calmet* s'exprime en ces mots : *Il eft fort croyable qu'il y a un peu d'exagération dans ce qui eft dit de Saül & de Jonathas.*

(*y*) M. *Huet* de Londres dit encore que la retraite de *Samuel*, en voyant *Saül* fi bien accompagné, prouve affez fon dépit de ne plus gouverner. Mais quand cela ferait, quand *Samuel* aurait eu cette faibleffe, quel eft le chef d'une églife qui ne ferait pas un peu fâché de perdre fon pouvoir? Nous verrons cependant que le pouvoir de *Samuel* ne diminua pas.

(*z*) Le même M. *Huet* fe récrie ici fur la contradiction & fur l'anachronifme : dans d'autres endroits, dit-il, l'Ecriture marque que *Saül* régna quarante ans. Il eft vrai qu'il y a là une apparence de contradiction; & dom *Calmet* lui-même n'a pu concilier les textes. Il fe peut qu'il y ait là une erreur de copifte.

Les Philiſtins s'aſſemblèrent pour combattre contre Iſraël avec trente mille chariots de guerre, ſix mille cavaliers, & une multitude comme le ſable de la mer; & ils ſe campèrent à Machmas, à l'orient de Bethaven. (*a*)

Quand ceux d'Iſraël ſe virent ainſi preſſés, ils ſe cachèrent dans les cavernes, dans les antres, dans les rochers, dans les citernes. (*b*) Les autres paſſèrent le Jourdain, & vinrent au pays de Gad & de Galaad..... Et comme *Saül* était encore à Galgal, tout le peuple qui le ſuivait fut effrayé.

Saül attendit ſept jours ſelon l'ordre de *Samuel;* mais *Samuel* ne vint point à Galgal; & tout le peuple l'abandonnait.

(*a*) MM. *le Clerc*, *Fréret*, *Boulanger*, *Mallet*, *Bolingbroke*, *Midleton*, ſe récrient ſur ces trente mille chariots de guerre. Le docteur *Stakhouſe*, dans ſon hiſtoire de la Bible, rejette ce paſſage. *Calmet* dit *que ce nombre de chariots de guerre paraît incroyable*, & *qu'on n'en a jamais tant vu à la fois. Pharaon*, continue-t-il, n'en avait que ſix cents; *Jabin* roi d'Azor neuf cents; *Séſac* roi d'Egypte douze cents; *Zarar* roi d'Ethiopie trois cents, &c.

Les critiques conteſtent encore à *Calmet* les neuf cents chariots du roi d'Azor. Tous conviennent d'ailleurs que tout le pays de Canaan ne connut la cavalerie que très-tard. Nous avons obſervé que dans ce pays montueux, entre-coupé de cavernes, on ne ſe ſervit jamais que d'ânes. Quand nous mettrions trois mille chariots au lieu de trente mille, nous ne contenterions pas encore les incrédules. Nous ne connaiſſons point de manière d'expliquer cet endroit. Nous pourrions haſarder de dire que le texte eſt corrompu; mais alors on nous répondrait que le Seigneur, qui a dicté ce texte, doit en avoir empêché l'altération. Alors nous répondrions qu'il a prévenu en effet les fautes de copiſtes dans les choſes eſſentielles, mais non pas dans les détails de guerre, qui ne ſont point néceſſaires au ſalut.

(*b*) Les critiques diſent que ſi *Saül* avait trois cents trente mille ſoldats & un prophète, & étant prophète lui-même, il n'avait rien à craindre; qu'il ne fallait pas s'enfuir dans des cavernes, quoique le pays en ſoit rempli. Il eſt à croire qu'on n'avait point alors des armées ſoudoyées qui reſtaſſent continuellement ſous le drapeau.

Saül dit donc alors : Qu'on m'apporte l'holocaufte pacifique. Et il offrit l'holocaufte; & à peine eut-il fini d'offrir l'holocaufte, voici que *Samuel* arriva; & *Saül* alla au-devant de lui pour le faluer. *Samuel* lui dit : Qu'as-tu fait? *Saül* lui répondit : Voyant que tu ne venais point au jour que tu m'avais dit, & les Philiftins étant en armes à Machmas, contraint par la néceffité, j'ai offert l'holocaufte. *Samuel* dit à *Saül* : Tu as fait follement; tu n'as pas gardé les commandemens du Seigneur : fi tu n'avais pas fait cela, le Seigneur aurait affermi pour jamais ton règne fur Ifraël; mais ton règne ne fubfiftera point : le Seigneur a cherché un homme felon fon cœur; & il l'a deftiné à régner fur fon peuple, parce que tu n'as pas obfervé les commandemens du Seigneur. (*c*)

Samuel s'en alla; & *Saül* ayant fait la revue de ceux qui étaient avec lui, il s'en trouva environ fix cents. (*d*)

Même il ne fe trouvait point de forgerons dans toutes les terres d'Ifraël. Car les Philiftins le leur

(*c*) M. *Huet* de Londres déclare que *Samuel* ne découvre ici que fa mauvaife volonté. Il prétend, avec *Eftius* & *Calmet*, que *Samuel* n'était point grand-prêtre, qu'il n'était que prêtre & prophète; que *Saül* l'était comme lui; qu'il avait prophétifé dès qu'il avait été oint, & qu'il était en droit d'offrir l'holocaufte. *Samuel*, dit-il, femble avoir manqué exprès de parole pour avoir occafion de blâmer *Saül* & de le rendre odieux au peuple. Nous ne voyons pas que *Samuel* mérite cette accufation. *Huet* peut lui reprocher un peu de dureté, mais non pas de la fourberie. Cela ferait bon s'il avait été prêtre par-tout ailleurs que chez les Juifs.

(*d*) Le lecteur eft bien furpris de ne plus trouver *Saül* accompagné que de fix cents hommes, lorfque le moment d'auparavant il en avait trois cents trente mille. Nous en avons dit la raifon; les armées n'étaient point foudoyées; elles fe débandaient au bout de quelques jours, comme du temps de notre anarchie féodale.

avaient défendu, de peur que les Hébreux ne forgeassent une épée ou une lance; & tous les Israëlites étaient obligés d'aller chez les Philistins pour aiguiser le soc de leurs charrues, leurs cognées, leurs hoyaux & leurs serpettes. (*e*)

Et lorsque le jour du combat fut venu, il ne se trouva pas un Hébreu qui eût une épée ou une lance, hors *Saül* & *Jonathas* son fils.

Un certain jour il arriva que *Jonathas*, fils de *Saül*, dit à son écuyer : Viens-t-en avec moi, & passons jusqu'au camp des Philistins. Et il n'en dit rien à son père.... *Jonathas* monta grimpant des pieds & des mains, & son écuyer derrière lui.... De façon qu'une partie des ennemis tomba sous la main de *Jonathas*; & son écuyer qui le suivait, tua les autres. Ils tuèrent vingt hommes dans la moitié d'un arpent; & ce fut la première défaite des Philistins.... (*f*)

Et les Israëlites se réunirent. *Saül* fit alors ce serment : Maudit sera l'homme qui aura mangé du pain de toute la journée, jusqu'à ce que je me sois vengé de mes ennemis. Et le peuple ne mangea point de pain....

En même temps ils vinrent dans un bois où la

(*e*) Nous avons parlé de cette puissante objection; mais elle n'est pas contre les trois cents trente mille hommes, qui peut-être n'avaient point d'armes; elle n'est que contre les six cents hommes qui restaient à *Saül*, & qui devaient être aussi désarmés. Le texte dit positivement que la victoire de *Jonathas* fut un miracle; & cela répond à toutes les critiques.

(*f*) Ce combat de deux hommes, qui n'ont qu'une lance & une épée, contre toute une armée, est fort extraordinaire : mais aussi le texte nous apprend qu'il y avait là du miracle; & nous devons nous souvenir que *Samson* tua mille Philistins avec une mâchoire d'âne dans le commencement de sa servitude.

terre était couverte de miel. Or *Jonathas* n'avait pas entendu le ferment de fon père; il étendit fa verge qu'il tenait en main, & la trempa dans un rayon de miel; & l'ayant porté à fa bouche, fes yeux furent illuminés. (*g*)

Saül confulta donc le Seigneur, & lui dit : Pourfuivrai-je les Philiftins? & les livreras-tu entre les mains d'Ifraël dans ce jour? Et DIEU ne répondit point....

Et *Saül* dit au Seigneur : Seigneur d'Ifraël! prononce ton jugement; pourquoi n'as-tu pas répondu aujourd'hui à ton ferviteur? Découvres-nous fi l'iniquité eft dans moi ou dans mon fils *Jonathas;* & fi l'iniquité eft dans le peuple, donne la fainteté..... *Jonathas* fut découvert auffi-bien que *Saül;* & le peuple échappa.... Et *Saül* dit : Qu'on jette le fort entre moi & mon fils; & le fort prit *Jonathas.*

Saül dit à *Jonathas :* Dis-moi ce que tu as fait? *Jonathas* répondit : En tâtant j'ai tâté un peu de miel au bout de ma verge; & voilà que je meurs.... (*h*)

(*g*) *Boulanger* ne peut digérer ce ferment de *Saül.* L'Ecriture, dit-il, nous le donne pour un homme attaqué de manie : il était fans doute dans un de fes accès quand il défendit à fes foldats de manger de toute la journée. La critique de *Boulanger* tombe à faux; car *Saul* n'était pas encore fou alors, il ne le devint que quelque temps après.

La terre couverte de miel a paru à d'autres critiques une trop grande exagération. Les abeilles ne font leurs ruches que dans des arbres. Les voyageurs affurent qu'il n'y a aucun arbre dans cette partie de la Paleftine, excepté quelques oliviers dans lefquels les abeilles ne logent jamais. Cette critique ne regarde que l'hiftoire naturelle, & ne touche point au fond des chofes; d'ailleurs *Jonathas* peut avoir trouvé une ruche dans le chêne de Mambré, qui fubfiftait encore du temps de *Conftantin*, à ce qu'on dit.

(*h*) Cette réfolution de *Saül*, d'immoler fon fils pour avoir mangé un peu de miel, a quelque chofe de femblable au ferment de *Jephté*, qui fut

Et le peuple dit à *Saül :* Quoi ! *Jonathas* mourra, lui qui a fait le grand salut d'Israël ! Cela n'est pas permis. Vive DIEU ? il ne tombera pas un poil de sa tête. Ainsi le peuple sauva *Jonathas*, afin qu'il ne mourût point.... (*i*)

Après cela *Saül* se retira, il ne poursuivit point les Philistins ; & les Philistins se retirèrent en leur lieu....

Et *Samuel* dit à *Saül :* Le Seigneur m'a envoyé pour t'oindre en roi sur le peuple d'Israël ; écoute donc maintenant la voix du Seigneur ; voici ce que dit le Seigneur des armées. Je me souviens qu'autrefois *Amalec* s'opposa à Israël dans son chemin quand il s'enfuyait d'Egypte ; c'est pourquoi marche contre *Amalec*, frappe *Amalec*, & détruis tout ce qui est à lui, ne lui pardonne point, ne convoite rien de tout ce qui lui appartient, tue tout, depuis l'homme jusqu'à la femme, & le petit enfant qui tette, (*k*) le bœuf,

forcé de sacrifier sa fille. *Saül* dit en propres mots à son fils : Que DIEU me fasse tout le mal possible, & qu'il y ajoute encore, si tu ne meurs aujourd'hui, mon fils *Jonathas*.

Les savans allèguent encore cet exemple, pour prouver qu'il était très-commun d'immoler des hommes à DIEU. Mais les exemples de *Saül* & de *Jephté* ne concluent pas que les Juifs fissent si souvent des sacrifices de sang humain.

(*i*) On demande pourquoi le peuple n'empêcha pas *Jephté* d'immoler sa fille, comme il empêcha *Saül* d'immoler son fils ? Nous n'en savons pas bien précisément la raison ; mais nous oserons dire que le peuple, ayant mangé ce jour-là de la chair & du sang malgré la défense, craignait apparemment que le sort ne tombât sur lui comme il était tombé sur *Jonathas ;* & qu'il devait être très en colère contre *Saül*, qui avait été assez imprudent pour défendre à ses troupes de reprendre un peu de forces un jour de combat.

(*k*) La foule des critiques ne parle de ce passage qu'avec horreur. Quoi ! s'écrie surtout le lord *Bolingbroke*, faire descendre le créateur de l'univers

la brebis, le chameau & l'âne. Donc *Saül* commanda au peuple ; & l'ayant assemblé comme des agneaux, il trouva deux cents mille hommes de pied, & dix mille hommes de Juda....

Et il marcha à la ville d'*Amalec* ; & il dressa des embuscades le long du torrent....

Et *Saül* frappa *Amalec* depuis Hévila jusqu'à Sur, vis-à-vis de l'Egypte. Et il prit vif *Agag* roi des Amalécites, & tua tout le peuple dans la bouche du glaive... Mais *Saül* & les Israëlites épargnèrent *Agag* & l'élite des brebis, des bœufs, des béliers, & de ce qu'il y avait de plus beau en meubles & en vêtemens ; ils ne démolirent que ce qui parut vil & méprisable. (*l*)

dans un coin ignoré de ce misérable globe, pour dire à des Juifs : A propos, je me souviens qu'il y a environ quatre cents ans qu'un petit peuple vous refusa le passage ; allons, vous avez une guerre terrible avec vos maîtres les Philistins, contre lesquels vous vous êtes révoltés ; laissez-là cette guerre embarrassante ; allez-vous-en contre ce petit peuple, qui ne voulut pas autrefois que vous vinssiez tout ravager chez lui en passant ; tuez hommes, enfans, vieillards, femmes, filles, bœufs, vaches, chèvres, brebis, ânes ; car comme vous êtes en guerre avec le peuple puissant des Philistins, il est bon que vous n'ayez ni bœufs ni moutons à manger, ni ânes pour porter le bagage.

Ces paroles nous font frémir ; & assurément si c'était un homme qui parlât, nous ne l'approuverions point : mais c'est DIEU qui parle ; & ce n'est pas à nous de savoir quelle raison il avait pour ordonner qu'on tuât tous les Amalécites, leurs moutons & leurs ânes.

(*l*) Toujours les mêmes objections sur ces prodigieuses armées, que le prétendu roi d'une horde d'esclaves lève en un moment. Les Turcs ont bien de la peine à conduire aujourd'hui une armée de quatre-vingts mille combattans complète. On demande encore ce que sont devenus les autres cent vingt mille soldats du melch *Saül*, lesquels étaient venus combattre sans avoir une seule épée, une seule flèche. Tout-à-l'heure, dit le fameux curé *Meslier*, l'armée de *Saül* était de trois cents trente mille hommes ; & il ne lui en reste plus que deux cents dix mille ; le reste apparemment est allé conquérir le monde sur les pas de *Sésostris*.

Alors le verbe du Seigneur fut fait à *Samuel*, difant: Je me repens d'avoir fait *Saül* roi, parce qu'il m'a abandonné. *Samuel* en fut enflammé, & cria au Seigneur toute la nuit.

Donc s'étant levé avant jour pour aller chez *Saül* au matin, on lui annonça que *Saül* était venu fur le mont Carmel où il s'érigeait un monument, un four triomphal, & que de-là il était defcendu à Galgal. *Samuel* vint donc à *Saül;* & *Saül* offrait au Seigneur un holocaufte des prémices du butin pris fur Amalec.

Samuel lui dit: Le Seigneur t'a oint roi fur Ifraël; le Seigneur t'a mis en voie, & t'a dit: Va, tue tous les pécheurs amalécites, & combats jufqu'à ce que tout foit tué; pourquoi donc n'as-tu pas tout tué? (*m*)

Ces railleries indécentes du curé *Meflier* ne font pas des raifons. Il était fort difficile de nourrir de fi grandes armées dans un petit pays tel que la Judée: on était obligé de licencier fes troupes au bout de peu de jours; ainfi il ne ferait pas furprenant que *Saül* eût été un jour fuivi de trois cents mille hommes, & un autre de deux cents mille: il eft vrai qu'il faut au moins quelques épées, quelques flèches à tant de foldats, & que felon le texte ils n'en avaient point; mais ils pouvaient fe fervir de frondes & de maffues.

(*m*) Les déclamations du lord *Bolingbroke* fur ce paffage font plus violentes que jamais. Si un prêtre, dit-il, avait été affez infolent & affez fou pour parler ainfi, je ne dis pas à notre roi *Guillaume*, mais au duc de *Marlborough*, on l'aurait pendu fur le champ au premier arbre. *Samuel*, ajoute-t-il, n'eft point un prêtre de DIEU, c'eft un prêtre du diable.

Toutes ces exclamations de tant de critiques partent du même principe; ils jugent les Juifs comme ils jugeraient les autres hommes. *Pourquoi n'as-tu pas tout tué?* ferait ailleurs un difcours infernal; mais ici c'eft DIEU qui parle par la bouche de *Samuel;* & il eft fans doute le maître de punir comme il veut, & quand il veut.

Les incrédules infiftent: ils difent qu'il n'eft que trop vrai qu'on s'eft toujours fervi du nom de DIEU pour excufer, fi l'on pouvait, les crimes des hommes. Ils ont raifon quand ils parlent des autres religions; mais ils

Obéiffance

Obéiſſance vaut mieux que victime; il y a de la magie & de l'idolâtrie à ne pas obéir: ainſi donc, puiſque tu as rejeté la parole de DIEU, DIEU te rejette & ne veut plus que tu ſois roi.... (*n*)

Et *Samuel* ſe retourna pour s'en aller... Mais *Saül* le prit par le haut de ſon manteau, qu'il déchira.

Et *Samuel* dit: Comme tu as déchiré mon manteau, DIEU déchire aujourd'hui le royaume d'Iſraël, & le donne à un autre qui vaut mieux que toi..... *Saül* lui dit: J'ai péché; mais au moins rends-moi quelque honneur devant les anciens du peuple.....

Samuel dit: Qu'on m'amène *Agag* roi d'Amalec; & on lui amena *Agag* qui était fort gras & tout tremblant. Et *Samuel* lui dit: Comme ton épée a ravi des enfans à des mères, ainſi ta mère ſera ſans enfans parmi les femmes. Et il le coupa en morceaux à Galgal.... (*o*)

ont tort quand il s'agit de la religion juive. Il leur ſemble abſurde que DIEU ordonne qu'on tue toutes les brebis & tous les ânes; mais on leur dira toujours que ce n'eſt pas à eux de juger la Providence.

(*n*) La querelle entre le ſceptre & l'encenſoir, qui a troublé ſi long-temps tant de nations, eſt ici bien marquée; nous ne pouvons en diſconvenir. *Samuel* dit au roi que ſa déſobéiſſance aux ordres que ce prince a reçus de lui, de la part de DIEU, eſt auſſi coupable que le ferait la magie & l'idolâtrie; & il déclare à *Saül*: DIEU ne veut pas que tu règnes. C'eſt une queſtion épineuſe, ſi *Saül* devait l'en croire ſur ſa parole.

M. *Fréret* prétend que *Saül* pouvait lui dire: Donne-moi un ſigne, fais-moi un miracle, pour me prouver que DIEU veut me détrôner, comme tu me donnas un ſigne quand tu me fis oint; tu me fis alors retrouver mes âneſſes; fais au moins quelque choſe de ſemblable.

Les commentateurs ſont d'une autre opinion: ils diſent que dès qu'un prophète a donné une fois un ſigne, il n'eſt pas obligé d'en donner d'autre.

(*o*) Pluſieurs perſonnes excuſent les emportemens du lord *Bolingbroke* quand ils liſent ce paſſage. Un prêtre, un miniſtre de paix, un homme qui ſerait ſouillé pour avoir touché ſeulement un corps mort, couper un roi en morceaux comme on coupe un poulet à table! Faire de ſa main ce

Or *Samuel* vint à Bethléem selon l'ordre du Seigneur; & les anciens de Bethléem tout surpris lui dirent: Viens-tu ici en homme pacifique? Et il répondit: Je viens en pacifique pour immoler au Seigneur; purifiez-vous, & venez avec moi pour que je sacrifie. (*p*)

Samuel purifia donc *Isaï* & ses enfans, & il les appela au sacrifice....

Et *Samuel* dit à *Isaï*: Sont-ce là tous tes enfans? *Isaï* lui répondit: Il en reste encore un petit qui garde les brebis. Et *Samuel* dit à *Isaï*: Fais-le venir; car nous ne nous mettrons à table que quand il sera venu.... On l'amena donc. Il était roux & très-beau. Et DIEU dit à *Samuel*: C'est celui-là que tu dois oindre. *Samuel* prit donc une corne pleine d'huile, & oignit *David* au milieu de ses frères. Et le souffle du Seigneur vint sur *David*; & le souffle du Seigneur se retira de *Saül*; & DIEU envoya à *Saül* un mauvais esprit.... (*q*)

qu'un bourreau tremblerait de faire! Il n'y a personne que la lecture de ce passage ne pénètre d'horreur. Enfin quand on est revenu du frissonnement qu'on a éprouvé, on est tenté de croire que cette abomination est impossible; un vieillard, tel que *Samuel*, aura eu difficilement la force de hacher en pièces un homme.

Calmet dit *que le zèle arma Samuel dans cette occasion pour venger la gloire du Seigneur*; il veut dire apparemment la *justice*. Peut-être qu'*Agag* avait mérité la mort; car quelle gloire peut revenir à DIEU de ce qu'un prêtre coupe un souverain en morceaux? Nous tremblons en examinant cette barbarie absurde: adorons la Providence sans raisonner.

(*p*) Il semble étrange que les habitans de Bethléem demandent à *Samuel*: Viens-tu ici avec un esprit de paix? Bethléem n'appartenait donc pas à *Saül*; & cela est très-vraisemblable: car Jérusalem, qui est tout auprès, n'était point à lui. Il y avait donc dans Bethléem des Cananéens qui dominaient, & des Juifs tributaires. C'est aux Juifs pourtant que *Samuel* s'adressa: *purifiez-vous, & venez avec moi*. Jamais histoire ne fut plus divine; mais aussi elle est très-obscure aux yeux des hommes.

(*q*) *Calmet* observe que c'était une beauté chez les Juifs d'être roux,

Et les officiers de *Saül* lui dirent : Tu vois qu'un mauvais fouffle de DIEU te trouble ; s'il te plaît, tes ferviteurs iront chercher un joueur de harpe, afin que, quand le mauvais fouffle de DIEU te troublera le plus, il touche de la harpe avec fa main, & qu'il te foulage..... *Saül* dit à fes ferviteurs : Allez-moi chercher quelqu'un qui fache bien harper. Et l'un de fes ferviteurs lui dit : J'ai vu un des fils d'*Ifaï* de Bethléem, qui harpe fort bien ; c'eft un jeune homme très-fort & belliqueux, prudent dans fes paroles, fort beau, & DIEU eft avec lui. (*r*)

& que l'époux ou l'amant du cantique des cantiques était rouffeau. Nous ne fommes pas de cette opinion. L'amant du cantique des cantiques était d'un blanc mêlé de rouge, *candidus & rubicundus.*

Mais le facre de *David* eft un objet plus important. C'eft d'abord une chofe remarquable que DIEU parle à *Samuel* chez le père de *David* même, en préfence de toute la maifon. Il faut croire qu'il lui parlait intérieurement ; mais alors comment les affiftans pouvaient-ils deviner qu'il avait une miffion particulière & divine ? Tous les Juifs devaient favoir que *Saül* régnait ; parce que *Samuel* lui avait répandu de l'huile fur la tête. Or quand il en fait autant à *David*, fon père, fa mère, fes frères & les affiftans devaient s'apercevoir qu'il fefait un roi nouveau, & que par-là il expofait toute la famille à la vengeance de *Saül*. Il y a là quelque difficulté ; mais elle difparaît dès qu'on fait que *Samuel* était infpiré.

Boulanger dit qu'il n'y a jamais eu de fcène du théâtre italien plus comique, que celle d'un prêtre de village qui vient chez un payfan, avec une bouteille d'huile dans fa poche, oindre un petit garçon rouffeau, & faire une révolution dans l'Etat : mais il ajoute que cet Etat & ce petit garçon rouffeau ne méritaient pas un autre hiftorien. Nous laiffons ces blafphèmes pour ce qu'ils valent.

(*r*) Les commentateurs exaltent ici le pouvoir de la mufique. *Calmet* remarque que *Terpandre* apaifa une fédition en jouant de la lyre ; & il cite *Henri Etienne*, qui vit dans la tour d'Angleterre un lion quitter fon dîner pour entendre un violon. Ces exemples font affez étrangers à la maladie de *Saül*.

Le fouffle malin de DIEU, c'eft-à-dire un fouffle très-malin, une efpèce de poffeffion, l'avait rendu maniaque, &, felon plufieurs commentateurs, DIEU l'avait abandonné au diable. Mais il eft prouvé que les Juifs

Saül fit donc dire à *Isaï :* Envoie-moi ton fils qui est dans les pâturages. *Isaï* prit aussitôt un âne avec des pains, une cruche de vin, & un chevreau; & les envoya à *Saül* par la main de son fils *David*....

Saül aima fort *David;* & il le fit son écuyer; & toutes les fois que le mauvais souffle du Seigneur rendait *Saül* maniaque, *David* prenait sa harpe, il en jouait, *Saül* était soulagé, & le souffle malin s'en allait. (*s*)

Cependant les Philistins assemblèrent toutes leurs troupes pour le combat. *Saül* & les enfans d'Israël s'assemblèrent aussi. Les Philistins étaient sur une montagne, & les Juifs étaient d'un autre côté sur une montagne.

Et il arriva qu'un bâtard sortit du camp des Philistins; il était de Geth, & il avait six coudées & une palme de haut; (douze pieds & demi) & il avait des bottes d'airain, & un grand bouclier d'airain sur les épaules. La hampe de sa lance était comme un grand bois des tisserands, & le fer de sa lance pesait six cents sicles; (vingt livres) & son écuyer marchait devant lui.... Et il venait crier devant les phalanges d'Israël; & il disait : Si quelqu'un veut se battre contre moi, (*t*) & s'il me tue, nous serons vos esclaves;

ne connaissaient point encore d'esprit malin, de diable qui s'emparât du corps des hommes; c'était une doctrine des Chaldéens & des Persans; & jusqu'ici il n'en est pas encore question dans les livres saints.

(*s*) Les commentateurs remarquent que c'était un don particulier, communiqué de DIEU à *David*, de guérir les accès de folie dont *Saül* était attaqué. Mais en même temps ils veulent expliquer si ce don était la suite de son sacre & de l'huile que *Samuel* avait répandu sur sa tête.

(*t*) On remarque qu'en cet endroit l'histoire est interrompue, & que l'auteur sacré passe rapidement de la folie de *Saül* à des opérations de

mais si je le tue, vous serez nos esclaves..... *Saül* & tous les Israëlites, entendant le verbe de ce Philistin, étaient stupéfaits, & tremblaient de peur.

Or *David* était fils d'un homme d'Ephrata, dont il a été parlé; son nom était *Isaï*, qui avait huit fils, & qui était fort vieux & très-âgé parmi les hommes.

Les trois plus grands de ses fils s'en allèrent après *Saül* pour le combat. *David* était le plus petit, & il avait quitté *Saül* pour venir paître les troupeaux à Bethléem. (*u*)

Cependant ce Philistin se présentait au combat le matin & le soir, & resta là debout pendant quarante jours....

Or *Isaï* dit à *David* son fils : Tiens, prends un

guerre. Rarement il se sert de transitions. Quelques-uns même affirment que c'est une marque infaillible de l'inspiration, de passer rapidement d'un objet à un autre. La cause, l'objet, & les détails de cette guerre ne sont pas exprimés selon notre méthode; c'est à nous à nous conformer à celle de l'auteur.

Ce géant *Goliath*, qui avait douze pieds & demi de haut, ne doit pas paraître une chose extraordinaire après les géans que nous avons vus dans la Genèse. Il est vrai que nous ne voyons plus aujourd'hui des hommes de cette taille; telle est même la constitution du corps humain, que cette excessive hauteur, en dérangeant toutes les proportions, rendrait ce géant très-faible & incapable de se soutenir. Il faut regarder *Goliath* comme un prodige que DIEU suscitait pour manifester la gloire de *David*.

La Vulgate se sert ici du mot *phalange*, qui ne fut connu que long-temps après, c'est une anticipation.

(*u*) M. *Huet* de Londres dit qu'il n'est pas naturel que *David*, ayant été fait écuyer du roi, le quittât pour aller paître des troupeaux au milieu de la guerre. Il convient que chez les anciens peuples, & surtout chez les premiers Romains, il n'était pas rare de passer de la charrue au commandement des armées; mais il soutient que personne ne quitta jamais l'armée pour mener des brebis paître. Il se peut cependant que le père de *David* l'eût appelé auprès de lui pour quelque autre raison, & qu'étant chez son père il lui eût rendu les mêmes services qu'auparavant.

litron de farine d'orge & dix pains, & cours à tes frères dans le camp. Porte auſſi dix fromages à leur capitaine, viſite tes frères, & vois comme ils ſe comportent..... *David* ſe leva dès la pointe du jour, laiſſa ſon troupeau à un autre, & s'en alla tout chargé comme ſon père lui avait dit, & vint au lieu de Magala où l'armée s'était avancée pour donner bataille, & qui criait déjà bataille.... *David*, ayant donc laiſſé au bagage tout ce qu'il avait apporté, courut au lieu de la bataille voir comment ſes frères ſe comportaient. (*x*) Et comme il parlait encore, voilà que le bâtard nommé *Goliath*, Philiſtin de Geth, vint recommencer ſes bravades; & tous les Iſraëlites qui l'entendaient ſe mirent à fuir devant ſa face en tremblant de peur.... Et un homme d'Iſraël ſe mit à dire: Voyez-vous ce Philiſtin qui vient inſulter Iſraël? S'il ſe trouve quelqu'un qui puiſſe le tuer, le roi l'enrichira de grandes richeſſes & lui donnera ſa fille, & ſa famille ſera affranchie de tout péage en Iſraël. Et *David* diſait à ceux qui étaient auprès de lui: que donnera-t-on à celui qui tuera ce Philiſtin? Et le peuple lui répétait les mêmes diſcours....

Or ces paroles de *David* ayant été entendues, furent rapportées au roi. Et *Saül* l'ayant fait venir devant lui, *David* lui parla ainſi: (*y*) Que perſonne n'ait le

(*x*) On fait toujours la même queſtion, pourquoi l'écuyer du roi l'avait abandonné? Nous y avons déjà répondu.

(*y*) Les critiques diſent que ces hiſtoires de géans, vaincus par des hommes d'une taille médiocre, ſont très-communes dans l'antiquité, ſoit qu'elles aient été véritables, ſoit qu'elles aient été inventées. Un fait n'eſt pas toujours romaneſque pour avoir l'air romaneſque. Ils cenſurent ces

cœur troublé à cause de *Goliath ;* car j'irai, moi ton serviteur, & je combattrai ce Philistin.... Et *Saül* lui dit : Tu ne saurais résister à ce Philistin, parce que tu n'es qu'un enfant, & qu'il est homme de guerre dès sa jeunesse.... Et *David* ajouta : Le Seigneur, qui m'a délivré de la main d'un lion & de la main d'un ours, me délivrera de la main de ce Philistin.... (z) *Saül* dit donc à *David :* Va, & que le Seigneur soit avec toi ; & il lui donna ses armes, lui mit sur la tête un casque d'airain, & sur le corps une cuirasse.... Et *David* ayant ceint l'épée par-dessus sa tunique, commença à essayer s'il pouvait marcher avec ces armes ; car il n'y était pas accoutumé. *David* dit donc à *Saül :* Je ne puis marcher avec ces armes, car je n'en ai pas l'habitude ; & il quitta ses armes. Il prit le bâton qu'il avait coutume de porter ; & il prit dans le torrent cinq pierres, & les mit dans sa panetière ; & tenant sa fronde à la main, il marcha contre le Philistin.

Le Philistin s'avança aussi, & s'approcha de *David*, ayant devant lui son écuyer. Et lorsqu'il eut regardé *David*, voyant que c'était un adolescent roux & beau à voir, il le méprisa & lui dit : Suis-je un chien, pour que tu viennes à moi avec un bâton?....

Et *David* mit la main dans sa panetière, prit une pierre, la lança avec sa fronde ; la pierre s'enfonça

paroles de *David*, *que donnera-t-on ?* Il semble que *David* ne combatte pas par amour pour la patrie, mais par l'espoir du gain. Mais il est permis de désirer une juste récompense.

(z) Il y a des naturalistes qui prétendent qu'on ne voit point d'ours dans les pays qui nourrissent des lions. Nous ne sommes pas assez instruits de cette particularité pour la réfuter ; l'histoire sacrée est plus croyable qu'eux.

dans le front du Philiſtin, & il tomba le viſage contre terre.... *David* courut, & ſe jeta ſur le Philiſtin, prit ſon épée, la tira du fourreau, le tua, & coupa ſa tête. (*a*)

Les Philiſtins voyant que le plus fort d'entr'eux était mort, ils s'enfuirent....

Et *David* prit la tête du Philiſtin; il la porta dans Jéruſalem, & il mit ſes armes dans ſa tente....

Or lorſque *Saül* avait vu que *David* marchait contre le Philiſtin, il dit à *Abner* prince de ſa milice: Qui eſt ce jeune homme? de quelle famille eſt-il? *Abner* lui répondit: Vive ton ame, ô roi! je n'en ſais rien. Le roi lui dit: Va l'interroger; il faut ſavoir de qui cet enfant eſt fils.... Et lorſque *David* fut retourné du combat après avoir tué le Philiſtin, *Abner* le préſenta au roi, tenant en ſa main la tête de *Goliath*.... Et *Saül* lui dit: De quelle famille es-tu? *David* lui dit: Je ſuis un des fils d'*Iſaï* ton ſerviteur, de Bethléem. (*b*)

Or quand *David* revenait après avoir tué le Philiſtin, les femmes ſortirent de toutes les villes d'Iſraël chantant en chœur & danſant au-devant du roi *Saül*

(*a*) D'autres critiques diſent qu'un caillou, lancé de bas en haut contre un caſque d'airain, ne peut s'enfoncer dans le front: c'eſt une objection vaine.

(*b*) Il eſt plus difficile de répondre à ceux qui ne peuvent comprendre comment *Saül* ignore quel eſt ce *David*, comment il ne reconnaît point ſon joueur de harpe, ſon écuyer, qui portait ſes armes. Nous n'avons point de ſolution pour cette difficulté; mais conſidérons que ces contradictions ne ſont qu'hiſtoriques, & qu'elles ne touchent ni à la foi ni aux bonnes mœurs.

On ne peut comprendre encore comment *David* porta la tête de *Goliath* à Jéruſalem, qui n'appartenait point alors au peuple de DIEU: mais c'eſt une anticipation; il ſe peut que *David*, s'étant emparé pluſieurs années après de la place de Jéruſalem, y ait porté le crâne de *Goliath*.

avec des flûtes, des tambours & des inſtrumens à trois cordes ; elles chantaient dans leurs chanſons : *Saül* en a tué mille, & *David* dix mille.

Cette chanſon mit *Saül* dans une grande colère... Le lendemain le ſouffle malin du Seigneur s'empara de *Saül ;* il prophétiſait au milieu de ſa maiſon; & *David* jouait de la harpe devant lui comme à l'accoutumée; & *Saül* tenait ſa lance; il la jeta contre *David* pour le clouer à la muraille. *David* ſe détourna, & évita le coup deux fois.... (*c*)

Le temps étant venu que *Saül* devait donner *Mérob* ſa fille en mariage à *David*, il la donna en mariage à *Hadriel* Molathite. Mais *Michol*, autre fille de *Saül*, était amoureuſe de *David ;* cela fut rapporté à *Saül*, & il en fut bien aiſe; car il dit : Je lui donnerai celle-ci; elle lui ſera pierre d'achoppement; elle le fera tomber dans les mains des Philiſtins. Or donc, dit-il à *David*, tu ſeras mon gendre à deux conditions.... Et enſuite il lui fit dire par ſes officiers : Le roi n'a point beſoin de préſent de noces pour ſa fille; il ne te demande que cent prépuces des Philiſtins.... Quelques jours après, *David* marcha avec ſes ſoldats; il tua deux cents Philiſtins, & apporta au roi deux cents prépuces, qu'il compta devant lui; & *Saül* lui donna ſa fille *Michol*....

Alors *Saül* ordonna à *Jonathas* ſon fils & à tous ſes ſerviteurs de tuer *David ;* mais *Jonathas* aimait

(*c*) L'auteur ſacré nous repréſente ici *Saül* dans un accès de folie. Quelques commentateurs diſent que ce n'était qu'un accès de colère, & qu'il était jaloux de la chanſon qu'on chantait à l'honneur de *David*, & ſurtout de ce qu'il avait été oint en ſecret.

beaucoup *David*, & il lui donna avis que ſon père voulait le tuer..... (*d*)

Or il arriva que le ſouffle malin du ſeigneur ſe ſaiſit encore de *Saül;* & *Saül* étant dans ſa maiſon comme *David* harpait de la harpe, il voulut le clouer contre la muraille avec ſa lance; & *David* s'enfuit.

Saül envoya ſes gardes dans la maiſon de *David* pour le tuer le lendemain matin.... *Michol* ſa femme le fit ſauter par une fenêtre, & il s'enfuit....

Michol auſſitôt prit un téraphim, le coucha dans ſon lit à la place de *David*, & lui mit ſur la tête une peau de chèvre.... (*e*)

David s'enfuit donc & ſe ſauva, & alla trouver *Samuel* à Ramatha. Cela fut rapporté à *Saül*, qui envoya des archers pour prendre *David*. Mais les archers ayant vu une troupe de prophètes qui prophétiſaient, & *Samuel* qui prophétiſait par-deſſus eux, ils furent

(*d*) M. *Huet* d'Angleterre trouve de la contradiction dans la conduite de *Saül*, qui veut toujours tuer *David*, qui eſt jaloux de lui, & qui lui donne ſa fille *Michol* en mariage. Mais il eſt dit que *Saül* était poſſédé d'un eſprit malin. Lorſque le roi de France *Charles VI* donna ſa fille au roi d'Angleterre ſon ennemi, on avoue qu'il était fou. A l'égard des deux cents prépuces, chaque pays a ſes uſages : on apporte aux Turcs des têtes, on apportait aux Scythes des crânes ; on apporte aux Iroquois des chevelures.

(*e*) Voilà la guerre déclarée entre *Saül* & *David ;* le beau-père craint toujours que le gendre ne le détrône ; cela ne peut être autrement. Quand *Samuel* a oint deux rois, deux chriſts, il a excité néceſſairement une guerre civile. *Michol* ſauve ſon mari en mettant une figure dans ſon lit, coiffée d'une peau de chèvre : cette peau de chèvre était-elle le bonnet de nuit ordinaire de *David?* c'était un ſéraphim ; mais un téraphim était, dit-on, une idole. *Michol* feſait-elle coucher des idoles avec elle ? voulait-elle que les ſatellites envoyés par *Saül* priſſent cette idole pour ſon mari ? voulait-elle que la peau de chèvre fût priſe pour la chevelure rouſſe de *David?* C'eſt ſur quoi les commentateurs ne s'accordent pas.

faiſis eux-mêmes du ſouffle du Seigneur, & ils prophétiſèrent auſſi....

Saül en ayant été averti, envoya d'autres archers; & ils prophétiſèrent de même.

Il en envoya encore; & ils prophétiſèrent tout comme les autres. Enfin, il y alla lui-même; & le ſouffle du Seigneur fut ſur lui, & il prophétiſa pendant tout le chemin.... Il ſe dépouilla de ſes habits, prophétiſa avec tous les autres devant *Samuel*, & reſta tout nu le jour & la nuit. C'eſt de-là qu'eſt venu le proverbe. *Saül* eſt donc auſſi devenu prophète... (*f*)

David s'enfuit donc; & tous les gens qui étaient mal dans leurs affaires, chargés de dettes, & d'un naturel amer, s'aſſemblèrent autour de lui dans la caverne d'Odolame; & il fut leur prince.

Or il y avait dans le déſert de Mahon un homme très-riche nommé *Nabal*, qui poſſédait ſur le Carmel trois mille brebis & mille chèvres; & il fit tondre ſes brebis ſur le mont Carmel. Sa femme *Abigaïl* était prudente & fort belle à voir. *David* envoya dix de ſes gens à *Nabal* lui dire : Nous venons dans un bon jour; donnez à vos ſerviteurs & à votre fils *David* le plus que vous pourrez. *Nabal* répondit : Qui eſt ce *David*? on ne voit que des ſerviteurs qui fuient leur maître; vraiment oui! j'irai donner mon pain, mon

(*f*) L'auteur ſacré a déjà donné une autre origine à ce proverbe. M. *Boulanger* compare ici témérairement *Saül* à un juge de village en Baſſe-Bretagne, nommé *Kerlotin*, qui envoya chercher un témoin par un huiſſier; le témoin buvait au cabaret, & l'huiſſier reſta avec lui à boire; il dépêche un ſecond huiſſier, qui reſte à boire avec eux : il y va lui-même, il boit & s'enivre, & le procès ne fut point jugé.

eau & mes moutons à des gens que je ne connais pas! (g)

Alors *David* dit à ses garçons : Que chacun prenne son épée. Et *David* prit aussi son épée; & il marcha vers *Nabal* avec quatre cents soldats, & en laissa deux cents au bagage.

Mais la belle *Abigaïl* prit deux cents pains, deux outres de vin, cinq moutons cuits, cinq boisseaux de farine d'orge, cent paquets de raisins secs, & deux cents cabas de figues, & les mit sur des ânes.

Abigaïl ayant aperçu *David*, descendit aussitôt de son âne, tomba sur sa face devant *David*, l'adora, & lui dit : Que ces petits présens, apportés à monseigneur par sa servante pour lui & pour ses garçons, soient reçus avec bonté de monseigneur.... *David* lui répondit : Sois bénie toi-même; car sans cela, vive DIEU, si tu n'étais venue promptement, *Nabal* ne serait pas en vie, & il ne serait pas resté un de ses gens qui pût pisser contre les murailles.

Or, dix jours après, le Seigneur frappa *Nabal*, & il mourut..... *Abigaïl* monta vîte sur son âne avec cinq servantes à pied; & *David* l'épousa le jour même. (h)

(g) M. *Huet* de Londres déclare la conduite de *David* insoutenable; il ose le comparer à un capitaine de bandits, qui a ramassé six cents coupe-jarrets, & qui court les champs avec cette troupe de coquins, ne distinguant ni amis ni ennemis, rançonnant, pillant tout ce qu'il rencontre. Mais cette expedition n'est pas approuvée dans la sainte Ecriture : l'auteur sacré ne lui donne ni louange ni blâme; il raconte le fait simplement.

(h) M. *Huet* continue, & dit que si on avait voulu écrire l'histoire d'un brigand, d'un voleur de grand chemin, on ne s'y serait pas pris autrement; que ce *Nabal*, qui, après avoir été pillé, meurt au bout de peu de jours, & *David* qui épouse sur le champ sa veuve, laissent de violens soupçons.

David épousa aussi *Achinoam*; & l'une & l'autre furent ses femmes.

Saül, voyant cela, donna sa fille *Michol*, femme de *David*, à *Phati*. *David* s'en alla avec six cents hommes chez *Akis*, Philistin, roi de Geth. *Akis* lui donna la ville de Sicheleg; & *David* demeura dans le pays des Philistins un an & quatre mois... Il fesait des courses avec ses gens sur les alliés d'*Akis* à Jésuri, à Jerzi, chez les Amalécites. Il tuait tout ce qu'il rencontrait, sans pardonner ni à homme, ni à femme, enlevant brebis, bœufs, ânes, chameaux, meubles, habits, & revenait vers *Akis*. (*i*)

Si *David*, dit-il, a été selon le cœur de DIEU, ce n'est pas dans cette occasion.

Nous confessons qu'aujourd'hui une telle conduite ne serait point approuvée dans un oint du Seigneur. Nous pouvons dire que *David* fit pénitence, & que cette aventure fut comprise dans les sept pseaumes pénitentiaux implicitement. Nous n'osons prétendre que *David* fût impeccable.

(*i*) M. *Huet* remarque que d'abord *David* contrefit le fou & l'imbécille devant le roi *Akis*, chez lequel il s'était réfugié. Ce n'est pas une excellente manière d'inspirer la confiance à un roi qu'on se propose de servir à la guerre; mais la manière dont *David* sert ce roi son bienfaiteur est encore plus extraordinaire : il lui fait accroire qu'il fait des courses contre les Israëlites, & c'est contre les propres amis de son bienfaiteur qu'il fait ces courses sanguinaires; il tue tout, il extermine tout, jusqu'aux enfans, de peur, dit-il, qu'ils ne parlent. Mais comment ce roi pouvait-il ignorer que *David* combattait contre lui-même sous prétexte de combattre pour lui ? Il fallait que ce roi *Akis* fût plus imbécille que *David* n'avait feint de l'être devant lui. M. *Huet* déclare *David* & *Akis* également fous, & *David* le plus scélérat de tous les hommes. Il aurait dû, dit-il, parler de cette action abominable dans ses pseaumes.

On peut répondre à M. *Huet*, que *David*, dans cette guerre civile, ne portait pas au moins le ravage chez ses compatriotes; qu'il ne trahissait & qu'il n'égorgeait que ses alliés, lesquels étaient des infidelles.

Il y a aussi des commentateurs éclairés, qui, regardant *David* comme l'exécuteur des vengeances de DIEU, l'absolvent de tout péché dans cette occasion.

Et lorſque le roi *Akis* lui diſait : Où as-tu couru aujourd'hui? *David* lui répondait : J'ai couru au midi vers Juda.... Or *David* ne laiſſait en vie ni homme ni femme, diſant : Je les tue, de peur qu'ils ne parlent contre nous.

Akis ſe fiait donc à lui, diſant : Il fait bien du mal à Iſraël ; il me ſera toujours fidelle.... Et il dit à *David :* Je ne confierai qu'à toi la garde de ma perſonne.... (*k*)

Or les Philiſtins s'étant aſſemblés, *Saül* ayant auſſi aſſemblé ſes gens vers Gelboé, & ayant vu les Philiſtins, il trembla de peur. Il conſulta le Seigneur ; mais il ne lui répondit rien ni par les ſonges, ni par les prêtres, ni par les prophètes. (*l*)

Et il dit à un de ſes gens : Va me chercher une femme (une ventriloque) qui ait un ob, un eſprit de *Python*.... (*m*) La femme lui dit : Qui voulez-

(*k*) Voilà *David* qui, d'écuyer & de gendre de *Saül* ſon roi, devient formellement capitaine des gardes de l'ennemi d'Iſraël. Il eſt difficile, nous l'avouons avec douleur, de juſtifier cette conduite ſelon le monde ; mais ſelon les deſſeins inſcrutables de DIEU, & ſelon la barbarie abominable de ces temps-là, nous devons ſuſpendre notre jugement, & tâcher d'être juſtes dans le temps où nous ſommes, ſans examiner ce qui était juſte ou injuſte alors.

(*l*) Il eſt défendu dans le Deutéronome d'expliquer les ſonges ; mais DIEU ſe réſervait le droit de les expliquer lui-même. Aujourd'hui un général d'armée, qui déterminerait ſes opérations de campagne ſur un ſonge, ne ſerait pas regardé comme un homme bien ſenſé. Mais, nous l'avons déjà dit, ces temps-là n'ont rien de commun avec les nôtres.

(*m*) Les devins, les ſorciers, les pythoniſſes, les prophètes, dans tous les pays, ont toujours affecté de parler du creux de la poitrine, & de former des ſons qui ont quelque choſe de ſombre & de lugubre : ils ſe diſaient tous agités d'un eſprit qui les feſait parler autrement que les autres hommes ; & la populace ſe laiſſait prendre à ces infames ſimagrées, qui effrayaient les femmes & les enfans. Les premiers prophètes des Cévènes, vers l'an

vous que j'évoque? *Saül* lui dit : Evoque-moi *Samuel*. (*n*) Or comme la femme eut vu *Samuel*, elle cria

1704, parlaient tous du creux de la poitrine, & traînaient un peuple fanatique après eux. Il n'en était pas ainsi des vrais prophètes du Seigneur.

Saül demande une femme qui ait un *ob*; la Vulgate dit un esprit de *Python*. Les profonds mythologistes, qui ont sérieusement examiné l'histoire de *Typhon* frère d'*Osiris* & d'*Isis*, ont conclu savamment qu'il était le même que le serpent *Python*. Le judicieux *Bochard* assure pourtant que *Typhon* était le même qu'*Encelade*. Leur histoire est aussi confuse que le reste de la mythologie.

Il n'est pas aisé de savoir si *Jupiter* se battit contre *Typhon*, & le foudroya; ou si *Apollon* tua *Python* à coup de flèches. Quoi qu'il en soit, la pythie, ou la pythonisse de Delphes, rendait des oracles de temps immémorial. Non-seulement elle était ventriloque, mais elle recevait l'inspiration dans son ventre. Elle s'essayait sur un triangle de bois ou de fer; une exhalaison qui sortait de la terre, & qui entrait dans sa matrice, lui fesait connaître le passé & l'avenir. La réputation de cet oracle pénétra dans l'Asie mineure, dans la Syrie, & enfin jusque dans la Palestine. Il est très-vraisemblable que la pythonisse d'Endor était une de ces gueuses qui tâchaient de gagner leur vie à imiter comme elles pouvaient la pythie de Delphes.

Le texte nous dit donc que *Saül* se déguisa pour aller consulter cette misérable. Il n'y a rien que de très-ordinaire dans cette conduite de *Saül*. Nous avons vu dans plusieurs endroits qu'il n'y a point de pays où la friponnerie n'ait abusé de la crédulité; point d'histoire ancienne qui ne soit remplie d'oracles & de prédictions. Long-temps avant *Balaam* on a prédit l'avenir; depuis *Balaam* on le prédit toujours; & depuis *Nostradamus* on ne le prédit plus guère.

(*n*) Il y avait un an ou deux que *Samuel* était mort, lorsque *Saül* s'adressa à la pythonisse pour évoquer ses manes, son ombre. Mais comment évoquait-on une ombre? Nous croyons avoir prouvé ailleurs que rien n'était plus naturel ni plus conforme à la sottise humaine. On avait vu dans un songe son père, ou sa mère, ou ses amis, après leur mort; ils avaient parlé dans ce songe; nous leur avions répondu; nous avions voulu, en nous éveillant, continuer la conversation, & nous n'avions plus trouvé à qui parler. Cela était désespérant; car il nous paraissait très-certain que nous avions parlé à des morts, que nous les avions touchés; il y avait donc quelque chose d'eux qui subsistait après la mort, & qui nous avait apparu : ce quelque chose était une ame, c'était une ombre, c'étaient des manes. Mais tout cela s'enfuyait au point du jour; le chant du coq fesait disparaître toutes les ombres. Il ne s'agissait plus que de trouver quelqu'un

d'une voix grande : Pourquoi m'as-tu trompée; car tu es *Saül*? Le roi lui dit : Ne crains rien ; qu'as-tu vu ? Elle répondit : J'ai vu des dieux montans de la terre. *Saül* lui dit : Comment eſt-il fait ? Elle dit : C'eſt un vieillard qui eſt monté ; il eſt vêtu d'un manteau. Et *Saül* vit bien que c'était *Samuel*; & il s'inclina la face en terre, & il l'adora.

Samuel dit à *Saül* : Pourquoi as - tu troublé mon repos en me feſant évoquer ? *Saül* lui dit : Je ſuis très - embarraſſé ; les Philiſtins me font la guerre ; DIEU s'eſt retiré de moi ; il n'a voulu m'exaucer ni dans la main des prophètes, ni par les ſonges ; ainſi je t'ai évoqué, afin que tu me montres ce que je dois faire. (*o*)

d'aſſez habile pour les rappeler pendant le jour, & le plus ſouvent pendant la nuit. Or ſitôt que des imbécilles voulurent voir des ames & des ombres, il y eut bientôt des charlatans qui les montrèrent pour de l'argent. On cacha ſouvent une figure dans le fond d'une caverne, & on la fit paraître par le moyen d'un ſeul flambeau derrière elle.

La pythoniſſe d'Endor n'y fait pas tant de façon : elle dit qu'elle voit une ombre ; & *Saül* la croit ſur ſa parole. Par-tout ailleurs que dans la ſainte Ecriture, cette hiſtoire paſſerait pour un conte de ſorcier aſſez mal fait : mais puiſqu'un auteur ſacré l'a écrite, elle eſt indubitable ; elle mérite autant de reſpect que tout le reſte. *Saint Juſtin* ne doute pas, dans ſon dialogue contre *Tryphon*, que les magiciens n'évoquaſſent quelquefois les ames des juſtes & des prophètes, qui étaient tous en enfer, & qui y demeurèrent juſqu'à ce que JESUS-CHRIST vînt les en tirer, comme l'aſſurent pluſieurs pères de l'Egliſe.

Origène eſt fortement perſuadé que la pythoniſſe d'Endor fit venir *Samuel* en corps & en ame.

Le plus grand nombre des commentateurs croit que le diable apparut ſous la figure de *Samuel*. Nous ne prenons parti ni pour ni contre le diable.

Le révérend père dom *Calmet* prouve la vérité de l'hiſtoire de la pythoniſſe, par l'exemple d'un Anglais qui avait le ſecret de parler du ventre. M. *Boulanger* dit que *Calmet* devait s'en tenir à ſes vampires.

(*o*) Puiſque *Saül* & l'ombre de *Samuel* ont enſemble une grande converſation, on peut inférer de-là que c'était *Samuel* lui-même qui était monté

Samuel lui dit : Pourquoi m'interroges-tu quand DIEU s'eſt retiré de toi?.... Il livrera Iſraël avec toi entre les mains des Philiſtins; demain toi & tes fils vous ſerez avec moi. (*p*)

Or la pythoniſſe avait un veau gras pour la pâques; elle alla le tuer, prit de la farine, fit des azymes, & donna à ſouper à *Saül*. (*q*)

de la terre. *Samuel* ſe plaint qu'on ait troublé ſon repos en enfer; il parle au nom de DIEU; c'eſt un fort préjugé que cette ombre n'était point le diable. Encore une fois, nous n'oſons rien décider dans une queſtion ſi ardue. Quelques critiques ſe ſont enquis pourquoi l'ombre de *Samuel* était venue de l'enfer avec ſon manteau. Ils demandent ſi on a des manteaux en enfer; ſi les ames ſont habillées quand elles ſont évoquées. Ce ſont des queſtions plus ardues encore.

(*p*) L'ombre de *Samuel* prédit réellement à *Saül* qu'il perdra la bataille, qu'il y ſera tué avec ſes fils. Pourquoi donc *Saül* donne-t-il cette bataille? il ne croyait donc pas aux prédictions de *Samuel*.

Saint Ephrem dit que cette obſtination de combattre, malgré les prédictions d'une ombre, eſt une preuve que ce roi était tout-à-fait fou. Le père *Queſnel* en tire un grand argument en faveur de la prédeſtination. Le père *Doucin* ſoutient que *Saül* était libre de refuſer la bataille après que l'ombre lui avait promis qu'il ſerait tué.

On diſpute ſur une autre queſtion. *Samuel* dit à *Saül* : Tu ſeras demain avec moi. *Saül* ſera-t-il ſauvé? ſera-t-il damné? *Samuel* eſt en enfer, mais il n'eſt pas probablement dans l'enfer des damnés; il eſt dans l'enfer des élus. *Saül* ſera-t-il élu? nous proteſtons que nous n'en ſavons rien.

Des incrédules demandent s'il y a jamais eu un *Saül* & un *Samuel*. Ils diſent qu'il n'y a que les livres juifs qui en parlent, & que les annales de Tyr ont parlé de *Salomon* & n'ont jamais parlé de *David*. Un pareil ſcepticiſme ruinerait toutes les hiſtoires particulières. Ces incrédules ont beau traiter de fable le combat de *David* & de *Goliath*, les deux cents prépuces philiſtins préſentés à *Saül*, *Agag* haché en morceaux par un prêtre âgé d'environ cent ans, & enfin l'hiſtoire de la pythoniſſe d'Endor; tous ces faits, même indépendamment de la révélation, ſont auſſi certains qu'aucune autre hiſtoire ancienne.

(*q*) Voilà la première fois que des ſorcières donnent à ſouper à ceux qui les conſultent.

Or les Philiftins fondirent fur *Saül* & fur fes enfans, & ils tuèrent *Jonathas*, & *Abinadab*, & *Melchifua*, les fils de *Saül*.... Et tout le poids du combat fut fur *Saül;* & les fagittaires le pourfuivirent, & il fut griè-vement bleffé par les fagittaires. Et *Saül* dit à fon écuyer : Tire ton épée & achève-moi, de peur que ces incirconcis ne viennent & ne me tuent en m'infultant. Son écuyer effrayé n'en voulut rien faire; ainfi *Saül* tira fon épée, & tomba fur elle. (*r*)

Isbofeth, fils de *Saül*, avait quarante ans lorfqu'il commença à régner fur Ifraël; & il régna deux ans; & il n'y avait que la tribu de Juda qui fuivît le parti de *David;* & *David* demeura à Hébron fept ans & demi....

Il y eut donc une longue guerre entre la maifon de *Saül* & la maifon de *David*....

Or *Saül* avait eu une concubine nommée *Refpha*, fille d'*Aya*. Et le roi *Isbofeth* dit à fon capitaine *Abner:*

Nous n'en dirons pas davantage fur la pythoniffe d'Endor. Le lecteur peut confulter, s'il veut, tous les livres qu'on a écrits fur les forciers; il n'en fera pas plus inftruit.

(*r*) Il eft étrange que, le moment d'après, l'auteur facré raconte la mort de *Saül* d'une manière toute différente; car il dit qu'un amalécite vint fe préfenter à *David*, lui difant : *Saül* m'a prié de le tuer, & je l'ai tué; & je t'apporte fon diadême & fon bracelet à toi mon maître. Laquelle de ces deux leçons devons-nous adopter? L'auteur donne une autorité pour la feconde leçon, il cite le livre des juftes, le droiturier.

Il y a encore là une terrible difficulté que nous n'avons pas la témérité de réfoudre. Comment ce même livre des juftes, que nous avons vu écrit du temps de *Jofué*, peut-il avoir été écrit du temps de *David?* Il faudrait, difent les critiques, que l'auteur eût vécu environ quatre cents ans.

Les commentateurs répondent que c'était un livre où les lévites infcrivaient tous les noms des juftes, ou tout ce qui concernait la juftice. Il eft trifte qu'un tel livre, qui devait être fort curieux, ait été perdu fans reffource.

Pourquoi es-tu entré dans la concubine de mon père? Le capitaine *Abner*, en colère, répondit au roi *Isbofeth :* Comment donc! tu me traites aujourd'hui comme une tête de chien! moi qui t'ai foutenu contre la tribu de Juda après la chute de ton père & de tes frères! il t'appartient bien de me chercher querelle pour une femme! (*s*) Que DIEU me traite encore plus mal que toi, fi je ne donne à *David* ton trône comme DIEU a juré de le lui donner, & fi je ne transfère le règne de la maifon de *Saül* à celle de *David*, depuis Dan jufqu'à Berfabée.

Isbofeth n'ofa répondre à *Abner*, parce qu'il le craignait... Après cela, *Abner* parla aux anciens d'Ifraël... Il alla trouver *David* à Hébron, & il arriva accompagné de vingt hommes.... Et *David* lui fit un feftin....

Mais *Joab*, étant forti d'auprès de *David*, envoya après *Abner*, fans que *David* le fût; & lorfqu'il fut arrivé à Hébron, il tira *Abner* à part, & le tua en trahifon en le perçant par les parties génitales...

Le roi *Isbofeth*, fils de *Saül*, ayant appris qu'*Abner*

(*s*) Tout rentre ici pour la première fois dans le train des chofes ordinaires. L'intervention du ciel ne difpofe plus du gouvernement; on ne voit plus de ces aventures que les incrédules traitent de romanefques, & dans lefquelles les fages commentateurs reconnaiffent la fimplicité des temps antiques; tout fe fait, comme par-tout ailleurs, par les paffions humaines. Le roi *Isbofeth* eft mécontent de fon général *Abner ;* & *Abner*, mécontent de fon roi, le trahit pour fe donner à *David*. *Joab* général de *David* eft jaloux d'*Abner ;* il craint d'être fupplanté par lui, & il l'affaffine. Deux chefs de voleurs, qui ont vendu leurs fervices au roi *Isbofeth*, l'ayant maffacré, croient qu'ils obtiendront une grande récompenfe de *David* fon compétiteur. *David*, pour fe difpenfer de les payer, les fait affaffiner eux-mêmes. Il femble qu'on life l'hiftoire des fucceffeurs d'*Alexandre*, qui fignalèrent les mêmes perfidies & les mêmes cruautés fur un plus grand théâtre.

avait été tué à Hébron, perdit courage.... (*t*) Or *Isboseth* avait à son service deux capitaines de voleurs dont l'un s'appelait *Baana*, & l'autre *Rachab*.

Or *Rachab* & *Baana* entrèrent la nuit dans la maison d'*Isboseth* & le tuèrent dans son lit; & ayant marché toute la nuit par le chemin du désert, ils présentèrent à *David* la tête d'*Isboseth*, fils de *Saül*... *David* commanda à ses gens de les tuer : & ils les tuèrent.... (*u*)

Alors le roi *David*, avec ses suivans, marcha contre Jérusalem habitée par des Jébuséens....

Or *David* habita dans la forteresse; & il l'appela la cité de *David;* & il bâtit des édifices tout autour....

Hiram, roi de Tyr, envoya des ambassadeurs à *David* avec du bois de cèdre, des charpentiers & des maçons pour lui faire une maison....

Il prit donc encore de nouvelles concubines &

(*t*) Il faut qu'il y ait ici quelque méprise de la part des copistes; car il n'est pas possible que le roi *Isboseth* ait perdu courage, uniquement parce qu'on avait assassiné son nouvel ennemi *Abner;* il perdit sans doute courage, quand son général *Abner* l'abandonna pour passer au service de son compétiteur *David :* il y a quelque chose d'oublié ou de transposé dans le texte. Plusieurs incrédules nous reprochent de recourir si fréquemment à la ressource d'imputer tant de fautes aux copistes : ils affirment qu'il était aussi aisé à l'Esprit saint de conduire la plume des scribes que celle des auteurs. Nous les confondons en disant que les scribes n'étaient pas sacrés, & que les auteurs juifs l'étaient.

(*u*) C'est une excellente politique ; on pourrait la comparer à celle de *César* qui fit mourir les assassins de *Pompée*, s'il était permis de comparer les petits évènemens d'un pays aussi chétif que la Palestine, aux grandes révolutions de la république romaine. Il est vrai qu'*Isboseth* est fort peu de chose devant *Pompée;* mais l'histoire de *Pompée* & de *César* n'est que profane ; & l'on sait que la juive est divine. Cela est sans réponse.

de nouvelles femmes, & il en eut des fils & des filles.... (*x*)

David assembla de nouveau toute l'élite, au nombre de trente mille hommes, & alla, accompagné de tout le peuple de Juda, pour amener l'arche de DIEU sur laquelle on invoque le DIEU des armées qui s'assied sur l'arche & sur les chérubins. On mit donc l'arche de DIEU sur une charrette toute neuve; & ils prirent l'arche qui était au bourg de Gabaa, dans la maison d'*Abinadab*.... Et les enfans d'*Abinadab*, nommés *Hoza* & *Ahio*, conduisirent la charrette qui était toute neuve.... Mais lorsqu'on fut arrivé près de la grange de *Nachon*, les bœufs s'empêtrèrent & firent pencher l'arche. *Hoza* la retint en y portant la main. La colère

(*x*) A cette époque de la prise de Jérusalem commence le véritable établissement du peuple juif, qui jusque-là n'avait jamais été qu'une horde vagabonde, vivant de rapine, courant de montagne en montagne, & de caverne en caverne, sans avoir pu s'emparer d'une seule place considérable, forte par son assiette. Jérusalem est située auprès du désert, sur le passage de tous les Arabes qui vont trafiquer en Phénicie. Le terrain, à la vérité, n'est que de cailloux, & ne produit rien; mais les trois montagnes sur lesquelles est bâtie la ville, en fesaient une place très-importante. On voit que *David* manquait de tout pour y bâtir des maisons convenables à une capitale, puisqu'*Hiram*, roi de Tyr, lui envoya du bois, des charpentiers & des maçons; mais on ne voit pas comment *David* put payer *Hiram*, ni quel marché il fit avec lui. *David* était à la tête d'une nation long-temps esclave, qui devait être très-pauvre. Le butin qu'il avait fait dans ses courses, ne devait pas l'avoir beaucoup enrichi, puisqu'il n'est parlé d'aucune ville opulente qu'il ait pillée. Mais enfin, quoique l'histoire juive ne nous donne aucun détail de l'état où était alors la Judée, quoique nous ne sachions point comment *David* s'y prit pour gouverner ce pays, nous devons toujours le regarder comme le seul fondateur.

Dès qu'il se vit maître de la forteresse de Jérusalem, & de quinze à vingt lieues de pays, il commença par avoir de nouvelles concubines & de nouvelles femmes, à l'imitation des plus grands rois de l'Orient.

de DIEU s'alluma contre *Hoza*, DIEU le frappa à cause de sa témérité. *Hoza* tomba mort sur la place devant l'arche de DIEU....

Alors *David* craignit DIEU dans ce jour, disant: Comment l'arche de DIEU entrera-t-elle chez moi? Et il la fit entrer dans la maison d'un Géthéen nommé *Obed-Edom*. (*y*)

Après cela, *David* battit les Philistins & les humilia; & il affranchit le peuple d'Israël....

Et il défit aussi les Moabites; & les ayant vaincus, il les fit coucher par terre & mesurer avec des cordes. Une mesure de cordes était pour la mort, & une autre était pour la vie. Et Moab fut asservi au tribut....

David défit aussi *Adadézer*, roi de Soba en Syrie. Il lui prit sept cents cavaliers & vingt mille hommes de pied. Il coupa les jarrets à tous les chevaux des chariots, & n'en réserva que pour cent chariots.

(*y*) L'auteur sacré, qui était sans doute un prêtre, recommence ici à parler des choses qui sont de son ministère. Il dit que le DIEU des armées est assis sur l'arche & sur des chérubins. Cette arche, quoique divine, ne devait pas tenir une grande place, puisqu'elle n'occupait qu'une simple charrette, laquelle devait être fort étroite, puisqu'elle passait par les défilés qui règnent de la montagne de Gabaa à la montagne de Jérusalem. On ne conçoit pas comment des prêtres ne l'accompagnaient pas, & comment on ne prit pas toutes les précautions nécessaires pour l'empêcher de tomber. On comprend encore moins pourquoi la colère de DIEU s'alluma contre le fils aîné de celui qui avait gardé l'arche si long-temps dans sa grange, ni comment cet *Hoza* fut puni de mort subite pour avoir empêché l'arche de tomber.

Les incrédules révoquent en doute ce fait, qu'ils prétendent être injurieux à la bonté divine. Il leur paraît que, s'il y avait quelqu'un de coupable, c'étaient les lévites qui abandonnaient l'arche, & non pas celui qui la soutenait. Le lord *Bolingbroke* conclut qu'il est évident que tout cela fut écrit par un prêtre qui ne voulait pas que d'autres que des prêtres pussent jamais toucher à l'arche. On la mit pourtant dans

Les Syriens de Damas vinrent au fecours d'*Adadézer*, roi de Soba; & *David* en tua vingt-deux mille... La Syrie entière lui paya tribut; il prit les armes d'or des officiers d'*Adadézer*, & les porta à Jérufalem.... (z)

la grange d'un laïque nommé *Obed-Edom*; & encore ce laïque pouvait être un Philiftin.

Ces commencemens groffiers du règne de *David* prouvent que le peuple juif était encore auffi groffier que pauvre, & qu'il ne poffédait pas encore une maifon affez fupportable pour y dépofer l'objet de fon culte avec quelque décence.

Nous convenons que ces commencemens font très-groffiers. Nous avons remarqué que ceux de tous les peuples ont été les mêmes, & que *Romulus* & *Théfée* ne commencèrent pas plus magnifiquement. Ce ferait une chofe très-curieufe de bien voir par quels degrés les Juifs parvinrent à former, comme les autres peuples, des villes, des citadelles, & à s'enrichir par le commerce & par le courtage. Les hiftoriens ont toujours négligé ces refforts du gouvernement, parce qu'ils ne les ont jamais connus; ils s'en font tenus à quelques actions des chefs de la nation, & ont noyé ces actions, toujours ridiculement exagérées, dans des fatras de prodiges incroyables: c'eft ce que dit pofitivement le lord *Bolingbroke*. Nous foumettons ces idées à ceux qui font plus éclairés que lui & que nous.

(z) On eft bien étonné que *David*, après la conquête de Jérufalem, ait payé encore tribut aux Philiftins, & qu'il ait fallu de nouvelles victoires pour affranchir les Juifs de ce tribut. Cela prouve que le peuple hébreu était encore un très-petit peuple.

La manière dont *David* traite les Moabites reffemble à la fable qu'on a débitée fur *Bufiris*, qui fefait mefurer fes captifs à la longueur de fon lit. On leur coupait les membres qui débordaient, & on alongeait par des tortures les membres qui n'étaient pas affez longs. L'horrible cruauté de *David* fait de la peine à dom *Calmet*: *cette exécution*, dit-il, *fait frémir; mais les lois de la guerre de ces temps-là permettaient de tuer les captifs.*

Nous ofons dire à dom *Calmet*, qu'il n'y avait point de lois de la guerre, que les Juifs en avaient moins qu'aucun peuple; & que chacun fuivait ce que fa cruauté ou fon intérêt lui dictait. On ne voit pas même que jamais des peuples ennemis des Juifs les aient traités avec une barbarie qui approche de la barbarie juive: car lorfque les Amalécites prirent la bourgade Sicelec, où *David* avait laiffé fes femmes & fes enfans, il eft dit *qu'ils ne tuèrent perfonne*; ils ne mefurèrent point les captifs avec des

Et en revenant de Syrie il tailla en pièces dix-huit mille hommes dans la vallée des salines.... & les enfans de *David* étaient prêtres...... (*a*)

Cependant il arriva que *David*, s'étant levé de son lit après midi, se promenait sur le toit de sa maison royale; & il vit une femme qui se lavait sur son toit vis-à-vis de lui. Or cette femme était fort belle. Le roi envoya donc savoir qui était cette femme; & on lui rapporta que c'était *Bethsabé* fille d'*Elie*, femme d'*Urie* l'héthéen.

David l'envoya prendre par ses gens, & dès qu'elle fut venue, il coucha avec elle; après quoi, en se lavant, elle se sanctifia, se purifiant de son impureté...

Et après que *David* eut fait tuer *Urie*, la femme d'*Urie*, ayant appris que son mari était mort, le

cordes, & ne firent point périr dans les supplices ceux dont les corps ne s'ajustaient pas avec cette mesure.

Plusieurs savans nient formellement ces victoires de *David* en Syrie & jusqu'à l'Euphrate. Ils disent qu'il n'en est fait aucune mention dans les histoires; que si *David* avait étendu sa domination jusqu'à l'Euphrate, il eût été un des plus grands souverains de la terre. Ils regardent comme une exagération insoutenable ces prétendues conquêtes du chef d'une petite nation, maîtresse d'une seule ville qui n'était pas même encore bâtie.

Comme nous n'avons que des Juifs qui aient écrit l'histoire juive, & que les historiens orientaux, qui auraient pu nous instruire, sont perdus; nous ne pouvons décider sur cette question. Il n'est pas improbable que *David* ait fait quelques courses jusqu'auprès de Damas.

(*a*) Des commentateurs, que *Calmet* a suivis, prétendent que *prêtres* signifie *princes*: il est plus probable que *David* voulut joindre dans sa maison le sacerdoce avec l'empire; rien n'est plus politique. Au reste ces mots, *étaient prêtres*, n'ont aucun rapport avec ce qui précède & ce qui suit: c'est une marque assez commune de l'inspiration.

pleura... Et après qu'elle eut pleuré, *David* la prit, grosse de lui, dans sa maison, & l'épousa. (*b*)

Le Seigneur envoya donc *Nathan* vers *David*.... Et *Nathan* lui dit: Tu as fait mourir *Urie* l'héthéen, & tu lui as pris sa femme; c'est pourquoi le glaive ne sortira jamais de ta maison dans toute l'éternité, parce que tu m'as méprisé & que tu as pris pour toi la femme d'*Urie* l'héthéen.... Je prendrai donc tes

(*b*) L'aventure de *Bethsabé* est assez connue, & n'a pas besoin de long commentaire. Nous remarquerons que la maison d'*Urie* devait être très-voisine de la maison de *David*, puisqu'il voyait de son toit *Bethsabé* se baignant sur le sien. La maison royale était donc fort peu de chose, n'étant pas séparée des autres par des murailles élevées, par des tours & des fossés, selon l'usage.

Il est remarquable que l'écrivain sacré se sert du mot *sanctifier* pour exprimer que *Bethsabé* se lava après le coït. On était légalement impur chez les Juifs, quand on était mal-propre. C'était un grand acte de religion de se laver; la négligence & la saleté étaient si particulières à ce peuple, que la loi l'obligeait à se laver souvent; & cela s'appelait *se sanctifier*.

Le mariage de *Bethsabé*, grosse de *David*, est déclaré nul par plusieurs rabbins & par plusieurs commentateurs. Parmi nous une femme adultère ne peut épouser son amant, assassin de son mari, sans une dispense du pape: c'est ce qui a été décidé par le pape *Célestin III*. Nous ignorons si le pape peut en effet avoir un tel pouvoir; mais il est certain que, chez aucune nation policée, il n'est pas permis d'épouser la veuve de celui qu'on a assassiné.

Il y a une autre difficulté: si le mariage de *David* & de *Bethsabé* est nul, on ne peut donc dire que JESUS-CHRIST est descendant légitime de *David*, comme il est dit dans sa généalogie. Si on décide qu'il en descend légalement, on foule aux pieds la loi de toutes les nations: si le mariage de *David* & de *Bethsabé* n'est qu'un nouveau crime, DIEU est donc né de la source la plus impure. Pour échapper à ce triste dilemme, on a recours au repentir de *David*, qui a tout réparé. Mais en se repentant il a gardé la veuve d'*Urie*; donc, malgré son repentir, il a encore aggravé son crime: c'est une difficulté nouvelle. La volonté du Seigneur suffit pour calmer tous ces doutes qui s'élèvent dans les ames timorées. Tout ce que nous savons, c'est que nous ne devons être ni adultères, ni homicides, ni épouser les veuves des maris que nous aurions assassinés.

femmes à tes yeux, je les donnerai à un autre, & il marchera avec elles devant les yeux de ce soleil; car tu as fait la chose secrètement, & moi je la ferai ouvertement à la face d'Israël & à la face du soleil... Et *David* dit à *Nathan* : J'ai péché contre le Seigneur. Et *Nathan* dit à *David* : Ainsi DIEU a transféré ton péché; & tu ne mourras point.... (*c*)

Et l'enfant qu'il avait eu de *Bethsabé*, étant mort, il consola *Bethsabé* sa femme; il entra vers elle, & engendra un fils qu'il appela *Salomon;* & DIEU l'aima.... (*d*)

Or *David* assembla tout le peuple, & marcha contre Raba, & ayant combattu il la prit. Il ôta de la tête du roi son diadème, qui pesait un talent d'or, avec des perles précieuses; & ce diadème fut mis sur la tête de *David.* Il rapporta aussi un très-grand butin de la ville.... Et s'étant fait amener tous les habitans, il les scia en deux avec des scies, & fit passer sur eux des chariots de fer; il découpa des corps avec

(*c*) On demande si le prophète *Nathan*, en parlant au prophète *David* de ses femmes & de ses concubines, avec lesquelles *Absalon* son fils coucha sur la terrasse du palais, lui parlait avant ou après cette aventure. Il nous semble que le discours de *Nathan* précède de quelques années l'affront que fit *Absalon* à son père *David*, en couchant avec toutes ses femmes l'une après l'autre sur la terrasse du palais.

(*d*) Les critiques prétendent que le Seigneur ne fut point fâché que *David* eût épousé la veuve d'*Urie*, puisqu'il aima tant *Salomon*, né de *David* & de cette veuve. *Nathan* a prévenu cette critique, en disant que DIEU a transféré le péché de *David*. Ce fut le premier-né sur lequel le péché fut transporté; cet enfant mourut, & DIEU pardonna à son père: mais la menace de faire coucher toutes ses femmes & toutes ses filles avec un autre sur la terrasse de sa maison, subsista entièrement.

des couteaux, & les jeta dans des fours à cuire la brique. (*e*)

Immédiatement après, *Amnon*, fils de *David*, aima sa sœur appelée *Thamar*, sœur aussi d'*Absalon*, fils de *David;* & il l'aima si fort qu'il en fut malade; car comme elle était vierge, il était difficile qu'il fît rien de malhonnête avec elle.... Or *Amnon* avait un ami fort prudent, qui s'appelait *Jonadab*, & qui était propre neveu de *David*. Et *Jonadab* dit à *Amnon :* Pourquoi maigris-tu, fils de roi? que ne m'en dis-tu la cause? *Amnon* lui dit: C'est que j'aime ma sœur *Thamar*, sœur de mère de mon frère *Absalon*. (*f*)

(*e*) On prétend qu'un talent d'or pesait environ quatre-vingt-dix de nos livres de seize onces; il n'est guère possible qu'un homme ait porté un tel diadème; il aurait accablé *Poliphême* & *Goliath*. C'est-là où *Calmet* pouvait dire encore que l'auteur sacré se permet quelques exagérations. Le diadème d'ailleurs n'était qu'un petit bandeau.

Il est à souhaiter que les inconcevables barbaries exercées sur les citoyens de Raba soient aussi une exagération. Il n'y a point d'exemple dans l'histoire d'une cruauté si énorme & si réfléchie. M. *Huet* de Londres ne manque pas de la peindre avec les couleurs qu'elle semble mériter. *Calmet* dit *qu'il est à présumer que David ne suivit que les lois communes de la guerre; que l'Ecriture ne reproche rien sur cela à David, & qu'elle lui rend même le témoignage exprès que, hors le fait d'Urie, sa conduite a été irréprochable.* Cette excuse serait bonne dans l'histoire des tigres & des panthères. *Quel homme*, s'écrie M. *Huet*, *s'il n'a pas le cœur d'un vrai Juif, pourra trouver des expressions convenables à une pareille horreur?* Est-ce là l'homme selon le cœur de DIEU? *bella, horrida bella!*

Nous croirions outrager la nature, si nous prétendions que DIEU agréa cette action affreuse de *David;* nous aimons mieux douter qu'elle ait été commise.

(*f*) M. *Huet* s'exprime bien violemment sur cet inceste d'*Amnon*, & sur tous les crimes qui en résultèrent. *On ne sort*, dit-il, *d'une horreur, que pour en rencontrer une autre dans cette famille de David.*

L'histoire profane rapporte des incestes qui ont quelque ressemblance avec celui d'*Amnon;* & il n'est pas à présumer que les uns aient été copiés des autres; car, après tout, de pareilles impudicités n'ont été que trop

Jonadab lui ayant donné conſeil..... & *Thamar* étant venue chez ſon frère *Amnon*, qui était couché dans ſon lit.... *Amnon* ſe ſaiſit d'elle & lui dit : Viens, couche avec moi, ma ſœur. Elle lui répondit : Non, mon frère, ne me violente pas : cela n'eſt pas permis dans Iſraël ; ne me fais pas de ſottiſes : car je ne pourrais ſupporter cet opprobre ; & tu paſſerais pour un fou dans Iſraël..... Demande-moi plutôt au roi en mariage, & il ne refuſera pas de me donner à toi....

Amnon ne voulut point ſe rendre à ſes prières ; étant plus fort qu'elle, il la renverſa & coucha avec elle. Et enſuite il conçut pour elle une ſi grande haine, que ſa haine était plus grande que ne l'avait été ſon amour. Et il lui dit : Lève-toi & va-t-en. *Thamar* lui dit : Le mal que tu me fais à préſent, eſt encore plus fort que le mal que tu m'as fait. Mais *Amnon*, ayant appelé un valet, lui dit : Chaſſe de ma chambre cette fille, & ferme la porte ſur elle.... (*g*)

communes chez toutes les nations. Mais ce qu'il y a ici d'étrange, c'eſt qu'*Amnon* confie ſa paſſion criminelle à ſon couſin germain *Jonadab*. Il fallait que la famille de *David* fût bien diſſolue, pour qu'un de ſes fils, qui pouvait avoir tant de concubines à ſon ſervice, voulût abſolument jouir de ſa propre ſœur, & que ſon couſin germain lui en facilitât les moyens.

(*g*) Ce qu'il y a de plus étrange encore, c'eſt que *Thamar* dit à ſon frère : *demande-moi en mariage*, &c. Le Lévitique défend expreſſément, au chap. XVIII, de révéler la turpitude de ſa ſœur. Mais quelques Juifs prétendent qu'il était permis d'épouſer la ſœur de père, & non pas de mère. C'était tout le contraire chez les Athéniens & chez les Egyptiens : ils ne pouvaient épouſer que leur ſœur de mère ; il en fut de même, dit-on, chez les Perſes.

Il fallait bien que les Hébreux ſuſſent dans l'uſage d'épouſer leurs ſœurs ; puiſqu'*Abraham* dit à deux rois, qu'il avait épouſé la ſienne.

Abſalon, fils de *David*, ne parla à ſon frère *Amnon* de cet outrage ni en bien ni en mal; mais il le haïſſait beaucoup, parce qu'il avait violé ſa ſœur *Thamar*...

Et il donna ordre à ſes valets que, dès qu'ils verraient *Amnon* pris de vin dans un feſtin, ils l'aſſaſſinaſſent en gens de cœur.... Les valets firent à *Amnon* ce qu'*Abſalon* leur avait commandé; & auſſitôt tous les enfans du roi s'enfuirent chacun ſur ſa mule. (*h*)

Il ſe peut que pluſieurs Juifs aient fait depuis comme le père des croyans diſait qu'il avait fait. Le chap. XVIII du Lévitique, après tout, ne défend que de révéler la turpitude de ſa ſœur; mais quand il y a mariage, il n'y a plus turpitude. Le Lévitique pouvait très-bien avoir été abſolument inconnu des Juifs pendant leurs ſept ſervitudes; & ce peuple qui n'avait pas de quoi aiguiſer ſes ſerpettes, & qui n'avait eu ſi long-temps ni feu ni lieu, pouvait fort bien n'avoir point de libraire; puiſqu'on ne trouva que long-temps après le Pentateuque ſous le melch *Joſias*.

(*h*) C'eſt une grande impureté de coucher avec ſa ſœur; c'eſt une extrême brutalité de la renvoyer enſuite avec outrage; mais c'eſt ſans doute un crime encore beaucoup plus grand d'aſſaſſiner ſon frère dans un feſtin. Il eſt triſte de ne voir que des forfaits dans toute l'hiſtoire de *Saül* & de *David*.

Tous les frères d'*Abſalon*, témoins de ce fratricide, ſortent de table & montent ſur leurs mules, comme s'ils craignaient d'être aſſaſſinés ainſi que leur frère *Amnon*.

C'eſt la première fois qu'il eſt parlé de mulets dans l'hiſtoire juive. Tous les princes d'Iſraël, avant ce temps, ſont montés ſur des ânes. Le père *Calmet* dit que *les mulets de Syrie ne ſont pas produits de l'accouplement d'un âne & d'une jument, & qu'ils ſont engendrés d'un mulet & d'une mule*. Il cite *Ariſtote*; mais *il vaudrait mieux, ſur cette affaire, conſulter un bon muletier*. Nous avons vu pluſieurs voyageurs qui aſſurent qu'*Ariſtote* s'eſt trompé, & qu'il a trompé *Calmet*. Il n'y a point de naturaliſte aujourd'hui qui croie aux prétendues races de mulets.

Un bourriquet fait un beau mulet à une cavale; la nature s'arrête là; & le mulet n'a pas le pouvoir d'engendrer. Pourquoi donc la nature lui a-t-elle donné l'inſtrument de la génération? On dit qu'elle ne fait rien en vain; cependant l'inſtrument d'un mulet devient la choſe du monde la plus vaine: il en eſt des parties du mulet comme des mamelles des hommes; ces mamelles ſont très-inutiles, & ne ſervent qu'a figurer.

Or il n'y avait point d'homme dans tout Ifraël plus beau qu'*Abfalon;* il n'avait pas le moindre défaut depuis les pieds jufqu'à la tête; & lorfqu'il tondait fes cheveux, qu'il ne tondait qu'une fois l'an, parce que le poids de fes cheveux l'embarraffait, le poids de fes cheveux était de deux cents ficles....

Abfalon demeura deux ans à Jérufalem fans voir la face du roi.... Enfuite il fit dire à *Joab* de venir le trouver, pour le prier de le remettre entièrement dans les bonnes grâces du roi fon père. Mais *Joab* ne voulut pas venir chez *Abfalon*.... Et étant mandé une feconde fois, il refufa encore de venir.... *Abfalon* dit alors à fes gens : Vous favez que *Joab* a un champ d'orge auprès de mon champ; allez, & mettez-y le feu.... Et les gens d'*Abfalon* brûlèrent la moiffon de *Joab*.... *Joab* alla trouver *Abfalon* dans fa maifon, & lui dit : Pourquoi tes valets ont-ils mis le feu à mon orge? *Abfalon* répondit à *Joab :* Je t'ai fait prier de me venir voir, afin de me raccommoder avec le roi; je t'en prie, fais-moi voir la face du roi; & s'il fe fouvient encore de mon iniquité, qu'il me tue. (*i*)

Joab alla donc parler au roi, qui appela *Abfalon;* & *Abfalon* s'étant profterné, le roi le baifa....

Enfuite *Abfalon* fe fit faire des chariots, il affembla des cavaliers, & cinquante hommes qui marchaient

(*i*) M. *Huet* dit que cette conduite d'*Abfalon* avec *Joab* eft moins horrible que tout le refte, mais qu'elle eft exceffivement ridicule; que jamais on ne s'eft avifé de brûler les orges d'un général d'armée, d'un fecrétaire d'Etat, pour avoir une converfation avec lui; que ce n'eft pas là le moyen d'avoir des audiences. Il va jufqu'à la raillerie : il dit que le capitaine *Joab* ne fit pas fes orges avec *Abfalon*. Cette plaifanterie eft froide; il ne faut pas tourner la fainte Ecriture en raillerie.

devant lui.... Et il fit une grande conjuration, & le peuple s'attroupa auprès d'*Abſalon*....

Et quarante ans après, *Abſalon* dit à *David :* Il faut que j'aille à Hébron pour accomplir un vœu que j'ai voué au Seigneur dans Hébron. Et *David* dit à *Abſalon :* Va-t-en en paix. Et *Abſalon* s'en alla dans Hébron ; & *Abſalon* fit publier dans tout Iſraël, au ſon de la trompette, qu'il régnait dans Hébron.

David dit à ſes officiers, qui étaient avec lui à Jéruſalem : Allons, enfuyons-nous vîte, hâtons-nous de ſortir, de peur qu'on ne nous frappe dans la bouche du glaive.... Le roi *David* ſortit donc avec tout ſon monde, en marchant avec ſes pieds, laiſſant ſeulement dix de ſes concubines pour garder la maiſon.... Ainſi étant ſorti avec ſes pieds, ſuivi de tout Iſraël, il s'arrêta loin de ſa maiſon ; & tous ſes officiers marchaient auprès de lui ; & les troupes des Théens, des Céréthins, des Phélétins, & ſix cents Géthéens, très-courageux, marchaient à pied devant lui.... (*k*)

Tout le peuple pleurait à haute voix ; & le roi paſſa le torrent de Cédron ; & tout le peuple s'en allait dans le déſert.... (*l*)

(*k*) Le lord *Bolingbroke* raconte que le général *Widers*, qui s'était tant ſignalé à la fameuſe bataille de Bleinheim, entendant un jour ſon chapelain lire cet endroit de la Bible, lui arracha le livre & lui dit : Par D... chapelain, voilà un grand poltron & un grand miſérable que ton *David*, de s'en aller pieds nus avec ſon beau régiment de Géthéens, par D... j'aurais fait volte face, jarni D... j'aurais couru à ce coquin d'*Abſalon*. Mord.... je l'aurais fait pendre au premier poirier.

Le diſcours & les juremens de ce *Widers* ſont d'un ſoldat ; mais il avait raiſon dans le fond, quoique ſes paroles ſoient fort irrévérentieuſes.

(*l*) Si l'auteur ſacré n'avait été qu'un écrivain ordinaire, il aurait détaillé la rebellion d'*Abſalon ;* il aurait dit quelles étaient les forces de

Après que *David* fut monté au haut du mont, *Siba*, intendant de la maison de *Miphiboseth* petit-fils de *Saül*, vint au-devant de lui avec deux ânes chargés de deux cents pains, de cent cabas de figues, de cent paquets de raisins secs, & d'une peau de bouc pleine de vin.

Le roi lui dit : Où est *Miphiboseth* le fils de votre ancien maître *Jonathas*? *Siba* répondit au roi : *Miphiboseth* est resté dans Jérusalem, disant : Aujourd'hui Israël me rendra le royaume de mon père. Le roi dit à *Siba* : Eh bien, je te donne tous les biens de *Miphiboseth*....

Or le roi *David* étant venu jusqu'à Bahurim, il sortit un homme de la maison de *Saül*, nommé *Séméi*, qui le maudit & lui jeta des pierres & à tous ses gens,

ce prince ; il nous aurait appris pourquoi *David*, ce grand guerrier, s'enfuit de Jérusalem avant que son fils y fût arrivé. Jérusalem était-elle fortifiée ! ne l'était-elle pas ? Comment tout le peuple qui suit *David*, ne fait-il pas résistance ? Est-il possible qu'un homme aussi impitoyable que *David*, qui vient de scier en deux, d'écraser sous des herses, de brûler dans des fours ses ennemis vaincus, s'enfuie de sa capitale en pleurant comme un sot enfant, sans faire la moindre tentative pour réprimer un fils criminel ? Comment, étant accompagné de tant d'hommes d'armes, & de tous les habitans de Jérusalem, ce *Séméi* lui jeta-t-il des pierres impunément tout le long du chemin.

C'est sur de telles incompatibilités que les *Tilladet*, les *le Clerc*, les *Astruc* ont pensé que nous n'avons que des extraits informes des livres juifs. Les auteurs de ces extraits écrivaient pour des Juifs qui étaient au fait des affaires ; ils ne savaient pas que leurs livres seraient lus un jour par des Bretons & par des Gaulois.

A l'égard de ce pauvre *Miphiboseth*, fils de *Jonathas* fils de *Saül*, comment ce boiteux espérait-il de régner? Comment *David* qui n'a plus rien, qui ne peut plus disposer de rien, donne-t-il tout le bien du prince *Miphiboseth* à son domestique *Siba*? *Fréret* dit que si ce prince *Miphiboseth* avait un intendant (ce qui est difficile à croire), cet intendant se serait emparé du bien de son maître sans attendre la permission du roi *David*.

pendant

pendant que tout le peuple & tous les guerriers marchaient à côté du roi à droite & à gauche.... Et il maudissait le roi en lui disant : Va-t-en, homme de sang, va-t-en, homme de Bélial.

Cependant *Absalon* entra dans Jérusalem avec tout le peuple de son parti, & accompagné de son conseiller *Achitophel*.... Et *Achitophel* dit à *Absalon :* Crois-moi, entre dans toutes les concubines de ton père, qu'il a laissées pour la garde de sa maison, afin que, quand tous les Israëlites sauront que tu as ainsi déshonoré ton père, ils en soient plus fortement attachés à toi. *Absalon* fit donc tendre un tabernacle sur le toit de la maison, & entra dans toutes les concubines de son père devant tout Israël. (*m*)

Or du temps de *David* il arriva une famine qui dura trois ans. *David* consulta l'oracle du Seigneur, & le Seigneur dit : C'est à cause de *Saül* & de sa

(*m*) Les critiques disent que ce n'est pas un moyen bien sûr de s'attacher tout un peuple, que de commettre en public une chose si indécente.

Les incrédules refusent de croire qu'*Absalon*, tout jeune qu'il était, ait pu consommer l'acte avec dix femmes devant tout le peuple : mais le texte ne dit pas qu'*Absalon* ait commis ces dix incestes tout de suite ; il est naturel qu'il ait mis quelque intervalle à sa lubricité.

Les mauvais plaisans sont inépuisables en railleries sur ces prouesses du bel *Absalon :* ils disent que, depuis *Hercule*, on ne vit jamais un plus beau fait d'armes. Nous ne répéterons pas leurs sarcasmes & leurs prétendus bons mots qui alarmeraient la pudeur autant que les dix incestes consécutifs d'*Absalon.*

Les sages se contentent de gémir sur les barbaries de *David*, sur son adultère avec *Bethsabé*, sur son mariage infame avec elle, sur la lâcheté qu'il montre en fuyant pieds nus quand il peut combattre, sur l'inceste de son fils *Amnon*, sur les dix incestes de son fils *Absalon*, sur tant d'atrocités & de turpitudes, sur toutes les horribles abominations des règnes du melch *Saül* & du melch *David.*

maiſon ſanguinaire; parce qu'il tua des Gabaonites. Le roi ayant fait appeler des Gabaonites, leur rapporta l'oracle.... Or les Gabaonites n'étaient point des Iſraëlites, ils étaient des reſtes des Amorrhéens, & les Iſraëlites avaient autrefois juré la paix avec eux; & *Saül* voulut les détruire dans ſon zèle, comme pour ſervir les enfans d'Iſraël & de Juda....

David dit donc aux Gabaonites : Que ferai-je pour vous? comment vous apaiſerai-je, afin que vous béniſſiez l'héritage du Seigneur? Ils lui répondirent: Nous devons détruire la race de celui qui nous opprima injuſtement, de façon qu'il ne reſte pas un ſeul homme de la race de *Saül* dans toutes les terres d'Iſraël. (*n*)

Donnez-nous ſept enfans de *Saül*, afin que nous les faſſions pendre au nom du Seigneur dans Gabaa; car *Saül* était de Gabaa, & il fut l'élu du Seigneur... Et le roi *David* leur dit : Je vous donnerai les ſept enfans.... Et il prit les deux enfans de *Saül* & de *Reſpha* fille d'*Aya*, qui s'appelaient *Armoni* & *Miphiboſeth*, & cinq fils que *Michol*, fille de *Saül*, avait eus

(*n*) Ce paſſage a fort embarraſſé tous les commentateurs. Il n'eſt dit en aucun endroit de la ſainte Ecriture, que *Saül* eût fait le moindre tort aux Gabaonites; au contraire il était lui-même un des habitans de Gabaa; & il eſt naturel qu'il ait favoriſé ſes compatriotes, quoiqu'ils ne fuſſent pas juifs.

Quant à la famine qui déſola trois ans le pays du temps du melch *David*, rien ne fut ſi commun dans ce pays qu'une famine. Les livres ſaints parlent très-ſouvent de famine; & quand *Abraham* vint en Paleſtine, il y trouva la famine.

On ne ſort point de ſurpriſe lorſque DIEU lui-même dit à *David*, que cette famine n'eſt envoyée qu'à cauſe de *Saül* qui était mort long-temps auparavant, & parce que *Saül* avait eu de mauvaiſes intentions contre un peuple qui n'était pas le peuple de DIEU.

de fon mari *Adriel*.... Et il mit ces fept enfans entre les mains des Gabaonites, qui les pendirent devant le Seigneur; & ils furent pendus tous enfemble au commencement de la moiffon des orges. (*o*)

Et la fureur du Seigneur fe joignit à fa fureur contre les Ifraëlites, & elle excita *David* contre eux, en lui difant : Va, dénombre Ifraël & Juda.... Le roi dit donc à *Joab* chef de fon armée : Promène-toi dans toutes les tribus d'Ifraël, depuis Dan jufqu'à Berfabé; dénombre le peuple, afin que je fache fon nombre..... Et *Joab* ayant parcouru toute la terre pendant neuf mois & vingt jours, il donna au roi le dénombrement du peuple; & l'on trouva dans les

(*o*) Le lord *Bolingbroke*, MM. *Fréret* & *Huet* s'élèvent contre cette action avec une force qui fait trembler : ils décident que de tous les crimes de *David* celui-ci eft le plus exécrable. *David*, dit M. *Huet*, cherche un infame prétexte pour détruire par un fupplice infame toute la race de fon roi & de fon beau-père; il fait pendre jufqu'aux enfans que fa propre femme *Michol* eut d'un autre mari, lorfqu'il la répudia; il les livre, pour être pendus, entre les mains d'un petit peuple qui ne devait nullement être à craindre, puifqu'alors *David* eft fuppofé être vainqueur de tous fes ennemis. Il y a dans cette action non-feulement une barbarie qui ferait horreur aux fauvages, mais une lâcheté dont le plus vil de tous les hommes ne ferait pas capable. A cette lâcheté & à cette fureur, *David* joint encore le parjure; car il avait juré à *Saül* de ne jamais ôter la vie à aucun de fes enfans. Si, pour excufer ce parjure, on dit qu'il ne les pendit pas lui-même, mais qu'il les donna aux Gabaonites pour les pendre, cette excufe eft auffi lâche que la conduite de *David* même, & ajoute encore un degré de fcélérateffe.

De quelque côté qu'on fe tourne, on ne trouve dans toute cette hiftoire que l'affemblage de tous les crimes, de toutes les perfidies, de toutes les infamies, au milieu de toutes les contradictions.

Ces reproches fanglans font dreffer les cheveux à la tête. Le R. P. dom *Calmet* repouffe ces invectives en difant que *David avait ordre de la part de* DIEU *qu'il avait confulté, & que David ne fut ici que l'exécuteur de la volonté de* DIEU; il cite *Eftius*, *Grotius*, & les antiquités de *Flavien Jofephe*.

tribus d'Iſraël huit cents mille hommes robuſtes tirant l'épée, & dans Juda cinq cents mille combattans.... Le lendemain au matin *David* s'étant levé, la parole de DIEU s'adreſſa au prophète *Gad*, lequel était le devin, le voyant de *David*.... DIEU dit à *Gad*: Va, & parle ainſi à *David* : Voici ce que dit le Seigneur. De trois choſes choiſis-en une, afin que je te la faſſe; ou tu auras la famine ſur la terre pendant ſept ans; ou tes ennemis te battront, & tu fuiras pendant trois mois; ou la peſte ſera dans ta terre pendant trois jours: délibère, & vois ce que tu veux que je diſe à DIEU qui m'a envoyé. (*p*)

(*p*) Il y a beaucoup de choſes importantes à remarquer dans cet article. D'abord le texte de la Vulgate dit expreſſément que la fureur de DIEU redoublée inſpira *David*, & le porta, par un ordre poſitif, à faire ce dénombrement, que DIEU punit enſuite par le fléau le plus deſtructif. C'eſt ce qui fournit un prétexte à tant d'incrédules de dire que DIEU eſt ſouvent repréſenté chez les Juifs comme ennemi du genre-humain, & occupé de faire tomber les hommes dans le piége.

Secondement, le Seigneur a lui-même ordonné trois dénombremens dans le Pentateuque.

Troiſièmement, rien n'eſt plus utile & plus ſage, comme rien n'eſt plus difficile, que de faire le dénombrement exact d'une nation; & non-ſeulement cette opération de *David* eſt très-prudente, mais elle eſt ſainte, puiſqu'elle lui eſt ordonnée par la bouche de DIEU même.

Quatrièmement, tous les incrédules crient à l'exagération, à l'impoſture, au ridicule, d'admettre à *David* treize cents mille ſoldats dans un ſi petit pays; ce qui ferait, en comptant ſeulement pour ſoldats le cinquième du peuple, ſix millions cinq cents mille ames; ſans compter les Cananéens & les Philiſtins qui venaient tout récemment de livrer quatre batailles à *David*, & qui étaient répandus dans toute la Paleſtine.

Cinquièmement, le livre des Paralipomènes, qui contredit très-ſouvent le livre des Rois, compte quinze cents ſoixante & dix mille ſoldats; ce qui monterait à un nombre bien plus prodigieux encore & plus incroyable.

Les commentateurs ſuccombent ſous le poids de ces difficultés; & nous auſſi. Nous ne pouvons que prier l'Eſprit ſaint, qu'il daigne nous éclairer.

David dit à *Gad :* Je ſuis dans un grand embarras; mais il vaut mieux tomber entre les mains de DIEU par la peſte, que dans la main des hommes; car ſes miſéricordes ſont grandes.

Auſſitôt DIEU envoya la peſte en Iſraël. Depuis le matin jufqu'au troiſième jour, & depuis Dan juſqu'à Berſabé, il mourut du peuple ſoixante & dix mille mâles.

Et comme l'ange du Seigneur étendait encore ſa main ſur Jéruſalem pour la perdre, le Seigneur eut pitié de l'affliction; & il dit à l'ange qui frappait : C'eſt aſſez, à préſent arrête la main. Or l'ange du Seigneur était alors tout vis-à-vis d'*Arauna* le jébuſéen...... Et *David*, voyant l'ange qui frappait toujours le peuple, dit au Seigneur : C'eſt moi qui ai péché; j'ai agi injuſtement; ces gens, qui ſont des brebis, qu'ont-ils fait? Je te prie que ta main ſe tourne contre moi & contre la maiſon de mon père. (*q*)

Sixièmement, les critiques mal-intentionnés, comme *Meſlier*, *Boulanger* & autres, penſent qu'il y a une affectation puérile, ridicule, indigne de la majeſté de DIEU, d'envoyer le prophète *Gad* au prophète *David*, pour lui donner à choiſir l'un des trois fléaux pendant ſept ans, ou pendant trois mois, ou pendant trois jours. Ils trouvent dans cette cruauté une dériſion, & je ne ſais quel caractère de conte oriental qui ne devrait pas être dans un livre où l'on fait agir & parler DIEU à chaque page.

(*q*) Une peſte qui extermine en trois jours ſoixante & dix mille mâles, *viros*, doit avoir tué auſſi ſoixante & dix mille femelles. Il paraît affreux aux critiques que DIEU tue cent quarante mille perſonnes de ſon peuple chéri, auquel il ſe communique tous les jours, avec lequel il vit familièrement; & cela parce que *David* a obéi à l'ordre de DIEU même, & a fait la choſe du monde la plus ſage.

Ils trouvent encore mauvais que l'arche du Seigneur ſoit dans la grange d'un étranger. *David*, ſelon eux, devait au moins la loger dans ſa maiſon.

Alors *Gad* vint à *David*, & lui dit : Monte, & dreſſe un autel dans l'aire d'*Arauna* le jébuſéen.

Or le roi *David* avait vieilli, ayant beaucoup de jours ; & quoiqu'on le couvrît de pluſieurs robes, il ne ſe réchauffait point. Ses officiers dirent donc : Allons chercher une jeune fille pour le ſeigneur notre roi, & qu'elle reſte devant le roi, & qu'elle le careſſe, & qu'elle dorme avec le ſeigneur notre roi. Et ayant trouvé *Abiſag* de Sunam, qui était très-belle, ils l'amenèrent au roi, & elle coucha avec le roi, & elle le careſſait ; & le roi ne forniqua pas avec elle. (*r*)

Enfin M. *Fréret* penſe que l'auteur ſacré imite viſiblement *Homère*, quand le Seigneur arrête la main de l'ange exterminateur. Selon lui, il eſt très-probable que l'auteur, qu'il croit être *Eſdras*, avait entendu parler d'*Homère*. En effet *Homère*, dans ſon premier chant de l'Iliade, peint *Apollon* deſcendant des ſommets de l'Olympe, armé de ſon carquois, & lançant ſes flèches ſur les Grecs contre leſquels il était irrité.

Nous ne ſommes pas de l'avis de M. *Fréret*. Nous penſons qu'*Eſdras* lui-même ne connut jamais les Grecs, & que juſqu'au temps d'*Alexandre* il n'y eut jamais le moindre commerce entre la Grèce & la Paleſtine. Ce n'eſt pas que quelque juif ne pût, dès le ſiècle d'*Eſdras*, aller exercer le courtage dans Corinthe & dans Athènes ; mais les gens de cette eſpèce ne compoſaient pas l'hiſtoire des Iſraëlites.

Pour les autres objections, il faut avouer que *Calmet* y répond trop faiblement.

Nous ne croyons pas que le choix des trois fléaux ſoit puéril ; au contraire, cette rigueur nous ſemble terrible. Mais qui peut juger les jugemens de DIEU !

(*r*) Le révérend père dom *Calmet* obſerve qu'une jeune fille fort belle eſt très-propre à ranimer un homme de ſoixante & dix ans ; c'était alors l'âge de *David*. Il dit qu'un médecin juif conſeilla à l'empereur *Fréderic Barberouſſe* de coucher avec de jeunes garçons & de les mettre ſur ſa poitrine. Mais on ne peut pas toute la nuit tenir ſur ſa poitrine un jeune garçon. On emploie, ajoute-t-il, de petits chiens au même uſage. Il faut que *Salomon* crût que ſon père avait mis la belle *Abiſag* à un autre uſage,

Cependant *Adonias*, fils de *David*, disait : Ce sera moi qui régnerai.... Il avait dans son parti *Joab* le général des armées, & *Abiathar* le grand-prêtre. Mais un autre grand-prêtre nommé *Sadok*, & le capitaine *Banaia*, & le prophète *Nathan*, & *Séméi*, n'étaient pas pour *Adonias*....

Ce prince donna un grand festin à tous ses frères & aux principaux de Juda ; mais il n'invita ni son frère *Salomon*, ni le prophète *Nathan*, ni *Banaia*, ni les autres prêtres.

Alors *Nathan* dit à *Bethsabé* mère de *Salomon :* N'avez-vous pas ouï dire qu'*Adonias* s'est déjà fait roi, & que notre seigneur *David* n'en fait rien ? Allez vîte vous présenter au roi *David*.... Pendant que vous lui parlerez je surviendrai après vous, & je confirmerai tout ce que vous aurez dit.... (*s*)

puisqu'il fit assassiner (comme nous le verrons) son frère aîné *Adonias*, pour lui avoir demandé *Abisag* en mariage ; comme s'il avait voulu épouser la veuve ou la concubine de son père.

(*s*) M. *Huet* ne passe pas sous silence cette intrigue de cour ; il s'élève violemment contre elle. On ne voit point, dit-il, le Seigneur ordonner d'abord que l'on verse de l'huile sur la tête de *Salomon*, & qu'il soit oint & christ ; tout se fait ici par cabales. L'ordre de la succession n'était pas encore bien établi chez les Juifs : mais il était naturel que le fils aîné succédât à son père ; d'autant plus qu'il n'était point né d'une femme adultère, comme *Salomon*. L'auteur sacré ne présente pas *Nathan* comme un prophète inspiré de DIEU dans cette occasion, mais comme un homme qui est à la tête d'un parti, qui fait une brigue avec *Bethsabé* pour ravir la couronne à l'aîné, & qui emploie le mensonge pour parvenir à ses fins ; car il accuse *Adonias* de s'être fait roi : & ce prince avait dit seulement, j'espère d'être roi ; son droit était reconnu par les deux principales têtes du royaume, un grand-prêtre & un général d'armée. C'est une chose étonnante qu'il y ait deux grands-prêtres à la fois. La loi en cela était violée ; & deux grands-prêtres, opposés l'un à l'autre, devaient nécessairement exciter des troubles.

.... Le roi *David* dit : Faites-moi venir le prophète *Sadok*, le prophète *Nathan*, & le capitaine *Banaia;* prenez avec vous mes officiers ; mettez mon fils *Salomon* ſur ma mule ; chantez avec la trompette ; & vous direz : Vive le roi *Salomon*....

Les convives d'*Adonias* ſe levèrent de table ; & chacun s'en alla de ſon côté ; & *Adonias* alla ſe réfugier à la corne de l'autel....

Or la mort de *David* approchant, il recommanda à *Salomon*, en lui diſant : Tu ſais ce qu'a fait autrefois *Joab*, qui mit du ſang autour de ſes reins, & dans les ſouliers qu'il avait aux pieds. Tu ne permettras pas que ſes cheveux blancs deſcendent en paix au tombeau ; je compte ſur ta ſageſſe.... J'ai juré à *Séméi* que je ne le ferais point périr par le glaive ; mais tu es ſage, tu ſauras ce qu'il faut faire ; ne permets pas que ſes cheveux blancs deſcendent dans la foſſe autrement que par une mort ſanglante. (*t*) Et *David* s'endormit avec ſes pères.

M. *Huet* excuſe un peu *David*, qui était affaibli par l'âge ; mais il ne pardonne ni à *Salomon* ni à *Bethſabé*, encore moins au prophète *Nathan*, auquel il donne les épithètes les plus injurieuſes. Nous ne pouvons nous empêcher de voir qu'il y avait en effet une grande cabale pour *Salomon* contre *Adonias ;* mais enfin le doigt de DIEU eſt par-tout : il ſe ſert des moyens humains comme des plus divins.

(*t*) M. *Huet* dit ſans détour que *David* meurt comme il a vécu. Il a l'horrible ingratitude d'ordonner qu'on tue ſon général d'armée auquel il devait ſa couronne. Il ſe parjure avec *Séméi*, après lui avoir fait ſerment de ne jamais attenter à ſa vie. Enfin, il eſt aſſaſſin & perfide juſque ſur les bords du tombeau.

Le révérend père dom *Calmet* juſtifie *David* par ces paroles remarquables : » *David* avait reçu de grands ſervices de *Joab*, & l'impunité » qu'il lui avait accordée pendant ſi long-temps était une eſpèce de » récompenſe de ſes longs travaux : mais cette conſidération ne diſpenſait

Salomon prit possession du trône de son père, & affermit son règne.... *Adonias* alla implorer la protection de sa belle-mère *Bethsabé*, & lui dit : Vous savez que le règne m'appartenait comme à l'aîné, & que, de plus, tout Israël m'avait choisi pour roi; mais mon royaume a été transporté à mon frère, & le Seigneur l'a constitué ainsi : je ne demande qu'une grâce; le roi *Salomon* ne vous refusera rien; je vous prie qu'il me laisse épouser *Abisag* la sunamite.... *Bethsabé* dit donc à *Salomon* son fils : Je te prie, donne pour femme *Abisag* la Sunamite à ton frère *Adonias*. Le roi *Salomon* répondit à sa mère : Pourquoi demandes-tu *Abisag* la sunamite pour *Adonias*? Demande donc aussi le royaume; car il est mon frère aîné, & il a pour lui *Abiathar* le grand-prêtre, & le capitaine *Joab*... (*u*) *Salomon* jura donc par DIEU...

» pas *David* de l'obligation de punir le crime & d'exercer la justice contre » *Joab*. Enfin les raisons de reconnaissance ne subsistaient pas à l'égard » de *Salomon*; & ce prince avait un motif particulier de faire mourir » *Joab*, qui est, qu'il avait conspiré de donner le royaume à *Adonias*, à » son exclusion. »

Avis de l'éditeur.

Le commentateur qui avait entrepris de continuer cet ouvrage s'est arrêté ici, ayant été appelé à la cour d'un grand prince pour être son aumônier. Un troisième commentateur s'est présenté, & a continué avec la même érudition & la même impartialité, mais avec trop de véhémence peut-être, & trop de hardiesse.

(*u*) En tâchant de suivre mes deux prédécesseurs, j'observe d'abord que cette histoire n'a rien de commun ni avec nos saints dogmes, ni avec la foi, ni avec la charité. Le jeune *Adonias* demande à son frère puîné, devenu roi par la brigue de *Bethsabé* & du prophète *Nathan*, une seule grâce, qui ne tire à aucune conséquence : il veut, pour tout dédommagement du royaume qu'il a perdu, une jeune fille, une servante, qui réchauffait son vieux père; il est si simple & de si bonne foi, qu'il implore, difant : Je jure par DIEU, qui m'a mis fur le trône de *David* mon père, qu'aujourd'hui *Adonias* mon frère fera mis à mort. Et le roi *Salomon* envoya le capitaine *Banaia*, fils de *Jojadad*, qui affaffina *Adonias*, & il mourut.... Cette nouvelle étant venue au capitaine *Joab*, qui était attaché au prince *Adonias*, il s'enfuit dans le tabernacle du Seigneur, & embraffa la corne de l'autel.... On vint dire au roi *Salomon* que *Joab* s'était réfugié dans le tabernacle de DIEU, & qu'il s'y tenait à l'autel. Et le roi *Salomon* envoya auffitôt le capitaine *Banaia*, fils de *Jojadad*, difant : Cours vîte, va tuer *Joab*..... *Banaia* alla donc au tabernacle de DIEU, & dit à *Joab* : Sors d'ici, que je te tue. *Joab* lui répondit : Je ne fortirai point; je mourrai ici.... Le capitaine *Banaia* alla rapporter la chofe au roi. Le roi lui répondit : Fais comme je t'ai dit : (*x*) affaffine *Joab*, & l'enterre ; & je ne ferai

pour obtenir cette fille, la protection de la mère de *Salomon*, de cette même *Bethfabé* qui lui a fait perdre la couronne ; &, pour toute réponfe, le fage *Salomon* jure par DIEU qu'il fera affaffiner fon frère *Adonias* ; & fur le champ, fans confulter perfonne, il commande au capitaine *Banaia* d'aller tuer ce malheureux prince. Eft-ce-là l'hiftoire du peuple de DIEU? Eft-ce l'hiftoire du férail du grand-turc? Eft-ce celle des voleurs de grands chemins ?

(*x*) Si l'on peut ajouter un crime nouveau aux fcélérateffes par lefquelles *Salomon* commence fon règne, il y ajoute un facrilége. Le capitaine *Banaia* lui rapporte que *Joab* implore la miféricorde de DIEU dans le tabernacle, & qu'il embraffe la corne de l'autel. Cet officier n'ofe commettre un affaffinat dans un lieu fi faint. *Salomon* n'en eft point touché ; il ordonne au capitaine de maffacrer *Joab* à l'autel même. S'il eft quelque chofe d'étrange après tant d'horreurs, c'eft que DIEU, qui a fait périr cinquante mille hommes de la populace, & foixante & dix hommes du peuple, pour avoir regardé fon arche, ne venge point ce coffre facré, fur lequel on a égorgé le plus grand capitaine des Juifs, à qui *David* devait fa couronne.

pas responsable, ni moi, ni la maison de mon père, du sang innocent répandu par *Joab*; que le Seigneur donne une paix éternelle à *David*, à sa semence, à sa maison, & à son trône!..... Donc le capitaine *Banaia*, fils de *Jojadad*, retourna vers *Joab*, & l'assassina à l'autel; & il enterra *Joab* en sa maison dans le désert.

Le roi envoya aussi vers *Séméi*, & lui dit : Bâtis-toi une maison dans Jérusalem, & n'en sors point pour aller d'un côté ni d'un autre; si tu en sors jamais, & si tu passes le torrent de Cédron, je te ferai tuer au même jour.

Séméi dit au roi : Cet ordre est très-juste. Mais, au bout de trois ans, il arriva que les esclaves de *Séméi* s'enfuirent vers *Akis* roi de Geth. *Séméi* fit aussitôt sangler son âne, & s'en alla vers *Akis* à Geth pour redemander ses esclaves, & les ramena de Geth...

Et *Salomon*, en ayant été averti, commanda à *Banaia*, fils de *Jojadad*, d'aller tuer *Séméi*; & le capitaine *Banaia* y alla sur le champ, & il assassina *Séméi*, qui mourut.... (*y*)

Cependant le Seigneur apparut à *Salomon* en songe, disant : Demande ce que tu veux que je te donne.... Et *Salomon* dit au Seigneur : Je te prie de me donner

(*y*) A peine *Salomon*, cruel fils de l'infame *Bethsabé*, s'est-il signalé par l'assassinat, par le sacrilége & par le fratricide, qu'il tend un piége à ce *Séméi*, conseiller d'Etat du roi son père. Il attend que ce pauvre vieillard ait sellé son âne pour aller redemander son bien, & qu'il ait passé le torrent de Cédron pour le faire tuer sous couleur de justice. Qu'on lise l'histoire de *Caligula* & de *Néron*, & qu'on voie si ces monstres ont commencé ainsi leur règne par de tels crimes. On dit que DIEU punit *Salomon* pour avoir offert de l'encens aux dieux de ses femmes & de ses maîtresses; & moi j'ose croire que s'il fut enfin puni, ce fut pour ses assassinats.

un cœur docile, afin que je puisse juger ton peuple, & discerner entre le bon & le mauvais; car qui pourra juger ce peuple, qui est fort nombreux !

.... Et DIEU lui dit dans ce songe : Parce que tu as demandé cette parole, & que tu n'as pas requis longues années, ni richesses, ni la mort de tes ennemis, mais que tu as demandé sagesse pour discerner justice, je ferai selon ton discours ; je te donne un cœur intelligent, de sorte que jamais homme, ni avant toi, ni après toi, n'aura été semblable à toi. (z) Mais je te donnerai en outre richesses & gloire que tu n'as point demandées; de sorte que nul ne sera semblable à toi en gloire & en richesses. *Salomon* se réveilla; & il vit que c'était un songe.

Salomon (*a*) avait donc sous sa domination tous les

(z) C'est cependant immédiatement après cette foule de crimes que DIEU parle à *Salomon*. DIEU vient continuellement sur la terre pour s'entretenir avec des Juifs ! mais passons. Cette fois-ci DIEU n'apparaît à *Salomo* que dans un rêve : comment l'a-t-on su ? il le dit donc à quelque autre juif ; & c'est sur la foi de cet autre juif qu'un scribe juif a écrit cette histoire singulière ! histoire fondée sur un rêve, comme toutes les aventures de *Joseph* & du pharaon sont fondées sur des rêves !

S'il se pouvait qu'un ministre du DIEU suprême fût descendu du haut des cieux pour dire à *Salomon* devant tout le peuple, *demande à* DIEU *ce que tu veux, il te l'accordera*, que *Salomon* lui eût demandé la sagesse, & que DIEU, en la lui donnant, y eût ajouté les trésors & la puissance, ce serait un très-bel apologue : mais le rêve gâte tout.

(*a*) Je dirai hardiment que jamais *Salomon*, ni aucun prince juif, n'eut tous ces royaumes. Je ne ménage point le mensonge, comme ont fait mes deux prédécesseurs ; mon indignation ne me permet pas cette lâche complaisance. Qui jamais avait entendu dire que des Juifs aient régné de l'Euphrate à la Méditerranée ? Il est vrai que le brigandage leur valut un petit pays au milieu des rochers & des cavernes de la Palestine depuis le désert de Bersabé jusqu'à Dan ; (voyez la lettre de *saint Jérôme*) mais il n'est point dit que jamais *Salomon* ait conquis par la guerre une lieue

royaumes depuis l'Euphrate jusqu'aux Philistins & à la terre d'Egypte. Et il y avait pour la nourriture de *Salomon*, chaque jour, trente muids de fleur de farine, & soixante muids de farine commune, dix gros bœufs engraissés, vingt bœufs de pâturage, cent moutons, & grande quantité de cerfs, de chevreuils, de bœufs sauvages, & d'oiseaux de toute espèce; car il avait tout le pays au-delà du fleuve d'Euphrate depuis Tapsa jusqu'à Gaza. (*b*)

Et *Salomon* avait quarante mille écuries pour les chevaux de ses chars, & douze mille chevaux de selle.... (*c*) Et la sagesse de *Salomon* surpassait la sagesse de tous les Orientaux & de tous les Egyptiens; il était plus sage que tous les hommes, plus sage qu'*Ethan* ézrahite, & que *Heman*, & que *Chalcol*, & que *Dorda*. (*d*)

de terrain. Le roi d'Egypte possédait de grands domaines dans la Palestine; plusieurs cantons cananéens n'obéissaient pas à *Salomon* : où est donc cette prétendue puissance?

(*b*) Ce pauvre *Calmet*, copiste de toutes les fadaises qu'on a compilées avant lui, a beau nous dire que les rois de Babylone nourrissaient tous leurs officiers : un roi juif était auprès d'un roi de Babylone, ce qu'était le roi de Corse *Théodore* en comparaison d'un roi d'Espagne, ou le roi d'*Yvetot* vis-à-vis un roi de France. Quatre-vingt-dix muids de farine & trente bœufs par jour! en vérité, cela ressemble aux cinq cents aunes de drap employées pour la braguette de la culotte de *Gargantua*.

(*c*) Les quarante mille écuries de *Salomon* valent mieux encore que les quatre-vingt-dix muids de farine. Au reste, les commentateurs permettent de prendre quarante mille jumens, au lieu de quarante mille écuries. On peut choisir.

(*d*) Je ne sais point qui étaient ce *Dorda* & ce *Chalcol*; & personne ne le sait : mais pour les trois mille paraboles, & les mille cinq cantiques, il nous en reste quelques-uns qu'on attribue à ce *Salomon*. *Flavien Josephe*, ce transfuge juif, ce hableur épargné par *Vespasien*, dit que *Salomon* composa trois mille volumes de paraboles; & la mauvaise traduction, dite des Septante, attribue à *Salomon* cinq mille odes. Plût à Dieu qu'il eût toujours fait des odes hébraïques au lieu d'assassiner son frère!

Salomon composa trois mille paraboles, & il fit mille & cinq cantiques.....

Hiram, roi de Tyr, envoya ses serviteurs vers *Salomon*, ayant appris qu'il avait été oint & christ à la place de son père. Et *Salomon* envoya aussi à *Hiram*, disant: J'ai dessein de bâtir un temple au nom de mon Dieu *Adonaï*, comme *Adonaï* l'avait dit à mon père; commande donc à tes serviteurs qu'ils coupent pour moi des cèdres du Liban; car tu sais que je n'ai pas un seul homme parmi mon peuple qui puisse couper du bois comme les Sidoniens.... *Hiram* donna donc à *Salomon* des bois de cèdre & de sapin; & *Salomon* donna à *Hiram*, pour la nourriture de sa maison, vingt mille muids de froment par année, & vingt mille muids d'huile très-pure chaque année..... (*e*)

Le roi *Salomon* choisit dans Israël trente mille ouvriers..... soixante & dix mille manœuvres & porte-faix, quatre-vingts mille tailleurs de pierre, & trois mille trois cents intendans des ouvrages.... (*f*)

(*e*) L'historien juif *Flavien Josephe* n'est pas d'accord avec l'écrivain que nous commentons, sur les mesures de vin & d'huile; mais il affirme que les lettres de *Salomon* & d'*Hiram* existaient encore de son temps. Serait-il possible que les archives tyriennes eussent subsisté après la destruction de Tyr par *Alexandre*, & les juives après la ruine du temple sous *Nabuchodonosor*?

(*f*) Tout ce détail semble terriblement exagéré. Cent quatre-vingt-trois mille trois cents hommes employés aux seuls préparatifs d'un temple qui ne devait avoir que quatre-vingt-onze pieds de face, révoltent quiconque a la plus légère connaissance de l'architecture. Cinquante ouvriers bâtissent en Angleterre une belle maison de cette dimension en six mois. Au reste, les mesures du livre des Rois, des Paralipomènes, d'*Ezéchiel*, & de *Josephe*, ne s'accordent pas; & cette différence entre les trois auteurs est assez extraordinaire.

Or on commença à bâtir le temple du Seigneur quatre cents quatre-vingts ans après la sortie d'Egypte. (*g*)

Or cette maison, que le roi *Salomon* bâtit au Seigneur, avait soixante coudées & demi en longueur, vingt coudées en largeur, & trente coudées en hauteur...

Et il fit au temple des fenêtres de côté; & il fit sur la muraille du temple des échafauds tout autour; & l'échafaud d'en bas avait cinq coudées de large, & celui du milieu avait six coudées de large, & le troisième échafaud avait sept coudées de large.... & il plaça des poutres tout autour, afin qu'ils ne touchassent pas à la muraille..... & il fit un étage sur toute la maison, qui avait cinq coudées de hauteur. (*h*) Il fit l'oracle au milieu du temple, en la partie la plus intérieure, pour y mettre le coffre du pacte. L'oracle avait vingt coudées de long, vingt de large, & vingt de haut. Il fit, dans l'oracle, des chérubins de bois d'olivier, qui avaient dix coudées de haut; une aile

(*g*) Les auteurs ne s'accordent pas davantage sur la chronologie de ce temple. Les prétendus Septante le disent bâti quatre cents quarante ans après la fuite d'Egypte; *Josephe* cinq cents quatre-vingt-douze ans; & parmi les modernes on trouve vingt opinions différentes: cette question n'est d'aucune importance; mais dans un livre sacré l'exactitude ne nuirait pas.

(*h*) Il paraît que le surintendant des bâtimens de *Salomon* n'était ni un *Michel-Ange*, ni un *Bramante*: on ne sait ce que c'est que ces fenêtres de côté, ces fenêtres obliques. D'ailleurs il ne faut pas s'imaginer que ces temples eussent la moindre ressemblance avec les nôtres. C'étaient des cloîtres au milieu desquels était un petit sanctuaire: on fesait de ces cloîtres une citadelle; les murs étaient solides, & les prêtres avaient leurs maisons adossées à l'intérieur de ces murs: ces trois échafauds, ces trois étages, dans l'intérieur du temple, bâtis pour les prêtres, étaient de bois, & avançaient d'une coudée l'un sur l'autre. Nous avons encore d'anciennes villes bâties de cette manière barbare.

de chérubin avait cinq coudées de longueur, & l'autre avait aussi cinq coudées. (*i*)

Il fit aussi un grand bassin de fonte, nommé la mer, de dix coudées d'un bord à l'autre; & elle était toute ronde.

Et il y avait une mer, & douze bœufs sur cette mer.....

Or le roi, & tout Israël avec lui, immolèrent des victimes devant le Seigneur. Et *Salomon* égorgea & immola au Seigneur vingt-deux mille bœufs gras & six-vingts mille brebis...... Ainsi le roi & le peuple dédièrent le temple au Seigneur..... (*k*)

Et *Hiram* roi de Tyr lui envoyait tous les bois de cèdre & de sapin, & tout l'or dont il avait besoin. Et *Salomon* donna à *Hiram* vingt villes dans la Galilée.... *Hiram* roi de Tyr vint voir ces villes; mais il n'en fut point du tout content; & il dit à *Salomon*: Mon frère, voilà de pauvres villes que vous m'avez données là!.... (*l*)

(*i*) On a remarqué que ces figures de veaux dans le sanctuaire, & ces douze veaux qui soutenaient la cuve appelée la mer où les prêtres se lavaient, étaient une transgression formelle contre la loi.

(*k*) Il ne fallait pas faire souvent de pareils sacrifices : on aurait bientôt été réduit à la famine. Comptez pour chaque bœuf gras quatre cents livres de viande : voilà huit millions huit cents mille livres de bœuf, & douze cents mille livres de mouton ; ajoutez-y le pain & le vin, c'est un grand repas.

(*l*) On ne sait pas trop où *Salomon* aurait pris ces vingt villes. Samarie n'existait pas. Jéricho n'était qu'une masure. Sichem, Béthel, n'étaient pas rebâties; elles ne le furent que sous *Jéroboam*. C'étaient apparemment des villages que *Salomon* donna au roi de Tyr; & que ce tyrien en ait été content ou non, cela est fort indifférent.

Le

Le roi *Salomon* équipa auſſi une flotte à Eſiongaber, auprès d'Elath, ſur le rivage de la mer, au pays d'Idumée : & *Hiram* lui envoya de bons hommes de mer.... Et étant allés en Ophir, ils en rapportèrent quatre cents vingt talens d'or au roi *Salomon*. (*m*)

La reine de Saba, ayant entendu parler de *Salomon*, vint le tenter par des énigmes. (*n*)

La reine de Saba donna au roi *Salomon* ſix-vingts talens d'or, une quantité très-grande d'aromates & de pierres précieuſes. On n'a jamais apporté, depuis ce temps-là, tant de parfums à Jéruſalem.....

Le poids de l'or qu'on apportait chaque année à *Salomon*, était du poids de ſix cents ſoixante & ſix talens d'or.

(*m*) Ce voyage d'Ophir eſt peu de choſe. Si vous comptez le talent d'or à cent-vingt mille livres de la monnaie de France, ce n'eſt qu'une affaire de cinquante millions quatre cents mille livres. Les Paralipomènes vont bien plus loin : ce livre aſſure que *David*, avant ſa mort, donna à ſon fils cent mille talens d'or de ſes épargnes, & un million de talens d'argent. Nous comptons le talent d'or à quarante mille écus, & le talent d'argent à deux mille ; ce qui fait juſte ſix milliars d'écus, dix-huit milliars de France. Ce que *Salomon* amaſſa pouvait bien aller à une ſomme auſſi forte. Il eſt comique de voir un melch, un roitelet juif, avoir à ſa diſpoſition trente-ſix milliars de livres françaiſes, ou neuf milliars d'écus d'Allemagne, ou environ un milliar & demi ſterling. On eſt dégoûté de tant d'exagérations puériles ; cela reſſemble à la Jéruſalem céleſte, qui deſcend du ciel dans l'Apocalypſe, & que le bon homme *ſaint Juſtin* vit pendant quarante nuits conſécutives ; les murailles étaient de jaſpe, la ville était d'or, les fondemens de pierres précieuſes, & les portes de perles.

(*n*) La reine de Saba, qui vient propoſer des énigmes à *Salomon*, & qui lui fait un petit préſent de ſeize millions huit cents mille livres de France, ou de quatre millions deux cents mille écus d'Allemagne, eſt bien une autre dame que l'impératrice de Ruſſie. *Salomon*, qui était fort galant, dut lui faire des préſens qui valaient au moins le double.

La dixme de tout cet argent appartient aux prêtres. On cherche ce royaume de Saba ; il était ſans doute dans le pays d'Utopie.

Le roi *Salomon* eut aussi deux cents boucliers d'or pur, & trois cents autres boucliers d'or pur.

Le roi *Salomon* fit aussi un trône d'ivoire revêtu d'un or très-pur.

Tous les vases dans lesquels *Salomon* buvait étaient aussi d'or; & toute sa vaisselle, & tous les meubles de sa maison du Liban, étaient d'un or très-pur.

On lui amenait aussi une quadrige d'Egypte pour six cents sicles d'argent, & chaque cheval pour cent cinquante sicles. (*o*)

Et il eut sept cents femmes qui étaient reines, & trois cents concubines....

Et comme il était déjà vieux, elles séduisirent son cœur pour lui faire adorer des dieux étrangers....

Il bâtit alors un temple à *Chamos* sur la montagne qui est auprès de Jérusalem. (*p*) ....

Cependant le roi *Salomon* aima plusieurs femmes étrangères, & la fille aussi de *Pharaon*, & des Moabites, & des Ammonites, & des Iduméennes, & des

(*o*) Mettons le sicle d'argent à un écu de France de trois livres. *Salomon* n'achetait pas cher ses chevaux dans un temps où l'on marchait sur l'or & sur l'argent dans les rues de Jérusalem. L'Egypte ne nourrissait guère de chevaux. Que ne les fesait-il venir d'Arabie & de Perse? Ne savait-il pas que la plupart des chevaux d'Egypte deviennent tous aveugles en peu de temps?

(*p*) Il semble assez prouvé que les Juifs n'avaient point encore de culte fixe & déterminé. S'ils en avaient eu, *Jacob* & *Esaü* n'auraient point épousé des filles idolâtres; *Samson* n'aurait point épousé une philistine; *Jephté* n'aurait point dit que tout ce que le Dieu *Chamos* avait conquis pour son peuple lui appartenait de droit. Il est très-vraisemblable qu'aucun des livres juifs, tels qu'ils nous sont parvenus, n'était encore écrit. Il était fort indifférent que *Salomon* adorât un Dieu sous le nom de *Chamos*, ou de *Moloch*, ou de *Milkom*, ou d'*Adonaï*, ou de *Sadaï*, ou de *Jéhova*.

Sidoniennes, & des Héthéennes.... *Salomon* eut donc copulation avec ces femmes d'un amour véhémentiſſime..... Or le Seigneur ſuſcita *Adad* l'iduméen, de race royale, qui était dans Edom...... DIEU ſuſcita auſſi pour ennemi à *Salomon*, *Razon* fils d'*Héliadad*.... qui fut ennemi d'Iſraël pendant tout le règne de *Salomon*, & qui régna en Syrie. (*q*)

Jéroboam, fils de *Nabath*, leva auſſi la main contre le roi. Or *Jéroboam* était un homme courageux, fort & puiſſant.

Et il arriva dans ce temps-là que *Jéroboam*, ſortant de Jéruſalem, rencontra dans ſon chemin *Ahias* le prophète, qui avait un manteau tout-neuf. Et *Ahias* coupa ſon manteau en douze morceaux, & dit à *Jéroboam* : Prends pour toi dix morceaux de mon manteau; car voici ce que dit le Seigneur, le Dieu d'Iſraël : Je diviſerai le royaume, & je t'en donnerai dix tribus; & il ne reſtera qu'une tribu à *Salomon*, à cauſe de *David* mon ſerviteur, & de la ville de Jéruſalem que j'ai choiſie dans toutes les tribus d'Iſraël..... (*r*)

(*q*) Ce *Razon*, roi de Syrie, qui fit tant de peine à *Salomon* pendant tout ſon règne en Judée, démontre évidemment que l'auteur ſacré ſe contredit groſſièrement quand il dit que *Salomon* régna de l'Euphrate à la Méditerranée. Les contradictions ſont fréquentes dans l'auteur ſacré.

(*r*) Nous avons déjà vu un lévite qui coupa ſa femme en douze morceaux, parce qu'elle était morte de laſſitude d'avoir été violée en Gabaa; & maintenant voici un prophète nommé *Ahias*, qui ne coupe que ſon manteau en douze parts, pour ſignifier au rebelle *Jéroboam* que des douze tribus d'Iſraël il en aurait dix. Il aurait pu complotter contre *Salomon* avec ce rebelle ſans qu'il lui en coûtât un bon manteau tout neuf; le Dieu d'Iſraël ne donnait pas beaucoup de manteaux à ſes prophètes; on ſait que leur garde-robe était mal fournie; apparemment que *Jéroboam* lui paya la valeur de ſon manteau.

Or *Salomon* voulut faire assassiner *Jéroboam*.... Et *Salomon* s'endormit avec ses pères, & il fut enseveli dans la ville de *David* son père. (*s*)

Roboam, fils de *Salomon*, vint à Sichem; car toutes les tribus y étaient assemblées pour l'établir roi: mais *Jéroboam* fils de *Nabath*, ayant appris en Egypte la mort du roi *Salomon*, revint de l'Egypte. Il se présenta donc avec tout le peuple d'Israël devant *Roboam*, disant: Ton père nous avait chargés d'un joug très-dur: diminue donc à présent un peu de l'extrême dureté de ton père; & nous te servirons..... (*t*) *Roboam* ayant consulté des jeunes gens de sa cour, répondit au peuple: Le plus petit de mes doigts est plus gros que le dos de mon père; si mon père vous a imposé un joug pesant, j'y ajouterai un joug plus pesant; si mon père vous a fouettés avec des verges, je vous fouetterai avec des scorpions.

Le peuple voyant donc que le roi n'avait pas

(*s*) Si *Salomon* voulut faire assassiner ce *Jéroboam*, il paraît qu'en effet DIEU lui avait donné la sagesse: il est toujours fort vilain d'assassiner; mais enfin il s'agissait d'un royaume qui, dit-on, s'étendait de l'Euphrate à la mer. *Salomon* ne put venir à bout de son dessein, il mourut; & de bonnes gens disputent encore s'il est damné. Les prophètes juifs n'agitèrent point cette question. Il n'y avait point encore d'enfer de leur temps.

(*t*) Ce *Salomon* était donc le plus avare Juif qui fût parmi les Juifs; & son contrôleur-général des finances méritait d'être pendu.

Quoi! de son temps on marchait sur l'or & l'argent dans les rues; nous avons vu qu'il possédait environ trente-six milliars d'argent comptant; & le cancre accablait encore son peuple d'impôts, après lui avoir fait manger en un jour cent quatre-vingt-neuf millions deux cents mille livres de viande à seize onces la livre! On a bien raison de dire qu'il n'y a rien de si avare qu'un prodigue.

Pour *Roboam* qui dit que *Salomon* avait fouetté son peuple avec des verges, & qu'il le fouetterait avec des scorpions; c'est la réponse d'un tyran. *Roboam* méritait pis que ce qui lui arriva.

voulu l'entendre, lui répondit : Qu'avons-nous à faire à *David* ton grand-père ? quel héritage avons-nous à partager avec le fils d'*Isaï* ? allons, Israël, allons-nous-en dans nos tentes ; adieu, *David ;* pourvois à ta maison comme tu pourras. Et tout Israël s'en alla dans ses tentes. (*u*)

Roboam ne régna donc que dans les bourgs de la tribu de *Juda*.

Or le roi *Roboam* envoya l'intendant de ses tributs, nommé *Aduram ;* mais tout le peuple le lapida, & il en mourut..... Le roi *Roboam* monta aussitôt sur sa charrette & s'enfuit à Jérusalem. Et tout Israël se sépara de la maison de *David*, comme il en est séparé encore aujourd'hui. (*x*)

Or tout Israël sachant que *Jéroboam* était revenu, le constitua roi ; & personne ne suivit la maison de *David*, excepté la maison de *Juda*.

Roboam, étant donc à Jérusalem, assembla la tribu de *Juda* & celle de *Benjamin*, & vint avec cent-quatre-

(*u*) Tout Israël avait grande raison. Une nation entière n'aime point à être fouettée avec des scorpions. La maison de *David* n'était pas meilleure qu'une autre : c'était le fils de l'habitant d'un village ; & les autres familles avaient autant de droit que la sienne de se servir de scorpions pour fouetter le peuple ; mais DIEU choisit la famille de *David*.

(*x*) Ces mots, *comme il en est séparé encore aujourd'hui*, prouvent que l'auteur sacré écrivait très-long-temps après l'événement. Cela prouve encore que, s'il n'était qu'un homme ordinaire, on pourrait douter de tout ce qu'il raconte : mais il était inspiré, comme on sait.

Cette scission entre Israël & Juda dura toujours jusqu'à la dispersion des dix tribus, & recommença ensuite entre Samarie & Jérusalem. De-là toutes les prophéties en faveur de Juda par les prophètes du parti de Juda ; de-là toutes ces invectives contre les ennemis de Juda, & toutes ces prédictions de la grandeur de Juda, qu'on a ensuite appliquées à JESUS fils de *Marie*, quand la religion chrétienne a été établie avec tant de peine & de temps sur les ruines de la religion judaïque.

vingts mille soldats choisis (*y*) pour combattre contre la maison d'Israël, & pour réduire tout le royaume de *Roboam* fils de *Salomon*.

Alors DIEU parla à *Séméias*, homme de DIEU, disant : Va parler à *Roboam*, fils de *Salomon*, roi de *Juda*, & à toute la maison de *Juda* & de *Benjamin*, disant : Voici ce que commande le Seigneur ; vous ne monterez point contre vos frères les enfans d'Israël ; que chacun s'en retourne chez soi ; car c'est moi qui ai dit cette parole. Ils écoutèrent tous ce discours de DIEU, & ils s'en retournèrent comme le Seigneur l'avait ordonné..... (*z*)

Or *Jéroboam* fit bâtir Sichem dans les montagnes d'Ephram......

Et il disait en lui-même : le royaume pourrait bien retourner à la maison de *David ;* si ce peuple monte en la maison du Seigneur à Jérusalem, pour y sacrifier, le cœur de ce peuple se tournera à la fin vers *Roboam* roi de Juda ; ils me tueront & reviendront à lui. Donc, après y avoir bien pensé, il fit faire deux veaux dorés,

(*y*) Voilà une des exagérations incroyables qui se sont glissées dans les livres saints du peuple de DIEU (sans doute par la faute des copistes.) Un misérable roitelet de la dixième partie d'un petit pays barbare pouvait-il avoir une armée de cent quatre-vingts mille combattans? Les exagérations précédentes, dit-on, sont encore plus incroyables. Il est vrai ; & j'en suis très-fâché. Mes deux prédécesseurs ont dit avec raison que, dans ces temps-là, rien ne se fesait comme aujourd'hui.

(*z*) Tous les bons critiques soupçonnent quelqu'un de ces rabbi, de ces rhoé, de ces prophètes, d'avoir écrit tous ces livres juifs. L'auteur représente toujours un prophète prédisant l'avenir & disposant du présent : mais de quelle autorité ce Juif inconnu, nommé *Séméias*, était-il donc revêtu pour dissiper tout d'un coup une armée de cent quatre-vingts mille hommes? Ce prophète-là n'était pas de la faction de Juda ; aussi n'était-il point compté parmi ceux qui on prédit JESUS fils de *Marie* en Bethléem.

& il dit à ſon peuple : Gardez-vous de monter à Jéruſalem ; voilà vos Dieux qui vous ont tirés de l'Egypte. Et il mit ces deux veaux, l'un à Béthel, & l'autre à Dan. (*a*)

En même temps *Addo le voyant*, le prophète, l'homme de DIEU, (*b*) vint de Juda en Béthel, quand *Jéroboam* était monté ſur l'autel & qu'il jetait de l'encens. Et il cria contre l'autel dans le verbe de DIEU ; & il dit : Autel, autel ! voici ce que dit le Seigneur : il naîtra un jour un fils de la maiſon de *David*, qui s'appellera *Joſias ;* & il immolera ſur toi les prêtres des hauts lieux qui à préſent brûlent ſur toi de l'encens,

(*a*) Nouvelle preuve que la religion judaïque n'était point fixée. Cette miſérable nation juive change de culte à tout moment, depuis ſa ſingulière évaſion d'Egypte juſqu'au temps d'*Eſdras*. Remarquez ſon goût pour les veaux d'or ou dorés. Il en coûta vingt-trois mille hommes pour le veau d'*Aaron*. Le Seigneur *Adonaï*, ou *Sadaï*, ou *Sabbahoth*, ou *Jéhova*, ou *Jhao*, devait naturellement égorger quarante-ſix mille Iſraëlites pour les deux veaux de *Jéroboam*.

Au reſte, ce *Jéroboam* était fort ſenſé de ne vouloir pas que ſon peuple allât ſacrifier en Jéruſalem. Les rois de Perſe ne ſouffrent pas que les Perſans aillent baiſer la pierre noire à la Mecque ; & le roi de Pruſſe n'envoie point ſes grenadiers demander des pardons à Rome.

(*b*) C'eſt l'hiſtorien *Flavien Joſephe* qui appelle ce prophète *Addo ;* les ſacrés cahiers ne le nomment pas. Le Seigneur *Adonaï* donne à ſon prophète *Addo* un pouvoir plus qu'humain. Dès que le roitelet *Jéroboam* veut faire ſaiſir ce prophète de malheur, ſa main ſe ſèche, & ſon bras reſte étendu ſans pouvoir remuer. Cependant *Adonaï* avait lui-même envoyé un autre prophète à ce même *Jéroboam* pour lui donner dix parts ſur douze de ce beau royaume de quarante-cinq lieues de long ſur quinze de large.

Le miracle de cette main ſéchée eſt bien peu de choſe en comparaiſon de la mer Rouge fendue en deux, & du ſoleil s'arrêtant un jour entier ſur Gabaon, comme la lune ſur Aïalon. Mais nous verrons d'auſſi beaux miracles, quand nous ſerons parvenus au temps du devin *Elie* & du roitelet *Achab*. (*)

(*) *Ce troiſième commentateur s'exprime en termes trop peu meſurés.*

& il brûlera ſur toi les os des hommes. Et auſſitôt il donna un ſigne, diſant : Ceci ſera le ſigne que c'eſt DIEU qui a parlé ; voici que l'autel va ſe fendre, & que la cendre qui eſt deſſus va ſe répandre.

Le roi ayant entendu cet homme qui criait contre ſon autel en Bethel, étendit ſa main & cria : Qu'on ſaiſiſſe cet homme-là. Mais ſa main, qu'il avait étendue, devint paralytique ſur le champ ; & il ne put la retirer à lui.....

L'autel ſe fendit, & la cendre ſe répandit, ſelon le ſigne que l'homme de DIEU avait prédit dans le verbe de DIEU.....

Alors le roi dit à l'homme de DIEU : Conjure la face du Seigneur ton Dieu, & prie pour moi, afin qu'il me rende ma main. L'homme de DIEU pria la face du Seigneur Dieu ; & le roi reprit ſa main.

Le roi dit donc à l'homme de DIEU : Viens-t-en dîner avec moi dans ma maiſon ; & je te ferai des préſens.

L'homme de DIEU répondit au roi : Quand tu me donnerais la moitié de ta maiſon, je n'irais point avec toi ; & je ne mangerai point de pain, ni ne boirai point d'eau ici ; car le Seigneur, qui m'a envoyé ici, m'a ordonné en m'ordonnant : Tu ne mangeras point de pain, & tu ne boiras point d'eau en ce lieu-là, & tu ne retourneras point par le chemin que tu es venu..... (*c*) *Addo* le prophète s'en retourna donc par un autre chemin.

(*c*) Cette défenſe de manger ſur les terres de *Jéroboam* prouve encore que ces terres n'étaient pas fort étendues. Un bon piéton pouvait aiſément déjeûner à Samarie, & ſouper à Jéruſalem ; à plus forte raiſon, un prophète, accoutumé à une vie ſobre, pouvait ſe paſſer de déjeûner à Béthel, qui était encore plus près de Jéruſalem que de Samarie.

Or il y avait un vieux prophète qui demeurait à Béthel; & ses enfans contèrent au vieux prophète leur père tout ce que l'homme de DIEU venait de faire. Et leur père leur dit : Quel chemin a-t-il pris pour s'en aller ? Et ils lui montrèrent le chemin. Et il dit à ses fils : sanglez-moi mon âne. Et ils lui sanglèrent son âne ; & il monta dessus ; & il trouva *Addo*, l'homme de DIEU, assis sous un térébinthe ; & il lui dit : Es-tu l'homme de DIEU qui es venu de Juda ? Et *Addo* répondit : c'est moi. Le vieux prophète lui dit : Viens-t-en avec moi pour manger du pain. *Addo* répondit : Je ne peux m'en retourner ni venir avec toi, ni manger du pain, ni boire de l'eau en ce lieu ; car le Seigneur m'a parlé dans le verbe du Seigneur, disant : Tu ne mangeras pain, ni ne boiras eau en ce lieu, & tu ne t'en retourneras pas par la même voie. (*d*)

Le vieux *Voyant* lui répartit : Ecoute ; je suis prophète aussi, & semblable à toi ; & un ange m'est venu parler dans le verbe du Seigneur, disant : Ramène-moi cet homme-là dans ta maison, afin qu'il mange pain & qu'il boive eau. Et ainsi il le trompa, & le ramena avec lui ; & *Addo* mangea pain & but eau. Et lorsqu'ils étaient assis à table, le verbe du Seigneur se fit entendre au prophète qui avait ramené le prophète *Addo* : Homme de DIEU, qui viens de Juda, voici ce que dit le Seigneur : Parce que tu n'as pas été obéissant

(*d*) Remarquez que, dès qu'un homme se disait prophète en Israël ou en Juda, on le croyait sur sa parole. Nous avons vu qu'il y avait du temps de *Saül* des troupes de prophètes ; mais on n'était point reçu dans ces bandes, comme on est reçu licencié à Salamanque & à Coïmbre. Dès que le vieillard se dit prophète, *Addo* le reconnaît pour tel, & se met à manger sans difficulté.

à la bouche du Seigneur, & que tu n'as point gardé le commandement que le Seigneur t'a commandé, & que tu t'en es retourné, & que tu as mangé pain & que tu as bu eau dans le lieu où je t'ai défendu de manger pain & de boire eau, ton cadavre ne sera point porté dans le sépulcre de tes pères......

Donc après qu'*Addo*, homme de DIEU, eut bu & mangé, le vieux devin sangla son âne pour le ramener......

Et comme *Addo*, homme de DIEU, était en chemin, il fut rencontré par un lion, qui le tua; son corps demeura dans le chemin; & l'âne se tenait auprès de lui d'un côté, & le lion de l'autre. (*e*)

Déclaration du commentateur.

Dans la crainte où je suis que cette histoire & ce commentaire ne causent au lecteur un ennui aussi mortel qu'à moi, je passerai tous les assassinats des rois de Juda & d'Israël, qui ne forment qu'un tableau dégoûtant & monotone de guerres civiles entre deux petits pays barbares, dont les capitales n'étaient qu'à sept ou huit lieues l'une de l'autre. Je ne parlerai de ces roitelets qu'autant qu'ils auront quelque rapport aux grands miracles que DIEU *daignait faire continuellement dans ce coin du monde ignoré. Ces miracles, opérés par les prophètes juifs, soutiennent l'attention que l'uniformité des guerres lasserait infailliblement. Je n'entrerai dans quelques détails, que lorsqu'à la fin les rois de Babylone viendront venger la terre des abominations de ce peuple non moins cruel que superstitieux, lorsqu'ils brûleront Jérusalem, qu'ils disperseront dix tribus, dont on n'entendra jamais plus parler, & qu'ils mettront les deux autres dans les fers.*

(*e*) Sans l'aventure du lion & de l'âne qui restèrent tous deux en sentinelle à côté du corps mort, nous n'aurions fait aucun commentaire sur le prophète *Addo* qui n'a pas fait une grande figure dans le monde, & à qui l'on ne peut reprocher que d'avoir eu faim & d'avoir déjeûné mal-à-propos dans un endroit plutôt que dans un autre. On ne peut le ranger que parmi les petits prophètes.

En ce temps *Abias*, fils de *Jéroboam*, tomba malade. Et le roi *Jéroboam* dit à sa femme : Ma femme, déguise-toi ; change d'habit ; va-t-en au village de Silo où est le prophète *Ahias* ; prends avec toi dix pains, un petit gâteau, un pot de miel, & va-t-en trouver le prophète ; car il te dira tout ce qui arrivera au petit enfant..... Or le prophète *Ahias*, que la vieillesse avait rendu aveugle, entendit le bruit des souliers de la reine, qui était à sa porte en Silo ; & lui dit : Entre, entre, femme de *Jéroboam* ; pourquoi te déguises-tu ?.... Ceux de la maison de *Jéroboam*, qui demeurent dans la ville, seront mangés par les chiens ; & ceux qui mourront à la campagne seront mangés par les oiseaux..... va-t-en donc ; & sitôt que tu auras mis le pied dans la ville, l'enfant mourra. (*f*)

Or Juda fit aussi le mal devant le Seigneur. Car ils firent aussi des autels & des statues, & des bois consacrés sur les hauts. Il y eut aussi des Sodomites prostitués, & des abominations.

Mais la cinquième année du règne de *Roboam*, *Sésac*, roi d'Egypte, s'empara de Jérusalem, & il enleva tous les trésors de la maison du Seigneur, & les trésors du roi ; il pilla tout, jusqu'aux boucliers d'or que *Salomon* avait faits..... (*g*)

(*f*) Ce prophète *Ahias* n'est pas consolant. Mais observez qu'il n'est que prophète d'Israël, & que par conséquent il est hérétique. Le peuple d'Israël était plongé dans l'hérésie ; il sacrifiait chez lui ; il ne sacrifiait point à Jérusalem. Et il n'est point exprimé que le prophète *Ahias* fût de la faction de Juda. Mais il y a eu de tout temps des prophètes chez les hérétiques. *Jurieu* l'était en Hollande ; il prophétisa contre *Louis XIV*. Le nommé *Carré de Montgeron* prophétisa en faveur des jansénistes. Il y a des prophètes par-tout.

(*g*) Le lion de Juda dont la verge ne devait jamais sortir d'entre ses jambes jusqu'à ce que le *Shilo* vint, sent cette fois-ci ses ongles rognés de

Or *Asa*, petit-fils de *Roboam*, marcha droit devant le Seigneur ; il chassa les Sodomites prostitués.... & empêcha *Maacha* sa mère de sacrifier à *Priape*, & il brisa le simulacre honteux de *Priape*, & le brûla dans le torrent de Cédron. Cependant il ne détruisit pas les hauts lieux. Mais son cœur était parfait devant le Seigneur. (*h*)

Abias eut guerre avec *Jéroboam*. (*) Il avait quatre cents mille combattans bien choisis & très-vaillans. Et *Jéroboam* avait huit cents mille combattans bien choisis aussi & très-vaillans..... Et il y eut cinq cents mille hommes des plus vaillans tués dans la bataille du côté d'Israël..... (*i*)

bien près : & sa verge n'a pas grand pouvoir. *Sésac* vient d'Egypte piller tous les trésors prétendus qui étaient dans le temple de *Salomon*.

De graves savans prouvent que *Sésac* était le grand *Sésostris* : d'autres graves savans prouvent que *Sésostris* naquit mille ans avant *Sésac*. Des savans encore plus graves prouvent qu'il n'y eut jamais de *Sésostris*.

Une raison qui ferait croire que ce ne fut pas *Sésostris* qui pilla Jérusalem, c'est qu'il ne pilla point Sichem, Jéricho, Samarie, & les deux veaux d'or hérétiques ; car *Hérodote* dit que ce grand *Sésostris* pilla toute la terre.

(*h*) L'auteur sacré dit que la reine *Maacha* était mère du roitelet *Abias* ; & ensuite il dit qu'elle était mère du roitelet *Asa* ; mais il ne dit point ce que c'était que ces Priapes dont la mère *Maacha* était grande-prêtresse à Jérusalem. On ne sort point de surprise quand on voit des Priapes adorés par la maison de *David* & par les enfans de *Jacob*. Y a-t-il une plus forte preuve que la religion judaïque ne fut jamais fixée jusqu'au temps d'*Esdras* ?

Quant aux jeunes Sodomites chassés par le roi *Asa* ou par le roi *Abias*, il est étonnant qu'il y eût encore de ces gens-là, après le terrible exemple de Sodome & Gomorrhe. Il est souvent parlé de ces jeunes Sodomites dans le troisième livre des Rois.

(*) Paralipomènes, liv. II, chap. 13.

(*i*) Je ne puis ni concilier les contradictions énormes qui se trouvent entre les livres des Rois & celui des Paralipomènes, ni éclaircir leurs

Abias, voyant donc ſon royaume affermi, épouſa quatorze femmes, dont il eut vingt-deux fils & ſeize filles......

Aſa, fils d'*Abias*, fit ce qui était bon & agréable devant le Seigneur. Il leva dans Juda une armée de trois cents mille hommes portant boucliers & piques; & dans Benjamin deux cents quatre-vingts mille hommes portant boucliers & carquois.....

Et *Zara*, roi d'Ethiopie, vint l'attaquer avec un million de combattans & trois cents chariots de guerre...... Et les Ethiopiens furent entièrement défaits; car c'était le Seigneur qui les frappait.

Or *Amri* acheta la montagne de Samarie d'un hébreu nommé *Somer*, pour deux talens d'argent; & il bâtit la ville de Samarie du nom de ce *Somer*, à qui la montagne avait appartenu.

Et *Hiel*, natif de Béthel, rebâtit la ville de Jéricho. (*k*)

En ce temps-là *Elie* le thesbite, habitant de Galaad, (*l*) dit à *Achab* roi d'Iſraël: Vive DIEU! il ne tombera

obſcurités. Je donne ſeulement ce petit exemple concernant le roitelet de Juda, nommé *Abias*, & le roitelet *Jeroboam*.

Que dites-vous, mon cher lecteur, des vingt-deux fils de cet *Abias* & de ſes ſeize filles, dont ces quatorze femmes accouchent en deux ans de temps? Que dites-vous de ſon armée de cinq cents quatre-vingts mille hommes, & de celle du roi d'Ethiopie qui ſe montait à un million? Vous ſavez qu'il y a un peu loin de l'Ethiopie à Jeruſalem. Par où était venu ce roi d'Ethiopie? Comment le roi d'Egypte, *Séſac* ou *Séſoſtris*, l'avait-il laiſſé paſſer?

Je n'inſiſte pas ſur ces prodiges: nous en avons vu, & nous en verrons bien d'autres; prenons courage.

(*k*) Ces grands rois d'Iſraël ne poſſédaient pas une ville paſſable avant qu'on eût bâti Samarie, Jéricho, & Sichem. Jericho fut une place importante contre les irruptions des Arabes & des Syriens; ainſi *Joſué* n'avait pas agi

pas pendant ſept ans une goutte de roſée & de pluie, ſi DIEU ne l'ordonne par ma bouche.....

Le Seigneur *Adonaï* s'adreſſa enſuite à *Elie*, & lui dit: Retire-toi d'ici; va-t-en vers l'Orient; cache-toi dans le torrent de Carith; j'ai ordonné aux corbeaux de ce pays-là de te nourrir...... *Elie* fit comme le verbe d'*Adonaï* lui avait dit; il ſe mit dans le torrent de Carith, qui eſt contre le Jourdain. Les corbeaux lui apportaient le matin du pain & de la viande, & le ſoir encore du pain & de la viande, & il buvait de l'eau du torrent.

Quelques jours après, le torrent ſe ſécha; car il ne pleuvait point ſur la terre. Le verbe d'*Adonaï* ſe fit donc encore entendre à lui, en diſant: Lève-toi, va-t-en à Sarepta, village des Sidoniens, & demeure là; car j'ai commandé à une veuve de te nourrir......

en politique, lorſqu'il la détruiſit entièrement: & l'anathème prononcé contre elle ne ſubſiſta pas.

(*l*) C'eſt ici où l'on parle pour la première fois d'*Elie* le thesbite, cet homme unique, qui n'avait pas de pain à manger ſur la terre, & qui monta au ciel dans un char de feu, traîné par quatre chevaux de feu. On ne connaît guère plus le bourg de Thesbe ſa patrie, que ſa perſonne; & le voilà qui annonce tout d'un coup qu'il ne pleuvra que par ſon ordre. Remarquons d'abord que DIEU ne l'emploie que chez les Iſraëlites hérétiques, comme nous l'avons déjà inſinué.

Adonaï lui ordonne de s'aſſeoir, non pas au bord du torrent, mais dans le torrent même; & c'eſt là que les corbeaux viennent le nourrir de la part de DIEU. Cette idée de nourrir les ſaints par des corbeaux fut imitée depuis dans l'hiſtoire des pères du déſert. Un corbeau nourrit pendant ſoixante ans l'ermite *Paul* dans une caverne de la Thébaïde, & lui apportait chaque jour la moitié d'un pain dans ſon bec. *Paul* n'avait que cent treize ans lorſque l'ermite *Antoine*, âgé de quatre-vingt-dix, vint lui faire une viſite. Alors le corbeau apporta un pain entier pour le déjeûner des deux ſaints, comme *ſaint Jérôme* l'atteſte.

Elie alla auſſitôt à Sarepta ; & quand il fut à la porte, une veuve ſe mit à ramaſſer quelques brins de bois. Il lui dit : Donne-moi un peu d'eau dans un gobelet, & une bouchée de pain. La veuve répondit : Vive *Adonaï* ton Dieu ! je n'ai point de pain ; je n'ai qu'un petit pot de farine qui n'en contient qu'autant qu'il en peut tenir dans ma main, & un peu d'huile dans un petit vaſe ; & je viens ici ramaſſer deux brins de bois pour faire manger mon fils & moi ; après quoi nous mourrons. *Elie* lui dit : Cela ne fait rien ; fais comme je t'ai dit ; fais-moi cuire un petit pain ſous la cendre ; apporte-le-moi ; tu en feras après un autre pour ton fils & pour toi ; (*m*) car voici ce que dit *Adonaï* Dieu d'Iſraël : le pot de farine ne manquera point, & le pot d'huile ne diminuera point, juſqu'à ce qu'*Adonaï* faſſe tomber de la pluie ſur la face de la terre..... La veuve s'en alla donc, & fit ce qu'*Elie* lui avait dit. *Elie* mangea, elle auſſi, & ſa maiſon auſſi ; & la farine du pot ne manqua point ; & l'huile du petit huilier ne diminua point....

(*m*) Le Seigneur envoie *Elie* du milieu des hérétiques chez des infidelles. Le prophète commence par deviner qu'une femme qui ramaſſe du bois eſt veuve ; il commence par demander pour lui le ſeul morceau de pain qui reſte à cette femme, bien ſûr qu'il lui en donnera d'autre. Mais il n'eſt pas dit que cette femme ſidonienne ſe ſoit convertie, & ait quitté le Dieu de Sidon pour le Dieu de Juda, malgré tous les miracles que fait *Elie* en ſa faveur ; mais ſa converſion peut ſe ſuppoſer. De plus, un grand nombre de ſavans ſuppoſe, & nous l'avouons ſouvent, que tous les peuples reconnaiſſaient un Dieu ſuprême qui communiquait une partie de ſon pouvoir à ceux qu'il voulait favoriſer, tantôt à des mages d'Egypte, tantôt à des mages de Perſe ou de Babylone, à des hérétiques ſamaritains, à des idolâtres même, comme *Balaam*. Si vous en croyez ces ſavans, chacun conſervait ſes rites, ſon culte, ſes dieux ſecondaires, en adorant le Dieu univerſel. Ainſi le pharaon qui vit les miracles de *Moïſe*, reconnut la

Or il arriva après, que l'enfant de cette veuve, mère de famille, fut si malade qu'il ne respirait plus. Cette femme dit donc à *Elie:* Homme de DIEU, es-tu venu chez moi pour faire mourir mon fils? .... *Elie* lui dit: Donne-moi ton fils; & il le prit du sein de la veuve, & le porta dans la salle à manger où il demeurait. Il se mit par trois fois sur l'enfant en le mesurant; & il cria à *Adonaï:* Mon Seigneur, fais, je te prie, que l'ame de cet enfant revienne dans ses entrailles. Et *Adonaï* exauça la voix d'*Elie;* l'ame de l'enfant revint, & il ressuscita. (*n*)

Après plusieurs jours le verbe d'*Adonaï* fut fait à *Elie*, disant: Va, montre-toi au roi *Achab*, afin que je fasse tomber la pluie sur la face de la terre. *Elie* alla donc pour se montrer au roi *Achab*.... Or il y avait alors grande famine sur la terre. (*o*) *Achab* vint aussitôt devant *Elie*, & lui dit: N'es-tu pas celui qui troubles

puissance de DIEU, & ne changea point de culte: ainsi la veuve de Sarepta, dont *Elie* multiplia l'huile & la farine & ressuscita l'enfant, resta dans sa religion; car il n'est point dit qu'*Elie* l'engagea à judaïser.

(*n*) Quelques commentateurs ont remarqué qu'*Elisée*, valet d'*Elie* & son successeur en prophétie, fit la même chose en faveur d'un petit enfant qu'il ne ressuscita qu'après s'être étendu sur lui. L'enfant bâilla sept fois & ouvrit les yeux. Les impies ont prétendu conclure qu'*Elisée* lui-même était le père de cet enfant, parce que le mari de la mère était fort vieux, & que *Gihézi*, valet d'*Elisée*, qui lui amena cette femme dans sa chambre, lui dit: *Ne vois-tu pas ce qu'elle te demande?* Mais il n'est pas permis de soupçonner ainsi un prophète.

Nous ne répondrons point à ceux qui nient absolument tous les miracles d'*Elie* & d'*Elisée*, & jusqu'à l'existence de ces deux hommes. *Contra negantem principia non est disputandum.*

(*o*) Toujours la famine dans la terre de promission. Il y a encore une autre famine du temps d'*Elisée*. A peine *Abraham* y était-il arrivé qu'il y eut famine; & il y avait encore famine lorsque *Joseph* le juif gouvernait l'Egypte despotiquement.

Israël?

Iſraël? *Elie* lui répondit: Ce n'eſt pas moi qui trouble Iſraël; c'eſt toi & la maiſon de ton père, quand vous avez tous abandonné *Adonaï* & ſuivi *Baal*..... Fais aſſembler tout le peuple ſur le mont Carmel, (*p*) avec tes quatre cents cinquante prophètes de *Baal*, & avec tes quatre cents prophètes des bocages, qui mangent de la table de ta femme *Jéſabel*.....

Achab fit donc venir tous les enfans d'Iſraël; & il aſſembla ſes prophètes ſur le mont Carmel..... *Elie* dit: Q'on me donne deux bœufs; qu'ils en choiſiſſent un pour eux, & que l'ayant coupé par morceaux ils le mettent ſur le bois, ſans mettre du feu par-deſſous. Et moi, je prendrai l'autre bœuf; je le mettrai ſur du bois, ſans mettre du feu par-deſſous..... Invoquez tous le nom de vos Dieux; & moi j'invoquerai le nom du mien. Que le Dieu qui exaucera par le feu, ſoit Dieu! Tout le monde lui répondit: très-bonne propoſition.

Les prophètes d'*Achab*, ayant donc pris leur bœuf, invoquèrent le nom de *Baal* juſqu'à midi, diſant: *Baal*, exauce-nous. Et *Baal* ne diſait mot. Ils ſautaient par-deſſus l'autel; il était déjà midi. Et *Elie* ſe moquait d'eux en diſant: Criez plus fort; car *Baal* eſt un Dieu; il parle peut-être à quelqu'un; ou il eſt au cabaret; ou il voyage; ou il dort, & il faut le réveiller. Ils ſe mirent donc à crier encore plus; ils ſe firent des inciſions ſelon leurs rites avec des

(*p*) Le mont Carmel appartenait aux Sydoniens. On ſait que c'eſt ſur cette montagne que le prophète *Elie* fonda les carmes. Ces ſavans moines ont plus d'une fois traité d'hérétiques ceux qui ont oſé combattre cette vérité.

couteaux & des lancettes, jusqu'à ce qu'ils fussent couverts de sang. (*q*)

Elie rétablit l'autel d'*Adonaï* en prenant douze pierres, & fesant une rigole tout autour, arrangea son bois, coupa son bœuf par morceaux. Il fit répandre par trois fois quatre cruches d'eau sur son holocauste & sur le bois; & il dit : *Adonaï!* Dieu d'*Abraham*, d'*Isaac*, & de *Jacob!* fais voir aujourd'hui que tu es le Dieu d'Israël, & que je suis ton serviteur, & que c'est par ton ordre que j'ai fait tout cela.

Et en même temps le feu d'*Adonaï* descendit du ciel & dévora l'holocauste, le bois, les pierres, la cendre, & l'eau qui était dans les rigoles.

Ce que voyant le peuple, il cria : *Adonaï* est Dieu, *Adonaï* est Dieu.

Alors *Elie* leur dit : Prenez les prophètes de *Baal*; & qu'il n'en échappe pas un seul. Et le peuple les

(*q*) Il est évident, par l'acceptation universelle & soudaine que les Israëlites font de l'offre d'*Elie*, qu'ils étaient dans la bonne foi.

Il n'est pas moins évident que leurs prêtres avaient une confiance aussi grande dans leur dieu *Baal*, qu'*Elie* dans le vrai Dieu; puisqu'ils se donnaient des coups de couteau, & qu'ils fesaient couler leur sang pour obtenir le feu du ciel.

Il semble même que le peuple d'Israël & le peuple de Juda adoraient le même Dieu sous des noms différens. Israël avait des veaux d'or; mais Juda avait ses bœufs d'or, placés par *Salomon* dans le sanctuaire avant que *Sésac* vînt piller Jérusalem & le temple. Il est clair, par le texte, qu'Israël n'adorait point ses veaux, puisqu'il n'adorait que *Baal*. Or ce mot, *Bal*, *Bel*, *Baal*, signifiait le Seigneur, comme *Adonaï*, *Eloa*, *Sabbahoth*, *Sadaï*, *Jéhova* signifiait aussi le Seigneur. Les rites, les sacrifices étaient entièrement les mêmes; les intérêts seuls étaient différens. L'héréfie d'Israël ne consistait donc qu'en ce que les Israëlites ne voulaient pas porter leur argent à Jérusalem, dont la tribu de Juda était en possession.

ayant pris, *Elie* les mena au torrent de Cison, & les y massacra tous. (*r*)

Elie dit ensuite au roi *Achab*: Allez, mangez & buvez; car j'entends le bruit d'une grande pluie..... Et il tomba une grande pluie. *Achab* monta donc sur sa charrette.... Et *Elie* s'étant ceint les reins, courut devant *Achab* jusqu'au village de Jésraël. (*s*)

Le roi *Achab* ayant rapporté à *Jésabel* ce qu'*Elie* avait fait, & comme il avait massacré ses prophètes, la reine *Jésabel* envoya un messager à *Elie*, disant:

(*r*) Quelques savans prétendent qu'*Elie* n'est qu'un personnage allégorique, & qu'il n'y eut jamais d'*Elie*. Mais si *Elie* exista, les critiques disent que jamais juif ne fut plus barbare. Les prophètes de *Baal* étaient aussi dévots à leur dieu que lui au sien; leur foi était aussi grande que la sienne. Ils n'étaient donc pas coupables; ils étaient fidelles à leur dieu & à leur roi. Il y avait donc une injustice horrible à leur faire souffrir la mort. Et comment le roi d'Israël permit-il cette exécution? c'était se condamner soi-même à assister à la potence. De plus, *Elie* devait espérer que le miracle inouï de la foudre qui vint en temps serein brûler les pierres de son autel, la cendre de son bois & l'eau de ses rigoles, convertirait infailliblement les hérétiques. Il devait donc porter sur ses épaules les brebis égarées. Il devait vouloir le repentir des pécheurs & non leur mort. Mais il les massacra lui-même. *Interfecit eos.* C'était un rude homme que cet *Elie* qui égorgeait tout seul huit cents cinquante prophètes ses confrères: car il est dit qu'il les tua tous.

Mes prédécesseurs, dans l'explication de la sainte Ecriture, n'ont pu répondre aux critiques, ni moi non plus. Puisse seulement cette exécrable boucherie d'*Elie* ne point encourager les persécuteurs!

(*s*) Nos critiques ne cessent de s'étonner de voir le plus grand des prophètes, le premier ministre de l'Eternel, courir comme un valet-de-pied devant la charrette du roi d'Israël.

Il est dit dans l'histoire de *François Xavier*, apôtre des Indes, qu'il courait, comme *Elie*, devant la charrette qui mena ses compagnons de Rome en Espagne. Nos critiques s'étonnent bien davantage que la reine *Jésabel* soit assez sotte pour faire avertir *Elie* par un messager, qu'elle le fera pendre le lendemain. C'était lui donner un jour pour se sauver. Ils ne

Les Dieux m'exterminent, si demain je ne tue ton ame, comme tu as tué l'ame de mes prophètes.

Elie trembla de peur, & s'enfuit dans le désert; & il se jeta par terre & s'endormit. L'ange de DIEU le toucha & lui dit: Lève-toi & mange. *Elie* se retourna, & vit auprès de sa tête un pain cuit sous la cendre & un pot d'eau. Il mangea & but, & marcha pendant quarante jours & quarante nuits jusqu'au mont Oreb, montagne de DIEU.... Et il se cacha dans une caverne. Le Seigneur *Adonaï* lui dit: Que fais-tu là? sors & va sur la montagne. Puis le Seigneur passa; & on entendit devant le Seigneur un grand vent, qui déracinait les montagnes & qui brisait les roches; & le Seigneur n'était point dans le vent. Puis, après le vent, il se fit un grand tremblement de terre; & le Seigneur n'était pas dans ce tremblement. Et après ce tremblement de terre, il s'alluma un grand feu; & DIEU n'était pas dans ce feu. Après ce feu, on entendit le sifflement d'un petit vent; & DIEU était dans ce sifflement. (*t*) Et *Adonaï* dit à *Elie:* Retourne dans le désert de Damas, & tu oindras *Hazaël*, pour être roi de Syrie; & tu oindras *Jéhu*, fils de *Namsi*, pour être roi sur Israël. Tu oindras aussi le bouvier

conçoivent pas qu'un homme qui ressuscitait des morts, qui disposait des nuées & de la foudre, soit assez poltron pour s'enfuir sur les menaces d'une femme. DIEU ne l'assiste qu'avec un petit pain cuit & de l'eau. L'ange qui lui donna ce pain & cette eau, était apparemment l'ange qui donna à boire au petit *Ismaël* & à sa mère *Agar*.

(*t*) DIEU qui n'était pas dans ce grand vent, mais qui était dans ce petit vent, fournit de belles réflexions aux commentateurs, & surtout au profond *Calmet*. Il soupçonne, après de grands-hommes, que le grand vent signifie l'ancien Testament, & que le petit vent signifie le nouveau.

Elisée, pour être prophète. Quiconque aura échappé à l'épée de *Jéhu*, sera tué par *Elisée.* (*u*)

Or *Elie* ayant rencontré *Elisée* qui labourait avec vingt-quatre bœufs, il mit son manteau sur lui..... *Benadad*, roi de Syrie, ayant assemblé toute son armée & sa cavalerie, & ses chars de guerre, & trente-deux rois avec lui, marcha contre Samarie & l'assiégea.

Le roi d'Israël assembla ses prophètes au nombre de quatre cents, & leur dit : Dois-je aller à la guerre en Ramoth de Galaad? Et ils lui répondirent: Marche à la guerre dans la ville de Galaad ; & le Seigneur la mettra dans ta main.

Le roi *Josaphat*, roi de Juda, (l'ami & l'allié du roi d'Israël *Achab*) dit aussi : N'y a-t-il point quelque autre prophète pour prophétiser? *Achab* répondit au roi *Josaphat :* Il y en a encore un par qui nous pourrions interroger *Adonaï ;* mais je hais cet homme-là, parce qu'il ne prophétise jamais rien de bon ; c'est *Michée*, fils de *Jembla.*.... (*x*)

(*u*) Ce petit morceau est le plus important de tous. DIEU ordonne à *Elie* de faire un oint, un christ, un messie d'*Hazaël*, de le sacrer roi, oint de Syrie ; & d'oindre, de sacrer pareillement *Jehu* roi d'Israël ; & d'oindre, de sacrer aussi le bouvier *Elisée* en qualité de prophète, titre qui est bien au-dessus du titre de roi. Cet *Elisée* est le premier prophète pour lequel l'Ecriture ait jamais employé ce mot d'oint, de christ. Milord *Bolingbroke* dit que pour faire deux rois & un prophète il ne faut qu'un demi-septier d'huile. Cependant nous ne voyons pas qu'*Elisée* ait été jamais oint. Nous voyons encore moins qu'*Elisée* ait égorgé ceux qui échappèrent à l'épée de *Jéhu*. On nous a épargné les meurtres dont *Elisée* devait décorer son ministère. C'est bien assez des huit cents cinquante prophètes tués de la propre main d'*Elie*.

(*x*) Mes prédécesseurs, dans le travail épineux & désagréable de ce commentaire, se sont appliqués à citer & à réfuter milord *Herbert*,

Cependant *Achab*, roi d'Iſraël, fit venir *Michée*. Le roi d'Iſraël & le roi de Juda étaient dans l'aire

Wolſton, *Tindal*, *Toland*, l'abbé de *Tilladet*, l'abbé de *Longuerue*, le curé *Meſlier*, *Boulanger*, *Fréret*, *du Marſais*, le comte de *Boulainvilliers*, milord *Bolingbroke*, *Huet*, & tant d'autres. Nous nous en tiendrons ici à milord *Bolingbroke* ; & nous croirons, en le réfutant, avoir réfuté tous les critiques. Voici donc comme il s'exprime dans ſon livre auſſi profond que hardi, donné au public par l'écoſſais M. *Mallet*, ſon ſecrétaire & ſon diſciple.

» Je ſuis bien aiſe de voir un roi qui ſe dit catholique, comme *Joſaphat*, » & un roi hérétique, comme *Achab*, réunis contre l'ennemi commun, » contre un infidelle tel que le roi de Syrie, ſouillé du crime d'adorer » DIEU ſous le nom d'*Adad* & de *Remnon*, au lieu de l'adorer ſous le nom » d'*Adonaï* & de *Sabbaoth*. Mais je ſuis fâché de voir le roi d'Iſraël aſſez im» bécille pour appeler à ſon conſeil de guerre quatre cents gueux de la lie » du peuple, qui ſe diſaient prophètes. Je ne ſais même où il put trouver » ces quatre cents énergumènes, après qu'*Elie* avait eu la condeſcendance » d'en tuer huit cents cinquante de ſa main, ſavoir, quatre cents cin» quante prophètes commenſaux de la reine *Jeſabel*, & quatre cents pro» phètes des bocages.

» Quoique je ſache bien que les rois d'Iſraël & de Juda n'étaient pas » riches, & que la ville de Samarie était alors fort peu de choſe, cepen» dant je n'aime point à voir deux rois vêtus à la royale, aſſis chacun » ſur un trône dans une aire où l'on bat du blé. Ce n'eſt pas là un lieu » propre à tenir conſeil.

» Le prophète *Sédékias*, fils de *Chaahana*, pouvait prédire aux deux » rois des choſes agréables, ſans ſe mettre deux cornes de fer ſur la tête. » C'eût été un beau ſpectacle, ſi tous les autres prophètes & tous les offi» ciers de l'armée s'étaient mis des cornes pour opiner.

» *Michée* ne ſe met point de cornes ; mais il eſt aſſez fou pour dire qu'il » vient d'aſſiſter au conſeil de DIEU, & qu'il a vu DIEU aſſis ſur ſon » trône, environné de toutes les troupes céleſtes.

» Ce furieux inſenſé oſe attribuer à DIEU deux choſes également abo» minables & ridicules, l'une de vouloir tromper *Achab* roi d'Iſraël, l'autre » de ne ſavoir comment s'y prendre.

» Mais le comble de l'extravagance eſt de faire entrer un eſprit malin, » un diable, dans le conſeil de DIEU ; quoique le peuple hébreu n'eût » jamais encore entendu parler du diable, & que ce diable n'eût été » inventé que par les Perſes, avec qui ce peuple n'avait encore aucune » communication.

d'une grange, chacun ſur ſon trône, vêtus à la royale, près de Samarie. Et tous les prophètes prophétiſaient

» DIEU ne ſait comment le diable s'y prendra. Le diable, qui a plus » d'eſprit que lui, & plus de puiſſance, lui dit qu'il ſe mettra dans la » bouche de tous les prophètes pour les faire mentir.

» Du moins, lorſque dans le ſecond livre de l'Iliade *Jupiter* cherche des » expédiens pour relever la gloire d'*Achille* aux dépens d'*Agamemnon*, il » trouve un expédient de lui-même : c'eſt de tromper *Agamemnon* par un » ſonge menteur. Il ne conſulte point le diable pour cela ; il parle lui- » même au ſonge ; il lui donne ſes ordres. Il eſt vrai qu'*Homère* fait jouer » là un rôle bien bas & bien ridicule à ſon *Jupiter*.

» Il ſe peut que les livres juifs ayant été écrits très-tard, le prêtre, » qui compila les rêveries hébraïques, ait imité cette rêverie d'*Homère*. » Car dans toute la Bible le Dieu des Juifs eſt très-inférieur au Dieu des » Grecs ; il eſt preſque toujours battu ; il ne ſonge qu'à obtenir des » offrandes ; & ſon peuple meurt toujours de faim. Il a beau être conti- » nuellement préſent, & parler lui-même, on ne fait rien de ce qu'il » veut. Si on lui bâtit un temple, il vient un *Séſac* roi d'Egypte qui le » pille & qui emporte tout. S'il donne en ſonge la ſageſſe à *Salomon*, » ce *Salomon* ſe moque de lui, & l'abandonne pour d'autres Dieux. S'il » donne la terre promiſe à ſon peuple, ce peuple y eſt eſclave depuis la » mort de *Joſué* juſqu'au règne de *Saül*. Il n'y a point de Dieu ni de » peuple plus malheureux.

» Les compilateurs des fables hébraïques ont beau dire que les Hébreux » n'ont toujours été miſérables que parce qu'ils ont toujours été infi- » delles. Nos prêtres anglicans en pourraient dire autant de nos Irlandais » & de nos montagnards d'Ecoſſe. Rien n'eſt plus aiſé que de dire : Si tu » as été battu, c'eſt que tu as manqué aux devoirs de ta religion ; ſi tu » avais donné plus d'argent à l'Egliſe, tu aurais été vainqueur. Cette » infame ſuperſtition eſt ancienne ; elle a fait le tour de la terre. »

On peut dire à milord *Bolingbroke* que les écrivains ſacrés n'ont pas plus connu *Homère* que les Grecs n'ont connu les livres des Juifs. *Jupiter*, qui trompe *Agamemnon*, reſſemble, il eſt vrai, au dieu *Sabbaoth* qui trompe le roi *Achab*. Mais l'un n'eſt point emprunté de l'autre. C'était une créance, commune dans tout l'Orient, que les Dieux ſe plaiſaient à tendre des piéges aux hommes, & à ouvrir ſous leurs pas des précipices dans leſquels ils les plongeaient. Les poëmes d'*Homère* & les tragédies grecques portent ſur ce fondement. D'ailleurs l'exemple de la mort d'*Achab* rentre dans les exemples ordinaires d'une juſtice divine, qui venge le ſang innocent. *Achab* était très-coupable, & méritait que DIEU le punît. Il avait

devant eux. Le prophète *Sédékias*, fils de *Chaahana*, se mit des cornes de fer sur la tête & dit : Ces cornes frapperont la Syrie jusqu'à ce qu'elle soit détruite.

Tous les prophètes prophétisaient de même, & disaient aux deux rois : Montez contre Ramoth en Galaad ; & le Seigneur vous la livrera..... Mais *Michée*, étant interrogé, dit : J'ai vu le Seigneur assis sur son trône, & toute l'armée du ciel rangée à sa droite & à sa gauche ; & le Seigneur a dit : Qui de vous ira tromper *Achab* roi d'Israël, afin qu'il marche contre Ramoth en Galaad & qu'il y périsse : Et un ange autour du trône disait une chose, & un autre ange en disait une autre..... Alors un méchant ange s'est avancé, & se présentant devant le Seigneur, il lui a dit : C'est moi qui tromperai *Achab*. Et *Adonaï* lui a dit : Comment t'y prendras-tu ? Et l'ange malin a répondu : Je serai un esprit menteur dans la bouche des prophètes ; *Adonaï* lui a réparti : Oui, tu le tromperas, & tu prévaudras ; va-t-en, & fais cela ainsi.

Le reste des discours d'*Achab*, & de tout ce qu'il fit, & la maison d'ivoire qu'il construisit, & toutes les villes qu'il bâtit, tout cela n'est-il pas écrit dans le livre des discours & des jours des rois d'Israël ?

pris, dans la ville de Samarie, la vigne de *Naboth* sans la payer ; & il avait fait condamner injustement *Naboth* à la mort. Il n'est donc ni étonnant ni absurde que DIEU le punisse, de quelque manière qu'il s'y prenne.

A l'égard du luxe d'*Achab* & de sa maison d'ivoire, ou ornée d'ivoire, cela prouve que les caravannes arabes apportaient depuis long-temps des marchandises des Indes & de l'Afrique. Quelques ornemens d'ivoire aux chaises curules furent long-temps la seule magnificence que les Romains connurent. Quoique les commentateurs reprochent aux écrivains hébreux des hyperboles & de l'exagération, cependant il faut bien que les chefs de la nation hébraïque eussent quelque sorte de décoration.

Or il arriva qu'*Ochozias* roi d'Ifraël, étant tombé par les barreaux d'une falle à manger en Samarie, en fut très-mal. Et il dit à fes domeftiques : Allez confulter *Belzébub* ou *Belzébuth*, le Dieu d'Acaron, pour favoir fi je pourrai en réchapper.....

En même temps un ange du Seigneur parla à *Elie* le thesbite, & lui dit : Va-t-en aux gens du roi de Samarie, & dis-leur : Eft-ce qu'il n'y a pas un Dieu en Ifraël ? pourquoi confultez-vous un Dieu en Acaron ? c'eft pourquoi voici ce que dit *Adonaï :* O roi ! tu ne releveras point de ton lit, ô roi ! mais tu mourras de mort. Et ayant parlé ainfi, *Elie* s'en alla. Les gens du roi retournèrent donc vers lui, & lui dirent : Il eft venu un homme qui nous a dit : Tu ne releveras point de ton lit, ô roi ! mais tu mourras de mort..... (*y*) cet homme eft très-poileux, & il a une ceinture de cuir fur les reins. Ah ! c'eft *Elie* le thesbite, dit le roi. Et auffitôt il envoya un capitaine avec cinquante foldats pour prendre *Elie*, qui était fur le haut d'une montagne. Le capitaine dit à *Elie :* Homme de DIEU, le roi t'ordonne de defcendre de ta montagne. *Elie* lui répondit : Si je fuis homme de DIEU, que la foudre defcende du ciel, & te dévore toi & tes cinquante

(*y*) Nous n'examinerons ici que les objections de milord *Bolingbroke*. Selon lui, » *Elie* le thesbite eft un perfonnage imaginaire ; & Thesbe » fa patrie eft auffi inconnue que lui. Ses premières paroles confirment » que chaque bourgade, dans tous ces pays-là, avait fon Dieu qui en » valait bien un autre. Il était indifférent au roi *Ochozias* d'envoyer chez » le dieu *Adonaï*, ou chez le dieu *Belzébub*. Il paraît qu'*Elie* était très- » connu du roi *Ochozias ;* puifque, lorfque fes gens lui dirent qu'il eft » venu un fou poiloux avec une ceinture de cuir, il dit tout d'un coup : » C'eft *Elie* Il ne crut pas devoir confulter un homme que toute fa cour » regardait avec dérifion. »

hommes. Et la foudre descendit du ciel, & dévora les cinquante hommes & le capitaine.

Le roi *Ochozias* envoya aussitôt un autre capitaine avec cinquante autres soldats. Le capitaine dit à *Elie*: Allons, allons, homme de DIEU, descends vîte. *Elie* lui répondit: Si je suis homme de DIEU, que la foudre descende du ciel, & te dévore toi & tes cinquante. Et la foudre descendit, & dévora encore ce capitaine & cette cinquantaine. (z)

Les enfans des prophètes, qui étaient à Jéricho, vinrent dire à *Elisée*: Ne sais-tu pas que le Seigneur doit enlever aujourd'hui *Elie*? *Elisée* répondit: Je le sais; n'en dites mot..... Et cinquante enfans des prophètes suivirent *Elie* & *Elisée* jusqu'au bord du Jourdain. Alors *Elie* prit son manteau; & l'ayant

(z) Milord *Bolingbroke* continue ainsi: » Cet *Elie*, qui fait descendre » deux fois la foudre sur deux capitaines, & sur deux compagnies de » soldats envoyées de la part de son roi, ne peut être qu'un personnage » chimérique; car s'il pouvait se battre ainsi à coups de foudre, il aurait » infailliblement conquis toute la terre en se promenant seulement avec » son valet. C'est ce qu'on disait tous les jours aux sorciers: Si vous êtes » surs que le diable, avec qui vous avez fait un pacte, fera tout ce que » vous lui ordonnerez, que ne lui ordonnez-vous de vous donner tous les » empires du monde, tout l'argent, & toutes les femmes? On pouvait dire » de même à *Elie*: Tu viens de tuer deux capitaines & deux compagnies » de gens d'armes, à coups de tonnerre; & tu t'enfuis comme un lâche, » & comme un sot, dès que la reine *Jésabel* te menace de te faire pendre! » Ne pouvais-tu pas foudroyer *Jésabel*, comme tu as foudroyé ces deux » pauvres capitaines? Quelle impertinente contradiction fait de toi tantôt » un dieu, & tantôt un goujat? Quel homme sensé peut supporter ces » détestables contes, qui font rire de pitié & frémir d'horreur? »

Ces invectives terribles seraient à leur place contre les prêtres des faux dieux; mais non pas contre un prophète du Seigneur, qui ne parle & n'agit jamais de lui-même, & qui n'est que l'instrument du Seigneur. Il n'a point fait son marché avec DIEU, comme les sorciers prétendaient en avoir fait un avec le diable.

roulé, il en frappa les eaux du Jourdain, qui se divisèrent en deux parts; & *Elie* & *Elisée* passèrent à sec. Quand ils furent passés, *Elie* dit à *Elisée:* Demande-moi ce que tu voudras avant que je sois enlevé d'avec toi. *Elisée* lui répondit: Je te prie que ton double esprit soit fait en moi. *Elie* lui dit: Tu me demandes là une chose bien difficile; cependant, si tu me vois quand je serai enlevé, tu l'auras; mais si tu ne me vois point, tu ne l'auras pas. (*a*)

Et comme ils continuaient leur chemin en causant ensemble, voici qu'un char de feu & des chevaux de feu descendirent & séparèrent *Elie* & *Elisée;* & *Elie* fut enlevé au ciel dans un tourbillon. (*b*)

(*a*) L'enlèvement admirable d'*Elie* au ciel se prépare; mais d'où ces fils de prophètes le savaient-ils? Pourquoi *Elie* roule-t-il son manteau? Pourquoi diviser les eaux du Jourdain, comme avait fait *Josué?* le char de feu, dans lequel *Elie* monta, ne pouvait-il pas l'enlever aussi-bien à la droite qu'à la gauche du Jourdain? *Nec Deus intersit nisi dignus vindice nodus.*

On s'est beaucoup tourmenté pour savoir ce que c'est que ce double souffle, ou ce double esprit, qu'*Elisée*, valet & successeur d'*Elie*, demande à son maître. Il lui demande un esprit aussi puissant que le sien, un esprit qui en vaut deux; c'est le *duplici panno* d'*Horace;* c'est, comme disent nos distillateurs, de l'eau de fleur d'orange double.

A l'égard de la réponse d'*Elie*, les commentateurs ne l'ont jamais expliquée. *Torniel* pense qu'elle signifie: Si tu as les yeux assez bons pour me distinguer quand je serai dans mon char de feu environné de lumière, ce sera signe que tu auras autant de génie que moi; mais si tu ne peux me voir, ce sera signe que tu seras toujours médiocre. Sur quoi *Toland* dit que le savant *Torniel* est encore plus médiocre qu'*Elisée.* Nous n'approuvons pas ces écarts de *Toland.*

(*b*) Ce char de lumière, ces quatre chevaux de feu, ce tourbillon dans les airs, ce nom d'*Elie*, tout fait penser au lord *Bolingbroke* & à M. *Boulanger*, que l'aventure d'*Elie* était imitée de celle de *Phaéton* qui s'assit sur le char du soleil. La fable de *Phaéton* fut originairement égyptienne: c'est du moins une fable morale, qui montre les dangers de l'ambition. Mais que signifie le char d'*Elie?* Les écrivains juifs, dit le lord *Bolingbroke*, ne font jamais que des plagiaires grossiers & mal-adroits.

Elisée ramassa le manteau qu'*Elie* avait laissé tomber par terre; il prit le manteau, & il en frappa les eaux du Jourdain; mais elles ne se divisèrent pas. *Elisée* dit : Eh bien ! où est donc ce Dieu d'*Elie* ? Mais en frappant les eaux une seconde fois, elles se divisèrent à droite & à gauche, & *Elisée* passa à pied sec.

Or *Elisée* monta de-là à Béthel ; & comme il marchait dans le chemin, de petits enfans étant sortis de la ville, se moquèrent de lui en lui disant : Monte, monte, chauve. *Elisée* se retournant, les anathématisa au nom du Seigneur ; & en même temps deux ours sortirent d'un bois, & déchirèrent quarante-deux enfans. (*c*)

Or le roi d'Israël, *Joram*, fils d'*Achab*, régnant dans Samarie, & le roi *Josaphat* régnant dans Jérusalem, & un autre roi régnant dans l'Idumée, s'étant joints ensemble contre un roi de Moab, ayant marché par le désert pendant sept jours, & n'ayant d'eau ni pour leur armée ni pour leurs bêtes, le roi d'Israël *Joram* dit : Hélas ! helas ! le Seigneur nous a ici joints trois rois ensemble, pour nous livrer dans les mains de Moab.

(*c*) Si l'histoire des quarante-deux petits garçons était vraie, dit encore milord *Bolingbroke*, » *Elisée* ressemblerait à un valet qui vient de faire » fortune, & qui fait punir quiconque lui rit au nez. Quoi ! exécrable » valet de prêtre, tu ferais dévorer par des ours quarante-deux enfans » innocens pour t'avoir appelé chauve ! Heureusement il n'y a point » d'ours en Palestine ; ce pays est trop chaud, & il n'y a point de forêt. » L'absurdité de ce conte en fait disparaître l'horreur. » C'est ainsi que s'exprime un anglais, qui avait cet esprit puissant, ce double génie que demandait *Elisée*, mais qui avait aussi double hardiesse.

Je n'oserais assurer qu'il n'y ait point d'ours en Galilée ; c'est un pays plein de cavernes, où ces animaux, venus de loin, auraient pu se retirer.

Le roi *Josaphat* dit : N'y aurait-il point ici quelque prophète d'*Adonaï*, pour prier *Adonaï* ? Un des gens du roi répondit : Il y a ici le bouvier *Elisée*, fils de *Saphat*, lequel était valet d'*Elie*. Et *Josaphat* dit : La parole du Seigneur est dans lui. Alors *Joram* roi de Samarie, *Josaphat* roi de Jérusalem, & le roi d'Edom, allèrent trouver *Elisée*. (*d*)

Joram roi de Samarie dit à *Elisée* : Dis-nous pourquoi le Seigneur a assemblé trois rois pour les livrer aux mains du roi de Moab ? *Elisée* lui répondit : Vive *Adonaï Sabbaoth*, si je n'avais de respect (*e*) pour la face de *Josaphat* roi de Juda, je ne t'aurais pas seulement écouté, & je n'aurais pas daigné te regarder ; mais maintenant, qu'on m'amène (*f*) un harpeur. Et le harpeur vint chanter des chansons sur sa harpe ; & la main d'*Adonaï* fut sur *Elisée*..... Les Israëlites battirent les Moabites, qui s'enfuirent..... Le roi

(*d*) C'est toujours milord *Bolingbroke* qui parle : » Si on voyait trois » rois, l'un papiste & les deux autres protestans, aller chez un capucin » pour obtenir de lui de la pluie, que dirait-on d'une pareille imbécillité ? » Et si un frère capucin écrivait un pareil conte dans les annales de son » ordre, ne conviendrait-on pas de la vérité du proverbe : *orgueilleux* » *comme un capucin*. »

Ces paroles du lord *Bolingbroke* ne peuvent faire aucun tort à *Elisée*. On peut dire qu'*Elisée* entendait qu'un orthodoxe ne doit parler à un hérétique que pour tâcher de le convertir,

(*e*) M. *Colins* & milord *Bolingbroke* disent que cette réponse d'*Elisée* est bien d'un bouvier qui a fait fortune. Mais le jacobin *Torquémada* dit que c'est la noble fierté d'un prophète, qui daigne s'abaisser à parler à un roi hérétique qu'il aurait pu mettre à l'inquisition.

(*f*) Pourquoi *Elisée* ne peut-il prophétiser sans le secours d'un ménétrier ? Ces insolens Anglais le comparent *to an old letcher who can not suive if he does not fumble*. Nous nous garderons bien de traduire ces paroles infames.

de Moab, ayant vu cela, prit ſon fils aîné qui devait régner (*g*) après lui, & il l'offrit en holocauſte ſur la muraille ; & les Iſraëlites, étant épouvantés, s'en retournèrent chacun chez ſoi.

Un certain jour *Eliſée* paſſait par le village de Sunam, & il y avait une grande dame dans ce village qui lui donna du pain..... Cette femme dit à ſon mari : Je vois que cet homme, qui paſſe ſouvent chez nous, eſt un ſaint homme de DIEU, feſons-lui faire une petite chambre ; mettons-y un petit lit, une table, une chaiſe, & une lampe.

Un jour donc *Eliſée* étant venu dans le village de Sunam, il alla loger dans cette chambre ; & il dit à ſon valet *Gihézi* : Fais-moi venir cette ſunamite ; & elle vint. *Eliſée* dit à ſon valet : Demande-lui ce qu'elle veut que je faſſe pour elle, ſi elle a quelque affaire, & ſi elle veut que je parle au roi d'Iſraël *Joram*, ou au prince de ſa milice ; que faut-il que je faſſe pour elle ? (*h*)

(*g*) L'action du roi de Moab eſt d'une autre nature que celle du prophète *Eliſée*, qui ne peut prophétiſer ſi on ne joue du violon ou de la harpe : elle prouve que les Juifs ne furent pas les ſeuls de ces cantons qui ſacrifièrent leurs enfans. Mais devaient-ils s'enfuir parce que leur ennemi, le roi de Moab, feſait une action abominable qu'ils commirent ſouvent eux-mêmes ? Au contraire ils devaient preſſer le ſiége, ils devaient abolir cette horrible coutume, comme les Romains défendirent aux Carthaginois d'immoler des hommes, & comme *Céſar* le défendit aux ſauvages Gaulois.

(*h*) Dès qu'*Eliſée* eſt logé & nourri par une dévote, il oublie qu'il eſt infiniment au-deſſus du roi *Joram*, auquel il diſait tout-à-l'heure qu'il ne daignait le regarder ni lui parler. Il ſe dit ici ſon favori, & demande s'il peut rendre ſervice à ſa dévote auprès du roi *Joram*. *Qualis ab inceſſu proceſſerit & ſibi conſtet.* Il ſemble qu'*Eliſée* change ici de caractère ; on peut dire qu'il préfère au maintien de la dignité de ſon miniſtère, le plaiſir de rendre ſervice.

Son valet *Gihézi* lui répondit ; Eſt-ce que cela ſe demande ? ne vois-tu pas que ſon mari eſt vieux, & qu'elle n'a point d'enfant ? *Eliſée* la fit donc revenir, puis lui dit : Tu auras (*i*) un enfant dans ta matrice, ſi DIEU plaît, dans un an..... Cette femme eut donc un fils au bout de l'année..... L'enfant mourut. La mère fit ſeller ſon âneſſe, & alla trouver l'homme de DIEU ſur le mont Carmel. (*k*) Cette femme ayant fait des reproches à *Eliſée*, il dit à *Gihézi* ſon valet : Mets ta ceinture, prends ton bâton & marche ; ſi tu rencontres quelqu'un, ne le ſalue point ; ſi on te ſalue, ne réponds point ; mets ton bâton ſur le viſage de l'enfant, pour le reſſuſciter.

Gihézi courut donc, & mit ſon bâton ſur le viſage de l'enfant ; mais l'enfant ne branla point, & la parole & le ſentiment ne lui revinrent point. *Gihézi* revint donc dire à ſon maître que l'enfant ne voulait pas reſſuſciter. *Eliſée* entra donc dans la maiſon, & trouva l'enfant, mit ſa bouche ſur ſa bouche, ſes yeux ſur ſes yeux, ſes mains ſur ſes mains, & ſe courba ſur l'enfant. Et la chair de l'enfant ſe réchauffa ; & *Eliſée* deſcendant du lit ſe promena dans la maiſon par-ci

(*i*) Nous ne ſommes pas de ces gauſſeurs impies, qui prétendent que le texte inſinue que le prophète fit un enfant à ſa dévote ; nous ſommes bien loin de ſoupçonner une choſe ſi incroyable d'un diſciple de prophète, devenu prophète lui-même, & auquel il n'a manqué qu'un char de feu, & quatre chevaux de feu, pour égaler *Elie*.

(*k*) On demande pourquoi *Eliſée* envoie ſon valet reſſuſciter le petit garçon avec ſon bâton ; puiſqu'il ſavait bien que ſon valet ne le reſſuſcitérait pas. On demande pourquoi il lui ordonne de ne ſaluer perſonne en chemin. Il eſt clair que c'eſt pour aller plus vîte ; & *Calmet* remarque que JESUS-CHRIST ordonne la même choſe à ſes apôtres dans *ſaint Luc*. Mais pourquoi courir ſi vîte pour ne rien faire ?

par-là ; & puis il remonta, & se courba sur lui ; & l'enfant bâilla sept fois, & ouvrit les yeux. (*l*)

Elisée revint ensuite à Galgala ; il y avait une grande famine. (*m*) Les enfans des prophètes demeuraient avec lui ; & il dit à un valet : Prends une grande marmite, & fais à manger pour les enfans des prophètes. Le valet, ayant trouvé des coloquintes, les mit dans sa marmite.... Les prophètes en ayant goûté s'écrièrent : Homme de DIEU, la mort est dans la marmite. Oh bien donc, dit *Elisée*, apportez-moi de la farine. Ils apportèrent de la farine ; il la mit dans la marmite ; & il n'y eut plus d'amertume dans le pot.

Or il vint un homme de Baal-Salisa, qui portait des prémices & vingt pains d'orge, avec du froment nouveau dans sa poche.... Le cuisinier lui répondit : Il n'y en a pas là pour servir à cent convives. *Elisée* dit : Donne, donne cela au peuple, afin qu'il mange ; car *Adonaï* dit : Ils mangeront & il y en aura de reste. Le cuisinier servit donc ces pains devant le peuple ;

(*l*) Les incrédules se moquent de ce miracle d'*Elisée* & de toutes ses simagrées & de toutes ses contorsions ; ils disent que ce n'est-là qu'une fade imitation du miracle d'*Elie*, qui ressuscita le fils de la veuve de Sarepta. Mais il y a un sens mystique ; & ce sens est qu'il faut se proportionner aux petits pour leur faire du bien. Le révérend père dom *Calmet*, profond dans l'intelligence de l'Ecriture, ne doute pas, après plusieurs autres pères, que le bâton du valet d'*Elisée* ne soit évidemment la Synagogue, & qu'*Elisée* ne soit l'Eglise romaine.

(*m*) Et encore famine, & toujours famine ; & toujours preuve que ce beau pays de Canaan, avec ses montagnes pelées, ses cavernes, ses précipices, son lac de Sodome, & son desert de sables & de cailloux, n'était pas tout-à-fait aussi fertile que de bonnes gens le chantent ; & qu'il en faut croire *saint Jérôme* plutôt que les espions de *Josué*, qui rapportèrent sur une civière un raisin que deux hommes avaient bien de la peine à soulever.

ils mangèrent & il y en eut de reste, selon la parole d'*Adonaï*. (*n*)

Or *Naaman*, prince de la milice du roi de Syrie, était un homme grand & honoré chez son maître ; car c'était par lui qu'*Adonaï* avait sauvé la Syrie ; il était vaillant & riche, mais lépreux.

Or des voleurs de Syrie ayant fait captive une fille d'Israël, cette fille était au service de la femme de *Naaman*. Cette fille dit à sa maîtresse : Plût à DIEU que monseigneur eût été vers le prophète qui est à Samarie !

Donc *Naaman* alla au roi son maître, & lui raconta le discours de cette fille. Le roi de Syrie lui répondit : Va, j'écrirai pour toi au roi d'Israël. Il partit donc de Syrie. Il prit avec lui dix talens d'argent, six mille pièces d'or & dix robes..... *Naaman* vint donc avec ses chariots & ses chevaux, & se tint à la porte de la maison d'*Elisée*. Et *Elisée* lui envoya dire : Lave-toi sept fois dans le Jourdain, & ta chair sera nette. (*o*)

Il s'en alla donc, se lava sept fois dans le Jourdain, & sa chair devint comme la chair d'un enfant....

Naaman dit donc à *Elisée* : Certainement il n'y a point d'autre Dieu dans toute la terre, si ce n'est le Dieu d'Israël..... Je ne ferai plus d'holocaustes à d'autres Dieux ; mais je te demande de prier ton

(*n*) Ce passage semble indiquer bien des choses ; mais la plus remarquable est, que des évangiles racontent la même chose de JESUS-CHRIST, afin que l'ancien Testament fût en tout une figure du nouveau.

(*o*) *Naaman* fut fort étonné qu'on lui ordonnât de se baigner pour la galle. Il y avait de beaux fleuves à Damas qui pouvaient le guérir ; mais ces fleuves n'avaient pas la vertu du Jourdain, purifiante par la vertu d'*Elisée*.

Dieu pour ton serviteur ; car lorsque le roi mon maître viendra dans le temple de *Rimnon* pour adorer, & que je lui donnerai la main, si j'adore aussi dans le temple de *Rimnon*, il faut que ton Dieu me le pardonne. *Elisée* lui répondit : Va-t-en en paix.... (*p*)

Quelque temps après *Benadad*, roi d'Assyrie, assembla toute son armée ; il monta, & vint assiéger Samarie.... Or il y avait grande famine en Samarie ; & la tête d'un âne se vendait quatre-vingts écus, & un quart de boisseau de crotins de pigeons cinq écus. (*q*)

Et le roi d'Israël passant par les murailles, une femme s'écria & lui dit : O roi monseigneur ! sauve-moi. Et le roi lui répondit : Comment puis-je te sauver ? je n'ai ni pain ni vin ; que veux-tu me dire ? Et la femme repartit : Voilà ma voisine qui m'a dit : donne-moi ton fils afin que nous le mangions aujourd'hui, & demain nous mangerons le mien ; nous avons donc fait cuire mon fils, & nous l'avons mangé ; je lui ai dit le lendemain : fesons cuire aussi ton fils afin

(*p*) Il est bien juste que le général du roi de Syrie, ayant été guéri de la galle par *Elisée*, confesse que le Dieu d'Israël est le plus grand de tous les Dieux, & jure qu'il n'en servira jamais d'autre ; mais il est bien étrange que dans le même moment il demande la permission d'adorer le Dieu *Rimnon*. Il est encore plus étrange que le juif *Elisée* lui donne cette licence sans restriction, sans modification. Si c'est par esprit de tolérance, *Elisée* soit béni ! Salut à *Elisée* ! Ce n'est pourtant pas le premier juif qui ait trouvé bon qu'on adorât d'autres Dieux qu'*Adonaï*. *Jacob* avait trouvé bon que son beau-père, & ses deux femmes, & ses deux servantes, eussent d'autres Dieux ; un petit-fils de *Mosé*, ou *Moïse*, avait été prêtre des Dieux de *Michas* dans la tribu de Dan ; *Salomon*, & presque tous ses successeurs, adoraient des Dieux étrangers ; & malgré les lévites, malgré l'atroce & cruelle stupidité de la nation, les Juifs furent souvent plus tolérans qu'on ne pense.

(*q*) Et toujours famine dans la terre promise !

que nous le mangions; elle n'en veut rien faire; elle a caché son enfant.

Le roi, ayant entendu cela, déchira ses vêtemens, & passa vîte la muraille. Il dit : Que DIEU m'extermine si la tête d'*Elisée*, fils de *Saphat*, demeure aujourd'hui sur ses épaules, car c'est lui qui nous a envoyé la famine. (*r*.)

Or *Elisée* était assis dans sa maison. Des vieillards étaient avec lui. Le roi envoya donc vers lui un homme. Mais *Elisée* dit à ses amis : Prenez garde; quand cet homme viendra pour me couper le cou, fermez bien la porte..... Comme il disait cela, le bourreau arriva & lui dit : Voilà un grand mal; que pourrons-nous attendre du Seigneur? *Elisée* lui répondit : Ecoute la parole du Seigneur; car voici ce que dit le Seigneur : Demain à cette même heure le sac de farine se vendra trente-deux sous, & deux sacs d'orge se donneront pour trente-deux sous.

Or pendant ce temps-là le Seigneur fit entendre un grand bruit de chariots, de chevaux, & d'une grande armée dans le camp des Syriens; & tous les Syriens s'enfuirent pendant la nuit, abandonnant leurs tentes, leurs chevaux, leurs ânes, & ne songeant

(*r*) Il faut avouer que si *Elisée* avait envoyé la famine par malice dans la terre promise, le roi *Joram* aurait été excusable de lui faire couper le cou; puisqu'*Elisée* aurait été cause que les mères mangeaient leurs enfans.

Pour la femme qui avait donné la moitié de son fils pour souper à sa voisine, c'est une grande question, dit *du Marsais*, si elle avait le droit de manger à son tour la moitié de l'enfant de cette commère selon son marché; il y a de grandes autorités pour & contre.

Ce passage de *du Marsais* fait trop voir qu'il ne croyait point cette aventure, & qu'il la regardait comme une de ces exagérations que les Juifs se permettaient si souvent.

qu'à sauver leur vie.... Tout le peuple aussitôt sortit (s) de Samarie & pilla le camp des Syriens; & le sac de farine fut vendu trente-deux sous, & deux sacs d'orge trente-deux sous, selon la parole d'*Adonaï*....

Or *Elisée* parla à la femme dont il avait ressuscité l'enfant, & lui dit : Va-t-en toi & ta famille où tu pourras; car *Adonaï* a appelé la famine; elle sera sur la terre pendant sept ans.....

Pour *Elisée*, il s'en alla à Damas. *Benadad* roi de Syrie était alors malade; ses gens vinrent en hâte lui dire : Voici l'homme de DIEU. Sur quoi le roi dit à *Hazaël* : Qu'on aille vîte au-devant de l'homme de DIEU avec des présens; qu'on le consulte si je pourrai relever de ma maladie.... *Hazaël* alla donc vers *Elisée* avec quarante chameaux chargés de présens; & quand il fut devant *Elisée*, il lui dit : Ton fils le roi de Syrie m'a envoyé à toi avec ces présens, disant : pourrai-je guérir de ma maladie? (*t*)

Elisée lui dit : Va-t-en, dis-lui qu'il guérira; cependant le Seigneur m'a dit qu'il mourra. Et l'homme de DIEU disant cela se mit à pleurer. *Hazaël* lui dit : Pourquoi monseigneur pleure-t-il? *Elisée* dit : C'est que je sais que tu feras grand mal aux fils d'Israël;

(*s*) DIEU merci, si *Elisée* a envoyé la famine, il envoie aussi l'abondance; & un grand sac de farine ne coûtera que trente-deux sous. On est seulement un peu surpris que le roi de Syrie s'enfuie tout d'un coup sans raison; mais c'est encore un miracle d'*Elisée*.

(*t*) La conduite d'*Elisée* ne paraît pas cette fois si édifiante. Il dit au capitaine *Hazaël* : Capitaine, va dire au roi qu'il guérira; mais je sais qu'il mourra. Il est difficile d'excuser le prophète sans une direction d'intention. La solution de cette difficulté est peut-être que le prophète ne veut pas effrayer le roi, mais il veut que la parole du Seigneur s'accomplisse.

tu brûleras leurs villes, tu tueras avec le glaive les jeunes gens, tu fendras le ventre aux femmes grosses....

Hazaël lui dit : Comment veux-tu que je fasse de si grandes choses, moi qui ne suis qu'un chien ? *Elisée* répondit : C'est qu'*Adonaï* m'a révélé que tu seras roi de Syrie.... Le lendemain *Hazaël*, ayant quitté *Elisée*, vint retrouver *Benadad* son maître, qui lui dit : Eh bien, que t'a dit *Elisée* ? Il répondit : O roi ! il m'a dit que tu guériras. Alors il prit une peau de chèvre mouillée, la mit sur le visage du roi, & l'étouffa. Le roi mourut, & *Hazaël* régna à sa place. (*u*)

(*u*) Nous voilà retombés dans cet épouvantable labyrinthe d'assassinats multipliés que nous voulions éviter. Les rois de Syrie disputent de crimes avec les roitelets de Juda & d'Israël. Le Seigneur avait ordonné à *Elisée* d'oindre *Hazaël* christ & roi de Syrie : il n'en fait rien ; mais *Hazaël* n'en est pas moins roi pour avoir étouffé son souverain avec une peau de chèvre.

Elisée avait aussi un ordre exprès d'*Adonaï* d'aller oindre *Jéhu* roi, christ d'Israël : il envoie à sa place un petit prophète ; & dès que *Jéhu* est oint, il devient plus méchant que tous les autres : il assassine son roi *Joram* ; il assassine le roi de Juda *Ochozias*, qui était venu faire une visite à son ami *Joram* ; » il assassine sa reine *Jézabel*, qui ne valait pas mieux » que lui, & la donne à manger aux chiens ; il assassine soixante & dix » fils du roi *Achab* mari de *Jézabel*, & on met leurs têtes dans des cor- » beilles ; il assassine quarante-deux frères d'*Ochozias* roitelet de Jérusalem. » *Athalie*, grand'mère du petit *Joas*, assassine tous ses petits-fils dans » Jérusalem, à ce que dit l'histoire, à la réserve du petit *Joas*, qui » échappe : elle avait près de cent ans, selon la computation judaïque, » & n'avait d'ailleurs aucun intérêt à les égorger ; elle ne commet tous » ces prétendus assassinats que pour le plaisir de les commettre, & pour » donner un prétexte au grand-prêtre *Joiada* de l'assassiner elle-même. » Enfin c'est une scène de meurtres & de carnage, dont on ne pourrait » trouver d'exemple que dans l'histoire des fouines, si quelque coq de » basse-cour avait fait leur histoire. »

Ce sont les propres paroles du curé *Meslier* ; nous ne pouvons les réfuter qu'en avouant cette multitude effroyable de crimes, & qu'en redisant ce que mes deux prédécesseurs & moi avons toujours dit, que le Seigneur

En ce temps-là le prophète *Elisée* appela un des enfans des prophètes, & lui dit : Prends une petite bouteille d'huile, & va-t-en à Ramoth de Galaad; quand tu seras là, tu verras *Jéhu* fils de *Josaphat*, fils de *Namsi*, & tu lui répandras en secret ta bouteille sur la tête, en lui disant : Voici comme parle *Adonaï*, je t'oins roi d'Israël. Aussitôt tu ouvriras la porte & tu t'enfuiras..... Le jeune prophète alla donc en Ramoth de Galaad.... & versa sa bouteille d'huile sur la tête de *Jéhu*, lui disant : Je t'ai oint roi sur le peuple d'Israël de la part du Seigneur, à condition que tu vengeras le sang des prophètes &c....

Or *Jéhu* frappa le roi *Joram* son maître d'une flèche entre les épaules, qui lui perça le cœur; & il tomba mort de son chariot.

Ochozias roi de *Juda*, son ami, qui était venu le voir, s'enfuit par le jardin. *Jéhu* le poursuivit, & dit : Qu'on le tue aussi celui-là; & il fut tué.....

.... Et *Jéhu* leva la tête vers une fenêtre où était *Jézabel*, veuve du roi d'Israël *Achab*..... Et il dit : Qu'on la jette par la fenêtre. Et on la jeta par la fenêtre; & la muraille fut mouillée de son sang..... Or *Achab* avait eu soixante & dix fils dans Samarie. Et *Jéhu* écrivit aux chefs de Samarie, & leur manda : Coupez les têtes des fils de votre roi, & venez nous les apporter demain dans Israël..... Dès que les

n'abandonna son peuple aux mains des ennemis que pour le punir de cette persévérance dans la cruauté, depuis l'assassinat du roitelet de Sichem & de tous les Sichémites jusqu'à l'assassinat du grand-prêtre *Zacharie*, fils du grand-prêtre *Joiada*, par le roi *Joas* petit-fils de la reine *Athalie* : ce qui fait une période d'assassinats d'environ neuf cents années presque sans interruption; & les mœurs de ce peuple, depuis le rétablissement de Jérusalem jusqu'à *Adrien*, ne sont pas moins barbares.

premiers de la ville de Samarie eurent reçu ces lettres du roi *Jéhu*, ils prirent les soixante & dix fils du roi *Achab*, leur coupèrent le cou, & mirent leurs têtes dans des corbeilles.....

Jéhu fit mourir ensuite tout ce qui restait de la maison d'*Achab*, tous ses amis, tous ses officiers, tous les prêtres; de sorte qu'il ne resta plus personne.

Après cela il vint à Samarie; il rencontra les frères d'*Ochozias* roi de Juda, il leur demanda: Qui êtes-vous? Ils lui répondirent: Nous sommes quarante-deux frères d'*Ochozias* roi de Juda. Et *Jéhu* dit à ses gens: Eh bien, qu'on les prenne tout vifs. Et les ayant pris vifs, il fit égorger tous les quarante-deux dans une citerne; & il n'en resta rien.....

Athalie, mère d'*Ochozias*, voyant son fils mort, *& les quarante-deux frères d'Ochozias morts*, fit tuer tous les princes du sang royal; mais *Josabeth*, sœur d'*Ochozias*, cacha le petit *Joas* fils d'*Ochozias*..... Et sept ans après, *Joiadad* grand-prêtre fit tuer par le glaive *Athalie*. (*x*)

La vingt-troisième année de *Joas*, fils d'*Ochozias* roi de Juda, la fureur du Seigneur s'alluma contre

(*x*) Les critiques disent qu'il ne profita point aux Hébreux d'être le peuple de DIEU, & que, s'ils avaient été expressément le peuple du diable, ils n'auraient jamais pu être plus méchans ni plus malheureux. Il est vrai que ce peuple est d'autant plus coupable, que DIEU ne cesse jamais d'être avec lui, soit pour le favoriser, soit pour le punir. Les autres nations, & jusqu'aux Romains même, se vantèrent aussi d'avoir leurs dieux parmi elles, mais de loin à loin, & rarement en personne; mais depuis le temps d'*Abraham* le Seigneur *Adonaï* habita presque toujours avec les Hébreux, leur parlant de sa bouche, les conduisant par sa main; de sorte que le plus grand des prodiges opérés sur cette petite nation, c'est qu'elle ait persévéré presque sans relâche dans l'apostasie & dans le crime.

Israël ; & il les livra entre les mains d'*Hazaël* roi de Syrie.....

Et *Elisée* étant tombé malade, un autre *Joas* roi d'Israël vint le voir. *Elisée* dit au roi *Joas* : Apporte-moi des flèches. Puis il dit : Ouvre la fenêtre à l'orient ; jette une flèche par la fenêtre.... frappe la terre avec tes flèches...... Le roi *Joas* ne frappa la terre que trois fois. L'homme de DIEU se mit en colère contre le roi *Joas*, & lui dit : Si tu avais frappé la terre cinq fois, six fois, ou sept fois, tu aurais exterminé la Syrie ; mais puisque tu n'as frappé la terre que trois fois, tu ne battras les Syriens que trois fois...... Puis *Elisée* mourut, & il fut enterré. (*y*)

Or il arriva que des gens qui portaient un corps mort en terre aperçurent des voleurs ; & en s'enfuyant ils jetèrent le corps mort dans le sépulcre d'*Elisée*..... Dès que le corps mort toucha le corps d'*Elisée*, il ressuscita sur le champ & se dressa sur ses pieds.... (*z*)

Pendant le règne de *Phacée* roi d'Israël, *Teglatphalassar* roi des Assyriens vint en Israël ; il prit toute la Galilée

(*y*) Les critiques cherchent en vain à comprendre pourquoi le melch de Samarie *Joas* aurait exterminé les Syriens s'il avait jeté sept flèches par la fenêtre. *Elisée* savait donc, non-seulement ce qui devait arriver, mais encore ce qui devait ne pas arriver, & le futur absolu, & le futur contingent. Songeons que la prophétie est une chose si surnaturelle, que nous ne devons jamais l'examiner selon les règles de la sagesse humaine.

(*z*) Les critiques ne se lassent point de faire des objections. Ils demandent pourquoi le Seigneur ne ressuscita pas *Elisée* lui-même, au lieu de ressusciter un inconnu que des porteurs avaient jeté dans sa fosse ? Ils demandent ce que devint cet homme qui se dressa sur ses pieds ? Ils demandent si c'était une vertu secrète, attachée aux os d'*Elisée*, de ressusciter tous les morts qui les toucheraient ? A tout cela que pouvons-nous répondre ? que nous n'en savons rien.

& le pays de Nephtali, & en transporta tous les habitans en Assyrie. . . . . (*a*)

Salmanazar roi des Assyriens marche contre *Ozée* fils d'*Elà*, qui régnait sur Israël à Samarie. Et *Ozée* fut asservi à *Salmanazar*, & lui paya tribut. (*b*)

(*a*) Enfin voici le dénouement de la plus grande partie de l'histoire hébraïque. C'est ici que commence la destruction des dix tribus entières, & bientôt la captivité des deux autres : c'est à quoi se terminent tant de miracles faits en leur faveur. Les sages chrétiens voient avec douleur le désastre de leurs pères qui leur ont frayé le chemin du salut. Les critiques voient avec une secrète joie l'anéantissement de presque tout un peuple, qu'ils regardent comme un vil ramas de superstitieux enclins à l'idolâtrie, débauchés, brigands, sanguinaires, imbécilles, & impitoyables. On dirait, à entendre ces critiques, qu'ils sont au nombre des vainqueurs de Samarie & de Jérusalem.

Cette révolution nous offre un tableau nouveau & de nouveaux personnages. Quels étaient ces peuples & ces rois d'Assyrie, qui vinrent de si loin fondre sur le petit peuple qui avait habité près de la Célésyrie, de Dan jusqu'à Bersabé ; dans un terrain d'environ cinquante lieues de long sur quinze de large, & qui espéra dominer sur l'Euphrate, sur la Méditerranée, & sur la mer Rouge ?

(*b*) Qui était ce *Téglatphalassar* & ce *Salmanazar* par qui commença l'extinction de la lampe d'Israël ? Ces rois régnaient-ils à Ninive ou à Babylone ? A qui croire, de *Ctésias* ou d'*Hérodote*, d'*Eusèbe* ou du *Syncelle* extrait par *Photius* ? Y a-t-il eu chez les Orientaux un *Bélus*, un *Ninus*, une *Sémiramis*, un *Ninias*, qui sont des noms grecs ? *Tonaas Concolèros* est-il le même que *Sardanapale* ? Et ce *Sardanapale* était-il un fainéant voluptueux ou un héros philosophe ? *Chiniladam* était-il le même personnage que *Nabuchodonosor* ?

Presque toute l'histoire ancienne trompe notre curiosité : nous éprouvons le sort d'*Ixion* en cherchant la vérité ; nous voulons embrasser la déesse, & nous n'embrassons que des nuages.

Dans cette nuit profonde que dois-je faire ? On m'a chargé de commenter une petite partie de la Bible, & non pas l'histoire de *Ctésias* & d'*Hérodote*. Je m'en tiens à ce que les Hébreux eux-mêmes racontent de leurs disgraces & de leur état déplorable. Un roi d'Orient, qu'ils appellent *Salmanazar*, vient enlever dix tribus hébraïques sur douze, & les transporte dans diverses provinces de ses vastes Etats. Y sont-elles encore ? en pourrait-on retrouver quelques vestiges ? Non, ces tribus sont ou anéanties ou confondues avec

Mais *Ozée* ayant voulu se révolter contre lui, il fut pris & mis en prison chargé de chaînes..... *Salmanazar*

les autres Juifs. Il est vraisemblable, & presque démontré, qu'elles n'avaient aucun livre de leur loi lorsqu'elles furent amenées captives dans des déserts en Médie & en Perse; puisque la tribu de Juda elle-même n'en avait aucun sous le règne du roi *Josias*, environ soixante & dix ans avant la dispersion des dix tribus; & que, dans cet espace de temps, tout le peuple fut continuellement affligé de guerres intestines & étrangères, qui ne lui permirent guère de lire.

Il peut se trouver encore quelques-uns des descendans des dix tribus vers les bords de la mer Caspienne, & même aux Indes, & jusqu'à la Chine; mais les prétendus descendans des Juifs, qu'on dit avoir été retrouvés en très-petit nombre dans ces pays si éloignés, n'ont aucune preuve de leur origine: ils ignorent jusqu'à leur ancienne langue; ils n'ont conservé qu'une tradition vague, incertaine, affaiblie par le temps.

Les deux autres tribus de Juda & de Benjamin, qui revinrent à Jérusalem avec quelques lévites après la captivité de Babylone, ne savent pas même aujourd'hui de quelle famille ils peuvent être.

Si donc les Juifs qui avaient habité dans Jérusalem depuis *Cyrus* jusqu'à *Vespasien*, n'ont pu jamais connaître leurs familles, comment les autres Juifs, dispersés depuis *Salmanazar* vers la mer Caspienne & en Scythie, auraient-ils pu retrouver leur arbre généalogique. Il y eut des Juifs qui régnaient dans l'Arabie heureuse sur un petit canton de l'Yemen du temps de *Mahomet* dans notre septième siècle, & *Mahomet* les chassa bientôt: mais c'étaient sans doute des Juifs de Jérusalem, qui s'étaient établis dans ce canton pour le commerce, à la faveur du voisinage. Les dix tribus, anciennement dispersées vers la Mingrélie, la Sogdiane, & la Bactriane, n'avaient pu de si loin venir fonder un petit Etat en Arabie.

Enfin, plus on a cherché les traces des dix tribus, & moins on les a trouvées.

On sait assez que le fameux Juif espagnol *Benjamin de Tudèle*, qui voyagea en Europe, en Asie, & en Afrique, au commencement de notre douzième siècle, se vanta d'avoir eu des nouvelles de ces dix tribus que l'on cherchait en vain. Il compte environ sept cents quarante mille Juifs vivans de son temps dans les trois parties de notre hémisphère, tant de ses frères dispersés par *Salmanazar*, que de ses frères dispersés depuis *Titus* & depuis *Adrien*. Encore ne dit-il pas si, dans ces sept cents quarante mille sont compris les enfans & les femmes; ce qui ferait, à deux enfans par famille, deux millions neuf cents soixante mille Juifs. Or, comme ils ne vont point à la guerre, & que les deux grands objets de leur vie sont la propagation & l'usure, doublons seulement leur nombre depuis

dévasta tout le pays; & étant venu à Samarie, il l'assiégea pendant trois ans; & la neuvième année

le douzième siècle, & nous aurons aujourd'hui dans notre continent quatre millions neuf cents vingt mille Juifs, tous gagnant leur vie par le commerce; & il faut avouer qu'il y en a d'extrêmement riches depuis Bassora jusque dans Amsterdam & dans Londres.

D'après ce compte très-modéré, il se trouverait que le peuple d'Israël serait, non-seulement plus nombreux que les anciens Parsis ses maîtres, dispersés comme lui depuis *Omar*, mais plus nombreux qu'il ne le fut lorsqu'il s'enfuit d'Egypte en traversant à pied la mer Rouge.

Mais aussi il faut considérer qu'on accuse le voyageur *Benjamin de Tudèle* d'avoir beaucoup exagéré suivant l'usage de sa nation & de presque tous les voyageurs.

La relation du rabbi *Benjamin* ne fut traduite en notre langue qu'en 1729 à Leide; mais cette traduction étant fort mauvaise, on en donna une meilleure en 1734 à Amsterdam. Cette dernière traduction est d'un enfant de onze ans, nommé *Baratier*, français d'origine, né dans le margraviat de Brandebourg-Anspach. C'était un prodige de science, & même de raison, tel qu'on n'en avait point vu depuis le prince *Pic de la Mirandole*. Il savait parfaitement le grec & l'hébreu dès l'âge de neuf ans: & ce qu'il y a de plus étonnant, c'est qu'à son âge il avait déjà assez de jugement pour n'être point l'admirateur aveugle de l'auteur qu'il traduisait; il en fit une critique judicieuse: cela est plus beau que de savoir l'hébreu.

Nous avons quatre dissertations de lui, qui feraient honneur à *Bochart*, ou plutôt qui l'auraient redressé. Son père, ministre du saint évangile, l'aida un peu dans ses travaux; mais la principale gloire est due à cet enfant.

Peut-être même ce singulier traducteur, & ce plus singulier commentateur, méprise trop l'auteur qu'il traduit; mais enfin il fait voir qu'au moins *Benjamin de Tudèle* n'a point vu tous les pays que ce Juif prétend avoir parcourus. *Benjamin* s'en rapporta sans doute dans ses voyages exagérés, emphatiques, & menteurs, aux discours que lui tenaient des rabbins asiatiques, empressés à faire valoir leur nation auprès d'un rabbin d'Europe. Il ne dit pas même qu'il ait vu certaines contrées imaginaires dans lesquelles on disait que les Juifs de la première dispersion avaient fondé des Etats considérables.

» La ville de Théma, dit *Benjamin*, est la capitale des Juifs au nord » des plaines de Sennaar; leur pays s'étend à seize journées dans les » montagnes du nord: c'est là qu'est le rabbi *Hanan*, souverain de ce » royaume. Ils ont de grandes villes bien fortifiées; & de-là ils vont » piller jusqu'aux terres des Arabes leurs alliés: ils sont craints de tous

d'*Ozée*, *Salmanazar* prit Samarie ; & transporta tous les Israëlites au pays des Assyriens dans Ola, dans Habor,

» leurs voisins. Leur empire est très-vaste ; ils donnent la dixme de tout » ce qu'ils ont aux disciples des sages qui demeurent toujours dans l'école, » aux pauvres d'Israël & aux pharisiens, c'est-à-dire, à leurs dévots.

» Dans toutes ces villes il y a environ trois cents mille Juifs ; leur ville » de Tanaï a quinze milles en longueur, & autant en largeur. C'est là » qu'est le palais du prince *Salomon*. La ville est très-belle, ornée de » jardins & de vergers &c. »

Benjamin ne dit point du tout qu'il ait été dans ce pays de Théma ni dans cette ville de Tanaï : il ne nous apprend pas non plus de quels Juifs il tient cette relation chimérique. Il est sûr qu'on ne peut le croire ; mais il est sûr aussi que, s'il est un Juif ridiculement trompé par des Juifs de Bagdad & de Mésopotamie, il n'est point un menteur qui dit avoir vu ce qu'il n'a point vu.

Benjamin probablement alla jusqu'à Bagdad & à Bassora : c'est là qu'il apprit des nouvelles de l'île de Ceylan : & on l'a condamné très-mal-à-propos d'avoir dit que l'île de Ceylan, qui est sous la ligne, est sujette à d'extrêmes chaleurs.

Enfin, son livre est plein de vérités & de chimères, de choses très-sages & très-impertinentes ; & en tout, c'est un ouvrage fort utile pour quiconque sait séparer le bon grain de l'ivraie.

Benjamin ne parle point des Parsis qui sont aussi dispersés que la nation judaïque, & en aussi grand nombre ; il n'est occupé que de ses compatriotes.

Le résultat de toutes ces recherches est que les Juifs sont par-tout, & qu'ils n'ont de domination nulle part ; ainsi que les Parsis sont répandus dans les Indes, dans la Perse, & dans une partie de la Tartarie.

Si les calculs chimériques du jésuite *Pétau*, de *Whiston*, & de tant d'autres, avaient la moindre vraisemblance, la multitude des Juifs & des Parsis couvrirait aujourd'hui toute la terre.

Revenons maintenant à l'état où étaient les deux hordes, les deux factions hébraïques de Samarie & de Jérusalem. *Achas* régnait sur les deux tribus de Juda & de Benjamin : cet *Achas*, à l'âge de dix ans, selon le texte, engendra le roi *Ezéchias* ; c'est de bonne heure. Il fit depuis passer un de ses enfans par le feu, sans que le texte nous apprenne s'il brûla réellement son fils en l'honneur de la Divinité, ou s'il le fit simplement passer entre deux bûchers selon l'ancienne coutume qui dura chez tant de nations superstitieuses jusqu'à *Savonarole* dans notre seizième siècle.

Les Paralipomènes disent qu'un certain roitelet d'Israël, nommé *Phacée*, lui tua un jour cent vingt mille hommes dans un combat, & lui fit deux cents mille prisonniers : c'est beaucoup !

dans les villes des Mèdes, vers le fleuve Gozan..... Et cela arriva, parce que les enfans d'Israël avaient péché contre leur Dieu *Adonaï*. (*c*)

Cet *Achas* était alors, lui & son peuple, dans une étrange détresse : non-seulement il était vexé par les Samaritains, mais il l'était encore par le roi de Syrie, nommé *Rasin*, & par les Iduméens. Ce fut dans ces circonstances que le prophète *Isaïe* vint le consoler, comme il le dit lui-même aux chapitres 7 & 8 de sa grande prophétie, en ces termes. „ Le Seigneur continuant de parler à *Achas*, lui dit : Demande un „ signe, soit dans le bas de la terre, soit dans les hauts au-dessus. Et „ *Achas* dit : Je ne demanderai point de signe ; je ne tenterai point „ *Adonaï*. Eh bien, dit *Isaïe*, *Adonaï* te donnera lui-même un signe ; „ une femme concevra ; (*) elle enfantera un fils, & son nom sera „ *Emmanuel* ; & avant qu'il mange de la crême & du miel, & qu'il sache „ connaître le bien & le mal, ce pays que tu détestes sera délivré de „ ces deux rois (*Rasin* & *Phacée* ;) & dans ces jours *Adonaï* sifflera aux „ mouches qui sont au haut des fleuves d'Egypte & du pays d'Assur ; „ *Adonaï* rasera avec un rasoir de louage la tête & le poil d'entre les „ jambes, & toute la barbe du roi d'Assur, & de tous ceux qui sont „ dans son pays....... Et *Adonaï* me dit : Ecris sur un grand rouleau „ avec un stilet d'homme, Mahershaal asbas, *qu'on prenne vîte les* „ *dépouilles*. „ C'est dans ce discours d'*Isaïe*, que des commentateurs, appelés figuristes, ont vu clairement la venue de JESUS-CHRIST, qui pourtant ne s'appela jamais ni *Emmanuel*, ni Mahershaal asbas, *prends vîte les dépouilles*. Poursuivons nos recherches sur la destruction des dix tribus.

(*c*) Nous voyons que de tout temps, quand des peuples barbares & indisciplinés se sont emparés d'un pays, ils s'y sont établis. Ainsi les Goths, les Lombards, les Francs, les Suèves, se fixèrent dans l'empire romain ; les Turcs dans l'Asie mineure, & enfin dans Constantinople ; les Tartares quittèrent leur patrie pour dominer dans la Chine. Les grands princes au contraire, & les républiques qui avaient des capitales considérables, ne se transplantèrent point dans les pays conquis, mais en transportèrent souvent les habitans, & établirent à leur place des colonies.

Cet usage qui changea en grande partie la face du monde, se conserva jusqu'à *Charlemagne* ; il fit transporter des familles de Saxons jusqu'à

(*) *Le mot hébreu* alma *signifie tantôt fille, tantôt femme, quelquefois même prostituée. Ruth, étant veuve, est appelée* alma. *Dans le Cantique des Cantiques & dans Joël, le nom d'*alma *est donné à des concubines.*

Or le roi d'Affyrie fit venir des habitans de Babylone, de Kutha, d'Ava, d'Emath, de Sépharvaïm, & les établit dans les villes de la Samarie à la place des enfans d'Ifraël..... Quand ils y furent établis, ils ne craignirent point *Adonaï*; mais *Adonaï* leur envoya des lions, qui les égorgeaient. (*d*)

Cela fut rapporté au roi des Affyriens, auquel on dit: Les peuples que tu as tranfportés dans la Samarie, & auxquels tu as commandé de demeurer dans fes villes, ignorent la manière dont le Dieu de ce pays-là veut être adoré; & ce Dieu leur a détaché des lions; & voilà que ces lions les tuent, parce qu'ils ignorent la religion du Dieu du pays. Alors le roi des Affyriens donna cet ordre, difant: Qu'on envoie en Samarie l'un des prêtres captifs; qu'il retourne,

Rome. Ces tranfportations des peuples paraiffaient un moyen fûr pour prévenir les révoltes. Il ne faut donc point s'étonner que *Salmanazar* donna les terres du royaume d'Ifraël à des cultivateurs babyloniens, & à d'autres de fes fujets.

(*d*) Les critiques demandent pourquoi DIEU n'envoya pas des lions pour dévorer *Salmanazar* & fon armée, au lieu de faire manger par ces animaux les émigrans innocens qui venaient cultiver une terre ingrate, devenue déferte? Si on leur répond que c'était pour les forcer à connaître le culte du Seigneur, ils difent que les lions font de mauvais miffionnaires; que ceux qui avaient été mangés ne pouvaient fe convertir; & que le prêtre hébreu qui vint les prêcher de la part du roi de Babylone, ne fuffifait pas pour enfeigner le catéchifme à toute une province. Mais probablement ce prêtre avait des compagnons qui l'aidèrent dans fa miffion. Si on veut s'informer chez les commentateurs, qui étaient ces peuples de Cutha, d'Ava, d'Emath; plus ils en parlent, moins vous êtes inftruit. C'étaient des peuplades fyriennes; on n'en fait pas davantage. Nous ne connaiffons pas l'origine des Francs qui s'établirent dans la Gaule Celtique, ni des pirates qui fe tranfplantèrent en Normandie. Qui me dira de quel buiffon font partis les loups dont mes moutons ont été dévorés?

& qu'il apprenne aux habitans le culte du Dieu du pays..... (*e*)

Ainsi un des prêtres captifs de Samarie, y étant revenu, leur apprit la manière dont ils devaient adorer *Adonaï*..... (*f*)

Ainsi chacun de ces peuples se forgea son Dieu; & ils mirent leurs Dieux dans leurs temples & dans les hauts lieux. Chaque peuplade mit le sien dans les villes où elle habitait.

Les Babyloniens firent leur *Soccothbénoth*, les Cuthéens leur *Nergel*, les Emathiens leur *Asima*, les

(*e*) C'est une chose bien digne de remarque, que cette opinion des Grecs, *à chaque pays son dieu*, fût déjà reçue chez les peuples de Babylone, comme cette maxime en Allemagne & en France, *nulle terre sans Seigneur*. Mais comment fesaient ceux qui adoraient le soleil, ou qui du moins révéraient dans le soleil l'image du Dieu de l'univers? Nous dirons que les Persans étaient alors les seuls qui professaient ouvertement cette religion, & qu'ils ne l'avaient point encore portée à Babylone; elle n'y fut introduite que par le conquérant *Kir* ou *Kosrou*, que nous nommons *Cyrus*.

(*f*) On reste stupéfait quand on voit qu'aussitôt que cette nouvelle peuplade fut instruite du culte d'*Adonaï*, elle adora une foule de dieux asiatiques inconnus, *Soccothbénoth*, *Nergel*, *Asima*, *Tertkah*, *Adramélec*, *Anamélec*, & qu'on brûla des enfans aux autels de ces dieux étrangers. M. *Basnage*, dans ses Antiquités judaïques, nous apprend que, selon plusieurs savans, ce fut ce prêtre hébreu, envoyé aux nouveaux habitans de Samarie, qui composa le Pentateuque. Ils fondent leur sentiment sur ce qu'il est parlé dans le Pentateuque de l'origine de Babylone, & de quelques autres villes de la Mésopotamie que *Moïse* ne pouvait connaître; sur ce que ni les anciens Samaritains ni les nouveaux n'auraient voulu recevoir le Pentateuque de la main des Hébreux de la faction de Juda, leurs ennemis mortels; sur ce que le Pentateuque samaritain est écrit en hébreu, langue que ce prêtre parlait, n'ayant pu avoir le temps d'apprendre le chaldéen; sur les différences essentielles entre le Pentateuque samaritain & le nôtre. Nous ne savons pas qui sont ces savans; M. *Basnage* ne les nomme pas.

Hévéens leur *Nébahas* & *Terthah;* pour ceux de Sépharvaïm, ils brûlèrent leurs enfans en l'honneur d'*Adramélec* & d'*Anamélec.*

Or tous ces peuples adoraient *Adonaï*, & ils prirent les derniers venus pour prêtres des hauts lieux..... Et comme ils adoraient *Adonaï*, ils servaient aussi leurs Dieux, selon la coutume des nations transplantées en Samarie.....

(*g*) La quatorzième année du roi *Ezéchias* roi de Juda, *Sennakérib* roi des Assyriens vint attaquer toutes les villes fortifiées de Juda, & les prit..... Alors *Ezéchias* envoya des messagers au roi des Assyriens, disant: J'ai péché envers toi; retire-toi de moi; je porterai tous les fardeaux que tu m'imposeras. Le roi d'Assyrie lui ordonna donc de payer trente talens d'argent & trente

(*g*) *Hérodote* parle d'un *Sennakérib* qui vint porter la guerre sur les frontières de l'Egypte, & qui s'en retourna parce qu'une maladie contagieuse se mit dans son armée; il n'y a rien là que dans l'ordre commun. Que le roitelet de la petite province de Juda s'humilie devant le roi *Sennakérib*, qu'il lui paye trente talens d'argent & trente talens d'or, c'est une somme très-forte dans l'état où était alors la Judée; cependant ce n'est point une chose absolument hors de toute vraisemblance. Mais que le prophète *Isaïe* vienne de la part de DIEU dire à *Ezéchias*, que le roi *Sennakérib* a blasphémé; qu'un ange vienne du haut du ciel frapper & tuer cent quatre-vingt-cinq mille hommes d'une armée chaldéenne; & que cette exécution, aussi épouvantable que miraculeuse, soit inutile, qu'elle n'empêche point la ruine de Jérusalem: c'est-là ce qui semblerait justifier l'incrédulité des critiques, si quelque chose pouvait les rendre excusables. Ils ne comprennent pas comment le Seigneur, protégeant la tribu de Juda & tuant cent quatre-vingt-cinq mille de ses ennemis, abandonne sitôt après cette tribu dont la verge devait dominer toujours, laisse détruire son temple, & voie impunément cette tribu & celle de Benjamin, avec tant de lévites, plongés dans les fers. *O altitudo!* humilions-nous sous les décrets impénétrables de la Providence; mais qu'il nous soit permis de ne point admettre les explications ridicules que tant d'auteurs ont données à ces événemens inexplicables.

trente talens d'or..... *Ezéchias* donna tout l'argent qui était dans la maison d'*Adonaï* & dans les trésors du roi......

Or les serviteurs du roi *Ezéchias* allèrent trouver *Isaïe* le prophète ; & *Isaïe* leur dit : Dites à votre maître, voici ce que dit *Adonaï :* Ne crains point les paroles blasphématoires des officiers du roi d'Assyrie ; car je vais lui envoyer un certain esprit, un certain souffle ; & il apprendra une nouvelle, après laquelle il retournera dans son pays ; & je le frapperai dans son pays par le glaive...... Cette même nuit l'ange du Seigneur vint dans le camp des Assyriens, & il tua cent quatre-vingt-cinq mille hommes..... Et *Sennakérib* roi des Assyriens, s'étant levé au point du jour, vit tous ces corps morts, & s'en retourna aussitôt.

En ce temps-là *Ezéchias* roi de Juda fut malade à la mort. Le prophète *Isaïe* fils d'*Amos* vint lui dire : Voici ce que dit le Dieu *Adonaï :* mets ordre à tes affaires, car tu mourras, & tu ne vivras pas..... Alors *Ezéchias* tourna sa face contre la muraille, & pria Dieu, disant : Seigneur, souviens-toi, je te prie, comment j'ai marché dans la vérité & dans un cœur parfait, & que j'ai fait ce qui t'a plu. Et il sanglota avec de grands sanglots......

Et *Isaïe* n'était pas encore à la moitié de l'antichambre, qu'*Adonaï* revint lui faire un discours, disant : Retourne, & dis à *Ezéchias* chef de mon peuple, voici ce que dit *Adonaï*, Dieu de *David* ton père : j'ai entendu ta prière ; j'ai vu tes larmes ; je t'ai guéri ; & dans trois jours tu monteras au temple d'*Adonaï*, & j'ajouterai encore quinze années à tes jours..... (*h*) Bien plus, je te délivrerai, toi & cette ville, du roi des Assyriens, & je protégerai cette ville à cause de toi & de *David* mon serviteur.

Alors *Isaïe* dit : Qu'on m'apporte une marmelade de figues. On lui apporta la marmelade ; on la mit sur l'ulcère du roi, & il fut guéri.....

Mais *Ezéchias* ayant dit à *Isaïe*, quel signe aurai-je que le Seigneur me guérira, & que j'irai dans trois jours au temple d'*Adonaï* ? Et *Isaïe* lui dit : Voici le signe du Seigneur, comme quoi le Seigneur fera la chose qu'il t'a dite : Veux-tu que l'ombre du soleil s'avance de dix degrés, ou qu'elle retourne en arrière de dix degrés ? *Ezéchias* lui dit : Il est aisé que l'ombre croisse de dix degrés ; ce n'est pas ce que je veux qu'on fasse, mais que l'ombre retourne en arrière de dix degrés. Le prophète *Isaïe* invoqua donc *Adonaï* ; & il fit que l'ombre retourna en arrière de dix degrés, dont elle était déjà descendue dans l'horloge d'*Achaz*.... (*i*)

(*h*) Les critiques, comme milord *Bolingbroke* & M. *Boulanger*, prétendent que le prophète *Isaïe* joue ici un rôle très-triste & très-indécent, de venir dire à son prince, dès qu'il est malade : tu vas mourir. *Ezéchias* est représenté comme un prince lâche & pusillanime, qui se met à pleurer & à sangloter quand un inconnu a l'indiscrétion de lui dire qu'il est en danger ; & à peine cet *Isaïe* est-il sorti de la chambre du roi, que Dieu lui-même vient dire au prophète : Le roi vivra encore quinze ans. Sous quelle forme était Dieu, quand il vint annoncer à *Isaïe* son changement de volonté dans l'antichambre ? Ces incrédules ne se lassent point de censurer toute cette histoire ; il faut combattre contre eux depuis le premier verset de la Bible jusqu'au dernier.

(*i*) Une nuée d'autres incrédules fond sur cette marmelade de figues, & sur cette horloge. Tous ces censeurs disent que le mal d'*Ezéchias* était bien peu de chose, puisqu'on le guérit avec un emplâtre de figues. *Ezéchias* leur paraît un imbécille de croire qu'il est plus aisé d'avancer l'ombre que de la reculer. Dans l'un & l'autre cas, les lois de la nature sont également violées, & tout l'ordre du ciel également interrompu. La

Manassé, fils d'*Ezéchias*, avait douze ans lorsqu'il commença à régner..... Il dressa des autels à *Baal*.... & à toute l'armée du ciel dans les deux parvis du temple d'*Adonaï*..... Il fit passer son fils par le feu; il prédit l'avenir; il observa les augures, fit des pythons & des aruspices..... (*k*) Il s'endormit enfin avec ses

rétrogradation de l'ombre ne leur paraît qu'une copie renforcée du miracle de *Josué*. La plupart des interprètes croient que le soleil s'arrêta pour *Josué*, & recula pour *Ezéchias*. *Isaïe* même, au chapitre 32 de sa prophétie, dit : Le soleil recula de dix lignes; ce qui probablement signifie dix heures. Mais il est clair qu'*Isaïe* se trompe; l'ombre est toujours opposée au soleil; si l'astre est à l'orient, l'ombre est à l'occident; pour que l'ombre reculât de dix heures vers le matin, il aurait fallu que le soleil se fût avancé de dix heures vers le soir. De plus, si ces degrés, ces heures signifient le nombre des années qui sont réservées à *Ezéchias*, pourquoi l'ombre du style ne rétrograde-t-elle que de dix degrés & non pas de quinze? Le plus long jour de l'année en Palestine n'est que de quatorze heures : c'eût été encore un miracle de plus; car il est impossible que le soleil paraisse quinze heures & plus, quand il n'est que quatorze heures sur l'horizon.

Une autre difficulté encore, c'est que non-seulement les Juifs ne comptaient point le jour par heures comme nous; mais que de plus ils n'eurent ni cadrans ni horloges. Enfin, il y aurait eu un jour entier de perdu dans la nature, & une nuit de trop. Ce sont-là des embarras où se jettent des ignorans téméraires qui imaginent des miracles, & qui même les expliquent.

Telles sont les réflexions de plusieurs physiciens. On peut leur dire que le prophète *Isaïe* n'était pas obligé d'être astronome, & même que dom *Calmet*, qui a voulu expliquer dans une dissertation cette rétrogradation, a fait beaucoup plus de bévues qu'*Isaïe*. On est obligé de dire qu'il n'entend rien du tout à la matière, & que, dans tous ses commentaires, il n'a fait souvent que copier des auteurs absurdes qui n'en savaient pas plus que lui.

(*k*) Ou *Manassé*, roitelet de Juda, n'avait jamais entendu parler du miracle du cadran de son père, & des autres miracles d'*Isaïe;* ou il ne regardait *Adonaï* que comme un Dieu local, un Dieu d'une petite nation, qui fesait quelquefois des prodiges, mais qui était inférieur aux autres Dieux; ou *Manassé* était tout-à-fait fou : car il n'y a qu'un fou qui puisse, après des miracles sans nombre, nier ou mépriser le Dieu qui les a faits. Cette inconcevable incrédulité de *Manassé*, fils d'*Ezéchias*,

pères, & fut enſeveli dans le jardin de ſa maiſon.....

Joſias avait huit ans lorſqu'il commença à régner; & il régna trente & un ans; & il fit ce qui eſt agréable au Seigneur.....

Or un jour le grand-prêtre *Helkias* dit à *Saphan* ſecrétaire: J'ai trouvé le livre de la Loi dans le temple du Seigneur en feſant fondre de l'argent..... (*l*)

Saphan ſecrétaire dit au roi: Le grand-prêtre *Helkias* m'a donné ce livre. Et il le lut devant le roi.

Et le roi *Joſias* déchira ſes vêtemens..... Et il dit au grand-prêtre *Helkias*, & à *Saphan* ſecrétaire: Allez, conſultez *Adonaï* ſur moi & ſur le peuple touchant les paroles de ce livre qu'on a trouvé.

Et le roi aſſembla tous les prêtres des villes de Juda; & il ſouilla tous les hauts lieux..... Il ſouilla ainſi la vallée de Tophet, afin que perſonne ne ſacrifiât plus ſon fils (*m*) ou ſa fille à *Moloc*..... Il ôta auſſi

peut faire penſer qu'en effet le Pentateuque, à peine écrit par ce prêtre hébreu qui vint enſeigner les Samaritains, n'était pas encore connu; la religion judaïque n'était pas encore débrouillée; rien n'était conſtaté, rien n'était fait : autrement il ſerait impoſſible d'imaginer comment le culte changea tant de fois depuis la création juſqu'à *Eſdras*.

(*l*) Nouvelle preuve, ou du moins nouvelle vraiſemblance très-forte, que le prêtre hébreu, venu à Samarie, avait enfin achevé ſon Pentateuque, & que le grand-prêtre juif en avait un exemplaire. Tout ce qui peut nous étonner, c'eſt que ce prêtre ne le porta pas lui-même au roi, & l'envoya avec très-peu d'empreſſement & de reſpect par le ſecrétaire *Saphan*. S'il avait cru que ce livre fût écrit par *Moïſe*, il l'aurait porté avec la pompe la plus ſolemnelle; on aurait inſtitué une fête pour éterniſer la découverte de la loi de DIEU & de l'hiſtoire des premiers ſiècles du genre-humain; c'eût été une nouvelle occaſion de dire *que la lumière ſoit*, *& la lumière fut*; car le peuple hébreu était plongé dans les plus épaiſſes ténèbres.

(*m*) Ce petit article eſt curieux. D'abord ce *Joſias* ſouille les hauts lieux : ſouiller un lieu réputé ſacré, c'était le remplir d'immondices, y

les chevaux que les rois de Juda avaient donnés au ſoleil à l'entrée du temple.... Il tua tous les prêtres des hauts lieux qui étaient à Béthel.... & brûla ſur ces autels des os de morts...... Puis il dit à tout le peuple : Célébrons la pâque en l'honneur d'*Adonaï* votre Dieu, ſelon ce qui eſt écrit dans ce livre du pacte avec DIEU.... (*n*)

répandre des excrémens & de l'urine. La vallée de Tophet était auprès du petit torrent de Cédron ; c'était là que l'on jetait les corps des ſuppliciés à la voierie, & qu'on ſacrifiait ſes enfans.

C'eſt la première fois qu'il eſt parlé dans l'Ecriture de chevaux conſacrés au ſoleil. Cette coutume était viſiblement priſe du culte des Perſes. Preſque chaque ligne concourt à prouver que jamais la religion hébraïque n'eut une forme ſtable qu'après le retour de la captivité ; les Juifs empruntèrent tous leurs rites, toutes leurs cérémonies des Egyptiens, des Syriens, des Chaldéens, des Perſes.

Il n'eſt pas aiſé de concevoir comment ce *Joſias* tua tous les prêtres de Béthel ; car Béthel, tout voiſin qu'il était de Jéruſalem, ne lui appartenait pas : c'était à Béthel que s'était établi ce prêtre qui était envoyé aux Samaritains, & qu'on ſuppoſe avoir écrit le Pentateuque. S'il amena avec lui d'autres miſſionnaires pour enſeigner aux Samaritains la religion iſraëlite, le melch *Joſias*, en les tuant, ne fut donc qu'un aſſaſſin, un tyran abominable.

La coutume de brûler des os de morts, & ſurtout de bêtes mortes, pour ſouiller des lieux conſacrés, était un uſage des ſorciers : on voit dans la vie du dernier des *Zoroaſtres*, que ſes ennemis cachèrent dans ſa chambre un petit ſac plein d'os de bêtes, afin de le faire paſſer pour un magicien. *Voyez* HYDE.

(*n*) Si *Joſias* propoſe de faire la pâque ſelon le rite indiqué dans ce livre du pacte avec DIEU, dans ce livre unique, trouvé par le grand-prêtre au fond d'un coffre & donné au roi par le ſecrétaire *Saphan*, on n'avait donc point fait la pâque auparavant ; & en effet aucun des livres de l'Écriture ne parle d'une célébration de pâque ſous aucun roi de Juda ou d'Iſraël, ni ſous aucun des juges : c'eſt encore une confirmation de cette opinion très-répandue & très-vraiſemblable, que la religion hébraïque n'était point formée ; que les livres judaïques n'avaient jamais été raſſemblés ; &, ſelon tant de doctes, qu'ils n'avaient point été écrits ; que tout s'était fait d'après des traditions vagues & changeantes ; & que c'eſt ainſi que tout s'eſt fait dans le monde.

Il n'y eut point avant *Josias* de roi semblable, qui revînt au Seigneur de tout son cœur, de toute son ame & de toute sa force; & on n'en a point vu non plus après lui.....

Cependant l'extrême fureur d'*Adonaï* ne s'apaisa point, parce que *Manassé* père de *Josias* l'avait fort irrité. C'est pourquoi *Adonaï* dit: Je rejeterai Juda de ma face, comme j'ai rejeté Israël; & je rejeterai Jérusalem & la maison que j'ai choisie. (*o*)

En ce temps-là le pharaon *Néchao* roi d'Egypte marcha contre le roi des Assyriens au fleuve de l'Euphrate; & *Josias* marcha contre lui, & il fut tué dès qu'il parut.....

Pharaon Néchao prit *Joachaz* le fils de *Josias*, & l'enchaîna dans la terre d'Emath, afin qu'il ne régnât point à Jérusalem; & il condamna Jérusalem à payer cent talens d'argent & un talent d'or.....

Et *Pharaon Néchao* établit roi à Jérusalem *Eliakim* autre fils de *Josias*, & lui changea son nom en celui de *Joachim*. (*p*)

(*o*) L'auteur du livre des Rois nous dit que jamais roi ne fut si pieux, n'aima tant DIEU que *Josias*; & il ajoute que DIEU, pour récompense, rejette sa maison & Jérusalem, parce que *Manassé*, père de *Josias*, l'avait offensé. C'est sur quoi tous les critiques se récrient. Le prêtre de Juda, disent-ils, qui écrivait ce livre, veut insinuer que tous les rois de la terre n'auraient pu prendre Jérusalem, si le Seigneur ne la leur avait pas livrée; mais pour que le Seigneur leur permette de détruire cette Jérusalem qui devait durer éternellement, il faut qu'il soit en colère contre elle: il ne peut être en colère contre *Josias*; il l'est donc contre son père. C'est puissamment raisonner: aussi ne répliquons-nous rien à cet argument.

(*p*) Si *Polybe* & *Xénophon* avaient écrit cette histoire, convenons qu'ils l'auraient écrite autrement. Nous saurions ce que c'était que ce grand empire d'Assyrie, qui est l'instant d'après anéanti dans l'empire de Babylone; nous apprendrions pourquoi ce *Josias*, favori du Seigneur,

En ce temps-là *Nabuchodonosor* roi de Babylone marcha contre Juda ; & *Joachim* fut son esclave pendant trois ans.... après quoi il se révolta.....

Alors le Seigneur envoya des troupes de brigands de Chaldée, de Syrie, de Moab, d'Ammon, contre Juda, pour l'exterminer selon le verbe que le Seigneur avait fait entendre par ses serviteurs les prophètes.... (*q*) Et *Joachim* s'endormit avec ses pères ; & son fils *Joachim* régna à sa place.

se déclara contre *Néchao* roi d'Egypte. C'était un grand spectacle que la puissance égyptienne combattant contre l'Asie ; c'étaient de grands intérêts, & qui méritaient d'être au moins exposés clairement. Les Paralipomènes nous apprennent que le pharaon d'Egypte envoya dire au melch *Josias* : *Qu'y a-t-il entre toi & moi, melch de Juda ? Je ne marche point contre toi, c'est contre une autre maison que* DIEU *m'a ordonné d'aller au plus vite ; ne t'oppose point à* DIEU *qui est avec moi, de peur qu'il ne te tue.*

Remarquez, lecteurs attentifs & sages, que toutes les nations adoraient un Dieu suprême, quoiqu'il y eût mille Dieux subalternes, mille cultes différens : c'est une vérité dont vous trouverez des traces dans tous les livres grecs & latins, comme dans les livres hébreux, & dans le peu qui nous reste du Zenda Vesta & des Védams. Le roi d'Egypte *Néchao* dit : DIEU est avec moi. Le roi de Ninive en avait dit autant. Le roi de Babylone disait : DIEU est avec moi. Voyez l'Iliade d'*Homère* ; chaque héros y a un Dieu qui combat pour lui.

(*q*) Le Juif qui a écrit cette histoire, court bien rapidement sur le plus grand & le plus fatal événement de sa patrie ; il semble qu'il n'ait voulu faire que des notes pour aider sa mémoire. Cette destruction de Jérusalem, cette captivité de la tribu de Juda, ces rois de Babylone & d'Egypte qui semblent se disputer cette proie, ces brigands de Chaldée, de Syrie, de Moab, & d'Ammon, qui se réunissent tous contre une misérable horde de Juda sans défense : tout cela n'est ni annoncé ni expliqué ; cette histoire est plus sèche & plus confuse que tous les commentaires qu'on en a faits.

La saine critique demandait (humainement parlant) que l'auteur débrouillât d'abord les deux empires de Ninive & de Babylone, qu'il nous instruisît des intérêts que ces deux puissances eurent à démêler avec l'Egypte & avec la Syrie ; comment la petite province de Judée, enclavée dans la Syrie, subit le sort des peuples vaincus par le roi de Babylone. L'auteur nous dit bien que DIEU avait prédit tout cela par ses prophètes ;

Et *Nabuchodonosor* vint avec ses gens pour prendre Jérusalem. *Joachim* roi de Juda sortit de la ville, & vint se rendre au roi de Babylone avec sa mère, ses serviteurs, ses princes, ses eunuques, la huitième année de son règne.....

Et le roi *Nabuchodonosor* emporta tous les trésors de Jérusalem, ceux de la maison d'*Adonaï*, & ceux de la maison du roi : il brisa tous les vases d'or que *Salomon* avait mis dans le temple selon le verbe d'*Adonaï*...... Il transporta toute la ville de Jérusalem, (*r*) tous les princes, tous les hommes vigoureux

mais il fallait écrire un peu plus clairement pour les hommes. Au moins, quand *Flavien Josephe* raconte l'autre destruction de Jérusalem dont il fut témoin, il développe très-bien l'origine & les évenemens de cette guerre; mais quand, dans ses Antiquites judaïques, il parle de *Nabuchodonosor* qui brûle Jérusalem en passant, il ne nous en dit pas plus que le livre que nous cherchons en vain à commenter. *Flavien Josephe* n'avait point d'autres archives que nous. Tous les documens de Babylone périrent avec elle; tous ceux de l'Egypte furent consumes dans l'incendie de ses bibliothèques. Trois peuples malheureux, opprimés & subjugués, ont conservé quelques histoires informes : les Parsis ou Guèbres, les descendans des anciens Brachmanes, & les Juifs. Ceux-ci, quoique infiniment moins considérables, nous touchent de plus près, parce qu'une révolution inouïe a fait naître parmi eux la religion qui a passé en Europe. Nous fesons tous nos efforts pour démêler l'histoire de cette nation dont nous tenons l'origine de notre culte; & nous ne pouvons en venir à bout.

(*r*) Nous ne pouvons dire aucune particularité de cette destruction de Jérusalem, puisque les livres juifs ne nous en disent pas davantage; mais il y a une observation aussi importante que hardie, faite par milord *Bolingbroke* & par M. *Fréret* ; ils prétendent que les prophètes étaient chez la nation juive ce qu'étaient les orateurs dans Athènes; ils remuaient les esprits du peuple. Les orateurs athéniens employaient l'éloquence auprès d'un peuple ingénieux ; & les orateurs juifs employaient la superstition & le style des oracles, l'enthousiasme, l'ivresse de l'inspiration, auprès du peuple le plus grossier, le plus enthousiaste, & le plus imbécille qui fût sur la terre. Or, disent ces critiques, s'il arriva quelquefois que les rois de Perse gagnèrent les orateurs grecs, les rois de Babylone avaient gagné de même quelques prophètes juifs,

de l'armée, au nombre de dix mille, & tous les hommes ouvriers, & tous les orfèvres....... Il fit transporter à Babylone *Joachim*, & la mère de *Joachim*, & ses femmes, & ses eunuques, & les juges de la terre

La tribu de Juda avait ses prophètes qui parlaient contre les tribus d'Israël; & la faction d'Israël avait ses prophètes qui déclamaient contre Juda. Les critiques supposent donc que les nouveaux-Samaritains, étant attachés par leur naissance à *Nabuchodonosor*, suscitèrent *Jérémie* pour persuader à la tribu de Juda de se soumettre à ce prince. Voici sur quoi est fondée cette opinion. Jérusalem est sur le chemin de Tyr, que le roi de Babylone voulait prendre. Si Jérusalem se défendait, quelque faible qu'elle fût, sa résistance pouvait consumer un temps précieux au vainqueur; il était donc important de persuader au peuple de se rendre à *Nabuchodonosor*, plutôt que d'attendre les extrémités où il serait réduit par un siége qui ne pouvait jamais finir que par sa ruine entière.

Jérémie prit donc le parti du puissant roi *Nabuchodonosor* contre le faible & petit melch de Jérusalem, qui pourtant était son souverain.

Cette idée fait malheureusement du prophète *Jérémie* un traître; mais ils croient prouver qu'il l'était, puisqu'il voulait toujours que non-seulement la petite province de Juda se rendît à *Nabuchodonosor*, mais encore que tous les peuples voisins allassent au-devant de son joug. En effet, *Jérémie* se mettait un joug de bœuf ou un bât d'âne sur les épaules, & criait dans Jérusalem : Voici ce que dit le Seigneur roi d'Israël : *C'est moi qui ai fait la terre, & les hommes, & les bêtes de somme dans ma force grande & dans mon bras étendu; & j'ai donné la face de la terre à celui qui a plu à mes yeux; j'ai donné la terre à la main de Nabuchodonosor mon serviteur, & je lui ai donné encore toutes les bêtes des champs; & tous les peuples de la terre le serviront, lui & son fils, & les fils de ses fils; & ceux qui ne mettront pas leur cou sous un joug & sous un bât devant le roi de Babylone, je les ferai mourir par le glaive, par la famine, & par la peste, dit le Seigneur.*

Jamais il ne s'est rien dit de plus fort en faveur d'aucun roi juif. *Jérémie* fait dire à DIEU même, que ce *Nabuchodonosor* qui fut depuis changé en bœuf, est le serviteur de DIEU, & que DIEU lui donne toute la terre à lui & à sa postérité. Ainsi donc, (humainement parlant) *Jérémie* est un traître & un fou aux yeux de ces critiques : un traître, parce qu'il veut soulever le peuple contre son roi, & le livrer aux ennemis; un fou, par toutes ses actions & par toutes ses paroles qui n'ont ni liaison, ni suite, ni la moindre apparence de raison. Ils allèguent surtout la fameuse lettre de *Séméïa* au pontife *Sophonie* : DIEU *vous a établi pour faire fouetter à coups de nerfs de bœuf ce fou de Jérémie qui fait le prophète.* Ce qui les confirme encore dans leur opinion, c'est que

de Juda en captivité, & ſept mille hommes robuſtes de Juda, & tous les ouvriers robuſtes; ils furent tous captifs à Babylone.....

Et il établit roitelet tributaire *Mathania* oncle de *Joachim*, qu'il appela *Sédécias*.....

La colère d'*Adonaï* s'alluma plus que jamais contre Jéruſalem & Juda; il les rejeta de ſa face. Et *Sédécias* ſe révolta contre le roi de Babylone.....

Donc le roi de Babylone marcha avec toute ſon armée contre Jéruſalem, & il l'entoura tout autour.... Et le neuvième jour du mois il y eut grande famine en Jéruſalem, & le peuple n'avait point de pain.... Tous les gens de guerre s'enfuirent la nuit par la porte du jardin du roi; & *Sédécias* s'enfuit par un autre chemin. Et l'armée des Chaldéens pourſuivit

les Juifs retirés en Egypte, où *Jérémie* ſe retira auſſi, le punirent de mort comme un perfide qui avait vendu ſon maître & ſa patrie aux Babyloniens. Mais c'eſt la ſeule tradition qui nous apprend que *Jérémie* fut lapidé par les Juifs dans la ville de Taphni; les livres juifs ne nous endiſent rien. A l'égard de tant de priſonniers de guerre que *Nabuchodonoſor*, ſerviteur de DIEU, fit mourir impitoyablement, ce ſont-là des mœurs bien féroces. Les Juifs avouent qu'ils ne traitèrent jamais autrement les autres petits peuples qu'ils avaient pu ſubjuguer; ainſi l'hiſtoire ancienne, ou véritable ou fauſſe, n'eſt que l'hiſtoire des bêtes ſauvages dévorées par d'autres bêtes.

M. du *Marſais*, dans ſon Analyſe, fait une réflexion accablante ſur cette première deſtruction de Jéruſalem, & ſur les ſuivantes. Quoi, dit-il, l'Eternel prodigue les miracles, les plaies, & les meurtres, pour tirer les Juifs de cette féconde Egypte où il avait des temples ſous le nom d'*Iaho* le grand Etre, ſous le nom de *Knef* l'Etre univerſel; il conduit ſon peuple dans un pays où ce peuple ne peut lui ériger un temple pendant plus de cinq ſiècles; & enfin, quand les Juifs ont ce temple, il eſt détruit! Cela effraie le jugement & l'imagination; on reſte confondu quand on a lu cette inconcevable hiſtoire: il faut ſe conſoler en diſant qu'apparemment les Juifs n'avaient point péché quand l'Eternel les tira d'Egypte, & qu'ils avaient péché quand l'Eternel perdit ſon temple & ſa ville.

le roi, & le prit dans la plaine de Jéricho...... Ils l'amenèrent devant le roi de Babylone dans Réblata; & le roi de Babylone lui prononça son arrêt.... On tua ses enfans en sa présence, on lui creva les yeux, on le chargea de chaînes & on l'emmena à Babylone....

Nabuzardan, général du roi *Nabuchodonosor*, brûla la maison d'*Adonaï* & la maison du roi, & toutes les maisons dans Jérusalem...... Il transporta captif à Babylone tout le peuple qui était demeuré dans la ville; il laissa seulement les plus pauvres du pays pour labourer les champs & cultiver les vignes.

Nabuzardan emmena aussi *Saraïas* le grand-prêtre, & *Sophonie* le second prêtre, trois portiers, & un capitaine eunuque, & cinq eunuques de la chambre du roi *Sédécias*, & *Sopher* capitaine qui commandait l'exercice, & soixante chefs qu'on trouva dans la ville..... Et *Nabuchodonosor* roi de Babylone les fit tous mourir dans Réblata.

TOBIE.

Avertiſſement du commentateur.

,, Les Juifs n'ont jamais inſéré le livre de *Tobie*
,, dans leur canon; ni *Joſephe* ni *Philon* n'en parlent;
,, il eſt rejeté de notre communion. Les ſavans le
,, prétendent compoſé neuf cents ans après la diſ-
,, perſion. Le concile de Trente l'a décidé canonique;
,, nous ne le croyons que curieux ; & c'eſt à ce titre
,, que nous en allons donner une courte analyſe.
,, Nous le plaçons immédiatement après les livres
,, des Rois, & avant *Eſdras*, parce qu'en effet l'aven-
,, ture des deux *Tobies* eſt ſuppoſée arrivée avant
,, *Eſdras*, dans les premiers temps de la diſperſion
,, des dix tribus captives vers la Médie. Il faut ſup-
,, poſer auſſi que *Salmanazar* était alors maître de la
,, Médie ; ce qui ſerait difficile à prouver.

,, Le livre de *Tobie* eſt tout merveilleux. *Calmet*,
,, dans ſa préface, dit ce grand mot ſans y penſer :
,, *S'il fallait rejeter le merveilleux & l'extraordinaire, où*
,, *ſerait le livre ſacré qu'on pût conſerver ?* ,,

Tobie, de la tribu de Nephtali, fut mené captif du temps de *Salmanazar* roi des Aſſyriens..... (*a*) Et

(*a*) Il ſerait heureux pour les commentateurs, que *Salmanazar* eût fait lever de bonnes cartes géographiques de ſes Etats ; car on a bien de la peine à débrouiller comment, étant roi de Ninive ſur le Tigre, il avait pu paſſer par-deſſus le royaume de Babylone pour aller enchaîner les habitans des bords du Jourdain, & conquérir juſqu'aux voiſins de la mer d'Hircanie : on ne comprend rien à ces empires d'Aſſyrie & de Babylone. Mais paſſons.

il vint à Ragès ville des Mèdes, ayant dix talens d'argent des dons dont il avait été honoré par le roi..... (*b*) Et voyant que *Gabélus*, de fa tribu, était fort pauvre à Ragès, il lui prêta dix talens d'argent fur fon billet..... Il arriva qu'un jour, s'étant laffé à enfevelir des morts, il revint en fa maifon, & s'endormit (*c*) contre une muraille; & pendant qu'il dormait il tomba de la merde chaude d'un nid d'hirondelles fur fes yeux, & il devint aveugle.... Pour ce qui eft de fa femme, elle allait tous les jours travailler à faire de la toile, & gagnait fa vie. (*d*)

En ce même jour il arriva que *Sara*, fille de *Raguel* en Ragès ville des Mèdes, fut très-émue d'un reproche que lui fit une fervante de la maifon..... *Sara* avait déjà eu fept maris; & un diable nommé *Afmodée* les avait tous tués dès qu'ils étaient entrés en elle. Cette

(*b*) Les critiques voudraient que l'auteur, quel qu'il foit, de l'hiftoire de *Tobie*, eût dit comment ce pauvre homme avait gagné dix talens d'argent auprès du roi *Salmanazar*, dont il ne pouvait pas plus approcher qu'un efclave chrétien ne peut approcher du roi de Maroc. Dix talens d'argent ne laiffent pas de faire vingt mille écus au moins, monnaie de France. C'eft beaucoup affurément pour le mari d'une blanchiffeufe. Il s'en va à Ragès en Médie, à quatre cents lieues de Ninive, pour prêter fes vingt mille écus au juif *Gabélus* qui était fort pauvre, & qui probablement ferait hors d'état de les lui rendre : cela eft fort beau.

(*c*) Revenu à Ninive, il s'endort au pied d'un mur. Un homme affez riche pour prêter vingt mille écus dans Ragès, devrait au moins avoir une chambre à coucher dans Ninive.

(*d*) Les critiques naturaliftes difent que la merde d'hirondelle ne peut rendre perfonne aveugle; qu'on en eft quitte pour fe laver fur le champ; qu'il faudrait dormir les yeux ouverts pour qu'une chiaffe d'hirondelle pût bleffer la conjonctive ou la cornée, & qu'enfin il aurait fallu confulter quelque bon médecin avant d'écrire tout cela.

Pour ce qui eft de *Sara* que M. *Bafnage* foutient, dans fes Antiquités judaïques, avoir été blanchiffeufe & ravaudeufe, nous n'avons rien à en dire. Il n'en eft pas de même de *Sara* fille de *Raguel*, juive captive en Ragès.

ſervante lui dit donc : Ne veux-tu pas me tuer auſſi comme tu as tué tes ſept maris ? (*e*)

Or *Tobie* dit à *Tobie* ſon fils : Je t'avertis que lorſque tu n'étais qu'un pétit enfant, je donnai dix talens d'argent à *Gabélus* ſur ſa promeſſe, dans Ragès ville des Mèdes ; c'eſt pourquoi va le trouver, retire mon argent, & rends-lui ſon billet.....

Tobie fils rencontra alors un jeune homme très-beau, dont la robe était retrouſſée à ſa ceinture..... Et ne ſachant pas que c'était un ange de DIEU, il le ſalua & lui dit : D'où es-tu, mon bon adoleſcent?.... Et il ſe mit en chemin avec l'ange *Raphaël*, & il fut ſuivi du chien de la maiſon..... (*f*)

(*e*) Jamais les Juifs juſqu'alors n'avaient entendu parler d'aucun diable ni d'aucun démon ; ils avaient été imaginés en Perſe dans la religion des *Zoroaſtres* ; de là ils paſſèrent dans la Chaldée, & s'établirent enfin en Grèce où *Platon* donna libéralement à chaque homme ſon bon & ſon mauvais démon. *Shamadaï*, que l'on traduit par *Aſmodée*, était un des principaux diables. Dom *Calmet* dit dans ſa diſſertation ſur *Aſmodée*, *qu'on ſait qu'il y a pluſieurs ſortes de diables, les uns princes & maîtres démons, les autres ſubalternes & aſſujettis.*

Tout ſemble ſervir à prouver que les Hébreux ne furent jamais qu'imitateurs, qu'ils prirent tous leurs rites les uns après les autres chez leurs voiſins & chez leurs maîtres, & non-ſeulement leurs rites, mais tous leurs contes.

Les termes dont ſe ſert l'auteur du livre de *Tobie*, inſinuent qu'*Aſmodée* était amoureux & jaloux de *Sara*. Cette idée eſt conforme à l'ancienne doctrine des génies, des ſylphes, des anges, des dieux de l'antiquité ; tous ont été amoureux de nos filles. Vous voyez dans la Genèſe les enfans de DIEU, amoureux des filles des hommes, leur faire des géans. La fable a dominé par tout.

Nous ne répéterons point ce qu'on a dit dans ce commentaire ſur les démons incubes & ſuccubes ; ſur les hommes miraculeux, nés de ces copulations chimériques ; ſur tous ces diables entrant dans les corps des garçons & des filles en vingt manières differentes ; ſur les moyens de les faire venir & de les chaſſer ; enfin ſur toutes les ſuperſtitions dont la fourberie s'eſt ſervie dans tous les temps pour tromper l'imbécillité.

(*f*) C'eſt la première fois qu'un ange eſt nommé dans l'Écriture. Tous les commentateurs avouent que les Juifs prirent ces noms chez les

.... *Tobie* étant donc forti pour laver fes pieds, un énorme poiffon fortit de l'eau pour le dévorer. L'ange lui dit de prendre ce monftre par les ouïes.... Si tu mets un petit morceau du cœur fur des charbons, la fumée chaffe tous les démons, foit d'homme, foit de femme. Le fiel eft bon pour oindre les yeux quand il y a des taies. (*g*)

Chaldéens : *Raphaël* médecin de DIEU, *Uriel* feu de DIEU, *Jefraël* race de DIEU, *Michaël* femblable à DIEU, *Gabriel* homme de DIEU. Les anges perfans avaient des noms tout différens : *Ma*, *Kur*, *Débadur*, *Bahman* &c. Les Hébreux, étant efclaves chez les Chaldéens & non chez les Perfans, s'approprièrent donc les anges & les diables des Chaldéens, & fe firent une théurgie toute nouvelle à laquelle ils n'avaient point penfé encore. Ainfi l'on voit que tout change chez ce peuple, felon qu'il change de maîtres. Quand ils font affervis aux Cananéens, ils prennent leurs dieux; quand ils font efclaves chez les rois qu'on appelle *affyriens*, ils prennent leurs anges.

(*g*) Les critiques & les plaifans qui fe font égayés fur ce livre, parce qu'ils ne l'ont pas reconnu pour canonique, ont dit que ce ferait une chofe fort curieufe qu'un poiffon capable de dévorer un homme, & qu'on pût cependant prendre par les ouïes, comme on fufpend un lapin par les oreilles.

Il y a des poiffons dont la laite ou le foie font fort bons à manger, comme la laite de carpe & le foie de lotte; mais on n'en connaît point encore dont le foie grillé fur des charbons ait la vertu de chaffer les diables.

Dès que les hommes furent affez fous pour imaginer des êtres bienfefans & malfefans répandus dans les quatre élémens, on fe crut très-fage de chercher les moyens de s'attirer l'amitié des bons génies, & de faire enfuir les mauvais. Tout ce qui était agréable eut fon petit dieu, & tout ce qui nuifait eut fon diable. Tel eft le principe de toute théurgie, de toute magie, de toute forcellerie. Si on brûlait de doux parfums pour les bons génies, il fallait conféquemment brûler ce qu'on avait de plus puant pour les mauvais démons.

Au refte, fi l'ange *Raphaël* confeilla au jeune *Tobie* de prendre ce poiffon par ce qu'on appelle les ouïes, *Raphaël*, fort favant dans la connaiffance des fubftances céleftes, l'était peu dans celles des animaux aquatiques. Les ouïes des poiffons, très-improprement nommées, font les poulmons.

.... Ils entrèrent ensuite chez *Raguel*, qui les reçut avec joie. Et *Raguel*, en regardant *Tobie*, dit à sa femme : *Anne*, ma femme, que ce jeune homme ressemble à mon cousin.....

Et ayant pris du carton, ils dressèrent le contrat de mariage.....

Puis le jeune *Tobie* tira de son sac le foie du poisson, & le mit sur des charbons ardens.....

L'ange *Raphaël* saisit le démon *Asmodée*, & l'alla enchaîner dans le désert de la haute Egypte.... (*h*)

.... S'étant donc levés, ils prièrent DIEU instamment de leur donner la santé. Et *Tobie* dit : Seigneur.... tu fis *Adam* du limon de la terre, & tu lui donnas *Héva* pour compagne..... (*i*)

Depuis la décision de *Raphaël* qui déclare que le fiel des poissons de rivière guérit les aveugles, quelques médecins ont tenté d'enlever des taches, des taies sur des yeux, avec du fiel de brochet ; mais le plus sûr moyen d'enlever ces petites taches blanches qui se forment rarement sur la conjonctive, est d'employer des fomentations douces, & de rejeter toute liqueur acre & corrosive. D'ailleurs ce qu'on prenait pour des taies extérieures, étaient presque toujours de vraies cataractes, pour lesquelles le fiel de tous les animaux était fort inutile.

(*h*) Il est plus aisé de soutenir qu'on peut chasser un diable avec de la fumée, qu'il n'est aisé de rendre la vue à un aveugle en oignant ses yeux avec du fiel, par la raison que nos chirurgiens ont abaissé plus de cataractes avec une éguille, que nous n'avons vu d'anges faire enfuir de diables en grillant un foie. Il est vrai que nous ne pourrions prouver à un ange que la chose est impossible ; car s'il nous répondait qu'il en a fait l'expérience, & qu'il faut l'en croire sur sa parole, qu'aurions-nous à lui répliquer ?

L'ange *Raphaël* court après le diable, & va l'enchaîner dans la haute Egypte où il est encore. *Paul Lucas* l'a vu, l'a manié ; on peut se rendre à son témoignage. D'ailleurs, il ne faut pas s'étonner si un ange va du mont Taurus au grand Caire en un clin d'œil, & revient de même à Ragès pour reconduire ensuite *Tobie* fils avec sa femme & son chien à Ninive chez *Tobie* père.

(*i*) On peut remarquer que, depuis le troisième & le quatrième chapitre de la Genèse où l'on parle d'*Eve*, son nom ne se retrouve dans aucun endroit de l'ancien Testament.

.... Le

.... Le jeune *Tobie* étant revenu chez ſon père, prit du fiel de ſon poiſſon, en frotta les yeux de ſon père; & au bout d'une demi-heure une peau albugineuſe, comme du blanc-d'œuf, ſortit de ſes yeux; & auſſitôt il recouvra la vue. (*k*)

Cette obſervation en fait naître une autre : c'eſt qu'aucun des livres juifs ne cite une loi, un paſſage direct du Pentateuque, en rappelant les phraſes dont l'auteur du Pentateuque s'eſt ſervi. Il eſt à croire que, ſi *Moïſe* avait écrit le Pentateuque, ſes lois, ſes expreſſions même auraient été dans la bouche de tout le monde; on les aurait citées en toute occaſion; chaque juif aurait ſu par cœur le livre du divin légiſlateur juſqu'à la moindre ſyllabe. Ce ſilence ſi long & ſi univerſel peut ſervir à favoriſer l'opinion de ceux qui prétendent que les livres juifs furent tous écrits vers le temps de la captivité.

(*k*) La peau albugineuſe que ce fiel fait tomber, & un aveugle guéri en une demi-heure, ſont des choſes auſſi extraordinaires qu'un aveuglement cauſé par une chiaſſe d'hirondelle.

Je ne dirai plus qu'un mot ſur l'hiſtoire de *Tobie*, c'eſt que ſa légende rapporte expreſſément que, quand il mourut de vieilleſſe, ſes enfans l'enterrèrent avec joie. Paſſe encore ſi ſes héritiers avaient été des collatéraux.

Au reſte, plus d'un commentateur, & ſurtout *Calmet*, prétend que le diable *Aſmodée* eſt la ſynagogue, & que *Raphaël* eſt JESUS-CHRIST.

Obſervation du commentateur ſur Judith.

„ LE livre de *Judith* n'étant pas plus dans le canon „ juif que celui de *Tobie*, on peut ſe permettre avec „ cette *Judith* un peu de familiarité. Ce n'eſt pas „ ſeulement à cauſe des contradictions inconciliables „ dont cette hiſtoire eſt pleine ; car tantôt la ſcène „ eſt ſous *Nabuchodonoſor*, tantôt après la captivité : „ mais c'eſt parce que *Judith* eſt bien moins édifiante „ que *Tobie*.

„ Un géographe ſerait bien empêché à placer „ Béthulie. Tantôt on la met à quarante lieues au „ nord de Jéruſalem, tantôt à quelques milles au „ midi. Mais une honnête femme ſerait encore plus „ embarraſſée à juſtifier la conduite de la belle *Judith*. „ Aller coucher avec un général d'armée pour lui „ couper la tête, cela n'eſt pas modeſte. Mettre cette „ tête toute ſanglante, de ſes mains ſanglantes dans „ un petit ſac, & s'en retourner paiſiblement avec „ ſa ſervante à travers une armée de cent cinquante „ mille hommes, ſans être arrêtée par perſonne, „ cela n'eſt pas commun.

„ Une choſe encore plus rare, c'eſt d'avoir „ demeuré cent cinq ans après ce bel exploit dans „ la maiſon de feu ſon mari, comme il eſt dit au „ chapitre 16. Si nous ſuppoſons qu'elle était âgée „ de trente ans quand elle fit ce coup vigoureux, „ elle aurait vécu cent-trente-cinq années. *Calmet* „ nous tire d'embarras en diſant qu'elle en avait „ ſoixante-cinq lorſque *Holoferne* fut épris de ſon

„ extrême beauté : c'eſt le bel âge pour tourner & „ pour couper des têtes. Mais le texte nous replonge „ dans une autre difficulté : il dit que perſonne ne „ troubla Iſraël tant qu'elle vécut ; & malheureuſe- „ ment ce fut le temps de ſes plus grands déſaſtres.

„ Quelques partiſans de *Judith* ont ſoutenu qu'il „ y avait quelque choſe de vrai dans ſon aventure, „ puiſque les Juifs célébraient tous les ans la fête „ de cette prodigieuſe femme. On leur a répondu „ que quand même les Juifs auraient inſtitué douze „ fêtes par an à l'honneur de *ſainte Judith*, cela ne „ prouverait rien.

„ Les Grecs auraient eu beau célébrer la fête du „ cheval de Troye, il n'en ſerait pas moins faux & „ moins ridicule que Troye eût été priſe par ce grand „ cheval de bois. Preſque toutes les fêtes des Grecs „ & des anciens Romains célébraient des aventures „ fabuleuſes. *Caſtor* & *Pollux* n'étaient point venus „ du ciel & des enfers pour ſe mettre à la tête d'une „ armée romaine ; & cependant on fêtait ce beau „ miracle. On fêtait la veſtale *Sylvia*, à qui le dieu „ *Mars* fit deux enfans pendant ſon ſommeil, lorſque „ les Latins ne connaiſſaient ni le dieu *Mars* ni les „ veſtales. Chaque fable avait ſa fête à Rome comme „ dans Athènes. Chaque monument était une im- „ poſture. Plus ils étaient ſacrés, & plus il eſt ſûr „ qu'ils étaient ridicules.

„ Et ſans chercher des exemples trop loin, n'avons- „ nous pas encore dans l'Egliſe grecque la fable des „ ſept dormans, & dans l'Egliſe romaine la fable des „ onze mille vierges ? Y a-t-il rien de plus célèbre „ dans notre occident que l'Epiphanie, & ces trois

„ rois, *Gaſpard*, *Melchior*, & *Balthazar*, qui viennent „ à pied des extrémités de l'Orient au village de „ Bethléem, conduits par une étoile ? On en peut „ dire autant de *Judith* & d'*Holoferne*.

„ Mais il y a une réponſe encore meilleure à faire: „ c'eſt qu'il eſt faux que jamais les Juifs aient eu la „ fête de *Judith*. C'eſt un fauſſaire, un moine domi- „ nicain nommé *Jean Nani*, connu ſous le nom „ d'*Annius de Viterbe*, qui fit imprimer au ſeizième „ ſiècle de prétendus ouvrages de *Philon* & de *Béroſe*, „ dans leſquels cette prétendue fête de *Judith* eſt „ ſuppoſée.

„ C'eſt ainſi que ſe ſont établies mille opinions; „ plus elles étaient ridicules, & plus elles ont eu de „ vogue. Les mille & une nuits règnent dans le „ monde. Nous n'en dirons pas plus ſur *Judith*; & „ nous en avons trop dit ſur *Tobie*. „

ESDRAS.

On demande si lorsque les Juifs eurent obtenu du conquérant *Cosrou*, que nous nommons *Cyrus*, & ensuite de *Dara* fils d'*Histaph*, que nous nommons *Darius*, la permission de rebâtir Jérusalem, *Esdras* écrivit son livre & le Pentateuque &c. en caractères chaldéens ou hébraïques. Ce ne devrait pas être une question. Il ne faut qu'un coup d'œil pour voir qu'il se servit du caractère chaldéen, qui est encore celui dont tous les Juifs se servent.

Il est d'ailleurs plus que probable que ces deux tribus, de Juda & de Benjamin, captives vers l'Euphrate, occupées aux emplois les plus vils, mêlèrent beaucoup de mots de la langue de leurs maîtres au phénicien corrompu qu'ils parlaient auparavant. C'est ce qui arrive à tous les peuples transplantés.

On fait une autre question plus embarrassante. *Esdras* a-t-il rétabli de mémoire tous les livres saints jusqu'à son temps? Si nous en croyons toute l'Eglise grecque, mère, sans contredit, de la latine, *Esdras* a dicté tous les livres saints, pendant quarante jours & quarante nuits de suite, à cinq scribes qui écrivaient continuellement sous lui; comme il est dit dans le quatrième livre d'*Esdras*, adopté par l'Eglise grecque. S'il est vrai qu'*Esdras* ait en effet parlé pendant quarante fois vingt-quatre heures sans interruption, c'est un grand miracle; *Esdras* fut certainement inspiré.

Mais s'il fut inspiré en parlant, ses cinq secrétaires ne le furent pas en écrivant. Le premier livre dit que la multitude des Juifs, qui revint dans la terre promise, se montait à quarante-deux mille trois cents soixante personnes ; & il compte toutes les familles, & le nombre de chaque famille pour plus grande exactitude. Cependant, quand on a additionné le tout, on ne trouve que vingt-neuf mille huit cents dix-huit ames. Il y a loin de ce calcul à celui d'environ trois millions d'Hébreux qui s'enfuirent d'Egypte & qui vécurent de la rosée de manne dans le désert.

Pour comble, le dénombrement de *Néhémie* est tout aussi erroné ; & c'est une chose assez extraordinaire de se tromper ainsi, en comptant si scrupuleusement le nombre de chaque famille. Les scribes qui écrivirent, ne furent donc pas si bien inspirés qu'*Esdras*, qui dicta pendant neuf cents soixante heures sans reprendre haleine.

Les critiques, dont nous avons tant parlé, élèvent d'autres objections contre les livres d'*Esdras*. L'édit de *Cyrus*, qui permet aux Juifs de rebâtir leur temple, ne leur paraît pas vraisemblable. Un roi de Perse, selon eux, n'a jamais pu dire : *Adonaï le Dieu du ciel m'a donné tous les royaumes de la terre, & m'a commandé de lui bâtir une maison dans Jérusalem, qui est en Judée.* C'est précisément, selon eux, comme si le grand-turc disait : St *Pierre* & St *Paul* m'ont commandé de leur bâtir une chapelle dans Athènes qui est en Grèce.

Il n'est pas possible que *Cyrus*, dont la religion était si différente de celle des Juifs, ait reconnu le Dieu des Juifs pour son Dieu dans le préambule d'un édit. Il n'a pu dire : Ce Dieu m'a ordonné de lui bâtir un temple. Ce qui paraît plus vraisemblable, c'est que les Juifs, esclaves chez les Babyloniens, ayant trouvé grâce devant le conquérant de Babylone, obtinrent, par des présens faits à propos aux grands de la Perse, une permission conçue en termes convenables.

Les paroles suivantes de l'édit contredisent les premières : *Que tout juif monte à Jérusalem qui est en Judée ; & qu'il rebâtisse la maison d'Adonaï Dieu d'Israël.* Il n'est pas croyable que le nom d'Israël fût si recommandé à *Cyrus.*

Et que tous les Juifs habitans des autres lieux assistent ceux qui retourneront à Jérusalem, en or, en argent, en meubles, en bestiaux, outre ce qu'ils offrent volontairement au temple de DIEU, *lequel est à Jérusalem.*

On voit clairement, par ces paroles, que le petit nombre de Juifs, qui revint dans la ville, voulut être assisté par ceux qui n'y revinrent point. Ils prétextaient un ordre de *Cyrus.* Il n'est pas naturel que la chancellerie de Babylone ait ordonné à des Juifs de donner de l'or & de l'argent à d'autres Juifs pour les aider à bâtir.

Voici quelque chose de bien plus fort. Le premier livre d'*Esdras* raconte qu'on retrouva dans Ecbatane un mémoire dans lequel étaient écrits ces mots : *La première année du règne du roi Cyrus, le roi Cyrus a ordonné que la maison de* DIEU, *qui est à Jérusalem, fût rebâtie pour y offrir des hosties; qu'il y eût trois rangs de pierres brutes, & trois rangs de bois &c.*

Si les Juifs avaient le diplôme de *Cyrus* donné à Babylone, pourquoi en chercher un autre dans Ecbatane ? Que veut dire, la première année du règne du roi *Cyrus?* Il régna dans Ecbatane avant de prendre Babylone ; il ne pouvait rien ordonner concernant les Juifs efclaves à Babylone, lorfqu'il n'était que roi des Mèdes. Il y a là une contradiction palpable.

De plus, un roi, foit babylonien, foit hircanien, ne s'embarraffe guère fi un temple juif fera bâti de trois rangs de pierres de taille ou brutes, & s'il y aura par-deffus ces pierres trois rangs de planches. Enfin, ce n'eft pas là un temple, c'eft une très-pauvre & très-mauvaife grange ; & cette mefquinerie groffière ne s'accorde guère avec les cinq mille quatre cents vafes d'or & d'argent que *Cyrus* roi de Perfe fit rendre aux Juifs dans le premier chapitre. On voit l'efprit juif dans toutes ces exagérations ; fon orgueil perce à travers fa mifère : & dans cet orgueil, & dans cette mifère ; les contradictions fe gliffent en foule.

Efdras fait rendre à ces malheureux cinq mille quatre cents vafes d'or & d'argent par *Cyrus ;* & le moment d'après c'eft *Artaxercès* qui les donne. Or entre le commencement du règne de *Cyrus* dans Ecbatane & celui d'*Artaxercès* à Babylone, on compte environ fix vingts ans. Supputez, lecteurs, & jugez.

ESTHER.

Avis du commentateur.

„ Ce livre d'*Esther* étant reconnu par les Juifs,
„ nous allons en rassembler les traits les plus curieux;
„ & nous les commenterons le plus succintement
„ qu'il sera possible. Ce que nous craignons le plus,
„ c'est le verbiage. „

Dans les jours d'*Assuérus*, qui régnait de l'Inde à l'Ethiopie sur cent vingt-sept provinces, (*a*) il s'assit sur son trône. Et Suze était la capitale de son empire. Il fit un grand festin à tous les princes..... Le festin dura cent quatre-vingts jours..... (*b*)

.... Sur la fin du repas, le roi invita tout le peuple de Suze pendant sept jours, depuis le plus grand jusqu'au plus petit...... Sous des voiles de couleur bleu céleste, des lits d'or & d'argent étaient rangés

(*a*) On ne sait quel était cet *Assuérus*. Des doctes assurent que ce nom était le titre que prenaient tous les rois de Perse; ils s'intitulaient *Achawerosh*, qui voulait dire héros, guerrier, invincible; & de cet *Achawerosh* les Grecs firent *Assuérus*. Mais cette étymologie ne nous apprend pas qui était ce grand prince.

(*b*) Les critiques obstinés, tels que les *Bolingbroke*, les *Fréret*, les du *Marsais*, les *Tilladet*, les *Meslier*, les *Boulanger* &c. traitent ce début de conte des mille & une nuits. Un festin de cent quatre-vingts jours leur paraît bien long. Ils citent la loi d'un peuple fort sobre, qui ordonne qu'on ne soit jamais plus de dix heures à table.

ſur des pavés d'émeraudes..... (*c*) Le ſeptième jour le roi étant plus gai que de coutume à cauſe du trop de vin qu'il avait bu, commanda aux ſept princes eunuques qui le ſervaient, de faire venir la reine *Vaſthi* (toute nue ſuivant le texte chaldéen) le diadème au front, pour montrer ſa beauté à tous ſes peuples; car elle était fort belle..... (*d*)

.... Le roi tranſporté de fureur conſulta ſept ſages..... (*e*) *Mamucan* parla le premier, & dit:

Roi, s'il te plaît, il faut qu'il ſorte un édit de ta face; par lequel la reine *Vaſthi* ne ſe préſentera plus devant toi; que ſon diadème ſera donné à une qui vaudra mieux qu'elle; & qu'on publie dans tout

(*c*) Les voiles de bleu céleſte, les lits d'or, & le pavé d'éméraude, leur paraiſſent dignes du coq d'*Aboulcaſſem*. C'eſt peut-être une allégorie, une figure, un type; nous n'oſons en décider.

(*d*) Si le texte chaldéen porte que le roi voulut que ſa femme parût toute nue, ſon ivreſſe ſemble rendre cette extravagance vraiſemblable. Le commencement de cette hiſtoire a quelque rapport avec celle de *Gandaule* & de *Gygès*, racontée par *Hérodote*.

On peut obſerver que, pendant le feſtin de cent quatre-vingts jours que le roi donnait aux ſeigneurs, la reine *Vaſthi* en donnait un auſſi long aux dames de Babylone. L'hiſtorien *Flavien Joſephe* remarque que ce n'était pas la coutume en Perſe que les femmes mangeaſſent avec les hommes; & que même il ne leur était jamais permis de ſe laiſſer voir aux étrangers. Cette remarque ſert à détruire la fable incroyable d'*Hérodote*, que les femmes de Babylone étaient obligées de ſe proſtituer une fois dans leur vie aux étrangers dans le temple de *Militta*. Ceux qui ont tâché de ſoutenir l'erreur d'*Hérodote*, doivent ſe rendre au témoignage de *Flavien Joſephe*.

(*e*) Des doctes ont prétendu que ces ſept principaux officiers du roi de Perſe repréſentaient les ſept planètes; que c'eſt de-là que les Juifs prirent leurs ſept anges qui ſont toujours debout devant le Seigneur; & d'autres prouvent que c'eſt l'origine des ſept électeurs.

l'empire, qu'il faut que les femmes ſoient obéiſſantes à leurs maris..... (*f*)

Le roi envoya l'édit dans toutes les provinces de ſon empire.....

..... Alors les miniſtres du roi dirent : Qu'on cherche par-tout des filles pucelles & belles ; & celle qui plaira le plus aux yeux du roi ſera reine au lieu de *Vaſthi*.....

Or il y avait dans Suze un juif nommé *Mardochée*... oncle d'*Eſther*..... Et *Eſther* était très-belle & très-agréable.....

Et *Eſther* plut au roi. Ainſi il commanda à un eunuque de l'admettre parmi les filles, & de lui donner ſon contingent avec ſept belles filles de chambre, & de la bien parer elle & ſes filles de chambre.....

Et *Eſther* ne voulut point dire de quel pays elle était ; car *Mardochée* lui avait défendu de le dire.... (*g*)

(*f*) Ceux qui prétendent que les femmes ne furent ſoumiſes à leurs maris que depuis cet édit, ne connaiſſent guère le monde. Les femmes étaient gardées depuis très-long-temps par des eunuques, & par conſéquent étaient plus que ſoumiſes. Les princes de l'Aſie n'avaient guère que des concubines. Ils déclaraient princeſſe celle de leurs eſclaves qui prenait le plus d'aſcendant ſur eux. Telle a été, & telle eſt encore la coutume des potentats aſiatiques. Ils choiſiſſent leurs ſucceſſeurs avec la même liberté qu'ils en ont choiſi les mères.

(*g*) Les critiques ont dit que jamais le ſultan des Turcs, ni le roi de Maroc, ni le roi de Perſe, ni le grand-mogol, ni le roi de la Chine, ne reçoit une fille dans ſon ſérail ſans qu'on apporte ſa généalogie & des certificats de l'endroit où elle a été priſe. Il n'y a pas un cheval arabe dans les écuries du grand-ſeigneur, dont la généalogie ne ſoit entre les mains du grand-écuyer. Comment *Aſſuérus* n'aurait-il pas été informé de la patrie, de la famille, & de la religion d'une fille qu'il déclarait reine? C'eſt un roman, diſent les incrédules ; & il faut qu'un roman ait quelque choſe de vraiſemblable juſque dans les aventures les plus chimériques.

.... On préparait les filles destinées au roi pendant un an. Les six premiers mois on les frottait d'huile & de myrrhe, & les six derniers mois de parfums & d'aromates...... Et le roi aima *Esther* par-dessus les autres filles; & il lui mit un diadème sur le front, & il la fit reine à la place de *Vasthi*....

Après cela le roi éleva en dignité *Aman* fils d'*Amadath* de la race d'*Agag*, & mit son trône au-dessus du trône de tous les satrapes; & tous les serviteurs du roi pliaient les genoux devant lui, & l'adoraient (le saluaient en lui baisant la main, ou le saluaient en portant leur main à leur bouche.) Le seul *Mardochée* ne pliait pas les genoux devant lui, & ne portait pas sa main à sa bouche...... *Aman*, ayant appris qu'il était juif, voulut exterminer toute la nation juive... (*h*)

On peut supposer à toute force qu'*Assuérus* ait épousé une juive; mais il doit avoir su qu'elle était juive.

Cette objection a du poids. Tout ce qu'on peut répliquer, c'est que Dieu disposa du cœur du roi, & qu'il laissa son esprit dans l'ignorance.

(*h*) C'est une coutume très-antique en Asie de se prosterner devant les rois, & même devant leurs principaux officiers. Nous avons traduit dans notre langue cette salutation par le mot *adoration*, qui ne signifie autre chose que baiser sa main. Mais ce mot adoration étant aussi employé pour marquer le respect dû à la Divinité, a produit une équivoque chez plusieurs nations. Les peuples occidentaux, toujours très-mal informés des usages de l'Orient, se sont imaginés qu'on saluait un roi de Perse comme on adore la Divinité. *Mardochée*, né & nourri dans l'Orient, ne devait pas s'y méprendre; il ne devait pas refuser de faire au satrape *Aman* une révérence usitée dans le pays. On lui fait dire dans ce livre, qu'il ne voulait pas rendre au ministre du roi un honneur qui n'est dû qu'à Dieu; ce n'est-là que la grossièreté orgueilleuse d'un homme impoli qui se glorifie secrètement d'être oncle d'une reine. Il est vrai qu'il paraît bien improbable qu'on ne sût pas dans le sérail qu'*Esther* était sa nièce. Mais si on se prête à cette supposition, si *Mardochée* n'est regardé que comme un pauvre juif de la lie du peuple, pourquoi ne salue-t-il pas *Aman* comme tous les autres Juifs le saluent?

.... Et on jeta le ſort devant *Aman* pour ſavoir quel mois & quel jour on devait tuer tous les Juifs; & le ſort tomba ſur le douzième mois &c.... (*i*)

Le roi commanda qu'on allât chez tous les Juifs dans tout l'empire; qu'on leur ordonnât de s'aſſembler, & de tuer tous leurs ennemis avec leurs femmes & leurs enfans, & de piller leurs dépouilles le treizième jour du mois d'*Adar*.... Et le roi dit à la reine *Eſther :* Vos Juifs ont tué aujourd'hui cinq cents perſonnes dans ma ville de Suze..... Combien voulez-vous qu'ils en tuent encore? Et la reine répondit : S'il plaît au roi, il en ſera maſſacré autant demain qu'aujourd'hui; & que les dix enfans d'*Aman* ſoient pendus. Et le roi commanda que cela fût fait. (*k*)

Pour cet *Aman* qui veut faire pendre toute une nation parce qu'un pauvre de cette nation ne lui a pas fait la révérence, avouons que jamais une folie ſi ridicule & ſi horrible ne tomba dans la tête de perſonne. Les Juifs ont pris cette hiſtoire au pied de la lettre; ils ont inſtitué une fête en l'honneur d'*Eſther ;* ils ont pris le conte allégorique d'*Eſther* pour une aventure véritable, parce que la prétendue élévation d'une juive ſur le trône de Perſe était une conſolation pour ce peuple preſque toujours eſclave.

Si *Aman* était en effet de la race de ce roi *Agag* que le prophète *Samuel* avait haché en morceaux de ſes propres mains, il pouvait être excuſable de déteſter une nation qui avait traité ainſi l'un de ſes aïeux; mais on n'égorge point tout un peuple pour une révérence omiſe.

(*i*) Les critiques trouvent, avec quelque apparence de raiſon, *Aman* bien imbécille de faire afficher & publier dans tout l'empire le mois & le jour où l'on devra tuer tous les Juifs. C'était les avertir trop à l'avance, & leur donner tout le temps de s'enfuir, & même de ſe venger : c'eſt une trop grande abſurdité. Tout le reſte de cette hiſtoire eſt dans le même goût; il n'y a pas un ſeul mot de vraiſemblable. Où l'écrivain de ce roman a-t-il pris qu'on coupait le cou à toute femme ou concubine du roi, qui entrait chez lui ſans être appelée? Cet *Aman* pendu à la potence dreſſée pour *Mardochée*, & tous les épiſodes de ce conte du tonneau, ne ſont-ils pas *ægri ſomnia?* Mais voici le plus rare du texte.

(*k*) Il faut pardonner aux critiques s'ils ont exprimé toute l'horreur que leur inſpirait l'exécrable cruauté de cette douce *Eſther*, & en même temps leur mépris pour un conte si dépourvu de sens commun. Ils ont crié qu'il etait honteux de recevoir cette histoire comme vraie & sacrée. Que peut avoir de commun, disent-ils, la barbarie ridicule d'*Esther* avec la religion chrétienne, avec nos devoirs, avec le pardon des injures, recommandé par JESUS-CHRIST? n'est-ce pas joindre ensemble le crime & la vertu, la démence & la sagesse, le plat mensonge & l'auguste vérité? Les Juifs admettent la fable d'*Esther;* sommes-nous juifs? & parce qu'ils sont amateurs des fables les plus grossières, faut-il que nous les imitions? parce qu'en tout temps ils furent sanguinaires, faut-ilque nous le soyions? nous qui avons voulu substituer une religion de clémence & de fraternité à leur secte barbare? nous qui au moins nous vantons d'avoir des préceptes de justice, quoique nous ayons eu le malheur d'être si souvent & si horriblement injustes?

Nous n'ignorons pas que la fable d'*Esther* a un côté séduisant; une captive devenue reine, & sauvant de la mort tous ses concitoyens, est un sujet de roman & de tragédie. Mais qu'il est gâté par les contradictions & les absurdités dont il regorge! qu'il est déshonoré par la barbarie d'*Esther*, aussi contraire aux mœurs de son sexe qu'à la vraisemblance!

Fin du commentaire sur Esther.

PROPHETES.

Avertissement du commentateur.

„ CE fut dans les querelles entre les tribus, & „ pendant la captivité en Babylone, que les voyans, „ les devins, les prophètes, parurent. Nous avons „ déjà parlé d'*Elie*, d'*Elisée*, d'*Isaïe*, de *Jérémie*: nous „ dirons des autres ce qui paraît nécessaire, sans „ entrer dans le détail de leurs déclamations. Nous „ ne sommes pas assez habiles pour comprendre „ leurs discours, pour sentir le mérite de leurs répé- „ titions continuelles, pour distinguer le sens littéral, „ le sens mystique, le sens analogique, de leurs phrases „ hébraïques ou chaldéennes, que la traduction rend „ encore plus obscures. Nous tâcherons au moins „ d'être courts en parlant de ces livres si longs.

„ Les Juifs ne lisent point les prophètes dans leurs „ synagogues, ou du moins les lisent très-rarement. „ Les chrétiens, pour la plupart, ne les connaissent „ que par quelques citations. Nous choisirons les „ morceaux les plus curieux & les plus singuliers. „ Commençons par *Daniel*, dont les aventures sont „ du temps de *Nabuchodonosor* & de ses successeurs.„

DANIEL.

Les critiques osent affirmer que le livre de *Daniel* ne fut composé que du temps d'*Antiochus-Epiphane*; que toute l'histoire de *Daniel* n'est qu'un roman, comme ceux de *Tobie*, de *Judith*, & d'*Esther*. Voici leurs raisons, qui ne sont fondées que sur les lumières naturelles, & qui sont détruites par la décision de l'Eglise, laquelle est au-dessus de toute lumière.

1°. Il est dit que *Daniel*, esclave dès son enfance à Babylone avec *Sidrac*, *Misac*, & *Abdénago*, fut fait eunuque avec ses trois compagnons, & élevé parmi les eunuques; ce qui le mettait dans l'impuissance de prophétiser.

On répond qu'il n'est pas dit expressément qu'on châtra *Daniel*, mais seulement qu'on le mit sous la direction d'*Ashphéner* chef des eunuques. Il est très-vraisemblable que *Daniel* subit cette opération, comme tous les autres enfans esclaves réservés pour servir dans la chambre du roi. Mais enfin il pouvait être destiné à d'autres emplois. Les bostangis ne sont point châtrés dans le sérail du grand-turc. Un eunuque ne pouvait être prêtre chez les Juifs: mais il n'est dit nulle part qu'il ne pouvait être prophète; au contraire, plus il était délivré de ce que nous avons de terrestre, plus il était propre au céleste.

2°. *Daniel* commence non-seulement par expliquer un songe, mais encore par deviner quel songe a fait le roi. Le texte dit que le roi *Nabuchodonosor* fut épouvanté de son rêve, & qu'aussitôt il l'oublia entièrement. Il

Il assembla tous les mages, & leur dit : Je vous ferai tous pendre, si vous ne m'apprenez ce que j'ai rêvé. Ils lui remontrèrent qu'il leur ordonnait une chose impossible. Aussitôt le grand *Nabuchodonosor* ordonna qu'on les pendît. *Daniel*, *Sidrac*, *Misac*, & *Abdénago*, allaient être pendus aussi en qualité de novices-mages, lorsque *Daniel* leur sauva la vie en devinant le rêve. Les critiques osent traiter ce récit de puérilité ridicule.

3°. Ensuite vient l'histoire de la fournaise ardente, dans laquelle *Sidrac*, *Misac*, & *Abdénago*, chantèrent. On ne traite pas cette aventure avec plus de ménagement.

4°. Ensuite *Nabuchodonosor* est changé en bœuf, & mange du foin pendant sept ans, après quoi il redevient homme & reprend sa couronne. C'est sur quoi nos critiques s'égaient inconsidérément.

5°. Ils ne sont pas moins hardis sur *Balthazar* prétendu fils de *Nabuchodonosor*, & sur cette main qui va écrivant trois mots en caractères inconnus sur la muraille. Ils protestent que *Nabuchodonosor* n'eut d'autre fils qu'*Evilmérodac*, & que *Balthazar* est inconnu chez tous les historiens.

6°. L'auteur juif fait succéder à *Balthazar*, *Darius* le mède : mais ce *Darius* le mède n'a pas plus existé que *Balthazar*. C'est *Cyaxare*, oncle de *Cyrus*, que l'auteur transforme en *Darius* de Médie.

7°. L'auteur raconte que ce *Darius*, ayant ordonné qu'on ne priât aucun Dieu pendant trente jours dans tout son empire ; & *Daniel* ayant prié le Dieu des Juifs, on le fit jeter dans la fosse aux lions. Le roi courut le lendemain à la fosse, & appela *Daniel*, qui lui répondit. Les lions ne l'avaient pas touché. Le roi fit jeter à sa place ses accusateurs avec leurs femmes & leurs enfans, que les lions dévorèrent.

8°. Vient ensuite la vision des quatre bêtes; & *Daniel* avait eu cette vision du temps du prétendu roi *Balthazar*. C'est cette vision des quatre bêtes qui paraît interpolée aux yeux des critiques hardis. Ils la soutiennent écrite du temps d'*Antiochus-Epiphane*. En effet, c'est à cet *Antiochus* que le prophète s'arrête; parce que l'écrivain, disent-ils, ne pouvait prophétiser que ce qu'il voyait. Ils le comparent à ce flamand nommé *Arnou-Vion*, qui dédia à *Philippe II* les prétendues prophéties & les logogriphes de l'irlandais *St Malachie;* logogriphes qu'il disait écrits au douzième siècle, & qui prédisaient les noms de tous les papes jusqu'à la fin du monde. Nous sommes bien loin de penser ainsi de la prophétie de *Daniel;* mais on nous a fait une loi de rapporter toutes les critiques.

9°. Après la vision des quatre bêtes, l'ange *Gabriel*, que les Juifs ne connurent que pendant leur captivité, vient visiter *Daniel*, & lui révèle: „ Que le temps de „ soixante & dix semaines est abrégé sur tout le „ peuple & sur la ville sainte, afin que la prévari- „ cation soit consommée, que le péché reçoive sa „ fin, que l'iniquité s'efface, que la justice éternelle „ soit amenée, que la vision & la prophétie soient „ accomplies, & que le sanctuaire soit oint.

„ Sache donc & pense que de l'ordre donné pour „ rebâtir Jérusalem jusqu'à l'oint chef du peuple, il „ y aura sept semaines, & soixante-deux semaines; „ & les murailles seront bâties dans des temps „ fâcheux; & après soixante-deux semaines le chef „ oint sera tué. „

Voilà cette fameuſe prophétie que les uns ont appliquée à *Judas Machabée*, regardé comme un meſſie, un oint, un libérateur, & qui l'était en effet; les autres au grand-prêtre *Onias;* les autres enfin à notre Seigneur Jesus-Christ lui-même; mais qu'aucun interprète n'a pu faire cadrer avec le temps auquel il en fait l'application. Ce paſſage, ainſi que tant d'autres, nous laiſſe dans une obſcurité profonde, que les phraſes de l'abbé *Houtteville*, ſecrétaire du cardinal *Dubois*, n'ont pas éclairée.

10°. Après cette prophétie de ſoixante-deux ſemaines, plus ſept ſemaines, l'ange *Gabriel* avertit *Daniel* qu'il a réſiſté pendant vingt & un jours à l'ange des Perſes; mais que l'ange *Michel* ou *Michaël* eſt venu à ſon ſecours. Ce paſſage prouve que les fables grecques des dieux combattans contre des dieux, avaient déjà pénétré chez le peuple juif.

11°. L'hiſtoire de *Suzanne* & des deux vieillards débauchés & calomniateurs ne tient point au reſte de l'hiſtoire de *Daniel*. St *Jérôme* ne la regarde que comme une fable rabbinique.

12°. L'hiſtoire du dragon, qu'on nourriſſait dans le temple de *Bel*, a eu autant de contradicteurs que celle de *Suzanne;* & St *Jérôme* n'eſt guère plus favorable aux unes qu'aux autres. Il avoue que ni *Suzanne*, ni le dragon, ni la chanſon chantée dans la fournaiſe, ne ſont authentiques: il traite ſurtout de fable le potage d'*Habacuc*, & l'ange qui lui commande de porter ſon potage de Jéruſalem à Babylone dans la foſſe aux lions, & enfin cet ange qui prend *Habacuc* par les cheveux, & qui le tranſporte dans l'air à Babylone avec ſon potage.

Ce n'eſt pas que St *Jérôme* nie la poſſibilité de ces aventures ; car rien n'eſt impoſſible à DIEU : mais il montre qu'elles ne s'accordent pas avec la chronologie. Il admet tout le reſte de la prophétie de *Daniel.* Nous avons connu un homme qui niait la vérité de trois chapitres de *Rabelais*, mais qui admettait tous les autres.

Fin du commentaire ſur Daniel.

EZECHIEL.

EZECHIEL, captif ſur les bords du fleuve Chodar, voit d'abord au milieu d'un feu quatre animaux, ayant chacun quatre faces d'homme, quatre ailes, des pieds de veau, & des mains d'homme, de lion, de bœuf, & d'aigle.

Il y avait près d'eux une roue à quatre faces; lorſque les animaux marchaient, les roues marchaient auſſi.....

Après ce ſpectacle, dont nous ne donnons qu'une très-légère eſquiſſe, le Seigneur préſente au prophète un livre, un rouleau de parchemin, & lui dit: Mange ce livre. Et *Ezéchiel* le mange. Puis le Seigneur lui dit: Va te faire lier dans ta maiſon. Et le prophète va ſe faire lier.

Puis le Seigneur lui dit: ,, Prends une brique; ,, deſſine deſſus la ville de Jéruſalem, & autour d'elle ,, une armée qui l'aſſiége. Prends une poële de fer, ,, & mets-la contre un mur de fer..... ,, Et le prophète fait tout cela.

Enſuite le Seigneur lui dit: ,, Couche-toi pendant ,, trois cents quatre-vingt-dix jours ſur le côté gauche, ,, pendant quarante jours ſur le côté droit; mange ,, pendant trois cents quatre-vingt-dix jours ton pain ,, couvert de merde d'homme, devant tous les Juifs. ,, Car c'eſt ainſi qu'ils mangeront leur pain tout ſouillé ,, parmi les nations chez leſquelles je les chaſſerai. ,,

Ce ſont-là les ordres poſitifs que donne le Seigneur; ce ſont-là les propres termes dont il ſe ſert. A quoi *Ezéchiel* répond: Ah, ah, ah! (ou pouha! pouha!) Seigneur, jamais rien d'impur n'eſt entré dans ma bouche. Le Seigneur lui répond : ,, Eh bien, je te donne de la ,, fiente de bœuf au lieu de merde d'homme, & tu ,, la mêleras avec ton pain ; je vais briſer dans Jéru- ,, ſalem le bâton du pain ; & on ne mangera de pain, ,, & on ne boira d'eau que par meſure. ,,

Le Seigneur continue & dit à *Ezéchiel :* ,, Prends ,, un fer tranchant, & coupe-toi les cheveux & la ,, barbe ; brûle le tiers de ces poils au milieu de la ,, ville, ſelon le nombre des jours du ſiége. Coupe ,, avec une épée le ſecond tiers autour de la ville ; ,, & jette au vent le tiers reſtant..... Car voici ce ,, que dit le Seigneur : Parce que Jéruſalem n'a pas ,, marché dans mes préceptes, & n'a pas opéré ſelon ,, le jugement de ceux qui l'environnent, j'irai à elle, ,, j'exercerai mes jugemens aux yeux des nations.... ,, Les pères mangeront leurs enfans, & les enfans ,, mangeront leurs pères. Un tiers du peuple mourra ,, de peſte & de faim ; un tiers tombera ſous le glaive ,, dans la ville ; un tiers ſera diſperſé, & je le pour- ,, ſuivrai l'épée nue. ,,

Il s'eſt élevé une grande diſpute entre les interprètes. Tant de choſes extraordinaires, ſi oppoſées à nos mœurs & à notre raiſon, ſe ſont-elles paſſées en viſion ou en réalité ? *Ezéchiel* raconte-t-il cette hiſtoire comme un ſonge ou comme une action véritable ? Les derniers commentateurs, & ſurtout dom *Calmet*, ne doutent pas que tout ne ſe ſoit réellement paſſé comme le dit *Ezéchiel*. Voici comme dom *Calmet* s'en explique.

,, Nous ne voyons aucune néceſſité de recourir ,, au miracle. Il n'eſt nullement impoſſible qu'un

„ homme demeure enchaîné & couché sur le dos
„ pendant trois cents quatre-vingt-dix jours.....
„ *Prado* témoigne qu'il a vu un fou qui demeura
„ lié & couché sur son côté pendant plus de quinze
„ ans. Si tout cela n'était arrivé qu'en vision, com-
„ ment les Juifs de la captivité auraient-ils compris
„ ce que leur voulait dire *Ezéchiel*? Comment ce
„ prophète aurait-il exécuté les ordres de DIEU? Il
„ faut donc dire aussi qu'il ne dressa point le plan
„ de Jérusalem; qu'il ne fut lié, qu'il ne mangea
„ son pain qu'en esprit & en idée. „

On doit donc croire qu'effectivement tout se passa comme *Ezéchiel* le raconte; & cela n'est pas plus surprenant que les aventures réelles d'*Elie*, d'*Elisée*, de *Samson*, de *Jephté*, de *Gédéon*, de *Josué*, de *Moïse*, de *Jacob*, d'*Abraham*, de *Noé*, d'*Adam* & d'*Eve*. Mes prédécesseurs ont remarqué que dans les livres judaïques rien ne s'est fait de ce qui se fait aujourd'hui.

De tous les passages d'*Ezéchiel*, celui qui a excité le plus de murmures parmi les critiques, & qui a le plus embarrassé les commentateurs, est l'article d'*Olla* & d'*Ooliba*. Le prophète fait parler ainsi le Seigneur à *Olla* : „ Je t'ai fait croître comme l'herbe qui est
„ dans les champs; tu es parvenue au temps où les
„ filles aiment les ornemens; tes tetons sont enflés;
„ ton poil a poussé; tu étais toute nue & pleine de
„ confusion; j'ai passé auprès de toi, je t'ai vue.
„ Voilà le temps des amans. Je me suis étendu sur
„ toi; j'ai couvert ton ignominie; j'ai juré un pacte
„ avec toi, & tu as été mienne...... Je t'ai donné
„ des robes de plusieurs couleurs; je t'ai donné des
„ souliers bleus, une ceinture de coton..... Tu as

„ été parée d'or & d'argent, nourrie de bon pain, „ de miel, & d'huile. Et après cela tu as mis ta „ confiance en ta beauté; tu as forniqué en ton nom, „ & tu as exposé ta fornication à tous les passans; „ tu t'es bâti un mauvais lieu, & tu t'es prostituée „ dans les rues..... On paye les filles de joie; & tu „ as payé tes amans pour forniquer avec toi.... „

Ensuite le Seigneur s'adresse à *Ooliba;* il dit qu'*Ooliba* a exposé à nu ses fornications, *& insanivit libidine super concubitum eorum quorum carnes sunt ut carnes asinorum, & sicut fluxus equorum fluxus eorum.*

Ce n'est point là le récit d'une aventure réelle comme celle du prophète *Ozée* avec la *Gomer;* ce n'est qu'une pure allégorie exprimée avec une naïveté qu'aujourd'hui nous trouverions trop grossière, & qui peut-être ne l'était point alors.

Les Juifs firent beaucoup de difficultés pour insérer cette prophétie dans leur canon; & lorsqu'ils l'admirent, ils n'en permirent la lecture qu'à l'âge de trente ans. Une des raisons qui les portèrent à cette sévérité, fut qu'*Ezéchiel*, dans sa prophétie, fait dire au Seigneur: *J'ai donné à mon peuple des préceptes qui ne sont pas bons, & je leur ai donné des ordonnances dans lesquelles ils ne trouveront point la vie.* On eut peur que ce passage ne diminuât le respect des Juifs pour la loi de *Moïse.*

On peut encore remarquer sur *Ezéchiel* la prédiction qu'il fait au chapitre 39, pour consoler les Juifs captifs. Il fait inviter par le Seigneur même tous les oiseaux & tous les quadrupèdes à venir manger la chair des guerriers qu'il immolera, & à boire le sang des princes.

Et ensuite il dit, aux versets 19 & 20 : ,, Vous ,, mangerez de la chair grasse jusqu'à satiété ; vous ,, boirez le sang de la victime que je vous prépare ; ,, vous vous rassasierez à ma table de la chair des ,, chevaux & des cavaliers, & de tous les gens de ,, guerre. J'établirai ma gloire parmi les nations ; ,, elles connaîtront ma main puissante ; & dans ce ,, jour la maison d'Israël saura que c'est moi qui suis ,, le Seigneur. ,,

On a cru que la première promesse, de manger la chair des guerriers & de boire le sang des princes, était faite pour les oiseaux ; & que la seconde, de manger le cheval & le cavalier, était faite pour les guerriers juifs. Il y avait en effet dans les armées des Perses beaucoup de Scythes qui mangeaient de la chair humaine, & qui s'abreuvaient de sang dans le crâne de leurs ennemis. Le Seigneur pouvait dire aux Juifs, qu'ils traiteraient un jour les Scythes, comme les Scythes les avaient traités. Le Seigneur pouvait bien leur dire, vous saurez que c'est moi qui suis le Seigneur ; mais il ne pouvait le dire aux quadrupèdes & aux oiseaux, qui n'en ont jamais rien su.

Nous ne prétendons point entrer dans toutes les profondeurs mystérieuses de tous les prophètes, ni examiner les divers sens qu'on a donnés à leurs paroles. Nous nous bornons à montrer seulement ce qu'il y a de plus singulier dans leurs aventures, & ce qui est le plus éloigné de nos mœurs.

Fin du commentaire sur Ezéchiel.

OZÉE.

Ozée est peut-être celui qui doit le plus étonner des lecteurs qui ne connaissent pas les mœurs antiques. Il était né chez les Samaritains, un peu avant la dispersion des dix tribus ; par conséquent il était dans le rang des schismatiques ; à moins qu'une grâce particulière de Dieu ne l'attachât au culte de Jérusalem. Voici le commencement de sa prophétie.

Le Seigneur dit à *Ozée :* „ Va, prends une femme „ de fornication ; & fais-toi des enfans de fornication ; „ parce que la terre, en forniquant, forniquera contre „ le Seigneur. *Ozée* s'en alla & prit la prostituée *Gomer*, „ fille d'*Ebalaïm ;* il l'engrossa, & elle lui enfanta un „ fils.... Et le Seigneur dit à *Ozée :* Appelle l'enfant „ *Jezraël*, parce que dans peu de temps je visiterai „ le sang de *Jezraël* sur la maison de *Jéhu*...... Et „ *Gomer* enfanta encore une fille ; & le Seigneur lui „ dit : Appelle-la *sans pitié*, parce qu'à l'avenir je „ n'aurai plus de pitié de la maison d'Israël.

„ *Gomer* enfanta encore un fils ; & le Seigneur dit à „ *Ozée :* Tu l'appelleras *non mon peuple*, parce que les „ Israëlites ne seront plus mon peuple, & que je ne „ serai plus leur Dieu....

„ Après cela le Seigneur dit à *Ozée :* Va, prends „ une femme qui ait déjà un amant & qui soit adul- „ tère.... *Ozée* acheta cette femme quinze drachmes „ d'argent & un boisseau & demi d'orge. Il la creusa, „ & lui dit : Tu m'attendras long-temps ; tu ne for- „ niqueras point avec d'autres ; & moi je t'attendrai,

„ parce que les enfans d'Israël attendront long-temps „ sans rois, sans princes, sans sacrifices, sans éphod, „ & sans téraphims. „

Tous ces faits ne se passent point en vision : ce ne sont point de simples allégories, de simples apologues ; ce sont des faits réels. *Ozée* n'a point eu trois enfans de *Gomer* en vision ou en songe ; mais ces faits, quoiqu'arrivés en effet, n'en sont pas moins des types, des signes, des figures, de ce qui arrive au peuple d'Israël. Toute action d'un prophète est un type. C'est ainsi qu'*Isaïe* marche entièrement nu dans la ville de Jérusalem. Le Seigneur lui dit au chapitre 20 de sa prophétie : „ Va, détache ton sac de tes reins, & „ tes souliers de tes pieds. *Isaïe* fit ainsi, marchant „ nu & déchaussé. Et le Seigneur dit : Comme mon „ serviteur a marché nu & déchaussé, c'est un signe „ pour l'Egypte & pour l'Ethiopie. Le roi des Assy- „ riens emmenera d'Egypte & d'Ethiopie les jeunes & „ les vieux, nus & déchaussés, les fesses découvertes „ pour l'ignominie de l'Egypte. „

On ne peut trop répéter qu'il ne faut pas juger de ces siècles par notre siècle, des Juifs par les Français & par les Anglais, des mœurs juives par les nôtres, de leur style par notre style.

Fin du commentaire sur Ozée.

JONAS.

SI les histoires d'*Ozée*, d'*Ezéchiel*, de *Jérémie*, d'*Isaïe*, d'*Elisée*, d'*Elie*, étonnent l'entendement humain; celle de *Jonas* ne l'accable pas moins. *Calmet* commence sa préface sur *Jonas* par ces mots: L'histoire des douze petits prophètes ne nous fournit rien qui approche tant du merveilleux que la vie de *Jonas*.

C'était un Galiléen, de la tribu de *Zabulon*, par conséquent né parmi les hérétiques; & DIEU l'envoie prêcher dans Ninive à ceux qu'on nomme idolâtres. Il est le seul qui ait eu une telle commission. En quelle langue prêcha-t-il? Il y avait environ quatre cents lieues de sa patrie à Ninive.

Le prophète, au lieu d'obéir, voulut s'enfuir à Tharsis en Cilicie; mais il s'embarque au petit port de Joppé, encore plus éloigné du lieu de sa mission. Il se jette dans une barque. Une tempête horrible survient. Cette tempête endort *Jonas*. Les mariniers le prient d'invoquer son Dieu pour apaiser l'orage. *Jonas* n'en fait rien. Alors les matelots jettent le sort pour savoir qui on doit précipiter dans la mer, ne doutant pas que ce ne soit un secret infaillible pour apaiser les vents. Le sort tombe sur *Jonas*; on le jette dans l'eau, & la tempête cesse dans le même instant: ce qui inspire un grand respect aux matelots de Joppé pour le Dieu de Juda, sans qu'ils se convertissent. Le Seigneur envoie dans le moment un grand poisson qui avale *Jonas*, & qui le garde trois jours & trois nuits dans son ventre. *Jonas* étant dans les entrailles de cet animal, chante un cantique aſſez long au Seigneur; & le Seigneur ordonne au poiſſon de rendre *Jonas*, & de le rejeter ſur le rivage. Le poiſſon obéit.

Les critiques incrédules prétendent que tout ce récit eſt une fable priſe des fables grecques. *Homère*, dans ſon livre 20, parle du monſtre marin qui ſe jeta ſur *Hercule*. *Lycophron* raconte qu'*Hercule* reſta trois jours & trois nuits dans ſon ventre; qu'il ſe nourrit de ſon foie après l'avoir mis ſur le gril; qu'au bout de trois jours il ſortit de ſa priſon en victorieux, & qu'enſuite il paſſa la mer dans ſon gobelet pour aller d'Eſpagne en Mauritanie.

La miſſion d'*Hercule* avait été toute autre que celle de *Jonas*. Le prophète hébreu devait prêcher dans Ninive; & *Hercule*, bien inférieur à *Jonas*, devait délivrer *Héſione* fille de *Priam*, expoſée à un chien marin. Cette délivrance fut miſe au rang des plus beaux travaux de ce héros, leſquels ſurpaſſent de beaucoup le nombre de douze qu'on lui attribue.

La fable d'*Arion* jeté dans la mer par des mariniers, & ſauvé des flots par un de ces marſouins appelés par nous dauphins, qui le porta ſur ſon dos dans Lesbos ſa patrie, paraît moins abſurde, parce qu'en effet quelques naturaliſtes ont prétendu qu'on pouvait apprivoiſer les dauphins; mais ils n'ont jamais dit qu'on pût reſter trois jours & trois nuits dans le ventre d'un poiſſon, & griller ſon foie pendant ce temps-là.

Comme l'abſurde eſt quelquefois permis dans la poëſie burleſque, le célèbre *Arioſte* a imité dans ſon poëme d'Orlando furioſo quelque choſe de l'aventure d'*Hercule*; & en dernier lieu un prélat de Rome a enchéri encore sur l'*Arioste* dans son Richardetto. Ainsi les fables, déguisées en mille manières, ont fait le tour du monde, comme autrefois les masques couraient dans les rues sous des ajustemens différens.

Les orthodoxes nous enseignent que tous les contes de poissons, soit baleines, soit chiens marins, qui ont avalé des héros, & qui ont été vaincus par eux, depuis *Persée* jusqu'à *Richardetto*, ont été imités de l'histoire de *Jonas*.

Fin des Prophètes.

CONTINUATION

DE L'HISTOIRE HEBRAIQUE. (*)

LES MACHABÉES.

IL ne faut point méprifer la curiofité que les Juifs nous infpirent. Tout fuperftitieux, tout inconftans, tout ignorans, tout barbares, & enfin tout malheureux qu'ils ont été & qu'ils font encore, ils font pourtant les pères des deux religions qui partagent aujourd'hui le monde, de Rome au Thibet, & du mont Atlas au Gange. Les Juifs font les pères des chrétiens & des mufulmans. L'Evangile dicté par la vérité, & l'Alcoran écrit par le menfonge, font également fondés fur l'hiftoire juive. C'eft une mère infortunée, refpectée & opprimée par fes deux filles; par elles détrônée, & cependant facrée pour elles. Voilà mon excufe de la peine faftidieufe de continuer ces recherches, entreprifes par trois hommes plus favans que moi, mais à qui je ne cède point dans l'amour de la vérité.

Les Juifs refpirèrent fous *Alexandre* pendant dix années. Cet *Alexandre* forme la plus brillante époque de tous les peuples occidentaux. Il eft trifte que fon hiftoire foit défigurée par des contes fabuleux, comme celle de tous les héros & de toutes les nations antiques.

(*) Ici le troifième commentateur s'eft arrêté ; & un quatrième a continué l'hiftoire hébraïque d'une manière différente des trois autres.

Il eſt encore plus triſte que ces fables ſoient répétées de nos jours, & même par des compilateurs eſtimables. A commencer par l'avènement d'*Alexandre* au trône de *Macédoine*, je ne puis lire ſans ſcrupule dans *Prideaux*, que *Philippe*, père d'*Alexandre*, fut aſſaſſiné par un de ſes gardes qui lui avait demandé inutilement juſtice contre un de ſes capitaines, *par lequel il avait été violé*. Quoi donc! un ſoldat eſt aſſez intrépide, aſſez furieux pour poignarder ſon roi au milieu de ſes courtiſans; & il n'a ni aſſez de force ni aſſez de courage pour réſiſter à un vieux ſodomite! Il ſe laiſſe violer comme une jeune fille faible de corps & d'eſprit! Mais c'eſt *Diodore* de Sicile qui le raconte au bout de trois cents ans. *Diodore* dit que ce garde était ivre. Mais, ou il conſentit dans le vin à cette infamie trop commune chez les Thraces, ou le vin devait exciter ſa colère & augmenter ſes forces. Ce fut dans l'ivreſſe qu'*Alexandre* tua *Clitus*.

Juſtin copie *Diodore; Plutarque* les copie tous deux. *Prideaux* & *Rollin* copient de notre temps ces anciens auteurs; & quelqu'autre compilateur en fera autant, ſi des ſcrupules pareils aux miens ne l'arrêtent. Modernes perroquets, qui répétez des paroles anciennes, ceſſez de nous tromper en tout genre.

Si je voulais connaître *Alexandre*, je me le repréſenterais à l'âge de vingt ans, ſuccédant au généralat de la Grèce qu'avait eu ſon père, ſoumettant d'abord tous les peuples, depuis les confins de la Thrace juſqu'au Danube, vainqueur des Thébains, qui s'oppoſaient à ſes droits de général, conduiſant trente-cinq mille ſoldats aguerris contre les troupes innombrables de ces mêmes Perſes qui depuis vainquirent

ſi

ſi ſouvent les Romains, enfin allant juſqu'à l'Hydaſpe dans l'Inde, parce que c'était là que finiſſait l'empire de *Darius*. Je regarderais cette guerre mémorable comme très-légitime, puiſqu'il était nommé par toute la Grèce, malgré *Démoſthènes*, pour venger tous les maux que les rois de Perſe avaient faits ſi long-temps aux Grecs, & qu'il méritait d'eux une reconnaiſſance éternelle. Je m'étonnerais qu'un jeune héros, dans la rapidité de ſes victoires, ait bâti cette multitude de villes, en Egypte, en Syrie, chez les Scythes, & juſque dans les Indes; qu'il ait facilité le commerce de toutes les nations, & changé toutes ſes routes en fondant le port d'Alexandrie. J'oſerais lui rendre grâces au nom du genre-humain.

Je douterais de cent particularités qu'on rapporte de ſa vie & de ſa mort, de ces anecdotes preſque toujours fauſſes, & ſi ſouvent abſurdes. Je m'en tiendrais à ſes grandes actions, connues de toute la terre.

Ainſi les déclamations de quelques poëtes contre les conquêtes d'*Alexandre* ne me paraîtraient que des jeux d'eſprit. Je reſpecterais celui qui reſpecta la mère, la femme, & les filles de *Darius* ſes priſonnières. Je l'admirerais dans la digue qu'il conſtruiſit au ſiége de Tyr, & qui fut imitée deux mille ans après par le cardinal de *Richelieu* au ſiége de la Rochelle.

S'il eſt vrai qu'*Alexandre* fit crucifier deux mille citoyens de Tyr après la priſe de la ville, je frémirais; mais j'excuſerais peut-être cette vengeance atroce, contre un peuple qui avait aſſaſſiné ſes ambaſſadeurs & ſes hérauts, & qui avait jeté leurs corps dans la mer. Je me rappellerais que *Céſar* traita de même ſix cents des principaux citoyens de Vannes, bien moins coupables ; & je plaindrais les nations si souvent en proie à de si horribles calamités.

Mais je ne croirais point que DIEU suscita *Alexandre*, & lui livra l'opulente ville de Tyr uniquement pour faire plaisir à Jérusalem, avec qui elle n'eut jamais de guerre particulière. *Prideaux*, & après lui *Rollin*, ont beau rapporter des passages de *Joël* & d'*Ezéchiel*, dans lesquels ils se réjouissent de la première chute de Tyr sous *Nabuchodonosor*, comme des esclaves fouettés par leurs maîtres insultent à d'autres esclaves fouettés à leur tour. Ces passages, si ridiculement appliqués, ne me feraient jamais croire que le Dieu de l'univers, qui a laissé prendre tant de fois Jérusalem & son temple, n'a fait marcher *Alexandre* à la conquête de l'Asie que pour consoler quelques Juifs.

Je ne croirais pas davantage à la fable absurde que *Flavien Josephe* ose raconter. Selon ce juif, le pontife juif nommé *Jaddus*, ou plutôt *Jadduah*, avait apparu en songe à *Alexandre* dix ans auparavant ; il l'avait exhorté à la conquête de l'empire persan, & l'avait assuré que le Dieu des Juifs le conduirait lui-même par la main. Quand ce grand-prêtre vint en tremblant, suivi d'une députation juive, adorer *Alexandre*, c'est-à-dire, se prosterner devant lui & demander ses ordres, *Alexandre*, voyant le mot yaho gravé sur la tiare de ce prêtre, reconnut *Jaddus* au bout de dix ans, se prosterna lui-même, comme s'il avait su l'hébreu. Et voilà donc comment on écrivait l'histoire !

Les Juifs & les Samaritains demi-juifs furent sujets d'*Alexandre*, comme ils l'avaient été de *Darius*. Ce fut pour eux un temps de repos. Les Hébreux des dix tribus, dispersées par *Salmanazar* & par *Assaradon*, revinrent en foule & s'incorporèrent dans la tribu de Juda. Rien n'eſt en effet plus vraiſemblable. Tel eſt le dénouement naturel de cette difficulté qu'on fait encore tous les jours : que ſont devenues les dix tribus captives? Celle de Juda, poſſédant Jéruſalem, s'arrogea toujours la ſupériorité, quoique cette capitale fût ſituée dans le territoire de Benjamin. C'eſt pourquoi tous les prophètes juifs ne ceſſaient de dire que la verge reſterait toujours dans Juda, malgré la jalouſie des Samaritains établis à Sichem. Mais quelle domination! ils furent toujours aſſujettis à des étrangers.

Il y eut quelques Juifs dans l'armée d'*Alexandre* lorſqu'il eût conquis la Perſe ; du moins ſi nous en croyons le petit livre de *Flavien Joſephe* contre *Appion.* Ces ſoldats étaient probablement de ceux qui étaient reſtés vers Babylone après la captivité, & qui avaient mieux aimé gagner leur vie chez leurs vainqueurs, que d'aller relever les ruines du temple de Jéruſalem. *Alexandre* voulut les faire travailler comme les autres à rebâtir un autre temple, celui de *Bélus* à Babylone. *Joſephe* aſſure qu'ils ne voulurent jamais employer leurs mains à un édifice profane, & qu'*Alexandre* fut obligé de les chaſſer. Pluſieurs Juifs ne furent pourtant pas ſi difficiles, lorſque trois cents ans après ils travaillèrent ſous *Hérode* à bâtir un temple dans Céſarée à un mortel, à l'empereur *Auguſte* leur ſouverain : tant le gouvernement change quelquefois les mœurs des hommes les plus obſtinés.

On n'a point aſſez remarqué que le temps d'*Alexandre* fit une révolution dans l'eſprit humain auſſi grande que celle des empires de la terre. Une nouvelle lumière, quoique mêlée d'ombres épaiſſes, vint éclairer l'Europe, l'Aſie, & une partie de l'Afrique ſeptentrionale. Cette lumière venait de la ſeule Athènes. Elle n'était pas comparable ſans doute à celle que les *Newton* & les *Locke* ont répandue de nos jours ſur le genre-humain, du fond d'une île autrefois ignorée du reſte du monde. Mais Athènes avait commencé à éclairer les eſprits en tout genre. *Alexandre*, élevé par *Ariſtote*, fut le digne diſciple d'un tel maître. Nul homme n'eut plus d'eſprit, plus de grâces, & de goût, plus d'amour pour les ſciences que ce conquérant. Tous ſes généraux, qui étaient grecs, cultivèrent les beaux-arts juſque dans le tumulte de la guerre & dans les horreurs des factions. Ce fut un temps à-peu-près ſemblable à ce qu'on vit depuis ſous *Céſar* & *Auguſte*, & ſous les *Médicis*. Les hommes s'accoutumèrent peu-à-peu à penſer plus raiſonnablement, à mettre plus d'ordre & de naturel dans leurs écrits, & à colorer avec des dehors plus décens leurs plaiſirs, leurs paſſions, leurs crimes même. Il y eut moins de prodiges, quoique la ſuperſtition fût toujours enracinée dans la populace, qui eſt née pour elle. Les Juifs eux-mêmes ſe défirent de ce ſtyle ampoulé, incompréhenſible, incohérent, qui va par ſauts & par bonds, & qui reſſemble aux rêveries de l'ivreſſe quand il n'eſt pas l'enthouſiaſme d'une inſpiration divine.

Les ſublimes idées de *Platon* ſur l'exiſtence de l'ame, ſur ſa diſtinction de la machine animale, ſur ſon immortalité, ſur les peines & les récompenſes après la mort, pénétrèrent d'abord chez les Juifs helléniſtes établis avec de grands priviléges dans Alexandrie, & de là chez les phariſiens de Jéruſalem. Ils n'entendaient auparavant que la vie par le mot d'ame; ils n'avaient aucune notion de la juſtice rendue par l'Etre ſuprême aux ames des bons, & aux méchans qui ſurvivaient à leurs corps ; tout avait été juſque-là temporel, matériel, & mortel chez ce peuple également groſſier & fanatique.

Tout change après la mort d'*Alexandre* ſous les Ptolomées & ſous les Séleucides. Les livres des Machabées en ſont une preuve. Nous n'en connaiſſons pas les auteurs. Nous nous contentons d'obſerver, qu'en général ils ſont écrits d'un ſtyle un peu plus humain que toutes les hiſtoires précédentes, & plus approchant quelquefois (ſi on l'oſe dire) de l'éloquence des Grecs & des Romains.

C'eſt dans le ſecond livre des Machabées qu'on voit pour la première fois une notion claire de la vie éternelle & de la réſurrection, qui devint bientôt le dogme des phariſiens. Un des frères Machabées, qui ſont ſuppoſés martyriſés avec leur mère par le roi de Syrie *Antiochus Epiphane*, dit à ce prince : *Tu nous arraches la vie préſente, méchant prince; mais le roi du monde nous rendra une vie éternelle, en nous reſſuſcitant quand nous ſerons morts pour ſes lois.*

On remarque encore dans ce ſecond livre la croyance anticipée d'une eſpèce de purgatoire. *Judas Machabée*, en feſant enterrer les morts après une bataille, trouve dans leurs vêtemens des dépouilles conſacrées à des idoles. L'armée ne doute point que cette prévarication ne ſoit la cauſe de leur mort. *Judas fait une quête de douze mille drachmes, & les envoie à Jéruſalem, afin qu'on offre un ſacrifice pour les péchés des morts; tant il avait de bons & de religieux ſentimens touchant la réſurrection.*

Il eſt évident qu'il n'y avait qu'un phariſien nouvellement perſuadé de la réſurrection qui pût s'exprimer ainſi.

Nous ne diſſimulerons point les raiſons qu'on apporte contre l'authenticité & la véracité des livres des Machabées.

I. On nie d'abord le ſupplice des ſept frères Machabées & de leur mère, parce qu'il n'en eſt point fait mention dans le premier livre, qui va bien loin par-delà le règne d'*Antiochus Epiphane* ou l'illuſtre. *Matathias*, père des Machabées, n'avait que cinq fils, qui tous ſe ſignalèrent pour la défenſe de la patrie. L'auteur du ſecond livre, qui raconte le ſupplice des Machabées, ne dit point en quel lieu *Antiochus* ordonna cette exécution barbare ; & il l'aurait dit ſi elle avait été vraie. *Antiochus* ſemblait incapable d'une action ſi cruelle, ſi lâche, & ſi inutile. C'était un très-grand prince, qui avait été élevé à Rome. Il fut digne de ſon éducation, valeureux, & poli ; clément dans la victoire, le plus libéral des princes & le plus affable ; on ne lui reproche qu'une familiarité outrée qu'il tenait de la plupart des grands de Rome, dont la coutume était de gagner les ſuffrages du peuple en s'abaiſſant juſqu'à lui. Le titre d'illuſtre que l'Aſie lui donna, & que la poſtérité lui conſerve, eſt une aſſez bonne réponſe aux injures (lâche reſſource des faibles) que les Juifs ont prodiguées à ſa mémoire, & que des compilateurs indiſcrets ont répétées de nos jours par un zèle plus emporté que judicieux.

Il était roi de Jéruſalem, enclavée dans ſes vaſtes Etats de Syrie. Les Juifs ſe révoltèrent contre lui. Ce prince, vainqueur de l'Egypte, revint les punir ; & comme la religion était l'éternel prétexte de toutes les ſéditions & des cruautés de ce peuple, *Antiochus* laſſé de ſa tolérance, qui les enhardiſſait, ordonna enfin qu'il n'y aurait plus qu'un ſeul culte dans ſes Etats, celui des dieux de Syrie. Il priva les rebelles de leur religion & de leur argent, deux choſes qui leur étaient également chères. *Antiochus* n'en avait pas uſé ainſi en Egypte, conquiſe par ſes armes; au contraire, il avait rendu ce royaume à ſon roi avec une généroſité qui n'avait d'exemple que dans la grandeur d'ame avec laquelle on a dit que *Porus* fut traité par *Alexandre*. Si donc il eut plus de ſévérité pour les Juifs, c'eſt qu'ils l'y forcèrent. Les Samaritains lui obéirent; mais Jéruſalem le brava; & de-là naquit cette guerre ſanglante, dans laquelle *Judas Machabée* & ſes quatre frères firent de ſi belles choſes avec de très-petites armées. Donc l'hiſtoire du ſupplice des prétendus ſept Machabées & de leur mère n'eſt qu'un roman.

II. Le romaneſque auteur commence ſes menſonges par dire qu'*Alexandre* partagea ſes Etats à ſes amis de ſon vivant. Cette erreur, qui n'a pas beſoin d'être réfutée, fait juger de la ſcience de l'écrivain.

III. Preſque toutes les particularités rapportées dans ce premier livre des Machabées ſont auſſi chimériques. Il dit que *Judas Machabée*, lorſqu'il feſait la guerre de caverne en caverne dans un coin de la Judée, voulut être l'allié des Romains; *ayant appris qu'il y avait bien loin un peuple romain, lequel avait ſubjugué les Galates*. Mais cette nation des Galates n'était pas encore aſſervie; elle ne le fut que par *Cornelius Scipio*.

IV. Il continue & dit qu'*Antiochus le grand*, dont *Antiochus Epiphane* était fils, *avait été captif des Romains*.

C'eſt une erreur évidente. Il fut vaincu par *Lucius Scipio*, ſurnommé l'Aſiatique ; mais il ne fut point priſonnier ; il fit la paix, ſe retira dans ſes Etats de Perſe, & paya les frais de la guerre. On voit ici un auteur juif mal inſtruit de ce qui ſe paſſe dans le reſte du monde, & qui parle au haſard de ce qu'il ne ſait point. *Calmet* dit, pour rectifier cette erreur: *Ce prince ſe ſoumit au vainqueur ni plus ni moins que s'il eût été captif.*

V. L'écrivain des Machabées ajoute que cet *Antiochus le grand céda aux Romains les Indes, la Médie, & la Lydie.* Ceci devient trop fort. Une telle impertinence eſt inconcevable. C'eſt dommage que l'auteur juif n'y ait pas ajouté la Chine & le Japon.

VI. Enſuite, voulant paraître informé du gouvernement de Rome, il dit *qu'on y élit tous les ans un ſouverain magiſtrat, auquel ſeul on obéit.* L'ignorant ne ſavait pas même que Rome eût deux conſuls.

VII. *Judas Machabée* & ſes frères, ſi on en croit l'auteur, envoient une ambaſſade au ſénat romain ; & les ambaſſadeurs, pour toute harangue, parlent ainſi : *Judas Machabée, & ſes frères, & les Juifs, nous ont envoyés à vous pour faire avec vous ſociété & paix.*

C'eſt à-peu-près comme ſi un chef de la république de St Marin envoyait des ambaſſadeurs au grand-turc pour faire ſociété avec lui. La réponſe des Romains n'eſt pas moins extraordinaire. S'il y avait eu en effet une ambaſſade à Rome d'une république paleſtine bien reconnue, ſi Rome avait fait un traité ſolemnel avec Jéruſalem, *Tite-Live* & les autres hiſtoriens en auraient parlé. L'orgueil juif a toujours exagéré ; mais il n'a jamais été plus ridicule.

VIII. On voit bientôt après une autre fanfaronade : c'eſt la prétendue parenté des Juifs & des Lacédémoniens. L'auteur ſuppoſe qu'un roi de Lacédémone, nommé *Arius*, avait écrit au grand-prêtre juif, *Onias* troiſième, en ces termes : *Il a été trouvé dans les Ecritures, touchant les Spartiates & les Juifs, qu'ils ſont frères, étant tous de la race d'Abraham; & à préſent que nous le connaiſſons, vous faites bien de nous écrire que vous êtes en paix; & voici ce que nous avons répondu : nos vaches & nos moutons & nos champs ſont à vous; nous avons ordonné qu'on vous apprît cela.*

On ne peut traiter ſérieuſement des inepties ſi hors du ſens commun. Cela reſſemble à *Arlequin* qui ſe dit curé de Domfront ; & quand le juge lui fait voir qu'il a menti : Monſieur, dit-il, je croyais l'être. Ce n'eſt pas la peine de montrer qu'il n'y eut jamais de roi de Sparte nommé *Arius;* qu'il y eut, à la vérité, un *Aretes* du temps d'*Onias* premier; & qu'au temps d'*Onias* troiſième Lacédémone n'avait plus de rois. Ce ferait trop perdre ſon temps, de montrer qu'*Abraham* fut auſſi inconnu dans Sparte & dans Athènes que dans Rome.

IX. Nous oſons ajouter à ces puérilités ſi mépriſables l'aventure merveilleuſe d'*Héliodore*, racontée dans le ſecond livre au chapitre trois. C'eſt le ſeul miracle mentionné dans ce livre ; mais il n'a pas paru croyable aux critiques. *Séleucus Philopator* roi de Syrie, de Perſe, de la Phénicie, de la Paleſtine, eſt averti par un juif, intendant du temple, qu'il y a dans cette forterelle un tréſor immenſe. *Séleucus*, qui avait beſoin d'argent pour ſes guerres, envoie *Héliodore* un de ſes officiers demander cet argent, comme le roi de France

François I a demandé depuis la grille d'argent de St Martin. *Héliodore* vient exécuter sa commission, & s'arrange avec le grand-prêtre *Onias*. Comme ils parlaient ensemble dans le temple, on voit descendre du ciel un grand cheval portant un cavalier brillant d'or. Le cheval donne d'abord des ruades avec les pieds de devant à *Héliodore;* & deux anges, qui servaient de palefreniers au cheval, armés chacun d'une poignée de verges, fouettent *Héliodore* à tour de bras. *Onias* le grand-prêtre eut la charité de prier DIEU pour lui. Les deux anges palefreniers cessèrent de fouetter. Ils dirent à l'officier: Rends grâce à *Onias;* sans ses prières nous t'aurions fessé jusqu'à la mort. Après quoi ils disparurent.

On ne dit pas si après cette flagellation *Onias* s'accommoda avec son roi *Séleucus*, & lui prêta quelques deniers.

Ce miracle a paru d'autant plus impertinent aux critiques, que ni le roi d'Egypte *Sésac*, ni le roi de l'Asie *Nabuchodonosor*, ni *Antiochus l'illustre*, ni *Ptolomée Soter*, ni le grand *Pompée*, ni *Crassus*, ni la reine *Cléopâtre*, ni l'empereur *Titus*, qui tous emportèrent quelque argent du temple juif, ne furent pas cependant fouettés par des anges.

Il est bien vrai qu'un saint moine a vu l'ame de *Charles Martel* que des diables conduisaient en enfer dans un bateau, & qu'ils fouettaient pour s'être approprié quelque chose du trésor de St Denis. Mais ces cas-là arrivent rarement.

X. Nous passons une multitude d'anachronismes, de méprises, de transpositions, d'ignorances, & de fables qui fourmillent dans les livres des Machabées, pour venir à la mort d'*Antiochus l'illuſtre*, décrite au chapitre 9 du livre ſecond. C'eſt un entaſſement de fauſſetés, d'abſurdités, & d'injures qui font pitié. Selon l'auteur, *Antiochus* entre dans Perſépolis pour piller la ville & le temple. On ſait aſſez que cette capitale, nommée Perſépolis par les Grecs, avait été détruite par *Alexandre*. Les Juifs, toujours iſolés parmi les nations, toujours occupés de leurs ſeuls intérêts & de leur ſeul pays, pouvaient bien ignorer les révolutions de la Chine & des Indes : mais pouvaient-ils ne pas ſavoir que cette ville, appelée Perſépolis par les ſeuls Grecs, n'exiſtait plus? Son nom véritable était *Seſtekar*. Si c'était un juif de Jéruſalem qui eût écrit les Machabées, il n'eût pas donné au ſéjour des rois de Perſe un nom ſi étranger. De-là on conclut que ces livres n'ont pu être écrits que par un de ces Juifs helléniſtes d'Alexandrie, qui commençait à vouloir devenir orateur. Que de raiſons en faveur des ſavans & des premiers péres de l'Egliſe qui proſcrivirent l'hiſtoire des Machabées.

Mais voici bien d'autres raiſons de douter. Le premier livre de cette hiſtoire dit qu'*Antiochus* mourut l'an 189 de l'ère des Séleucides, que les Juifs ſuivaient comme ſujets des rois de Syrie : & dans le ſecond livre, qui eſt une lettre prétendue écrite de Jéruſalem aux helléniſtes d'Alexandrie, l'auteur date de l'an des Séleucides 188. Ainſi il parle de la mort d'*Antiochus* un an avant qu'elle ſoit arrivée.

Au premier livre il eſt dit que ce roi voulut s'emparer des boucliers d'or laiſſés par *Alexandre le grand* dans la ville d'Elimaïs ſur le chemin d'Ecbatane, qui eſt la même que Ragès ; qu'il mourut de chagrin dans ces quartiers, en apprenant que les Machabées avaient résisté à ses troupes en Judée.

Au second livre il est dit qu'il tomba de son char, qu'il fut tellement froissé de sa chute que son corps fourmilla de vers ; qu'alors ce roi de Syrie demanda pardon au Dieu des Juifs. C'est là qu'est ce verset si connu, & dont on a fait tant d'usage : *Le scélérat implorait la miséricorde du Seigneur, qu'il ne devait pas obtenir.*

L'auteur ajoute qu'*Antiochus* promit à DIEU de se faire juif. Ce dernier trait suffit; c'est comme si *Charles-Quint* avait promis de se faire turc.

DU TROISIEME LIVRE DES MACHABÉES.

Nous ne dirons qu'un mot du troisième livre des Machabées, & rien du quatrième, jugés pour apocryphes par toutes les Eglises.

Voici une historiette du troisième : la scène est en Egypte. Le roi *Ptolomée Philopator* est fâché contre les Juifs, qui commerçaient en grand nombre dans ses Etats ; il en ordonne le dénombrement ; & selon *Philon* ils composaient un million de têtes. On les fait assembler dans l'hippodrome d'Alexandrie. Le roi promulgue un édit, par lequel ils seront tous livrés à ses éléphans pour être écrasés sous leurs pieds. L'heure prise pour donner ce spectacle, DIEU, qui veille sur son peuple, endort le roi profondément. *Ptolomée*, à son réveil, remet la partie au lendemain ; mais DIEU lui ôte la mémoire ; *Ptolomée* ne se souvient plus de rien. Enfin, le troisième jour *Ptolomée*, bien éveillé, fait préparer ses Juifs & ses éléphans. La pièce allait être jouée, lorsque soudain les portes du ciel s'ouvrent : deux anges en descendent ; ils dirigent les éléphans contre les soldats qui devaient les conduire ; les soldats sont écrasés, les Juifs sauvés, le roi converti. Voilà cette fois *dignus vindice nodus*. On écrivait plaisamment l'histoire dans ce pays-là.

SOMMAIRE
DE
L'HISTOIRE JUIVE

DEPUIS LES MACHABÉES JUSQU'AU TEMPS DE JESUS-CHRIST.

IL faut remarquer d'abord que ces enfans de *Matathias*, nommés Machabées, étaient de la race de Lévi, & sacrificateurs dans un petit village nommé Modin, à quelques milles de Jérusalem vers la mer Morte. Ils firent une révolution ; ils obtinrent bientôt la puissance sacerdotale, & enfin la royale. Nous avons vu combien cet événement confondait toutes ces vaines prophéties que la tribu de Juda avait toujours faites en sa faveur par la bouche de ses prophètes, & cette éternelle durée de la maison de *David* tant prédite, & si fausse. Il n'y avait plus personne de la race du roi *David ;* du moins aucun livre juif ne marque aucun descendant de ce prince depuis la captivité.

Si les enfans du lévite *Matathias*, nommés d'abord Machabées & ensuite Asmonéens, eurent l'encensoir & le sceptre, ce fut pour leur malheur. Leurs petits-fils souillèrent de crimes l'autel & le trône, & n'eurent jamais qu'une politique barbare, qui causa la ruine entière de leur patrie.

S'ils eurent dans le commencement l'autorité pontificale, ils n'en furent pas moins tributaires des rois de Syrie. *Antiochus Eupator* composa avec eux; mais ils furent toujours regardés comme sujets. Cela se démontre par la déclaration de *Démétrius Nicanor*, rapportée dans *Flavien Josephe : Nous ordonnons que les trois villages, Apherma, Lidda, & Ramath, seront ôtés à la Samarie & joints à la Judée.*

C'est le langage d'un souverain reconnu. Le dernier des frères Machabées, nommé *Simon*, se révolta contre le roi *Antiochus Soter*, & mourut dans cette guerre civile.

Hircan, fils de ce grand-prêtre *Simon*, fut grand-prêtre & rebelle comme son père. Le roi *Antiochus Soter* l'assiégea dans Jérusalem. On prétend qu'*Hircan* apaisa le roi avec de l'argent; mais où le prit-il? C'est une difficulté qui arrête à chaque pas tout lecteur raisonnable. D'où pouvaient venir tous ces prétendus trésors qu'on retrouve sans cesse dans ce temple de Jérusalem pillé tant de fois? L'historien *Josephe* a le front de dire qu'*Hircan* fit ouvrir le tombeau de *David*, & qu'il y trouva trois mille talens. C'est ainsi qu'on a imaginé des trésors dans les sépulcres de *Cyrus*, de *Rustan*, d'*Alexandre*, de *Charlemagne*. Quoi qu'il en soit, le juif se soumit & obtint sa grâce.

Ce fut cet *Hircan* qui, profitant des troubles de la Syrie, prit enfin Samarie l'éternelle ennemie de Jérusalem, rebâtie ensuite par *Hérode* & appelée Sébaste. Les Samaritains se retirèrent à Sichem, qui est la Naplouse de nos jours. Ils furent encore plus près de Jérusalem, & la haine entre les deux peuples en fut plus implacable. Jérusalem, Sichem, Jéricho,

Samarie, qui ont fait tant de bruit parmi nous, & qui en ont fait si peu dans l'Orient, furent toujours de petites villes voisines assez pauvres, dont les habitans allaient chercher fortune au loin, comme les Arméniens, les Parsis, les Banians.

L'historien *Josephe*, ivre de l'ivresse de sa patrie, comme le sont tous les citoyens des petites républiques, ne manque pas de dire que cet *Hircan* Machabée fut un conquérant & un prophète, & que DIEU lui parlait très-souvent face à face.

Si l'on en croit *Josephe*, une preuve incontestable que cet *Hircan* était prophète, c'est qu'ayant deux fils qu'il aimait, & qui étaient des monstres de perfidie, d'avarice, & de cruauté, il leur prédit que s'ils persistaient ils pourraient faire une mauvaise fin. De ces deux scélérats l'un était *Aristobule*, l'autre *Antigone*. Les Juifs avaient déja la vanité de prendre des noms grecs. DIEU vint voir *Hircan* une nuit, & lui montra le portrait d'un autre de ses enfans, qui d'abord ne s'appelait que *Jean* ou *Jannée*, c'est-à-dire, *Jeannot*, & qui depuis eut la confiance de prendre le nom d'*Alexandre*. Celui-là, dit DIEU, aura un jour la place du grand *shoen*, de grand-prêtre juif. *Hircan*, sur la parole de DIEU, fit mourir son fils *Jeannot*, de peur que cet oracle ne s'accomplît, à ce que dit l'historien. Mais apparemment que *Jeannot* ou *Jannée* ne mourut pas tout-à-fait, ou que DIEU le ressuscita; car nous le verrons bientôt *shoen*, grand-prêtre & maître de Jérusalem. En attendant il faut voir ce qui arrive aux deux frères bien-aimés *Aristobule* & *Antigone*, fils d'*Hircan*, après la mort d'*Hircan* leur père.

Le

Le prêtre *Ariſtobule* fait aſſaſſiner le prêtre *Antigone* ſon frère dans le temple, & fait étrangler ſa propre mère dans un cachot. C'eſt de ce même *Ariſtobule* que le Thucydide juif dit qu'il était un prince très-doux. Ce doux prêtre étant mort, ſon frère *Jannée Alexandre* reſſuſcite & lui ſuccède. On l'avait ſans doute gardé en priſon au lieu de le tuer.

C'eſt dans ce temps ſurtout que les Ptolomées rois d'Egypte, & les Séleucides rois de Syrie, ſe diſputaient la Phénicie, & la Judée enclavée dans cette province. Cette querelle, tantôt violente, tantôt ménagée, durait depuis la mort du véritable *Alexandre le grand.* Le peuple juif ſe fortifiait un peu par les déſaſtres de ſes maîtres. Les prêtres, qui gouvernaient cette petite nation, changeaient de parti chaque année, & ſe vendaient au plus fort.

Ce *Jannée Alexandre* commença ſon ſacerdoce par aſſaſſiner celui de ſes frères qui reſtait encore, & qui ne reſſuſcita point comme lui. *Joſephe* ne nous dit point le nom de ce frère ; & peu importe ce nom dans le catalogue de tant de crimes. *Jannée* ſe ſoutint dans ſon gouvernement à la faveur des troubles de l'Aſie. Ce gouvernement était à la fois ſacerdotal, démocratique, ariſtocratique, une anarchie complète.

Joſephe rapporte qu'un jour le peuple dans le temple jeta des pommes & des citrons à la tête de ſon prêtre *Jannée* qui s'érigeait en ſouverain, & que cet *Alexandre* fit égorger ſix mille hommes de ſon peuple. Ce maſſacre fut ſuivi de dix ans de maſſacres. A qui les Juifs payaient-ils tribut dans ce temps-là? Quel ſouverain comptait cette province dans ſes Etats? *Joſephe* n'effleure pas ſeulement cette queſtion ; il femble qu'il veuille faire croire que la Judée était une province libre & fouveraine. Cependant il eft certain, autant qu'une vraifemblance hiftorique peut l'être, que les rois d'Egypte & ceux de Syrie fe la difputèrent jufqu'à ce que les Romains vinrent tout engloutir.

Après ce *Jannée*, fi indigne du grand nom d'*Alexandre*, deux fils de ce prêtre, qui avait affecté le titre de roi, prirent auffi ce titre, & déchirèrent par une guerre civile ce royaume qui n'avait pas dix lieues d'étendue en tout fens. Ces deux frères étaient l'un *Hircan* fecond, & l'autre *Ariftobule* fecond. Ils fe livrèrent bataille vers le bourg de Jéricho, non pas avec des armées de trois, de quatre, de cinq, & de fix cents mille hommes ; on n'ofait plus alors écrire de tels prodiges, & même l'exagérateur *Jofephe* en aurait eu honte ; les armées alors étaient de trois à quatre mille foldats. *Hircan* fut battu, & *Ariftobule* fecond refta le maître.

On peut connaître ce que c'était que ce royaume d'*Ariftobule*, par un trait qui échappe à l'hiftorien *Jofephe* malgré fon zèle à faire valoir fon pays. DIEU, dit-il, *envoya un vent fi violent, qu'il ruina les fruits de la terre; de forte qu'un muid* (*a*) *de blé fe vendait dans Jérufalem onze drachmes.* Notre muid de blé contient douze fetiers. Il fe trouverait, par le compte de *Jofephe*, que le fetier, dans les temps des famines fi fréquentes de la Judée, n'aurait pas valu dix fous, en évaluant à dix fous la drachme juive. Qu'on juge par-là de ces richeffes dont on a voulu nous éblouir. (*b*)

(*a*) C'eft ainfi qu'*Arnaud d'Andilly* traduit.

(*b*) Il eft vraifemblable que c'eft une erreur de chiffre, & que le texte portait onze cents drachmes. Mais ces onze cents drachmes ne feraient que

C'eſt dans ces temps que les Romains, ſans trop s'embarraſſer de leur prétendue ſociété amicale avec les Machabées, portaient leurs armes victorieuſes dans l'Aſie mineure, dans la Syrie, & juſqu'au mont Caucaſe. Les Séleucides n'étaient plus. *Tigrane* roi d'Arménie, beau-père de *Mithridate*, avait conquis une partie de leurs Etats. Le grand *Pompée* avait vaincu *Tigrane*; il venait de réduire *Mithridate* à ſe donner la mort; il feſait de la Syrie une province romaine. Les livres des Machabées ne parlent ni de ce grand-homme, ni de *Lucullus*, ni de *Sylla*. On n'en ſera pas étonné.

Hircan, chaſſé par ſon frère *Ariſtobule*, s'était réfugié chez un chef d'Arabes, nommé *Aréah* ou *Arétas*. Jéruſalem avait toujours été ſi peu de choſe, que ce capitaine de voleurs vint aſſiéger *Ariſtobule* dans cette ville.

Pompée paſſait alors par la baſſe Syrie. *Ariſtobule* obtint la protection de *Scaurus* l'un de ſes lieutenans. *Scaurus* ordonne à l'Arabe de lever le ſiége, & de ne plus oſer commettre d'hoſtilités ſur les terres des Romains; car la Syrie étant incorporée à l'Empire, la Paleſtine l'était auſſi. Tel était le pacte de ſociété que la république avait pu faire avec la Judée.

Joſephe écrit qu'*Ariſtobule* envoya une vigne d'or à *Pompée*, du prix de cinq cents talens, c'eſt-à-dire, environ trois millions; & il cite *Strabon*. Mais *Strabon* ne dit point que le melch *Ariſtobule* fit ce préſent à *Pompée*; il dit que ce fut *Alexandre* ſon père. Nous

550 livres de France; & le prix du ſetier ne ſerait que de 45 livres; ce qui ne ſerait pas exorbitant en temps de famine. Il eſt des provinces en Allemagne & en France où c'eſt le prix commun du blé aſſez ordinairement.

osons croire que *Strabon* se trompe sur le prix de cette vigne, & que jamais aucun melch de Judée ne fut en état de faire un tel présent; si ce n'est peut-être *Hérode*, à qui les Romains accordèrent bientôt après une étendue de pays cinq ou six fois plus grande que le territoire d'*Aristobule*. Les deux frères, *Aristobule* & *Hircan*, qui se disputaient la qualité de grand-prêtre, vinrent plaider leur cause devant *Pompée* pendant sa marche. Il allait prononcer lorsqu'*Aristobule* s'enfuit. *Pompée* irrité alla assiéger Jérusalem. Nous avons déjà observé que l'assiette en est forte. Elle pourrait être une des meilleures places de l'Orient entre les mains d'un ingénieur habile. Du moins le temple, qui était la véritable citadelle, pourrait devenir inexpugnable, étant bâti sur la cime d'une montagne escarpée entourée de précipices.

Pompée fut obligé de consumer près de trois mois à préparer & à faire mouvoir ses machines de guerre; mais dès qu'elles purent agir, il entra dans cette forteresse par la brèche. Un fils du dictateur *Sylla* y monta le premier; & pour rendre cette journée plus mémorable, ce fut sous le consulat de *Cicéron*.

Josephe dit qu'on tua douze mille juifs dans le temple. Nous le croirions s'il n'avait pas toujours exagéré. Nous ne pouvons le croire quand il dit qu'on y trouva deux mille talens d'argent, & qu'on en tira dix mille de la ville : car enfin ce temple ayant été pris tant de fois si aisément, tant de fois pillé & saccagé, il était impossible qu'on y gardât deux mille talens, qui feraient douze millions; & encore plus extravagant qu'on taxât un si petit pays, si épuisé & si pauvre, à dix mille talens, soixante millions de livres. C'est à quoi ne penſent pas ceux qui liſent ſans examen & à l'aventure, ainſi que tant d'auteurs ont écrit. Un homme ſenſé lève les épaules, quand il ſait qu'*Alexandre* ne put ramaſſer que trente talens pour aller combattre *Darius*, & qu'il voit douze mille talens dans les caiſſes des Juifs, outre trois mille dans le tombeau de *David*.

Il eſt certain que *Pompée* ne prit rien pour lui, & qu'il ne fit payer aux Juifs que les frais de la guerre. *Cicéron* loue ce déſintéreſſement. Mais *Rollin* dit que *rien ne réuſſit depuis à Pompée, à cauſe de la curioſité ſacrilége qu'il avait eue de voir le ſanctuaire du temple juif. Rollin* ne ſonge pas que *Pompée* ne pouvait guère ſavoir s'il était défendu d'entrer là; que la défenſe pouvait être pour les Juifs & non pour *Pompée;* que les charpentiers, les menuiſiers, les autres ouvriers, y entraient quand il y avait quelques réparations à faire. On pourrait ajouter que c'était autrefois l'arche qui rendait ce lieu ſacré, & que cette arche était perdue depuis *Nabuchodonoſor*. *Céſar* ſerait entré tout comme *Pompée* dans cet endroit de trente pieds de long. Si *Pompée* fut malheureux à la bataille de Pharſale, il ſe peut que ce fut pour avoir été curieux à Jéruſalem; mais il y en eut auſſi d'autres raiſons; & le génie de *Céſar* y contribua beaucoup. On pourrait encore obſerver que c'eſt un plus grand ſacrilége d'égorger douze mille hommes dans un temple, que d'entrer dans une ſacriſtie où il n'y avait rien du tout.

Au reſte, *Pompée* ayant pris *Ariſtobule*, l'envoya captif à Rome.

Pour ne pas quitter le fil des actions de *Pompée* en Judée, n'oublions pas de dire que, même après la défaite de Pharfale, il ordonna à un defcendant des *Scipions*, fon lieutenant en Syrie, de faire couper le cou au fils d'*Ariftobule*, qui avait pris le nom d'*Alexandre* & de roi.

Cet événement achève de faire voir quelle était l'alliance de couronne à couronne que les Juifs fe vantaient d'avoir avec les Romains, & quel fond on peut faire fur les récits d'un tel peuple.

Pour mettre la dernière main à ce tableau, & pour montrer de quel refpect l'empire romain était pénétré pour les Juifs, il fuffira de dire que, quelques années après, le triumvir *Marc-Antoine* condamna dans Antioche un autre roi juif, un autre fils d'*Ariftobule*, nommé *Antigone*, à mourir du fupplice des efclaves; il le fit fouetter & crucifier, comme nous le verrons.

Difons encore que *Pompée*, avant de quitter la Judée, y établit un gouvernement ariftocratique fous l'autorité des Romains. Il fut le premier inftituteur de ce *fanhédrin* que les rabbins font remonter jufqu'à *Moïfe*. *Gabinius*, l'un des grands-hommes que Rome ait produits, fut chargé de tout régler. Ainfi ce *Pompée*, que *Rollin* appelle facrilége, fut proprement le légiflateur des Juifs.

Ce mot *fanhédrin* eft corrompu du mot grec *fynedria* qui fignifie affemblée. Les Juifs helléniftes avaient apporté quelques termes grecs à Jérufalem.

Cependant *Craffus* fuccéda à *Pompée* dans le gouvernement de l'Afie; & il alla faire contre les Parthes cette fameufe guerre qui fut tant blâmée parce qu'elle fut malheureufe.

Jofephe dit qu'en paffant par Jérufalem avec fon armée il pilla encore le temple & la ville; mais il ne dit point de quoi les Juifs étaient accufés, & pourquoi on leur fit payer l'amende. Cette amende était forte. Le temple feul paya huit mille talens, & fournit encore un lingot d'or pefant quinze cents marcs, qu'on avait, dit *Jofephe*, caché dans une poutre évidée. Il faut avouer que le temple juif était la poule aux œufs d'or ; plus on lui en prenait, plus elle pondait.

On nous pardonnera de n'avoir pas eu pour l'hyperbolique romancier *Jofephe*, & pour les livres apocryphes, le même refpect que pour les volumes facrés. Quand nous avons rapporté fincèrement les objections des critiques fur quelques endroits de la fainte Ecriture, nous les avons réfutées par notre foumiffion à l'Eglife; mais quand le transfuge juif, le flatteur de *Vefpafien*, parle, nous ne lui devons pas le facrifice de notre raifon.

Nous allons maintenant voir qui était cet *Hérode* roi de Judée par la grâce du peuple romain, très-différent en tout du peuple juif.

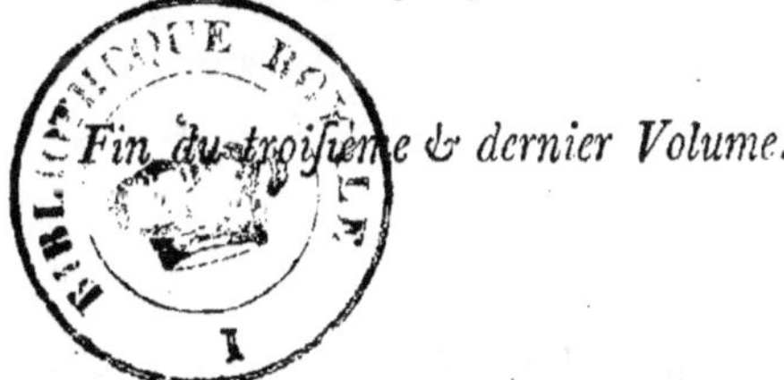

Fin du troifième & dernier Volume.

TABLE

DES ARTICLES CONTENUS DANS CE VOLUME.

Fin de la Table du Tome troisième.

www.ingramcontent.com/pod-product-compliance
Lightning Source LLC
Chambersburg PA
CBHW050732030726
47505CB00002B/233
9782019529550